白貓黑貓

董仁威 著

大山文化出版社
GREAT MOUNTAIN CULTURE

僅以此書獻給慈母廖宗俊

赤條條來，赤條條去；

來是偶然，去是必然。

活着幹，死了算，完蛋就完蛋！

八十壽辰紀念

筆者1942年農曆四月二十七誕生於四川萬縣夜荷灣

傳遞靈魂

——《白貓黑貓》序

嚴　鋒

董仁威老師是中國科幻界的領軍人物，他的人生非常有傳奇色彩，年輕時是一名學霸，從四川大學植物學本科和細胞學研究生畢業後，在製藥和健康食品領域幹得風生水起，曾擔任成都製藥四廠技術副廠長和成都食品研究所的所長兼總工程師，多次獲得國家授予的科技進步獎。與此同時，他又把大量精力投身於科普科幻創作和科普科幻作家組織工作，擔任四川省科普作家協會主席、會長等職，撰寫科普作品100多部，獲得中國圖書獎、冰心兒童圖書獎和全國優秀科普作品獎等國家級獎項。

如果換了一個人，能取得這些成就，已足以笑傲平生，而董老師也因透支生命，從48歲起就曾因患心臟病、糖尿病，病危三次，一次心跳停跳一分多鐘。但他愈戰愈猛，在70歲的年齡再戰科幻領域，與吳岩、姚海軍共同發起「世界華人科幻協會」，創辦「全球華語科幻星雲獎」，迄今已成功地舉辦了十一屆，成為華語科幻創作領域的權威獎項，對於促進中國科幻產業發展，培育和推出中國新銳科幻作家具有重要意義。

但董老師依然沒有停下自己的腳步，《白貓黑貓》就是他閃亮的生命的再一次爆發，記錄了川西三個家族從民國到今天的興衰沉浮。第一代家族首領夏澤西、黄開泰、左斯年滿懷理想的熱情，於民族危亡之際投身於救亡與革命。他們分別選擇了國民黨、共產黨和實業救國，這三條道路分分合合，正是百年中國史的真實寫照，而《白貓黑貓》的民間和個人視角，又為這段歷史賦予了鮮活的情感和豐富的血肉。家族第二代黄家寶、夏古傑和左興國等人的經歷是整個作品最為濃筆重彩的章節，凝結了作者本人豐富的人生經歷和對社會歷史的反思。他們與共和國一起成長，歷經抗美援朝、反右、大饑荒、文革、改革開放，每一個人的命運都坎坷多舛，大起大落，動人心魄。第三代左卓舒、夏蘭妮和黃睿則進一步走向了國際舞台，在一個更廣闊的世界裏延續和發展家族的血脈。

巴爾札克有一句名言：小說被認為是一個民族的秘史。《白貓黑貓》把巨大的社會變遷與個人的曲折旅程結合在一起，塑造了一個個活生生的人物。他們滿懷激情，探索救國和富強之道，也追求個人的發達和幸福。他們經歷了人生的低谷和高峰，有成功和奮進，也有失敗和沉淪。無論成敗，他們都像劃過夜空的閃電，書寫了多姿多彩的個人歷史。

秘史是民間的歷史，也是欲望與情感的歷史，這是《白貓黑貓》的一大特色和動人之處。作品描寫了各式各樣的愛情：青澀的純戀，逆境中的苦戀，狂野的欲戀，病態的畸戀。最打動我的是夏古傑與吳霞、蒲香豆的情感糾葛，交織着忠誠與背叛，無私與算計，盪氣迴腸，驚天動地，達到了超越善惡的境界。這些情與欲的描寫又融入了個人的命運，打上了時代的烙印，折射了這些年來家庭倫理和婚戀關係的變化。我們身處的難道不正是一個各種欲望不斷膨脹的年代嗎？在過去，欲望被視為萬惡之源，但欲望也是歷史的發動機。改革開放正是打開了欲望的瓶塞，既讓社會發展獲得了強勁的動力，也放出了各種妖魔鬼怪。是耶非耶？《白貓黑貓》對此並沒有做簡單的評判，而是如實細膩地記錄了社會大潮下被各種欲望糾纏的眾生相，讓讀者自己去品味、共鳴和感悟。

生命是什麼？生命是信息。信息可以複製和傳承。一個人的記憶、意識、精神等等的一部分被保留下來，傳至後世，這是不少科幻描寫未來虛擬現實的終極圖景：破譯大腦的結構功能，把人的意識數字化，通過腦機接口上傳到電腦服務器，從而讓人能夠獲得虛擬化生存的能力。事實上這種傳承和永生早已有了一種媒介，那就是語言。這就是曹丕在《典論》中所說的「文章經國之大業，不朽之盛事」的意義。莎士比亞也說「我的詩能讓你永生」。古人早就明白文字信息與永生的關係，所以大家寫呀寫呀，都想留下最美的詩篇，最好的自己。

在《白貓黑貓》中，主人公黃家寶也有這樣的想法，他想要寫好一部長篇小說，用來克隆自己的靈魂，在肉身消滅後，將自己的靈魂傳遞下去。這一段是《白貓黑貓》的密碼，隱藏着董仁威老師的寫作目的，也是這部作品更深層的意義，要把百年的愛恨情仇留在時空中，讓奮鬥不息的生命永存。

2021年10月9日

注：嚴鋒：復旦大學中文系教授，科學雜誌《新發現》主編

前　言

筆者1968年從四川大學細胞學研究生畢業以後，在人生旅途中做過各種嘗試。從職業上，筆者當過製藥廠車間主任、副廠長、研究所總工程師、教授級高級工程師、執業藥師、民辦企業董事長、中國意大利政府合作建設的成都兒童營養中心主任，著有五部專業著作，是多個行業的專家，如食品發酵專家、醫藥專家、營養專家、蘭花專家、收藏專家等。

同時，筆者業餘從事文學與科學傳播創作，出版了102部書。

筆者創作時間最長的就是這部長篇小說《白貓黑貓》了，整整用了24年時間。

在筆者80年的生命歷程中，親身經歷了中國大陸許多重要的歷史事件，從二十世紀四十年代抗日戰爭的鋒火、三年國內戰爭，二十世紀五十年代激情燃燒的歲月、反右，到二十世紀六十年代至七十年代的大饑餓、文化大革命，二十世紀八十年代至二十一世紀初的改革開放、全民腐敗、512汶川大地震、反貪風暴、新冠肺炎，在複雜曲折的中華民族復興夢中逐漸覺醒，有了獨立的思想。於是，我萌發了將中華民族從積貧積弱到初步繁榮昌盛的百年歷史用小說的形式記錄下來的想法，使之成為這段歷史的真實寫照。

事情起於1997年。

1997年2月19日晚9點零8分，一代偉人鄧小平去世，享年93歲，差不多是二十世紀的全程。2月20日晚6時30分，筆者的師妹楊剛虹打來電話，說她心情很沉重，問筆者的感受如何？楊剛虹是大作家沙汀的女兒，但她並未繼承父業，卻投筆從商，是一個醫藥公司的董事長，著名的女企業家。筆者說：「沒有他，就沒有我們現在的一切。」她同意筆者的意見，並重複了我的話：「是的，沒有他，就沒有我們現在的一切。」

深夜，筆者輾轉反側，難以入眠，索性披衣起床，打開電腦，寫下了《白貓黑貓》四個大字，開始了筆者歷時24年的艱難跋涉。

2007年5月22日，筆者寫完長篇小說，忙於其他事務，一放兩年，突聞本書第一主人公夏古傑的原型之一、筆者的摯友陳古吉去世的消息，「淚飛頓作傾盆雨」，立即決定，將此書前三卷公之於眾，以示對古吉的紀念，但願他的音容笑貌通過筆者的小說永留人間。2008年，以《花朝門》之名在《長篇小說》雜誌海外版2008年第3期問世，並獲得了當年優秀長篇小說一等獎。

以後，《花朝門》被製成有聲讀物，先後在喜馬拉雅網、懶人聽書網播出，有數十萬人收聽了這部長篇歷史小說。

2015年清明節前夕，筆者老母廖宗俊仙逝，享年99歲。時逢中國開始新的轉型期，在肯定改革開放正面效應，繼續實行改革開放的同時，開始整治改革開放的負面影響，中華民族復興希望再現，決定繼續寫作《白貓黑貓》第四卷《白與黑》。

2021年春節，筆者寫完《白與黑》，並對已有章節進行增刪，2021年2月25日，寫完《白貓黑貓》最後一個字，打開電視機，突見中央電視台正在直播中國脫貧攻堅英模表彰會，宣布中國消滅了絕對貧困戶，中國擺脫了貧困，8年中，近1億人脫貧，世界上再沒有哪一個國家能在這麼短的時間做到，實現了數千年來仁人志士的理想：安得廣廈千萬間，大庇天下寒士盡開顏。白貓黑貓，已見分曉。決定將《白貓黑貓》四卷全文，首先在香港出版發行。

筆者力圖用一個人一段故事一段歷史的寫作方法，以真實發生的事情為材料，不帶任何政治偏見，通過普通人的生活來還原歷史，保存下後人無法想象、不敢相信的信史，成為中華民族復興史的重要補充。如能達此願景於萬一，於願足矣！

董仁威

2021年4月8日

目錄

傳遞靈魂——《白貓黑貓》序　嚴　鋒　i

前言　v

第一卷　禍與福　1

第二卷　情與緣　85

第三卷　清與濁　223

第四卷　白與黑　361

尾聲　505

後記　508

注：本書第四卷《白與黑》卷首及第二章係根據筆者小兒子董晶著小說《一個醫藥代表的自白》改寫

主要人物譜系

☆第一代→第二代

夏澤西×姬二姐→夏古傑（川西崇寧金馬鎮花朝門，重慶南開中學學生，志願軍，右派，勞改犯，獸醫，大型飼料企業老闆，億萬富翁）；

黃開泰（1908生）×彭宗俊（1911年生）→黃家寶（重慶、成都、金馬花朝門，重慶南開中學學生，留蘇生，川大學生，國有企業廠長，三產公司經理，作家）；黃家虹（著名演員）

夏澤西（1907生）×高雪蘭→夏世雄（萬洲味精廠技術科長、造反派領袖、反四人幫英雄、外資企業中國地區經理）；

左斯年（1909年生）×夏靜嫻→左一曼、左興國（金馬鎮長、崇寧縣長、成都市公安局副局長、副市長）；

蒲金全→蒲香豆（崇寧金馬花朝門，衛校學生，勞改犯，農民致富帶頭人）；

☆第二代→第三代

黃家寶（1942年生）×左一曼→黃睿（崇寧金馬花朝門，金馬中學學生，藥廠醫藥代表，上市公司CEO）

夏世雄×丁雪華（成都）→無子；

夏古傑（1935年生）×黃家虹（前妻）→無子

夏古傑×蒲香豆（後妻）→夏蘭妮（崇寧金馬花朝門，美國，成都；金馬中學學生，留美博士，中美合資企業古傑醫藥CEO，上市公司董事長）

左興國×木蘭→左卓舒（美國，美籍華人，博士）

☆第三代

左卓舒×夏蘭妮（美國，前妻）→無子

黃睿（1974年生）×白靈（前妻）→黃佳佳（2003年生）

黃睿×夏蘭妮（後妻）→無子

第一卷　禍與福

卷 首

中華民族復興日
家祭無忘告乃翁

1

黃家寶被脫了外衣、外褲，只剩一件內衣、內褲，戴着口罩，被推進手術室，一個曼妙的女聲在耳邊響起：「要給你消毒了，你不要動，一切我們都會給你安排好的。」

話聲未落，一雙綿軟溫暖的手三下五除二，十分利落地脫去了他的內衣，扯下了他的內褲，全身赤條條地裸露在明亮的手術燈下，被兩個年輕的女醫生、護士注目。

黃家寶猝不及防，一陣熱血衝向私處，羞得他趕緊想用手去護住。可雙手被固定在手術台上，動彈不得。那個溫柔的聲音響起：「別害躁，自然的生理反應，不要緊的。」

強烈的羞恥心強壓住衝動，維持住了在女性面前起碼的尊嚴。

消毒，手部、胸部、腹部、兩腿間腿縫，私處，面面俱到，一絲不苟。這次有了思想準備，任纖纖玉手撥弄，無動於衷。

手腕上一陣鑽心的痛，打麻藥了，麻藥跟着微創手術刀走。微創手術刀順着腕部的創口進來了。兩個男醫生的聲音不時傳入耳畔，是用電腦在控制安裝冠狀動脈支架。

黃家寶頭腦清醒。他原本怕進了手術室全麻後醒不過來。他的好友童恩正，那個寫《珊瑚島上的死光》的大名鼎鼎的科幻作家，就是在美國做肝移植手術全麻後未醒過來的。黃家寶做的是一個微創手術，不似過去做支架手術要開膛破肚，現代技術真先進。

不是全麻，腦子還能轉動。

頭腦清醒也有壞處，身體任醫生去擺佈，靈魂深處卻活躍起來——

童恩正笑嘻嘻地來找他了。他開着一輛意大利微型菲亞特，大喊着：「快來，黃家寶，上車，賞賞鮮，這迷你車好安逸啊！」

這是意大利常見的二人座迷你汽車，黃家寶去意大利談判中意兩國政府合作建設成都兒童營養中心時，意方的首席談判代表就是坐這種車來的，佔地小，停車方便。

這部車是黃家寶資助童恩正的，他用不可思議的高價買了童恩正淘汰的一部松下牌彩色電視機，使童恩正得以買下這部售幾千元的小轎車，成為成都擁有私人小轎車的第一個大學教授。

黃家寶興沖沖地正要上車，忽然意識到，童恩正是死人。他連連退步，頻頻擺手，說：「我不去，我不去，過二十年再來接我。」

剛把童恩正揮去，一個小白鴿飛來，大喊：「黃哥，救我！救我！」

小白鴿幻化成黃家寶的小情人邱紅荷，她披頭散髮，驚慌失措，在國香園後面的菜花田中狂奔。他正要迎上去，忽然想起，紅荷在「嚴打」中被作為組織賣淫的老鴇被槍斃了，是個死人。他趕緊把她揮去。

夏古傑來了，還是那麼大大咧咧的，只是，他伸着長長的舌頭，怪怕人的。他恍然大悟，古傑是上吊自殺的，是個吊死鬼，也是死人，理不得！

母親彭宗俊來了，她拉他進了一個飯館，好像是重慶江北觀音橋老街，石板鋪成的路面，說：「三娃子，裏面有你喜歡吃的肝腰合炒！」

黃家寶連連擺手，說：「今天不吃了，二十年後再來看你老人家，再做你的兒子吧！」

怎麼今天會有那麼多死人來找他？難道今天過不去這個坎了？

不過，這不是黃家寶第一次過鬼門關。這是黃家寶一生中第六次病危了。七十八年中，從48歲開始，平均5年一次病危，有一次心臟停跳一分多鐘，要不是湊巧醫生在他身邊，早就沒命了。中國預測師說他只能活64歲。不知怎麼的，那一年閻王忘了他，讓他躲過了一劫，又讓他躲過了「七十三，八十四，閻王不請自己去」的第一關。

還不到八十四，就開始闖第二關了。

2019年8月8日，黃家寶突感身體不適，有一種末日到來的預感，向來諱疾忌醫怕醫院更怕住院的他，出於生存本能的呼喚，毫不猶豫打120，在左一曼的陪同下，來到位於花朝門附近的川醫天府新區分院。這是一所全新的現代化醫院，位於雙流公興鎮。

在這裏有一個黃家寶的鐵粉，乾女兒璟瑜。她立即安排了所有該查不該查的項目，採取了所有必須的和不必須的措施，說，這一次一定要把他的身體狀況搞清楚，摸清「家底」，不僅要解決當前的問題，還要設法讓他健健康康地再活幾十年。

最初的結果是令人樂觀的，血糖控制住了，全面摸底的結果也出來了。認識與不認識的醫生一致認為，在患二十多年的糖尿病患者及78歲高齡的同等人群中，他的狀況非常優秀，除了左眼稍有一點問題外，沒有一點糖尿病的併發症跡像，神經、皮膚也異乎尋常的好，精神狀態更是好得出奇，整個身體處於60歲左右的狀態。

可是，璟瑜卻沒有那麼樂觀，她知道，三十年來黃家寶就因心臟問題病危過五次。她從黃家寶心肌缺血的狀況，對黃家寶的心血管系統不放心，要黃家寶做冠狀動脈造影，黃家寶堅決不幹。性情溫和的她，這次卻很執拗，半強迫黃家寶在造影單上簽了字，找心血管科的楊主任親自做。

不做不知道，一做嚇一跳，黃家寶的一根冠狀動脈最狹窄處被堵塞了90%，一切讓黃家寶身體感到嚴重不適的感覺都找到了源頭。

解決問題的方法很簡單：安支架。於是，黃家寶召來全家，當然，大家不願意黃家寶因心肌梗塞而走，全票通過，同意黃家寶做手術。

雖然這是一個不大的手術，但是，對黃家寶這個從未上過手術台的人來說，還是感到莫名的恐懼，感到害怕，更怕如黃家寶的老友童恩正一樣，因一個十分有把握的換肝手術，一上去就未下來。於是，在進手術室之前，黃家寶將《萌爺爺侃生命科學》六部書，在醫院加班整理好，發給出版社的朋友，以防萬一。

左一曼年齡大了，耳聾腰痛，無法承受日夜陪伴的勞累，陪護的任務落到了黃家寶的孫女佳佳身上。佳佳這年18歲，剛考上川大華西醫學院，璟瑜新近晉升醫院心血管科主任，應佳佳要求，在暑假便將她招聘來當實習護士。

佳佳出落得十分漂亮，由於自小堅持喝牛奶，發育得很好，身高一米七二，亭亭玉立，范冰冰似的鴨蛋臉，與她地震中去世的媽媽白靈如一個模子倒出來的。她不但出落得楚楚動人，而且，心氣很高。由於在5.12大地震中親身經歷了解放軍救了她的命，許多醫生千方百計保住了她的腿的場景。她立志當一個懸壺濟世的醫生，回報社會。

疫情期間，醫院住院病人只能有一個陪護，佳佳辦了陪護證。於是，只有一個人能陪護在黃家寶的身邊，其他任何人，包括老伴左一曼和兒子黃睿，兒媳蘭妮，都進不來了。

黃家寶在佳佳日日夜夜的守護下，終於進了手術室。

正在黃家寶胡思亂想之際，一陣鼓掌聲響起來，那個綿軟柔和的女聲說：「成功了！」

2

1962年2月。北京。七千人大會。

中南海。夜。毛澤東的臥室。

「始作俑者，其無後乎！」

「始作俑者，其無後乎！」

「始作俑者，其無後乎！」

毛澤東躺在寬大的木板床上，手中握着一本線裝書，嘴裏反覆吟誦着這句話。

「三分天災，七分人禍。」劉少奇和鄧小平竟敢在會上大放厥詞。人禍？誰人闖的禍？他毛澤東唄！這不是讓他下不了台，當眾打他的耳光嗎？他一輩子何曾受過如此大的凌辱，比韓信受胯下之辱有過之而無不及。你國家主席帶了頭，那些省委書記、市委書記、縣委書記，小小七品芝麻官，也跟着起哄，罵起娘來。你叫他偌大的臉往哪裏擱？

「始作俑者，其無後乎？我的一個兒子在朝鮮被炸死了，一個兒子是瘋子！」

毛澤東想起為自己生下這兩個兒子的愛妻楊開慧。得到她時並沒有感到特別珍貴，失去她時也沒有感到特別的悲哀。楊開慧被何健關在長沙城的死牢裏時，他正在長沙城下，與賀子珍如膠似漆，生怕攻進城去後不好跟楊開慧交代呢！歲月流逝，那些不愉快的往事逐漸淡化。他是與楊開慧吵了一架以後，賭氣離開長沙，隻身一人去安源的。而那些甜美的記憶，則像成年老酒一樣，年代越久遠，酒味越醇越香。他常常將開慧同賀子珍、江青比較。開慧國色天香、姿質超人，任何女人站在她奪目的光輝下，都會相形見絀，暗淡無光。他與開慧八字相合，每一卦，每一爻，都絲絲入扣。他在開慧面前才真正感到自己是個男人，開慧也只有在他面前感到自己是個真正的女人。他們是天造地設的一對。難怪何健要開慧只要申明同毛澤東脫離關係，便不殺她，她卻寧願挨槍子兒，也不答應何健呢！慚愧呀慚愧，在開慧用死來表達她對他毛澤東的忠貞時，他卻正在與賀子珍翻雲覆雨。誰叫他是男人呢？男人離得了女人麼？開慧呀，當初你為何拗着不同他一起下安源呢？

為了孩子。你說。孩子不是在你犧牲後也落入不堪的境地麼？岸英，娃喲，你多麼像爸，你完全是按爸的坯子鑄出來的。爸本可以把事業傳給你。爸並不是硬要你到朝鮮去挨槍子兒。爸要讓你經受各種鍛煉，將來好接爸的班。爸給你創造了好大一個家業，960萬平方公里的土地，好幾億人呢。娃呀，你不要怪爸爸無情。你要明白爸的良苦用心喲！爸只後悔，在你呆在爸身邊的短暫日子裏，爸沒有善待你。思齊差幾個月滿十八歲，你要求結婚，爸沒有答應你。爸真蠢麼。一點點大的事，爸也要堅持原則，怕影響不好，使你那麼傷心。

伢子呀！現在爸爸好難。賀媽媽59年爸把她接上廬山來看了看，腦筋不行了。江媽媽同爸八字不合，談不攏。哎呀，心裏有苦向誰訴說呢？爸這一輩子喲，怎麼連一個能說說知心話兒的朋友都沒有！彭德懷是能給爸說知心話的，可那些話難得有順耳的，差不多十句有八句都要頂爸的心口，讓爸不舒心。他反對爸修游泳池，使爸不得不用稿費來支付修游泳池的開支。

「始作俑者，其無後乎？我毛澤東一家，犧牲了那麼多人，開慧、澤民、岸英、澤覃，只留下一個岸青，又是瘋子。我的娃喲，一個死了，一個瘋了。始作俑者，其無後乎！」

毛澤東輾轉反側，不能入眠。他翻身起床，穿上睡衣，走進菊香院內，在千年古柏下一把籐椅上坐下了。江青住在南房，知道毛澤東的脾氣。雖然毛澤東開門的聲音吵醒了她，她也不敢吭聲。要是這時候她出來照顧毛澤東，干擾了毛澤東的意識流，毛澤東是會大發脾氣的。她才不會做好心無好報的蠢事呢！

其實，這時候毛澤東正想着江青呢。江青的好處也是說不完的。自從史沫萊特在延安搞了個舞會，對共黨領袖實施和平演變，氣走了賀子珍。是她，江青，在他最需要女人的時候，填補了空白。在延安，女人，特別是從上海來的漂亮女演員，不是他毛澤東誰有資格享用？女人，是陽盛陰衰的延安高級幹部的奢侈品呢。在戰爭年代，全軍只有江青一人跟隨他上前線，是個巾幗英雄呢。記得，在陝北的黃土高坡上，當中央縱隊的幹部、戰士疲憊不堪時，漂亮的女演員騎在高頭大馬上，引吭高歌一曲。那甜美的女高音，立即使男人們來了精神。這也許就叫異性效應吧？

賀子珍，也是在長征隊伍中中央紅軍三十多名女性稀有元素之一。她嬌小玲瓏，善使手槍，英姿颯爽，也曾使毛澤東如醉如癡。然而，不論是賀子珍，還是江青，都比開慧低好幾個層次。開慧是明月，她們不過是月邊暗淡的寒星。

「開慧，我的賢妻！岸英，我的乖乖兒！要是你們健在，我就可以向你們一吐衷曲。我毛澤東有多少知心話兒要對你們說呵！天下之大，我竟找不到一個知心人，交不到一個知己朋友。我有話，只能對衛士們說，只能聽衛士們講。」那個小衛士講什麼？他說有一個湖南的老婦人，聽說他在跟毛澤東當差，一定要他帶一句話給毛主席，問毛主席一句話。毛澤東問他是什麼話，他打死也不肯說。毛澤東急了，命令他說，並赦他說錯話無罪。「知無不言，言無不盡，聞者足戒，言者無罪」。小衛士老實，講了那句使毛澤東目瞪口呆了好久的話：「那個老人要我問你，毛主席他想把我們農人全餓死麼？」

馬克思呀！恩格斯呀！列寧呀！斯大林呀！你們的在天之靈明察秋毫，知道我毛澤東這一輩子為謀中國農民的福利，吃了多少苦，淘了多少神。當大躍進、人民公社、公共食堂的三面紅旗吹遍大江南北，四海之內捷報頻傳，高產衛星滿天飛，公共食堂敞開肚皮吃飯的時候，他興奮得幾天睡不好覺。

可是，老百姓確實在挨餓。饑荒、浮腫病，遍佈神州大地。據說正在餓死人。餓死了多少人？有人說餓殍遍野，誇張了一點吧。他當時並不知道，在他親自製作的三面紅旗迎風獵獵飛舞的壯觀世界裏，已有四千多萬人餓死在紅海洋中，比二次大戰時死的中國人還多出一千多萬。有個縣委書記說，老百姓在餓死倒下前，還在呼喊毛主席萬歲。這不比罵娘，吐唾沫到他毛澤東臉上還不給人留情面麼！

任你們罵唄。一個劉少奇，一個鄧小平，罵得比彭德懷還兇，你們的下場也會比彭德懷還慘。而那些跟着劉少奇、鄧小平「吼」的五級幹部，都變了心，成為了走資本主義道路的當權派，也不會有好下場的。只不過，饑荒確實存在，救老百姓的命要得緊。畢竟他們是愛他的子民呵！權且忍下這口氣，讓你們設法使農人吃飽飯後，再來「秋後算帳」。你，劉少奇，你，鄧小平，兩個資產階級司令部的代表人物，絕沒有好下場！你們，跟着劉鄧走的「走資派」們，也不會有好下場。我毛澤東將發動群眾把你們統統打倒，讓革命群眾「把你們打翻在地，再踏上一隻腳！」

毛澤東的思路明晰起來。他掐滅手中的煙頭，大步流星走進臥室，鑽進被窩，安然入睡。

中南海恢復了寧靜。

3

鄧小平跨入庭園，目光環視着一掃，將軍樓的景色盡收眼底。這是一幢兩層樓房，原本是南昌步兵學校校長丁是采少將的住宅。樓層外有一個用籬笆圍起的院壩。院壩內鋪蓋着花草和枝葉茂密的法國梧桐樹，綠色基調構成的寂靜氛圍與「革命」的外部世界的喧囂極不協調。

鄧小平精神為之一振，暗暗感謝毛澤東、周恩來將之「與世隔絕」起來，使他有時間在這個寧靜的環境裏反思他的一生，反思他為之獻身的事業的成敗得失。他矮小健壯的身體裏蘊藏着巨大無比的精神原子能，使他的黑眼珠熠熠閃光，莊嚴裏透出奔放，溫和裏藏着犀利。他不慌不忙地邁出了腳步，開始了午睡後例行的環繞院壩步行30圈的活動。

鄧小平的腳步在最初幾圈中平緩輕盈，似行雲流水，使人聯想起搖曳的樹枝、長江源頭冰雪消融形成的溪流、沾着晨露的青草。他的雙目微閉，獨自靜心地尋覓着感覺。漸漸地，他的眼前迷蒙起來。透過朦朧的雙眼，一陣陣靜謐無言的遐想，深邃睿智的思考，像清澈碧綠的溪水，流過他的皺紋特多的大腦皮層。

他是在什麼時候下定決心獻身中國人民的革命事業的？千里之行，始於足下。這個後來立志要作資本主義掘墓人的鄧小平，畢生事業卻發端於重慶一個大資本家的贊助。這個大資本家叫汪雲松，是當時重慶商會的會長。他創辦了重慶留法勤工儉學預備學校，組織了川東的留法勤工儉學活動。他的本意是要造就一批實業救國的人才，並不是要為共產黨培養幹部。有意開花花不發，無心插柳柳成蔭。他無意中竟為共產黨造就了兩個曠世奇才，一個是中華人民共和國元帥聶榮臻，一個就是鄧小平。鄧小平那時也不是共產黨，十五歲的他，從川北的窮鄉僻壤廣安來到重慶，抱着同汪雲松一樣的志向，考進留法預備學校，準備學成歸來，用西方的先進技術救中國。他當時並不知道共產主義為何物。可是，他到了法國以後，發現西方的資本主義制度並不像他想象的那般美好。

1922年，法國蒙達尼。鄧小平在法國做雜工──「馬老五」，「做工苦，做工苦，最苦莫過『馬老五』。」資本家的壓榨，工頭的辱罵，生活的痛苦，使他純潔的心靈受到不小的震撼，初步領略了資本主義的罪惡。但受中國傳統文化薰陶的他，抱着「天將降大任於斯人也，必將勞其筋骨，餓其體膚」的信念，苦中作樂，並未因此而萌生推翻資本主義制度的念頭。只是，當那個「遊蕩在歐洲的共產主義的幽靈」伴着小咖啡館的清談，同學蕭朴生、汪澤楷、聶榮臻、蔡暢、李富春，學長周恩來、蔡和森、趙世炎，《新青年》、《少年中國》等雜誌的耳濡目染，鑽進了他的腦海，使他樹立了共產主義的堅定信念。這個信念一確立，他便毫不動搖地為之奮鬥了幾十年。

1931年，瑞金。鄧小平擔任瑞金縣委書記，開始同毛澤東共事。1933年，他擔任會昌中心縣委書記時，由於實行毛澤東的「富農路線」，而被當時的黨中央作為江西蘇區「鄧毛謝古」毛派頭子受到批判、撤職、繳槍。「禍兮福所依，福兮禍所伏」。這一場飛來的橫禍使鄧小平的命運同毛澤東連在了一起。毛澤東將鄧小平當作自己人，隨着自己的沉浮而沉浮，飛黃騰達至成為中共七大領袖「毛劉周朱陳林鄧」之一，並當上了掌實權的總書記。以至他在文革中，由於他是毛的「自家人」，作為「劉鄧資產階級司令部」的代表人物之一，沒有像劉少奇那樣被徹底消滅，從思想到肉身。

在漫長的年代裏，鄧小平沒有辜負毛澤東的信任，他無條件地服從毛澤東，堅決執行毛澤東的一切指示，以至到了迷信、盲從的地步。「反右」時，他雖然隱約感到其中有些不對頭的地方，但仍然按照毛澤東的意圖，批准將幾百萬人劃為右派分子。然而，大躍進、總路線、人民公社三面紅旗帶來的嚴重惡果，卻使他震驚了。他投身革命，並不是要做誰的家臣，跟着皇帝老兒打天下，坐天下。他是中國人民的兒子。他深情地愛着他的祖國和人民。你毛澤東的所作所為能夠為國為民謀福利時，他自然聽你的話，按你的指示辦事；反之，他沒有理由跟着你去禍國殃民。他開始懷疑浪漫主義詩人毛澤東能不能理智地領導中國的現代化建設。於是，他在人人都不願冒得罪毛澤東的風險時，坦然地提議由務實派領袖劉少奇接替毛澤東擔任國家主席。後來，他為自己的這一「反叛」毛澤東的行為吃過「後悔藥」，開會時躲在角落裏，很少發言。他為此挨過毛澤東的批評。

我們革命的目的是什麼？捨身炸碉堡的董存瑞，拉響毀敵也自毀的炸藥包導火線時，發出了最後的吶喊：「為了新中國，前進！」

新中國有什麼東西吸引那麼多的戰士去為之拚命？因為我們共產黨人許諾在新中國裏有飽飯吃，有暖衣穿，大多數人能過上好日子。在三年困難時期，我們的大多數人過的是什麼樣的日子呵？食不果腹，衣不蔽體，赤地千里，餓殍遍野！真是慘不忍睹。而造成這一切的原因，主要是因為要實現你毛澤東「跑步進入共產主義社會」的黃粱美夢！黨中央糾正了你毛澤東的錯誤，度過了難關，使人民吃上了幾天飽飯，你不僅不高興，還面對以劉少奇為首的黨中央前台班子在人民群眾中日益增高的威信，產生了心理不平衡，在漂亮的口號掩護下，強行發動了「文化大革命」。你毛澤東為了一己的私利，不顧百姓的死活，國家的安危，真正是喪心病狂至極！

「與天奮鬥，其樂無窮；與地奮鬥，其樂無窮；與人奮鬥，其樂無窮」，這是你毛澤東的幸福觀。你把中國九百六十萬平方公里土地當作你的實驗室，八億人民當作你的實驗品，進行着你一次又一次的「狂人實驗」；你樂得手舞足蹈，寫了一首只在你夢幻中存在的田園抒情詩：「喜看稻菽千重浪，遍地英雄下夕煙。」實驗的結果是一次又一次的慘絕人寰的失敗，付出的是幾百萬、幾千萬老百姓死於非命的代價。你對這一切並無多少自責，全身心關注的只是自己是否「大權旁落」，那個以前「將天下當己任」的毛澤東跑到那兒去了呢？

1962年，七千人大會上，鄧小平講過「包產到戶」的問題，引用了他的四川老鄉、老搭檔劉伯承元帥常說的那個著名的民間諺語：「不管黃貓、黑貓，捉到老鼠就是好貓。」你毛澤東抓住這句話，盡情發揮：「不管白貓、黑貓呵，不管是帝國主義還是馬克思主義。」

你說得對啊，不管你是馬克思列寧主義，還是毛澤東思想，要經得起實踐檢驗，你的主義必須要使你的國家富強，你的民族復興，你的子民生活安康，才算得上是好主義啊。我們全黨一定要解放思想，實事求是，從「以階級鬥爭為綱」的泥淖中解放出來，轉而「以經濟建設為中心」，我們這個黨，我們這個民族，我們這個國家，才有希望啊！

「不管白貓、黑貓，捉到老鼠才是好貓」，「實踐是檢驗真理的唯一標準」，有什麼不對？

鄧小平在將軍樓裏轉了一圈又一圈，一套套治黨、治國的理論、方略、辦法在腦子裏逐漸成熟起來……

4

夏古傑發財後從政府手中買回爺爺的舊園花朝門及全河心村的土地300畝，修起了谷河心大橋，將谷河心與金馬鎮連成一體，並在谷河心以花朝門為核心建立起阿爾法集團公司的總部。他沒有沿襲川西豪紳軍閥建造大型四合院民居的老套子，不同於「劉文彩」式的民居，而採用了法國花園別墅的模式。花園內，分區形成了桂花園、夢幻園、杜鵑園、蘭園、竹園、月季園、牡丹園、芍藥園、山茶園、梅園、菊園、紫薇園、丁香園、玉蘭園、海棠園、石榴園、百合園、柑橘園、蘋果園、梨園、桃園、枇杷園、盆景園等二十八座面積3～5畝的小花園。他在每座小花園內，修了一棟或大或小的洋樓，錯落有致地排列在谷河心內。小花園與小花園之間，鋪有碎花崗石或卵石的大道。大道上空，用水泥砌成花架。花架上鋪滿七里香、紫藤、葡萄等藤本植物。主樓用花朝門的老主樓改建而成。整座大院，仍稱花朝門。

新花朝門也是「阿爾法」集團公司的「高幹院」，總經理以上幹部每人佔了一棟。主樓作了村辦公樓和「阿爾法」企業集團總公司的總部。夏古傑是金馬鎮的鎮長兼「阿爾法」公司總裁，兩邊辦公，但多數時間在花朝門，畢竟公司才能生財，經濟是一切的基礎嘛！

黃家寶和吳霞來到夏古傑辦公樓一樓的宴會廳坐定。

夏古傑以黃家寶賣給他的技術為本錢，依靠各級政府、金融機構為靠山，運用靈活的經營策略，建立了一個龐大的飼料王國。他有好多個全省、全國第一。他有兩個關鍵第一，一個是他在四川全省第一個採用現代企業的營銷策略，從產品經營邁入市場經營階段。他把全省分為川西、川東、川南、川北、川中五大片區，並在川外各省設立辦事處，建立了龐大的直銷網絡，其神經末梢直達星羅棋佈的基層供銷社，使飼料的市場佔有率在本省達到35%，在外省達到10%。他率先看中了廣告的作用。他並不盲目打廣告。他有一套精心策劃的營銷戰略。廣告隨着市場的推進而推進，先有市場，後打廣告。市場推進到那裏，廣告宣傳跟進到那裏。他的廣告詞也經過精心設計。他的一句家喻戶曉，樸實無華卻能蠱惑人心的廣告詞是：「三月不出肥，廠家包索賠」。於是，他從「萬元戶」到擁有億萬財富的支配權。這些財富的所有權，到底屬於誰，卻是誰也說不清的事。私人的嗎？當初是以他為鎮辦企業的承頭人名義搞起來的。國家的嗎？他沒有要國家一文錢本錢，貸款本息都是還得乾乾淨淨的。

說不清楚的事情就不說，有了錢就消費，吃喝玩樂全報銷，犯不了大法。如今，夏古傑是天天吃，吃得腦滿腸肥。他待客講排場，再也不是當年做酒斗碗，吃豆花飯的農家風格了。他讓女兒夏蘭妮來作陪。他指着滿桌的山珍海味向黃家寶、吳霞誇耀道：「我這裏招待客分三個等級，下等客，汪咚旺；中等客，炬滾燙；上等客，色香味形衛生又營養。」

黃家寶說：「我還是留戀你招待專家那天的酒斗碗，汪咚旺！」

夏古傑說：「你娃娃真不長進，享不來福。你可知道，人生有幾福？」

黃家寶說：「這你考不到我。人生有五福，壽富康寧是三福。加上『攸好德』，就是德行好；考終命，就是善終，死得舒服。對不？」

夏古傑打斷黃家寶的話，說：「錯，錯，錯！你那個五福的概念是陳穀子爛芝麻。人有一個洞洞與外界相通就有一福。你從頭上的洞洞數起，眼睛享眼福，鼻子享香福，耳朵享耳福，嘴巴享口福；下身還有一個口子，享艷福。」

大家哄笑起來。黃家寶道：「古傑，說話文雅點嘛，今天有女客喲。」

吳霞笑着說：「沒關係的，夏鎮長講的大實話嘛。」

夏古傑受到鼓勵，更放肆地說起來：「賺了錢就要享福。最近，我為了讓大家享福，成立了一個公司，叫『耍得安逸總公司』，我出任董事長兼總經理。總公司下設兩個分公司，一個叫『三垮』公司，目標是整垮男老闆的身體、家庭、經濟；另一個公司叫『壞女人』公司，養一批英俊的『鴨子』，專門為富姐、富婆服務，整垮她們。男老闆、女老闆都整垮了，世界上就只剩下我，唯我獨尊，唯我獨富了。」

吳霞故作好奇地問：「養鴨子來幹什麼？」

夏古傑「哈哈」笑了，說：「哎呀，哎呀，吳小姐太單純了，連鴨子是啥子都不曉得。我不敢說了，我不敢說了。莫把吳小姐教壞了。」

吳霞不依，催道：「快說，快說，我想曉得！」

夏古傑不肯說，黃家寶代勞道：「鴨子這個話是從港台進口的，妓女叫『雞』，男妓叫『鴨子』，專供女人玩的男人！」

吳霞不斷念叨着「鴨子」這個詞，「格格」地笑得斷了氣，說：「鴨子，鴨子，好！好！」

黃家寶不解地問：「有什麼好的？」

吳霞收斂了笑容，故作正經地說：「就是好！這才有一點男、女平等的味道。」

夏古傑說：「吳小姐想玩『鴨子』？我給你買幾隻。」

黃家寶瞪了夏古傑一眼，說：「哎，古傑，玩笑莫開過火了，謹防說『鼓』呵。」

夏古傑忙向吳霞拱拱手，說：「對不起，對不起！」

吳霞不在意地說：「沒關係的。大家都是說來耍嘛，開開心。其實，我才不想同那些『青勾子』娃娃打交道呢。」

夏古傑問：「你喜歡成熟的男人？」

吳霞正色道：「我喜歡成熟的正經的男子。」

夏古傑指指自己的鼻子，說：「這兒就有一個。」

吳霞心一動，竟然臉紅了，不自覺地向夏古傑丟了一個媚眼，不知道答什麼好，含糊地咕嚕了一句：「天曉得。」

5

1992年1月20日上午，中國改革開放的總設計師、88歲高齡的鄧小平南巡途中來到深圳國貿大廈。他乘電梯登上高樓頂部的旋轉餐廳，臨窗遠望，只見當年他劃了一個圈的特區中高樓拔地而起，在原來巴掌般大的寶安城舊址周圍出現了一個欣欣向榮的現代化城市。他高興，他憂慮。

使鄧小平高興的是，自從1978年掀倒了「凡是」派，實行改革開放政策以來，社會經濟取得了巨大進步。以他為首的中央，支持了安徽鳳陽小崗村農民的壯舉，砍掉了左傾時代的最後一面旗幟——人民公社，實行家庭聯產承包責任制，並摒棄「階級鬥爭為綱」，實行以經濟建設為中心的方針，使國民經濟，特別是農村經濟得到了很大發展，全國人民已無衣食之虞。

使鄧小平憂慮的是，城市改革困難重重，要達到中央預定在世紀末工農業生產總值翻兩番的目標，城市改革必須要有所突破。況且，前蘇聯及東歐巨變，社會主義陣營解體，想以「不變應萬變」，「敵變我不變」，經濟發展就會跟不上，落後了就要挨打，中華民族在地球上將無立錐之地，將被開除球籍！

「要是全國多幾個深圳就好了！」鄧小平想。他坐下來，聽完深圳市委書記的匯報，高興地說：「深圳的重要經驗就是闖，沒有一點闖的精神，沒有一點『冒』的精神，沒有一點氣呀，勁呀，就走不出一條好路，走不出一條新路，就幹不好新的事業。不冒一點風險，辦什麼事情都有百分之百的把握，萬無一失，誰敢說這個話？」

鄧小平的這段話很快傳遍全國。他在南巡途中，一面走，一面說。「膽子要再大一點，步子要再快一點」。「判斷各方面工作的是非標準有三條，一是看是否有利於發展生產力，二看是否有利於增強綜合國力，三看是否有利於提高人民的生活水平」。「要發展高新技術，越新越好，越高越好」。「高科技領域，中國要在世界上佔一席之地」。

這些擲地有聲的話，傳到大江南北，像和煦的春風，掀起了全國改革開放的第二次高潮。

6

2005年元旦。拂曉。三亞亞龍灣，中國冬季旅遊地最暖和的地方。黃家寶半夜便起床了，悄悄地溜到「喜來登酒店」前的大海邊，佇立在有「東方夏威夷」美譽的亞龍灣海灘上。他要見識古詩中「海上生明月，天涯共此時」的美景，也要再一次欣賞百看不厭的海上日出的壯麗景色。

這是一個月白風清之夜。一輪好大好大的月亮高懸中天，銀輝將大海映起了一大片連着一大片的粼粼波光。

天際邊的曙光似一條金線，陽光藏在這金線的後面，準備着今日的輝煌。

退潮了，海浪一面後退，一面仍有節奏地拍擊着海灘，發出經年不息的問候。

突然，天邊出現了一片紅霞，太陽緊跟着朝霞從海平面跳出來，將一層金輝撒在浩瀚的海面上。被微風吹皺的海水，失去了藍色，變成一片燦爛的金黃。整個海面，猶如金磚鑲嵌的一幅碩大無朋的地毯。

天大亮了。黃家寶猛地發現，海潮在迅速下退，海灘從漲潮時的邊緣線下退了七、八十米，這是他連續四年來在亞龍灣看到的最寬的沙灘。怎麼？太平洋也要發生海嘯！他從一篇關於印度洋大地震和大海嘯的報導中，看到一個英國小女孩，用她在科普書中獲得的海嘯知識，救了普吉島一個海邊旅遊點幾千人性命的故事。原來，海潮迅速下退，是海嘯發生的前兆。小女孩觀察到了這一現象，報了警，人們在海嘯到來之前，逃離海灘，揀了幾千條命。

現在，海潮正在亞龍灣迅速下退，是否應向誰發出警告？他摸出口袋裏的三星手機，開始按110，他不禁啞然失笑，停止了動作。如果他把這信息發出去，人們不把他當瘋子才怪！至少也是神經過敏，才在印度洋發生了幾十年難遇、罕見的大地震和大海嘯，怎麼可能又在太平洋立即發生？如果真是禍不單行，發生大海嘯了，他情願獨立欣賞這畢身難見的壯麗景色，也不願意去出「洋相」！於是，他開始檢查帶照相功能的手機，在壯觀出現時拍下絕對有「賣相」的照片。

他又「嘿」地一笑，自己被海嘯卷走了，照片賣給誰？海龍王？閻王？他想起了最近思索得最多的死亡問題。他到了應該考慮死亡問題的時候了。父親是64歲去世的，他今年也年過花甲，離那個危險的年齡已經不遠了。

年過花甲的人了，他還能做什麼？他是一個作家，寫了不少書，但沒有一本叫得很響，做到家喻戶曉的。他發誓：「語不驚人死不休」，不留下傳世之作不罷手。然而，在這把年紀，還要奮鬥，笑不笑人？

7

過過現代人的生活吧。黃家寶打開筆記本電腦，進入新浪的網頁，在搜索欄上打出「虛擬人」三字，點擊，於是，一連串虛擬人出現了。日本虛擬歌手伊達恭子是個「二八佳人」，16歲，魔鬼身材，正在用甜美柔和略帶沙啞的嗓子唱《你的撫摸使我沉醉》，令人傾倒。更加迷人的是，伊達恭子善解人意，沒有歌星架子，從不擺譜，不發脾氣，還通曉7種語言，可以連續唱數小時而不會累倒。

英國虛擬歌手巴比，18歲，單身且寂寞，會多種語言。巴比一定會受到單身且寂寞的同類的歡迎，使他們想入非非。

美國虛擬新聞節目主持人阿納諾娃，28歲，身高173厘米，和藹可親，謙遜聰慧。她不僅能連續24小時報道新聞節目，還能根據用戶的要求進行「點播新聞」服務，每分鐘一次不知疲倦地幫助你搜索你需要的網上最新消息。

世界真奇妙。

聽說，人們根據「虛擬現實VR」發展前景推測出一種新新人類，生活在虛擬現實中的新新人類──「靈境」人。「靈境」人戴着三維視聽頭盔、傳感手套、穿着傳感緊身服，把四肢連接在自由運動的支架上，與外界交流。這似乎是正在橫掃世界的「虛擬現實VR」的常規技術，並無稀罕之處。然而，「靈境」人並不只是把「虛擬現實VR」當作一種造福人類的技術手段，而是將「虛擬現實VR」當成一種生活方式。「靈境」人一輩子足不出戶，只在「虛擬現實VR」創造的虛擬環境中生活。

更加難以思議的是，有人認為「靈境」人是人類發展的方向。他們預測，2300年，人類的大多數將在「靈境」中生活，由人類的替身機器人從事物質生產，「靈境」人則進行藝術創造等高級活動。3500年，「靈境」人從小孩子開始，就在「靈境」中生活，一生不能須臾離開「靈境」，頭盔、緊身服成了「靈境」人不可或缺的人造器官，猶如人體多長了一層皮膚。3600年，人類已完成了向「靈境」人的進化。那時，在「靈境」中生活的我們的後代把他們在自然環境中生活的祖先當成野蠻人，史前人類，並在日常生活中忘記「野蠻人」的生活方式。

你喜歡「靈境」人的生活方式嗎？不管你持何種觀點，反正他黃家寶不喜歡，並反對現代人向「靈境」人方向退化。

更加奇妙的是，有人推測，我們生活的這個世界是一個虛擬世界，我們就是「虛擬人」。也許，某天，我們一覺醒來，回到真實的世界，才發現我們在人世上經歷的一切，竟是「虛擬的」！而且，專家說，這種推測是用電子計算機進行的，可能性在70%以上！

8

可是，黃家寶怎麼也不能相信，自己是在虛擬世界中生活。他的生活是實實在在的，可摸可觸的。他在這個真實的世界裏有滋有味地活了幾十年。如今，年齡不饒人，他已到了領導幹部「七上八下」的骨節眼上。他在工廠裏的廠長職位被免掉了，當了「調研員」。他辦的「度假村」也關門了。他沒事可幹了，職業生涯結束了。

黃家寶經過短暫的苦悶和彷徨後，很快想通了，想開了。國有企業曾經輝煌過，但在社會日新月異的發展過程中，在市場經濟的汪洋大海裏，機制落後了，技術落伍了。它已不是先進生產力的代表，必然要被先進生產力的代表淘汰出局，再能幹的人也不能挽回國有企業的頹勢。他們已經盡力了，他們已經完成了歷史使命。

國有企業被淘汰出局了，但國有企業的人不應被淘汰出局，黃家寶更不甘自己被淘汰出局。他的人生拚搏並未結束，他的人生價值還未完全實現。他那位同年同校的南開同學溫家寶，剛當選為國務院總理，開始了他一生最光輝燦爛的時期。難道在社會基層的黃家寶，就因沒當高官，就該「偃旗息鼓」，靠養老金度日，靜候末日的來臨？

在痛定思痛以後，黃家寶想起自己做了許多年的夢，他要寫一部反映中國近100年巨變的全景式長篇小說《花朝門》，使之成為中華民族復興的一部史詩。本來，這樣一部力作，是應該在20年前他年富力強時就可以出籠的，但是，在那時，他在八方作戰，無法集中精力來寫這部書。

現在好了，他脫離「紅塵」了，可以靜下心來完成自己的「絕唱」了。雖然年紀大了一點，但他覺得自己精力旺盛，激情似火，腦子也很活躍，在哪一方面都不會輸給年輕作家。而且，他比之一般作家還有生活優勢。記得，他的第一篇小說《紅辣椒》在《紅岩》上發表，編輯熊小凡老師就對他十分器重，對他說：「你有生活。」

是的，他有生活。他親身經歷了二十世紀後50年中國巨變中的幾乎所有重要事件，他感知了他的父輩、兒孫輩在二十世紀100年中為振興中華、復興中華的奮鬥歷程。這些活鮮鮮的民族秘史，再不記錄下來，就會失傳。這是那些時髦的青春小說家們無法完成的歷史使命。他要擔起這個責任。

他為什麼要把這麼重的責任擔在自己身上，是不是「吃飽了撐的」？最近，他開始思索人生的意義？有個作家說：「人生的意義便是沒意義」。這話真時髦，可讓人「丈二金剛——摸不着頭腦」。現在，關心政治的人少了。人們忙着享樂了。「國家興亡，匹夫有責」，沒有多少人相信這種曾激動過二十世紀一代又一代青年人的口號了。

「商女不知亡國恨」啊！你生活在這個世界上，你作為一個中國人，你和你的家族，有多少人能脫離民族、國家而單獨生存？中國剛剛脫離了屈辱的百年近代史，國力還沒有到達任誰也不怕的程度。宿敵日本，那位首相帶頭去祭拜供着二戰侵華甲級戰犯神位的靖國神社，繼續做着「大東亞共榮圈」的迷夢；亦友亦敵的美國，不時對中國走向強大冒着「酸水」：中國還不到高枕無憂、專享太平的時候！

9

這時，黃家寶突然被沙灘上的一個獨特的景色扯住了眼球。海灘上安放有許多沙灘躺椅，每對躺椅中間豎着一張椰樹皮製成的華蓋。黃家寶知道，酒店來了一批「先富起來」的俄羅斯人。有一個穿着玫瑰紅色套裙的女人躺在沙灘椅上。他朝這個女人走去。走近一看，這個女人原來是一個很漂亮的俄羅斯姑娘，正躺在沙灘椅上看書，黃家寶覺得這本書好熟悉。他好奇地湊過去一看，竟是自己寫的長篇小說《異國情書》。黃家寶英語不行，但他的俄語不錯，前不久才通過了晉升教授級高工的俄語考試。黃家寶用俄語向那洋姑娘問了好：「Здрашвэте товарищи！」（俄語：你好，同志！）

姑娘坐起身來，用標準的中國普通話說：「你好！你的俄語說得太標準了，彈音很地道。不過，我們已不習慣互稱同志了。你是很早以前學的俄語吧？」

黃家寶說：「是的。上個世紀五十年代，我在讀中學的時候。那時，我還交過一個蘇聯姑娘做朋友呢！」

姑娘說：「真的？」

黃家寶說：「你手中的那本書裏，有好多信就是我寫給那個蘇聯姑娘的。」

姑娘說：「我太高興了。這本書是你寫的？你是黃家寶？」

黃家寶拿過姑娘手中的書，指了指扉頁上的相片，說：「看，像不像我？」

姑娘睜大那像海水一樣藍的眼睛，把黃家寶端詳了半天，說：「太像了！我很榮幸，能碰上黃伯伯。我到成都四川大學來讀中文系時，我母親就託過我來找你。我到哪兒去找啊？有一天，我在九眼橋書市看到這部書的封面。封面上那個人好像我媽媽呀！我買回來一看，那上面有好多封信都是寫給我媽媽的。從那時起，我就開始尋找你。想不到，『踏破鐵鞋無覓處，得來全不費功夫』，在這兒把你碰上了。」

黃家寶問：「你媽媽還好嗎？她現在在哪裏？」

姑娘用俄語喊起來。在海灘邊散步的一個金髮女郎走過來，用俄語同女兒談了一陣，又把書拿來看了看，上上下下把黃家寶打量了一番，然後，發出一聲輕叫，張開雙臂，向黃家寶走來，興奮地說：「天啦，真的是你？黃家寶，四十年……」

金髮女郎緊緊地抱住黃家寶，親吻着他的雙頰。黃家寶抬頭望了望吧台上表情驚愕的妻子左一曼，伸出手來做了個莫名其妙的手勢。金髮女郎鬆開了他，黃家寶忙說：「卓婭，我的妻子在那邊，請你和你的女兒去坐一坐。」

黃家寶把卓婭和姑娘引到露天酒吧上，左一曼起來迎接，讓座。卓婭和姑娘坐在黃家寶兩邊。黃家寶向走過來的侍者要了兩杯咖啡。黃家寶指着卓婭向左一曼介紹道：「這是我讀南開中學時交的蘇聯朋友卓婭。那時，我們班的同學發出了一批信到蘇聯去尋找朋友，我收到了卓婭的信。以後，我到蘇聯去留學，同卓婭好上了。我們的關係維持了兩年，直到我回國。回國後，我們互通了一段時間信，後來卓婭不再給我回信，突然消失了。我寫了很多封信也被退了回來。這些信，我發表在《異國情書》裏，你看過，我不多講了。」

左一曼拍手道：「啊，異國情緣，四十年後才得圓夢，好浪漫！」

黃家寶忙向卓婭介紹道：「這是我的夫人左一曼！」

卓婭端詳了一下左一曼，讚道：「Красивая девушка！」

左一曼茫然，黃家寶翻譯道：「她說你好漂亮。」

左一曼看了看卓婭，雖然年齡大了一些，但很有氣質，是一位高貴典雅的貴婦人，便禮貌地說：「你也很美！」

黃家寶轉向洋姑娘，向左一曼介紹道：「這是卓婭的女兒，在我們成都讀書，四川大學中文系的學生，俄羅斯人，叫……」

洋姑娘用漢語答道：「阿米娜。我不是俄羅斯人，我爸爸是海灣地區一個酋長國的王子。」

左一曼問：「你媽媽是王妃？」

阿米娜點點頭。

左一曼又問：「你是公主？」

阿米娜又點點頭。

左一曼說：「哇！我以前只在童話裏看過公主，想不到今天真看到了，與童話中的一模一樣，好漂亮！」

黃家寶問：「你媽媽怎麼會嫁給王子呢？」

阿米娜說：「媽媽是前蘇聯的情報人員，派到那個酋長國去工作，被王子看上了。」

左一曼說：「我明白了，你媽媽是克格勃的女間諜吧，就像『007』中演的那樣？真刺激！」

阿米娜說：「差不多。現在蘇聯解體了，這也不是什麼秘密了。」

卓婭動情地說：「我並不愛他！我的心中只有黃家寶……」

黃家寶看了看左一曼，左一曼的表情很平靜，微笑着望着他。他忙說：「卓婭，這是一段美好的記憶，讓我們永遠把它珍藏心中。我和我的夫人會永遠把你當好朋友的。」

左一曼說：「對，你永遠是我們的好朋友。我們家的大門永遠向你和你的女兒敞開。」

卓婭禮貌地欠身道：「Сбасиба！（謝謝！）」

卓婭被丈夫喊走了，女兒留了下來。阿米娜聽說正在開黃家寶新作《花朝門》的討論會，要留下來旁聽，她可不會錯過這個學習中國文學的好機會呢。她一邊聽一邊翻看《花朝門》的打印稿。

10

黃家寶睡了一個午覺，起床以後，左一曼頭天晚上看黃家寶的小說很晚才睡，午覺睡得很沉，喊不起來。無奈，他獨自一人提着一個裝有浴衣的塑料袋，來到海邊的一片椰林中。他在林中換好游泳褲，披了一件浴衣走出來。他將浴巾放在沙灘上，走進海水中。

三亞冬天的海水也很溫暖，大約有二十七、八攝氏度吧。黃家寶只能游一、二百米，不敢游遠。亞龍灣這一片浴場特別平，游出去50多米，海水才淹到肚臍。他游到大半人深的海中，站立起來，突然，他發現不遠處有一個人影鑽進了海水中，一會兒從他旁邊「拱」出來，接着是一連串銀鈴般的笑聲。他嚇了一跳，定睛一看，是阿米娜。阿米娜穿着一件很暴露的三點式浴衣，「肉滾滾」的，很性感。她抱住黃家寶，在他臉上一陣親吻。那兩個很大的奶子緊貼着他，使他幾乎不能自恃。黃家寶禮貌地輕輕推開她，問：「是你？你媽媽呢？」

阿米娜指了指岸上沙灘中豎起的一朵像蘑菇一樣的傘，說：「在上面。走！去見我媽媽。」

阿米娜拉着黃家寶的手，向海灘上走去。

黃家寶來到那朵「蘑菇」旁，卓婭正在躺椅上看他的《花朝門》打字稿，桌上放着一本《異國情書》，看來她的中文程度不錯。她發現了黃家寶，放下書稿，向黃家寶走來，緊緊地擁抱了他。卓婭招呼黃家寶在另一張沙灘躺椅上坐下，遞給他一瓶礦泉水。重新落座後，卓婭指着桌上的《異國情書》，說：「這太令人感動了。當年，要不是中蘇關係破裂，我倆早已『喜結連理』了。你知道嗎？你走後，外交學院要我改學阿拉伯語，並強迫我斷絕與你的通信往來。」

黃家寶搖搖頭，說：「沒辦法，我們兩個普通的人，怎麼拗得過大人物，擺脫得了社會的安排呢？現在好啦，兩個吵架的大人物不在了，蘇聯也不存在了，中國和俄羅斯也友好了。」

卓婭說：「世界的格局變了，我那些俄羅斯朋友常對我說，過去的二哥中國，現在變成大哥了。時過境遷了，我們也老了。」

黃家寶說：「我沒有什麼可抱怨的了。我們能在有生之年，見上一面，重新成為好朋友，我已喜出望外了。我已知足了。」

說話間，阿米娜在不遠處叫了起來：「黃伯伯，你快來！」

卓婭說：「你去吧，阿米娜也很崇拜你呢。」

黃家寶走過去，阿米娜在沙灘上挖了一個人形的坑，說：「黃伯伯，躺進去，我把你活埋了，讓你進行日光沙浴！」

黃家寶聽話地躺進了沙坑，阿米娜捧起一把把沙，一邊格格地笑着，把他從腳到胸慢慢地掩埋起來，只把頭留在外面。被「活埋」的黃家寶將自己的牛仔帽蓋在頭上。黃家寶便從人們的視線中消失了。黃家寶埋在沙堆裏開始做夢。他的文學老師艾蕪教過他寫小說的三個秘訣：「做夢」；「大故事套小故事」；「意料之外，情理之中」。雖然「文無定法」，雖然文學貴在創新，但創新並不排斥對前輩留下的文學遺產的繼承。做夢是創作小說的一大妙法。天上有太陽暖烘烘地照着，身上有熱乎乎的沙子蓋着，旁邊有美麗的異國少女躺着，遠方有海水的浪濤聲響着，他開始根據卓婭及許多青年作家朋友的意見重新結構自己的長篇小說，一幕幕五彩繽紛的意識流從腦海中滾滾而過。他的頭腦裏做起了一個又一個絢麗多彩的夢，有的有邏輯，有的沒頭沒腦。黃家寶自己、近在咫尺的阿米娜、遠在天邊的情人李白雪，成了他的夢中的主角……

一部表達黃家寶對人類、對地球終極關懷，以意識流、情緒統領「真實世界中虛擬人」，或者，「虛擬世界中真實人」的故事的長篇小說脫穎而出。

第一章

1

黃家寶接到四妹黃家露的電話，說父親病危，已不能說話，不斷地把手伸出來，舉着三個指頭，頑強地不肯嚥氣。他們明白，他是想見「三娃子」。黃家寶排行第三，一家老老小小，以至親朋好友，都愛叫他的小名「三娃子」，或「三」、「猴三」。他拿起一個小黑皮包，在裏面塞了些錢，鑽進廠辦調來的「力桑」車，司機小孫麻利地將車開出廠，從九眼橋旁的龍舟路上了成渝公路。

小車在坑坑窪窪的老成渝公路上艱難地行進着。黃家寶沒有在意汽車的顛簸，也沒心情去瀏覽川西三月的美色，他神思恍惚，滿腦子都是父親黃開泰的形象。他一生和父親的關係是很奇怪的。黃家寶對父親的印象中，很少記得父親對他有過什麼愛的表示，很少得到父親的親情關懷。

童年時代，黃家寶記得的父親形象是一個戴着玳瑁眼鏡、很瘦、臉上有短短的稀疏鬍鬚的中年人。父親的樣子很嚴肅，黃家寶從沒見父親笑過，只記得父親打起他和哥哥來很兇。父親一天忙忙碌碌，常常喝得酩酊大醉。後來，黃家寶才明白，父親那時要養家活口，一人掙錢供八人用，真是不容易。父親為了應付生意，要同三教九流交往，當過袍哥的「紅旗管事」，常常被迫喝大量的酒。父親為此付出了沉重的代價。父親在中年時因酗酒、吸煙過多得了支氣管哮喘，使父親受了二十年的活罪。

母親是最愛黃家寶的。記得，母親彭宗俊常帶黃家寶到觀音橋街上去，買油條豆漿給他吃。將剛炸好的油條撕成一節一節的，放在熱氣騰騰的甜豆漿裏，泡軟了吃，味特好。至今他還保持了吃豆漿油條的習慣。

後來，每次進城母親都要帶黃家寶去吃「福喜」。父親是沒錢進飯館的，黃家寶同母親一來，父親便帶他們往那些「領江」進出的飯館鑽。黃家寶父親是長江航運管理局管「領江」（領江即引水，相當於大副，即第一副船長）的，「領江」要上哪條船歸父親調配，一般「領江」的工資都比較高，見到父親自然要請父親「搓一頓」。有時要換幾家館子才能碰到熟悉的「領江」，從這個飯館進，又從那個飯館出，就為碰到一個能請客的「領江」，黃家寶覺得他們一家人像「高級叫化子」，怪可憐的。黃家寶在那些飯館吃了許多好菜，但心中留下的卻是苦味。黃家寶至今覺得父親好可憐啊！也許就是在那一刻，黃家寶潛意識中決定長大了要掙很多錢，體體面面地過有錢人的生活的。雖然那會兒是窮人吃香，工人和貧下中農的子弟在班上比他這個「職員」出身的人「提勁」多了。

以後，父親被調到教育科，吃不到「福喜」了。聽母親說，這似乎與父親愛吃「福喜」有關係。人事科的孔繁科長曾告誡父親，不要經常與「領江」吃吃喝喝。

父親對吃是有研究的，在外面吃不到美食了，便在家裏自己做。記得，父親每周六要回觀音橋附近鄉下的家來。從他工作的地方，坐公共汽車到上清寺，下牛角沱，坐輪渡渡過嘉陵江到香國寺河邊碼頭，再從沿江的石板路走上三里地，穿過沿江的一段鄉間原野，才能到觀音橋附近郊外的家。當年交通不便，這一過程要花兩、三個小時。

常常到天快黑了父親還沒到家，在家翹首以待的母親便要他們兄弟姊妹中的一個去接父親。黃家寶也去接過幾次。黃家寶常到離觀音橋不遠的河邊香國寺去接父親。父親喘着氣，拄着拐杖，艱難地走着。黃家寶接過父親手中提的各種食品，如鮮肉、花生米、豆腐乾之類，同父親一前一後地走回家。隨着父親哮喘病的加重，父親回家的路越來越困難了，常十步一歇，喘着粗氣。黃家寶至今還回憶得起父親扶着拐杖，站立喘息，同時，眼睛直視前方，看離家還有多遠的神態。

父親一回到家，坐在竹躺椅上，還沒喘息定，便威風八面了。「小妹，沖蒜！」「『三娃子』，摘豌豆尖！」「四妹，剝花生米！」所有的人都行動起來，幾個助手上躥下跳也忙不過來。最後，在父親指揮下，湯燉好了，菜炒好了，全家人一頓美食。第二天全天，一家人唯一的事仍是在父親的指揮下，做午餐的準備。

吃飯時，母親愛給父親開單份，吃一點數量少而貴重一些的菜。這些菜，黃家寶從來無緣吃到。只有父親喜歡的四妹常被喚到跟前吃一、兩箸，嘗一點「鮮」，然後是大姐。因為父親在五個兄弟姊妹中最愛四妹黃家露和大姐黃家虹。

父親喝了幾口酒後，在飯桌上便不那麼嚴肅了，話也多了起來。黃家寶在飯桌上聽過至今難忘的幾個清代故事。一個故事是關於金聖歎的。父親說，金聖歎因文字獄被判斬刑。臨刑前，監斬官問他有何話說。他說：花生米拌豆腐乾，真好吃！黃家寶家也常吃花生米拌豆腐乾，將豆腐乾切成小方塊，拌上醬油、香油、味素，再加一點炒鹽花生米，拌在一起，真的「別有一種滋味在心頭」，教人至死不忘。黃家寶還聽父親講孝莊皇后收服洪承疇的故事，張獻忠屠四川時的「七殺令」。這些在當時的歷史教科書上都是找不到的。

吃了午飯，父親睡一會兒午覺，便起身回城，進行他那二、三個小時艱苦的歷程。

父親從未管過黃家寶讀書的事，甚至成績好壞也不記得父親問過他一次。但父親無心說出來的一句話卻影響了黃家寶一生的不少行為。這句話是：「永遠不要讓下屬抓到你的短處！」

黃家寶在執行中當然有很多修改，一是盡可能不做非禮之事，一是不得已要打擦邊球時盡量不要助手參與。黃家寶並不是時代的寵兒，他的出身不算好，因父親是輪船公司的職員，既不是屬於工人、貧農、僱農、下中農、革幹一類的紅五類，也不是屬於地主、富農、反革命分子、壞分子、右派分子一類的「黑五類」，大概應屬於中間狀態的職員、自由職業者、中農、教師、作家一類的「麻五類」吧。

有一年，黃家寶放暑假從成都回到重慶，那正是三年大饑餓的年代，他先到江北鄉下去看了母親和祖母，為鄉間赤地千里的景象震驚。後來，他再進城去看父親。在困難時期，父親當了施救站的管家，住在站裏，照料施救人員的生活。父親不像那個時候當伙食團長的人那麼「污」，管着那會兒比黃金還要貴重的糧食和蔬菜，也未亂動過一斤一兩，充其量讓家屬來吃自己節約下來的糧食，把自己從胖子餓成了「瘦猴子」。困難時期的父親，瘦骨嶙峋的形象深深地映到了他的腦海裏。

父親正在食堂的大廳裏驗收長航局派人從貴州山中收購來救急的冬瓜。大冬瓜擺了一地。送冬瓜的人走了，晚飯後，父母親才把三把涼椅安在門廳外的小壩子中，一人泡了一盅茶，一人搖着一把大蒲扇，坐在竹躺椅上聊天。

施救站位於重慶小什字鬧市區下面的水巷子裏。水巷子寬大的石梯上鋪滿了人。大旱使這一年重慶特別炎熱，晚上在家裏呆不住，幾乎全到街上來了。炎熱使人們忘了禮儀，男人個個穿短褲，赤膊上陣，女人也只加了一件背心。一個來訪的法國年青女人，入鄉隨俗，更進一步，連背心也不穿，光着上身，兩個大奶子在胸前搖動着，從寬大的石梯上走下來，去考察當年挑夫是怎樣從千廝門把河水一擔擔挑上來，供應全城，使這一條巷子成天濕漉漉，成為名聞遐邇的「水巷子」的。法國女人所到之處，引起一片驚呼，一群頑皮的小孩，跟在法國女人後面，唱着不知誰根據「月亮走」改編的兒歌：「摩登走，我也走，我跟摩登提『篋篋』（四川話，簸箕之意），一提提到長江口……」

法國女人走遠了，父子倆聊起天來。小時候，父子倆是很少聊天的。兒子大了，又留過學，父親對他不得不刮目相看，與以前那個不屑一顧的兒子談起知心話來。

黃家寶把在鄉下見到的情況向父親講了一遍，父親歎息一聲：「餓殍遍野啊！」

黃家寶心裏咯噔一聲，覺得父親太反動，忙勸道：「爸爸，別亂說，謹防惹禍喲！」

父親笑道：「放心，我只是在家裏說一說，在外面不會放炮的。『大鳴大放』那會兒，我就看清了這是一場陷阱，在各種會議上，怎麼動員我也一言不發，沒有講一句話。上面明明知道我『思想反動』，是個真正的『右派』，也奈何我不得，使我逃過了一劫。」

後來，父親的地位每況愈下。父親是在長航局二食堂守門人的位子上退休的。本來，父親一生中最後一個職務是伙食團長，管幾百人的吃飯問題。困難時期以後，市場上的供應好起來，這給了對「吃」很有研究的父親一個施展才能的機會。他將每頓飯的食譜都做得很講究，一周內頓頓菜不重複。他做的麵食特別受職工歡迎，他們給他一個美稱：「黃小麵」。黃家寶進城去，也喜歡吃父親給他做的小麵。這種小麵，比著名的四川擔擔麵還好吃。芝麻醬，加上脆崩崩的酥黃豆、香噴噴的宜賓芽菜，那味兒呀，拿句成都話來說，就是「不擺了」！

然而，好景不長。由於父親身體每況愈下，出門爬上隔小什字大街只有幾十步的水巷子階梯都要花半個小時，只好去做幾乎一步都不用走的守門人工作了。父親給黃家寶最近的印象是，穿着一件前姐夫夏古傑送的破舊軍大衣，在門房裏烤着杠炭火，火盆灰中窖着紅苕。走路更艱難了，只有擠公共汽車時十分敏捷，汽車一來，他一蹦便衝到車門口，從邊沿擠上去。這是父親常向他傳授的擠車「小孔定律」，從車門中間去擠車，車門兩邊的人往中間擠，上不去，從車門邊沿擠，邊上的人一推，便上去了。黃家寶發現，雖然父親老朽不堪，卻喜歡搶着與年輕女人挨着坐。黃家寶對父親的行動很不以為然，心中很不敬地閃過一個「老色鬼」的念頭。說實在的，在黃家寶的心目中，父親的形象是很猥瑣的，沒出息的。他從心底裏看不起父親。

不過，畢竟父親就是父親。當黃家寶在成渝公路上顛簸了九小時，終於見到父親時，父親已經在太平間了。父親身上穿着一件軍衣，不像是共軍的，倒像是電影裏常見的國軍軍官服，浮腫的臉上在死後居然長出了鬍鬚，眼睛睜着。也許，他是臨終前未見到一生中從未推心置腹地談過一次心的小兒子，心有不甘，死不瞑目吧。他想起父親給自己講了多年的算命先生的預言。父親說，這個出名的「張鐵嘴」對他一生的預言，除了兩件，全部都兌現了。一件還沒有兌現的是，「張鐵嘴」預言他死於63歲，63歲時他並沒死。可如今，父親64歲時死了。這也許是上蒼看父親後半輩子沒做過什麼「壞事」，獎勵他多活一歲吧！還有一件沒有兌現的是，他死時要「四子送終」，似乎是有四個子女在旁邊的意思。如今這句話也兌現了。當然，他咽氣時並沒有四個子女在身邊，他的身邊只有四妹黃家露。本來五妹也在身邊守護的，恰好他咽氣時五妹回家給他取壽衣去了。父親死後，大家才恍然大悟，原來「張鐵嘴」說的「四子送終」，不是有四個子女在身邊，而是由老四送終。黃家寶心裏歎了一聲，對父親說，不是老三不來見老爸最後一面，是老天早有安排，不讓我來的，你不必遺憾。黃家寶心裏這麼想着，伸手去抹了抹父親的眼瞼，強迫他「瞑目」了。

在長航局開完父親的追悼會，黃家寶和四妹黃家露結伴回江北觀音橋鄉下的老家去。走進家，母親彭宗俊在忙着做早飯。母親給他和家露端上兩小碗米湯蛋花。米湯蛋花是黃家的特色小吃。將米湯熬得濃濃的，放上一點豬油、鹽，沖一個蛋花，放點蔥。那味道呀，真是不擺了！黃家寶一匙匙吃着香噴噴的米湯蛋花，對家露說：「小時候，我對生活最大的願望便是，要是長大了，天天能吃一碗母親做的米湯蛋花，不知有多幸福。」

母親彭宗俊走過來，手上捧着一個紙箱，說：「你爸爸窮，沒留下什麼，他叫把這套軍服送給你作個紀念。這是幾十年中爸爸冒着風險留下來的黃埔軍校的軍服。你別看爸爸如今這副形象很落魄，他年輕時是著名的國文教師陶仲凱的高徒，後來還讀過黃埔軍校，當過輪船公司的經理。」

黃家寶接過紙箱，打開一看，是一套蘇式黃卡其布軍服，一根皮帶和一雙馬靴。他將這套軍服穿在身上，哈，像給他訂製的一樣，很合身。對鏡一看，一個英俊瀟灑的黃埔軍人活脫脫地站在面前，像電影裏的一樣。母親則看呆了，喃喃道：「太像了！太像了！」

母親跑進裏屋，抱出一本相冊，說：「看，看，這是我保存了幾十年的相冊，上面有許多老照片。如今改革開放了，我也不怕見人了。家寶，我知道你瞧不起你爸爸，你看看照片，就知道你父親是什麼人，別在『門縫裏看人——把人看扁了！』」

2

重慶皇后酒店裏燈紅酒綠、鶯歌燕舞，好不熱鬧。全重慶的富人都來了，他們是應黃家硝房老闆黃范石的邀請來參加聚會的。黃范石要把黃家巨大的產業交給從黃埔軍校回來的長子黃開泰管理，把黃開泰介紹給同行。

重慶的四大富戶之一，彭家的二小姐彭宗俊，是黃埔軍校六期的一百多個女兵之一，聽說黃家的大少爺是黃埔同學，便興沖沖地隨父親參加黃家的聚會來了。她一走進民族路上金碧輝煌的皇后酒店，跨進豪華氣派的舞廳，就發現有一個人，高出人群一個頭，「鶴立雞群」。他西裝革履，長得很帥。隨後，她聽到他的笑聲，笑聲爽朗。她聽到他的談話，談吐不俗，聲音富有磁性。她被這個人吸引，大姐彭宗文將她拉到他身旁，介紹道：「這是聚福洋行的少東家黃開泰。這是我妹妹宗俊。」

黃開泰連說：「幸會，幸會。我早聽宗文談起過你，想不到你長得如此漂亮，比姐姐還漂亮。哈哈！」

姐姐彭宗文打量了他一下，說：「太不像話，見一個愛一個，愛一個便丟一個，還要『砭』人家！宗俊，注意，不要上當受騙喏！」

彭宗文走了，把妹妹丟給了黃開泰。「何日君再來」的舞曲響起來，黃開泰學着英國紳士的樣，將一隻手撫在胸前，一隻手平伸出，一個90度的鞠躬禮，說：「宗俊小姐，能請你跳舞嗎？」

他們走進舞池。他的舞跳得很好，舞姿翩翩，輕盈，伴着美妙的樂曲在舞池中旋轉，尤如在五彩的雲朵中穿行，一曲下來，如癡如醉。曲終舞畢，他將她帶到一小茶几旁落座。他殷勤地為她端茶倒水。然後，他與她相對而坐，與她閒聊。雖然燈光暗淡，但她還是看清了他有一雙很大的眼睛，很清亮，看人時很專注。她就是被這一束專注的目光擊中的，就像被愛神丘比特的金箭擊中一樣。

宗俊問：「黃少爺，你是黃埔幾期的？」

黃開泰說：「一期。怎麼，你知道黃埔？」

彭宗俊自豪地說：「我也在黃埔軍校讀過書呢！只不過，我不是在廣州讀的，是在武漢分校受的訓，六期的，我們的教導主任是惲代英！」

黃開泰的眼一亮，仔細打量了這個身着鮮紅緞面旗袍的靚妹一眼，說：「失敬！失敬！想不到你這麼柔弱的女子，竟然當過軍人，還是我黃埔軍校的同學！走，這裏太鬧，我們到花園裏去談談。」

黃開泰挽着宗俊的臂彎，彬彬有禮地一路向熟人打招呼，點頭致意，出了舞廳的門，來到酒店花園裏，找了一個小亭落座。侍者送來兩杯咖啡，一壺牛奶。黃開泰殷勤地為宗俊在咖啡杯中加糖、加牛奶。舞廳中燈光很暗，他沒有看清「廬山真面目」。在明亮的花園裏，他才發現，彭宗俊是今日客人中最為耀眼的「星」。她不僅美貌出眾，更重要的是，嚴格的軍訓，使這位柔美的富家小姐帶上了一絲英武之氣，讓那些「嗲聲嗲氣」的富家小姐、「電影明星」相形見絀。

彭宗俊問：「黃少爺，你為什麼脫離了軍隊，離開了校長？」

黃開泰神色一下子緊張起來，但一看面前這張皎好的值得信賴的臉，便不自覺地「吐了真言」，湊近彭宗俊，神秘兮兮地說：「我實話告訴你吧，今年8月1日，我參加了南昌暴動，在福建潮汕地區被打散後，好不容易輾轉回到重慶的。」

「你這幾年的經歷一定不平凡，給我講講，好嗎？」

黃開泰點了點頭。他取出銀質煙盒，取出一支「強盜」牌香煙，摸出一盒紅頭火柴，點燃煙，吐出一串串煙圈。往事如煙，在撲朔迷離的霧中時隱時現……

3

清晨，一層薄霧籠罩了珠江，漸漸漫上長洲島，要塞炮台前的一面書着斗大的「蔣」字大紅旗在晨風中獵獵作響。長洲要塞司令部的大門開了，一群軍人步出大門，向500米開外的黃埔軍校走去。一個身着標準黃埔軍校軍服的副官在前面開道。緊跟着副官的，是一個英武的中年軍人。他高個精瘦，身板挺直，除穿一身黃呢軍衣外，外披一件黑面紅裏的拿破崙式斗篷，慢步踱來，目不斜視，頭正、肩平、胸寬、背直，顯得十分威武瀟灑。四個服裝整齊的士兵揹着槍跟在後面。這一小支隊伍活脫脫如戲台上的大將出行，威風凜凜。

一路上，正在大道上漫步的黃埔學生見到這群軍人，便駐足敬禮，喊一聲：「校長好！」校長微微地向學生點頭回禮，不斷地說着：「好！好！」

只有剛報到的三個四川籍學生黃開泰、夏澤西、左斯年見到這支隊伍不知所措，既未行禮又未問好。蔣介石在這三個失禮的學生面前停下來，兩隻像鷹一樣犀利的眼睛盯着他們，問：「剛到的？」

夏澤西曾在四川講武堂當過兵，懂些規矩，立正敬禮，用四川話答道：「是，校長！我們昨晚才從四川趕到。」

中央陸軍軍官學校校長兼長洲要塞司令蔣介石感興趣地打量了他們一下，說：「好，好，四川人。你們四川人來晚了，我特許錄取了二十個為一期學員。你叫什麼名字？哪裏人？」

夏澤西立正答道：「學生夏澤西，四川崇寧人！」

黃開泰也學着立正答道：「學生黃開泰，四川重慶人！」

蔣介石問：「你沒當過兵吧？」

黃開泰答道：「是，我入伍前是商科學生。」

蔣介石讚道：「好，投筆從戎！當今最重要的事是革命，革命……」

蔣介石將目光轉向左斯年，左斯年立正敬禮，說：「學生左斯年，四川崇寧人！」

蔣介石連聲說好，繼續向前走去。

4

1924年6月16日，廣州黃埔島上紅旗招展，嘹亮的黃埔軍校軍歌響徹雲霄：「怒潮澎湃，紅旗飛舞，這是革命的黃埔……」黃埔陸軍軍官學校開學典禮要舉行了。主席台的屏風上，用顏體大書着黃埔軍校的校訓：精誠親愛。國民黨總理兼陸軍軍官學校總理孫中山、校長蔣介石、黨代表廖仲愷、蘇聯顧問鮑羅廷、加倫將軍、柴顧問等站在主席台上。500多名學生在大操場上列隊，整齊的蘇式黃卡其布軍服、皮帶、馬靴，以及革命軍人臉上煥發出的精氣神，嚴肅活潑的隊伍，整齊的軍容，令那些來觀摩的舊式軍人耳目一新。

孫中山開始講話，全場肅靜下來。孫中山剛經歷了跟隨他二十年的黨徒、最信任的朋友陳炯明的叛變。他的總統府遭到他原來的朋友、部下，他的由眾多國民黨黨員組成的軍隊的炮轟。他部下的大炮把他趕出廣州，使他轉道香港到上海避難。在上海，他痛定思痛以後，接受了共產國際代表馬林要幫助他建立革命軍隊的建議，接受了共產黨幫助他輸送熱血青年到黃埔軍校受訓的好意。這座黃埔軍校，就是用蘇聯無償援助的200萬銀元和裝備，由各地共產黨組織選派學員，建立起來的。

孫中山在開學典禮上說出了他的心聲：「中國革命所以遲遲不能成功的原因，就是沒有真正革命武裝的隊伍，沒有廣大人民的基礎。現在無論哪一個部隊，都是假革命之名，行割據之實，克扣軍餉，剝削人民，貪圖私利，貽害蒼生，使我的革命主張不能實現。我做了驕兵悍將的傀儡，成了人民的罪人。過去如此，現在還是如此。為了完成我們的革命使命，所以我才下定決心改組國民黨，建立黨軍，實行工農政策。我們的第一步是要使革命的武力與民眾相結合，第二步要使革命的武力成為人民的武力。這就是創辦黃埔陸軍軍官學校的主旨，也就是黃埔陸軍軍官學校的使命。」

一席話說得全場革命軍人熱血沸騰，恨不能儘早學好本領剷除叛逆，打倒軍閥，使國民革命早日成功。黃埔軍校第一期學員在蘇聯顧問團超常規的訓練下，只用了七個月便畢業了。三個四川來的朋友一齊分到剛成立的教導團去當長官。黃開泰當了教導一團炮兵連一排排長，夏澤西任炮兵連連長，左斯年擔任教導二團連黨代表。

黃開泰永遠忘不了東征軍的三場血戰。

1925年初，黃埔軍接到了東征消滅盤踞東江的陳炯明的命令。部隊在東征軍總指揮蔣介石的率領下邊練兵邊前進，部隊連長以下的幹部都以為是訓練新兵，行軍演習。這一支剛組建起來的新兵隊伍，在蘇聯顧問的巧妙安排下，利用行軍的機會學會了放槍和各種戰術動作。沿途都有共產黨組織起來的歡迎東征軍的群眾。軍民同仇敵愾，沿途農民送茶送水，主動當挑夫，熱烈支援「學生軍」，軍民齊聲高唱着那首唱遍大江南北的歌：「打倒列強，打倒列強，除軍閥，除軍閥，國民革命成功，國民革命成功……」

隨後，黃埔學生軍進行了攻打淡水城的戰役。這時，這支從未打過仗的新兵隊伍才見識了什麼是戰爭，什麼是革命。在由110名國民黨員和共產黨員組成的敢死隊奮勇登城的榜樣鼓勵下，這支「學生軍」居然攻破了淡水。黃埔軍人在淡水戰役中第一次見識了犧牲，敢死隊營黨代表、國民黨員蔡光舉在率隊奮勇登城時陣亡，敢死隊連黨代表、共產黨員劉疇西在率隊衝擊到城牆根時被打斷了右臂，黃開泰的四川老鄉、敢死隊員左斯年在這次戰役中受了重傷，被送往傷兵醫院。

1925年2月17日上午，僅有兩千餘人的黃埔學生軍與有一萬多人的叛軍陳炯明的主力在平山山區遭遇，展開大戰。陳炯明的部隊訓練有素，他的悍將洪兆麟以「三衝」聞名。洪兆麟的部隊三次亡命的密集衝鋒曾使許多軍閥部隊聞風喪膽。黃開泰站在陣地後面的山炮前，在連長夏澤西的指揮下把一發發炮彈射向排山倒海般衝來的洪兆麟的隊伍。炮彈在密集的人群中爆炸，一發炮彈便是一大片敵軍倒下。加上蘇聯援助的馬克辛重機槍、機關槍的掃射，步槍、手榴彈的配合，把那些打「精神戰」的敵兵一片片地打倒在地。可是，這並不能阻擋剽悍的敵兵的前進。他們前仆後繼，勇猛地連續衝鋒。衝鋒的密集隊伍像潮水一樣，奔騰洶湧，猛烈異常。

要是一般的軍隊，不用三衝，只要一衝、二衝，就會被這種氣勢壓垮。但這是用孫中山的三民主義武裝起來的革命軍隊，是洋溢着黃埔革命精神的革命軍人。何況，他們還有蘇聯援助的先進武器。當勇猛的「三衝」部隊從火網空隙衝到黃埔軍面前時，黃埔軍人上好刺刀，跳出戰壕與敵兵肉搏。就是黃埔軍人手中閃閃發亮的刺刀，把敵兵鎮住的。這是敵兵第一次看到上了刺刀的步槍，他們的「老套筒」上是沒有刺刀的。

訓練有素的黃埔軍人黃開泰，上好刺刀，衝進敵陣。他迎面碰到一個瘦小的敵兵，舉起步槍向他頭上砸來。他用柴顧問教他的拚刺刀本領，一撥一拖一刺，便擋開了敵兵的槍筒，把銳利的刺刀插進敵兵的肚腹，在肚腹中一攪，攪得敵兵爛腸爛肚，叫一聲都來不及，便倒在地上。臨死前，敵兵用充滿恐懼與怨恨的眼光瞪了黃開泰一眼。最令黃開泰震驚的是，他的胸前掛着一個青天白日的國民黨黨徽，同他的朋友夏澤西胸前掛的黨徽一模一樣。黃開泰無暇顧及敵兵的感受，他迅速從敵兵身上拔出血淋淋的刺刀，向另一敵兵刺去，驚恐的敵兵轉身就跑。

在無數把閃閃發光的刺刀震懾下，敵兵精神崩潰了。兵敗如山倒，黃埔軍乘勝反擊，將洪兆麟的潰兵逐出東江地區。

5

1925年3月12日，黃埔軍同陳炯明的另兩名悍將林虎、李易標率領的四萬多叛軍展開了又一場血戰。陳炯明對於洪兆麟的一萬多人竟被兩千多新兵打敗這一事很不服氣，便派他的這兩名悍將尋找黃埔軍決戰。

12日拂曉，戰鬥打響了。叛軍人多勢眾，又很勇猛，黃埔軍一團傷亡三分之一，快要招架不住了。有一處陣線被叛軍突破，叛軍衝到一團指揮部前，團長何應欽親自率領衛士隊手機槍排進行反擊，好不容易把敵人打退，衛士死傷多人。緊跟一團行動的東征軍總指揮蔣介石在混戰中幾乎落入敵手，被正在附近的夏澤西硬搶了過來，背回指揮部。蔣介石一下地，便對何應欽說：「何團長，你要堅持，必須想辦法挽回局勢，我們不能後退一步。假如今天在此地失敗了，我們的一切都完了，再也無希望返回廣州了，革命事業也要遭到嚴重的挫折！」

蔣介石說完，轉過頭來問炮兵連長夏澤西：「為什麼六門大炮都打不響了，能不能再試一試？」

夏澤西應了一聲「是！」跑回山炮前，讓黃開泰當助手。夏澤西和黃開泰配合着撥弄了一陣，裝上炮彈，對準正聚在團部指揮所前方小河對岸的幾百敵軍，夏澤西一拉火，啞炮居然打響了，炮彈正落在這群敵人中間爆炸，打死了幾十個敵人。敵人一哄而散，向後奔逃。接着幾門啞炮經夏澤西、黃開泰撥弄，也炮炮打響了，且炮炮中的。敵人開始後退了。黃埔軍陣地上精疲力竭的官兵受到了鼓舞，跳出戰壕開始反攻。敵人又一次潰逃了。

這一仗以後，夏澤西升任炮兵營長，黃開泰升任連長。

在第二次東征中，夏澤西和黃開泰的炮兵營再建奇功。在惠州戰役，夏澤西的炮兵營起了決定性的作用。開始，國民革命軍總司令蔣介石沒有認識到炮兵的作用。蘇聯顧問建議蔣總司令用炮集中摧毀敵人設在城牆上的重機槍陣地並打開一處城牆缺口，給步兵開闢道路，掩護步兵接近城腳，然後實行爬城攻進城去。蔣總司令對這一建議嗤之以鼻。

於是，東征中最慘烈的一幕上演了。擔任攻城的黃埔軍二師四團，在團長劉堯宸的指揮下，開始了一輪又一輪猛烈的衝鋒。在敵人密集的火力下，一排人倒下了，第二排跟着衝上去。第二排死完了，第三排又跟着衝上去。副營長、共產黨員譚鹿鳴帶着人衝上去了，他同士兵一起倒在城牆根下。前仆後繼，一排又一排的人衝上去了，一會兒便屍積如山，城牆下堆了幾百人的死屍。眼看四團的人快拚光了，營長以下全部軍官傷亡殆盡，團長劉堯宸帶着殘兵發起了最後一次進攻，英勇無畏的團長也犧牲了。四團只剩下了炊事兵、勤雜兵及幾個戰鬥兵。

蔣總司令終於悔恨了。他調來夏澤西的炮兵營，集中轟擊一點。經過一天多不停地轟擊，終於摧毀了這一段的重機槍陣地，並炸開了城牆的一段缺口。一師的後續部隊，將爬城的梯子架在二師四團陣亡烈士的屍體上，衝進了城，全殲叛軍，佔領了惠州城。

在惠州城中，總司令蔣介石把夏澤西、黃開泰喊到身邊，嘉獎道：「你們為國民革命立了大功，你們是我最優秀的學生，你們的前程無量。」

6

汕頭好嶼島觀海亭中，衣衫襤褸的黃開泰、左斯年、夏澤西面對黃海呆立着。太陽快出來了，晨曦將海水映出金波一片，亭前高高的牡丹石以及牡丹石旁對峙的兩座綠色的山巒，披上了金輝。

黃開泰、左斯年、夏澤西都在以國民黨革命委員會名義舉行的南昌暴動部隊中。肉搏，一次次慘烈的肉搏。暴動部隊與國民革命軍主力，葉挺的十一軍、賀龍的二十軍與錢大鈞師短兵相接。昔日的黃埔軍校同學，畢業後因分到不同的部隊，如今成了對頭，成了冤家。用同樣上了刺刀的蘇式步槍，用同一個教官教出來的拚刺方法，展開對攻。同學殺同學，老鄉殺老鄉，殺得淚汪汪。戰場上一片撕心裂肺的呼喊。不少同班同學，一起從家鄉來參軍的毛根朋友在拚刺刀中碰面了。

「伢子，你們共產黨為何要造反？」「狗娃子，你龜兒子國民黨為何要背叛革命？」罵歸罵，掉眼淚歸掉眼淚，雙方仍如瘋狗一般對咬、撕殺，直殺得天昏地暗、日月無光。1927年8月20日，暴動部隊堅決的肉搏在會昌把錢大鈞部擊潰了，國軍敗退到筠門嶺。可是，10月3日，暴動部隊則在徐景唐、黃紹宏、任庭陋率領的國軍更加頑強的阻擊和肉搏中，在潮汕西面的湯坑潰敗了。兵敗如山倒。黃開泰、左斯年、夏澤西隨着潰兵在大道旁的流沙小廟會合了。許多人在這裏駐足，等待總部的命令。中共南昌暴動前敵委員會書記、國民黨革命委員會軍委主任周恩來躺在一個擔架上，被抬來了。他從擔架上下來，對以期待眼神望着他的人群，懊喪而着急地對滿壩的革委會要人和隨員們大聲嚷道：「你們這些先生還不走呀！現在我奉我們共產黨中央的命令，決定不再用中國國民黨這面旗幟了。現在中國國民黨革命委員會，事實上已不存在了。各位先生，就此分手吧！」

人群中出現一陣騷動。這時，從湯炕繼續湧來的潰兵，一面急行，一面狂喊：「快走！敵人追來了……」

隊伍立即作「鳥獸散」。

三位四川老鄉手拉着手，趁夜色跑到海邊，找到一個老漁民，給了他幾塊「袁大頭」，讓他幫他們找個地方藏身。老漁民將他們用船載到這個人跡罕至的小孤島上來。然後，拿着他們的「袁大頭」去買便裝。天亮了，忠厚的老漁民來了。他提了一個大包袱，裏面裝了幾套便服。

他們換好衣衫，黃開泰、左斯年打扮成商人模樣，夏澤西成了隨員。他們上船，渡海回到汕頭港。汕頭港停泊着一條輪船，正在生火，準備起航，煙囱上冒出了青煙，鳴響了招客的汽笛。他們走進港口旁的一家早茶店，要了汕頭出名的小吃：魚麵條、魚餃、牛肉丸、蠔烙、炒糕、糯米豬腸、魚丸，擺滿了桌子。他們餓壞了！狼吞虎嚥，風捲殘雲，一會兒功夫，所有的盤子都亮底了。店小二來收拾了杯盤，上了功夫茶。每人端了一杯茶喝起來。肚兒撐圓了，三個人才恢復了說話的興致。黃開泰說：「下一步怎麼辦？」

左斯年說：「我們還是各奔前程吧。我準備回四川崇寧老家去，在那兒找共產黨的組織，我這一輩子都要造老蔣的反！他殺了我們那麼多好同志，好兄弟，不推翻他，誓不為人。」

黃開泰說：「我既不是共產黨，也不是國民黨，但國共兩黨的反目確使我對政治厭倦了。我家是搞實業的，我準備回重慶去同父親一起幹。實業也能救國嘛！」

夏澤西說：「你那個實業救國行不通。孫中山、黃興先生讓袁世凱當了大總統後，都曾急流勇退，解甲歸田。孫中山先生更是一個心眼搞實業救國。他說，現在民族主義、民權主義都實現了，他要轉而搞實業，去實現他的民生主義了。結果如何？袁世凱竊國、軍閥割據，他不得不回過頭來搞『二次革命』，搞『東征』，搞『北伐』，死時留下話：『革命尚未成功，同志仍需努力』。我覺得，要解決中國的問題，只有用『槍桿子』。我這輩子可能與『槍桿子』結下不解之緣了。」

左斯年說：「中國積弱積貧兩百多年了，復興中華的路還很長。『路漫漫其修遠兮，吾將上下而求索』。救國之路很多，我們每個人都有自己的打算。我看，我們還是搭乘這條輪船到上海，在那兒分道揚鑣，各奔前程吧！」

黃開泰點了點頭，說：「這個主意我贊成。不過，我覺得，雖然今後我們每個人選擇的道路不同，但目標卻是一致的：解民倒懸之苦，復興中華。條條道路通羅馬嘛！我們三個是戰友，在一個戰壕裏從死人堆裏爬出來的，分別前我們來個『桃園三結義』，成為生死之交吧！」

夏澤西一拍腿，說：「好，我們結拜兄弟。今後，誰闖出來，都別忘了提攜其他兩個兄弟！」

左斯年也贊成這個主意。夏澤西曾在家鄉參加過袍哥，當過紅旗管事，他見早茶店屏風上有一「仁」字，知道這是袍哥與四川袍哥同源的下江洪幫接客之所，仁字堂的堂口，可以借他們的堂口行結拜之禮。他喚來堂倌，亮出袍哥的憑證：紅片。堂倌一驚，湊近夏澤西的耳邊，問：「客從遠來？」

夏澤西將手往桌下一藏，悄聲說：「四川崇寧仁字堂紅旗管事夏澤西。」

堂倌點點頭，轉身走了。一會兒，堂倌出來，對夏澤西低聲說：「請三位到內堂去，茶點錢碼頭送了。」

夏澤西站起來，跟在堂倌後面，黃開泰、左斯年尾隨其後。進入內堂，見一瘦小臉色黝黑的漢子立在堂中，堂倌介紹道：「這是碼頭紅旗管事劉仲謀。」

夏澤西向紅旗管事施了一個「歪子」禮（注：袍哥獨特禮節），說：「兄弟我姓夏，草字澤西，四川崇寧小碼頭，虛占仁字五排。這兩位是我的兄弟，這位姓左，草字斯年，仁字三排；這位姓黃，草字開泰，仁字五排。他們來時慌張，走得匆忙，未帶單張草片，本應登門拜訪各台龍哥虎弟，奈因人地生疏，遠近不一，只是口申登，索上服，久聞貴龍大碼頭山清水秀，人傑地靈，兄弟禮節不周，問候不到，請大五哥多多原諒。你哥子上與拜兄分憂解難，下與拜弟鏟方削平。兄弟多在山岡，少在書房，只知江湖貴重，不知江湖禮節，一切不周不到，望大五哥高抬貴手，不方的要方，不圓的要圓。」

紅旗管事打了一個手勢，制止夏澤西將這一套袍哥相見的繁瑣禮節繼續演下去，說：「看來你們都是四川人，遠道來客，必有事相求。洪幫、袍哥是一家，四海之內皆兄弟也。有事請講！」

夏澤西說：「大五哥痛快。我們三個即將分手，想在分手前，結為異姓兄弟，讓大五哥作個見證。」

紅旗管事說：「好說，好說。我們正好有個結義堂，跟我來！」

紅旗管事帶三人進入另一間房。房子正中掛着關公畫像，兩旁掛有對聯，上聯是「三人三姓三結義」，下聯是「一龍一虎一聖賢」。紅旗管事點上香燭，叫三人寫上「蘭譜」互相交換，在關羽畫像前跪下，由紅旗管事領念，三人跟念，發下誓言：「上坐關聖賢，下跪弟子黃開泰（夏澤西、左斯年）在面前，我三人結為異性兄弟，有禍同當，有福同享；不能同年同月同日生，但願同年同月同日死；今後如上不認兄，下不認弟，不得好死。」

7

黃開泰講完，對彭宗俊說：「重慶任何人都不知道這一點，你要為我保密。」

彭宗俊為黃開泰的信任感動得直想哭，她連連點頭，慎重承諾道：「放心，我會為你保密的。不過，我真想不通，國共兩黨以前那麼好，為什麼說翻臉就翻臉呢？國民黨和共產黨以前又怎麼能搞到一起呢？」

黃開泰把憋在心中幾個月的話對彭宗俊講了，有一種找到了知己的感覺。他平時本來話就多，在這樣一位天姿國色的「紅顏知己」面前更是饒舌，彭小姐的一句發問，便會引來他的一大篇滔滔宏論。

黃開泰說：「因為國民黨和共產黨有兩點是相同的，一是反對帝國主義的侵略，一是反對封建專制制度。而且，他們的目標也一致：改變中國積貧積弱的現狀，復興中華。」

彭宗俊點頭道：「是啊，我們這些熱血青年，正是看到了近一、二百年來，中國受盡帝國主義的欺凌，才參與五四運動，才跟着孫中山先生革命，以求中華民族復興，使中國人挺直腰杆站起來做人，不再受人欺凌的。既然如此，國共兩黨為啥要自相殘殺，水火不容呢？」

黃開泰說：「國民黨和共產黨雖然有一致的地方，但也有兩點根本的不同。國民黨是不講階級和階級鬥爭的，它們信奉民族主義，民族利益高於一切。而且，它們主張全國人民不分階層，都要精誠團結，相親相愛。因此，它們獲得了老闆、紳糧和不少工人、農民的擁護，社會各階層的人都踴躍加入國民黨。而共產黨是工人階級的政黨，講階級和階級鬥爭，講無產階級專政，它們以農民為同盟軍，與老闆和紳糧為革命對象，並將這些人視之為階級敵人。」

彭宗俊說：「這些主張可以通過社會實踐，通過競爭來決定孰勝孰負嗎！」

黃開泰說：「孫中山先生也是這麼想的。他想學習美國的兩黨制，所以制定了『聯俄、聯共、扶助農工』的三大政策，讓共產黨人加入國民黨，並讓國共兩黨在各地同時發展。如果他不過早去世，也許他的理想會實現。」

彭宗俊問：「是啊，孫中山先生一去世，國共兩黨就翻臉了。你是國民黨還是共產黨？」

黃開泰說：「我的兩個結拜兄弟一個是國民黨員，一個是共產黨員，都拉我去參加他們的黨，但我一個黨都沒參加。」

彭宗俊問：「那你怎麼參加了共產黨組織的南昌暴動呢？」

黃開泰說：「我身在共產黨領導的葉挺獨立團中，自然便隨着潮流參加了暴動，潮汕失敗後，我便輾轉從汕頭乘輪船到了上海，再從上海坐輪船回來了。」

彭宗俊問：「你今後怎麼辦？還管共產黨和國民黨的事麼？」

黃開泰說：「不管啦。政治上那些玩意兒真可怕，同志相殘，腥風血雨，苦不堪言。最令我難忘的，是我捅死的那個陳炯明的部將。他的胸口上掛着國民黨的黨徽。陳炯明的許多部隊都是集體加入了國民黨的。後來，在南昌暴動時，我又看到了那麼多戴着國民黨黨徽的人在毫不留情地互相廝殺。那時候，共產黨人都是加入了國民黨的。這種同志加兄弟之間的殘殺，是我最不能忍受的。」

彭宗俊問：「你不革命了？」

黃開泰說：「革命有不同形式。中山先生的三民主義有一條民生主義。民生不靠發展實業行不行？中國為什麼處處受人欺凌，窮啊！積貧引來積弱，不挨打受氣才怪。我發展實業，壯大國家的經濟實力，以達到強國富民，復興中華的目的，也是為實現中山先生的三民主義而奮鬥，也是革命嘛！」

彭宗俊說：「你這是實業救國。」

黃開泰說：「救國的方法很多，不論是實業救國，還是教育救國、科學救國、人格救國、民主救國，都是救國道路上不可缺少的環節，是並行不悖的。」

彭宗俊問：「你那兩個拜把子兄弟對你的選擇有何看法？」

黃開泰說：「他們一個共產黨，一個國民黨，去爭吧，去鬥吧。誰爭贏了，誰鬥贏了，誰掌權了，都會來找我這個實業家的，除非他們和他們統治下的百姓，能不吃飯穿衣！」

黃開泰與彭宗俊談得很投機，他找到了一個「紅顏知己」。而且，這是一種怎樣的知己啊！美麗的富家小姐，有文化的知識女性，還同他一樣，當過兵！他問：「你怎麼也不當兵了呢？」

彭宗俊淡淡一笑，簡單地說了說自己的經歷：「我在黃埔六期畢業後，分到第2軍1師3團去當女文書，隨軍到了樊城、襄陽。團長看起了我，向我求婚，可我一點不喜歡他，便當了逃兵，半夜三點多鐘從廁所後的矮牆中翻牆出去，乘一個小筏子，從襄陽逃到樊城，再坐船回到了重慶。

8

初次邂逅，黃開泰與彭宗俊互相印象都很深，不能釋懷。隨後，彭宗俊收到了黃開泰的信。黃開泰在信中敘說他的思念、愛慕之情。以後，他竟一天給她寫一封信來。他們常見面，常一起跳舞。她叫他有話當面說，不必費神寫那麼多信。他不聽，見面歸見面，寫信歸寫信。當寫到第66封信時，他同她見面，手捧一隻紅玫瑰，像紳士一樣一隻腿下跪，獻花後向她求婚。她接受了。

婚禮成了重慶的一大盛事。位於朝天門小梁子上的黃家硝房張燈結綵熱鬧非常。

黃家硝房是黃氏家族的發祥之地。黃開泰的祖籍是湖北麻城縣孝感鄉的黃家祠堂。其實，四川人絕大多數是「湖廣填四川」及以後陸續從「下江」上來的。明朝末年那場大動亂，四川人幾乎死光了。張獻忠殺人是最多的。他有一個七殺令，曰：「天生萬物以養人，人無一善以報天，殺殺殺殺殺殺殺！」張獻忠的濫殺無辜加上隨之而來的瘟疫，人禍天災使四川幾乎絕了人跡。清兵進入成都的時候，成都竟虎狼成群。清兵無法在成都立足，先把閬中當成省會，過了很久才遷回成都的。有一首《錦城竹枝詞》描繪過成都的情況：「大姨嫁陝二姨蘇，大嫂江西二嫂湖。戚友初逢問原籍，現無十世老成都。」大城市尚且如此，何況鄉村。只有下川東出了個女將秦良玉，保境安民，萬縣、忠縣一帶四川土著人才留得多一些。清朝初年，清政府強行將湖廣民眾移來四川。現在民間有個說法，說為什麼現在四川人喜歡背着手走來走去，就是當初移民時是被繩索捆綁來的，已經習慣於把雙手捆在背後走路了。當然，這是笑話。其實，清政府對來川人員有獎勵政策，每個人都要發幾十兩銀子作安家費呢！

黃開泰的祖上到四川來，要比「湖廣填四川」的時代晚一些。黃開泰那位不安分的老祖宗，據說因犯家法，被趕了出來。走投無路之中，想到了沿其他先人的足跡，到四川來。他腰無分文，身上只揣了母親慌亂中塞給他的兩個鹽蛋。好在有這兩個鹽蛋，使他在那個鹽比金子還貴的時代，能有力氣一路當牽夫，步行一月餘拉船走到重慶。在重慶，他在一個製革的硝房裏找到了一份工作。由於勤勉機敏，他逐漸得到硝房老闆的信任，當了老闆的乘龍快婿。不知是那一年，重慶發生兵災，有錢人家全逃了。黃開泰這位老祖宗捨不得放棄自己的家產，冒險留了下來。他還做了一件冒險的生意，用他的所有積蓄用極低的價錢買下了大批生牛皮，放入硝池。誰知，戰亂一過，皮革成了俏貨，他發了大財。從此，黃家硝房成了重慶出名的富戶，不僅經營皮革生意，還購置了大量房地產，開辦了許多生意。

當然，現在的黃家硝房今非昔比。製硝場已遷至江北鄉下，這兒變成了一所花園式豪宅。花園正中是一棟三層哥特式洋樓，尖尖的屋頂，寬大的迴廊，一樓有一個大廳，地面是磨石的，四周裝滿了花玻璃。今天，這間大廳作了舉行結婚儀式的禮堂。大紅雙囍字貼在藍、紅、綠色的花玻璃上。一條大紅地毯鋪在大廳裏，延伸到廳外的大道，直至用石牌坊構成的大門外。

花園綠地上的茶座裏坐滿了客人，重慶的四大富戶都來了。這四大富戶相互聯姻，有的還是親上加親。商會會長汪雲松來了，民生輪船公司老闆盧作孚來了，還有裕華紗廠老闆、天原化工廠老闆也來了。他們誰也不會放過欣賞黃家大少爺、大少奶奶豪華婚禮的機會。據說，這個婚禮將採用中西合璧的辦法進行，黃家大少爺喜歡創新，不知要玩什麼新花樣呢。

鞭炮劈劈啪啪地響起來。一隊洋人組成的軍樂隊敲起洋鼓，吹起洋號，簇擁着披紅掛彩，騎在高頭大馬上的黃開泰，喜氣洋洋，威風凜凜。新娘坐在花轎裏，十幾個挑夫擔着掛紅的七籠八箱嫁妝圍繞着花轎。在黃家硝房大門前，迎親隊伍停了下來。新郎翻身下馬，走到花轎前。這時，守候在大門外的黃家「廚師倌」提着一隻雞，閉着眼喃喃有詞，念道：「吉日良辰，天地開張，車馬還鄉！」

這是念給跟隨新娘的「祖宗」聽的。據說，新娘出嫁，死了的祖宗都要來送。「廚師倌」的這一詞，叫「回車馬」，是請新娘的「祖宗」們回去的。接着，「廚師倌」再念道：「天無忌，地無忌，日無忌，食無忌，姜太公在此，諸神迴避。」

「廚師倌」念完，一刀向雄雞的頸部割去，鮮血頓時流出來。「廚師倌」拎着滴血的雄雞，繞着花轎走了一周，阻止不聽話的新娘的「祖先」繼續前行。

黃開泰揭開轎簾，將新娘牽了出來。新娘穿了一件白紗婚禮服，幾個童子走上去，牽起曳地的白紗。婚禮進行曲響起來。新娘彭宗俊在伴娘、新郎的陪伴下，步入紅地毯，向結婚禮堂走去。賓客圍了上來，為當時罕見的西式婚禮和美貌非凡的新娘投下驚羨的目光和熱烈的掌聲。

9

彭宗俊和黃開泰開始了蜜月旅行。他們乘黃家天字商號經營的「福記航業部」的輪船福源號在川江上航行。福源號船長將自己三樓上的臥室讓給了黃家少爺和少奶奶。船凌晨從朝天門碼頭上緩緩駛出。天剛麻麻亮，兩岸還閃爍着點點燈火。彭宗俊和黃開泰立在船頭上，相偎相依着眺望山城的美景。

長江正在發大水，渾濁的激流，衝擊輪船的船頭、船舷，發出驚天動地的咆哮聲。彭宗俊和黃開泰站在空無一人的三樓船台上，任江風吹拂他們的衣衫，吹亂他們的頭髮。彭宗俊穿得比較單薄，黃開泰將自己米黃色的風衣脫下來，披在彭宗俊的身上。彭宗俊穿上風衣，心裏升騰起一陣暖意，把頭靠在黃開泰的肩上。黃開泰把手伸進彭宗俊的風衣內，摟住她的腰。船速逐漸加快，兩岸星羅棋佈的城鎮、田野，在他們面前如雲彩一樣飄過；在江上來往穿梭的客船、貨輪，互相致意的汽笛聲此起彼伏。他們相偎相依着，欣賞掠過面前的美景，沉醉在溫馨的氣氛中。彭宗俊感到幸福極了。她多麼希望時間停止在這一刻，一輩子同心儀的男人就這樣一起度過。

天亮了，客人陸續從客艙中鑽出來欣賞江中美景。一個金髮碧眼的小伙子走過來，久久地注視着彭宗俊。彭宗俊終於被這種熱辣辣的目光刺醒了，抬頭一望，他們同時驚叫起來：

「蜜司彭！」

「沙禮！」

原來，這個外國帥哥沙禮是個法國人，同彭宗俊在一所教會學校同過學。

沙禮的父親是教會學校的法籍教師，因多年在四川傳教，漢語很好，沙禮也因此說得一口流利的帶川味的中國話。記得，在教會學校的時候，沙禮就喜歡捉弄人。有一次，有個新來的美國博士要在學校的校慶中代表外籍教師向校長致辭祝賀。這個美國博士不懂中文，但忽發奇想，要用中國禮節和中文在校慶上致辭。為了取得使同事們震驚的效果，他決心秘密向中國通沙禮學習中文，學習中國的禮節。沙禮熱心地教導他，對他說，中國最隆重的禮節就是跪在地下，並給他編了一段簡短的中文演說辭，不厭其煩地使他熟記和能準確地發音。校慶典禮開始了，美國博士當着全校師生用他剛學會的中文鄭重其事地對校長說：「校長，你好！我做你的兒子好不好？」

校長愣住了，一時反應不過來，張口結舌：「這……這……」

接着，美國博士撲通一聲跪下了，校長更加吃驚，不知所措，跟着他跪下也不是，站着也不好。外籍教師很多是懂中文的，他們很快明白，這是沙禮搗的鬼，一齊哈哈大笑起來。有個外籍教師對美國博士說明他上當了，氣得博士指着台下正樂得翻跟鬥的沙禮揮舞拳頭。不過，按西方人的習慣，在喜慶日子開開玩笑並不犯法，所以，沙禮沒有受罰，一場鬧劇在哄堂大笑中結束。

彭宗俊想起這一幕，忍不住笑起來。沙禮問：「你笑什麼？」

彭宗俊說：「我想起你在讀書時獻的『寶』，好好耍喲！」

沙禮說：「你是我們學校的『校花』，最漂亮的姑娘。你的膽子也不小，聽說你參軍打仗去了，怎麼現在成平民啦？」

彭宗俊趕緊將晾在一邊的黃開泰介紹給沙禮：「這是我的丈夫黃開泰，我們是一起出來度蜜月的。」

彭宗俊又向黃開泰介紹沙禮：「這是我中學時的同學沙禮，法國人，中國通。」

黃開泰伸出手來，沙禮卻不肯握手，故作驚訝道：「唉呀，可惜，你捷足先登了，我正在八方找她，要向她求婚呢！」

黃開泰尷尬地縮回手，沙禮哈哈笑着，把手伸出來，抓住黃開泰的手，拚命地搖着，說：「開玩笑的！開玩笑的！我們的『校花』找了個『帥哥』，郎才女貌，天造地設的一對。祝賀！祝賀！」

黃開泰問：「沙禮兄，你在哪裏發財？」

沙禮笑道：「發什麼財喲，我在你們重慶『滾爛龍』，嗨袍哥！」

黃開泰把屁股一歪，向沙禮施了一個『歪子禮』，說：「我也嗨袍哥嘛，兄弟是朝天門仁字『國華社』的紅旗管事！」

沙禮也還了一個「歪子禮」，說：「唉呀，我們是兄弟，小弟是朝天門禮字『正倫社』的紅旗管事！」

彭宗俊對沙禮說：「我先生是『福記航業部』的少東家，經理，你對碼頭上的事熟，可以幫幫他。」

沙禮說：「自然，自然。我們禮字堂的兄弟多數是苦力，很聽我的話，重慶的外國領事，我也很熟，有事招呼一聲，兄弟一定效犬馬之勞。」

說話間，輪船已臨近長江南岸的玄壇廟碼頭，在那裏接客人，並準備在那裏裝運食鹽出川。輪船向囤船靠近，囤船上的水手接過輪船上水手甩過來的纜繩，套在鋼柱上，慢慢攪緊，輪船徐徐靠上囤船。囤船邊有幾個橡膠輪胎，減緩了輪船觸及時產生的衝擊力。輪船微微顫動了一下，停穩了。輪船二樓的船舷上的門拉開了，等候在此的客人蜂擁着向裏擠，爭先恐後上船。

突然，碼頭上衝下來一群人，拚命往囤船上擠。這是一些木船船戶、船工，他們知道「福記航業部」的輪船裝運食鹽出川，奪了他們賴以生存的「活路」以後，群情激憤，衝上船來。他們手揮木棍、斧頭，見人就打，見東西便砍。三領江顏永林見一夥人在搗毀鍋爐，吼了一聲：「要不得喲！」便被一個「愣頭青」一斧子砍翻在地，當場死亡。

黃開泰、彭宗俊和沙禮隨同一批旅客退到三樓，一群水手守住樓梯口。幾百個衝上船的船工在佔領了二樓、統艙以後，將貨艙裏的鹽袋往江裏丟。一群人準備衝上三樓，見一個洋人揮舞着手槍正嘰裏呱啦在樓梯口喊叫着，不敢貿然衝上來。正在危急之時，一群軍人，在一個軍官的帶領下衝上船來，軍人一面朝天鳴槍警告，一面用刺刀開路。為首的船工被刺刀刺傷，在兩個軍人的押解下下了船。刺刀見紅，群龍無首，紛紛如鼠竄般下了船……

救星走上來，那為首的一個軍官濃眉虎眼，滿臉絡腮鬍子。黃開泰一眼便認出那是把兄夏澤西。黃開泰迎上去，兩人又是握手又是擁抱。黃開泰將夏澤西迎進三樓貴賓餐廳入座，彭宗俊和沙禮跟了進來。侍者端來咖啡，在每人面前放了一杯。黃開泰向彭宗俊介紹道：「這是我給你談過的把兄夏澤西。」

彭宗俊將手伸出來，夏澤西握了握，端詳了彭宗俊一會兒，說：「嫂子真漂亮！」

夏澤西從內衣中掏出一個紅包，遞給彭宗俊，說：「大哥的一點意思，不成敬意，請笑納！」

彭宗俊接過紅包，說了聲：「謝謝！」

黃開泰詫異地問：「奇了，你怎麼知道我們結婚？你怎麼在這裏找到我的？怎麼在危急時恰好是你來救駕？太巧了！我們分別那麼久，你音訊杳無，鑽到那裏去了？」

夏澤西笑道：「你的問題太多了，一言難盡啊。離別後，我經過許多曲折，最後被蔣校長收留了。他要我負責組織黃埔同學會，奉命到重慶來聯絡黃埔同學，我第一個想到的就是你，找到你的公司，知道你剛上船外出度蜜月，船要在南岸裝貨，我便乘了一艘軍隊的快船來追你。在碼頭上碰到船工鬧事，知道你在船上被困，便找到當地駐軍，拿出蔣校長的委任狀，借了一連兵來救你。」

黃開泰說：「太好了！重慶有不少失散了的黃埔同學。這兒就有兩個，除了我，你弟媳也是黃埔的，六期。」

10

警報剛過，飛機沉重的轟鳴聲便在陪都上空響起，炸彈呼嘯着落下來，在市中心開了花。黃開泰叫僕人照例在屋頂上扯上法國國旗，可在第一輪轟炸中，日本人對黃家硝房照炸不誤，把黃家硝房毀了一半。面對着殘垣斷壁和被炸死的幾十個工人，望着被炸得稀爛的法國國旗，黃開泰明白，法蘭西共和國再也保佑不了他啦。日本是法國佔領者德國的盟友，並不把法國放在眼裏。

趁着轟炸的間隙期，黃開泰下令全家逃往位於校場口的防空洞。他拉着身懷六甲的妻子彭宗俊，扶着老太爺黃范石，順着機房街，向校場口奔去。剛鑽進校場口的公共防空大隧道，淒厲的警報聲便響了起來。洞內漆黑一片，擁擠不堪。黃開泰覺得熱得慌，悶得慌。周圍響起一片高呼聲：「救命呀！」「快要憋死人啦！」「沒有氣了！」「快開門呀！」

敵機仍在肆虐，外面的爆炸聲不斷。將門上鎖，守衛在洞口外的防護團員用恐嚇的口氣，厲聲大叫：「敵機來了！」「莫亂喊，放安靜些！」

所有的人都覺得氣悶得快要憋死了，求生的本能使人們向洞口擠去。人們因缺氧而腦子開始混亂，互相瘋狂地抓扯、毆打起來。第一批敵機過去以後，黃開泰心中越是發慌，心臟向下墜，「靈魂」向天靈蓋沖去，眼看就要出竅。他覺得自己快要死了，便想向洞口爬去。但他覺得動彈不得。原來，父親在後面抱着他，拉着他的手亂咬，使他的手和背到處都是傷，衣服也撕爛了。彭宗俊緊緊地挽着他的手，奄奄一息。好在他緊貼着防空洞的石壁，有些涼氣，還有水浸出來。他舔着洞壁的水，掙扎着把妻子的臉移向石壁，同他一樣感受到涼氣，得到雨露的滋潤。他慢慢地由半昏迷轉向清醒，但仍無力動彈。這時，洞內已沒有了叫喊聲。不知是誰打亮了手電筒，只見人們一堆堆擠在地上，經過極為痛苦的掙扎，死去了。死去的人面部表情極為恐怖。更恐怖的是，他從手電的微光中窺見一個老婦人頭面都碰爛了，披頭散髮，全身上下血咕淋當，呼天搶地，嚎哭怪叫，令人毛骨悚然。

這時，守衛團終於察覺到防空洞內的異樣，開門進來救人。屍體被拖了出去，過了好大一陣子，被屍體堵塞的洞口終於出現了一個洞。一股強大的風從洞口灌進來，使黃開泰徹底清醒了。他拚死一掙，翻過身去看父親。父親全身青黑，汗水如洗，兩眼鼓得像銅鈴般大，舌頭伸出嘴外，早已命喪黃泉。再一摸身邊的妻子，由於她貼着石壁，一息尚存。他呼喚着妻子的名字，掐妻子的人中，終於使妻子呻吟一聲後，蘇醒過來。

這就是發生在1941年6月5日的重慶防空洞窒息慘案，慘死者在萬人以上，黃開泰和彭宗俊是極少數倖存者之一。黃開泰在這場大轟炸中雖然撿了一條命，還撿回了妻子和腹中兒子的命，卻失去了老父親，黃家硝房也毀於一旦。從此，黃家的家運便一落千丈。黃家剩下的輪船公司也處於危機之中。

11

黃開泰站在「福源」號船頭，同船長沙禮進行着一場艱難的談判。幾個法國水兵在船上來回巡邏，一面法蘭西共和國的三色旗在船頭上迎風獵獵作響。

黃開泰的言詞漸漸激烈起來：「你們怎麼能夠這樣？我們是有密約的。我們這個中法合資公司是假的，你們沒有投入一個法郎。我們每年向你們送掛旗費三萬兩白銀，年年我們都是照付的！你們憑什麼把公開條約中擁有的百分之三十的股權當真？」

沙禮不緊不慢地說：「百分之三十的股權為什麼不能當真？我們雖然沒有

投入硬資產，但我們卻把『法蘭西共和國』這一塊金字招牌投入了。這是一種軟資產。懂嗎？軟資產同硬資產是一樣值錢的，有時候比硬資產還值錢。你算過沒有，貴公司用我們法蘭西這塊金字招牌免了多少稅？抵了多少差？少了多少麻煩？」

黃開泰沉吟起來。說句天理良心話，公司從掛法國旗、打假合資的招牌，是得了不少好處的。由於當時的中國：「百姓怕官，官怕洋人」，假合資的聚福洋行輪船部，由洋人出面，不僅免了大量賦稅，還免了中國輪船公司難以推卸的官差、兵差和各種惡勢力的敲詐勒索，從每年獲利30多萬銀元增至300多萬銀元。同時，黃家硝房老宅屋頂上鋪上法國國旗，避免了許多次日機的轟炸。種種好處，都不止值30%的股權。然而，誰願意把協議以外的東西輕易給人呢？黃開泰說：「沙禮先生，你們西方人是最講遊戲規則，依法辦事的。我想，我們的談判還是應建立在我們雙方多年來執行的協議書的基礎上。」

輪船拉響了汽笛，打斷了他們的談判。萬縣港到了。

老友夏澤西從緬甸前線回國，收了高雪蘭為三姨太。高雪蘭是萬縣人，夏澤西在萬縣買了一幢房子，帶高雪蘭在萬縣養病。他從電報中知道黃開泰要到萬縣來，派了一輛吉普車到碼頭迎接。

車開到西山公園的公館，夏澤西帶着三姨太高雪蘭和他們的小兒子夏世雄在大門外迎候。夏澤西一一向寵妾介紹客人。夏澤西說：「黃兄，這是我的女秘書、三妹高雪蘭！」

女軍人大方地向黃開泰敬了一個軍禮，伸出手。黃開泰握住女軍人的手，說：「夏兄身邊已有『王昭君』，又有了『花木蘭』，艷福不淺！艷福不淺！」

沙禮則嬉皮笑臉地說：「夏將軍的三夫人真可愛，可別忘了給兄弟們介紹幾個如夫人，與民同樂啊！」

黃開泰將胖乎乎的小世雄舉到天上，端詳半天，調侃道：「方面大耳，好一個將軍像，將門虎子啊！」

高雪蘭笑道：「承蒙叔叔誇獎，可我不想讓他當兵。他爹當夠了。你讓他講講在緬甸受的那些罪，你就不會再勸侄子從軍了。」

夏澤西對黃開泰說：「就讓雪蘭給你講一講她在緬甸讓螞蟥咬的事，就會嚇壞你的。」

談笑間，主客一行走進花園。主人將客人安頓好、接風宴後，應開泰之請，讓開泰和沙禮在小客廳繼續談判。

一個人風風火火闖進夏府來找開泰，打斷了開泰和沙禮的談判。來人是聚福洋行輪船部萬縣分公司的經理李培謙。他帶來了一個驚人的消息：福源號輪船在重慶被扣在白沙沱，不准起錨。開泰和沙禮結束談判，趕緊搭乘上水的民生公司輪船，回重慶到航政局斡旋。

航政局的一個瘦瘦的官員接待了他們，很客氣地說：「據我們了解，聚福洋行的資本主要由中國人投資，只有少數資本是法國人的。根據《商海法》的規定，你們公司應改組為中國輪船公司，取下福源等輪的法國旗，掛上中華民國的國旗，才能在川江上航行。」

沙禮憤怒地舉着拳頭，說：「我抗議，不管怎麼說，福源輪還是我們法國的，我會找我們法國的領事來同你們交涉的！」

航政局的官員冷笑一聲，將一張報紙推到沙禮面前，說：「看，你們法國的維希政府已經向德國投降了。法蘭西共和國不存在了……」

沙禮掃了一眼報紙，高昂的頭立即垂了下來，喪氣地掉頭灰溜溜地走了。

黃家被迫將輪船賣給與航運部沆瀣一氣的民生公司，將錢分給沙禮，發了員工遣散費，還了欠債，宣布公司倒閉。黃開泰成了一文不名的「窮光蛋」。

第二章

1

左斯年「陰悄悄」地回到崇寧金馬鎮谷河心的老家，當起了小學教師。他找到了黨，年僅十八歲便成為崇寧少共書記、中共地下黨崇寧縣委書記。三十年代，一場大災難降臨到中共白區地下黨身上，白區地下組織幾乎百分之百被破壞。左斯年被抓進獄中。左斯年是入贅到夏家的女婿，夫人夏靜嫻是夏澤西的胞妹。岳父則是四川有名的大軍閥夏文輝的小弟夏文彩。在愛女的苦苦哀求下，岳父打通了關節，把他保釋出獄。從此，他便與中共地下黨組織失去了聯繫，他找不到黨，黨不敢找他。能從獄中死裏逃生，誰知是怎麼回事。於是，他只好老老實實教書，生兒育女。這一混，便是十年。

抗日戰爭爆發，國共合作了，中共地下黨的人士開始活躍起來。觀察了幾年，他看出來，他的老友、崇寧縣中的教師蔡玉渠是地下黨。他的熱血又開始沸騰起來，他畢竟才二十八歲，不能屈死在一個鄉村教員的崗位上，他有大才，他要幹點大事，「男兒三十而立」，他還有時間！

這一天，左斯年從金馬鎮進城，到縣中去找蔡玉渠。蔡玉渠不再把他拒之門外，熱情地將他迎進屋。不待左斯年開口，蔡玉渠便將一份《群眾》遞給他，指着上面的一個廣告說：「延安抗日軍政大學和陝北公學招生啦，你去不去？

左斯年接過《群眾》雜誌，晃了一眼廣告，沒仔細看，便歡呼道：「我去！我一定去！」

蔡玉渠扶了扶眼鏡，說：「不要急着作決定，這不是單純去求學，而是去抗日，去革命，要隨時準備掉腦袋的！」

左斯年熱血沸騰，「巴心不得」馬上飛到延安，去過他嚮往已久的火熱生活，說：「我去定了！我一腔報國之心，找了十年，也找不到報國之門。如今，報國之門打開了，我豈有不去之理。『砍腦殼』我也不會怕的……」

蔡玉渠感動地說：「想不到你革命意志如此堅定。不過，你要去，也不能太性急，得回家準備準備，把你那嬌妻幼兒安頓好了才走得成喲！」

左斯年回到家，把要去延安讀大學的事趁吃飯時講了一下。夏家有一個很大的莊園，叫花朝門。花朝門修在緊鄰金馬鎮的谷河心裏，四面環水，風景秀麗。一聽左斯年要到延安去，全家人都愣住了。過了好一陣，岳父夏文彩才說：「你娃兒想好喲。延安，是共產黨的窩子。如今，雖說是國共合作了，可全國都還認定它是『匪』，『共匪』。」

左斯年不高興地說：「成者王侯敗者賊。十多年前，我就是『匪』了，還當過崇寧『共匪』的頭。多少年來，國民黨不抗日，專反共，蔣先生以『攘外必先安內』為國策。結果呢，『匪』越剿越多，還在延安立了中央；對外不抵抗的結果，丟了東三省。如今，華北危急，上海危急，才下決心抗戰了。」

岳父捋了捋白鬍子，說：「陝北天寒地凍，冰天雪地，生活困難啊！要抗戰，哪裏不可抗，你一定要走，出外奔前程，我也不攔你，你不如下重慶，去考中央航空學校吧！」

左斯年斬釘截鐵地說：「凡國民黨辦的事，我不粘。自我從潮汕回來時起，便下了與國民黨勢不兩立的決心。我要為我那些在大屠殺中死難的同志報仇。」

岳父說：「你娃娃性子太強了。哪年的事，還拿出來說。我就搞不明白，你們共產黨和國民黨爭哪樣，都是為使國家富強，中華復興嘛！辦法不同，可以討論，何必非要打打殺殺，弄得『兄弟倪牆於內』，招來外辱。」

左斯年說：「爸爸，我不跟你爭，好多事情同你說不明白。總之，延安我是去定了。那是我找了十多年的家。延安打日本，講團結，做好事，得人心。我看，中國以後的希望在延安。」

岳父有些生氣地說：「你娃兒懂得多，我說不過你。但是，你得想好，我看那抗大的招生聲明中說得很明白，畢業後，要深入敵後打游擊，那是生死拚搏，很危險的事喲！」

左斯年說：「我不怕。自從我參加革命那一天起，就把『腦殼別在腰杆上』當玩具耍了。在北伐時期，我打了那麼多仗，血肉橫飛的場面見多了，眼睛也沒眨一下。」

岳父說：「你走了，靜嫻和娃兒咋辦呢？」

左斯年望了望早已停止吃飯，眼淚汪汪地望着他的嬌妻和襁褓中的娃娃，對父親說：「孩兒不孝，靜嫻和娃娃只有拜託您老人家照應了。」

岳父揮揮手，說：「去吧，去吧，自古忠孝不能兩全。我看你娃娃像個做大事的人，在外面去闖一闖也好。只不過，在外面闖出個人模狗樣了，別當『陳世美』！」

2

這一天，左斯年按照蔡玉渠的安排，與另一志願上延安求學的小學同學蒲金全裝扮成「燈草客」，一起循蜀國古道出川赴延安。

左斯年揹上燈草捆子，向岳父作了三個揖，邁出家門。突然，後面傳出一陣呼天搶地的哭聲，沉默了許久、性格內向隨和的妻子夏靜嫻哭喊着撲出來，拉住左斯年的燈草背篼，哭喊着說：「不許你走！不許你走！」

左斯年放下燈草捆子，勸慰道：「不是說好的嘛，我在外面混出個人樣就回來，接你們出去享福！」

靜嫻不屑地說：「享『夜壺』（四川人稱便壺為夜壺）喲！兵荒馬亂的，撿條命回來就不錯。你要是死在外面了，自己倒痛快，丟下我們孤兒寡母的咋個辦喲……」

左斯年打斷靜嫻的話，說：「我是走定了的，你不要攔我了吧！」

靜嫻說：「要走，可以，我跟你一起走。」

左斯年指了指保姆抱着的女兒左一曼，說：「你看，她才滿月，怎麼辦呢？」

襁褓中的女兒適時地「哇」地一聲哭起來，解了圍。靜嫻抱起女兒，將奶頭塞進「哇哇待哺」的女兒嘴中，「哦，哦」地哄拍起來。岳父使了個眼色，左斯年揹起燈草捆子，邁過門坎，逃也似的飛奔而去。祖母披着白髮，站在大門口，對迅速遠去的孫子雙手合十，顫顫巍巍、長聲悠悠地祈禱道：「空一手一出一門，抱一柴（財）一歸一家一喲！」

左斯年揹着燈草出門來到緊鄰的蒲家院子。左斯年的同學，毛根朋友蒲金全的父親是花朝門的管家，蓄着一臉的大鬍子，左斯年一家都稱他為蒲鬍子。蒲鬍子一家住在花朝門旁住長工的蒲家院子裏，花朝門與其有一小門相通。

蒲金全站在蒲家大院的大門口，揹着燈草捆子在等他。蒲金全一歲的女兒坐在夫人背上的背簍裏，見父親要走，拖着燈草捆子不要他起身。蒲金全的妻子嗚咽着說：「妹仔她爹，妹仔都快一歲了，卻只有小名，為她取個名字嘛！」

蒲金全親親女兒的小臉蛋，說：「因為革命需要，我要上延安去奮鬥，就叫她為奮鬥吧。奮鬥的鬥字取諧音，葫豆、碗豆的豆。」

左斯年讚了一聲，道：「好，奮豆！等我們奮鬥成功，讓奮豆天天有香豆豆吃！」

蒲金全的妻子說：「叫香豆吧，比奮豆好聽些。」

蒲金全點了點頭，摸了一下女兒的臉，說：「香豆妹仔，在家乖乖地長大，聽『老漢』（四川話：父親的自稱）的勝利消息吧！」

蒲金全彎腰親了親香豆的臉蛋，輕輕地掰開香豆抓着燈草捆子的手，把燈草捆子揹起來，向左斯年招呼了一聲：「走！」

他們穿過谷河心的座座林攀，來到河心島的碼頭，上了船，船夫用蒿桿往岸邊一點，船慢慢離開了河岸，向對面馳去，蒲金全的妻子和女兒哭起來。

船很快到了對岸。他們揹起燈草上岸前行，轉了幾道彎，妻子和女兒的哭聲聽不見了，蒲金全的心情還在一陣陣痛。燈草捆子看似很大，其實不重，他們在廣袤的川西平原上輕快地走着。這時，遍地的油菜開了黃花。左斯年揹着燈草捆子在花海中急走，和煦的春風吹來一陣陣沁人心脾的花香。他心懷凌雲壯志，詩興大發，吟哦出一首詩，道：「菜花飄香二月天，抗日從軍辭故園。北去延安三千里，揹捆燈草上延安。」

詩句趕走了蒲金全還在心中鳴響的妻兒的哭喊聲，激起了他不為英雄氣短，不為兒女情長的豪情，即興和詩一首，吟誦道：「革命不怕死，提頭上延安。風霜何所懼！抗日豈膽寒。」

一路行來，從金馬鎮過五棵柏樹，出顧順場，一路食宿於鄉間村舍。三天後，他們從梓潼七曲廟前進入古蜀道，沿着川陝公路前行。川陝公路沿古蜀道修建，兩旁有幾十里長的柏樹林。棵棵柏樹均要幾人合抱，是明代所栽，人稱張飛柏。川陝公路穿行在古柏夾道的古蜀道之間。在梓潼至劍閣之間，緊傍川陝公路，有一段幾里路長的古道遺址。一條兩米多寬的石板路，夾在遮天敞日的古柏之間，名曰「翠雲廊」。他們揹着燈草捆子，離開川陝公路，穿進翠雲廊，體味着千百年來行走在古蜀道上的商賈、豪傑，「張飛」、「李白」們的豪氣，追述着歷史的匆匆過客們的英雄業績。「俱往矣，數風流人物還看今朝」，他們要從這一條通往漢中，通往延安的古蜀道，走向光明的未來。

一月後，他們走出古蜀道，來到漢中古城，住進一家客店。出川進入陝西了，但見不到一點陝西風情，到處見到的景物都同四川一個樣。店家告訴他們，漢中本來屬四川，三國時叫萬洲，宋代趙匡胤統一中國後，北宋年間，漢中才劃歸陝西管的，把原來陝西管的平武、廣元劃歸四川管轄，以作補償。幾百年來，當地人都把自己認作四川人，並作了一首民謠，流傳至今。店主將這首民謠念給他們聽：「四川人的『憨』，拿着漢中不要掉龍安（即今平武），管你幹不幹，搭個廣元縣。」

他們聽後都哈哈大笑起來。第二天繼續前行，過了秦嶺，出大散關，關北就是寶雞。只有到了這裏，感受到南北氣候的不同，才真正覺得到了陝西。四川百花齊放，陝西卻仍天寒地凍。他們住進大散關的一家小客店，傍晚，陰雲密佈，紛紛揚揚，下起一場鵝毛大雪來。左斯年衣服單薄，得了感冒，全身高熱。蒲金全忙找店家要了一塊生薑，用土法刮痧。他用生薑刮背，又叫店主用生薑和紅糖熬了一碗薑糖水喝下，再蒙上被子睡上一覺，全身出了大汗，人一下子輕鬆了。第二天起來，他們揹着燈草捆子，繼續趕路，走到川陝公路的終點站——寶雞。

他們決定結束步行生涯，從寶雞乘火車去西安找八路軍辦事處。紅軍進行了二萬五千里長征，他們一月中走了兩千多里路，完成了一個小長征。他們趕到寶雞火車站去，火車站內停滿了火車。由於華北淪陷，幾乎全中國的火車都集中到寶雞來了。

3

下了火車，進入西安，已是萬家燈火，人影憧憧，找不到客店。他們揹着燈草，踟躕街頭，不知道該怎麼辦。一個青年人是開燈草行的，將他們引到家中囫圇睡了一覺。清早，他們按青年店主的指引，揹着燈草捆子，過大街，穿小巷，來到城西集賢莊。當他們看到「八路軍辦事處」的招牌時，欣喜若狂。左斯年歡呼道：「到家了！」

一個穿灰軍服、戴着眼鏡的八路軍幹部出來，看到這兩個衣冠不整、風塵僕僕、揹着燈草捆子的年輕人，問：「你們是幹什麼的？」

左斯年答道：「我們是來上抗大求學的。」

八路軍幹部狐疑地問：「為什麼揹着燈草？」

蒲金全答道：「我們從四川崇寧經川陜公路步行奔延安求學，怕國民黨路上刁難，以賣燈草作掩護，才順利來到這裏。」

八路軍幹部擦擦眼鏡片，點點頭，表示理解。他又從頭到腳把兩人仔細打量了一遍，從這兩個人的氣質斷定是有知識的文化人，絕非尋常「燈草客」，決定受理，問：「上延安，進抗大，有介紹信嗎？」

兩個人愣住了。在崇寧臨走時，由於精力集中到拋妻別子之痛，竟忘了去蔡玉渠處取介紹信。左斯年回過神來，反問道：「還要介紹信嗎？」

八路軍幹部點點頭，肯定道：「是的，要介紹信。」

他們如當頭潑了一瓢冷水，從頭到腳涼了心。蒲金全解釋道：「我們是從你們辦的《群眾周刊》上看到招生廣告的，沒見說要什麼介紹信嘛！」

左斯年據理力爭，說：「現在全民抗戰，我們響應共產黨的號召，千里迢迢，風霜雨雪，好不容易來到西安，難道你們還不收嗎？」

八路軍幹部叫人從裏屋取出一份《群眾周刊》，指着那上面的廣告說：「你們沒仔細看，上面寫好要介紹信的，沒介紹信的不能收，這是規定。」

左斯年不知怎麼想起了「薛仁貴投軍」的戲文，咕嚕道：「薛仁貴投軍，也沒聽說過要什麼介紹信。」

八路軍幹部笑笑，說：「我們不是唐王李世明。」

他們悻悻地離開了八路軍辦事處，在附近找了一家小客棧住下。他們出來，找了一家羊肉泡饃店，要了兩大碗羊肉泡饃，一面吃，一面商量辦法。左斯年說：「這個八路軍幹部好沒道理，我們並非是來找個人出路的，我們滿腔熱情來投身革命，準備為真理而獻身，他卻百般刁難，硬要什麼勞什子介紹信。」

蒲金全說：「此處不留人，自有留人處，我們到其他抗日學校去吧，聽說這裏的好多學校要招生。」

左斯年決絕地說：「『除卻巫山不是雲』，國民黨辦的學校我不去。」

蒲金全說：「那怎麼辦呢？」

左斯年說：「我們再去試一試吧。冷靜下來一想，人家八路軍也不容易，沒人介紹鑽進間諜去怎麼辦？我的黃埔同學中有不少在八路軍裏，看能不能從中找到介紹人。」

第二天，他們換了藏在燈草捆子中帶來的中山裝，梳洗打扮一番，恢復了知識分子的本來面目。左斯年雖是中等個子，畢竟在黃埔當過兵，還有些英武之氣。他們把燈草捆子擱在客店，早早來到八路軍辦事處。還是那個八路軍幹部接待他們。這個八路軍幹部打量了一下這兩個氣宇軒昂的年輕人，好不容易認出是昨日來過的「燈草客」。他笑着握了握他們的手，將他們讓進八路軍辦事處的接待室。也許是請示了領導，不待他們開口，便道：「你們二位千里投八路，一路風雪，跋山涉水，不容易呀！但是，你們要理解，延安的情況特殊，如果我們來者不拒，會出問題的呀！因此，我們必須搞清楚你們的來歷，才能接納你們。」

左斯年主動把自己的情況，從黃埔畢業，到東征，參加南昌暴動失散，到回鄉十多年的經歷，詳細與那位八路軍幹部講了一遍。那位八路軍幹部聽後很感動，說：「你是黃埔一期的，是我們很需要的軍事人才，你不僅可以入抗大，還可以當抗大的教員。只是，誰能證明這一切呢？」

左斯年想了想，說：「聽說陳銳在延安，他是我黃埔一期的同學，又一齊參加過南昌暴動，潮汕失敗後我們才失散的。」

那位八路軍幹部高興地說：「陳銳同志是抗大的副校長，我們用電報同他核對一下，就派人護送你到延安去。」

蒲金全急了，問：「我呢？」

左斯年急忙說：「我了解金全同志，我為他擔保，讓他同我一道去延安吧。」

那位八路軍幹部搖了搖頭，說：「不行。這違犯組織原則，他沒有組織介紹信，延安又沒有擔保，得先上雲陽鎮西北青年訓練班學習。」

4

八百里秦川，渭水之濱，陝甘黃士高原，金盆灣，一派豐收景象。一塊塊綠油油的稻田，一片片玉米、大豆，隨風搖曳。山上的紅楓樹枝繁葉茂，海棠果實累累。參加「大生產運動」的幹部、戰士出工途中，唱起了《國共合作抗日歌》。

今天大家都來想一想，
大革命時代情形怎樣？
五卅運動掀起了大浪潮，

北伐軍如雄獅到長江。

國民黨，共產黨，

兩黨合作中國不會亡！

兩黨合作中國不會亡！

參謀科長左斯年，同旅長陳銳一起在玉米地裏鋤草，通訊員騎着一匹快馬飛奔而來，老遠就喊：「旅長，毛主席來了！」

陳銳趕緊放下鋤頭，走上大路。左斯年也放下鋤頭，跟在旅長旁邊，向遠方瞭望。一輛吉普車出現在他們的視野裏，毛澤東微笑着走下車，同歡迎他的人群逐一握手，他握住左斯年的手，覺得有些陌生，問：「你是？」

陳旅長代他答道：「這是我的黃埔同學，潮汕失散後回到家鄉，前不久揹了捆燈草經過古蜀道走到寶雞，從西安到延安來找到我。」

毛澤東操着湖南腔說：「你從蜀道走到寶雞，『噫吁兮，危乎高哉，蜀道之難難於上青天』呵！你走的就是當年李白走過的這條道，你知道寶雞古時叫麼子名字嗎？」

左斯年搖了搖頭，毛澤東說：「寶雞就是古代的陳倉呵，是周文王八百年天下的發祥地。韓信當年自漢中出兵，『明修棧道，暗渡陳倉』，就是此地！」

左斯年為毛澤東的博學所折服，連連點頭稱是。毛澤東問：「黃埔學生，十之有九跟國民黨、蔣介石，十之有一跟共產黨，當紅軍。這十之有一定能打敗十之有九。像你們陳旅長這樣的虎將，以一頂十啊。看，我們又來了一員黃埔虎將，你叫麼子？」

左斯年答道：「姓左，名斯年。」

毛澤東幽默地說：「姓左，好，我們都姓左，是革命的左派，但不能當左傾機會主義分子喲……」

大家一陣笑，左斯年也忍俊不禁笑起來。他已經被毛澤東的人格魅力征服了。

5

八路軍368旅奉命南下江蘇，與蘇中的新四軍6支隊會合，開闢抗日敵後根據地。臨行前，毛澤東將旅長陳銳、參謀科長左斯年叫來，面授機宜。毛澤東說：

「你們在江蘇境內，應不顧顧祝同、冷欣、韓德勤、夏澤西等反共分子的批評、限制和壓迫，西起南京、東至海邊、南至杭州、北至徐州盡可能迅速地、有步驟有計劃地將一切可能控制的區域控制在手，獨立自主地擴大軍隊，建立政權。」

左斯年問：「如果碰到國民黨軍隊的武裝阻攔，怎麼辦？」

毛澤東說：「打啊！他手裏有槍，你手裏的槍也不是吃素的嘛……」

左斯年說：「國共合作，打起來怎麼向全國人民交代？」

毛澤東說：「左斯年同志，你是左派，可不能犯右傾機會主義的錯誤喲！要知道，雖然是國共合作了，蔣介石亡我之心不死。我們必須要有實力，使他們不敢藐視我們，他們才能老老實實同我們合作抗日。我看，只要國民黨反動派敢打你們，你們就要狠狠地揍他們，打得他們不敢再輕舉妄動。」

左斯年沒再吱聲，他對毛澤東的戰略意圖仍然不能理解，下來後對陳旅長說：「國共合作抗日，是民心所向。如果兄弟鬩牆於內，不得人心喲。」

陳旅長對毛澤東的戰略意圖心領神會，沒頭沒腦地說：「老毛說過，是日本人幫了我們的大忙，不然，長征到達陝北的一萬多疲憊之師早被張學良的幾十萬軍隊消滅了。現在，我們又有了擴大軍隊、地盤的機會，我們豈可為同蔣介石達成的協議所約束，只建八路軍和新四軍兩個軍三萬人……」

陳旅長率抗日挺進部隊剛一進入蘇北郭村，便遭到當地駐軍夏澤西部的頑強阻擊。戰鬥打得正激烈時，陳旅長派左斯年到他們的黃埔同學夏澤西部去。在一個被俘團長的帶領和引見下，左斯年在夏澤西的家中見到了面。「昔日兄弟，今日冤家」。左斯年和夏澤西都感慨萬端。

夏澤西一身黃色呢質軍裝，肩上扛着一顆星的少將將花，將左斯年讓進客廳，喊出嬌妾姬二姐，認了兄弟。他們互相敘說了離別後十餘年的經歷，很快扯到了正題。夏澤西憤憤地說：「校長寬宏大量，請你們出山來打日本，怎麼打起我們來了？」

左斯年解釋道：「我們不是到蘇北來開闢抗日革命根據地，同你們一起抗擊日本麼？」

夏澤西說：「打日本也應該服從蔣先生的將令嘛！你們共產黨是同蔣先生簽了協議的，承諾服從蔣先生的軍令、政令的。如今，你們既無軍令，也無政令，隨心所欲在別人的防區內亂闖，算啥子嘛！」

左斯年強詞奪理道：「蔣先生不准我們抗日，限制我們的抗日活動，叫我們怎麼服從他的將令、政令？現在，最大的將令、政令就是抗日！」

夏澤西放緩了口氣，說：「你們這是打着抗日的旗號擴大自己的地盤，要不得！但是，我贊成『中國人不打中國人』的口號，我可以下令停火，你們也不要攻擊我。『大路朝天，一人半邊』，怎麼樣？」

左斯年興奮地站起來，拉着夏澤西的手，說：「一言為定！畢竟我們是兄弟，好說……」

夏澤西說：「今天，我認了你這個兄弟，給了你面子，不知道以後，國共兩黨冤家路窄再相逢時，你認不認我這個兄弟？」

左斯年信誓旦旦，說：「大哥如果你有一天走『華容道』，兄弟我一定禮讓！」

6

西南方向轟隆隆一聲巨響，緊接着，無數巨炮響起來，發出排山倒海般的聲音。霎時間，天崩地裂，震得窯頂刷刷落土。人們跑出窯洞，一面飛跑，一面喊：「打響了！打響了！」

毛澤東大踏步走到山頂，對着沙家店方向，叉着腰，興奮地自言自語道：「好！這回看你胡宗南怎麼交代？」

毛澤東帶着中央機關幾千人，在陝北的大山溝裏同胡宗南捉迷藏，牽制住他的十萬大軍。胡宗南測得到毛澤東中央機關的電波聲，卻總是抓不住毛澤東。有時，毛澤東在夜裏隔着一條山溝同胡宗南的隊伍擦肩而過，胡宗南也沒有察覺。無數次危險過後，大家都勸毛澤東過黃河。他就是不走。他在陝北，老百姓就有了主心骨，他們分得的土地就不會被「還鄉團」要回去，他們剛翻過身來過主人的好日子就能繼續。胡宗南在擁護毛澤東的群眾包圍之中，成了聾子、瞎子，奈何毛澤東不得。如今，胡宗南的幾個旅鑽進了毛澤東設在沙家店的口袋。聚殲的戰鬥打響了，樂得毛澤東手舞足蹈。

捷報不斷傳來。從黃昏到天黑，僅僅兩個小時，就全殲了國軍整編三十六師！這是國共展開決戰之後，共軍打的第一個大勝仗。幾天以前，胡宗南還氣焰萬丈，攻佔延安後便一直叫囂要徹底消滅共軍，結束陝北戰爭。共軍在沙家店突然一擊，把國軍一下子打懵了。

清晨，運送傷員的隊伍從沙家店戰場上下來了。機關人員全體總動員，在臨時救護站裏燒開水，煮稀飯，慰問傷員。傷員們不僅不亂喊亂叫，個個臉上都面帶笑容，繪聲繪色地大侃殺敵的趣聞軼事。毛澤東雖一夜未睡，卻毫無倦意。他用毛巾擦了擦臉，便向不遠處的一個旅指揮所走去。

雨過天晴，一輪紅日噴薄而出，四周萬籟俱寂，只聽得見毛澤東走路時踏在茅草上發出的沙沙聲。旅長陳銳、旅參謀科長左斯年得報，立即從指揮所中鑽出來，迎接毛澤東。毛澤東同陳銳、左斯年握握手，說；「打得好啊！」

陳銳從延安撤退後第一次見到毛澤東，陳銳喊着毛澤東的化名說：「李得勝同志，你瘦了！」

毛澤東哈哈大笑：「得勝了！得勝了！我不用再化名了，我是毛澤東！」

陳銳改口道：「主席呵，你們幾次遇到危險，我們可擔心啦。」

毛澤東說：「有麼什好擔心的？胡宗南是個沒本事的人，志大才疏。他那麼多軍隊，拿我們沒一點辦法。」

左斯年說：「我們打了那麼多次仗，沒吃過一次敗仗。看來，胡宗南的本事，就是聽主席的話，讓主席牽着鼻子走。」

毛澤東笑道：「那有麼什辦法呢？我怎麼想，胡宗南就怎麼辦。用你們四川話說，真是一個『乖娃兒』喲！」

陳銳和左斯年都笑了。左斯年說：「主席，我們的胃口開始大起來了。敵人以為我們只能吃它小股，都往一處集中，恰好叫我們吃上大頭！只是便宜了劉戡！」

毛澤東道：「便宜不了他的。我們要再來個會戰，把劉戡的十幾個旅全部吃掉。原來我們計劃消滅它十幾個旅後，就可以反攻，現在還沒有消滅那麼多，敵人的日子就不那麼好過了。戰爭的主動權，開始掌握在我們手裏了。陝北戰爭已翻過山坳，最吃力最困難的階段已經過去了。我們要準備打更大的仗了。要打大仗，就要吃要喝，陝北太小了，承受不起了。我們的大軍要過黃河去，到國民黨統治區去，向蔣介石要糧食，要槍，要炮，還要他的人！」

7

「我們都是神槍手，每一顆子彈消滅一個敵人，我們都是飛行軍，哪怕那山高水又深。在這密密的樹林裏，到處都安排着同志們的宿營地，在這高高的山崗上，有我們無數的好兄弟。沒有吃，沒有穿，自有那敵人送上前；沒有槍，沒有炮，敵人為我們造……」

《游擊隊歌》在歡慶勝利晚會會場上響起。晚會會場設在縣城中學的大操場上。操場上擺滿了繳獲的美式坦克和重型加農炮。縱隊司令員陳銳感慨地對副參謀長左斯年說：「聽，唱得多好！沒有吃，沒有穿，自有那敵人送上前；沒有槍，沒有炮，敵人為我們造。」

一個聲音在背後響起：「是囉，蔣介石是我們的運輸大隊長，還有美國人，他們造多少，我們就收多少。這滿壩的美式坦克、加農炮，『硬是好得很』喲！」

左斯年回頭一看，是毛澤東。他高興地喊了聲：「主席！你怎麼來了？」

毛澤東哈哈一笑，說：「我就住在附近，聽你們這兒熱鬧，就過來了。這麼多坦克，找到人開沒有？」

左斯年說：「會開坦克的人多得很！我們俘虜了不少敵人的坦克兵，一訴苦，都是窮人，哪個都受過點財主的氣。一聽說我們是窮人的隊伍，把國民黨的帽徽一扯，就鑽進坦克，掉轉槍口打起蔣匪軍來了。」

毛澤東表揚道：「看來，你們的新式整軍運動搞得不錯嘛。我們要通過訴苦運動，提高全體指戰員為解放被剝削的勞苦大眾，為消滅人民公敵蔣介石匪幫而戰的覺悟性。這樣，蔣介石這個運輸大隊長不僅給我們送來給養，還源源不斷地給我們送來訓練有素的優質兵員。他可是做賠本買賣啦！」

左斯年說：「主席，我們明天就要過黃河了，你什麼時候過河來？」

毛澤東說：「快囉！快囉！我們不僅要過黃河，還要過長江，把蔣介石的老巢端了，解放全中國！」

1947年8月22日夜，陳銳率領他的縱隊，來到三門峽附近，準備同陳、謝大軍一起，渡過黃河天塹。沒有渡船，陳銳命令戰士們用油布製造了幾十個大油布包，用給汽車輪胎打氣的氣槍將其充上氣。河水湍急，水大浪高。陳銳和他的部隊，機智地利用了浪大聲喧，敵人不易察覺的機會，在拂曉時分悄悄地登上大油包氣船向對岸划去。在渡船快到對岸的時候，陳銳才命令發動了炮擊。戰士們一面划船，一面射擊。精通水性的民兵，肩下繫着葫蘆，浮在水面上，手中端着槍向敵人射擊，掩護渡船前進。彷彿從天而降的共軍順利地登上岸，衝過國軍的火力封鎖線，把猝不及防的守軍打垮，突破了黃河天塹。

1947年8月23日，陳謝大軍以排山倒海之勢，在陝州、洛陽之間飛渡黃河。同時，劉鄧、陳粟大軍也渡河南進，縱橫馳騁於江淮河海之間。

第三章

1

夏古傑在「抗日戰爭勝利紀念碑」前徘徊。一條巨大的紅色條幅掛在高高的已更名為「解放碑」的「抗日戰爭勝利紀念碑」上，上面大書着「抗美援朝，保家衛國」幾個大字。望着這幾個大字，他熱血沸騰。新中國成立了。父親夏澤西在陣前起義，從罪人變成新中國的功臣。他的部隊改編成中國人民解放軍76軍，就要開赴朝鮮前線。他要求參軍，隨父親赴朝，母親姬二姐死活不肯。他賭氣走出家門，發現76軍在「解放碑」下的招兵站正在招兵，報名的人排着輪子。他走進排輪子的隊伍，順利地報了名。

夏古傑懷着興奮的心情，回到他正在讀高中一年級的南開中學。今天是星期日，許多學生都回家去了，校園裏空無一人。他沿着大道走過芝琴館和范孫樓之間的寬闊的過道，迎面看見「允公允能，日新月異」的校訓橫幅橫亙在大操場前的大道旁。他凝視了校訓一會兒。他想起不久前他曾代表課外活動社團「柝聲社」去採訪張校長，校長對校訓作了一個與時俱進的解釋，說：「允公允能，公、能就是共產主義！」

夏古傑對校長的解釋百思不得其解，一年前，校長在開學典禮不是還說：「允公允能，有『公』才能無私，有『能』才能成事」麼？怎麼公、能就是共產主義呢？不過，他對校長還是挺佩服的。他決定去向校長辭行。他對着校訓旁的一面大鏡子整了整容。這面大鏡子是張伯苓校長立的，上書着鏡箴：「頭容正、肩容平、胸容寬、背容直……」他對鏡中的自己端詳了片刻，這是一個體魄強健，膚色黝黑的少年，是塊軍人的料。他挺了挺胸，正了正身子，對鏡中的自己笑了笑。

夏古傑沿着法國梧桐大道走到津南村，敲開了校長家的門。師母將他帶到會客廳。會客廳裏校長正在和一個女同學談話。他一看，這個女同學是「柝聲社」的黃家虹。「柝聲社」是「解放」前夕成立的。「柝」者，舊時巡夜者擊打以報更之木梆也；柝聲即為報更之木梆聲。那是一個動盪的年代。眼看國民黨就要垮台，這一幫多數出身於國民黨官宦之家的子弟，對即將到來的新時代充滿了疑懼，校園裏一片失望和灰色的情緒。三十多個不滿現實、追求出路的男女同學組成柝聲社，出壁報，排劇演節目，要將光明即將到來的消息向世界傳播，樹立起生活的信心，鼓起鬥爭的勇氣。夏古傑和他的同在南開讀書的義表妹黃家虹一起參加了柝聲社。夏古傑是壁報「柝聲」的主編，黃家虹是話劇隊的隊長。黃家虹性情活潑，愛說愛唱，高挑個，皮膚白皙，一雙大眼睛黑亮黑亮的，笑起來一對酒窩特別迷人。夏古傑就是被這對酒窩迷住，而情竇初開的。那是一段很快活的日子，在共軍連連取勝的一片大好形勢下，隱藏很深的地下共黨的趙晶片和韋延鴻老師公開出面領導這批學生，給他們指路。趙老師和韋老師帶着他們在緊臨魚池邊的大操場上扭秧歌，同他們一起邊扭邊唱：「年輕的朋友趕快來，丟掉你的煩惱和不快，千萬個青年一顆心，唱出一個春天來……」

可惜，這種快活的日子沒過多久，趙老師和韋老師就被抓走了。夏古傑、黃家虹和許多學生聞訊趕去搶救他們心愛的老師，還擁上去把來抓人的軍警痛打了一頓。但軍警開了槍，「胳膊扭不過大腿」，兩位老師仍被抓走了，關進了渣滓洞。柝聲社的活動也引起了國民黨當局的注意。有一天晚上，黃家虹聽到女生部的主任上官雲珠在對人說，上面要到學校來抓人了，鬧得最兇的幾個男生，特別是夏古傑很危險。她趕緊小跑着到男生宿舍找到夏古傑，氣喘吁吁地告訴他這個情況，並連夜將他送出校門，要他到她家去躲起來。黃家虹一家住在江北觀音橋，她將夏古傑帶回家，直到解放軍進城。危險過去後，黃家虹回家來約夏古傑到白公館、渣滓洞去找他們敬愛的趙老師、韋老師，卻在渣滓洞見到了兩位老師被打得千瘡百孔的遺體，慘不忍睹。他們難過了許久。

張校長見夏古傑進來，示意他坐下。黃家虹對他燦然一笑。張校長同夏古傑的父親夏澤西是朋友。夏澤西起義後帶部隊赴渝駐紮，同兒子夏古傑來看過張校長。夏古傑講了他已參軍，即將赴朝作戰，來向校長辭行的意思。張校長高興地說：「好啊，將門出虎子！南開的校友周恩來，如今是新中國的總理。毛主席和他，敢與不可一世的美國人對壘，真令人欽佩。如今，你要上戰場去，直接同美帝較量，希望你為南開爭光。」

夏古傑同黃家虹一齊告辭校長出來，在魚池旁的梧桐樹下漫步。黃家虹依依不捨，說：「你怎麼說走就走了呢？你才十六歲，還是留下來讀書吧，將來有機會報國的。」

夏古傑笑道：「我已經參軍了，你不是要我當逃兵吧？」

黃家虹滿懷激情地說：「其實你做得對。過去我們的社為什麼叫做柝聲？那就是期望深夜的更鼓喚來黎明啊！現在，黎明來到了，不能讓美國鬼子再把我們推進黑暗中去。」

黃家虹說完，從口袋中摸出一張照片，說：「送給你，希望你常來信，講講你在前方的故事，讓我們常常聽到你們勝利的消息。」

夏古傑端詳着黃家虹紮着小辮，微笑着的半身像，心醉神迷。他吻了吻照片，將照片小心地放進西服裏的口袋中。

夏古傑回到重慶江北觀音橋黃開泰的小別墅中。那兒，父親的結拜兄弟黃開泰為他假日來家玩準備了一間住房，供他休息用。他到自己房裏去收拾東西，準備出國。夏古傑的住房通過樓梯，上到二樓，再從二樓通過一個陡峭的樓梯上到屋頂低矮的小閣樓。這就是他的住所。

他在收拾自己物品的時候，發現了一隻小皮箱，這是父親有一次到重慶時寄放在他這裏的。父親走後，他翻了翻，裏面裝着許多寫滿字的日記本，沒有細看。

現在，他突然產生了再翻翻父親日記的欲望。他再次翻開了那隻已躺在那裏沉睡了很多年的皮箱。那些日記本依然完好地在睡覺。他借着亮瓦中射進來的日光，清理起日記來。日記有50多本，從父親參加南昌暴動失敗後到南京找出路時寫起，直至解放前夕，從1929年至1949年，其中有許多具有史料價值的東西。自然，夏古傑頭腦中那些謎語，全找到了答案。

2

夏澤西在南京街頭踟躕。三天了，他還沒找到門路。他住在一家小旅店裏，一大早就出去逛蕩，企圖遇到熟人。才11月，南京就冷得不得了。北風颳得很緊，滿巷鑽。他豎起大衣領子，正着走一陣，再倒退着走一陣。轉過一個巷口，風小些了。在巷口的一個角落，有一個豆漿油條攤。他在豆漿油條攤的條櫈上坐下來，要了一碗鹹豆漿。一個白瓷中碗中放着醬油、酥黃豆、油條節節、蔥花。滾燙的豆漿倒進去，遇到鹽，立即起了花。他一面用匙子攪動豆漿，一面喊：

「老闆，來根油條！」

坐在旁邊一個戴禮帽的人揚起頭來，看了他一眼，驚叫道：「澤西兄！」

夏澤西一看，樂了。這是他的黃埔同班同學、在新一師時的戰友陳先雲。夏澤西把自己的經歷簡單地與陳先雲說了一遍。陳先雲說：「走，校長叫我收羅失散的黃埔同學，我帶你去見他！」

蔣介石在客廳裏等他們。他穿一身軍便服，模樣兒同隨處可見的畫像上的差不多，只是沒那麼嚴肅。他從沙發上站起來，向夏澤西伸出手。夏澤西趕緊迎上去，抓住蔣介石的手。蔣介石握着他的手，溫和地說：「澤西老弟呀，聽說你回來，我很高興。你知道為什麼嗎？」

夏澤西注視着蔣介石，不知怎麼回答好。蔣介石自問自答道：「我掛念你呀！你是我最優秀的學生。在打陳炯明時，你的炮兵連立了大功啊！你還從戰場上把我揹下來，是我的救命恩人啊！這幾年，我的學生因為主義之爭不少離開了我。一時糊塗，不要緊的。我跟他們說了，只要回來，既往不咎，不管是跟着共產黨走的，還是跟着鄧演達走的。」

夏澤西感動地說：「校長大人大量，今後學生跟定您了。」

蔣介石點頭，連連說：「好，好！過去的錯誤不在你們，而在我校長。你們回來了很好，一切重新開始。我知道這幾年你們受了不少苦，應該靜下來好好休養一下，多看一些書。」

夏澤西點點頭。蔣介石指了指陳先雲，繼續說：「你們讀書的計劃，我已與陳主任說過，你們自己也可以提出意見。以後的工作你們可以按自己的志願選擇。對國家對政府有什麼意見，也可以直接向我提，我會盡量採納你們的意見的。」

夏澤西「嗯」了一聲，說：「學生會按校長的要求去做的。」

陳先雲向夏澤西示意，夏澤西知趣地向蔣介石告辭。蔣介石與夏澤西握別後，遞給夏澤西一張紙條，夏澤西看了看紙條，上面用恭正的毛筆字寫着：「發洋二百元，軍需處周處長。蔣中正。」

蔣介石指了指紙條，說：「這是給你零用的，以後有困難，可以隨時向陳處長談。」

夏澤西從客廳裏出來，手握紙條，心裏感動得一塌糊塗。他已被蔣介石的人格魅力徹底征服了。

陳先雲將夏澤西領到「自新同學招待所」，拿出一張寫着「自新書」封面的文件給他看。夏澤西沒有仔細看自新書的內容，卻一個個看已在自新書上簽名的人。大多是熟悉的名字，曾馳騁在北伐戰場上的黃埔同學，有參加南昌暴動後失散的，更多的則是參加鄧演達第三黨的黃埔革命軍人同學會的黃埔學生，其中，有共產黨同學余灑度、陳烈、韓睿、廖宗澤等十人，有參加「改組派」反蔣的同學郭仲容、黃雍、陳遠湘等四十餘人；參加「擴大會議」反蔣的同學杜從容、徐會之等四十餘人，還有未參加過任何派別、生活困難的同學吳興泗等十餘人。夏澤西毫不猶豫地在自新書上簽了字。

陳先雲找了一間房讓夏澤西住下，然後，給夏澤西送了一套書來。夏澤西翻了翻，有《王陽明全集》、《曾文正公全集》、《曾胡治兵語錄》、《校長言行錄》等。夏澤西感慨地說：「真沒想到校長對黃埔同學這麼好。」

陳先雲說：「這是校長聽了戴季陶先生意見的結果。鄧演達先生通過共產黨同學余灑度組織了個黃埔革命軍人同學會，聯絡黃埔同學反蔣。鄧演達同余灑度被捕，押解到南京後，校長徵詢戴先生的意見。戴先生說，『可憐的是這班黃埔同學。他們在艱苦的鬥爭中脫離了共產黨，在彷徨歧路中加入了鄧演達的第三黨。他們組織黃埔革命同學會的目的，不過是圖謀集中自己同學的力量以求生存，結果卻為人所利用。這都是鄧演達的陰謀，想借黃埔力量，謀叛黨國。為今日計，對鄧演達的處置要嚴，對學生處置則應從寬。』校長聽了戴先生的意見，槍決了鄧演達，令我組織自新同學招待所，現在已有120多位黃埔同學來了，經短訓後都出去委以重任，有的當師長，有的當特派員。」

3

1933年，夏澤西以校長特派員的身份，再一次入川。今非昔比，夏澤西受到了劉湘所部的盛情款待。在重慶，由劉湘的師長范紹增招待在他家中住宿一宵。鮑魚宴後，范紹增告訴他，他最寵愛的鄧姨太太的專房讓出來供他住宿，請來重慶的名妓姬二姐陪侍。

夏澤西欣喜至極。在黃開泰到范府看望他時，他就從黃開泰口中得知，姬二姐風流無比。黃開泰還念了一首讚美姬二姐的民謠，他的印象極深。他記得這首民謠是這樣讚美姬二姐的：

姬二姐，生得美，桃紅臉兒荷色嘴，六月西瓜一包水。

姬二姐，好頭髮，木梳梳了篦子刮，梳起盤龍插鮮花。

姬二姐，好眉毛，彎彎眉毛眯眯笑，說話好像鸚鵡叫。

姬二姐，好雙手，十個戒指戴滿手，金絲打來銀絲扭。

姬二姐，好衣裳，前面後面一樣長，好像白布下染缸。

說話間，姬二姐娉娉婷婷地扭着細腰走過來，挽着夏澤西的胳膊步入「洞房」。「洞房」內滅了電燈，點着上百支紅蠟燭。在紅燭光映照下，姬二姐顯得光彩奪目。夏澤西聞到了一種香味。不是法國香水的香味，是一種很特別的香味。他很快被這種香味迷得神魂顛倒。他循着香味接近了香味源，原來香味源是姬二姐！姬二姐坐在意大利沙發上，體香濃郁。這是一種只令男人感知的體香。夏澤西一聞到這種體香，全身的血液便開始鼓蕩，直至沸騰。他緊緊地摟住姬二姐，將這一團香肉裹在自己寬大的身體裏。在不知不覺中，他把姬二姐脫得精光，把自己也脫得精光。他把姬二姐抱到床上，擁着這團國色天香，嗅着蕩人心魄的天然體香，進入她的身體，完成了交合。他終於相信了，世界上確有「香妃」似的女人存在，難怪王昭君會留下「香妃」的美名，難怪姬二姐會成為傾國傾城的名妓！

夏澤西摟抱着姬二姐這一塊令他心醉神迷的「香肉」，沉沉睡去，輕輕地打起了呼嚕。姬二姐睡不着，望着那些流淚的紅燭，想起了自己不幸的一生。

「紅顏薄命」，漂亮的女孩在社會上成功的幾率比醜女孩大一些，但遭厄運的可能性則比醜女孩大千百倍。漂亮的女孩姬二姐就是這樣。她十六歲那年，到草街子趕廟會，一群濫「丘八」看她長得「乖」，將她擁到一個僻靜的死巷子角落，剝光了她的衣褲，像一隻被剝了皮的小白兔，橫陳路中。那些爛「丘八」，一個拉着她雪白的兩隻手臂，一個扯着她的兩條修長的玉腿，一個在中間壓在她身上，拚命地往裏戳。然後，輪流上來戳，戳得她下體流血，肚子裏裝滿了爛「丘八」的爛漿漿。

無端遭此大辱，回家向父兄哭訴，父兄向族長求助。誰知，族長反怪父親管教不嚴，讓女子出外拋頭露面，丟了姬氏家族的人。他立即在祠堂召集族人大會，要將辱沒姬家的姬二姐按族規，縛以巨石，沉入嘉陵江中為家族雪恥。父兄居然不敢反抗，遵照決議回家綁人。好在嫂嫂打抱不平，拚死護着姬二姐跑到碼頭，租了一隻小船順流而下，在江北仁和場找到寡嬸避難。

寡嬸將她嫁給重慶香國寺開絲織房的齊樹雲。齊家破產，將她賣給在神仙口開妓院的鴇母陳大腳板。

那一天，是姬二姐難忘的日子。平日裏只知睡覺不知體貼她的丈夫齊樹雲突然變得溫和起來。他給她做了一件緞子旗袍，要她穿上同她進城會朋友。在香國寺坐木船，在浪子很大的嘉陵江中坐船到了千廝門，沿着挑水人的足跡鑽進水巷子，進入一個外面掛着紅燈籠的大門。她覺得氣氛不對。一個妖嬈的半老徐娘迎出來，讓他們在一個雅致的客廳落座。僕人送來兩碗茶，坐定後，那半老徐娘向丈夫使了一個眼色，丈夫便跟着半老徐娘走出客廳。一會，從門外便傳出：「慢走，慢走」的送客聲。半老徐娘一個人進來了，丈夫的身影不見了。她正驚詫間，半老徐娘自我介紹道：「人家都喊我陳大腳板，你不能這樣喊，你要喊我媽媽！」

姬二姐睜大眼睛，不解地問：「為啥我要喊你媽媽？我男人呢？」

陳大腳板說：「你男人已經走了。他沒告訴你？他已把你賣給我，作我的女兒了。我今後要傳授你招呼應酬男人的全套本領，管你的吃喝呀！」

姬二姐才明白這兒是妓院，陳大腳板是這兒的鴇母，她被男人賣了！她沒吭聲，支起身來就要走。那裏走得脫？立在背後的兩個五大三粗的男人把她強按在太師椅上坐正，陳大腳板拿出兩張蓋有鮮紅手印、寫滿字的十行紙湊在她眼前。她讀過小學，粗通文字。她看清了這是齊樹雲蓋了手印的賣身契約和身價銀元收條。後面的人鬆了手，她一下子癱在椅子上，大哭起來。

姬二姐的嚶嚶啼哭聲，驚醒了夏澤西。他打開枱燈，吃驚地打量着淚流滿面的姬二姐，問：「你怎麼啦？」

姬二姐把自己的遭遇向夏澤西哭訴了一遍。夏澤西擁着她，一面用一塊絲手巾給姬二姐抹淚，一面自己也陪着流下淚來。姬二姐突然停止了哭訴，呆呆地望着這個淚眼朦朧的男人，心中一陣感動。她不知為什麼會向這個男人吐露自己的衷腸，她從未與其他男人詳細訴說過自己的不幸，因為那些嫖客只顧尋歡作樂，哪裏願聽她的傷心事。這個男人不同，不但願意聽，還流露出那麼真誠的關懷，那掛在這個英武男人眼角的淚滴便是明證。

夏澤西對姬二姐的遭遇倍感痛心、同情，他原以為妓女都是些「賤貨」、「禍水」。想不到姬二姐這樣的名妓操此「賤業」竟是出於無奈。一陣憐愛之心油然而生，一個主意脫口而出：「你願不願從良？」

姬二姐驚喜地抬起頭，望了望夏澤西忠厚的面孔，信任地點了點頭。

4

1942年2月16日，中國遠征軍應盟軍之邀，進入緬甸作戰。這是中國自元代成吉思汗以來，首次應西方列強之邀，派兵出國作戰，抗擊共同的敵人。在中緬邊界的畹町橋頭上，蔣總司令的巨幅畫像代他為子弟兵送行。他腳蹬馬靴，腰掛佩劍，肩披拿破崙式的黑面紅裏大氅。他威風凜凜，頂天立地，那支向空中揮舞的巨臂下，寫着兩行斗大的字：驅逐倭寇，收復緬甸。

夏澤西將軍舉起了手，向他的校長敬禮。他率領的部隊官兵，也一齊舉手敬禮。然後，官兵們唱起了遠征軍的軍歌：「**槍，在我們肩上，血，在我們胸膛。到緬甸去吧，走上國際的戰場。**」

夏澤西率領的機械化軍，一色美式裝備，空中有盟國的飛機掩護，地上車輪滾滾，馬達轟鳴。遠征軍進入緬甸，緬甸春光明媚，山花遍野，高大的棕櫚樹在春風中搖曳，美麗的佛塔在藍天下放着異彩，竹樓裏升起縷縷炊煙，山坳中不時傳來姑娘、小伙的情歌聲，一片和平寧靜的景象，一點沒有一場大戰在即的跡象。

中國軍隊前進、前進，前進進；英國軍隊撤退、撤退，再撤退。終於，有一天，英軍和遠征軍一起撤退了。撤退，撤退，再撤退。撤退變成了潰退。潰軍慌不擇路，退入了遠征軍的墳墓：野人山。

發着高燒的夏澤西臥在擔架上，由兩個貼身警衛抬着，在一群管電台的女兵簇擁下，進入了大叢林。遠征軍在方圓數百里的大叢林裏迷了路，兜着圈子，怎麼也走不出森林。乾糧吃完了，馬殺來吃完了，全軍走入絕境。

位於緬甸北部，綿延至印度、中國雲南、西藏的這座熱帶叢林，縱橫千里，人跡罕至。在這個蠻荒世界裏，猛獸、螞蟥、瘴氣、野人，險象環生，是地球上的黑三角。

「救命啦！救命啦！」夏澤西在宿營地的帳篷裏聽到叢林裏有人呼喊。他聽出，這是譯電員高雪蘭的聲音。他一躍而起，向女兵宿營地奔去。

高雪蘭是昆華女中的學生，人很文靜，皮膚白皙，遠征軍在昆明招兵時，她背着家人來報名參軍。家人把她關起來，但報國之心使她越窗逃出，趕上了已開拔的部隊。這一天宿營後，一覺醒來，已是早晨。她發現自己身上癢癢的，把腹部一摸，發現小腹上爬了幾條螞蟥。蛻下褲子一看，天啦，大腿上、小腿上爬滿螞蟥；卷起上衣袖子，手臂上也爬了幾條螞蟥。她脫了上衣，胸部、乳房上也爬滿了螞蟥。她忘記了自己是個女人，把自己脫得精光，一陣亂撲亂打，並發出恐怖的尖叫。其他女兵驚醒了，發現自己身上也有螞蟥，便像得了傳染病一樣，一起脫光了衣服，亂撲亂打亂蹦亂叫。夏澤西和幾個親兵趕到時，看到這一群裸體女人在發瘋似的狂叫，男兵們背轉了身，不敢直視，也不忍卒睹。

夏澤西對赤身裸體的女兵並未起猥褻之心，他像是看到了自己的部屬、自己的姊妹在蒙受苦難。他把自己當成一個醫生。對部屬、對姊妹、對病人的責任使他不能因性別、因世俗而背過身去。他將高雪蘭拉到火堆前，撿起一根冒煙的樹枝，薰烤螞蟥露在皮膚外面的屁股。螞蟥慢慢地蛻了出來。他叫女兵圍到火堆上來，兩個人一組，互相用火薰烤螞蟥。安頓好所有的女兵，高雪蘭也結好對子。夏澤西轉過身去，讓男兵背着身子佈置了警戒線。女兵們的喊叫聲逐漸減弱了，安靜了。那些令人生厭的東西才一點點向外縮，退了出來。高雪蘭和女兵們互相數着傷口，每個人身上都是千瘡百孔，還流着血。女兵們抱在一起，哭成一團。

七月中旬，遠征軍行進至中緬邊境的高黎貢山，饑餓、疾病已奪去夏澤西軍部一半人的性命。其他部隊的傷亡也很大，遠征軍大約有十萬人在野人山喪生。野人山上屍橫遍野，白骨累累。夏澤西領着幾百個殘兵，翻上山頂，一個有幾十戶人家的土人部落出現在他們面前。夏澤西嚴格遵守軍紀，餓死不擾民。他吩咐軍部在土人的寨外宿營。土人們悄悄出寨來看這支軍隊，發現個個餓得只剩下皮包骨卻安分守己，吃着野菜樹皮還樂哈哈地開着玩笑。隊伍中竟然還有幾十個女兵，衣衫襤褸，形容枯槁。探子回去一說，首領動了惻隱之心，派人送來幾十挑糧食。吃了一頓飽飯的將士頓時活躍起來。晚上，土人們升起篝火，殺了一頭牛，與士兵們聯歡。夏澤西一面吃着烤牛肉，一面看土人與他的男兵、女兵們歡天喜地地跳土人舞，感慨萬端。

5

自從電台恢復了同重慶的聯繫，野人山叢林中的遠征軍恢復了生機。美軍空投物資源源而至，在叢林中復蘇過來的將士們同進入叢林搜索的日軍展開了殊死的搏鬥。這一天，夏澤西率領的新一師師部二百多人突然被日軍包圍了。他率領部隊邊打邊退，日軍的合圍已經形成，眼看就要吞噬這支孤軍。呼援的電文已經發出，但遠水救不了近火，最近的團隊也要在叢林中走上幾天才能到達。然而，上蒼不忍毀滅這支正義之師。一顆巨大的榕樹出現在這隻走投無路的孤軍面前。

這棵千年古榕在一座小山的山頂上，樹冠足有一個足球場般大。樹幹要六、七個人才能合抱。說是一棵樹，其實是一個母樹同許多子樹組成的樹群。子樹是由母樹吊下的氣根入地後生成的。氣根變成了板根。板根有大有小，大的要三、四個人才能合抱。樹幹之間的枝丫也寬大得很，像小橋一樣橫貫東西南北。密密匝匝的樹葉將光線擋住，樹林裏黑黝黝的。夏澤西喊了聲：「上樹！」

幾百人衝進榕樹，有的抓着氣根，有的抱着板根，有的順着藤條，各自「蹭蹭蹭」爬上樹。夏澤西被幾位警衛前拉後推，順着一根拳頭粗的板根上了樹，幾個電台的男兵、女兵也上了樹。最後一個兵剛上樹，緊跟在後的一百來個鬼子便鑽進大榕樹下。在大榕樹樹冠邊緣，是有光的。夏澤西一看，樂壞了。這群東洋鬼子在樹下東瞅瞅，西瞧瞧，沒看見就在他們頭上的我軍，而戴着黃軍帽的腦袋正衝着樹上我軍的槍口，就像跪在地下等着「敲沙罐」的死囚一樣。他喊了一聲：「打！」「乒乒乓乓」一陣亂槍，絕大多數敵兵應聲倒地。少數僥倖逃脫第一次打擊的鬼子掉頭就跑。追來的槍彈又結束了逃跑中大多數鬼子的性命。

戰鬥結束，一清點戰果，打死日軍七十多個，我軍無一傷亡。夏澤西知道，惡戰還在後面。他傳令清點人數，一共238名。他命令留下100人在樹上堅守，其餘人下樹在榕樹周圍構築陣地，特別是要搶佔緊靠榕樹的一片開闊地，以備盟軍空投用。他帶了警衛和電台班的男兵、女兵鑽進了一個樹洞。老榕樹根系發達，板根縱橫交錯，如鋼鐵般又硬又厚。地下還有許多四通八達的溶洞。夏澤西在一個背靠大板根的溶洞裏建起了指揮所。指揮所裏點亮了煤油燈，掛起了地圖，安好了電台。

戰鬥在激烈地進行着，機槍、步槍子彈像雨點般下，卻都被密不透風的樹葉、樹冠吸收了，無傷我軍一根毫毛。夜幕降臨了，槍聲稀疏了。住在樹上的戰士遵照夏澤西的命令，除警衛外，均安上吊床休息。住在樹洞、樹外工事裏的戰士也啃起了乾糧，輪番休整。夏澤西的指揮所卻忙碌着。那個從螞蟥圍攻中死裏逃生的女兵班長小高興奮地叫道：「師長，與總司令部聯繫上了！」夏澤西立即向遠征軍總參謀長史迪威發出求援信息。不久，史迪威來了命令，佈置了以榕樹為核心的新一師吸引日軍，中國遠征軍的其他師團從外面對日軍實行大包圍，聚殲日軍18師團。這就要求他們在榕樹下堅守兩個月。

6

日軍18師團21聯隊3中隊中隊長宮村俊雄少佐發現大榕樹下的中國部隊中有不少女兵，淫心頓起。他將夏澤西師部圍得似鐵桶般。他要用饑餓使這支部隊屈服，讓他這個淫棍能享用女兵的美色。宮村俊雄並非一開始便是個十惡不赦的。他出身貴族之家，受過良好的教育，有高中文化程度，還是一個小作家，富有正義感和做人的良心。他懷着為天皇盡忠的虔誠願望，於1933年應徵入伍，成了日本關東軍18師團步兵第六旅團21聯隊的士兵。那時，他年方十八，還未婚娶，從未嘗過女人滋味。他第一次參加作戰，佔領了一個小集鎮後，碰到同班同學山本，山本問他有什麼戰果，他羞愧地搖了搖頭。山本卻得意地擦着帶血的刺刀說他殺了十個人。宮村誇讚山本勇敢殺敵，遺憾自己未遇見敵軍。山本告訴他，他們也沒遇見敵軍，殺的全是老百姓。宮村為山本的行動驚呆了，批評他不該濫殺無辜，違犯軍紀，讓長官知道了不得了。山本一聽，竟笑得直不起腰來，說宮村真傻，紀律不過是寫來給人看的，誰會認真執行，連他的長官自己都帶頭殺了幾個老百姓，還搶了他們的手鐲和項鍊呢。宮村更為吃驚了，對山本說，他和他的長官太兇殘、貪婪了。如果他們的行動讓天皇和日軍統帥部知道了，他們肯定要受軍法審判。

山本恥笑道：「天皇要的是我們打勝仗和中國富饒的土地，他才不管你殺多少百姓，搶多少東西呢！你還是我們班上的小作家呢！你記得托爾斯泰筆下的軍人的信念嗎？他們認為，對勝利者而言，只有利益關係，沒有道義可講！」

宮村嘴上說山本荒謬，心裏的震動卻很大，他從小受的教育中那一些正統的東西開始動搖了。晚上，他躺在床上輾轉反側睡不着。他想起入伍時為天皇的聖戰盡忠的誓言是何等神聖，而眼前這一切卻是那樣的殘酷、醜惡，令人不忍卒睹。難道這就是政府宣傳的正義之戰？難道我們到中國來就是幹明火執仗搶劫、燒殺的勾當，把自己由人變成滅絕人性的獸類？他對臨床的小野中士講了山本和他的長官殺良冒功的事，譴責他們辱沒了天皇的聖名，不配作天皇軍隊的戰士。小野中士教訓他道：「你別看老百姓手無寸鐵，可他們心中的怒火能把我們燒死。我們不把他們殺掉，他們就會把我們置於死地。我們如果死了，誰去保天皇？沒有人保天皇，天皇還有什麼聖名？我們殺中國人，就是效忠天皇的行動。」

小野中士的這一套歪歪理，把宮村說得暈暈乎乎的，腦中的道德關口開始鬆動。小野中士還將他搶掠的金項鍊從挎包中取出來給宮村看，進一步兜售他的強盜邏輯：「你看，這條金項鍊的價值比我一年的軍餉還要多，如果不打仗，能有這樣的好處嗎？」

小野中士還得意洋洋地將他珍藏的一隻年青女人的手掌給宮野看，並在第二天行軍途中給宮村和同路的士兵繪聲繪色地講了關於他強姦了一個年青美貌的老闆娘，並搶了她的金項鍊，割下她的手掌作紀念的血腥故事。

這一段禽獸不如的經歷理應引起宮村義憤的，誰知，卻將宮村潛意識中的獸性釋放出來，使衣冠楚楚、道貌岸然的他復原為獸。在熱河承德，原本善良正直的宮村俊雄極其殘暴地強姦了第一個女人。

關魔鬼的匣子打開以後，宮村俊雄潛意識中那些反社會、反人性的邪念通通轉化為意識和行動，成為一個殺人魔鬼和大淫棍、超級強姦犯。佔領南京後，宮村一天強姦了6個女人。打下徐州的第二天，他創下了一天強姦12個女人的紀錄。在侵華戰爭期間，不包括他強姦的十六歲以下的幼女和四、五十歲的老婦，他一人竟強姦了300多個未婚女子和少婦，這可能是有史以來世界上有記錄的強姦犯強姦人數的最高記錄，真是空前絕後的「壯舉」！

這個喪盡天良的傢伙隨着中日戰爭的擴大，從東北打到緬北，十年間一步步升至少佐中隊長。

宮本俊雄的如意算盤落了空。夏澤西的電報班克服重重困難，讓美軍在大榕樹旁的一塊開闊地上不斷投下食品、彈藥。夏澤西的軍部在這方圓不過一萬平方米的彈丸之地堅守了兩個月。

艱難的兩個月！天天吃美軍飛機投下的餅乾、罐頭，喝溶洞上滴下的清水；與鑽進樹冠中的日軍捉迷藏。終於，總攻的日子到了。夏澤西同他的勇士們衝出大榕樹，猛打猛衝。小日本鬼子失去了昔日的威風，敵中將師團長攜軍妓本田芳子沿暗道逃走，丟下堆積如山的戰略物資和他那上萬名如喪家犬般的士兵。敵遺屍5,108具，友軍打死鬼子3,400人，真痛快呵！那個惡魔宮本俊雄，如願見到了中國女兵。但那卻是一個不光彩的會見。他被從樹上跳下來的女兵高雪蘭騎在頭上，被她連煽了十多個耳光，乖乖地投降了。

從野人山地獄中衝出來的這支中國軍隊，成了聞名世界的威武之師！精銳之師！夏澤西、杜聿明、鄭洞國、孫立人、廖耀湘等中國遠征軍將領，也成了聞名世界的抗日英雄。

7

夏澤西和黃開泰在「精神堡壘」前的大街上漫步。夜深了，大街兩旁的店舖仍然熱鬧非凡，燈紅酒綠。他們鑽進「精神堡壘」旁邊的「心心」歌舞廳，找了一個卡座坐下來。侍者送來兩杯奶咖啡。大廳中回旋着「何日君再來」的舞曲，一個歌女正在對着麥克風唱：「毛毛雨，下個不停；微微風，吹來了日本兵」，一雙雙俊男倩女相擁着在跳華爾茲。夏澤西歎了一聲：「醉生夢死！商女不知亡國恨啊……」

黃開泰指指對面街中心高聳入雲的「抗日戰爭勝利紀念碑」，說：「夏兄何出此言？你看，那『精神堡壘』，是中國堅決不做亡國奴的證據。我們勝利了，哪來的亡國恨？」

夏澤西說：「我指的不是中國要亡國，而是我們的黨國即將亡國囉！」

黃開泰驚問道：「前線形勢有這麼嚴重？」

夏澤西說：「不瞞兄弟，國軍在東北戰場、華北戰場連打了兩個大敗仗，如今，徐州會戰又失敗了。我在中國遠征軍的戰友杜聿明、鄭洞國的精銳之師被殲滅，杜聿明被俘，鄭洞國投降，慘不忍睹啊！」

黃開泰說：「我真不明白，國軍有八百萬裝備良好的精銳之師，怎麼就打不過食不果腹，衣不蔽體的土共呢？」

夏澤西也指了指「抗日戰爭勝利紀念碑」，說：「你們重慶人將那碑叫『精神堡壘』，這名字取得好！以前，我們與日本人打仗，是有精神支柱的。蔣校長『絕不做亡國奴，決不投降日本人』的誓言是我們每個國軍軍人的『精神堡壘』。可是，如今與共軍交戰，中國人打中國人，精神支柱沒有了，精神堡壘崩潰了，那能不打敗仗呢？而且，你看，『前方吃緊，後方緊吃』，那些下山摘桃子的接受大員們只顧發『國難財』，讓我們這些在前方拚命的將士寒心吶！我這次率部在川鄂邊界阻擊共軍，天寒地凍的還沒發冬裝，叫我那些凍得瑟瑟發抖的士兵如何提得起精神來打仗？我只好丟下自己的士兵，親自跑到重慶來要冬裝。」

第二天，夏澤西的頂頭上司——西南長官公署司令胡宗南和他的軍需署長陳良奉命在皇后餐廳設宴，接見了這個佩有中正劍、可直面蔣校長的中將王牌軍軍長夏澤西。

桌面上只擺着四個菜和一碗湯。菜用大銅盤裝着，是醃鹵大傳盤、宮保雞丁、鹵汁烤鴨和蒜汁瓢兒白，湯是水煮竹蓀白菜。胡宗南說：「我們奉校長之命犒勞在川鄂前線英勇殺敵、阻遏了共軍攻勢的英雄。目前，黨國有難，只能用四菜一湯招待，乞兄見諒！」

夏澤西一拱手，說：「二位如此盛情款待，卻之不恭，受之有愧，我當竭盡綿薄，報答黨國，回報校長和二位對我的厚愛。」

胡宗南說：「目前時局十分艱難，校長準備在西南打一場大會戰。你我是這場大會戰的主角，希望我們哥倆齊心協力，完成校長的重託。」

夏澤西點點頭，說：「兄弟將竭盡全力。只是，冬日已至，我軍將士只籌得一萬二千套棉衣，尚有一半將士啼饑號寒，請二位兄台助我一臂之力。」

軍需署長陳良忙抽出一張名片，在上面寫了幾個字，對夏澤西說：「澤西兄，你叫貴軍後方辦事處軍需處長明天到被服處領取棉衣吧！」

夏澤西接過名片一看，只見名片上寫着：「照發第一軍軍服一萬二千套，並車送前方不誤。」

夏澤西喜出望外，連連拱手稱謝。

8

蔣介石剛從位於重慶沙坪壩的南開中學回來。他去勸張伯苓校長跟他去台灣。張伯苓可是個難得的教育人才啊！南開的學生佔據了國共兩黨的重要位置。國民黨的宣傳部長，共產黨的幹將周恩來，還有眾多的超一流專家，都是南開的學生。他知道，不管他如何掙扎，也不過是「盡人事」而已。大陸丟定了。他已決心暫避共黨鋒芒，偏居台灣一隅，把台灣當作反攻大陸的基地。他知道，他的反攻大陸計劃成敗與否，主要不是看有多少金銀財寶運到了台灣，而是看網羅到台灣的人才有多少。將來光復大陸得靠人才喲！培養人才得靠教育啊！然而，張校長居然不買他的賬！人心不古啊！「國難忠臣難覓啊」！他氣得發昏，在告辭了張校長以後，上汽車時居然頭上被車門撞了一個包。他決心要多找一些人談談，在他身邊多留住一點人才，作為反攻大陸的資本。聽說他的愛將夏澤西回到重慶，他將夏澤西叫到黃山官邸來，做一次「心換心」的談話。

侍衛長向蔣介石報告，夏澤西已在客廳等候，他立即起身，穿着一身便服走出來。客廳裏地毯沙發，開着暖氣，四角擺放着幾盆羅漢松，一幅春天的景象。夏澤西趕快站了起來，行了三十度的鞠躬禮。蔣介石用一雙烏黑有神的眼睛直視自己的得意門生片刻，鼻子裏不斷發出嗡嗡聲，低聲說：「好，好，好，你坐。」

師生落座後，蔣介石說：「你在黃埔教導團隨我東征時表現就很好，教導團的老班底擴編為兩個師後，你後來繼蔣鼎文、李延年、鄭作民後執掌了第一軍第一師的帥印。多年來，你從未打過一次敗仗，你是真正的常勝將軍啊。這次在黃草壩，你又打得很好。這才算得上是黃埔教導團的革命精神。」

夏澤西答道：「校長放心，第一師不會給你丟臉的。這一次，我們在黃草壩頑強阻擊共軍三天三夜，將共軍打得落花流水……」

蔣介石感歎地說：「要是國軍都像你這樣打，共匪何愁不滅！可惜，像你這樣的將領太少了。澤西老弟呀，八年抗戰，全國軍人歷盡艱險，終致驅逐倭寇，獲得勝利，舉國上下無不歡欣鼓舞，共慶升平之樂。誰知，共匪不顧國計民生，用翻身解放之詞妖言惑眾，挑起全面叛亂，阻礙國家統一，置人民於水深火熱之中。多少家園被拆散，多少父老兄妹犧牲在人為製造的階級鬥爭之下啊！」

蔣介石平時很嚴肅，總同學生保持一定距離，很少同下屬聊天。面對了太多的背叛與失望以後，他突然有了要與人傾訴一下的願望。夏澤西為校長把自己當兄弟說出的一番肺腑之言感動得熱淚盈眶，勸慰道：「校長放心，你有那麼多忠勇的黃埔弟子，定能最終消除匪患。」

蔣介石繼續向學生傾訴衷腸，道：「我的事完全是我那個結義兄弟張學良搞壞的。當年，共匪只有一萬多人流竄到陝北，他的幾十萬東北軍完全可以把共匪消滅乾淨的。可是，他卻勾結共匪，發動西安叛亂，逼我抗日。抗日，還用他逼嗎？我們從東北淪陷的那一天起，就在作抗日的全面準備。要抗日，沒有經濟實力，行嗎？我們拚命建設國家，在民國二十五年作好了抗日的經濟準備，有沒有西安叛亂，我都會抗日的，我都絕不會投降日本人的！經國的母親慘死在日機的轟炸之中，我與日本人有血海深仇，我與倭寇是不共戴天的！」

夏澤西道：「當時，我已兵臨潼關，只等校長一聲令下，就會衝進西安來救你。只是校長太仁慈了，放過了張學良，也放過了共匪。」

蔣介石正色道：「這是日本人幫了共匪的忙。要是日本人不那麼急於吞併中國，我早已將赤禍撲滅，不至讓共匪今日危害黨國了。我希望你和我的黃埔學生，先總理的三民主義信徒，都能發揚黃埔革命精神，勵行總理遺教，挽狂瀾於既倒，為已犧牲之官兵復仇雪恥，為被難之黎民撐腰伸冤。不消滅奸匪，決不甘心。不完成建國統一，決不罷休。」

夏澤西一面聽，一面在心中罵「共產黨真是豈有此理」，一面抱怨友軍太不爭氣，並為校長乾着急，他宣誓道：「校長，我一定聽從你的教誨，秉承總理遺教，做一個三民主義的忠實信徒，發揚黃埔精神，同共匪血戰到底，不成功便成仁！」

蔣介石一面連說「好，好」，誇夏澤西是他最好的學生，標準的國軍將領。他隨即簽署命令，將宋希濂放棄指揮的幾個軍劃歸夏澤西統率，任命他為以王牌軍為核心組建的天字第一兵團的中將司令長官。

蔣介石有些累了，他背靠一把籐椅，與夏澤西拉起家常來，他左手托着下顎，摸摸鬍鬚，問道：「你的太太走了沒有？家裏還有些什麼人？」

夏澤西道：「我的家眷沒有走，現在都在重慶。我家有88歲的老母親，還有三個兒女。」

蔣介石叫來侍從室俞主任，對他說：「你要空運司令派一架專機將夏司令官的老太太和他的家屬送到台灣去，並陸續把夏司令官手下軍長以上的高級將領家眷送到台灣去，讓他們能安心在大陸剿匪！」

9

六天後，空運司令給夏澤西送來三張飛機票，抱歉地說：「校長要我派專機，但他下令派專機的指示太多了，我一時無力執行，只好先送三張票來，讓老太太，你的夫人之一，你的兒女之一先走一步，然後再慢慢想辦法吧。」

夏澤西拿着這三張飛機票，去江北觀音橋黃開泰家，和寄居在那裏的母親、三個太太和三個子女商量，看誰先去台灣。黃開泰在輪船公司當經理時，在觀音橋鄉下買了一塊地，修了一座小樓安家。這是黃家破產後黃開泰留下的惟一財產。

根據校長的意思，老太太是必須去台灣的，剩下的兩張票也只能在三個夫人中擇其一，三個子女中擇其一。三個太太推來推去，互相禮讓着。最後，夏澤西拍板叫大夫人及其所生的長女夏淑賢去台灣；二夫人姬二姐長期住在崇寧父親夏文彩的公館裏，姬二姐所生兒子夏古傑繼續在重慶南開中學住校讀書；三夫人高雪蘭則根據她的願望隨軍與自己共進退，高雪蘭所生之子夏世雄住在萬縣公館中不動，由奶媽哺育。

安頓好家眷，在高雪蘭的陪同下，夏澤西懷着感恩戴德的心情乘專機直飛川東前線。

可是，校長的關懷勉勵卻沒能阻止夏澤西打了有生以來的第一次敗仗。他雖然在川東黔彭邊界黃草壩附近成功地阻遏了共軍的猛烈進軍，但在他的左翼，友軍鍾彬的14兵團卻在共軍的猛烈打擊下潰不成軍，牽動全局，他的王牌軍眼看就要被共軍包圍聚殲。他只好命令部隊忍痛撤離。

兵敗如山倒。在混亂之中，他的兵團司令部挨了炮襲。一排重迫擊炮的炮彈在準備出發的司令部密集的人群中炸開了花。夏澤西和他的如夫人高雪蘭緊挨在一起，有着戰爭經驗的高雪蘭在聽到炮彈的呼嘯聲之後，炮彈襲來之前的一瞬間，將他撲倒在地。隨着一陣驚天動地連排巨響，幾百個司令部官兵和家眷血肉橫飛。待一切都安靜下來以後，奇跡般未傷毫毛的夏澤西從屍堆中爬出來，周圍全是散亂的手、腿、頭顱和五臟六腑。他的手上則抓着一隻雪白的斷手。他一看，這隻手上戴着一個梅花鑽戒。他忽然明白了，這是愛妾高雪蘭的手，這隻鑽戒是他親自為她戴上的。他把這隻無數次溫柔地撫摩過自己的手抱在懷中，親吻着，用眼睛尋找自己的紅顏知己、與自己出生入死的戰友、他最心愛的姊妹的遺體。所有的遺體都已粉身碎骨，到哪兒去找她的遺體！他呆了，他傻了！他被幾個倖存的衛士強行拖上吉普車，衝出重圍，一路上都抱着那支手臂。他把那隻手臂抱了一天一夜，直到昏睡過去才被衛士用盡力氣從他的懷中取走。

夏澤西坐在吉普車上，向東逃竄。撤退，再撤退，夏澤西懷着無力回天的心情，無法完成校長的重託，無顏再見總統的愧疚，在心裏歎息：「完了！完了！川東完了，川東完了！」

吉普車在向南川行進途中，碰到羅連山的隊伍在向前挺進。初初一看，羅連山的隊伍好整齊：一色的新帽子、新毛巾、新軍服，皮帶、水壺、飯盒一應俱全。但仔細一看，那些士兵無精打采，左手打左腳，步伐都走不正。這顯然是臨時湊合，缺乏訓練的新兵隊伍。靠這樣的隊伍，如何能抵擋如狼似虎的共軍！他心裏輕鬆了一些，想，這支隊伍是經不起戰鬥的，它上去一垮，對他就有利了，校長就不會過於懲罰他了。他的前面有了擋駕的部隊，可以鬆一口氣了。這時，羅連山的吉普車開了過來，夏澤西停了車，同從車上下來的友軍司令官見面。兩個兵團司令在路邊點上煙，緊張地交換情況。夏澤西說：「前面的共軍是劉伯承的31、32、33師，王牌，很難打。不過，有老兄的精銳部隊上去，還是不成問題的。」

羅連山苦笑了一下，說：「別挖苦兄弟了，你的王牌軍都擋不住共軍，何況我這支雜牌軍！我只不過是奉命盡人事而已。」

夏澤西說：「說得對，『盡人事！』孤掌難鳴啊，我的部隊打得再好，也經不住鍾彬的十四兵團潰敗拉開的大口子衝擊。我要不跑快一點，也難逃黃伯韜兵團在徐州會戰中被合殲的命運。」

羅連山說：「現在的情況是一天比一天緊張，你看有什麼辦法沒有呢？」

夏澤西手一攤，說：「有什麼辦法呢？打光算了。」

羅連山說：「我看得想法脫離戰場。」

夏澤西問：「如何脫離呢？」

羅連山說：「川東地形複雜，山洞很多，可以化整為零。或者把部隊拖到中緬邊界去，你在那兒打過仗，情況熟。我們部隊報話機都多，彼此聯繫方便，一旦第三次世界大戰打起來，用步話機一聯絡，再化零為整，東山再起。」

兩位兵團司令瞎侃了一陣，彼此都不得要領，互道珍重後，一個向前，一個向後，各奔前程去了。

10

撤退，再撤退，直至丟了重慶，撤至成都附近的郫縣、崇寧，準備在胡宗南的統一指揮下打「成都大會戰」。夏澤西在自己的家鄉崇寧安營紮寨，在花朝門建立了01兵團的司令部。

夏澤西遵命來到胡宗南的總部，胡宗南卻到崇寧召集他自己所部師長以上軍官開軍事會議去了。副官讓他在會客廳裏等候。大約等了一、兩個小時，忽然聽到汽車的喇叭聲，副官說：「這是胡先生回來了。」

夏澤西快步走出屋外，看見汽車一大串，威風凜凜地開進來，停了一壩。以目中無人著稱於世的胡宗南，從車上下來，見到夏澤西，卻一改狂傲之態，急步走過來，握着他的手，客氣謙遜地說：「對不住，讓澤西老弟久等了，我實在是有事走不開，恕罪！恕罪！」

夏澤西跟着他走進辦公室，落座後，胡宗南開門見山地說：「澤西老弟，成都大會戰還沒有打開，劉文輝、鄧錫侯、潘文華便通電宣布附逆了。遵照校長命令，我們要立即剿滅叛逆。我部負責在明天拂曉解決劉文輝的部隊，你部負責在明天拂曉解決鄧錫侯的部隊。只有這樣，才能掃清裏應外合之隱患，便於爾後作戰。」

夏澤西心裏一咯噔，他知道鄧錫侯有個綽號叫「水晶猴子」，很不好對付。但拒絕將令吧，他知道胡宗南是個狡詐之徒，也得罪不起。於是，他決定對胡宗南採取敷衍的態度。夏澤西說：「報告胡先生，我初來乍到，對友軍的兵力、位置不熟悉。明天就打這仗，恐怕打草驚蛇，打虎不成反遭虎傷。」

胡宗南不好強求，反問道：「照你這麼說，你打不過鄧錫侯？」

夏澤西說：「那倒不是。我部雖殘缺不全，解決鄧錫侯部還是綽綽有餘的，只是請胡先生多給我幾天時間準備。不打無準備之仗麼！」

胡宗南點頭道：「好吧，給你一點準備時間，但說定鄧錫侯部就由你負責解決。解決的時間由你自己決定，早遲以『共匪』未接近成都為妙。」

夏澤西立正行了個軍禮，說了聲：「是！」

胡宗南又說：「我順便告訴你一聲，顧總長臨上飛機去台灣時，要我轉告各位將領，在保衛成都的戰鬥中，要膽大心細，勇敢作戰，予『共匪』以重創。」

夏澤西想，總長都跑了，還要指示這樣那樣，真可笑。但他仍裝着堅強、忠誠的模樣答道：「有胡先生的卓絕指揮，又有你部養精蓄銳的生力軍。我們佔據了有利地形，以逸待勞，以靜制動，『共匪』來攻打成都，無異於以卵擊石，我軍定操勝券！」

胡宗南聽了夏澤西這一番慷慨陳詞，悟出了其中的一點自欺欺人的味道，「哈哈」乾笑了幾聲。

回到兵團司令部，夏澤西把段副軍長找來，傳達胡宗南的指示，商量對策。

夏澤西同段副軍長是結拜兄弟，無話不談的哥們。段副軍長勸他道：「我們現在正在『水晶猴子』的勢力範圍內，一旦同鄧錫侯干戈相見，恐怕今後部隊吃飯馬上要發生問題。況且，共軍二野劉伯承的部隊在佔領重慶後，正在向成都推進。共軍從西北南下的一野賀龍部也在節節逼近，情況十分緊張。如果同鄧打起來，萬一成都保衛戰失敗，我們就把逃生之路斷了。」

聽了這話，夏澤西心裏咯噔了一下，說：「逃生？你的意思是……」

段副軍長說：「人人都在逃生，校長已逃到台灣去了，顧總長也逃到台灣去了，胡長官遲早也會逃到台灣去的。但飛機運不完那麼多國軍將士啊，司令應該為大家留條後路。」

夏澤西沉思片刻，說：「我同鄧錫侯一向沒有往來，同共黨更是從無聯繫。這樣吧，鄧錫侯部同我部防區接界，你代表我去秘密和他們接觸一下，為以後的事做些準備。」

段副軍長點了點頭。

11

橫穿崇寧縣的金馬河靜靜地流淌着。一座鐵索木板橋橫跨過金馬河，將崇寧同郫縣連接起來。橋頭上有一家茶樓，平時喝茶的人很多。今兒個，茶樓裏不僅沒有一個茶客，連遠近都被一排排全副武裝的士兵斷了交通。一輛吉普車開過來，停在茶樓邊，夏澤西從車上下來，徑直走進茶館，上了二樓。在二樓的角落裏，有兩個人站了起來。他一眼認出，一個是段副軍長，一個是久違了的結拜兄弟左斯年。夏澤西急步走過去，抱住左斯年的肩頭，打量了一下，說：「哎呀，左兄，七、八年不見，你還是老樣子，那麼精神！」

左斯年說：「你更精神，升中將了！」

夏澤西說：「慚愧！慚愧！敗軍之將，還有啥子精神啊！」

段副軍長說：「原來二位是老朋友，我就不多說了。左先生是我從鄧長官那裏請來的解放軍代表。你們談！你們談！我在外面去佈置警戒……」

段副軍長知趣地下樓走了。幺師來摻了兩杯茶，也出去了。屋子裏靜悄悄的。兩人簡單地互相介紹了離別後的情況，便言歸正傳。夏澤西說：「記得抗戰初期，我們狹路相逢，我讓了道。那時，你說過，如果有一天大哥走『華容道』，你也一定禮讓！現在大哥就走上『華容道』了，給大哥指條路吧！」

左斯年說：「我這不是來了麼。不瞞老兄，我是解放軍赴川地下工作組的最高負責人，與你接觸我本可以不必親自出馬的。但我知道你脾氣犟，談綳了會斷大哥的後路，我才自己來的。其實，事情很簡單，如劉文輝、鄧錫侯一樣舉行陣前起義就行了！」

夏澤西搖搖頭，說：「事情並不像你想象的那麼簡單。直說吧，這次我派段副軍長找鄧錫侯，只是想了解一下情況，並不是去聯繫投降的。段副軍長把我的意思理解錯了，居然把解放軍的代表請了來。要是來的代表不是你，我不知會做出什麼事來。」

左斯年笑笑，說：「現在你也可以大義滅親，把我送到胡宗南那裏去，表示你對校長、對黨國的忠誠嘛！」

夏澤西說：「怎麼會呢？你我弟兄都是講江湖義氣的。況且，『兩國交兵，不斬來使』嘛！我只是思想上還沒轉過來。蔣校長待我不薄，我不能背叛他。」

左斯年正色道：「校長早已背叛了革命，你脫離校長，何言背叛？」

夏澤西說：「這是你們共產黨人的理解。我看到的蔣校長，是最忠於先總理的三民主義，最忠於民族，最忠於革命的。倒是你們共產黨的階級鬥爭理論，是與孫中山先生的三民主義背道而馳的，是對先總理革命理想的背叛。」

左斯年說：「我們共產黨也是擁護孫中山三民主義的，我們在農村搞階級鬥爭，搞土改，不是為了實現孫先生『耕者有其田』的理想麼？」

夏澤西說：「罷，罷，我是軍人，不通政治。國共兩黨都說自己是革命的。我是宣誓要效忠黃埔革命精神的。我這一輩子也是要革命的，我的部隊是革命的，我本人也是革命的。叫我如何是好呢？」

左斯年笑道：「既然如此，你率部向革命起義，有何不好呢？」

夏澤西說：「什麼起義？起義不過是投降的代名詞而已！對於一個軍人來說，投降是何等可恥啊！對於一個人的人格來說，背叛又是何等卑鄙啊！」

12

左斯年走了，他要給夏澤西留下一個他帶來的聯絡員。夏澤西沒有推辭，並用人格保證聯絡員的安全。在這多事之秋，他不得不為他的數萬將士留條後路。

然而，他的決心難下。他是校長最信任的人之一。他統率的軍隊是從黃埔教導團發展而來的，是校長嫡系中的嫡系。要是校長知道他也叛變了，會多麼傷心難過啊。他想到這裏，常常熱淚盈眶。

然而，一個消息，卻幫助夏澤西下了最後的決心。十一月二十三日清晨，夏澤西正準備執行胡宗南的命令，同羅連山的兵團一起，向東佯動，吸引和阻擋西進成都的共軍，掩護胡宗南的主力部隊向西康突圍。在發布命令前，他按昨日軍事會議上約定的時間，準時在指揮部給胡宗南打電話，卻發現電話已經拆除了。進一步的消息證實，早上七點，胡宗南帶着少數隨員，從廣漢機場乘專機逃往台灣了。胡宗南居然不給大家招呼一聲，便丟下西南的幾十萬大軍跑了。前一天，胡宗南還在軍事會議上信誓旦旦，要與成都共存亡呢。夏澤西如夢初醒，他和羅連山都被胡宗南，被校長，被黨國拋棄了。

夏澤西接通羅連山的電話，請他到兵團司令部來商討對策。羅連山很快來了。兩人在客廳落座後，夏澤西說：「想不到胡先生自食其言，竟不告而別，跑了。這與方面軍總司令的身份太不相稱了！」

羅連山說：「昨天我們在方面軍總部開會時，我就同你說過，總部有向哪裏移動的跡象。但的確沒有想到，他約定我們今晨同他電話聯絡，卻又不告而別。他把我們耍了！這真是豈有此理！」

夏澤西說：「現在情況已經很清楚了，胡宗南要我們兩個兵團以向敵後挺進為代價，掩護他的嫡系李文等兵團向西康背進，保證他們的安全。老實說，我既無這樣的力量去完成這個任務，也不願意當替死鬼。現在我們應該為自己的將士想一想，自做主張了。」

羅連山道：「我同意夏司令長官的意見，你能不能提供一下你的主張，大家來研究呢？」

夏澤西痛快地說：「聽說劉文輝、鄧錫侯、潘文華已經聯名通電起義，能不能同他們聯繫一下呢？」

羅連山道：「你的意見很好，也只好這樣做了，不然，做替死鬼，做冤死鬼，就太不值了。」

夏澤西說：「你同劉文輝、鄧錫侯很熟，能不能出面聯絡呢？」

羅連山想了想，投降也不是什麼光彩的事，自己能不出面就不出面，推辭道：「我同他們表面上很熟，但無深交，若夏司令官有關係，我部就歸併與你，聽你號令，同你統一行動吧。」

夏澤西說：「那好。我的一個黃埔同學是那邊的代表，同我聯繫過，限我三天內作答，否則就要解決我們。既然你願意同我們統一行動，我就找他們來研究起義通電，然後由你出面簽字吧，我也不想幹了。」

段副軍長在旁邊勸道：「我認為，兩位司令官決定起義是正確的，是沒有辦法中的辦法，繫着兩個兵團千萬官兵及家眷的生死攸關。在簽字的問題上，兩位司令官都不要相互推讓了。」

羅連山走後，夏澤西立即將共軍的聯絡員請來，詢問他起義通電的寫法。聯絡員將劉文輝等人的起義通電拿來供他參考。夏澤西看完，皺着眉頭說：「我不願像他們那樣違背良心臭罵蔣介石，詆毀國民黨，醜化自己。我只要表明起義的誠意，不動槍炮就行了。」

聯絡員點頭道：「你的情況與他們不同，你是蔣介石的嫡系。你只要能表明今後的態度就行了。」

夏澤西想了想，拔出「派克」金筆，親自起草了起義通電草稿：「北京——毛主席、朱總司令：我率01兵團全體官兵，於1949年12月24日脫離國民黨的建制和指揮，站在毛澤東領導的共產黨的旗幟下，遵守三大紀律、八項注意，願為革命事業奮鬥到底。第01兵團司令夏澤西於崇寧縣。」

聯絡員過目點頭後，夏澤西拿着起義通電草稿進入會議室。全兵團少校以上的軍官聚在一起，黑壓壓的一片。黑板上貼着成都敵我友態勢圖。夏澤西念了起義通電草稿，然後說明了胡宗南命令兵團執行的任務，分析了任務的艱巨性和兵團走投無路的困境，說：「為革命，為生命，為部隊，為事業，都只有起義一條路。今天，我召集本兵團少校以上軍官開會，是為了對革命負責，對全體官兵負責，特在大家面前正式宣布起義。我認為，我選擇的這條起義之路，是生路，是光明之路。如果在我們兵團的官佐之中，有人不同意我起義的主張，認為我的主張是錯誤的話，你們中的大多數都帶有手槍，請對準我的胸膛打死我吧！」

夏澤西挺着胸膛，嚴肅地站在台上。會場上氣氛凝重，有人面帶喜色，有人滾下淚珠，有人東張西望。第一軍軍長劉平少將伏在椅背上，壓低聲音哭出來。沉默，沉默。然而，並沒有在沉默中爆發，沒有人吱聲。等了大約十分鐘，夏澤西說：「既然大家不反對，起義通電便算通過了。現在，請各軍軍長代表本部在通電上簽字。」

夏澤西首先在通電上簽了字，將通電放在桌上。兵團副司令兼二軍軍長段成濤帶頭上來簽了字。隨後，方暾、蔣治英、段國傑、傅碧仁也代表各軍簽了字。只有劉平還伏在椅背上哭，他的參謀長廖傳樞走到劉平耳邊嘰咕了幾句，劉平點了點頭。廖傳樞走上台來，代劉平簽了字。夏澤西鬆了一口氣，全場官佐也鬆了一口氣，氣氛開始活躍起來。

第二卷　情與緣

卷 首

1

黃家寶又一次病危，住進了省醫院。這一次是心臟病復發，「主發動機」壞了，要他的命。來看他的人越來越多，鮮花鋪滿病房，水果堆滿陽台，燈櫃、床下塞滿各種營養品。其實，他已經因營養過剩而身患重症，不需什麼營養品了。來看他的人眼中充滿了關切，不，比關切似乎更多一點什麼。對，他們都在與他進行「活體告別」。病室主任劉教授，在同一批華西醫大的實習生講課時，竟指着他說：「別看他現在表面上沒什麼，但他高血壓、高血脂、高血糖，冠心病、糖尿病、抑鬱症這些現代病得齊了，很容易猝死！」

奇跡又一次出現，黃家寶活出來了。不僅僅是活出來了，他有了一種返老還童的感覺。到醫院去檢查，醫生驚訝得瞪大了眼睛。前後「彩多」一對照，他腫大的心臟居然小了，正常了。他的血糖正常、肝功正常、腎功正常，血脂、血壓也基本正常。他感覺渾身是勁，活力充斥着他的每一根血管、每一條神經、每一個細胞。

他想幹事了。他不想等死了。他想起算命先生說的，他要活到91歲的話。他是同古傑一起去算命的。他那時根本不相信算命先生的鬼話。他那時才48歲，醫生就說全身的器官都壞得差不多了，要想再活三、四十年，簡直是做夢。不過，按他現在的狀況，算命先生的預言未必沒有道理。他還找到了自己活到九十開外的科學依據。他的父親黃開泰是六十四歲去世的，他在此之前是用的父親的基因；如今，他熬過了六十四歲，開始用母親的基因了。2006年，他們一家為母親彭宗俊做了九十大壽。現在，母親活得尚好，在醫院為她檢查了一下身體，她的一切器官都是好的，居然一點毛病也找不到。她精神健旺、食欲良好、耳聰目明，頭腦特好，打麻將經常一穿三，把一家子人都「洗白」了。

況且，這之前醫院曾下過三次病危通知書，死過三回，閻王老兒派出的無常均不知所措了，也許，早已在生死簿上將他除名了吧。

這麼想着，一算，自己至少還有二十多年好活，雖說衣食無虞，但要是每天只看看電視、打打牌、逗逗孫兒孫女，坐以待斃，就太不划算了。有人說，一個人有三種人生，一是自然人生，一是社會人生，三是情感人生。如果只滿足於自然人生的幸福，缺了社會人生和情感人生的滋養，一個人的人生就不能算是圓滿的。既然大自然給了自己的人生，人生對於每個人來說只有一次，那就要好好享用，不要在人世間白走一遭。

這麼一說，黃家寶就開始行動起來。首先，他決心對自己的前半生總結一番，吸取成功的經驗，失敗的教訓，在後半生換個活法，使之活得更加精彩。

想一想，在我們的前半生，活得多累呵！從你「呱呱」啼哭着來到人世間開始，不管你處於順境或逆境，無論你一貧如洗或家財萬貫，你都很難聽到歡歌笑語，充斥着腦海的常常是一片煩人的喧囂、惱人的呻吟。「人生識字憂患始」。「居廟堂之高，則憂其民；處江湖之遠，則憂其君」。進亦憂，退亦憂。事無巨細，皆憂於心。「巨」則憂古人憂來者，憂環境污染，憂地球毀滅，憂宇宙變遷，憂國憂民；「細」則憂吃憂穿，憂住憂行，憂名憂利，憂產憂業，憂父憂母，憂妻憂夫，憂子憂女。憂得鬱鬱寡歡，憂得華髮早生。死到臨頭了，還要憂遺產、遺物、遺言、遺體。人的一生真個是「怎一個憂字了得！」

憂到頭來，累到頭來，忙到頭來，還沒正經過幾天好日子，享受人生，就發現自己已進入老年，雖然夕陽無限好，但是近黃昏，好生不划算！

此時，不少人發出吶喊：我們得換個活法！我們既要活得實實在在、厚厚重重，讓人掂得出我們的份量，也要活得輕輕鬆鬆、愉愉快快。

要換個活法，首先要轉換觀念，重塑對生活的信心。不要用「黃昏」、「晚霞」、「夕陽」之類的陳腐念頭束縛我們的手腳。我們不是晚霞，不能眼睜睜地等着太陽落山。從50歲起步入老年預備期，上蒼還給了我們很多時間。你算一算便會明白，我們還有長長的人生路要走。以中國人二十一世紀初即達平均年齡73歲計，我們少說也還有23年，8,395天。如果按世界長壽化趨勢來估計，我們可能活的時間就更長了。在發達國家美國，超過百歲的老人上升很快，1900年為3500人，1988年即達3.7萬人，從1988年到1998年十年間幾乎翻了一番，達6.6萬人。預計到2025年，中國世紀老人將達100萬人。做世紀老人，已成人人可期待的事。如此，我們還可能再活50年，18,250天。23年到50年，8395天到18,250天，對於人生來說還很漫長，怎能說我們是夕陽？即便你現在已活到人均年齡73歲，你如果會活，就還有一萬天的日子可期待。將一天當成一年算計着過，你還可以萬歲。我們還能充分地享受人生，做很多很多事情，玩許多許多花樣。我們的第二人生剛剛開始，我們的第二春正在來臨，我們是經歷過第一人生日出日落的朝陽！

轉換觀念，並非讓你「自欺欺人」，無視自然規律。「廉頗老矣」，這是客觀現實。我們必須面對現實，轉換活法。我們在過第二人生時，不能像在第一人生時那麼玩命，那麼拚死拚活。在第一人生裏，我們以為日子還長，不論是事業和生活的追求，計劃性不強，往往瞎碰亂撞，「成者為王敗者寇」，走了許多彎路，虛擲了不少光陰。我們不能再浪費生命。經歷了第一人生時期的潮起潮落，我們成熟了。我們就有可能不再浪費生命。要不浪費生命，我們必須在總結第一人生經驗教訓的基礎上，換個更精明的活法。我們要掰着指頭一天天算計着過日子，提高生命質量。我們應該對第二人生作個策劃，很好地策劃我們在第二人生中擁有的23年至50年，8395天到18250天，過一天「算」一天，一天有一天的計劃，一年有一年的計劃，一生有一生的總體目標、實施細則，猶如應用「孫子兵法」，「不戰而屈人之兵」，腳踏實地地走好第二人生的黃金路，取得事業和生活的圓滿成功。

2

黃家寶的自然人生過得還是不錯的。雖然在困難時期餓過飯，但全國人民都在餓飯，連「毛老人家」一家人都在餓飯，沒什麼好特別抱怨的。後來，就吃得很好了，當廠長那會，搞三產業那會，天天吃，吃起了糖尿病。穿得也越來越考究了，一身名牌。住得也不錯，有那麼大一個別墅花園。出行更不用說了，雖說沒有古傑當年的氣派，代步的豪華小轎車還是不缺的。人自然的欲望，吃穿住行，雅俗五福，他是享夠了的。

「人是社會的動物」，黃家寶的社會人生也過得不錯。他領導着一個由科普作家組成的團隊。他是這個團隊的頭，他的上百個貼心的哥們、姐們同他抱着團過，其中，男女老少都有，這是一批素質很高的社會精英，多次宣誓要「百頭偕老」。他不能因年齡已邁過老年的門坎就放棄了這批朋友。他要帶領他們在社會上闖，實現他們的價值。最近，他發起了一個「科學四川萬里行」活動，開始像中年領導科技專家團隊那樣闖江湖了。

不過，這次闖江湖，身邊的人不是他那已在美國去世的情人李白雪，而是自己的老伴左一曼。

這一段時間，黃家寶常常審視自己的情感人生。晚上，常常夢見死人。他在半夜醒來時，恍恍惚惚間，發現祖母臨死前告訴他的那種小「紅人人」在屋裏亂串，常爬到他的枕頭上來。他趕快拉開壁燈。光亮一到，什麼都消失了。他關上燈，迷迷糊糊地睡去。

來醫院看他的左興國告訴他，在「嚴打」中，他的「小蜜」邱紅荷被處決了。左興國說，邱紅荷被捕後，表現很好，什麼都交代了，罪不致死的。但一個領導看了她的案卷，作了批示，認為她的事很典型，必須殺一儆百，以遏制在「小姐」中蔓延的「吸毒」、「販毒」潮。左興國說，好多人都因為受邱紅荷牽連被抓起來了，其中，牽連的縣、處級以上領導幹部就有七、八個。黃家寶太幸運了，邱紅荷對他的事一字未提。黃家寶想起自己與邱紅荷的關係，很有些後怕，但他又抑制不住自己對她的思念、同情，甚至對自己未能及時出手相助很後悔。好多天以來，邱紅荷呼救的聲音不絕於耳。幾個景象反覆出現在他的夢中。邱紅荷一隻手提着自己的頭，一隻手拿着木梳，把她的黑髮梳成額前有劉海的「妹妹」頭，並睜着大眼睛，啟開櫻桃小口，問：「好看不？好看不？」嚇得他出了一身冷汗。邱紅荷在懸岩上走，他在後面追，她穿着一雙紅皮鞋在他的頭頂上飄，伸手可及，可他就是追不上。邱紅荷在金馬河河邊走，金馬河正在發大水，把谷河心淹了，他往高處跑，她卻往低處走，眼看大水沒頂，把她淹死了。一個小白鴿在天上飛，幾隻兇惡的老鷹在後面追。小白鴿驚慌地撲到他懷中，大叫：「救我！救我！黃哥，救我！」

黃家寶聽了左興國的話，沒有去救邱紅荷。是對了，還是錯了？他還沒想清楚，邱紅荷就來找他了。他被一陣輕微的響動聲驚醒。這一次，他看到的不是「紅人人」，而是邱紅荷。邱紅荷在好溫柔好溫柔地撫摸他，親他的臉蛋。他忽然想起，邱紅荷是死人。他一驚，趕緊拉開燈，清醒了。邱紅荷消失了。

他再也睡不着。他住的是高幹病房，在三醫院新修的住院大廈32層頂樓上。這是一個套間，看護他的妻子左一曼住在隔壁房間裏，輕輕地打着呼嚕。她太疲倦了，守了他十多天了。

黃家寶心裏一陣感動，她同他廝守了三十多年了。在這三十多年間，他們沒少吵架。他對她不好，他有些後悔了。到黃家寶這把年紀，「上帝」把什麼東西都剝奪得差不多了，只給他留下了這個「老伴」在身邊。雖然她脾氣不好，卻忠心不二。在他危難時，她準會出現在他身邊。他如果這次能逃過大劫，以後一定要好好待她。一個人，不管有多少濟世救人、要為人類謀幸福的雄心壯志，如果連自己身邊的人都沒能獲得幸福，就太可笑了。還是我們的古人說得好，要愛人類，首先要愛自己身邊的人，然後才是愛家鄉，愛祖國，由近及遠。

黃家寶回顧自己的一生，發現有很多遺憾。最大的遺憾，是沒能給妻子多一點關懷，多一點幸福。他在其他女人身上用的心思太多了。他對自己和李白雪的關係並不後悔，他和她的關係是建立在真誠相愛的基礎上的，而且也很隱秘，很節制，沒有傷害過一曼。他和一曼之間的關係缺乏愛，更多的是「例行公事」和社會責任。他和李白雪的愛，是在那個「禁欲」的年代「上帝」對自己的獎賞。隨着李白雪的去世，黃家寶的這一段情緣已了。

但黃家寶同邱紅荷的關係，卻是在縱欲的年代結出的苦果，太不應該了。邱紅荷如此下場，也許並非壞事。要是他還同她「攪」在一起，很難說不會同她一起陷入「販毒」泥淖，後果不堪設想。人對自己還是應該有所節制的，如果將自己心中隱藏很深的魔鬼任意釋放出來，一個平時看來「溫良恭儉讓」的人，會幹出許多匪夷所思的事，產生巨大的破壞力。難怪，那個因一時之氣惱連殺了幾個同學的雲南大學學生馬加爵，在被處決前，說自己犯罪的原因是偶然的，自己也想不通自己為什麼會幹出如此傷天害理、罪惡滔天的事。他不知道，弗洛伊德早就說過，人是由本我、自我、超我三重人格構成的。禁欲主義不好，有違人性；縱欲主義不行，會既害自己也害他人還會危害社會，只有不斷加強自身修養，用「超我」約束「本我」，建構一個遵循「適度的快樂原則」的「自我」，才能立身社會，才能幸福地生活在世界上。我們的老祖宗也曾諄諄教導自己的子孫：「小不忍則亂大謀」、「忍字頭上一把刀，能忍之人高又高」。我們明白了這一點，就不能放縱自己，就要節制「人欲」，努力成為一個高尚的人，大寫的人，至少也要成為一個世俗的人，不危害他人和社會的人，但絕不能做一個「不恥於人類」的人渣，卑鄙無恥的小人。

黃家寶決心要用餘生來彌補情感上的遺憾，多給左一曼一些關懷，一些愛。左一曼曾經去算過命，說她前半生與老公不和諧，多爭吵，但晚年幸福。他要給左一曼一個幸福的晚年，圓了她的夢。

第一章

1

《志願軍報》記者夏古傑在總部親眼目睹了毛澤東愛子毛岸英犧牲的全過程。後來，他常想，毛岸英的犧牲對中國來說也許並不是禍事。不然，中國政權的傳家鬧喜劇也許會真的在真實的舞台上演。因為毛岸英不像江青那麼蠢，是個才華蓋世的英才。毛澤東要把中國的政權交給他，他是能坐隱江山的。不過，這樣的傳家，使中國倒退回封建王朝去，對中國人民來說，福兮？禍兮？

1951年，夏古傑奉命到駐紮在朝鮮大洞的141師採訪，接待他的是偵察連文書羅盛教。夏古傑是由於有關76軍的幾篇出色報道引起志願軍總部的重視，才被從76軍宣傳部調到《志願軍報》的。羅盛教中等個子，圓圓的臉龐上閃動着一雙善於思索的大眼睛。他們倆住在一間房子裏，羅盛教知道夏古傑採訪過許多戰鬥英雄，老是纏着他講戰鬥英雄的故事。

冬天來了，雖然村前的山上披上了白雪，但山上的松樹林仍然鬱鬱蔥蔥，河水在一片薄薄的冰下流動，綠幽幽的河水中看得見游動的魚兒。河邊的學校裏傳出朗朗的讀書聲，慈祥的阿媽妮和年輕貌美的姑娘們在地裏辛勤勞動。一副和平寧靜的景象，讓人難以想象為什麼人們要把戰爭強加在善良的人們頭上。

偵察連勤雜班住在一家主人綽號叫「倔老頭」的牛棚裏。「倔老頭」60多歲，是從南方逃跑到北方來安家的。他頭戴一頂烏紗帽，身穿罩了件青背心的白大褂，鼓眼翅鬍，對世界充滿了警惕與敵意。他聽說勤雜班要入住，「倔老頭」噘着鬍子說：「我家不住外國人！」把戰士們轟了出去。

羅盛教與戰友們一合計，決心「以倔對倔」，不在其他人家去找住處，就在「倔老頭」的牛棚裏住下來，以實際行動使他回心轉意。這天晚上颳起了大風，下起了大雪，羅盛教叫了聲：「有事！」翻身起床衝了出去。夏古傑趕緊起床跟了出去。原來，羅盛教發現「倔老頭」家屋頂有個洞，雪正往裏灌。他挾了一副草簾爬上床，將洞堵住。下地來，羅盛教聽到「倔老頭」那條老黃牛凍得「嗷嗷」哀叫，他連忙脫下自己的棉襖，蓋在瑟瑟發抖的黃牛身上，再燃起一堆火給老黃牛取暖。挾着一張草簾匆匆趕來的「倔老頭」，看見這一幕，瞪着眼望着羅盛教發愣。

羅盛教和夏古傑回到床上，冷得睡不着。他們索性坐起來，披着棉大衣，偎在被窩裏閒聊。羅盛教說：「夏老師，給我講一個戰鬥英雄的故事吧。」

夏古傑說：「好，我給你講一講松骨峰下一個很小的無名高地上發生的事。這是38軍112師335團的一個連守衛的陣地。在連續5個多小時裏，美軍用炸彈、炮彈、火箭彈、汽油彈，對這個嵌制住美軍進攻的狹小陣地進行了毀滅性的轟炸。上午十時，美軍孤注一擲，調集了幾十輛坦克、幾十架飛機，掩護大量步兵撲向無名高地。全連指戰員絕大部分犧牲了，只剩下副連長楊文海、指導員楊少成和身上多次負傷的幾位戰士。楊文海怒視着蜂擁而來的美國兵，操起已折斷的步槍，呼喊着：『為了朝鮮，為了祖國，為了烈士，衝啊！』撲進敵陣。凡是陣地上能動的人都衝向了敵陣，幾個重傷員抱着爆破筒、手榴彈衝進敵陣，一個渾身被汽油彈燒傷的六零炮炮手，抱起一發炮彈撲向敵陣。爆破筒、手榴彈爆炸了，敵我雙方的士兵全部炸死在陣地上。陣地保住了，後援部隊到了。戰後，志願軍司令員彭德懷激動地親手書寫了『38軍萬歲』的電文，使38軍這支萬歲軍聞名天下。」

羅盛教問：「夏老師，在志願軍中這樣的英雄很多吧？」

夏古傑說：「很多。在志願軍入朝作戰的各次戰役中，危急時刻拉響手雷、手榴彈、爆破筒、炸藥包與敵人同歸於盡，捨身炸敵地堡、堵敵槍眼等，成為普遍現象，湧現了一批這一類的英雄，如20軍的楊根思，為了守住戰略要地小高嶺，在打完最後一顆子彈後，抱起一包炸藥，拉響導火線，與40多個衝上陣地的美軍同歸於盡。」

羅盛教說：「我常常想，是什麼精神支柱能使我們的戰友如此無畏呢？我能不能如我的戰友們一樣英勇呢？」

夏古傑說：「拿破崙說過：『中國是一頭睡着了的獅子，我希望她永遠都不要醒來。』當一個輝煌了兩千年的民族破落後重新找回自信的時候，這種力量是可怕的。也只有這樣一個民族的優秀兒女，才能這樣的把個人生死置之度外。」

第二天上午，美機飛來一片，對村子進行轟炸掃射。羅盛教和夏古傑衝出門去，聽到河灘邊有機槍掃射聲和驚叫聲，便一起向河灘跑去。他們發現機關炮彈在「倔老頭」和一個姑娘身旁亂炸。羅盛教跑向「倔老頭」，夏古傑跑向姑娘，一齊把他們撲倒在地，用身子掩護朝鮮老鄉。一顆炮彈落下來，炸開了。硝煙散開，「倔老頭」望着護在自己身上的中國兵，驚奇地裂開了嘴。他還發現，羅盛教的肩上浸出了鮮血。飛機俯衝掃射後飛走了。安然無恙的夏古傑和姑娘忙跑來為羅盛教包紮傷口。

第二天上午，「倔老頭」趁勤雜班的士兵上操的功夫，將羅盛教及其他住在牛棚裏的志願軍戰士的衣物搬到正屋裏，並對下操歸來的中國兵吼道：「喂，別人家的志願軍都住在正屋裏，為什麼你們在我家就要住在牛棚？快，都給我搬到正房去住！」

1952年1月2日，一個嚴寒的早晨，羅盛教正在洗臉，忽然聽到河邊有呼喊聲。他跑過去一看，見在河面溜冰的朝鮮少年崔瑩跌下了冰窟窿。他不顧攝氏零下20度的嚴寒，跳進冰窟窿去營救。他幾次把崔瑩托出水面，都因冰窟窿邊緣太薄沒有成功。當夏古傑跑近冰窟窿時，只來得及將羅盛教使盡最後力氣托出水面的崔瑩救出。羅盛教體力不支沉入河中犧牲了。他沒有在轟轟烈烈的戰鬥中創下英雄業績，卻在平平凡凡的捨己救人中獻身。夏古傑目睹了這一幕，從這件平凡的義舉中看出了不平凡的東西，他噙着淚花寫了一篇《偉大的國際主義戰士羅盛教》的通訊，發往新華社。第二天，羅盛教捨身救朝鮮少年的事蹟，立即傳遍世界。

2

夏古傑隨着幾個收容所的女衛生員王清珍、官義芝、何成君一起，到硝煙剛散的上甘嶺採訪。夏古傑和女衛生員王清珍一起，把夏古傑已報道過的著名戰鬥英雄黃繼光的遺體弄到收容所的坑道旁邊來。當時，黃繼光的遺體兩隻手仍然高舉着，保持着趴在地堡上的姿態。在整理黃繼光的遺體時，他們發現黃繼光的胸膛前被火藥燒黑了，彈洞像蜂窩似的，後背脊骨被子彈打斷，肉被帶出來，形成一個很大的血洞。他身上揹着的手電筒和水壺也挨了敵人的不少子彈。衣服上的鮮血早已乾了，緊緊地沾在他的身上，王清珍含着熱淚，用剪刀一個地方一個地方慢慢剪開，然後用熱水慢慢地潤着一塊一塊地撕下來。可在給黃繼光穿新衣服的時候，他那高高舉起的雙手卻把他們難住了，怎麼整也整不下來，怎麼辦呢？

他們一合計，決定用幾個汽油桶燒水，用熱水毛巾捂他的手臂。捂到了第三天，黃繼光的雙臂及整個身子都軟了下來，四肢都能夠活動了，他們方才給黃繼光穿上了一身嶄新的中國人民志願軍軍服，然後將其裝進了一口從祖國運來的棺材裏。

黃繼光的事蹟是在夏古傑採訪躺在醫院裏身負重傷的黃繼光的連長萬福來時發現的。萬福來對只授予黃繼光「二級英雄」的稱號大為光火。意見反映到志願軍總部，總部派《志願軍報》記者夏古傑來了解情況。萬福來告訴夏古傑，攻打上甘嶺的主力部隊是他們45師的134團和135團。黃繼光當時是135團二營六連的通信員。上甘嶺戰役打響後，他被抽到營部當通信員。六連的戰鬥任務是依次收復六號、五號、四號和零號陣地。拿下了前面的三個陣地後，六連的90多人只剩下十來個人了。

19日凌晨，萬福來把剩餘的戰士編成三個爆破小組，對零號陣地的幾個地堡實施爆破。三個爆破組輪番上陣，全部傷亡殆盡。正在這時，黃繼光、吳三羊和肖登良衝了上去。他們三個人交替掩護爆破，很快炸掉了三個小地堡，只剩下最後一個大地堡了。這時，吳三羊犧牲了，肖登良重傷後也奄奄一息。指導員在敵照明彈的光亮上看見只剩黃繼光一個人帶着傷在運動時，連忙爬過來用機槍掩護黃繼光。黃繼光拖着受傷的腿，慢慢爬到地堡前，然後奮力投出一顆手雷。不料這個大地堡很堅固，手雷爆炸後只炸塌了地堡的小小一角。黃繼光全身已經七處負傷。他爬起來，用力支起上身，向戰友們說了句什麼，只有指導員馮玉慶省悟了：「快，黃繼光要堵槍眼。」敵人的機槍依然瘋狂地噴吐着火舌。這時，黃繼光的身體向機槍射孔果斷移動，用身體堵住了那條熾烈的火舌……

犧牲後的黃繼光全身傷口都沒有流血，地堡前也沒有血跡——血都在路途上流盡了。當時的目擊者大都在後來的反擊中犧牲，只有萬福來重傷活了下來。夏古傑將黃繼光的事蹟如實上報，並寫了一篇稍作藝術加工的通訊，發表在《志願軍報》上。一切都如實描寫，只是將指導員沒聽清楚的那句話，想象成後來那句讓四億五千萬人熱血沸騰的口號：讓祖國人民等着我們的好消息吧！

志願軍總部遂撤銷授予黃繼光「二級英雄」的決定，追授「特級英雄」稱號。全軍至今僅有彭德懷和黃繼光獲得過這種級別的榮譽。

3

1954年，在歡迎「最可愛的人」回國的人群中，夏古傑發現了黃家虹的倩影。黃家虹還在中央戲劇學院讀書，她身着民族服裝，在歌舞隊裏載歌載舞。當年的美少女變成了大姑娘，在蒙族緊身服裝的包裹下，窈窕的身段顯得特別迷人，漂亮臉蛋上煥發的容光使她光彩照人。在朝鮮前線，每天夜深人靜時，他都要摸出黃家虹的照片，親吻上幾遍。戰時工作緊張，通訊困難，三、五個月才能互相收到一封信。夏古傑知道，黃家虹已考入中央戲劇學院，黃家虹也從報上不斷讀到夏古傑的文章。停戰協議簽訂了。他們日思夜想的重逢終於來臨了。

黃家虹也發現了夏古傑。四年了，英俊少年已變成標準的小伙子。一米七幾的個兒，黑墩墩的，戎裝在身，透出一種軍人的瀟灑。她從歌舞隊中跑出，握住夏古傑的手，夏古傑對她說：「部隊要在北京停留一個白天，我已請好了假，將這一天獻給你。」

黃家虹高興地說：「好，我跳完舞就出來，你在車站門口等我！」

夏古傑點了點頭。黃家虹換了一身便裝，穿着連衣百褶裙，在火車站門口找到了夏古傑。黃家虹帶夏古傑搭乘公共汽車到了中山公園。進了公園，鑽進一個茂密的林子，他們一句話沒有說，便抱在一起，狂吻起來。他們從文藝書中得到的知識，只知道相愛的人可以親吻，不知道還可以做什麼。吻夠了，他們慢慢冷靜下來，才相擁着在林間的一條石櫈上坐下來。黃家虹先開口，充滿了對「最可愛的人」的崇敬，說：「你已經是大名人了，同學中都說，我們柝聲社出了一個羅盛教專家，真是光榮！」

夏古傑謙虛地說：「我只是沾英雄的光而已。」

黃家虹說：「不，你不僅僅是沾光。你也是個英雄的戰地記者，你為祖國人民帶來了那麼多好消息！」

夏古傑從挎包中摸出一本剪報，遞給黃家虹，說：「這是我寫的一些詩，這才是我自己的東西。」

黃家虹接過剪報，翻閱起來。黃家虹越看越激動，不禁朗誦起夏古傑的一首首詩來：「『迎頭痛擊敵鋒芒，三戰三捷士氣昂。武器豈抵正義師，中朝聯軍美名揚。』好詩！『當我被侵略者的子彈打中以後，希望你不要在我的屍體前停留；應該繼續勇敢前進！為千萬朝鮮人民和犧牲的同志報仇！』好詩！『千萬個慰問袋，千萬個慰問袋，千萬顆中國人民欽敬熱愛的心，獻給朝鮮前線英勇的戰士們！英勇向南挺進，繼續向南挺進，到漢城，到海濱，我們的心永遠跟着你們！』好詩！你會成為一個很好的詩人！」

夏古傑說：「我也打算向詩歌方面發展。我從《志願軍報》下來，當了師宣傳科長，『筆桿子』成了我的武器，我會寫出許多不愧於時代的作品來的。」

黃家虹靠在夏古傑寬闊的胸膛上，說：「你出了名，崇拜你的姑娘就會多起來，不會忘了我吧？」

夏古傑親了親黃家虹發燙的臉蛋，信誓旦旦：「放心吧，這輩子我只愛你一個人，『在天願作比翼鳥，在地願為連理枝』，海枯石爛不變心！」

聽了夏古傑的話，黃家虹把他摟得更緊了。夏古傑問：「現在我正在春風得意之時，萬一我將來敗走麥城，我們還能真心相愛嗎？」

黃家虹學着電影上西方婚禮上說的話，毫不猶豫地說：「我跟定你了，一輩子，不管你是富裕還是貧窮，不管你是健康還是疾病，不管你是春風得意還是身陷囹圄！等我一畢業，我們就結婚吧！」

4

1957年，黃家虹畢業了，留在中央戲劇學院工作。夏古傑從駐紮在成都的部隊請探親假到北京來，同黃家虹討論婚嫁之事。黃家虹到車站來接夏古傑，一臉陰霾之色，一點也不高興。黃家虹提着夏古傑的行李，向公共汽車站走去，一路上默默無語。夏古傑追問道：「出了什麼事？你為什麼這樣不高興？」

黃家虹停住腳步，望着北京站前古老的前門，歎了一口氣，說：「高興不起來，聽說要把我劃成右派分子了！」

夏古傑驚問道：「怎麼會呢？你不是說，你是學校反右的積極分子麼？」

黃家虹說：「黨號召我們大鳴大放，我們就大鳴大放；黨號召我們反擊右派，我們就反擊右派；誰都爭先恐後當運動的積極分子。但是，誰能想到，後面運動的積極分子，就是反前面運動的積極分子呢？我在大鳴大放中太積極了，說了太多的話，有人逮到我那些話中的『漏眼』了。」

夏古傑着急地問：「什麼『漏眼』？」

黃家虹說：「我曾經對學校的蘇聯專家問題提過意見，現在給我扣了頂『反蘇』的大帽子。」

夏古傑說：「哎呀，反蘇的言論可是典型的右派言論之一。你怎麼亂放炮呀！」

黃家虹直視着夏古傑的眼睛，鄭重地問：「如果我被劃成右派，你一個革命軍官能娶一個右派老婆嗎？我們的關係怎麼辦？」

夏古傑安慰道：「我們青梅竹馬，一塊長大的，我了解你。我們爭當左派還來不及，怎麼會是右派呢？你不會成為右派的。要是真把你錯劃為右派，我寧可不當這個軍官，也要同你結婚，與你相濡以沫一輩子！」

黃家虹繃緊的臉鬆弛了，露出笑意，說：「有你這句話，我什麼都不怕了。」

夏古傑說：「以前我們在中山公園花前月下，那還不能算是真正的愛情。現在，大風大浪來了，是考驗我們愛情的時候了。」

黃家虹沒劃成右派，因為中央戲劇學院有右派言論的人太多了，指標用完了，輪不上她了。然而，反右積極分子夏古傑卻陷入危機之中。這是夏古傑為《成都日報》寫的一篇文章惹的禍。他是成都警備師政治部的副主任。他熱愛詩，出版了詩集《歸國之歌》，常常和四川的一批詩人「攪」在一起。他參與了《星星》詩歌月刊創刊的籌備工作，並在刊物上發表了一首詩《吻》。他還為報道《星星》創刊的《成都日報》寫了一篇報道。在報道中，他寫了這麼一段話：「要是沒有黨中央提出的『百花齊放，百家爭鳴』的方針，刊物是辦不起來的。詩歌的春天來到了！不單是詩，整個文學也一樣，正在解凍。」

就是文章末尾的「解凍」二字，惹來了麻煩。在師部召集的反右座談會上，師政治部主任白金友領頭向他的副手開炮。平時，白金友就對這位才氣比他高，常常頂撞他的副手十分不滿。有一次，夏古傑當着師政委的面，把他嘔心瀝血寫成的一份師政工計劃批得體無完膚，把他恨得牙癢癢的，早就想把這位桀驁不馴的副手收拾一下。部隊機關要開展反右鬥爭，軍部分配了右派分子指標。這個指標給誰？他第一個想到了夏古傑。他在圖書室看到剛創刊的《星星》詩刊，立即抓到了「漏眼」。機會來了，他豈能放過？他在會上帶頭發言，道：「夏古傑說現在文學正在解凍，這無異於說在『百花齊放，百家爭鳴』這個方針公布以前，文藝是被凍結了的，是根本沒有文藝的。而且，夏古傑在《星星》詩刊上發表的詩《吻》，很右，資產階級情調很重，與二十年前曾在蔣介石統治區流行過的

『桃花江上美人窩』、『妹妹我愛你』之類的貨色差不多，『黃』得很！」

嫉惡如仇、血氣方剛的夏古傑，聽到白金友竟然褻瀆他用與黃家虹純真愛情鑄就的詩篇，勃然大怒。他站起來，同白金友辯論，洋洋灑灑發言兩個小時，最後，他用流沙河發表在《星星》詩刊上的詩《草木篇．白楊》，作為他發言的結束語：「她，一柄綠光閃閃的長劍，孤零零地立在平原，高指藍天。也許，一場暴風會把她連根拔去。但，縱然死了吧，她的腰也不肯向誰彎一彎！」

於是，夏古傑同流沙河一樣，被打成了右派分子。

5

夏古傑在臥室中面對一大堆退稿，包括已製成紙型即將出版的一個詩集：《送別志願軍叔叔》，抱頭痛哭了一場。白金友以組織名義發函全國各報刊出版社，聲稱夏古傑是「右派分子」，追回他的文稿。他不僅要被剝奪自由，送軍事法院審判，還被剝奪了發表文章的權力。這後一點使他失望之極、絕望之極。一個作家，拿起了筆桿子，便將筆桿子視為命根子。還有什麼比捏住命根子更令人痛苦的事呢？他在絕望之餘，寫了一封信給黃家虹，說明自己已成人人不恥的「右派分子」，希望她重新考慮與他的關係，並在信中寫下了「恨未抗美死，留作今日羞」的詩句。

然而，夏古傑很快接到黃家虹一封電報，稱她已開好結婚證明，要請探親假到成都來與他結婚。他懷着又喜又憂的心情到火車站去接她。黃家虹從火車上走下來，紅光滿面，神采飛揚。她學着西方的禮節，與他行了擁抱禮，並在他的耳朵邊輕輕地說：「我愛你！」

夏古傑感動地吻了吻黃家虹的臉頰，說：「我也是，我現在才相信，世界上是有真正愛情的。」

師長鄭波在朝鮮時就是夏古傑的戰友，對夏古傑很欣賞。就是他將夏古傑要到師裏來的。在那樣的政治氣候下，他雖仗義執言，也無法保護戰友，但他十分同情戰友，讚賞他們至死不渝的愛情。他派車讓夏古傑去火車站接未婚妻，並為戰友操持婚禮。車開到師部，他跑步上去為戰友伉儷開門。不料，夏古傑和黃家虹剛跨下汽車，不懷好意等候在旁的白金友冷冷地說了聲：「鮮花插到牛糞上！夏古傑，你結什麼婚喲？害人家一輩子。」

黃家虹本來充滿笑意的臉一下子凝固了，拉長了。夏古傑憤怒地不顧一切衝上去，舉起了拳頭，被鄭波拚命拖住了。夏古傑當即決定不在部隊舉行婚禮，上車請司機開到城郊的四川大學招待所，讓在招待所工作的一個戰友幫忙住了進去。鄭波趕了過來，住進了他們的隔壁。他對夏古傑太了解了，真怕這位膽大包天，又有浪漫情懷的戰友學「羅密歐」、「梁山泊」的樣，和他的「朱麗葉」、「祝英台」一起殉情。他同招待所的戰友一起張羅了婚宴。戰友的熱情詼諧，加上一瓶「五糧液」下肚，便化解了新婚夫婦的不快。

夏古傑和黃家虹的新婚之夜既浪漫又尷尬。他們平時受的是純而又純的教育，看的書也很正統。純情的青年男女只知道親吻是表達感情的唯一方式，竟不知道如何做愛。在房間裏站立着穿着衣服親吻，倒在床上穿着衣服親吻，脫了上衣在床上親吻，脫了下裝親吻，赤裸着身子親吻。吻夠了以後，他們不知道從哪裏進去。試了試「前門」，不行，痛；又試了試「後門」，也不行。他們記起了校友周恩來要學校講授「手淫」的知識，聽過一堂生理課，知道一點可憐的性知識，夏古傑才讓黃家虹的纖纖素手握住因熱血鼓蕩而變得硬邦邦的海綿體，奔騰着完成了動作，讓瓊漿玉液噴薄而出。

15天探親假很快過去了。令人難以置信的是，這一對相愛很深的純情男女還是童男玉女。直到雙方都另找到對象，在對象的教導下，過了真正的夫妻生活後，才知道他們當初度蜜月時搞錯了。

第二章

1

「黃家寶！」七十多歲的語文老師龔培謙用「椒鹽」普通話點名，引起一陣哄堂大笑。

「到！」一個面目清秀瘦小的十二歲孩子站了起來，響亮地答道。

龔老師端詳了這個孩子片刻，並不急着要他坐下，接着用「椒鹽」普通話拷問道：「你認識萬家寶嗎？」

黃家寶也用川普答道：「認不到！但我曉得他，萬家寶筆名曹禺，是大作家，寫過《雷雨》、《日出》這些名劇！」

龔老師用「椒鹽」普通話糾正道：「講普通話！應該說，我不認識他，但我知道他是大作家曹禺的本名。你說得不錯，萬家寶就是曹禺，但你知道萬家寶和南開中學有什麼關係嗎？」

黃家寶搖搖頭說：「不曉得！」

龔老師再用「椒鹽」普通話糾正道：「講普通話！應該說，不知道！我告訴你們，萬家寶是你們的老學長，天津南開中學的學生。我們南開中學出了一個萬家寶，現在又來了一個黃家寶。我們希望南開多出一些張家寶、李家寶、王家寶，多為國家培養出一些寶貝，培養出一些棟樑之才！

師生二人的川普對答，引起課堂上一陣陣笑聲。

黃家寶進南開中學時，南開已改名為重慶三中了。他只在高年級同學集會時聽過他們唱重慶南開中學校歌：「大江之濱，嘉陵之津，巍巍我南開精神……」

從前，南開中學是「陪都」重慶最好的學校，報考進去很不容易。人們都說：「南開，南開，大門難開。」如今，南開向平民子弟開放了。這可是只有新政權才辦得到的事。

進了南開，黃家寶才從在高年級讀書的姐姐黃家虹和姐姐的男友、後來的姐夫夏古傑處知道，這個學校培養了周恩來及國共兩黨大量的政治家，後來還培養出60多個科學院的院士和國家各方面的拔尖人才。現今中國另一個總理溫家寶當時與黃家寶一樣，剛進南開讀書。不過，溫家寶在天津南開，黃家寶在重慶南開。他們都是得益於新政權才能進入這所中國名校的平民子弟。

重慶南開與天津南開都是中國出名的教育家張伯苓辦的中學，遵循着同一個校訓，實行着同一種教育模式，他們受到了同一種「南開精神」的薰陶。

「南開精神」是什麼？

用老校長張伯苓先生定下的校訓來詮釋，是「日新月異，允公允能」。勉勵學生不斷更新自我，追求新的思想和學習境界，不斷提高自己。不僅有能力，還應該有一顆服務公眾的火熱的心。

在「南開精神」的薰陶下，黃家寶首先學會的是做人，做君子，不做小人。然後才是培養起為社會服務的「能力」。

南開中學有一個使黃家寶終身受益的特點，那就是它的管理雖然特別嚴格，實行準軍事化制度，但在教學和培養學生的素質方面卻十分開明。南開非常尊重學生的意願，盡力發揮學生的天賦，鼓勵學生自由發展，真的做到了因材施教，從來也不設置任何障礙。

南開同學有一句口頭禪，叫做「三點半」。這是每天下午三點半以後，到晚自習前的自由活動時間，只要不違犯校規，什麼事情都可以幹。學校鼓勵學生自由組織社團，只要登記一下，任其自生自滅，自由發展，從不橫加干涉。同類的社團很多，只是壁報和球隊就不知有多少，也有十分激烈的競爭問題。為了鼓勵學生興趣自由發展，還有各種各樣的全校競賽，這也是鼓勵競爭的一種好辦法。南開的「三點半」，不知培養了多少優秀人才。

黃家寶從「三點半」和各種競賽中，得到了許多有益的知識。他前前後後參加了許多社團，只是擔任壁報的主編就有好幾次。加上對作文和古典文學的喜愛，貪婪地讀了許多書，慢慢培養出很深的文學興趣。記得高二的一次作文課，語文老師出題自由寫作。黃家寶寫了一首快板詞，老師批寫道：「清香騷雅，絕似宋人，但不知是否出自心裁？」懷疑黃家寶是不是抄寫的。他不服氣，一口氣寫了十多首快板詞，參加高中文藝習作比賽，得了第一名，並在全班的聖誕晚會上演出，語文老師才相信了。以後每學期國文考試，黃家寶就義務幫助同學，正兒八經上起了「輔導課」。這樣的小先生，各門功課都有，同學們樂於助人，也樂於相互學習，這也是南開的一個好傳統。

有一次，黃家寶在晚上與同學們躺在「受彤樓」後的草坪上看星星。晚上夜空是迷人的，夜空中的星星更加迷人，一下子把黃家寶和別的幾個同學迷住了。大家興趣一來，立刻成立了南開星空學會。他們手捧着陶宏寫的《每月之星》，躺在地上翻開星圖，一個個辨認，居然認識了許多星星，把天空中的星座弄得滾瓜爛熟。

特別有意思的是，在「學習蘇聯老大哥」的熱潮中，黃家寶與一批男同學組織的俄語課外學習小組，在學校的支持下，與蘇聯莫斯科第五女子中學建立了聯繫，每個男生都交了一個蘇聯女朋友。黃家寶的女朋友叫卓婭。他小學時就看過《卓婭與舒拉的故事》，雖然此卓婭非彼卓婭，但這個名字一下子就吸引了他。他與卓婭頻繁地通信。後來，卓婭給他寄了一張大照片來。哎呀，一個好乖的洋娃娃！這張照片在全班傳看，引來好多同學羨慕的目光。他也回贈了一張照片給卓婭，卓婭回信中竟然說她愛上了他，要到中國來見他。他把信交給了老師，老師轉給了中蘇友協。卓婭的中國之行雖然因故沒有如期成行，但黃家寶卻接到了赴蘇聯莫斯科大學留學的入學通知書，他就要見到卓婭了。

2

1953年，黃家寶在觀音橋小學畢業，被選送到南開中學讀書。1959年，黃家寶已從情竇初開的少年變成大小伙子，在南開中學高中畢業。他被學校選送到北京俄語專科學校學習一年後，被保送到了蘇聯莫斯科大學學生物。

卓婭到火車站來接黃家寶。他一眼就認出了她。她比照片上還漂亮、迷人。滿頭金髮，一雙像海水一樣湛藍的眼睛裏帶着笑，帶着對他的深情。她對他莞爾一笑，伸開雙臂，撲向他的懷抱。他摟着她，感到一對熱乎乎的豐滿奶子緊貼在他的身上。

他們終於克制住自己，用俄語對起話來。他在俄語預科班讀書時，成績優異，又注意口語訓練，與卓婭對話一點都不困難。卓婭驚訝地說：「你的俄語說得真好，地道的莫斯科口音，像莫斯科電台的播音員一樣。我在學漢語，你要教我，我也要像你們中央人民廣播電台的播音員一樣，說一口標準普通話。」

卓婭帶黃家寶到莫斯科大學報到後，便要他立即去她家。卓婭父母集合了全家族的人，要看看這個未來的中國女婿。

這是一個星期日，卓婭的全家都在莫斯科郊外的別墅度假。卓婭的父親是蘇軍的一個將軍，他派車來將未來的中國女婿接到郊外別墅。別墅內鮮花盛開，紅色的玫瑰花鋪滿別墅，紅艷艷一片。別墅內聚集了許多人，人們正在激動地指手畫腳地爭論着什麼，汽車進院也沒能完全平息。黃家寶下車來，還聽到一個全身掛滿勳章的中年人在嚷：「誰反對斯大林，我要同他拚命！」

卓婭的父親，一個壯實的將軍忙制止道：「阿廖沙，中國客人到了，等會我再繼續同你辯論！」

別墅內三三兩兩聚在一起聊天的人紛紛站起來，向黃家寶圍過來。卓婭首先把自己的父親介紹給黃家寶，他一身戎裝，面目慈祥，肩章上有三個將星。上將擁抱了黃家寶，說：「歡迎你，中國同志！」

然後是母親，這是一個高大富態，很有「官相」的中年婦女。她也擁抱了黃家寶，親切地說：「歡迎你，孩子！」

隨後，她鄭重地將那個全身掛滿勳章的中年人介紹給黃家寶，說：「這是阿廖沙叔叔，蘇聯英雄，活着的馬特洛索夫！」

叔叔用力地擁抱了黃家寶，說：「中國同志，歡迎你加入我們這個布爾什維克大家庭！」

黃家寶一一與排着長串與他見面的蘇聯朋友或擁抱，或握手。剛一結束這一場熱烈而冗長的見面禮，阿廖沙叔叔就把他拖到一個小桌旁坐下，要與他聊天。卓婭及上將也在小桌旁坐下來，陪他們聊天。

阿廖沙叔叔問：「斯大林同志去世的時候，你們中國同志有什麼感受？」

黃家寶說：「非常難過。全國有上億人佩帶黑紗，開追悼會，悼念斯大林同志。」

阿廖沙叔叔對上將說：「看，外國同志都那麼尊重斯大林同志，而我們的赫魯曉夫，卻在20大上如此詆毀他，真不像話！」

上將說：「斯大林去世時，蘇聯人民也很悲痛。我們不會忘記，斯大林去世的消息傳出的那天，有多少莫斯科人擁上街頭悼念他。為瞻仰他的遺容，擠死踩死的就有上百人！這說明，蘇聯人民對斯大林同志懷有深厚的感情。」

阿廖沙叔叔質問道：「你是中央委員，為什麼你還要投票贊成全盤否定斯大林同志呢？」

上將說：「我們並不是全盤否定斯大林同志，只是否定他的錯誤。斯大林有兩大功績，一是在蘇聯實現了工業化，二是領導蘇聯打敗了法西斯，這個功績蘇聯人是會永遠記得的。但是，他將肅反擴大化，殺了那麼多人，不能不清算。你在軍隊裏那麼多年，應該知道，在我國進行衛國戰爭前夕，有多少高級將領被殺害。蘇軍師以上的指揮員，幾乎被殺光！」

阿廖沙叔叔調侃地說：「所以，你才有機會從團指揮員，迅速地升到集團軍、方面軍指揮員，你要感激斯大林同志才是！」

上將生氣地說：「胡說！難道我是用同志的鮮血染紅肩章的人？我肩章上的將星同幾百萬同志的生命相比，真是微不足道。」

阿廖沙叔叔說：「不能說這幾百萬人都是同志，其中還是有一部分反革命分子的。不肅清反革命分子，不清除掉蘇軍中的德國間諜，衛國戰爭不會取得那麼偉大的勝利。革命是要付出代價的，是要有人流血犧牲的。」

上將激動地說：「阿廖沙，你錯了！從現在清理的情況看，這幾百萬被殺掉的同志中還沒找出一個德國間諜，他們全是冤枉的。我們的勝利為什麼要建立在那麼多同志冤屈的基礎上呢？」

阿廖沙叔叔說：「畢竟我們勝利了。幾百萬人對於我們兩億人民來說，畢竟是少數。我國的大多數人只記得斯大林的功勞，而原諒他的過錯。」

上將說：「幾百萬人雖然是少數，但也是不能被忽略的。即便是一個人被冤屈，也不能被忽略。對於兩億人來說，一個人好比一粒沙子，但對於他自己和他的親屬來說，就是全部！」

阿廖沙叔叔不再那麼理直氣壯了，但仍強詞奪理道：「他殺了那麼多人是犯了大錯誤，但可悲的是偉大的人物只能犯大錯誤，要麼不犯錯，犯起錯來就是大錯。」

上將說：「因此，我們要毫不掩飾地揭露斯大林的錯誤，總結經驗教訓，才能避免後來的人犯更大的錯誤。」

黃家寶聽了這場爭論，又看了赫魯曉夫在蘇共20大上所作的報告全文，大為震驚。由於黃家寶準備要到蘇聯留學，念斯大林的書比念毛澤東的書還多。斯大林的話講得非常通俗，很誘人，是個出色的演說家。由於看了不少書，所以黃家寶對斯大林挺尊重，甚至於有點崇拜，就像崇拜毛澤東一樣。後來，在大學裏，蘇聯同學給他講了許多他們身邊的人在集中營受迫害的事，聽他們罵斯大林是劊子手，對斯大林的崇拜開始動搖了。他聯想到毛澤東，聯想到被打成「右派分子」的姐夫，對三反、五反、反右等運動的合理性打上了問號。但他沒有吱聲，只在心裏嘀咕。他是搞技術的，犯不着為政治自毀前程。

3

1960年，毛澤東和赫魯曉夫吵翻了，黃家寶被勒令休學回國，來到別墅與卓婭告別。晚飯後，卓婭邀黃家寶到別墅外的小河邊散步。在一片白樺林掩映的河邊空地上，有一塊天鵝絨草坪。草坪四周，圍滿了草莓。黃家寶和卓婭在草坪上坐下，卓婭靠在他的肩頭上，在他耳邊輕輕唱起了《紅莓花兒開》：「紅莓花兒開在山外的小河旁，有一位少年使我日夜想……」

黃家寶用俄語與卓婭合唱，一個女高音，一個男中音，珠聯璧合，美極了。他們陶醉在自己的歌聲中，輕輕地哼唱着一首又一首各國民歌：《三套車》、《紅河谷》、《哎喲，媽媽》、《友誼地久天長》、《櫻花》……

夜深了。《莫斯科郊外的晚上》抒唱出的意境突現在眼前：靜靜流淌的小河微微翻着波浪，水面映着銀色月光，柔和的輕風不時拂過他們的面龐，除了他們的歌聲，四處靜悄悄的，只有蟲鳴，蛙叫。黃家寶面對此情此景，面對明日就要生離死別，像小鳥般偎依在胸前的心愛的人，帶頭唱起了中國民歌《森吉德瑪》：「碧綠的湖水明亮的藍天，比不上妹妹純潔……」

卓婭合道：「啊呵咿……」

「金色芳香的桂花，也比不上你的美麗森吉德瑪……」

卓婭合道：「啊呵咿……」

「聰明的姑娘森吉德瑪，我時刻想念着你……」

卓婭合道：「啊呵咿，啊呵咿……」

「狠心的爹娘為什麼把你出嫁到天邊……」

卓婭合道：「唉噠……」

「再也不能相見吶森吉德瑪……」

卓婭合道：「啊哈伊耶咳咳嘿耶唉嘿啊哈！」

「跨上了駿馬離別了家鄉，哪怕路途多遙遠啊森吉德瑪……」

卓婭合道：「呵咿……」

「為了尋找你呀，我走遍了茫茫草原啊……」

卓婭合道：「呵咿……」

「心上的人兒呀森吉德瑪，我如今多麼孤單啊……」

卓婭合道：「呵咿……」

「為了你，我受盡了草原的風霜，望穿了雙眼……」

卓婭合道：「埃噠……」

「依然不能相見吶森吉德瑪……」

卓婭合道：「啊哈些耶咳咳嘿耶唉嘿啊哈！」

卓婭的和聲越來越低，合聲變成了哭聲，最後，卓婭泣不成聲，倒在黃家寶的懷裏。黃家寶與卓婭在草坪上滾來滾去，在莫斯科郊外的小河邊，蘇聯的伊甸園裏，完成了結合。

不知過了多久，他們放鬆了擁抱，平躺在草坪上，望着天上的星星。卓婭說：「你看，那是你們中國傳說中的牛郎星……」

黃家寶說：「對，在離他不遠的地方，是織女星，那就是你呀，卓婭……」

卓婭反駁道：「我不要成為織女星，每年七月七日才能同你相見一次……」

黃家寶歎息道：「現在中蘇關係很緊張，在中國的蘇聯專家都撤走了，不知今後會怎麼樣。我們能像牛郎織女一樣，一年見一次，就不錯了。」

卓婭悲憤地說：「你們的毛澤東同我們的赫魯曉夫吵架，把我們害苦了……」

4

一出北京機場，黃家寶就看到大姐黃家虹在門口接他。大姐明顯地憔悴了。如秦怡般美麗的臉龐變得乾癟癟的，眼角上過早地露出了魚尾紋。隨她一起來的，還有一個著名導演金平。看得出來，他們的關係不一般。

一部北京電影製片廠的吉普車將他們送到大姐的宿舍。由於有外人在場，大家在車上都沒有說什麼。到了北影宿舍，大姐和金平提着黃家寶簡陋的行李，進了一幢陳舊的灰樓。穿過一條黑森森的過道，小心地邁過放着鍋、碗、瓢、盆以及煤餅爐的堆兒，走進大姐的家。屋裏很小，只有十一、二平方米。屋裏容不下多的人，金平告辭走了，姐弟倆才坐下來談知心話。姐姐告訴他，那年她不顧一切到成都同夏古傑結婚後，回到單位立即感到了沉重的壓力，那種年月主動跑去同右派分子結婚，還了得！到處是白眼，沒有人理她，所有朋友都離開了她。這時，正好名導金平到中央戲劇學院來挑演員，看中了她。她便提前離校，到北影來工作了。姐夫劃成右派後，由於態度惡劣，有攻擊黨中央的反革命言論，被軍事法院判了刑，轉到川西的一個地方監獄服刑。這時，她因為演《青春之歌》等向國慶十周年獻禮大片出了名，北影許多人追他，其中，以金平追得最兇。她不知該怎麼辦？

黃家寶是同大姐一起長大的，同上一所小學，後來，又同上一所中學，姐弟倆感情很深。記得，上小學的時候，黃家寶天天同大姐結伴而行。他十分喜歡和漂亮的大姐手牽手一起走在上學的路上。特別是春天，石板路兩邊是豌豆地、胡豆地、麥子地，青青的大地上鑲嵌着紅色、紫色、藍色的胡豆花、豌豆花，冬水田中，則常見「蚌殼」鑲嵌在泥土中。他們通常在路上不慌不忙地走，邊走邊玩。大姐一笑，白皙的臉上的一對酒窩，配上一排雪白的碎米牙，迷死過「萬多個」人！

黃家寶聽了大姐用低沉的聲音講述的故事，說：「姐，與姐夫離婚，嫁給金平吧！」

大姐說：「我做不出來。你知道，我是很愛你姐夫的。我也不相信你姐夫是反革命。他寫了那麼多關於志願軍的書，在書中充滿了對黨，對祖國的熱愛。他怎麼會反黨呢？我聽他的戰友講，都是他那倔脾氣惹的禍。獨立師的政治部主任白金友是個嫉賢妒能的傢伙。自己沒本事，卻見不得你姐夫到處發表文章，名氣越來越大。你姐夫又不會拍馬屁，還打心眼裏看不起他，常常引經據典挖苦他。他不朝死裏整你姐夫才怪！」

黃家寶憤憤地說：「這傢伙太壞了！夏哥怎麼不上訴呢？」

大姐歎了一聲氣，說：「你姐夫當然會上訴，可上訴一次加一次刑，從十年徒刑加到二十年徒刑，再加到無期徒刑。再上訴，恐怕腦袋都保不住了！」

黃家寶說：「天啦，無期，無期，遙遙無期！姐，你今後打算怎麼辦呢？」

大姐沉默了一會，美麗的鳳眼裏帶着迷茫、惆悵，喃喃道：「怎麼辦呢？怎麼辦呢？」

黃家寶幫大姐拿了主意，說：「姐，你和姐夫的愛情令我感動，但現實是殘酷的，生活也還得繼續，你得下決心同姐夫離婚，重新開始自己的生活。我看這個金平是蠻不錯的。」

大姐動心了，但仍為難地說：「我沒法開口，我同你姐夫是有海誓山盟的。

我現在是他唯的一精神支柱。我們經常通信。他說，他靠我的信活下去。我現在提出與他離婚，無異於殺了他。」

黃家寶說：「這樣吧，姐夫的工作由我去做。這次，教育部通知我到四川大學去插班，現在是暑假時期，我可以利用假期到姐夫服刑的峨邊去一趟，見姐夫一面，說服姐夫心甘情願同你離婚。」

大姐沉思良久，點了點頭。

5

難忘的1960年，全民大饑餓的年代，夏古傑遇到了前所未有的考驗。國家正在經歷困難時期。「餓鬼」的陰影像魔掌伸開五指抓住了峨邊茶山勞改農場每一個犯人。自由人尚且吃不飽，何況犯人！本來就不夠吃的犯人食物減成了連吊命都不可能的一日二餐，每餐兩個比火柴盒大不了多少的「細仔仔」饅頭。夏古傑體重銳減為只有皮包着骨頭的六十三斤，人比黃花瘦！茶山勞改農場的一萬多人很快餓死得只剩下幾百人。這幾百人也奄奄待斃，連抬同伴屍體的力氣也沒有了，全躺在床上「哈氣」。

這一天，夏古傑所在的勞改隊倖存的八個同伴，拚出最後力氣，抬着頭天死的兩個同伴，到松林坡的萬人坑去掩埋。抬人的人在途中又死了一個。餘下的七個人，回來緊緊地挨在一起，躺在地鋪上，無可奈何地等待大限的來臨。夏古傑所在的勞改隊住在一座古廟裏。古廟內空蕩蕩的，寂靜得可怕。他睡不着，想將雙手從雙腿旁拿起，枕到頭上，無意中觸到了睡在兩旁的同伴的身體。他猛一驚，兩個同伴身體均已冰涼。他分別檢查了兩個同伴的鼻孔，一絲兒生命的氣息也沒有了。他沒有動作。他看到了太多的死亡。他自己也快死了。他自顧不暇。他不想死，但人有時是多麼無奈呵。他切實地感到，死神一步步向他逼近，「無常」猙獰的面孔越來越清晰。

在死之前，夏古傑恢復寫上訪材料。本來，他聽了黃家虹信中勸他的話，不再寫了。寫了就要加判死刑了。「留得青山在，哪怕沒柴燒」！可如今，人都快餓死了，「青山」都不在了，哪在乎有沒有柴燒？他在臨死前，要把冤屈寫出來。他冤啊，比「竇娥」還冤。他一個為黨、為祖國在朝鮮戰場上拚過命的志願軍戰士，全國人民稱為「最可愛的人」，怎麼可能反黨！可是，他最近寫申訴材料時開始猶豫起來。他發現自己心底確實在滋生一種「反黨情緒」。「反右鬥爭」，接着進行的「反右傾」，對他最崇敬的志願軍司令員彭大將軍的批判，大躍進，人民公社，繼之而來的後果是全民大饑餓。這一切，他開始懷疑已經把他開除出黨的那個「無比光榮、正確」的黨犯了錯誤，犯了大錯誤！他知道自己的這種思想很危險，拚命壓着自己不要這麼想。但不行啊，身體的自由可以被剝奪，頭腦中的自由卻沒那麼容易被束縛住。有時，一股懷疑黨，懷疑毛老人家已經發瘋的意識流像脫韁的野馬，在頭腦裏奔騰不息，攪得他徹夜難眠。

正在夏古傑胡思亂想之際，他被管教幹部帶到農場總部，在一間會客室裏見到了他的「舅子」。他喜出望外，餓狼般吞下了「舅子」帶來的食物後，有了些精神，對「舅子」連聲說：「謝謝！謝謝！」

黃家寶從挎包中取出兩個信封，一個信封中裝着100多斤全國通用糧票，這是黃家虹從「牙縫」裏省出來的；一個信封裏裝着兩千多元人民幣。黃家寶說：「這是姐姐託我給你帶來的。糧票是姐姐和她的朋友省了一年多積攢起來的。錢是你當初交給姐姐的你的稿費。姐姐說，你急需這些錢，希望你拿去買些補品保命。她說，還是那句話，留得青山在，不怕沒柴燒，別再寫申訴信了。」

夏古傑不敢接信封，眼望着農場場長。黃家寶拿過兩個信封，從中抽出30斤糧票，500元人民幣，交給場長，把其餘兩個信封也交給場長，懇切地說：「這是我們全家對農場管教幹部的一點小心意，不成敬意，請收下。拜託你們把其餘的糧票和錢用來救我大哥一命。」

農場場長是個山東漢子，很痛快地收下了錢和糧票，對黃家寶說：「現在農場確實十分困難，我們對那麼多張口『愛莫能助』，但照顧一個人還是沒問題的。」

黃家寶把姐姐寫的另一封信和離婚協議書交給夏古傑。夏古傑一看，傻了眼，半天回不過神來。遲疑良久，他一聲不吭，便在離婚協議書上簽了字。然後，他將隨身帶來的一封申訴信塞到場長手中，轉身離去，頭也不回，邁着蹣跚的步伐，走了。

6

夏古傑望着亮瓦外一小塊灰濛濛的天空，心裏難受得要命。不僅那支持他活下去的精神支柱垮了，黃家虹同他離婚了。而且，支持他活下去的物質支柱也垮了。紙一樣薄的肚皮餓得貼到了「硬枝戳棒」的背脊骨上，咕嚕嚕地亂叫着。叫聲壓住了夜空中傳來的虎嘯聲。他不停地嚥着止不住流出來的清口水，舔着乾裂的嘴唇。「舅子」帶來的錢和糧票使他苟延殘喘了一段日子。然而，好景不長，他又只有勞改農場的「細仔仔饅頭」可以吃了。他又一次陷入絕境中。既然必死無疑，不如痛痛快快地死吧。他像受了重傷必死的傷員一樣，心裏吶喊着：「兄弟，求求你給我補一槍，讓我死個痛快吧！」

可是，他的兄弟都死得差不多了，剩下的四個人也只有「哈氣」的份，如果明天他們還活着，也不可能去掩埋同伴的屍體了，他們哪來的力氣「補他一槍」，幫他安樂死？

看來，尋找痛快的死，還得靠自己。怎麼才能死得痛快？夏古傑那多皺的大腦皮層活躍起來。他想起打柴時在山頂看到的一處懸岩。把繩子往松樹上一掛，繩扣套在自己的脖子上，往懸岩下一跳，多麼簡單，多麼痛快的死法！

夏古傑是個說幹就幹的好漢。他掙扎着爬起床，找來一根捆柴的繩子，纏在手臂上。他輕輕地推開門，躡手躡腳地穿過天井，從破廟圍牆上的缺口中鑽出來，順着石板小路，向山頂爬去。天空陰沉沉地，下着濛濛細雨。雨潤濕了他的頭髮、襯衣。他終於走到了精心選擇的升天地點。他在陰冷滑濕長滿青苔的林間空地裏，哆嗦着將繩子拴到懸崖邊的松樹上。呀！是誰捷足先登？松樹上已經掛了一根棕繩！他大吃一驚，出了一身虛汗，人也清醒了一些。他瞪大眼，四處張望。他聽到了一陣窸窸窣窣的聲音。他循着聲音望去，借着朦朧的夜靄，他看見一個披頭散髮的女人蜷縮在離他不遠的一顆古柏下。在勞改農場，男犯和女犯是嚴格隔離的。這個女人可能是住在山那面的女犯人。他忘了自己來這兒的目的，一陣憐憫之心湧上心頭，他得救救這個女人！他向女人走去，女人渾身哆嗦起來，牙齒打顫的聲音清晰可聞。女人開口了，嚴厲地喝道：「不要靠攏！你，什麼人？」

「不要害怕，同是天涯淪落人。」

夏古傑一面說，一面向女人靠攏。

「不要，不要，不要靠攏！」女人顫抖着說，同時，她撐起身來，準備撲下懸崖。

夏古傑手足無措了，他止住步，不敢稍有動彈。怎麼辦？他忽然意識到，這個女人有一口他家鄉四川崇寧的鄉音，一種特殊的上顎音。他欣喜地叫起來：「老鄉，我們是老鄉！你是不是崇寧人？」

女人放鬆了警惕，但她心有餘悸，哆嗦着說：「你也是崇寧人？」

夏古傑的童年時代是在崇寧金馬谷河心花朝門度過的，他把那兒當成家鄉，說：「我是崇寧谷河心的人。」

「崇寧谷河心？你也是崇寧谷河心的人，貴姓？」

「免貴姓夏，叫夏古傑！」

女人愣了半晌，忽然夢囈般地說起來：「夏古傑，『炭花』，夏哥哥……」

女人提高音量，興奮地尖叫一聲：「呀，夏哥哥……」向夏古傑撲過來。

這回輪到夏古傑害怕了。夏古傑退縮着，腦殼裏飛快地打着轉。在家鄉，誰會叫他夏哥哥？那聲音如此陌生又那麼熟悉。他似乎嗅到了一陣桂花香。

中秋之夜，吃完了月餅、糍粑，夏古傑同一個小不點兒的女孩兒，趴在鋪滿桂花的曬席上，借着為大人們品茗燃起的汽燈的餘光，在金桂誘人的芳香中，下完了六盤六子棋。小女孩兒一盤也沒有贏，她像大人一樣輕輕地歎了一口氣，用那雙比金桂還要醉人的眼睛望着夏古傑，用與她的年齡不相稱的語氣說：「『炭花』，夏哥哥，你真行，長大了準是一個了不起的大人物！」

香豆！蒲香豆！花朝門管家蒲鬍子的孫女！夏古傑小時候常跟父母親到爺爺夏文彩在崇寧金馬鎮谷河心的莊園花朝門去玩，還同母親一起在爺爺家住過好多年。

「香豆！你是蒲香豆？」夏古傑驚喜地抓住伸向自己的手，把女人扶住，借着月光，端詳她。呵！這是一個何等年輕漂亮的少女。首先映入夏古傑眼簾的，是她那雙亮晶晶、水靈靈，眸子很黑，帶着哀怨、憂傷神采的大眼睛。這雙大眼睛嵌在一張瘦俏、白皙，鼻、口都很小的瓜子臉上，特別使人憐愛。這顆漂亮的，披着濃密烏髮的小腦袋長在苗條的胴體上，身體被一件白大褂裹着，慘淡的月光灑在身上，顯得說不出的悽楚，使夏古傑的心因憐愛而絞痛。夏古傑顫聲問：「你怎麼會在這裏？」

蒲香豆輕輕地歎了一口氣，說：「唉，說來話長。今年，我從衛校畢業後，分配到金馬區衛生所工作。一次，我護理的一個區長死了，是因為打青霉素過敏死的，他的家屬硬說我進行階級報復，公安局把我抓了起來，也沒審判便把我送到這裏。」

「有什麼證據證明你是在對那個區長實行階級報復？」夏古傑震驚了，不解地問。

「沒有。你想嘛，我剛從學校出來，掙表現都來不及，怎麼可能去害人？區長死了，區長夫人想不過，找不到氣出，就在雞蛋裏面挑骨頭。唯一能沾邊的理由是我的出身。你知道的，我的家庭成分是富農。」

「你就為這個要跳岩？」

「是嘛。我們這些人沒有靠山，送進來幾個月了連問都沒人問一聲，也沒有一個人來看我。我被這個世界徹底拋棄了。我絕望了。本來，農場讓我當醫生，生活可以有點意思的。但現在人人都得了醫生無法治的浮腫病。我剩下的事只是診斷死亡，在死亡診斷書上簽字。幾個月時間，我就簽了一千多份死亡通知書，人的命比農場的狼狗不如，活着真沒意思。加上我自己也要被餓死了，告別世界只是遲早的事，不如自己了斷算了，何必一天天『板命』，等死呢？」

「生命是寶貴的，變人不容易，你不應該輕生。你可知道，一個人來到世界上經過了多麼漫長的過程。140多億年以前，誕生了宇宙。凝聚於一點的物質發生大爆炸，向無限的空間擴展，在四、五十億年前產生了太陽系、地球。三、四十億年前，出現了生物。三、四百萬年以前，才出現了人類。一個人來到世界上，可說是百億載才有一次的機會。只要有一線生機，就要爭取活下去。」

夏古傑苦口婆心地勸起蒲香豆來，其實他也是在說服自己。自夏古傑開始救人的行動起，他就感到自己有一點活下去的價值了。

蒲香豆自從看到熟識的老鄉後，心中升騰起希望，已經不想死了。她平靜地問：「夏哥哥，我聽人講過你的不幸遭遇，但想不到我們會呆在同一農場裏，更想不到會在這裏遇到你。你今天來這裏幹什麼？」

夏古傑猛地想起自己來這裏的目的，揚了揚手中的棕繩，淒然道：「同你一樣，帶了一根棕繩來。不過，見到你，我已改變主意了。我要爭取活到冤案平反的那一天。」

7

夏古傑活過來了。當他在勞改農場邂逅蒲香豆活過來以後，他的冤案竟然奇跡般地平反了。由於誣陷他的那個政治部主任白金友道德敗壞，強姦保姆，被開除軍籍，判刑勞改。他的那些在朝鮮戰場上出生入死的戰友通過各種關係，甚至通過原來在志願軍總部工作過，領導過夏古傑的首長，解除了他的刑期，獲得了一張「右派分子」脫帽通知書。但是，夏古傑的冤案只是半平反，一個「脫帽右派」是不可能恢復軍籍，回到部隊的。他被譴送回原籍，繼續接受監督改造。

但是，這已經令他喜出望外了。他終於可以離開這該死的勞改農場了。還有什麼比自由更可貴的呢？他乘勞改農場的汽車回到了成都。自西南行政委員會撤銷，父親夏澤西調到成都擔任省參事室副主任後，他們一家便遷到成都定居，住在九眼橋老馬路過去他家的一座小公館「憩園」裏。只有他的同父異母兄弟夏世雄習慣了在萬縣的生活，打死也不願上來與異母同住。

夏古傑一點力氣也沒有了。他取下被蓋卷，倒拖着，向位於九眼橋老馬路的家走去。曙光照耀在錦江上，使江面的一層薄霧染上玫瑰紅。薄霧慢慢升騰起來，籠罩了九眼橋。夏古傑深深地吸了一口帶着霧味的空氣，貪婪地盯着掩藏在霧淞中的老馬路，疲乏、浮腫的身子來了勁。夏古傑使出最後的力氣，一步步艱難地向「憩園」走去，倒拖着的被蓋卷在後面撲撲地響着，揚起了一陣陣塵埃。

他來到一片種滿四季豆、豇豆的田野旁。在田野邊緣，有一座竹籬笆圍繞的小庭園。這就是夏古傑的家。夏古傑踏着碎石鋪成的小路向庭園走去。庭園的門緊閉着，門框由兩株紫荊橫空的虯條編織而成。正中的木牌上，寫着兩個蒼勁古樸的金字——憩園。這是夏澤西用巴金的一部中篇小說的名字命名的。夏古傑望着這兩個熟悉的金字，望着熟識的木板門，心裏突然膽怯起來。他怎麼向母親交代？門虛掩着。夏古傑推開門，一眼看見母親正在院壩裏坐在一把籐椅上梳頭。五年多不見，母親就明顯地變蒼老了。望着母親憔悴的側影，夏古傑心一酸，深情地喊了一聲：「媽！」

母親吃驚地回過頭，猛地看見腫臉皮泡的兒子，看見自己日夜思念的「心肝寶貝」，平時異常持重的她也不由得熱淚盈眶。不過，母性的衝動被她用驚人的毅力克制住了。淚水只在她眼裏打了一個轉，就立即被她硬「吞」了回去，沒讓它流出來。她等夏古傑坐下後，嚴肅地問：「你幹了啥子事？」

夏古傑皈理伏法地將自己的事老老實實地講了一遍。母親望着頭髮蓬亂、衣衫襤褸，人不像人，鬼不像鬼的兒子，心亂如麻，思緒萬千。自她從良後，她憑自己的聰慧，跟丈夫的摯友張大千學國畫，竟成為出名的畫家。她對兒子充滿了希望。她沒有想到，兒子剛有了點出息，便成了右派，還坐了牢。她日夜思念兒子，白髮早生。她天天催促丈夫去救兒子，丈夫託了許多人，都一籌莫展。自黃家寶去勞改農場看了夏古傑，回來向她道了聲平安外，再也沒得了兒子的信息。不料，這日思夜想的兒子會突然出現在他的面前。聽了兒子的敘述，一個鋼鐵般的決心形成了。她要克服女性的軟弱，用嚴厲的教育方針使浪子回頭，重新做人。她冷冷地對兒子說：「你到街上去，理個髮，洗個澡，買一身衣服換了，像個人樣地到九眼橋派出所去上戶口，到街道辦事處去談談你的情況，請政府給你安排一個工作。」

夏古傑接過母親遞來的十元錢，走出家門，沿着石板路來到九眼橋街上。街道上冷清清的，橋頭上唯的一家飯館在賣三合泥——用黃豆粉、糯米粉、米粉加豬油、白糖熬出來的稀糊糊。夏古傑走進飯館，取出剩下的三兩糧票，花五角錢買了一份三合泥，狼吞虎嚥般吃下肚。夏古傑還沒品出滋味，盤子就見了底。走出飯館，夏古傑到理髮店理了個髮，在百貨公司買了一件背心，一件短袖富春紡襯衫，一條白色的短褲。夏古傑在澡塘裏洗了個澡，換上乾淨衣服，對鏡一照。哈！一個精神煥發、英俊、魁梧的帥哥立在鏡前。夏古傑感到神清氣爽，霉氣盡消，美中不足的是，那份三合泥把「餓癆病」逗發了，心裏空捞捞的，饞得慌。夏古傑從澡塘子裏出來，意外地發現，有一個農民在街角賣紅苕。紅苕是煮熟了的，發着一股誘人的香氣，使夏古傑直嚥清口水。夏古傑向那個農民問了價，也不還價，叫農民給他稱兩斤。剛一稱好，夏古傑就從秤盤裏抓了一個吃起來。一結帳，兩斤一元六，八毛一斤。八毛就八毛吧，以前出十塊、八塊，還買不到呢！

人是鐵，飯是鋼。夏古傑填飽了肚子，心裏踏實多了，走起路來腳下生風，踏得路面噔噔響。他才從九眼橋派出所上了戶口出來，又趕到九眼橋街道辦事處去找「活路」（四川話：工作之意）。辦事處黃主任將勞改農場轉來的公函翻來覆去看了又看，把他上上下下打量了一番，像看「賊娃子」一樣，看得他發「毛」。他硬着脖子頂起牛來：「你這麼『怪兮兮』地看我做啥子喲？我是挨冤枉坐牢的。有啥子『活路』，給我一個做吧。」

黃主任是個中年婦女，長期作夏古傑家的鄰居，平日裏對夏家那位大畫家很有幾分敬畏。她沒有想到畫家的嬌兒會落難到去勞改的地步。她尷尬地嘿嘿一笑，好奇地喊着他的「小名」問：「『炭花』，你不是在部隊當官麼，啷個『背濕倒灶』得這麼兇呵？」

真是哪壺不開提哪壺，這個「黃腔」主任不懂得要尊重人，要給人留面子的人情世故，戳痛了夏古傑的背脊骨，使夏古傑顧不得禮儀，吼起來：「哪個都可能有倒霉的時候，我不信你二天就沒得落難的日子。說那麼多幹啥喲，到底有活路給我做沒得？」

話不投機半句多。黃主任被這個愣頭青頂得心口發痛，她冷冷地打了一句官腔：「回去等着，有『活路』通知你。」

8

夏古傑在家老老實實等了三個月，黃主任也沒通知他去工作。他天天找母親要錢去吃「火巴」紅苕。要不到錢了，他就搬家具去賣。母親也不阻攔他。紅苕催肥是很見效的。幾個月下來，他淨長了三十多斤肉，浮腫病不治而愈，皮膚恢復了彈性，臉上白胖胖的。他顯出了腰圓膀粗的原形，渾身上下充滿了力量。

家具賣得差不多了，家徒四壁。人是要吃飯的。他找不到「活路」，就沒錢吃飯，就沒法活。他急得像熱鍋上的螞蟻。天無絕人之路。這一天，他用剩下的四角錢，買了兩斤「火巴」紅苕。隨着農村悄悄地推行單幹，自由市場上紅苕越來越多，價格不斷下跌，只要兩毛錢一斤啦！吃完「火巴」紅苕，他被一間舖面外掛出的一張招牌吸引住了。招牌的白漆底上寫着幾個黑字：老馬路獸醫聯合診所。招牌旁邊，貼着一張黃紙，黃紙上寫着一則招收獸醫的啟事。他在南開中學讀書的時候，當過「小動物園」的園長，平時喜歡看點獸醫書，也為動物治過病。這獸醫行道多少還用得上一點他在中學業餘學的動物學知識。他轉身走到街道辦事處，強迫黃主任開了一張條子，來到獸醫聯合診所。

一個乾筋筋、瘦殼殼的江湖獸醫領銜當了診所的主任。這位姓孟的主任威風地坐在主考席上，考問應招而來的夏古傑。

「多大年紀？」

「二十八歲。」

「文化程度？」

「高中。」

孟主任將夏古傑從頭到腳審視了一遍，像選購牲口一樣。他大約是看中了夏古傑身強力壯、牛高馬大吧，滿意地點了點頭，說：「好吧，給我揹包包。」

夏古傑託母親從親戚家借來一部破「永久」牌自行車，揹着孟主任的包包，下鄉串門行醫。他給孟主任揹包包，一揹就是三個月。孟主任的市儈習氣，越來越使夏古傑不能忍受。他要聯合診所的獸醫將行醫所得的錢全部交給他，他又拿去暗地裏放高利貸。特別使人不能容忍的是，這位醫術低劣的獸醫，拿了農民的血汗錢，卻草菅「獸」命。夏古傑望着在被孟主任判了死刑的耕牛面前啼哭的農民，心中難受極了。他，一個讀了十來年書的小知識分子，竟不能解決這並不高深的課題，為他熱愛的家鄉農民排憂解難。他不能袖手旁觀。他在目睹了許多條耕牛死於尿道結石症以後，針對這個問題鑽研起國內外資料來。他發現在蘇聯人邱巴爾寫的「獸醫手術學」中有解決這一問題的辦法。

夏古傑嶄露頭角的時候到了。這一天，文家場的農民半夜來敲診所的門，要求他們去為一頭患重病的耕牛治病。夏古傑揹着孟主任的包包，跟在孟主任的屁股後面，來到文家場。這時正值盛夏時節，氣候炎熱，幾個憨厚的農民圍着一條大水牛，急得團團轉。大水牛躺在地下，呼吸急促，喘着粗氣，膀胱鼓得大大的。急得「毛焦火辣」的生產隊長哀告道：「孟主任，你是曉得的，困難時期，我們周圍團轉幾十里地都沒有水牛了。我們勞神費力從貴州山那邊買了幾頭水牛來。這頭得病的牛是幾頭牛中力氣最大的，全隊靠牠吃飯的當家水牛，難為你想方設法把牠治好。治好了我們全隊人給你磕頭、送匾、放火炮！」

孟主任莊重地點了點頭，裝瘋迷竅地圍着水牛走了一轉。其實，他早已明白，這是他司空見慣，而自己又無回春妙術的尿道結石症！孟主任裝着難過地擺了擺頭，做了一個愛莫能助的手勢，淡淡地說：「沒救了，趕快殺了吧，趁早吃牛肉。」

嚇得目瞪口呆的隊長手足無措地傻望了孟主任半天，像沒搞懂孟主任的話，等他終於明白了是怎麼回事以後，五大三粗的漢子竟「哇」地一聲哭了，幾個老實巴交的農民也紅了眼，抹起眼淚來。哭聲牽動了夏古傑的心，也鼓起了他搏擊人生的勇氣。他拉了拉孟主任的衣袖，直視着孟主任，斬釘截鐵地說：「孟主任，這病能醫！」

孟主任驚愕地盯着給自己揹包包的徒弟娃，不知天有多高地有多厚的小伙子，問：「能醫？怎麼醫？」

夏古傑挺有信心地說：「動手術嘛！」

「動手術？你會做？」

「這沒啥了不起的。死馬當活馬醫嘛，沒動好就當幫他們殺牛，礙不了事的。」

「哼，那你就做嘛！」孟主任冷笑了一聲，說。

「孟主任，牛的尿道那麼長，那麼細，操『空手道』是不行的，得借手術器械來，我們明日一大早來做吧。」

孟主任將信將疑地盯了夏古傑好一陣，轉過頭來看了看農民讚許和期待的目光，無可奈何地說了聲：「好吧。」

第二天清晨，市畜牧局和獸醫診所的人聽說孟主任在借器械，要做「史無前例」的尿道結石摘除手術，都跟着孟主任和他的徒弟娃來到文家場。文家場熱鬧非凡，病牛旁，裏三層，外三層，圍滿了農民、幹部。夏古傑決定將這個驕橫跋扈的孟主任一軍。夏古傑用碘酒、酒精擦洗、消毒手術器械後，遞給孟主任，說：「開始吧，我給你當下手。」

孟主任心虛了，猶豫了，他頭上冒着汗，不肯接過手術器械，耍賴道：「我又沒說過要做這個手術。」

夏古傑不肯放過他，問：「你是不願做還是做不來這個手術？」

「不願做怎麼樣？不會做又怎麼樣？」孟主任反問道。

夏古傑步步逼緊，咄咄逼人，說：「不願做就是你的不對了。你是師傅，一個月拿那麼多錢，我是徒弟娃，一個月才拿那麼點點錢，難道你不動手還要我來做？不會做又有一說，只要你當着大家的面承認你不會做，我來做就是了。」

孟主任的「厚」臉居然紅了，含糊地認了輸，說：「就算我不會做吧。」

手術開始了。全場屏息靜氣，目光全部集中到夏古傑靈巧的手上。夏古傑按照「邱巴爾」的方法，沉着鎮靜地將手術器械插入牛的尿道之中，一顆胡豆大的結石「咣當」一聲掉進搪瓷臉盆裏，憋了三天的一泡空前絕後的尿水像噴泉一樣直沖出來。尿整整流了一滿搪瓷盆。水牛舒暢地喘着氣，圍觀的農民、幹部、獸醫「嘩嘩」地為初出茅廬的年輕獸醫鼓起掌來。為水牛生病愁得多添了幾根白髮的隊長搶上前來，緊緊地握着夏古傑的手，左右上下使勁搖着，久久不願放開。夏古傑的眼睛濕潤了，夏古傑第一次感受到為老百姓做了好事後受人尊敬的莫大愉快！

9

一個春天的下半夜，「升官」當了獸醫診所生產委員的夏古傑揹着藥箱，穿行在川西壩子寂靜的原野上。為了擴大業務，增加財源，他建議分出一部分人到四方巡迴行醫。他身先士卒，帶上診所的介紹信，沿着川藏公路，過華陽，經雙流，順錦江而下，到他的家鄉崇寧縣城去開闢陣地。他知道，獸醫是一個特殊的行業，每一個地方都有一個獸醫把持着碼頭。要闖進這一個個碼頭，他唯一依靠的只有自己的手藝。在崇寧縣城等着他的，是一齣什麼樣的戲呢？

缺月高懸中天。經過兩年多的「調整」，川西壩子恢復了她固有的美麗色彩。翠竹環繞的林盤，金黃色的菜籽花，絳紫色的苕子花，紅紅白白的豌豆花、胡豆花，在月色中時隱時現。望着這豐饒的原野，夏古傑的腦海中滾過一股股瞬息即逝的強大的意識流。

川西壩子這一塊得天獨厚的沃土，自李冰修造都江堰後，成為了旱澇保收的大糧倉。上千年來，除殺人魔王張獻忠統治時期以外，沒聽說過有餓殍遍野的紀錄，可不久前竟讓夏古傑看到了這種可怕的景象。如今，劉少奇、鄧小平出來力挽狂瀾，終於使百姓過上有吃有穿的日子。夏古傑也在這個國民經濟蒸蒸日上的年代裏，找到了自己的位置。

夏古傑已成為這一方小有名氣、受人尊重的獸醫。他從泥淖中爬了出來，打開了一條路。這條路是艱辛的。他為了治好一頭牛的病，常常日夜守護在牛圈裏，與牛同住。對於一個年僅二十多歲的青年人，苦嗎？苦。累嗎？累。但又不。

他喜歡活蹦亂跳的動物，不願意看到牲畜死眉爛眼。他愛農民，不願意看到農民愁眉苦臉。當他使死眉爛眼的動物活蹦亂跳，使愁眉苦臉的農民笑逐顏開以後，那其中的愉快，是他那些同學無法理解的。

他對目前的生活滿意嗎？他應該滿意了。他的母親也應該滿意了。你看，不苟言笑的母親最近臉上也偶爾綻開了笑容。夏古傑是了解母親的。母親雖然採取了一種冷眼旁觀的態度，喜怒不形於色，沒有更多的責備，也沒有更多的關懷。但是，偉大的母愛畢竟不是那麼容易掩藏得住的，在一言一行中無不露出深切關懷的蛛絲馬跡。你看她，兒子午夜出診，她總是披着上衣，坐在床上，不顧自己的病痛，長時間地等待兒子歸來，給他開門。你看她，雖然對兒子冷漠無情，對兒子那些當獸醫的朋友，來請求出診的農民兄弟，卻那麼熱情真誠，服務周到。你看她，對半夜越來越頻繁的敲門聲，不僅不厭煩，反而越來越高興……

「啊，母親，我知道，你滿意了，你也並不滿意。你還沒有發出過一聲讚許。兒子要做到什麼程度才能令你滿意呢？」夏古傑帶着一點惆悵的心情想。

夏古傑自己呢？滿意嗎？滿意，也並不滿意。他的理想不僅止於當一個農民滿意的獸醫，也不滿足於當一個「雷鋒」式的螺絲釘。我們這個社會，既需要大量「雷鋒」式的螺絲釘，也需要劉少奇、鄧小平、華羅庚、錢學森一類的棟樑之材。必要的時候，他可以做螺絲釘，但他更渴望成為頂樑柱。他相信，雖然環境惡劣，但只要自己少一點浪漫色彩，多一點現實主義，從自己腳踏的這一塊土地出發打主意，辛勤地耕耘，即使是一塊貧瘠的土地，也多少會有一些收穫的。

是的，他不是開始收穫了麼？他根據自己做的牛尿道結石手術，總結出了一篇論文。在這篇論文中，他着重闡述了自己對「邱巴爾」方法的改進和完善。他大着膽兒將這篇論文寄給我國獸醫界的權威性雜誌：《中國獸醫雜誌》。想不到，雜誌很快就發表了他的論文，還是作為重點篇目發的。他這個受盡苦難的二十九歲的年輕人，雙手顫抖着捧着那本雜誌，望着雜誌中那三個魔術般的字眼兒——夏古傑，他，像作家發表了第一篇小說，像詩人發表了第一首詩，心裏樂開了花。胸懷報國之心的他終於找到了報國之門，他也能夠在國家級水平上做貢獻啦！

這一篇論文的發表，對他無疑是一個巨大的推動力。他像一架開足馬力的機器，準備踏着科學的崎嶇小路，去攀登一座座科學的高峰。他出來闖江湖的一個重要目的，就是要去尋找繼續進行科研工作的機會。這個機會在哪裏？他心中無數。他相信，實踐會給他提出重要課題的。這些課題，是他那些上了大學的南開中學同學難以發現的。

他同以前的親朋好友完全斷絕了聯繫。過去的生活，已經成了一場夢。他正在重新建立自己的生活。當然，他忘不了他的許多戰友，那些作家朋友，更忘不了黃家虹。誰能忘記自己的初戀呢？可是他並不存在幻想。他和那些戰友，那些作家朋友，他同家虹已經分屬兩個不同的階層，兩個截然不同的世界。他在選擇新的道路。他走上了一條全新的路，為農民服務的路，建設家鄉的路，追求科學真理的路。他在選擇新的伴侶。自從文家場的農民到老馬路來為他贈送錦旗、放「火炮」以後，特別是他的論文發表以來，不乏追求他的姑娘。一次，一個在九眼橋聯合診所當護士的姑娘羞答答地遞給他兩張電影票，約他去星橋電影院看新上映的彩色故事片：《紅菱艷》。他為難了，說：「你有沒有搞錯喲，我是個沒正式工作的臨時工，有啥值得你愛的？」

姑娘眨巴眨巴長着長長睫毛的大眼睛，說：「我相信你不是個久居人下之人。」

「難得的知己。」夏古傑想。

夏古傑接下電影票，同意陪姑娘去看電影。電影就要結束了。美麗的芭蕾舞名星面臨着愛情和舞蹈之間的抉擇，痛苦地喊了一聲：「克拉斯特，我愛你！」

經紀人萊蒙托夫冷冷地插了一句：「你更愛舞蹈。」

蓓姬：「我不知道，我不知道……」

開幕鈴聲響了。

克拉斯特放棄了讓蓓姬跟他走的念頭，說：「再見，蓓姬！」

蓓姬緩緩地走向舞台。突然，她轉過身來，臉上露出痛苦複雜的表情，衝出門廳，衝上陽台，撲下高樓。

驚心動魄的音樂，火車悲愴的嘶鳴……

電影結束了，夏古傑在姑娘的陪伴下走出電影院，走上九眼橋，憑欄遠眺，漫話觀感。艷麗迷人的色彩，怪誕離奇的芭蕾舞劇，傾國傾城的舞蹈家蓓姬，坎坷艱辛地走向成功之路，事業和愛情難以調和的矛盾……藝術的巨大力量，震撼着夏古傑的心。夏古傑問身旁的姑娘：「怎麼樣？好不好？」

「你說呢？」

「好。」

「我也說好。」

「哪點好？」

「不曉得。」

「那你為啥說好呢？」

「你不是說好麼？」

夏古傑搖了搖頭，對姑娘說：「怎麼我說好，你就說好呢？我不贊成夫唱婦隨。我希望我的愛人的腦袋長在自己的脖子上。她不僅是我生活中的伴侶，也是我事業上的同志。她能夠與我禍福與共。我拿討口碗，她就能拿打狗棒。人生旅途憂患多於歡樂若干倍。在困難的時候，她要善於獨立思考，處理各種複雜的情況，這樣的人我才愛她。不然，人云亦云，我說好，你也說好，換一個人說不好，你也跟着說不好，就像一輛沒有鎖的自行車，我騎起要走，人家騎起也要走，就沒有意思了。」

姑娘「麻」下臉，說：「你說話太刻薄了。」

一段戀愛公案了結了，吹了。

夏古傑苦苦地尋求腦袋長在自己脖子上的愛人。他的腦海裏時時浮現出蒲香豆的身影。回成都後，他曾經向母親談過蒲香豆的遭遇，求父母親去找人說情。看得出來，父母親對爺爺以前管家的女兒很同情，動了惻隱之心，曾認真而執着地為蒲香豆的事跑了好多次。結果如何，父母親未告訴他。一件事情沒辦妥以前，父母親是不愛誇誇其談的。這次雲遊四方，他選擇崇寧縣為目的地，潛意識中起決定性作用的恐怕就是希冀在家鄉碰到那個使他如此牽腸掛肚的姑娘。

10

曙光在蒼茫的天穹中出現了，月光漸漸隱退。跨過三津橋頭，在平原的盡頭，出現了依山傍水面對大平原的崇寧縣城。夏古傑在城關鎮獸防站交了介紹信，找了一個雞毛小店住下，掛牌行醫。崇寧縣城關鎮獸醫碼頭掌灶的獸醫師黃定禮決定給省城來的毛頭小伙子一個下馬威。深夜，黃定禮將他從睡夢中喊醒，客客氣氣地將他請到運輸一社，說是一頭騾子病了，要他去醫治。黃定禮在運輸一社擺好陣勢，設好圈套，要他當眾出醜。

這一天是一個月黑頭，伸手不見五指。黃定禮提着一盞亮油壺在前面領路，運輸一隊隊長和夏古傑跟在後面，跌跌撞撞來到城關背街上一間茅草棚裏。茅草棚裏沒有燈，黑漆漆的。亮油壺是一種陶瓷提燈，燈光暗淡。借着亮油壺微弱的燈光，夏古傑看到一匹高大的黑騾子倒在地上。陰陽怪氣的黃定禮劈頭蓋腦給夏古傑下了一個命令：「老弟，騾子病得厲害，趕快給牠輸液吧！」

夏古傑一看這陣勢，立即明白了黃定禮的用意。他明白，黃定禮給他出了一道十分刁鑽的難題。要給騾子輸液，就得把針扎進靜脈血管。找靜脈血管，在青天白日裏，也要技術嫻熟才能戳準，何況是在如此暗淡的亮油壺燈光下，還是一匹黑黝黝的騾子！運輸一隊隊長知道其中的玄機，為年青獸醫捏了一把汗。夏古傑卻不驚不詫，沉吟片刻，便打定了主意。他手上已經悄悄捏上碘酒、棉花、針頭，卻故意支開黃定禮，說：「黃老師，要我輸液，可以，你幫我把放在外屋藥箱裏的針頭拿一個來吧！」

黃定禮提着亮油壺到外屋找針頭去了，屋裏一片漆黑，一片寂靜，只聽得到從屋外傳來的農家的狗吠聲。一會兒功夫，黃定禮進來了，說：「怎麼沒看見針頭呢？」

夏古傑不慌不忙地說了聲：「在騾子脖子上呢！」

黃定禮一看，大吃一驚，夏古傑居然在黑暗中摸着騾子的脖子將針頭準確地刺進騾子粗硬、細小的靜脈血管裏。黃定禮連連拱手，說：「老兄，佩服，佩服！」

夏古傑冷冷地教訓黃定禮：「沒得三分三，哪敢上梁山，沒得驚人藝，哪敢來向你黃老師請教！」

夏古傑說完，拔出針頭，遞給黃定禮：「現在要向你黃老師請教囉，來，顯顯手藝！」

黃定禮抽了一口冷氣，倒退幾步，說：「豈敢，豈敢！為弟服了，老兄高抬貴手，莫出小弟的洋相！」

認錯不該死，夏古傑不再逼他，說：「我讓你徹底服氣吧。一般人扎靜脈，有兩個動作，第一個動作扎到皮下，第二個動作才是從皮下穿進靜脈。我不是這樣扎針的，我可以一針見血！」

說時遲，那時快，夏古傑手中的針頭一下扎進騾子的靜脈血管裏。這一針見血的絕招，是他在家裏練出來的。他煮了許多「火巴」豌豆，天天用「火巴」豌豆練習扎針，直練到能準確地一針見底，又不戳破桌面為止。刁鑽的黃定禮，對夏古傑的這一手一針見血的本領，佩服得五體投地。

夏古傑憑自己的手藝，闖開了崇寧縣的碼頭，雞毛店裏門庭若市。這一天，他正躺在床上看《三國演義》，一個乾瘦的青年農民闖了進來，「驚瘋火扯」地對夏古傑喊道：「『炭花』，認得我不？」

「炭花」是童年時的夥伴給他取的綽號，因為他的皮膚黝黑。夏古傑從頭到腳把這個青年農民打量了一番，只見他穿一身髒兮兮的幹部服，瘦小的身子，光頭下的一張黑紅色圓臉上鑲嵌着一雙精明晶亮的眼睛。夏古傑的眼前浮現出故鄉的原野。一個綽號叫「瘦狗」的小調皮鬼同夏古傑在一起玩「泥巴仗」，在河邊沙灘上燒嫩胡豆吃。

對！是他。夏古傑從床上跳起來，抱住童年時的夥伴，大叫了一聲：「『瘦狗』！」

「瘦狗」學名谷德壽，落座後，谷德壽接過夏古傑遞過來的茶盅，一面大口地喝，一面大聲武氣地說道：「我以為一輩子也見不到你娃娃了，你是大富大貴的命，我們是小二哥，一個天上，一個地下，不容易『打攏堆』的。這麼多年了，你也沒回谷河心來看一下。沒想到，我今天到城關鎮來請獸醫，在這裏碰到了你。走，快跟我回去！」

「怎麼，有牛病了？」

「是囉！我們隊的當家水牛病了。本來，我們谷河心有個富農分子懂點獸醫，可他不僅沒把牛醫好，反而越醫越重了，我們懷疑他在搞『階級報復』。」谷德壽憤憤地說。

「這個富農分子，是不是以前給花朝門當過管家的蒲鬍子？」

「是囉，是囉，就是他。」

「他的孫女蒲香豆回來沒有？」夏古傑乘機提出他掛在心中的問題。

「你還記得蒲香豆呀？」谷德壽來了精神，小眼睛亮閃閃的，說：「她可倒了大霉。本來她讀了衛校，分配在區醫院工作，已經脫離了苦海，誰知她護理的一個區長死了，說她搞階級報復，被判了刑。最近，她從獄中出來了，遣送回原籍。哎呀，可憐兮兮的，好漂亮的妹仔，落得如此下場！」

「呵，蒲香豆已回到回谷河心！」夏古傑激動起來，他抓起掛在牆上的背包，提起藥箱，說了聲：「走，回谷河心去！」

11

蒲香豆不吃不喝，躺在床上，已經兩天兩夜了。土牆上，大片大片的白灰已經脫落，顯露出醜陋的疙疙瘩瘩。透過被風吹開的白紙，可以看見窗台上擺着幾盆花。一束光霧從窗櫺中鑽進來，在蒲香豆身上遊蕩。她身上只穿了一條襯褲，一件緊身背心，優美迷人的人體曲線，漂亮的鴨蛋臉兒，豐滿的胸部和臀部，白皙修長的腿，活脫脫一幅東方維納斯的塑像！

蒲香豆躺在古色古香的雕花大床上，一點兒也感受不到自身的美麗，她那一雙能蕩人心魄的杏眼死死地盯着土牆上掛着的一排農具，大板鋤、小條鋤、釘齒耙、鋸齒鐮……難道她就只能同老祖宗在幾千年前就發明的這些農具打一輩子交道，臉朝黃土背朝天，在艱辛枯燥的簡單勞作中，不需更多思索的春種秋收裏消磨掉黃金般的光陰，嫁一個老實憨厚的農民，生下一堆兒女，含辛茹苦地將他們撫育成人，再讓他們接過自己的鐮刀、鋤頭，繼承這文明古國幾千年來的傳家寶，世世代代當「老二哥」？

是喏，傳家寶。我們的祖祖輩輩，不就是靠這些傳家寶，用血汗澆灌出糧食，養育了億萬民眾，使中華民族繁衍成佔世界人口五分之一的泱泱大國麼？誰能夠鄙夷他們辛勤的勞作！誰有資格恥笑他們簡單的勞動方式！然而，她，一個衛校畢業的小知識分子，卻厭惡這種簡單的，沒有任何創造性的枯燥勞動。她渴望更高級、更有趣味一些的勞動方式。她也渴望鄉親們從這種簡單的，效益極低，一個勞動日只值兩毛錢的勞動中擺脫出來。她不能像與她同年的姑娘媳婦們一樣，安然地聽上班鐘敲響後懶洋洋地走向田間地頭，嘻嘻哈哈地在莊稼地裏「磨洋工」，下班吃飯後早早鑽進被窩，同那些同樣別無所求的男人嬉戲「幹活」，打發掉一個又一個無聊的日子。真是，人生識字憂患始呵！

她記得，高小畢業考試，老師出了道作文題：《我的志願》。那時候，她十分羨慕蘇聯的女拖拉機手安格林娜，夢想長大了當一名女拖拉機手，駕着康拜因，奔馳在祖國廣袤的原野上。她將自己的夢幻寫進作文，得了一個五分。

初中畢業考試，老師出了同樣的作文題。這時，她的夢幻有了變化。她要做一個白衣戰士，像白求恩那樣，緊握手術刀，為百姓服務。除了這個冠冕堂皇的理由外，還有一個隱藏在內心深處的想法，沒敢寫進作文裏。她想離開家鄉，離開農村！並不是她不熱愛家鄉，也不是她厭惡農村。她家的成分不好，在農村處境艱難。她希望離開家鄉後，讓人們淡忘她的成分，讓社會認識她的價值。

她如願以償。她以優異的成績考入衛校。她在衛校裏變了一個人。在家鄉，該死的成分將她同沸騰的社會生活隔離開來。村裏的大小事情都是沒有地富子女戲唱的。孩子們不屑同她結伴，大人們不屑關照她。到衛校後，這樣的情況改變了。她以自己的嫻靜，克己助人，贏得了同學的友誼，恢復了做人的尊嚴和自信。她以自己的刻苦好學、優異成績，獲得了老師的青睞。她順利地畢了業，走上工作崗位，成了一名受人尊敬的護士。想不到，一場並不鮮見的青霉素過敏突發事故，毀了她的一切，將她送進監獄，送回比監獄還要令她生畏的家鄉。

她迷惘了。她前進的動力消失了。她失去了精神支柱，成天默默地跟着大家上工、下工，洗衣煮飯。兩隻充滿夢幻色彩的大眼睛，已經被無須思考的勞作固定在眼眶裏，神色黯淡，漸漸麻木了。

近幾天來，一副更加沉重的思想包袱揹到她身上，把她完全壓垮了，使她病倒在床上。她的富農爺爺，由於醫壞了隊裏的當家水牛，被民兵看押了起來。隊裏群情沸騰，背地裏，乃至當着她的面，罵他們一家是白虎星、掃帚星、瘟神、喪門神。她在田裏鋤草的時候，聽到這些閒言碎語，憂鬱成疾，一病不起。

「姐姐！」弟弟蒲剛來到她的床前。她喜悅地看了弟弟一眼。爺爺是階級敵人，必須隨時注意同他劃清界限，不敢親近。爸爸是歷史反革命分子，一個人在縣中受管制，媽媽在共產黨打來以前被一個國民黨高級軍官「裹」到台灣去了，把剛滿一歲的弟弟和六歲的她丟給爸爸。爸爸又把他們託付給爺爺撫養。姐弟倆在苦難中長大，相依為命。她永遠忘不了坐牢前夕最後一次回家時發生的事。她揹着一書包強行節約下來的饅頭，周六下班後從衛校回家救爺爺和弟弟的命。

谷河心通往金馬鎮的石板路上杳無人跡。為了充饑，人們把雞、狗之類的活物宰殺殆盡，大地一片死寂。忽然，蒲香豆聽到從遠處傳來一陣急促的腳步聲，令人驚心動魄。蒲香豆看弟弟心切，忽略了在這非常時期走夜路有多危險，何況是一個單身年輕貌美的姑娘！蒲香豆立即駐足，閃到路旁田坎上，屏息靜氣，等待那人過來。

一個黑影越來越近。由於在背上揹了一大包東西，這個黑影顯得特別龐大。黑影經過她的身旁時，發現了她，嚇了一跳。那人下意識地停住腳，白了她一眼，立即垂下頭，匆匆走開了。借着朦朧的夜色，蒲香豆發現這個人是谷河心生產隊的隊長「瘦狗」！

「瘦狗」谷德壽比她大五、六歲，她讀小學一年級的時候，谷德壽讀五年級，是個有名的「費頭子」，調皮鬼。後來，谷德壽參了軍，轉業回來當了谷河心生產隊長。谷德壽雖然個頭小，卻精明強悍，抓生產隊的工作也有一套辦法，就是脾氣太躁，經常打罵社員，社員們既服他，又怕他。這麼深更半夜的，他到哪裏去？他背上揹的是什麼？她猛然想起，他擦過自己身邊的時候由於路窄，那大包從她鼻尖上擦過，她聞到了一陣米香。她是農村長大的，又值困難年代，對米香特別敏感。她的感覺是不會錯的。大家都在餓飯，谷德壽哪來的這麼一包大米？可以肯定，這包大米來路蹊蹺。想到這裏，她既感憤懣，又感害怕。谷德壽一定也認出了她。她是谷德壽這來路不正的大米的見證人。谷德壽會怎樣對待她呢？

12

事實證明她的擔心不是多餘的。她回家的第二天晚上，睡夢中，她忽然聽到弟弟的慘叫聲。弟弟在大聲呼喚：「姐姐！姐姐……」

她睜開眼，聆聽片刻，發現弟弟的聲音是從石家院子大門裏的木芙蓉林中傳來的。她翻身起床，穿好衣服，蹬上布鞋，衝出門。她看到了一幅令人肝膽俱裂的景象。木芙蓉林前平時用於演戲的舞台上掛着一盞煤氣燈，耀眼的燈光把天井照得雪亮。十來歲的小弟弟被反綁着，吊在天井中的木芙蓉樹上，淚流滿面。

木芙蓉樹旁的地面上，放着幾根胡蘿蔔。有一根胡蘿蔔只有半截，顯然那一半截是被人吃了。她明白了，弟弟不堪饑餓的折磨，瞞着她去地裏偷了生產隊的胡蘿蔔。谷德壽瞪着一雙佈滿血絲的眼睛，手握一根「硬頭黃」竹竿，在弟弟身上亂打。竹竿打到弟弟身上發出的「破響杆」一般的聲音，弟弟痛不欲生的慘叫，使蒲香豆的心像被尖刀剜割一樣難以忍受，她奮不顧身地撲上去，拖住谷德壽的胳膊，哭喊起來：「瘦狗！你憑啥打人？」

谷德壽甩開蒲香豆的手，橫眉豎眼地瞪着她吼叫道：「憑啥？憑他是富農的狗崽子！憑他是死不要臉的偷兒！老子就是要打！」

蒲香豆横下一條心，不顧一切地怒吼道：「瘦狗！你敢再打，我就要把生產隊的大偷兒揭發出來！」

谷德壽愣怔片刻，蒲香豆甩出來的這顆「核彈」並未起到威懾作用，反而猶如火上澆油，使谷德壽更瘋狂地抽打起弟弟來，並口吐狂言：「管你小偷兒，大偷兒，老子都敢打！打死一個少一個，打死一對少一雙！」

眼看就要出人命，谷河心大隊的大隊長谷德海出來解了圍。谷德海是谷德壽的堂兄，轉業軍人，在谷河心只有他鎮得住谷德壽。谷德海從公社開會回來，聽到吵鬧聲，衝進蒲家院子，奪過谷德壽手中的竹竿，怒喝道：「老三，怎麼又打人？」

谷德壽強詞奪理：「富農的崽兒都敢偷生產隊的東西，還有王法沒得？不打幾個來擺起，生產隊要翻天了！」

谷德海長歎一聲，說：「老三，你看社員過的啥日子嗎？不想辦法解決吃飯問題，光會逮偷兒有啥用！」

「二哥，你的階級立場有問題得很呢！我打個富農的崽兒你也那麼心痛？」

谷德海正色道：「富農的崽兒也是人。黨的政策並不是要將地富子女都斬盡殺絕嘛。」

谷德壽「哼」了一聲，轉身回房去了。蒲香豆和谷德海趕緊將蒲剛從樹上放下來，鬆了綁。蒲香豆將弟弟抱回房，撫着弟弟的傷口，哭到天明。

如今，困難時期過去了，弟弟靠紅苕的補養已長成腰圓膀粗的少年。他告訴蒲香豆一個消息：「姐姐，你常給我提起的夏家少爺『炭花』回來了。」

「『炭花』？夏古傑！」蒲香豆心裏一震，一縷溫馨的情思在心裏升起。她知道，自己的提前釋放出獄一定同夏古傑有關，好想感謝夏古傑，一直找不到機會，想不到夏古傑自己來了，她一個翻身坐起來，問：「夏古傑在哪裏？」

「在堂屋裏。瘦狗把夏古傑請來斷案，看爺爺是不是在搞破壞？」

13

夏古傑揹着藥箱，跟在谷德壽後面，坐汽車到了金馬鎮，坐生產大隊的過河船上了河心島，來到花朝門。在夏古傑的記憶中，花朝門是很美的。解放後爺爺被當成惡霸地主槍斃了，花朝門被沒收，成了金馬公社谷河心大隊大隊部的駐地。

花朝門的大門修得很氣派，朝門由巨大的石牌坊構成，上面雕刻有花鳥魚蟲和許多諸如孝子烈女之類的古代故事，很好看，「花朝門」也因此得名。花朝門內建有一幢西式樓房，三層，青磚，大圓柱，磨石地面，主樓後面的花台上種滿各式盆花。

花朝門中有一個很大的後花園。沿着一排夾道柚子樹，通向一個防空洞，夏天涼爽得很，他們常進洞去乘涼。防空洞背後，是一片青杠林，林中多是爍石地，上面長滿青苔。秋天雨後，他們常到林子中去撿鮮菌子，非常好吃。有時，他們還要揹着背簍，拿起竹扒，去青杠林中掃落葉，當柴燒。青杠林上部，有一側門，出去就是著名的「炮彈灣」，是國民黨的軍工廠試炮的靶場，常誤傷人。大人說，這「鬼氹灣」裏晚上可熱鬧啦，有端下頭來梳的女鬼，還有沒有下巴的鬼，可怕極了。夏古傑愛從後門溜出去，想見到鬼，當然從未如願，那裏只有一片田坎上種滿胡豆、豌豆或油菜的冬水田，春天開着紫色、白色、黃色的花，美極了。

主樓前面是一套僱工住的單層青磚房，再前面是一個種有兩棵大桂花樹的平壩。桂花開花時，他們將席子鋪在地上，接落下來的桂花。將桂花洗淨，用白糖漬後裝入罐中保存，做桂花「粑粑」、桂花湯圓、桂花酒，都很好吃。夏古傑記得，在這塊桂花壩上，村裏的人常來這裏開會，還演過戲，一盞煤油汽燈把壩子照得鋥亮。旁邊與蒲家院子相連的部位，有間大房子，後來做了村小，只有一個班，同時有1～6年級的學生上課。這很考老師的手藝。她先佈置幾個班學生的作業，同時給一個班上一會兒課，然後輪替。這種教法無法保障教學質量，一般家境稍好一點的，都送孩子到三、四里外的金馬小學去讀書。

桂花壩外，便是大門。出得大門，是幾級石梯，與門外的石板路相連。緊鄰花朝門便是那座蒲家院子，花朝門的管家蒲鬍子一家住在裏面，並為夏家管理田產。蒲家院子有一小門同花朝門相通，小門開在桂花樹旁邊。蒲鬍子的小孫女蒲香豆常隨他爺爺從小門進來，同夏家的兄弟姊妹玩。

花朝門門外，有兩棵給人印象極深的大黃葛樹。這兩棵樹至少有百年以上歷史，每棵樹要兩、三人才能環抱。兩棵樹的樹枝已交叉在一起，共同形成了一塊幾百平方米的陰地。在黃葛樹旁還有個上千平方米的大水塘。每天清晨，進城賣菜的農民要在黃葛樹下歇腳，把菜窖進池塘裏，一使菜色鮮亮，二是發發水。中午，毒日當頭，過路人也要在這裏歇歇腳，喝一大碗側門藥舖劉老師賣的「老蔭茶」。

古傑發現，他的家鄉變了，不是變得更美，而是變醜了。他一眼就看到，花朝門前那兩棵大黃葛樹不見了，被連根拔去，有幾個小孩在用柴刀砍深埋在土中的樹根。他湊攏去，問：「你們砍樹根來幹啥？」

一個瘦骨嶙峋的小女孩抬起頭，說：「當柴燒呀！什麼都燒光了，牛皮菜都煮不熟了，只有這樹根還可以砍點回去煮飯。」

夏古傑跨上石梯，通過花牌坊，進入花朝門。桂花樹尚在，但青杠林沒有了，院子裏光禿禿的。由於失去了樹林的保護，院牆被衝垮了幾處。面對着殘垣缺壁，回想着兒時花朝門中綠樹成蔭、繁花似錦的景象，感慨無限。一個曾充滿蓬勃生機的新中國，怎麼就變成這樣了呢？

夏古傑通過花朝門與蒲家院子連接處的小門，來到蒲家。蒲家院子是一座四合院。從石拱門進來，上幾步階梯，便是一個用石板鑲嵌的大天井。天井中種着六棵木芙蓉，夏天茂密的樹葉遮天敝日，秋天小碗般大的紅白芙蓉繁花似錦。堂屋住着大隊長谷德海一家人，東廂房住着生產隊長谷德壽一家人，西廂房一半作了生產隊的牛圈，一半兩間房歸蒲香豆一家居住。堂屋與西廂房的連接處，有一走廊通向後院。

走進後院，他看見一堆人正圍着那頭已經死去，嘴角上還在流着白沫的大水牛在指手畫腳地說着什麼。蒲鬍子穿着一件長衫，乾瘦的臉上神色萎靡，勾腰駝背地站在一邊，微微翹起的山羊鬍子隨着全身的哆嗦在顫抖着。

見隊長和夏古傑進來，人們讓開道，谷德壽叫蒲鬍子將藥單子交城裏來的醫生審查。夏古傑拿着蒲鬍子遞過來的一疊藥單子，一隻手捏着下巴，緊咬着嘴，思索着。夏古傑明白，大水牛得的是一種疑難病症，蒲鬍子開的藥方未必得當，但按他的水平也不可能開出更高明的藥方。夏古傑如果照實說來，就可能要了蒲鬍子的命，這破壞耕牛的罪名在農村可是大得不得了！夏古傑望了望可憐巴巴的老頭兒，回想起小時候自己發「蒙」時，蒲鬍子揹他去上學，下雨天在泥濘的黃泥巴路上跋涉的情景，一陣憐憫之情湧上心頭。

夏古傑抬起頭，越過大水牛，突然同一雙沉靜、水靈靈，帶着期待神色的大眼睛相遇，心靈上發生了一陣顫動。夏古傑看見，西廂正門「虛」開了一條縫，一個窈窕、俊美的姑娘身影從門縫中露出來。夏古傑立即斷定，這就是在勞改農場那個悽楚的月黑頭裏未看清楚的蒲香豆。夏古傑沒想到蒲香豆出脫得如此漂亮，如此出類拔萃。夏古傑傻愣愣地盯了蒲香豆一會兒，幾乎忘了自己姓甚名誰。一個遙遠的聲音從天外傳來，把夏古傑拉回現實：「夏老師，這水牛是醫死的吧，你快點斷了案，我們好趁牛沒死硬，開膛破肚吃鮮牛肉。」

夏古傑瞪了谷德壽一眼，大聲武氣地斷了案：「這牛得的是四腳寒，很難醫，蒲老師開的藥方還是對頭的。俚話說，醫生醫得到病，醫不到命，獸醫誰也沒得本事把啥子病都醫好……」

夏古傑停頓了一下，目光一掃，他明顯地感到在場的兩個人鬆了口氣，蒲鬍子的腰打得直些了，蒲香豆的眼睛開始放光了。夏古傑接着說：「這牛也還沒有死絕，我想試一下看能不能把牠救活。」

人們驚詫了，谷德壽拍着夏古傑的肩說：「你還有本事把死牛救活？」

夏古傑沒吱聲，他從藥品箱裏拿出一支消過毒的三寸針頭，用鑷子敲破了一支標有腎上腺素的藥瓶，從藥瓶中吸出藥液，蹲下身，看準部位，直刺心臟。奇跡發生了。那癱在地下的水牛竟動了幾動，睜開牛眼，重新好奇地觀看已離開過的世界。天井裏沸騰了，谷德壽蹺起大拇指，忘了禮儀，直呼夏古傑的乳名，道：「『炭花』，神醫！神醫！你簡直是華佗再生，能使死牛復生。」

夏古傑笑了笑，說：「瘦狗！你胡說些啥？我不過用了點西醫的技藝而已。你也不要高興得太早了，這牛的病，沒有一、兩個月的功夫，是治不好的。」

谷德壽說：「夏老師，這樣，你這段時間就留在花朝門，醫好了牛再走，怎樣？」

夏古傑點了點頭，說：「當然，救牛救到底嘛，我豈有半途而廢的道理。不過，你不要再為難蒲老師了，放人家回去吧！」

谷德壽向蒲髫子揮了揮手，說：「看在夏老師的面上，饒了你，回去吧！你也要好好向人家學點手藝，像你這樣的『瘟瘟』醫生，硬是害人不淺。」

吃完生產隊辦的酬謝晚宴後，夏古傑支開了谷德壽一夥陪客，在花朝門堂屋生產大隊客房的床上躺了一會，忍不住對蒲香豆的思念，決心不理睬在農村不得與「地富反壞」四類分子打交道的不成文的習俗，到富農分子蒲髫子家去。他打開通往蒲家院子的小門，下幾步梯坎，來到蒲髫子的家。天已擦黑，蒲家窗櫺中透出燈光。夏古傑剛走近石家門外，正準備敲門，門就適時打開了。蒲髫子站在門口，一拱手，壓低聲音說：「宗兄，我已在門後等候你多時，企盼僥倖宗兄到來。想不到宗兄不嫌我家成分高，大駕光臨，使寒舍蓬蓽生輝。快請！快請！」

夏古傑微笑着點了點頭，進了屋。屋中央小方桌上擺了一席菜，有魚、有肉、有酒、有菜，酒杯、筷子擺得齊齊整整，一動未動。看來，蒲家全家人在虔誠地等待夏古傑這個沒法請，也不知道會不會來的客人。夏古傑的出現，使一家人喜出望外。守候在桌旁的蒲香豆、蒲剛姊弟站起身，喜盈盈地迎接貴客。夏古傑入座後，蒲香豆給夏古傑斟了一杯高粱酒，脈脈含情地看着夏古傑，說：「夏哥哥，謝謝你救了我爺爺一條命，謝謝你救了我們全家！」

蒲髫子也舉起酒杯，說：「宗兄，大恩不言謝！你解了我的急難，報答自有時日。來，我也敬你一杯！」

蒲髫子帶頭把酒喝下去，夏古傑也一飲而盡。蒲髫子高興地走到櫃子旁，打開鎖，摸出兩張黃紙，雙手捧着獻給夏古傑：「宗兄，你俠骨熱腸，我沒法表達對你的感激之情。這是我家的幾帖祖傳秘方，有醫牛、醫馬病的，也有醫人病的。就憑這一帖用臭黃荊治療乳瘡的秘方，如果萬一宗兄有一天打爛仗，就餓不到飯，不會使你走絕路。這一帖治療氣喘病的秘方，也不定哪天會派上大用場。」

夏古傑感動地接過黃紙，小心地揣進內衣口袋，連連拱手稱謝。

夏古傑在花朝門住下來，悉心治療生產隊當家水牛的疾病。夏古傑用中西藥配合，治好了水牛的四腳寒。誰知，內科病治好了，當家水牛又發了外科病，得了褥瘡，臀部爛得骨頭都顯現了出來。夏古傑找來中草藥，熬好膏藥，制服了褥瘡。褥瘡好了，水牛又因長期臥病不起，得了肌肉僵硬症，站立不起來。體重一百六十四斤的大漢夏古傑，居然鑽到牛肚子下，把比夏古傑還重幾倍的大水牛拱起來，逼牠走路。這一壯舉，不僅感動得谷河心的農民熱淚盈眶，那大水牛似乎也通人性，眼淚珠兒竟順着牠那一雙大得出奇的眼睛裏流出來。

夏古傑贏得了谷河心人的心，也獲得了在谷河心各家各戶出入的自由。谷河心人對夏古傑經常鑽進富農分子蒲鬍子的家，經常同勞改釋放犯蒲香豆一起在金馬河邊散步，也採取了寬容的態度。

第三章

1

川大學生一食堂，這裏曾是地獄，如今已變成天堂。那年，黃家寶到省城川大生物系插班，當了班團支部書記。食堂裏的盆子飯稀得可怕。一盆飯用一塊竹刀分成八塊，一人一塊，看起來有像模像樣的一塊，其實其中十足也不過有100來克淨米。除了定量本來就不高以外，加上食堂管理人員和炊事員克扣，青年學子們雪上加霜。至今，黃家寶一想起那個在困難時期還胖得像豬，從不掉膘的炊事員，心裏還恨得牙癢癢的。除了飯，沒有肉，沒有菜，只有生物系梁教授發明的小球藻湯可以隨便喝。那小球藻湯是用尿水培養的，帶着一股臊氣，雖然不定量，能喝下去的人也很少。如果遇上掌竹刀的人心黑，算計好他最後得一個兩面都外斜的大梯形飯塊，自己得到兩面向內斜的小號梯形飯塊，那就倒了大霉，那一天會餓得暈死過去。

好在，這樣黑心的人並不多見，大多數人都還在堅持操守。記得，黃家寶那一班同學有二十多人得了浮腫病，住進腫病醫院，只剩下5個能正常生活的人了。課堂上只有他們五個人，勞動也只有他們五個人。他們多麼渴望自己也得腫病，也進腫病醫院，去吃那令人垂涎，用米糠和黃豆製成的營養品啊！可是，他雖然瘦得皮包骨，但皮膚上就是不起腫病特有的窩窩。即便這樣，他們仍是規規矩矩的，沒有設法去獲得分外的食品。其實，這樣的機會是有的。有一次，他領着五個同學去收穫自己種的紅苕，拉了一板板車回去。在送紅苕去食堂的路上，沒有遇到一個人。他完全可以把紅苕分一點給那些一起拉架架車，餓得發昏的同學的。他想都沒有這樣想。紅苕拉到食堂後，管理員給了他們一人三根指頭大的紅苕根根作獎勵。不吃還好一些，吃下去把「餓癆病」逗發了，使他難受了一天一夜。

如今，形勢好轉了。國家剛渡過困難時期，條件好了一些，便立即設法調配食物，讓寄託着國家希望的大學學子們吃飽吃好。一日三餐，頓頓打小「牙祭」，隔三差五還要打一次大「牙祭」。沒過多久，青年學生中的浮腫病消失了，臉上的菜花色轉成了桃紅色，瘦子變成了胖子。

這天，午餐又打「大牙祭」，土豆燒牛肉、鹹燒白、酥肉獅子頭大雜燴、瓦塊魚、麻婆豆腐、白砍雞、烤鴨，一樣一大盆。半個小時後，桌上的菜已被大致吃完，大多數學子心滿意足地回宿舍睡午覺去了，只有幾個「游擊戰士」意猶未盡，在各桌選食剩下的菜餚。

黃家寶和左一曼其實早已吃飽了，捧着空碗，對坐着在一張餐桌旁閒聊。母親彭宗俊送黃家寶到成都川大讀書，帶他去丈夫的結拜兄弟左斯年家中玩，黃家寶在這裏結識了左斯年的女兒左一曼。左一曼也在川大讀書，讀的是數學系。數學系和黃家寶就讀的生物系學生同在學生二食堂吃飯。食堂便成為了他們幽會的場所。今天，他們在探討一個嚴肅的問題。黃家寶就要畢業了，準備考研究生，但黨支書胡志海找他談話，要他考慮一下他的女朋友蒲香豆的家庭歷史問題。左一曼對黃家寶越來越投入了，希望黃家寶結束那段沒有未來的戀史，同她交朋友。他們談了好多天，談了好多次，黃家寶仍然下不了決心。

黃家寶是在認識左一曼之後，認識蒲香豆的。那天，黃家寶到左一曼家去玩，碰到蒲香豆。蒲香豆是左一曼的父親左斯年的老朋友蒲金全帶來的，是蒲金全的女兒。當年，蒲金全同左斯年一起去延安。蒲金全與左斯年分別後，在八路軍辦的青訓班裏誤入國民黨CC系特務操縱的四川同鄉會，四川同鄉會的全部同學都沒去成延安，被青訓班趕了出來。蒲金全在崇寧縣城找到地下中共崇寧縣委書記蔡玉渠，恢復了33年失去的組織關係。以後，他參加了川西北游擊大隊，當了大隊長。解放後，他出任崇寧縣人民政府的副縣長。誰知，鎮反時，蒲金全主動交代了去延安投八路軍在青訓班被遣送回鄉的經歷。專案人員去陝北，一查敵偽檔案，竟查出蒲金全在青訓班時的四川同鄉會成員集體加入了國民黨，並是在冊的CC系特務。於是，蒲金全被定性為歷史反革命分子，不僅被撤了職，還被管制起來。蒲金全來找左斯年，是要現在在當川大校長的左斯年為他作證，為他伸冤。

黃家寶並未在意老一輩的歷史問題，只是對那個清純似朝露的衛校學生蒲香豆產生了濃厚的興趣。蒲香豆周日喜歡上左家玩，左斯年雖然對解決蒲金全的問題束手無策，對這個侄女兒卻疼愛有加。黃家寶周日也應左一曼之邀常到左家去。他沒有如左一曼之願成為她的男朋友，反而同蒲香豆陷入了愛河。卓婭早已同他斷絕了書信來往，那刻骨銘心的異國之戀，已被埋葬在心中。如今，蒲香豆也從他的生活中消失了快兩年，是否該考慮同左一曼「耍朋友」呢？然而，他捫心自問，發現蒲香豆還佔據着他的心，左一曼進不去。他的腦海裏時時浮現出蒲香豆同他分手前的幾個鏡頭。

2

那一天，黃家寶正在寢室裏複習功課，他們班上的女同學，簇擁着剛從衛校畢業回家，在家鄉崇寧縣金馬鎮醫院當護士的女朋友蒲香豆，找他來了。蒲香豆穿着一件素淨的衣衫，在黃家寶那群打扮得花枝招展的女同學中，顯得很寒磣。不過，她那不加修飾的天然風韻，輕盈、苗條的體態，長長的睫毛掩蓋着的有些羞答答的眼睛，嫻靜、溫順的神情，使她顯出一種淡雅的丰姿。黃家寶那群自命不凡的女同學，在她面前，就像明亮的月兒旁邊的星星一樣，失去了光澤。

蒲香豆望着黃家寶，淡淡地一笑。黃家寶高興地起身把她迎進屋。女同學們嘻嘻哈哈地同黃家寶開玩笑，把黃家寶鬧了個大紅臉。蒲香豆見黃家寶又興奮又狼狽，手足無措的模樣，微笑着給黃家寶解圍。她把手頭提的一個長形帶蓋的竹籃遞給黃家寶，說：「家寶，請你的同學吃點我們家鄉的土特產吧。」

黃家寶接過竹籃，揭開籃蓋。哈，裏面是滿滿的一籃子鹹乾炒花生。他忙不迭地將花生一把把抓到女同學手上，嘴裏不停地說：「吃，吃，快吃！」

女同學們一面吃着又香又脆的椒鹽花生，一面七嘴八舌地盤問蒲香豆。蒲香豆不知回答誰的問題好，只是坐在桌旁抿着小巧的嘴兒憨笑。要不是黃家寶同室的同學，他們學生黨支部書記胡志海把女同學們轟了出去，這一場審問不知什麼時候才能收場。

屋子裏只剩下他們兩個人了。黃家寶泡了一杯茶，送到蒲香豆面前，問：「香豆，你有什麼事到城裏來，也不預先告訴我一聲？」

蒲香豆嬌嗔地說：「這還用問嗎，傻瓜！」

是的，是的，他真傻，她不是專程來看望他來了嗎？黃家寶的心裏樂開了花，笑嘻嘻地看着她。她笑笑，說：「我也不是專門看你來的，我還有事情請你幫忙呢。」

「什麼事，快說吧，只要我能辦到的，我一定盡力。」黃家寶說。

蒲香豆從挎包裏取出一個標本夾，遞給黃家寶，說：「我們那兒的水稻得了一種奇怪的病，鄉親們都沒見過，縣上的農技員也沒見過。他們知道我認識川大生物系的人，就叫我帶着標本請教來了。」

黃家寶接過標本夾，打開仔細一看，見稻葉上有一種菌膿一樣的東西。黃家寶聽老師講過這種病，便道：「這可能是一種新近才傳播開來的傳染病：白葉枯病。」

蒲香豆「啊」了一聲，問：「這病能治嗎？」

黃家寶說：「能治。我聽老師說，有一種新型抗生素治白葉枯病的效果很好。」

蒲香豆高興地拍了一下手，說：「太好了！」

黃家寶看着蒲香豆激動的神情，奇怪地問：「你不是在醫院當護士嗎？怎麼管起村裏的事來了？」

蒲香豆動感情地說：「你曉得的，農村裏的階級界限好嚴格。但我們谷河心的鄉親們很善良、很淳樸，對有文化的人特別尊重。我很感動，總想多做一點力所能及的事，報答鄉親們。星期天我常回谷河心去給大隊長谷德海當參謀。這困難時期，多災多難，莊稼長不好，還要得瘟症，收成不好，要餓死好多人啊！」

黃家寶驚異了。黃家寶抬起頭來深情地凝視着她。黃家寶好像剛剛認識她。這個身材窈窕，看起來很單薄的少女，竟有這樣一副坦蕩的胸懷，竟有這麼一個不尋常的志向。

黃家寶找到老師，確診了病症，陪蒲香豆到農資公司去買了幾瓶「滅枯寧」。蒲香豆買到藥品，急着要給水稻治病，在黃家寶那兒吃了午飯，就忽忽忙忙地趕回谷河心去了。

3

蒲香豆走後，班上的同學嘁嘁喳喳，議論了好幾天黃家寶這位超凡脫俗的漂亮女友。想不到這場議論，掀起了黃家寶生活中的一場軒然大波。這天晚上下晚自習以後，系學生黨支書胡志海找黃家寶來了。黃家寶同他坐在大操場邊，進行了一場嚴肅的談話。

「你同蒲香豆的關係發展到什麼程度了？」

「我們剛剛開始談戀愛，誰也沒有把事情挑明。」

「她家什麼成分？」

「富農，父親還是歷史反革命分子。」

胡志海沉默良久後，誠懇地對黃家寶說：「家寶，這件事你還要很好地斟酌一下。黨支部正在考慮你的入黨申請，要是你的社會關係中加上了一個富農出身，父親是歷史反革命分子的未婚妻，對解決你的組織問題是很不利的。此外，系總支還在考慮推薦你報考研究生。黨組織要培養我們自己的研究生，你在非剝削階級家庭出身的同學中成績是最優秀的。你的家庭出身好、社會關係好、三代清白，這是你最大的優勢。要是你有了一個歷史反革命分子出身的未婚妻，你的優勢就消失了。」

胡志海告訴黃家寶的消息使他百感交集。要求加入共產黨，是他多年的夙願，他把入黨看成是自己的第二次生命，政治生命的開始。讀研究生，也是他夢寐以求的。如今，這兩個願望都可能實現，這怎能不叫人驚喜萬分。但是，愛上歷史反革命分子的女兒，卻成了實現這兩個願望的巨大障礙。這是他以前沒有充分考慮的。他驚愕，他悵惘。他說：「蒲香豆雖然出身於歷史反革命分子家庭，但她本人的表現很好。難道這三件事之間就不能統一，非要捨棄其中之一嗎？」

胡志海語重心長地說：「家寶呀，有一得必有一失嘛，怎麼可能樣樣都得到呢？我最近看了達爾文的《環球航行記》，很受感動。達爾文在參加貝格爾號軍艦的環球探險中，他初戀的情侶芳妮與別人結了婚，他的另一個心愛的姑娘查洛蒂也出嫁了。他並不惋惜，為了事業，他可以犧牲一切。我們也應該向達爾文學習，像詩中說的那樣，生命誠可貴，愛情價更高，若為事業故，二者皆可拋。」

「你把自由換成事業了。這兩者等同嗎？」

「我看也差不多。」

「這是一個重大的問題，我得好好考慮。」

這一天晚上，黃家寶第一次失眠了。入黨，當研究生，這是他絕對不願意拋棄的。那麼，剩下的唯一選擇就是拋棄蒲香豆。天啦，他怎麼能接受這樣的選擇呢？一件東西得到了並不覺得珍貴，一旦感到有失去的威脅時，才知道這件東西是無價之寶啊！他的腦海裏浮現出蒲香豆生動的形象，浮現出她那一雙靜嫻、溫順、夢幻般的眼睛。不，他絕不能拋棄她，特別是在她處於逆境時，在艱難的生活中掙扎着奔向光明時，他更不能拋棄她。如果他拋棄了她，這對她那顆水晶般純潔的心靈該是一種多麼沉重的打擊啊！但是，不拋棄她，又拋棄什麼呢？這道難題多麼不容易解答啊！他百思不得其解，他心裏的話又找不到合適的人說，在上課時，他便在筆記本上把他心裏的話向蒲香豆說。他們的感情是相通的，他們是心心相印的，他們之間無話不說。下課後，他趕到郵局，交出了這封充滿苦惱的信。

4

一個月朗風清的夜晚。蒲香豆沒有給黃家寶回信，徑直找黃家寶來了，黃家寶同蒲香豆坐在川大荷花池邊的石櫈上，進行了一場艱難的談話。這天晚上，月兒很圓，很亮，圓月掛疏桐，斑駁的樹影撒在蒲香豆俊秀的臉上，使人可以看見她那雙美麗的眼睛特別黑、特別亮。她的心緒很平靜。她見黃家寶情緒沮喪，反轉過來盡力勸慰黃家寶，說：「家寶，你不必為解你那道題發愁。這道難題很好解答。因為，我的生活中也遇到一道難題，區長的兒子谷非凡向我求婚，我正愁這道難題不好解答。誰知，你也寄來了一道難題要我解答。兩道難題會在一起，就像二元一次方程的兩個方程式一樣，單獨解是解不開的，列在一起就迎刃而解了。」

蒲香豆的答案很明確，黃家寶不好再畫蛇添足，只有沉默。但黃家寶心裏很難受，雙手幾乎托不住下垂的頭。蒲香豆安慰黃家寶，說：「這沒有什麼，我們還可以做朋友嘛！難道男女間只有一種夫妻關係？家寶，我很敬佩你，因為你是個有學問的人。我希望你有機會到我的家鄉來玩。我的家鄉谷河心是一個很美的地方。那兒四面環水，魚很多。如果你有機會到我們那個地方去，我給你抓『黃辣丁』吃。『黃辣丁』可好吃啦。我們那個地方還盛產花生、向日葵，如果你到我們那兒來，家家戶戶都會請你吃花生、嗑瓜子兒的。」

說到這裏，蒲香豆那夢幻般的眼睛望着荷花池對面的教學大樓，說：「我們那個地方缺少文化，我在那兒還是能夠做一些事情的。我們谷河心現在還很窮。河心上的幾百畝河灘沙地，長不出多少糧食。河那邊的一百多畝稻田，收穫後繳了公糧，所剩無幾，每年都要吃國家的返銷糧。我在家鄉除了好好在醫院上班外，還常常抽空回去多為鄉親們做一點事情，為鄉親們擺脫窮困盡一點綿薄之力。」

蒲香豆在女生宿舍借宿了一夜，第二天一大早沒同黃家寶告別就走了。黃家寶很後悔，時不時給蒲香豆寫一封信，但從未收到過她的回信。蒲香豆就這樣在黃家寶的生活中消失了。

5

黃家寶做夢也沒有想到，他還有機會碰到蒲香豆。

1963年，黃家寶考上了生物系分子生物學研究生。1965年，黃家寶研究生快畢業的時候，入了黨，成了中共預備黨員。他在人生的道路上一帆風順。研究生還沒畢業，他就被派下鄉去參加農村社會主義教育運動（俗稱「四清」運動）。說多巧有多巧，他被分到蒲香豆所在的縣、所在的公社的社教工作隊。社教工作隊的陳隊長又派他到谷河心生產大隊，獨立負責這個大隊的運動。他又要見到蒲香豆了，心裏既是高興又有點惆悵。她也許已經嫁給了區長的兒子谷非凡，有了自己的家，見她又有什麼意思呢，不過是自尋煩惱。

黃家寶帶着這種複雜的心情，在一天黃昏，離開了公社所在地，跨上了來接他到谷河心去的小船。駕船的人是谷河心生產大隊的大隊長谷德海。這是一個憨厚壯實的青年農民，頭上戴着一頂很乾淨的舊軍帽，顯然是個轉業軍人，黑紅的臉膛上有一雙聰慧的眼睛，眉宇間流露出一股英氣。小船在波谷浪尖中顛簸着奔向谷河心，一些更小的魚鷹船在他們旁邊划過，大隊長不斷地同掠過小船邊的魚鷹船上的社員打招呼。看來，大隊長和社員的關係挺融洽。黃家寶面對谷德海坐在小船的頂端，問：「大隊長，你們大隊有一個叫蒲香豆的人嗎？」

谷德海驚異地揚了揚粗黑的眉毛，說：「有啊，谷河心的人誰不曉得蒲香豆？怎麼，你認得她？」

「我在成都讀書的時候，我們就認識。」

「啊，黃同志，你是叫黃家寶吧？」

這回輪到黃家寶驚奇了，問：「你怎麼知道我的名字？」

谷德海笑笑，說：「蒲香豆常常提到你。兩年多前我們大隊稻子得了病，多虧你啊。」

黃家寶謙遜地笑了笑，說：「那是我應該做的。現在蒲香豆還在醫院當護士吧？」

谷德海開朗的臉陰沉下來，他悶聲悶氣地答道：「唉呀，你還不曉得嗎？她打針出了醫療事故，醫死了區長，去勞改了兩年，刑滿釋放後遣送回鄉，到我們谷河心務農來了。」

谷德海告訴黃家寶的這個消息，使他既難過又振奮，也重新燃起了他心底裏的期望。船靠岸了。黃家寶踏上了谷河心的土地。谷德海帶着黃家寶穿過河壩的花生地，來到了位於小島中部的住宅區。住宅區裏，林盤一座連着一座，座座林盤長滿了茂密的修竹。他們沿着林間小徑，來到了花朝門桂花樹下的會場。生產大隊在花朝門內的堂屋裏為黃家寶準備好了一間住房。谷德海抱來一捆草，幫黃家寶鋪好床，便去召集社員開會去了。

等黃家寶把屋子收拾好，天已完全黑了。他點燃了大隊長給他拿來的煤油燈。會場上的戲台裏，有人在安煤氣燈。一會，煤氣燈便把會場照得如同白晝。人陸陸續續地來了，會場上充滿了歡樂的笑聲，姑娘媳婦們的打鬧聲。谷德海走了進來，說：「黃同志，人到齊了，你講講話吧！」

黃家寶大吃一驚。黃家寶並沒有準備講話。他從出生到現在，從未在大庭廣眾中講過話。但是，轉念一想，他是工作同志，是黨派來的，不講話能行嗎？他硬着頭皮，走上戲台。哎呀，會場上男女老少，黑壓壓的一片！他還沒有回過神來，就聽見谷德海很乾脆地宣布：「請工作隊的黃同志給我們講話，大家歡迎！」

一陣響亮的巴巴掌聲使黃家寶變得面紅耳赤。掌聲過後，會場裏很靜。成百雙眼睛望着他，望得他心裏直發毛。突然，他感到在這成百雙眼睛中，有一雙他很熟悉的又黑又亮的眼睛。這雙沉靜、水靈靈的眼睛使他鎮定下來，也給了他力量。他竟然在大庭廣眾中作起演講來，講得頭頭是道。從講中央公布的二十三條，到講農村中的階級鬥爭，講農村中走資本主義道路的當權派，講工作組到農村來的使命。講完了，奇怪，巴巴掌不像剛才那樣熱烈了，稀稀落落的。大隊長喊了一聲散會，大家就鬧鬧哄哄地散開，走了。

黃家寶追尋着那雙眼睛，追尋着那個熟悉的身影，跟着人群走進黑暗的田野。人們向各自的林盤走去，很快就隱沒在數不清的林間小道中，不見了。在一個竹樹環繞的林盤前，他追上了那個熟悉的人，正要招呼，忽然，呼的一聲，一個黑糊糊的東西騰空而起，向他撲來。他本能地把頭一低，一支毛茸茸的黑狗從他頭上飛過去。他驚叫一聲。一個熟悉的聲音大聲喝道：「小黑，回來！」

黑狗乖乖地回到女主人的身邊，夾着尾巴，兩隻綠幽幽的眼睛警惕地望着黃家寶。

「家寶，真沒想到會是你到我們這兒來當工作隊員。」蒲香豆輕輕地說。語調仍然是那麼柔和，那麼好聽，只是失去了過去的夢幻色彩。

「我也沒有想到會到這裏來，會再見到你。我以前以為你已結了婚，安了家，成了區長家的兒媳婦。我已經絕望了。你不知道，這給我帶來多大的痛苦。我的頭髮都為此白了一片。我過河的時候，才從谷大隊長那裏知道，你根本就沒同那個谷非凡結婚。既然如此，你為什麼不回答我的信呢？不將這個情況告訴我呢？」黃家寶問。

蒲香豆沉默了。她沒有回答黃家寶的問題，反問道：「家寶，你入黨了嗎？」

「入了。」

「你考上研究生了嗎？」

「考上了。」

「祝賀你，我為你高興。」

蒲香豆的語調變得愉快起來。突然，借着月亮，黃家寶看見蒲香豆渾身戰慄了一下。她的眼光從黃家寶身上移開，注視着林盤外的一棵大樹。她把聲音壓得很低，急促地、嚴肅地說：「家寶，走，你快走！你也知道，農村裏的階級界限是很嚴格的。你們工作組不是來抓階級鬥爭的嗎？工作組員來找歷史反革命分子的女兒、勞改釋放犯，讓大家知道了不是玩的！」

「不要緊的。我可以向工作隊匯報我們倆的歷史關係，我又沒有做見不得人的事情，誰也不能拿我怎樣。」黃家寶坦然地說。

「家寶呀，你千萬不能這樣做。這會給你招來很多麻煩。我在回鄉以前，你曾經教育過我，要面對現實，不要做不切實際的幻想。看來，你現在比我還不現實，還天真。我們在學校裏都是單純的青年，不知道社會是什麼樣子，人生是什麼樣子。慢慢你就會明白的。現在，你快走吧，在社教期間不要接近我，不要想其他的事情。等你成為一個普通的學生時，我們再來把一切解釋清楚吧。」

蒲香豆語無倫次地說着，眼睛沒有望黃家寶，一直緊張地注視着那棵大樹。黃家寶感到有些蹊蹺，回過頭去一看，呀，在大樹旁有一個人影，月光照到那個人的臉上，黃家寶下意識地感到，在那張蒼白的馬臉上有一雙陰險的眼睛。

「那是誰？」黃家寶也緊張起來，問。

「那就是我告訴過你的那個區長的兒子谷非凡。他媽是谷河心的人，谷非凡是谷河心供銷社的主任。這條惡狗，自從我拒絕他後，他一直沒有死心，想方設法要霸佔我。他爸就是我『醫死』的，我的入獄，與谷非凡一家都有關係。」

「他常欺負你嗎？」黃家寶擔心地問。

「我為了自衛，養了這條黑狗。黑狗對我很忠心，有了牠，誰也不敢輕易欺負我。」

「讓我去教訓教訓他吧。」

「你千萬不能去。我求求你，為了你，也為了我，你快走吧。」蒲香豆帶着哭音懇求道。

黃家寶沒法抗拒這樣的懇求。黃家寶悻悻地離開了她。剛跨出兩步，黃家寶又聽到蒲香豆輕輕的呼喚：「家寶。」

黃家寶走回來。蒲香豆對黃家寶耳語道：「來，讓小黑認識認識你。牠認識你以後，就不會再傷害你。在危急的時候，牠還會保護你的。」

說着，蒲香豆拉着黃家寶的手，放在黑狗的鼻子上，他感到黑狗在用鼻子嗅着他的手背，一股熱氣呼到了他的手背上。他伸出左手，輕輕地撫摸着黑狗光溜溜的背毛，黑狗興奮得搖了幾搖尾巴。蒲香豆的這個意想不到的動作，使他的心狂跳起來。他握着蒲香豆柔軟而暖和的小手，像觸了電一樣，全身感到一陣輕微的顫抖，一股暖流流遍了他的全身。這是他們相識以來，第一次發生肉體的接觸。

黃家寶握着蒲香豆的小手，不願放開。蒲香豆狠狠心，抽出了手，把他輕輕一推，再說了一遍：「快走，以後千萬不要來找我，千萬不要同我接觸！」

說完，蒲香豆轉身向屋裏走去。黃家寶戀戀不捨地望着她，直到她的背影消失在黑暗之中，才緩緩地踱回住地。剛走出竹林，來到曬壩，三條惡狗一齊向他撲來，嚇得他在地上抓起一把泥土，手忙腳亂團團轉着對付那幾隻包圍着他狂吠的狗。這時，小黑狗神奇地出現了。牠從幾十米外用極快的速度衝刺過來，只一眨眼功夫，就把那三隻狂吠的狗咬翻在地。他鬆了一口氣，趕緊衝出狗的包圍圈，打開門，走進屋內，把門拴上，一頭倒在床上，回味着到谷河心後第一天所經歷的不尋常的一幕。

6

第二天，黃家寶同社員一起下地勞動。這一天是收花生。隊長谷德壽照顧他，給了他一個竹籃，在姑娘媳婦老大娘的人群中刨花生。一串串滾圓肥大的花生從自己手中出土，他心裏感到說不出的快樂。這就是蒲香豆曾給他誇讚過的谷河心大花生。

蒲香豆在哪兒？黃家寶抬頭四處搜索，發現蒲香豆蹲在一個離他遠遠的地方，低着頭，默默地刨着花生。他知道她在迴避他，也低下了頭，專心致志地刨花生。他突然想起自己吃飯的地方還沒有落實。根據工作隊的指示，他們要找最窮的人家去搭伙。他看了看周圍，在他的旁邊是一個胖乎乎的姑娘。他問：「喂，老鄉，你們這兒誰家最窮？」

胖姑娘傻乎乎地笑了，問：「黃同志，你幹嘛問這個？」

黃家寶說：「我要到一個最窮的貧農家裏搭伙。

旁邊一個瘦骨嶙峋的老大娘接過話茬，說：「你要找最窮的人戶吃飯？喲，這誰個不知，哪個不曉，我們谷河心最窮的人是谷德和！」

「哪個是谷德和？」黃家寶問。

老大娘指了指正在地邊擔花生的一個敦實的大漢，說：「就是他！」

說完，她扯開粗啞的嗓子喊起來：「喂，谷德和，黃同志要到你家去搭伙！」

這句話把地裏的人驚呆了。一會兒，人們似乎醒悟過來，七嘴八舌地議論着，笑着。姑娘媳婦們笑得最兇，胖姑娘笑得前仰後合。黃家寶趕緊站起來，向谷德和走去。谷德和被大夥兒笑得傻了眼，有點淺麻子的臉漲得通紅，黃家寶走到他面前，和氣地對他說：「老谷，我到你家搭伙，行嗎？」

谷德和沒有答話，只是使勁地點了點頭。谷德和挑着籮筐走了。黃家寶猛地發現，蒲香豆提着裝花生的籃子站在路邊，秀氣的眉頭緊緊地鎖着，向黃家寶輕輕地搖了搖頭。

黃家寶沒有理睬蒲香豆的警告，下工後，讓胖姑娘谷玉瓊帶路，向谷德和的家走去。谷玉瓊對黃家寶說，谷德和和她的父親谷德志、生產大隊長谷德海是堂兄弟。在困難時期，谷德和的妻子死了，丟下一個「半截子么爸」和一個小女兒。由於他不會操持家務，不懂得計劃開支、肚皮又大，有了憨吃憨脹，沒了飽一頓餓一頓，家裏搞得一塌糊塗。要不是她父親和谷德海時常接濟，谷德和那一家人不曉得咋個活得出來。

谷玉瓊說着，把黃家寶領進了谷德和家的廚房。廚房裏，烏煙瘴氣，一個十來歲的小女孩流着眼淚，在使勁地用吹火筒吹火。谷德和坐在廚房的桌子旁，慢騰騰地捲着葉子煙。他見黃家寶進來，忙起來讓座。一陣濃煙撲入黃家寶的鼻孔，把他嗆得咳起嗽來。谷德和急了，走到灶孔邊，推開小女孩，奪過吹火筒，使勁一吹，火燃起來了。

一會兒，谷德和揭開鍋蓋，鏟了溜尖尖一大碗飯，抽了一雙筷子，端過來遞給黃家寶，抱歉地對他說：「黃同志，我家沒有什麼好吃的，將就着吃點吧。」

黃家寶接過碗和筷子，一看，是一碗土豆。他原以為是什麼難以下嚥的野菜、穀糠之類的東西，看到原來是一種並不壞的食物，鬆了一口氣。他高興地夾了一塊土豆，塞到嘴裏。一咬，天哪，土豆沒有熟，嚼了幾下後覺得嘴裏直發麻。他不敢再吃第二口。他知道半生不熟的土豆，吃了是要中毒的。他正在猶豫之際，他突然聽到一陣嘻嘻哈哈的聲音。他抬頭一望，只見廚房的窗口外扒着幾個姑娘媳婦老大娘，在參觀他吃飯。他想，這是貧下中農在考驗他。他心一狠，對窗口的人們笑了笑，便大口大口地吃着這碗麻得他舌頭、嘴唇都打顫的土豆。谷德和見他吃得這麼香，滿意地笑了。窗外的姑娘媳婦老大娘們，停止了嬉笑，用尊敬的目光望着他。一會兒，窗外沒有人影了，大概她們趕着去走門串戶，報告工作同志吃飯的新聞去了吧。

半夜，黃家寶的肚子痛起來，在堂屋旁邊一個竹林掩映下的茅坑裏去拉了很多次。第二天，第三天，雖然他肚疼難忍，渾身無力，他仍裝成沒事的人一樣，到地裏出工，到谷德和家去吃飯。

三天下來，黃家寶明顯地感到自己瘦了，臉色一定也不好。這天黃昏，肚痛又迫使他蹲進那座沒有遮攔的茅坑，按着肚子，痛苦地蹲在那裏。突然，他看見蒲香豆直朝堂屋走來，他來不及起身，羞得低下了頭，生怕蒲香豆看到了他的這副狼狽相。好在蒲香豆並沒有注視茅坑，她慌慌張張地快步走到堂屋門前，把一包東西放在門檻上，便急忽忽地離去了。他看見蒲香豆走進了竹林，才從茅坑裏出來，好奇地拿起門檻上的東西。啊，是手帕包着的熱乎乎的饅頭。他忙將這一包東西拿進屋，關好門，打開一看，哈，饅頭裏還夾着他十分愛吃的夾江豆腐乳！他躺在床上，撫摸着這幾個發得很泡、白生生的饅頭，心裏感到一陣溫暖。

夾江豆腐乳的香味四溢，刺激着他的食欲，他毫不猶豫地拿起一個饅頭，狼吞虎嚥地吃起來。這是他平生吃到的最好吃的東西，時至今日，回想起來，還能清晰地感到那饅頭甜滋滋、香噴噴的味兒！

第二天下午，黃家寶同社員們一起在谷河心的沙壩裏點麥子，胖姑娘谷玉瓊湊過來，對他說：「黃同志，我爸說的，請你今天到我們那裏搭伙。」

黃家寶笑了笑，說：「我在谷德和那兒不是吃得很好嗎？你替我多謝你爸，我以後再轉到你們那兒去搭伙吧。」

谷玉瓊嘟着嘴，說：「黃同志，你別騙人了，你當我們看不出來，你吃不慣谷二爸家的飲食呀？大夥兒見你瘦了，心疼得慌呢！」

黃家寶笑笑，沒作答覆。收工後，他照常往谷德和家走去。剛走到谷德和家門口，便被一群姑娘媳婦圍住了。她們不由他分說，簇擁着他向谷玉瓊家走去。

谷玉瓊的父親谷德志，一個瘦精精的中年農民在門口迎接黃家寶。進屋後，谷德志讓黃家寶在桌旁的板櫈上坐下，向女兒呶了呶嘴。女兒會意到廚房裏去了。姑娘媳婦們沒有跟進來，嘻嘻哈哈地離去了。一會兒，谷玉瓊端着一碗熱氣騰騰的糖荷包蛋走出來。黃家寶知道，這是鄉下人待客的禮節，不吃，主人會生氣的。黃家寶接過荷包蛋，很斯文地吃起來。

谷德志見黃家寶賞光吃了荷包蛋，很是高興。他把含在嘴裏的葉子煙杆拿下來，在鞋底上磕了磕灰，站起身來，對他說：「黃同志，你坐一坐，我去叉點魚來給你吃。」

谷德志拿起掛在牆上的魚鷹籠，取出魚叉、魚簍，出門抓魚去了。飯還沒有煮好，谷德志便興沖沖地回來了。他把魚簍給黃家寶看了看，得意地對黃家寶說：「黃同志，你的福氣好，抓了幾條『黃辣丁』。」

沒有出面的女主人弄好了魚，谷玉瓊端出來。谷德志很高興，拿出平時捨不得吃的瀘州老窖大麯，給黃家寶斟了一杯，給自己倒了一杯，舉起杯來，豪爽地說：「黃同志，你難得到我們這個『咔』兒灣（四川話：很小很偏僻的地方之意）來，我敬你一杯！」

說完，谷德志一仰脖子乾了杯，翻轉過來亮了底。盛情難卻，黃家寶端起杯子，也咕嚕咕嚕喝下去，學着他翻轉杯子來亮了底。

谷德志興奮得一拍腿，說：「好樣的，黃同志，看來，你同我們農人合得來，是一家子。」

谷德志夾了一條最大的「黃辣丁」放在黃家寶面前的白瓷細碗裏。這是黃家寶第一次吃「黃辣丁」，嘗了一口，味兒真是特別鮮，特別嫩。蒲香豆誇讚的「黃辣丁」，確實不是吹牛的。主人見黃家寶喜歡「黃辣丁」，不斷從海碗裏選出來放在黃家寶的白玉碗裏。黃家寶一面吃，一面詢問谷河心鄉親們的生活情況。

谷德志說：「我們谷河心是個窮地方，河心上的瘦土不長糧食，全靠河那邊的一百多畝水田養活大隊的一千來號人，難哪！那幾年，鄉親們過的日子很艱難，年年都等着政府發救濟糧。1962年，蒲香豆從勞改農場回來，給大隊長出了很多好主意。我們隊組織了魚鷹組、竹器組、船運隊，掙了錢換糧食，日子才過得紅火起來。」

谷玉瓊插嘴道：「我爸爸是魚鷹組的組長呢！」

谷德志開心得哈哈大笑，說：「我那小兄弟真會選人呢。不是我誇海口，若是他不派我當組長，谷河心的社員每年哪分得到那麼多現金。」

7

自黃家寶到谷德和、谷德志家中吃飯以後，谷河心的鄉親們對他親熱起來。他按照工作隊的新規定，挨家挨戶在貧下中農家裏吃轉轉會，不論走到哪家，哪家都心甘情願地把最好吃的東西拿出來招待他。差不多頓頓都有魚吃，有豆花吃，真是神仙過的日子。有時候黃家寶得意地想，吃了三天苦，換來了百日福，真還算划得來呢。

隨着黃家寶同谷河心的鄉親們建立了感情，工作順利地開展起來了。以谷德志為中心，串聯了全隊的貧下中農，成立了貧農、下中農協會，谷德志當選為主席，谷德和當選為副主席。以谷玉瓊為中心，把全隊的青年組織起來。天天晚上，堂屋前燈火通亮，開着這樣那樣的會。谷河心沸騰起來了。每天開會前，黃家寶便教青年們唱革命歌曲。由於黃家寶是「左」喉嚨，教出來的歌手唱歌也走了樣。每天晚上，那個走了音的大合唱，便在谷河心的上空飄蕩。有一次，黃家寶從河那邊開會回來，在麥地裏聽到了他那些可愛的「左」歌手們的合唱，自己都忍俊不禁笑出聲來。

這種歡樂的氣氛，並沒有在谷河心持續多久，運動轉入了揭發階段。黃家寶日日夜夜同貧協委員們在一起開會，要他們揭發大隊的問題，揭發大隊長谷德海的問題。他到貧下中農家裏，挨家挨戶登門拜訪，摸隊上的情況。他的收穫很小。社員們交口稱讚，谷德海是一個好大隊長，是谷河心的好當家人，沒有什麼問題。對於二隊隊長谷德壽，大夥意見就大了，紛紛揭發他吊打社員，「污」隊裏糧食的劣跡。

這一天，黃家寶坐着生產大隊的船，過河趕到公社去，參加公社工作隊的會議。工作隊的隊員們，輪流匯報自己的工作成績。一大隊查出大隊長、會計合伙貪污。二大隊查出黨支書在困難時期逼死過人。三大隊查出大隊長搞封建迷信，家裏供着財神菩薩。唯有黃家寶的四大隊沒有大問題，只有四大隊二隊隊長谷德壽有一些小問題。

工作隊的陳隊長是從什邡縣調來的，是縣上供銷合作社的主任，他已經搞過兩期社教，有豐富的搞運動的經驗。他脫了鞋，坐在床上，眯着眼睛聽工作隊員們的匯報。他聽完黃家寶的匯報，眉頭緊鎖，眼角的魚尾紋顯得又深又長。他打斷黃家寶的匯報，說：「農村的階級鬥爭這麼複雜，就你那個大隊是真空，沒有一點大問題？」

黃家寶是一個心高氣傲的人，與他爭辯道：「總要實事求是嘛！沒得問題還硬要抓出問題來？」

陳隊長哼地冷笑一聲：「知識分子，你的頭腦太簡單了。你敢保證你那個大隊沒問題？我聽到一些反映，你那個大隊問題嚴重着呢。」

黃家寶不服氣地頂嘴道：「我的能力有限，水平有限，抓不出來問題，還是請陳隊長到我們那兒去蹲蹲點吧，你還沒有到谷河心去過呢。」

陳隊長沒有回答黃家寶。他站起身來，簡單地說了一聲：「走！」

陳隊長到谷河心後，便要黃家寶馬上把貧協委員叫來。貧協委員到齊後，他一個個地問了名字。然後，他問貧協主席谷德志：「谷主席，你們這兒是不是有一個叫谷非凡的人？」

谷德志不屑地說：「有呀，谷非凡，供銷社的主任嘛，那娃娃不是個好東西。」

陳隊長眯着眼睛，注視了谷德志一會，說：「那不見得吧，他不也是貧下中農，我們的階級兄弟麼。谷主席，請你跑一趟吧，把谷非凡叫來，讓他參加會議。」

谷德志磨磨蹭蹭不肯去。谷德和是個憨厚的人，他怕事情弄僵，甕聲甕氣地說了一句：「我去！」

不一會，谷非凡跟着谷德和走進堂屋。他穿着一身軍便服，顯示自己是一個轉業軍人。這是一個既精明，又驕橫的年輕人。他長着一雙向上望的眼睛，目空一切。陳隊長對這人似曾相識，客氣地招呼他坐下。陳隊長要黃家寶做記錄，自己主持會議。

會議冷場了半天，沒有人發言。陳隊長啟發道：「你們隊真的沒有問題？你們想一想，大隊長谷德海的階級路線如何？」

谷非凡接嘴道：「雞兒囉！（注：金馬河流域部分地區表示驚歎的開頭語）我說谷德海的階級路線就是有問題。他依靠誰？歷史反革命分子的女兒蒲香豆。隊上的哪樣主意不是蒲香豆出的？組織魚鷹組、竹器組、船運隊……」

谷德志憤憤地打斷谷非凡的話，說：「喂，谷非凡，我問你，蒲香豆出的這些主意好不好，你有沒有用魚鷹組、竹器組、船運隊掙來的錢？你娃娃吃的糧是從哪裏來的，吃了怕不怕卡喉嚨？」

谷非凡臉不紅、筋不脹，厚着臉皮說：「我吃了糧怎麼着，分給我，我敢不拿？問題就出在這糧上。大隊長不好好領導社員種莊稼，卻一心抓錢，走資本主義道路。還把抓來的錢去買黑市糧，破壞統購統銷政策。這樣的問題還不嚴重？」

谷德志又想爭辯，陳隊長忙打斷他，說：「谷主席，每個人都可以自由發言嘛，不要壓制不同的意見。我看谷非凡揭露的問題很重要。你們見慣不驚，以為這些沒有啥。這就是走資本主義道路嘛！引導社員走資本主義道路的當權派是我們這次社會主義教育運動的重點批判對象呀。你們要向谷非凡同志學習，提高階級覺悟喲。」

谷非凡得到陳隊長的支持，氣更粗了。他說：「我們大隊的問題，最為嚴重的是，大隊長谷德海同富農的孫女、歷史反革命分子的女兒、勞改釋放犯蒲香豆打得火熱，在她家吃飯、喝酒，同她談戀愛。在蒲香豆的誘惑下，他拱手將生產大隊的領導權交給階級敵人。」

這幾句話把在座的人都嚇了一跳。黃家寶的心也立刻咚咚地跳了起來。谷德海在與蒲香豆談戀愛？黃家寶的臉上火燒火燎地，思想還沒轉過彎子來，只見谷德志氣得青筋直跳，他刷的一下站起來，把桌子一拍：「放屁！你娃娃閉上你的鳥嘴！你死乞白賴地追求蒲香豆的時候，階級立場到哪裏去了？」

陳隊長的火也上來了，他站起來，對谷德志怒喝道：「不像話！谷德志同志，你是貧協主席，要站穩立場喲。」

谷德志不客氣地回敬道：「陳隊長，我的立場就是這個樣子。這個貧協主席我不幹球了，你另外選一個吧！」

谷德志說完，跨出堂屋門，拂袖而去。會議不歡而散。人走了，陳隊長盤腿坐在床上，面帶慍色。他不滿地對黃家寶說：「看你選了個什麼人當貧協主席？覺悟這麼低。」

黃家寶壓住火氣，和顏悅色地辯解道：「谷德志脾氣雖然壞一些，可是個好人。貧下中農都擁護他、服他，威信可高呢。」

「他是好人？好人，壞人是什麼標準？告訴你，小同志，你的頭腦太簡單了。谷德志是谷德海的堂哥，他能起來同谷德海作鬥爭？你依靠些什麼人呀？你的骨幹同谷德海不是親戚，就是朋友。依靠他們，能揭開階級鬥爭的蓋子？」陳隊長教訓黃家寶。

「一個谷河心，不沾親，就帶故，除了這些人，我就沒有可以選的人了。」黃家寶說。

「小同志，不要同我辯論。我過的橋，比你走的路多。我吃的鹽，比你喝的水多。你還乳臭未乾啊。我問你，你說這個大隊長沒問題，你看看，今天揭露出來的問題有多嚴重。那個富農的孫女、歷史反革命分子的女兒、勞改釋放犯蒲香豆，用同大隊長談戀愛的方法，暗地裏奪了生產大隊的領導權，挑唆大隊長走資本主義道路。這個大隊正是文件指出的，領導權不在我們手裏的典型。你這個大隊是全公社問題最嚴重的一個喲！」陳隊長嚴肅地說。

「陳隊長，我覺得蒲香豆不是壞人，她出主意是一片好心。」黃家寶為蒲香豆辯解。

陳隊長眯着眼睛，把黃家寶打量了一會。然後，他語重心長地教育黃家寶：「小同志呀，謹防犯錯誤喲。你是個預備黨員，還沒有轉正。現在工作隊的紀律很嚴，只要一件小小的事情，你那預備黨員的資格就會保不住。興義公社工作隊有一個同志，只因在一個婦女餵奶時，逗了一下小孩，群眾有意見，便受到了開除黨籍、開除公職的處分。我聽說，你到谷河心後，同那個勞改釋放犯蒲香豆有接觸。那個蒲香豆長得很漂亮，是不是？要拒腐蝕喲！你是不是下隊那天晚上，去找過蒲香豆？蒲香豆是不是給你送過饅頭？」

陳隊長幾句話把黃家寶說得頭皮發麻，臉紅筋脹。這幾句和顏悅色的話像幾聲炸雷把他打萎了，鎮住了，驚呆了，嚇出了一身冷汗。黃家寶想給他解釋一下他同蒲香豆的關係，但又怕惹出新的麻煩來。他忍住了，低着頭，沒有開腔。陳隊長見他情緒低落，安慰他道：「你也不要揹思想包袱嘛！我並不想整人害人，你以後注意就是了。那個谷非凡的話，我也不會全信。他過去同蒲香豆也有瓜葛嘛。」

這一天，陳隊長決定留在谷河心不走了。他要乘勝擴大戰果。黃家寶帶陳隊長到社員家去吃罷晚飯後，回到堂屋，陳隊長要黃家寶整谷德海的材料。第一次寫的材料，不能使他滿意，他詳細地給黃家寶指點了應該怎樣上「綱」，應該怎樣上「線」，哪些問題是要害。黃家寶根據他的指示，重新把材料整理了一遍。剛才陳隊長同黃家寶的那場談話，使他無法抗拒陳隊長要他做的一切。陳隊長看完這個材料，滿意地笑了。他拍着黃家寶的肩膀，稱讚道：「到底是秀才，還是有『兩刷子』嘛！」

聽到陳隊長的稱讚，黃家寶也想跟着他笑一笑。但他笑不出來。他的良心受到煎熬。他痛苦地責備自己，為了保全自己，竟然寫出了一份違心的判處谷德海政治上死刑的材料！

陳隊長要黃家寶把谷德海找來。陳隊長照舊盤腿坐在床上，谷德海坐在黃家寶對面的一根長板櫈上，黃家寶坐在陳隊長旁邊做記錄。陳隊長把黃家寶整理的材料交給谷德海看。谷德海迅速地將材料瀏覽了一遍。他那黑紅色的臉膛上出現了驚異的神色。他像是不相信似的，把眼睛揉了揉，又從頭仔細地看起來。他的臉色由紅轉白，由白轉青，拿着材料的手顫抖起來，眼睛裏露出了恐懼、茫然的表情。

「材料上寫的是不是事實？」陳隊長問。

谷德海沒有爭辯，默默地點了點頭。

「你常到蒲香豆家裏去嗎？」

點頭。

「你在她家吃過飯，喝過酒嗎？」

點頭。

「你同蒲香豆在談戀愛嗎？」

既不點頭，又不搖頭，只是臉漲紅了。

「你知道你錯在哪裏嗎？」

搖頭。

「你知道你的問題的嚴重性嗎？」

搖頭。

「好，我來告訴你吧。你喪失了階級立場，在歷史反革命分子女兒的誘惑下，拱手將生產大隊的領導權交到階級敵人手裏。你在他們的支持下，用資本主義經營方式，組織船運隊，棄農經商。組織魚鷹組、竹器組抓錢，用抓來的錢買糧食，破壞國家統購統銷政策。你想一想，你做的這一切，像共產黨員做的事嗎？」

谷德海沉默了。他用粗大的雙手捧着沉重的頭，兩眼望着地下，呆癡而木然。

「你下去好好想一下吧，準備向全體社員檢查。」

谷德海慢慢地站起來，準備走。

「慢！你在這個材料上簽個字。」

谷德海坐下來。黃家寶把筆遞給他。他又把材料看了一遍，粗大的手顫抖着，在材料上歪歪斜斜地簽上了自己的名字。

簽字後，谷德海垂着頭，佝僂着腰，駝着背，走出倉門，神思恍惚地向家裏走去。

陳隊長經過一天的突擊戰，迅速地解決了戰鬥。他屁股一拍，第二天一早就回隊部去了。丟下黃家寶在這裏，日子可真難受。鄉親們對黃家寶側目而視，敬而遠之。有一天早上，黃家寶碰見谷德志和幾個社員挑着魚鷹籠，趕船過河去。他走上前去，問：「谷大爺，你們到那兒去？」

「黃同志，」谷德志帶着嘲諷的語調說，「大隊長解散了魚鷹組，要我去賣魚鷹。資本主義的路堵死了，你可也吃不成『黃辣丁』了囉！」

黃家寶有苦難言，無言以對。他的臉上顯出十分痛苦的神色。谷德志心軟了，語氣緩和了一些，說：「黃同志，這事我們不怪你，你也是沒有辦法。可你得給谷德海和蒲香豆說句公道話。谷德海到蒲香豆家吃飯、喝酒，有這事，不假。那是去年發大水，他們倆領着社員搶修防護堤，渾身打得透濕，蒲香豆怕他和我們着涼，拉到她家去喝了幾口酒，我們幾個都在場。」

黃家寶無法給他們說什麼，他只是對谷德志的要求點了點頭。谷德志和社員們去了，黃家寶看見谷德海站在麥地裏，一邊薅麥子，一邊戀戀不捨地盯着魚鷹籠，眼裏流露出痛惜的神色。黃家寶羞慚，內疚，他覺得自己欠了谷河心鄉親們一筆賬。

8

在陳隊長的一再催促下，黃家寶召開了社員大會，讓谷德海做檢查。沉重的氣氛籠罩着谷河心，籠罩着會場。沒有人領着唱歌。黑壓壓的一片人，坐在穀倉前，沉默着。谷德海走上講台。他局促不安地站在台上，眼圈紅紅的。從他在材料上簽字到現在，才不過一個多星期，他就顯著地變蒼老了。他的嘴唇哆嗦着，好久說不出話來，他的臉憋紅了，他的全身都顫抖起來。他用盡力氣憋出了幾句話：「我……階級界限不清。我……階級立場不穩。我……走資本主義道路。我……向黨賠罪。我……向鄉親們賠罪。我…對不起鄉親們，我……對不起黨。」

谷德海說不下去了，一顆晶瑩的淚珠從這個鐵漢子的眼睛裏滾出來。他開始抽泣起來，不知是因為痛悔自己的錯誤，還是覺得自己受了委屈。

一個刺耳的聲音從人叢中傳來，這是谷非凡！他高聲嚷道：「檢查具體點！你的階級界限不清表現在什麼地方？你的階級立場不穩表現在什麼地方？你同蒲香豆是什麼關係？你同四類分子是什麼關係？」

這一連串問號，像晴天霹靂一樣，打在谷河心人的身上，痛在谷河心人的心上。黃家寶坐在主席台上，敏感地看到一個熟悉的人影從人叢中擠出去，飛快地跑了。蒲香豆！黃家寶的心緊縮起來。他預感到要發生不幸的事。他的心裏矛盾萬分，六神無主。黃家寶望望谷德海，谷德海盯着蒲香豆跑去的方向。谷德海的臉色慘白。突然，谷德海抱着頭，蹲下來，號啕大哭。哭聲嘶裂着谷河心人的心，撕裂着黃家寶的心。全場的人低着頭，姑娘媳婦們在擦眼淚，有的人發出了壓抑着的唏噓聲。黃家寶的眼睛濕潤了。他發現一隻陰險的眼睛掃了他一眼。他怕事態擴大，強作鎮靜，宣布了散會。

走回堂屋，黃家寶無力地和衣癱倒在床上。半夜，極度疲乏使黃家寶迷迷糊糊地睡着了。在睡夢中，他聽到一聲淒厲的呼喚：「救命啦，救命啦！有人跳河了！」他看見蒲香豆臉色蒼白，在冰涼的金馬河中掙扎，兩條長辮散亂了，披散在胸前。他恐懼得全身發抖，驚醒了。他揉了揉眼睛，屏息靜氣，聽了聽外面的聲音。除了呼嘯的北風吹得竹葉沙沙作響以外，外面很安靜。雞不鳴，狗不叫，谷河心沉沉入睡了。過了好一陣，他才明白了自己是在做噩夢。雖然明白了自己是在做噩夢，但他心底裏產生了一種神秘的預感，覺得今晚上要出事。蒲香豆要出事。這種神秘的預感使他不顧一切地爬起床，帶上手電筒，打開穀倉，走出去。

黃家寶頂着北風，穿過竹林，穿過麥地，下意識地向河邊走去。他沒有打手電，他怕驚動了谷河心的人，引來跟蹤者的監視，引來惡狗的狂吠。他走到河邊，向四處張望，沒有看到一個人影，萬籟俱寂，大地靜悄悄的，只有一些不知名的蟲兒在輕輕地叫着。他沿着島的邊緣慢慢地踱着，警惕地搜索着周圍的田野，河岸。這時，一鈎新月從雲朵中鑽出來，將慘淡的光輝撒向江心島，撒向漣漪輕漾的江面。突然，他看到了黑影。在護島堤上端的巨石之中，有兩個黑影。也許是他沙沙的腳步聲驚動了這兩個黑影吧，有一個黑影動了，飛快地向他跑來，是小黑！幾個月來，小黑同他混熟了，每次從公社開會回來，他都要給小黑捎上幾個肉包子。小黑跑到他跟前，搖着尾巴，舔着他的腳，親熱得不得了。牠哀哀輕叫着，叼着他的褲管，把他向巨石上拖。巨石上的那個黑影一動也不動，像一尊塑像一樣，他簡直懷疑這就是生機勃勃的蒲香豆。他躊躇片刻，毅然走上巨石，柔聲地呼喚了一聲：「香豆！」

蒲香豆慢慢地抬起頭，望了望黃家寶，借着月光，黃家寶看到了那雙噙着晶瑩的淚水的眼睛，幽怨、哀傷、水靈靈。

「香豆！」黃家寶親切地呼喚着，勸慰道：「你要想開些，千萬別……」

蒲香豆噙在眼裏的淚水撲簌撲簌地滾下來。她哽咽着說：「我……真沒想到，成了琵琶鬼，白虎星，誰碰着誰倒霉。我……想為鄉親們做點好事，卻落得這個下場。我……竟成了谷河心的階級敵人的代表。我不明白，我死了也不明白。我要革命，為什麼不准我革命？」

「香豆，我是了解你的，你一時被人誤解，總有一天大家會理解你的。在革命鬥爭中，被人誤解、受委屈的事是常有的。當年，投身到革命隊伍中的知識分子不知被左傾分子殺了多少，但革命的知識分子並未卻步，繼續鬥爭，繼續前進。」

「這些道理我不是不知道，我經常看革命鬥爭回憶錄。我看到了許多剝削階級家庭出身的人背叛了自己的階級，成了人民的領袖。我常常為彭湃烈士的事蹟激動。我還天真地想過，我們毛主席的家庭出身是富農，是四類分子，他的富農家庭並沒有影響他成為無產階級的領袖，我有什麼必要揹家庭包袱？現實粉碎了我的幻夢。我現在要背叛自己的家庭，卻沒有人接納我。黨不要我，人民不要我。命運註定了我是歷史的棄兒，共和國的下等公民，我是沒有前途的。」

「不要這麼悲觀，蒲香豆！政策是變化的。解放初期，不是有一大批四類分子的子女走上了革命的道路，很多人入了黨，成為領導幹部麼？」

「我等着這一天，」蒲香豆聽了黃家寶的話，慢慢地平靜了下來。平靜下來以後，她似乎才注意到了觀察周圍。她茫然四顧，驀地，她的全身輕輕地戰慄了一下。她猛地站起來，聲音裏帶着恐怖：「我這是幹什麼？深更半夜的，在河邊同你談心，讓人看見了怎麼得了？快走，你快走！」

黃家寶拉住蒲香豆的手，激動地對她說：「香豆，你不要害怕，這麼晚了，沒有誰能看見我們。我還要對你說一句話，說完我就走。」

蒲香豆恐懼地抽出手後，說：「不行，這裏不是說話的地方，你快走。」

黃家寶固執地說：「不，香豆，你一定要聽完我的話。我現在是工作組成員，沒法向你表示我的心跡。但你要明白，我現在做的一切，不管是對谷德海還是對你，都是迫不得已的。等我搞完運動回到學校後，我們再聯繫。我對你的心是不會變的。只要你能等我，三年後我畢業，就同你結婚。」

「不，這是不可能的。」蒲香豆慌亂地說。

「為什麼？」

「難道你還看不出來？」

「你同谷德海……」黃家寶起了疑心。

「你也這樣認為？」蒲香豆感到受了委屈，聲音有些嘶啞，「不，我另有所愛。谷德海託人來說過媒，我拒絕了。唉，你怎麼不明白，我是不值得人愛的，我也沒有權力愛誰，我更不願意害誰。」

黃家寶執着地說：「香豆，你是值得人愛的，你是有權力愛的，我將衝破一切阻力愛你。」

蒲香豆決絕地說：「家寶，別說傻話。你是黨員，組織上不會批准你同我結合的。你到底是愛我，還是愛黨？你趁早死了這個心吧！你若不死心，我真的會投進這條大江，斷了你的念頭的。」

黃家寶沉默了。黃家寶知道，蒲香豆的性情雖然很溫柔，意志卻很堅決。他不能拂她的意，他不敢拂她的意，他怕造成更悲慘的結果。蒲香豆輕輕地推了他一下，再一次催促道：「家寶，快走吧！」

黃家寶說：「我走，你也快回去吧！」

蒲香豆說：「你先走吧，我會回去的。你放心吧，我不會輕生的。我十分珍惜自己的生命。」

黃家寶戀戀不捨地離開了蒲香豆，穿過麥田，走過竹林。他躲在竹林中，凝視着蒲香豆，暗中保護着她。她不回屋，他怎能安心地回屋去呢？

蒲香豆坐到巨石上，小黑狗坐在她的旁邊。兩個黑影一動也不動，凝聚在巨石上，大地復歸平靜。事情閃電般發生了。一個黑影從麥田裏衝出來，直撲蒲香豆。小黑狗狂奔出來，黑影向小黑投去了一個什麼東西，小黑狗不動了，在那個東西面前嗅來嗅去。黑影快步向蒲香豆走去，蒲香豆從巨石上一彈，跳了起來。黃家寶聽到了壓低的怒罵聲，響亮的耳光聲。黑影撲向蒲香豆，兩個黑影跌倒在巨石上，在石頭上滾來滾去。黃家寶怒不可遏，正要衝出去，旁邊的竹林裏發出一陣沙沙聲，一個黑影從竹林裏衝出來，谷德海！谷德海迅速地穿過麥田，衝向巨石，黃家寶聽見了廝打聲，怒罵聲，小黑狗汪汪汪的狂吠聲。一個瘦長的黑影從混戰中掙脫了，向黃家寶方向奔來，黃家寶聽見了蒲香豆的怒喝：「小黑，咬他，咬他！嗾——嗾——」

小黑迅速地衝刺過去，瘦長的黑影跑得更快了，飛快地鑽進竹林，黃家寶看清了，是谷非凡！巨石上，兩個黑影分開了，谷德海和蒲香豆各自向自己的林盤，快步走去……

9

谷河心籠罩着陰影。魚鷹組、竹器組解散了，船運隊的活動被限制了。三月份，大麥收穫前的一個月，谷河心斷糧了。黃家寶心急如焚，四處奔波，終於給谷河心的鄉親們要到了一點返銷糧。有了返銷糧指標，還沒有錢買啊！他又去為谷河心要到了一筆貸款。返銷糧買回來了，為了分配返銷糧，在黃家寶前面的曬壩裏，開了許多個晚上扯皮吵嘴、使人煩惱不堪的社員大會。那位階級覺悟最高的谷非凡，鬧得最厲害，直到他拿走了最大的一份返銷糧才肯能休。說實在的，黃家寶不敢過分得罪谷非凡，黃家寶怕他把那天晚上自己同蒲香豆談心的事捅出來，給自己和蒲香豆帶來更大的麻煩。

這是黃家寶在谷河心最煩惱的一段時間。開始，他怪谷河心的鄉親們自私，不能互謙互讓渡過難關。後來，他心底裏怪起這場運動來。調整、鞏固、充實、提高的英明決策剛使國家從三年困難時期中復蘇過來，人民的生活才好了一點，又要搞什麼運動，又要不停頓地搞階級鬥爭。這個運動，這場鬥爭，到底解決了什麼問題，給農民們帶來了什麼利益呢？不管怎麼說，民以食為天。不論搞什麼運動，最終不能給人民帶來實際的利益，不能提高生產力，發展生產力，這種運動是值得懷疑的。

黃家寶自己也開始為自己的吃飯問題着急起來。那些曾經十分熱情地款待過他的鄉親們對他越來越冷淡，他竟然找不到地方搭伙吃飯了！他哪兒還有心思工作？他全力以赴地撲到解決自己吃飯問題上。除了運動對象谷德海家以外，他已在谷河心貧下中農家裏吃了一大轉。

回過頭來，他又在谷玉瓊家裏搭了一個月夥。這家豪爽而善良的人，對他毫無怠慢之意，仍然像過去那樣盡力熱情地款待他。但他發現，這一家人也已招架不住了，谷大爺經常半夜去打魚，第二天拿到集市上去換糧回來。他心裏十分過不去，他決心無論如何要另找一家搭伙。

黃家寶到幾家貧農社員家去搭伙，都被婉言謝絕了。無可奈何之中，他到幾家從未打過交道的中農家去試了試，家家都毫不客氣地斷然拒絕了，鬧了他個大紅臉。他們既不是運動的對象，也不是運動依靠的力量，「事不關己，高高掛起」，有什麼必要討好他呢？

從最後一家中農家裏出來，黃家寶茫然四顧，到哪裏去搭伙呢？到蒲香豆家去，這是他想也不敢想的。他又氣又急。他感到自尊心受到了莫大的損傷。他拿着錢拿着糧票去搭伙，卻要像討口子一樣，去乞求人家施捨。他真想對着谷河心的座座林盤，把谷河心的人大罵一通。但轉念一想，他在谷河心做了哪些好事，使谷河心的人得到了好處，使他們願意供奉你呢？沒有。豈止沒有呢？他還使谷河心人減少了收入，增加了他們的困難。

想到這裏，黃家寶的氣消了一大半，可是，總得找個吃飯的地方呀？他突然想起了谷德海。對，到谷德海家去搭伙。雖然他是運動的對象，這會兒他名義上還是大隊長，他得對黃家寶的吃飯問題負責！他毅然拔腳向谷德海家走去。走到谷德海家的林盤前，他猶豫了。他能那麼理直氣壯麼？他們把人家整得那麼慘，人家會怎樣對待他，會不會是一場更大的羞辱在等待着他呢？

「黃同志，屋裏坐！」正在他舉棋不定的時候，一個紅光滿面的老大娘從林盤裏走出來，迎接他。他認得，這是谷德海的母親。谷大娘領着他走進院壩，他看見谷德海坐在一個小木櫈上用竹條編制鴛兜。谷德海見黃家寶進來，放下鴛兜，將黃家寶迎進屋去。黃家寶坐下後，谷大娘嘮嘮叨叨地說開了：「黃同志，你真是稀客呀。到我們谷河心來了幾個月，還沒有到我們屋裏來坐過。從土改那年起，我們谷河心來了好多工作組。哪一個工作組都在我們家吃，我們家住。唯獨你們這個工作組不同……」

谷德海瞪了谷大娘一眼，埋怨地喊了一聲：「媽！」打斷了谷大娘的話。谷大娘不滿地瞪了瞪兒子，說：「你不要堵我的嘴，我就是要說。他是黨派下來的人，我有話不給他說給誰說？黃同志呀，聽說我兒子犯了大錯誤，你可得好好幫助他。我這兒子，是個老實的鄉下人，文化淺，不懂政策，不像你們知書達理。不過，你要曉得，我們谷家世世代代，為人正派，我這兒子也不是壞人。他沒有做過傷天害理的事，他沒有整過人，他沒有貪污盜竊……」

谷德海嚴厲地喊了一聲：「媽！」堅決打斷了她的話，對她說：「媽，有些事你不懂，你不要多管閒事。黃同志到我家來，總有什麼事，你不要囉嗦了好不好！」

谷大娘嘟着嘴，說：「好，我不懂，我不懂。現在我有些事是不懂，我看你娃兒也未必然懂。反正，今後不准你再當大隊長了，給我惹是生非。」說完，閉了嘴，氣鼓鼓地坐在一旁，不再吭聲了。

谷德海望着黃家寶，等着他的回答。面對着這兩個善良的人，他那個卑微的要求很難啟齒，不啟齒也得啟齒呀！還是那句老話，民以食為天麼，對誰也沒有例外。黃家寶硬着頭皮，開門見山地說：「谷大隊長，我想到你家搭幾天夥，行嗎？」

谷德海愣了一下，很爽快地點了點頭，說：「行哪！」

沒想到那麼容易就解決了這個比天還要大的難題。黃家寶告辭了谷家母子，走出門。剛走進竹林，就聽見谷大娘歎息了一聲，說：「唉，這工作同志也怪可憐的。聽說他走了幾家，都沒人同意他搭伙。以前的工作同志哪為了吃飯問題作難過呀！年紀輕輕的，出來為黨辦事，不容易呀。德海，你不要怪罪他，小後生嘛，沒得經驗……」

黃家寶下意識地停下步，想聽聽谷德海怎麼回答。谷德海說：「媽，我不怪他。我聽蒲香豆說，他也不贊成這麼搞。現時的政策是這樣，他拿到也沒辦法。」

黃家寶的眼睛模糊了，谷德海多麼能夠體貼人，多麼能夠為別人着想啊！他走出林盤，來到麥地。麥子長得又矮又稀又瘦，他痛心地想，今年谷河心的鄉親們怎麼過呢？他能夠為鄉親們做點什麼呢？他是學生物的學生，他是能夠為他們做點什麼的。他抓起一把土，看了看。他突然想起了植棉模範王精一。王精一的棉花可以畝產皮棉二百多斤，他曾經去總結過他的植棉經驗，他用內行的眼睛看了看谷河心的土質，一眼就看出這種土壤種糧食作物雖然收成甚微，種棉花卻非常好。他蹲在地裏，久久不能離開。他心裏盤算着一個美好的計劃。這谷河心河壩地的幾百畝土地，如果都種上棉花，平均畝產皮棉一、二百斤，每斤皮棉可以賣一元多錢，大隊可以有多少收入，每個社員可以分多少？這一算，他心裏樂開了花。照這個計劃，谷河心的鄉親們一定能夠富裕起來！

當天晚上，黃家寶到谷德海家吃飯時，向谷德海提出了他的計劃。谷德海放下筷子，專注地聽着他講這個計劃。聽完，谷德海的眼睛裏閃閃發光，興奮地對他說：「好，黃同志，你這個主意好。我們這兒的人沒種過棉花，趁你還在這裏的時候，你把種棉花的技術傳給我們吧！」

10

運動突然停頓了，既不叫撤，又不指示要怎麼搞下去。他們在鄉下，根本不知道城裏已鬧得天翻地覆，派他們來整下面小「走資派」的上面幹部也成了「走資本主義道路的當權派」。他們無所事事，運動自然也鬆散了下來。

然而，「蛇無頭而不行」，工作隊決定重建基層組織。谷德海的材料報上去，劃成了三類，谷德海雖犯了「走資派」的嚴重錯誤但不屬敵我矛盾，受了個黨內警告處分了事；谷德壽的錯誤要小些，劃成了二類，犯了「四不清」的錯誤，多吃多佔加打社員，自然也是「人民內部矛盾」，在社員大會上做了檢討後便官復原職。

工作隊要他們物色新的大隊長人選，但黃家寶選來選去，也選不到合適的人。看來，只有讓谷德海出山。黃家寶把這個意見向陳隊長匯報了，以為他會反對。誰知，他滿口贊成，說：「這幾年我見得多了。幹部嗎，應該是黨的馴服工具。該挨打的時候就得乖乖地挨打，該讓你幹活的時候就得老老實實地幹活。」

黃家寶不以為然地說：「沒有那麼簡單吧。我們把谷德海弄得夠慘的。現在要他再當大隊長，他肯定不幹。」

陳隊長有把握地說：「他敢不幹？他要不幹，我有法子收拾他。」

黃家寶請陳隊長下來蹲點，教他馴服「烈馬」的辦法。陳隊長十分樂意收黃家寶這個徒弟，跟着黃家寶來到谷河心。黃家寶派人把谷德海請進他的辦公室。他坐在陳隊長的對面，不敢直視這位嚴厲的隊長。他很有些怕隊長呢。

「谷德海，工作隊決定你仍然當四大隊的大隊長，你有啥意見？」

「我不當。」聲音很低，但也很乾脆。

「黨要你當，你也不當？」

「當不下來。」

「當不下來也得當。想當得當，不想當也得當。」陳隊長很「橫」。

谷德海很「牛」，「橫」不過陳隊長，便用沉默來反抗，任陳隊長怎麼問，怎麼講道理，「打死不開腔」。

僵持了差不多一個小時，黃家寶以為陳隊長沒轍了，他卻突然使出了殺手鐗，一拍桌子，說：「你不當算了。但你要想好，是當大隊長，還是丟黨籍。你考慮五分鐘，我只再給你一次機會。」

說完，陳隊長開始看表。

這一招鎮住了谷德海，他那緊閉的嘴唇鬆開了，執拗的表情慢慢消失了。他捧着頭，緊張地思索起來。

時間到了，陳隊長問：「怎麼樣？當還是不當？」

谷德海抬起頭，費勁地從牙縫裏擠出一個字：「當。」

11

工作隊事情更少了。工作隊員們三三兩兩相約去金馬鎮喝酒，到縣城去吃「王炬肉」。黃家寶趁大夥閒得發慌的時候，請假到簡陽去，從他的一個在省農業科學研究院簡陽棉花試驗站工作的朋友處，要了一口袋優質棉種和一大摞種棉技術資料。

清明節前幾天，棉花播種的季節到了。谷德海在二隊撥了兩分地出來給谷玉瓊為首的青年植棉科研小組，要黃家寶指導他們種棉花。這一天，是谷河心鄉親們的一個喜慶的日子，青年科研小組要播棉種了。谷德海叫各隊派人來學習。黃家寶帶着小組的姑娘、小伙子們平整土地，小心地播上了棉種。試驗地周圍密密麻麻站滿了人。黃家寶一眼看見好久沒有在大庭廣眾中露過面的蒲香豆，忘掉了忌諱，從人縫裏擠進來，站在離黃家寶最近的地方，專注地觀察黃家寶播棉種的每一個細節。播完棉種，鄉親們擁上來，向黃家寶要餘下的棉種。他們躍躍欲試，家家戶戶都準備在自己的屋角種幾株。這時，蒲香豆躲到要棉種的社員後面，不敢上來，但她的眼神中流露出要棉種的強烈願望。黃家寶主動走向前去，抓了一把棉種給她。她接過棉種，大眼睛裏閃着亮晶晶的光輝，對黃家寶嫣然一笑，轉身高興地去了。黃家寶又看見了一雙陰險的眼睛，一張掛着猙獰笑容的臉。谷非凡要搞什麼鬼？想到這一點，黃家寶恐懼了，倒抽了一口冷氣。

試種棉花，使谷河心恢復了生氣。鄉親們十分關心這一項新奇的試驗。不僅種棉花在谷河心還是一件祖祖輩輩沒有見過的新鮮事，更重要的是，這項試驗如果成功，可以為他們帶來莫大的物質利益，改變他們的窮困面貌。每天一早一晚，社員們唯一感興趣的事就是看棉花。蹲在自己的自留地裏看，圍着科研組的試驗地看。人們奔走相告：棉籽從地裏冒出來兩片子葉了，長出來兩片真葉了。

當試驗地裏的棉苗長成棉株的時候，黃家寶向社員們作了一次驚人的表演，把棉株一株株地用腳踏到地下。這叫踩株，是植棉勞模王精一的絕技。通過踩株，可以防止棉株瘋長。這一天，全隊的社員圍在試驗地邊，看黃家寶表演。黃家寶踩倒了幾株棉株，小青年們心疼得叫起來。黃家寶叫他們跟着幹，他們嘻嘻哈哈不肯動手，不忍心踏到長得好好的、青蔥嫩綠的棉株上。

正當他們在地裏興高采烈地「踩株」的時候，陳隊長擠進人群，黑着臉把黃家寶喊過去，叫黃家寶馬上到堂屋，有急事要跟黃家寶談。黃家寶把踩株技術向谷玉瓊反覆交代了一番，強迫谷玉瓊踩倒了幾株棉苗後，便跟着陳隊長到堂屋裏去了。

他們在堂屋裏坐定後，陳隊長誠懇地對黃家寶說：「小黃，我觀察了你幾個月，我覺得你這個知識分子還不錯，能同社員打成一片，工作也踏實。不過，你為什麼不聽我的話，總同那個歷史反革命分子的女兒『攪』到一起呢？」

黃家寶的心情緊張起來，問：「又怎麼了？」

「谷非凡到縣上工作團去告你，連我也一起告了，說我包庇你。我早就看出了，這龜兒子娃娃不是好東西。上一回，在我這兒沒有告倒你，他就跑到縣上去告狀。我問你，你是不是在半夜裏同那個歷史反革命分子女兒在河邊談過心。」

黃家寶坦然地說：「是有那麼回事。谷德海作檢查的那天晚上，我怕蒲香豆自殺，便在河邊巡邏，碰到她坐在河邊。我不能見死不救。我給她擺了一陣，勸她回家。那個谷非凡，當天晚上也去找過她，想趁火打劫，企圖強姦她。真是惡人先告狀。」

「這些道理你到工作團去講吧。工作團要你回去。我們也管不到你的事，你們學校來的副團長要親自處理這件事。小心啊，小同志，告你的罪名不輕。說你同歷史反革命分子的女兒亂搞男女關係，說你在谷河心破壞國家計劃，私自決定種棉。你好自為之吧。」陳隊長關心地說。

根據工作隊的決定，黃家寶當天下午就打好被蓋卷，趕到縣城去。他揹着被蓋卷，懷着無限惆悵的心情走出了他住了八個月的穀倉，經過曬壩，向河邊走去，谷河心的鄉親們都到河對面薅秧子去了。他只把貧協主席谷德志請來，叫他幫他划一下過河船，沒有驚動其他的人。他沒對谷德志說明原因，只說他到縣城去有事，呆一段時間就會回來。其實，他自己也說不清還能不能回谷河心，谷德志在船上等他。他剛走出曬壩，就看見蒲香豆擔着一挑糞捅走出竹林，小黑狗跟在她的後面。他停住了腳步，等她上來，蒲香豆走到他身邊，見他揹着被蓋卷，驚異地盯了他一眼，放下糞桶，默默地審視着他。

「蒲香豆，我要到縣城去。我犯錯誤了。」黃家寶輕輕地說。

「犯什麼錯誤？」蒲香豆驚愕地瞪大了眼睛。

「谷非凡到縣上去告我。」

「告你什麼？」

「就是那天晚上我們在一起談心的事。」

「這條惡狗，二天不得好死！」蒲香豆眼睛裏閃着憤怒的光，緊咬着嘴唇說。

「我可能回不了谷河心了，望你多多保重。」

蒲香豆眼睛裏滾動着淚花，說不出話來。她默默地點了點頭。黃家寶怕人發現，忙快步走了。走了一陣，他發現小黑狗跟上來了。他回頭望了望小黑狗的主人，她佇立在麥田邊，一雙水汪汪的眼睛裏脈脈含情，兩行清淚流下了她的臉頰，他的眼睛濕潤了。他狠狠心，咬咬牙，大踏步地朝河邊走去。他上了船，小黑狗也跟上船。他怎麼也把牠攆不下去，谷德志說：「算了，別攆牠了。這一定是女主人要牠來代為送行的，你攆也沒有用。我會把牠送回來的。」

船到了岸，谷德志揹着黃家寶的被蓋卷，小黑狗跟在後面，一起陪着他走了十幾里地。到了縣城，他買了幾個包子餵小黑狗，小黑狗搖擺着尾巴，跟谷德志回谷河心去了。

正如所料，黃家寶這一去，就沒能回來。他惦念着谷河心的鄉親，惦念着谷河心的棉花。谷河心的鄉親們也沒有忘記他。他們終於知道了他為他們犯錯誤，在縣上作檢查的事。貧協主席谷德志帶着十幾個貧協委員，到縣上去找川大工作團的黃副團長，給他說好話，要求派他回去。他們也來看了黃家寶，給他報告了棉花已經現蕾結鈴的喜事。他們住在縣城不走，直等黃家寶的問題得到澄清。根據工作團黃副團長的指示，黃家寶把他們勸了回去，並答應儘快到谷河心來看望各位鄉親。

形勢發展得很快，文化大革命運動已經興起。黃家寶還沒抽出時間回谷河心，工作隊便得到了立即撤離的命令。在工作隊倉惶撤走的那一天，他抱了一大堆送給谷河心鄉親們的政治書籍、技術書籍，趕到谷河心去向鄉親們辭行。他在胖大嫂的茶館裏，一直等到黃昏，雨還沒有住。茶館屋簷上的雨滴，點點滴滴，打在石板上，打在他的心上，使他的心裏充滿了眷戀谷河心的情思。他望着河心中迷蒙的小島，想着島上的鄉親，想着蒲香豆，無可奈何地將禮物託胖大嫂轉交，戀戀不捨地離開了這塊他呆了八個月，上了走向人生第一課的地方。

後來，黃家寶收到了谷玉瓊代表谷河心鄉親們給他寫來的一封信。他從信中得知，鄉親們為了送他，划着生產隊的運貨船，趕到縣城。可惜，那會兒他已連夜坐着學校來接他們的車，回省城參加文化大革命去了。他捧着這封信，心裏激動不已。只要你老實地為鄉親們做一點事，忠厚的鄉親們是不會忘記你的！特別使他感動的是，那個被他整得那麼慘的谷德海也在趕來送行的人之中，還有蒲香豆，帶着小黑狗，冒着風險，胸懷坦蕩地參加進送行的行列。

第四章

1

1966年8月26日。成都錦江大禮堂主席台。

那些習慣威嚴地坐在主席台上的大官兒們，廖志高、李大章、許夢俠、楊超，站成一排，大多兩手下垂，彎腰駝背，低垂着高貴的頭。唯有廖志高將身板挺得筆直，頭只微微下垂，讓人覺得這是一個很有骨氣的老軍人。許夢俠，這個乾瘦的老頭兒，不知為何，渾身不停地哆嗦着，似乎隨時都有可能倒下，讓人不忍卒睹。

主席台的橫樑上，懸掛着一幅大紅標語：「打倒李上泉，解放大西南！」西南王李上泉卻不在主席台上，他早已逃之夭夭，讓他西南局的同仁們來代他承受這一場風暴。文化大革命，李上泉是不贊成的。他對毛澤東直言道：「你要把我們全打倒，我打死也想不通。」

李上泉是有資格想不通的。毛澤東發動的一次又一次狂熱的運動，他都積極參加了，還創造性地多走幾步，是毛澤東常常誇讚的左派。「大躍進」中，四川的高產衛星放得最早、最多，是一頭「吹牛不打稿子」的帶頭羊。牛皮眼看要吹破，他咬咬牙，將老百姓的救命糧順着長江滾滾調出川，高風格地把四川幹部、工人、學生的糧食定量壓到全國最低，黑黑心廢了老百姓用以「吊命」的四川省地方糧票，使四川餓死了成百上千萬人。他以一不怕老百姓罵娘，二不怕老婆孩子受報應不得好死的「二杆子」精神，不惜一切代價保中央，保主席，保自己的官帽子。為此，他給中央揹黑鍋，讓四川老百姓恨得牙癢癢的。四川人要打倒他李上泉，他無話可說。面對他們，他心中是有犯罪感的，他是死有餘辜的。可是，你毛澤東為什麼也要打倒他李上泉呢？他百思不得其解。他知道，在四川，在成都，運動中首當其衝的是他這個中共中央西南局第一書記兼四川省委第一書記。他可不願意當「瓜娃子」，「三十六計，走為上」吧！他不僅丟下他的西南局同僚代他挨批，還丟下老婆肖琳代他挨鬥，至不堪非人的凌辱而自殺，丟下兒子替自己頂罪，被紅衛兵打成肉醬，自顧自逃命去了。

黃家寶坐在觀眾席上，觀看着禮堂裏正在上演的一場鬧劇。左手臂上纏着「紅衛兵」袖章的男女學生，爭相上台搶奪麥克風，聲嘶力竭地狂呼着「革命無罪，造反有理」的口號，控訴西南局、省市委的罪惡，揭發李上泉「吃雞不見雞」，過着腐化的生活等等莫名其妙的罪行。黃家寶剛從農村歸來，運動還沒收尾，便被匆匆招回城。黃家寶隨着學校滾滾人流裹到錦江大禮堂，也同台上那些「走資派」一樣，對這場運動很不理解。黃家寶的手雖然也勉強跟着大家一起一落，嘴裏卻發不出聲來。那些派黃家寶到農村去抓「走資派」的人，一夜之間自己也成了「走資派」，真是不可思議。李上泉的替罪羊，西南局第二書記廖志高，代表西南局檢討了「執行資產階級反動路線」的錯誤。那不卑不亢的檢討，高傲的神態，激怒了紅衛兵。一個紅衛兵衝上台來，搶走了廖志高身前的「麥克風」，對着話筒發表了一番演講，雖然誰也聽不清他說的是什麼，但他那慷慨激昂的聲調和神態，卻很有煽動性，會場裏騷動起來。巨大的嗡嗡聲籠罩了會場，眼看大會不能繼續進行下去了。這時，校文革籌委會主任余永志，「保皇派」的首領，邁着軍人般堅毅的步伐登上主席台，「救駕」來了。余永志是孤兒出身，曾經當過歷史系黨總支書記，公認的校領導的接班人，在全校師生中享有崇高的威望。他那炯炯有神的眼睛慢慢地環視了一下大禮堂，舉起雙手堅定有力地向下壓，一下又一下，示意大家安靜。憑着他的威望，他硬是用雙手將塞滿了幾千人的禮堂壓得清風雅靜。他發表了一通演講。話剛起了個頭，從講台旁的樓梯上衝上來一隊紅衛兵，黃家寶一看，那領頭的紅衛兵十分瘦小，穿一身黃軍裝，一根皮帶紮在腰間，黃軍帽壓在頭上，露出一雙小瓣，竟是他在數學系讀書的乾妹妹左一曼！左一曼手持一面紅旗，在台上一招展，幾個金光奪目的大字顯現出來：「紅衛兵川大支隊」。這一群男女紅衛兵手挽着手，揮舞着紅旗，齊聲反覆地叫喚着：「革命無罪，造反有理，炮轟西南局，火燒省市委！」

這就是著名的「八・二六」造反行動。「紅衛兵川大支隊」領導的「八，二六」造反，拉開了四川地區文化大革命的帷幕。「紅衛兵川大支隊」的勤務員：江海雲、游壽興、劉安聰、丁雪華、左一曼，取代了曇花一現，很快被摧殘致死的傑出人物余永志，成了川大和四川地區的主宰。這時，時代的主宰人物，「紅衛兵川大支隊」四號勤務員丁雪華威風凜凜地站在台上，對着麥克風大喊：「革命的留下，不革命的滾開！」

台上「不革命」的走資派們早已被押解着滾開了，一些不怕戴「不革命」的帽子的人站起身，紛紛開溜。黃家寶本來已站起身，準備離開了。聽了「根號二」的話，他又坐下了。「根號二」是丁雪華的綽號，因為她長得矮，身高1米42，恰好與2的開方1.41426近似。黃家寶可不願戴「不革命」的帽子。黃家寶受的黨的教育是，在任何政治運動中都要走在前面，成為運動的積極分子。這是當時學校評判學生優劣的最重要的標準。誰不願成為優秀生呢？丁雪華就是一個優秀生，學生中罕有的預備黨員。是不是應該效法丁雪華，起來革命，起來造反，走在這場暫時令黃家寶還莫名其妙的運動的前頭呢？這一場鬧哄哄的革命一直革到華燈初上。紅衛兵們一個個上台演講，大談一些黃家寶無法理解的要造「走資派」的反的大道理。在黃家寶看來，這「走資派」不過是共產黨幹部的代名詞。毛澤東是共產黨的主席，除非他是個瘋子，才可能叫老百姓來造自己的幹部的反。然而，這一切如果不是他首肯的，誰又敢明目張膽地造共產黨的反？而且，要是毛主席不准「造反」，共產黨的各級組織又怎麼可能那麼不堪一擊，幾個學生一鬧就成鳥獸散？正當黃家寶這麼胡思亂想着，丁雪華又對着麥克風宣布了一個驚人的舉動：「革命的同志們，紅衛兵的戰友們，現在，我們列隊去西南局靜坐示威！」

黃家寶的腦袋轟地一聲炸開了，他的腦海中翻滾出「匈牙利事件」、「反右鬥爭」這些可怕的字眼，覺得這「革命」很過頭，很危險，不能再攪在裏面，他情願揹「不革命」的黑鍋，也得滾開了。黃家寶隨着同他做了一樣決定的人流「滾」出大禮堂。大禮堂外排着一長列不知是誰組織起來接送學生的公共汽車，黃家寶走上汽車，回到川大七宿舍。

2

丁雪華以紅衛兵川大支隊代表的身份，回到家鄉萬州市，策劃造反行動。她首先聯絡上在萬州味精廠工作的中學同學夏世雄。

夏世雄是夏澤西的二公子，高雪蘭生的。他一直呆在父親在萬縣的公館裏，同他的奶媽生活在一起。讀東川中學時，夏世雄是個調皮非凡的孩子。他常常把鳥籠、兔籠帶到教室去。當語文老師在課堂上講「床前明月光」時，他的兔子滿教室亂跑，讓「驚抓抓」尖叫着的女同學看到兔子晃動的一片白光。數學老師在講台上講「X＋Y」時，他的鳥兒卻在課堂下唱開「知了，知了」，氣得老師拉着夏世雄去見校長，要開除夏世雄這個頑劣學生。學校少先隊的總輔導員徐老師保下了他。徐老師是個馬卡連珂的崇拜者，對馬卡連珂在《教育詩》中描述的收服頑劣學生的故事激動不已。徐老師決心學習馬卡連珂的精神，收服夏世雄。徐老師給夏世雄辦了一個「紅領巾動物園」，把夏世雄愛動物的天性導向科學的方向。徐老師為他派了一個優秀的輔導員丁雪華來同他搭檔。徐老師和魅力四射的丁雪華將夏世雄帶上了人生「正道」。

夏世雄和丁雪華在動物園裏養兔：力克斯兔、青紫蘭兔、安哥拉兔；養雞：蘆花雞、來杭雞、澳洲黑；養犬：西施、北京、馬爾齊斯；養羊：山羊、奶羊、綿羊……

夏世雄迷上了小動物，迷上了生物學，迷上了生物實驗，也迷上了他的小伙伴——丁雪華。

那是一個星期天的上午，夏世雄和丁雪華帶着紅領巾動物園的一群小淘氣，沐浴在燦爛的陽光下，在稻海穀浪之中，揹着背簍，沿着田坎，揮動鐮刀，為他們心愛的小兔子、小山羊一把一把地割着鮮嫩的青草。夏世雄聽到丁雪華在呼喚：「世雄，世雄，快來！」

夏世雄遁聲進入一個農家四合院，雪華蹲在小院壩的三合土地面上，對着一隻毛乎乎的小兔發神。夏世雄問：「你怎麼啦？」

雪華秀美的眼睛裏發出夢幻般的光彩。她指着小兔說：「你看，這隻兔與一般中國兔不同，毛長。中國兔都是短毛兔，這是一隻發生了變異的兔子。如果用這隻變異兔與長毛的安哥拉兔雜交，培養出中國長毛兔來。這種中國長毛兔既有安哥拉兔長毛的優點，又有中國兔抵抗力強，適應本地環境的特點。那該有多好！」

夏世雄點頭，說：「有道理！把牠買回去！」

夏世雄用五角錢向農家院主人買下了這隻雪白的中國變異兔。丁雪華抱着這隻小白兔，愛不釋手。夏世雄望着雪華懷中可愛的小白兔，望着比小白兔還要可愛十倍、百倍的小姑娘，心中湧動起一股溫情。他後來逢人便說，他就是在那一刻愛上雪華的！

當太陽快落山時，他們找到一座平頂山露營，在山坡上挖灶野餐。當他們肚子裏塞滿香噴噴的抄手以後，天已黑了。他們在山上撿柴，燃起了一堆篝火。兒童隊員們圍坐在篝火旁，嚼着丁雪華買來的花生米，聽夏世雄與丁雪華的科學辯論。夏世雄與丁雪華一個充正方，一個充反方，唇槍舌戰。辯論中充滿了睿智。

隨後，夏世雄和丁雪華一下課，便到紅領巾動物園來，開始了中國長毛兔的研究，在耳鬢廝磨中成為紅顏知己。他們把研究結果寫成論文，一起到省城向專家們宣讀。他坐在會場下，看到坐在主席台上神采飛揚地宣讀論文的雪華，心醉神迷。後來，一場狗災中斷了他們的研究。那天早上，他們聞訊一齊衝到紅領巾動物園，只見滿地都是鮮血，還有被咬死的雞、兔，屍橫遍地。他們找到了那隻被咬死的長毛兔，埋葬在紅領巾動物園的竹籬笆圍牆下，雪華將一塊用竹子做成的墓碑：「中國長毛兔之墓」，插到了小墳包上。

中國長毛兔的夢破滅了，但夏世雄和丁雪華的科學夢、生物學夢卻越做越絢麗。他們高中畢業了，丁雪華為了圓夢，以第一志願考上了川大生物系。全系只有她是以第一志願考入生物系的，因為那是個輕視農學和生物學的時代！夏世雄高考成績也不錯，填的志願同雪華一模一樣，可惜，雖然他的父親是起義將領，母親高雪蘭卻是在當國軍時被解放軍炸死的，是個「歷史反革命」。這一「污點」，使他在高考中名落孫山。夏世雄參加了工作，成為東川味精廠的一名工人。他在東川味精廠用他的生物學知識改造了這個手工作坊式的小廠，使東川味精廠成為用現代發酵工程生產谷氨酸和味精的先驅。他由此升任為廠的技術科長。

3

1967年7月3日，嘹亮的軍號聲響徹東川西山公園上空。這是「赤衛軍」的緊急集合號。丁雪華邊扣紐扣，邊從「赤衛軍」接待站跑向廣場，廣場上來了成千的人，黑壓壓一片。她發現夏世雄站在一個花台上，便向他的方向跑去。她本想去問問夏世雄今天要幹什麼，但擠不進圍在夏世雄周圍的人叢。

丁雪華在夏世雄的幫助下，在工人、農民、機關幹部中建起了東川地區的革命造反組織：「赤衛軍」。夏世雄任「赤衛軍」輕工分團的一號勤務員。

在身穿軍裝的夏世雄指揮下，隊伍開動了。丁雪華知道是怎麼回事。昨天晚上，「赤衛軍」的頭頭們開會，討論東川地區奪權問題，邀請她參加。她在會上發表了同頭頭們相左的意見，反對他們去奪槍。她的智慧使她敏感到，自從江青喊出了要「文攻武衛」那句話，「文革」就開始變味了。她覺得，在那些極端革命口號掩蓋下，「文革」成了某些陰謀家、野心家爭權奪利的工具。群眾運動成了運動群眾，茫茫眾生成了政客們爭權奪利的工具。在「權力」面前，兩派「革命」組織居然為着同一個宗旨，背着同樣的語錄，在同一個精神支柱的支撐下，「勢不兩立」。她決定急流勇退，但東川的造反烈火是他們這一批川大學生和另一批重慶大學學生點起來的。川大八·二六組織了「赤旗」紅衛兵，在工人中建立了「赤衛軍」造反兵團。而重大八·一五則建立了「紅旗」紅衛兵，在機關幹部、學校、工農中組建了「紅旗造反兵團」。他們對東川地區的「革命」負有指導的責任啊！

然而，丁雪華現在後悔了，她應該不顧一切離開這個違背她本意的「革命」，回到學校裏去。雖然東川地區的「造反」烈火是他們點起來的，但他們不過是在一支無形的指揮棒指揮下行事。他們沒有力量指揮這隻指揮棒，使運動朝他們理想的方向發展。但她可以選擇退出，不幹違背自己心願的事。而她卻糊裏糊塗地「拱」進這支目的不明的隊伍，同她組織起來的「造反軍」去幹無法向歷史交代的蠢事！但是，她要退出這支隊伍已經不可能了。浩浩蕩蕩的隊伍，冒着凜冽的寒風，一路小跑，穿過肅穆的公園，跑上大街。

丁雪華跟着隊伍，汗淋淋地跑進位於西街的武裝部大院。武裝部是支持「赤衛軍」的。各地的軍人都得到了要支持造反派，幫助其擴大組織的命令。造反派組織很多，支持誰呢？下川東各地的駐軍各選各，武裝部系統選擇了「赤衛軍」，而公安部隊則選擇了「紅旗」。誰知，「赤衛軍」和「紅旗」成了勢不兩立的「革命」組織，在派性的驅使下打了起來。從赤手空拳到鋼釺藤帽，打得一塌糊塗，不分勝負。於是，為了決出勝負，同是中國人民解放軍的不同系統，讓他們支持的派別來「搶槍」，用最新式的武器將他們的支持者武裝起來。現在，在武裝部裏正在演出一場「搶槍」的鬧劇。兩個「赤衛軍」戰士笑嘻嘻地抱住了兩個同樣笑嘻嘻的武裝部的軍人，從軍人的口袋裏摸出了軍火庫的鑰匙。軍火庫洞開了。人們紛紛湧上前，發現軍火庫裏的槍支彈藥真多：手槍、步槍、衝鋒槍、機關槍，成堆的子彈和手榴彈。這些從小用玩具槍武裝起來，玩慣了「打仗」遊戲，並多數參加了民兵受過軍訓的人們，有一種天然的對槍支彈藥的熱愛。有人喊起來：「快，快，拿槍！拿槍！」

膽兒大的先拿，當多數人都拿到槍以後，膽兒小的也跟了上去。夏世雄紮上武裝帶，橫跨着一支衝鋒槍，手裏拿着一把五四手槍，走到丁雪華面前，遞給她，說：「雪華，給！」

丁雪華推辭道：「不，不！」

夏世雄硬把手槍塞在她手上，說：「拿着，馬上要打仗了，你沒武器要吃虧的！」

丁雪華說：「打什麼仗？別胡來了！」

夏世雄沒理她，跳到一棵銀杏樹的水泥圍台上，發布命令：「『赤衛軍』的戰友們，革命的同志們：我們輕工分團接受了總團的命令，做攻打東川專員公署的突擊隊。東川專員公署被『紅旗』佔領了，宣布成立了東川地區革命委員會，把我們『赤衛軍』排斥在外，我們要把東川專員公署奪回來，成立我們自己的革命委員會。」

「赤衛軍」的這支突擊隊，穿過武裝部旁邊的巷子，來到一條公路上。公路的對面是東川專員公署的大院。衝鋒開始了。由於東川是座山城，公路是委蛇向上的，所有的房屋都建築在山坡上。專員公署也是如此。攻打專員公署是向上衝鋒。夏世雄將手一揮，高呼一聲：「衝啊！」突擊隊便向專員公署的大門猛撲過去。丁雪華同大夥一樣，狂呼着「衝啊」，挽着周圍同伴的手，撲向專員公署的大門。

幾聲槍響，戴着藤帽，用鋼釺守衛東川專員公署的「紅旗」戰士便成了鳥獸散，他們衝進大門，佔領了東川專員公署。天亮了，東川專員公署外面響起了激烈的槍聲，那不是戰友，而是敵人！輕工分團衝得太早了，其他分團跟不上。「紅旗」調集了工礦企業的工人和四鄉農民上萬人，拿着自製的武器，還有從公安部隊「搶」來的手榴彈，收復失地來了。

夏世雄並不清楚這一點，他在專員公署裏東望望，西竄竄，把他的幾百士兵佈置在大門兩邊的小山坡上，準備迎敵。

進攻開始了。拋石器拋出的碗一般大的石頭砸進樹林，密集地打在樹上，驚起了一群棲息在樹上的鳥兒；砸在陣地上，頓時有幾個「赤衛軍」的戰士被砸得頭破血流，大聲呻吟起來。吶喊聲響起來，衝鋒開始了。玻璃瓶灌炸藥做成的土手雷拋上來，在陣地前炸起一片煙塵。有幾顆落在陣地上，又有「赤衛軍」戰士受傷了。夏世雄抬起頭來，喊了一聲「打！」他帶頭把衝鋒槍裏的一排子彈射了出去。接着，他的戰士也開槍了。夏世雄看到，衝上來的一個小伙子，沒有拿槍，只舉着一顆手榴彈，也不知彎腰避彈，硬挺挺地衝上來了。一顆子彈擊中了小伙子的頭部，他沒來得及叫一聲便倒在了地上。「敵人」憤怒了，全部挺起身子，排山倒海般向裏衝。市公安局的「紅旗」戰士將消防車當坦克，開了上來，高壓水槍衝到陣地上，使「赤衛軍」戰士抬不起頭來。夏世雄看着黑壓壓一片衝過來的人群，知道頂不住了，問了問旁邊的丁雪華：「怎麼辦？」

丁雪華建議道：「衝出去吧！」

夏世雄手一揮，毫不猶豫地說：「對，衝出去！」

4

幾百人站起來，抱着各種噴火的槍支，衝出大門，衝過「紅旗」的包圍圈，衝進已將「紅旗」包圍的「赤衛軍」的隊伍，被四散分割開了。

丁雪華站在公路上的人群中，發現輕工分團的戰友們已散了，只有夏世雄還在等她。丁雪華對夏世雄說：「世雄，送我回家去，我弟弟被打死了，你幫我安慰一下我的父母。」

丁雪華的父親是味精廠的老廠長，對女兒和世雄的造反行動很不理解，參加了由「老保」組織改頭換面組成的造反派「紅旗」，積極得很，成天不落屋。今天，在攻擊「專員公署」的隊伍中，丁雪華見到了父親和弟弟。丁雪華跟着夏世雄揮舞着手槍突圍時，她的槍和父親的雙筒獵槍曾對峙過一剎那，互相都吃了一驚，調轉了槍口。更令雪華傷感不已的是，那個赤膊上陣，舉着一顆手榴彈挺着身子被打死的竟是她最親愛的弟弟。她在衝下山的過程中跑過了弟弟的屍體旁。她只來得及看他一眼，便被衝下山的隊伍「裹」走了。但弟弟年輕英俊的形象，沒有閉上的夢幻般望着藍天的大眼睛，永遠留在了她的記憶裏。

夏世雄雖然是味精廠造反派的頭頭，與老廠長分屬勢不兩立的派別，但對老廠長還是尊敬的。這一方面是由於丁雪華同他的特殊關係，他已將老廠長當成了「準岳父」；一方面也在於老廠長過去在工作、生活上都很照顧他，把他從一個普通工人提拔為廠技術科長，支持他的一系列技術改造構想，使他自學成才。現在，他在同行中的技術水平，至少可以相當於一個工程師了。

夏世雄欣然接受了雪華的邀請，順着下山的路向味精廠宿舍走去。味精廠宿舍在味精廠旁邊，是一座臨江的五層吊腳樓。雪華一家也分裂為兩大派，弟弟和父親是「紅旗」的，她和母親是「赤衛軍」的。中央軍委八條命令下達，開始了二月鎮反時，母親被打成反革命，坐過牢。中央軍委十條命令下達，母親被平了反，出了獄。但她再也不「革命」了。她對女兒說：「媽喲，坐牢太慘了，屙尿都要喊報告。我不幹了！」

雪華和夏世雄走到宿舍大門口，就看到翹首以待的母親。雪華的母親在文革中老了一大頭。以前，母親是東川出名的美人兒。現在，母親的頭髮花白，臉上的皺紋起「砣砣」，一點也找不出當年美人兒的痕跡。母親一手抓住世雄這個準女婿，一手摟着女兒，把他們讓進屋，說：「把我急死了。這是啥世道呵，家家戶戶分成幾派不說，還要互相用炮火抵着打。你們和『紅旗』打，看到你們弟娃和那個死老頭子沒有？」

雪華正不知如何開口，突然，大院裏有人喊起來：「快，快去看！河邊在槍斃俘虜，丁廠長被插上標子，要被槍斃了！」

雪華和她的母親立即向門外衝去，夏世雄提着槍跟在後面。收復了失地的赤衛軍，押着大批俘虜下河壩來了。為了省掉掩埋屍體的麻煩，赤衛軍八號勤務員胡勞出了個滅絕人性的鬼主意，將俘虜押到囤船上去槍斃，讓江水沖走屍體。一大串俘虜被反綁着押上船，胡勞和他的一幫衛兵都揹着衝鋒槍，荷槍實彈。屠殺開始了。俘虜被排成串在岸邊等「輪子」，一個一個通過跳板走上囤船。走在囤船中央，胡勞的一梭子衝鋒槍子彈打過去，俘虜哼一聲都來不及，就帶着蜂窩似的槍眼栽到河中，被渾濁湍急的長江水沖走。有的俘虜走到囤船上，不等槍響便自己滾下河，得到的是胡勞及其衛兵們更多的槍子，直至屍體浮起，帶着血水飄走。

丁興模雙手被反綁成「蘇秦背劍」式，頭上插着「死不悔改的走資派丁興模」的標子，排隊向囤船一步步移動。下一個就要輪到他了。他神色木然，無可奈何地等待着最後時刻的到來。突然，一撥大娘太婆衝出味精廠後門，吶喊着向河邊撲來。胡勞和他的衛兵們調轉槍口，瞄準了這一群呼天搶地吶喊奔跑着的人群。胡勞看清這是一群婆婆大娘，沒有動作，等待這群人靠攏。吶喊聲逐漸清晰了，她們反覆喊的是同一句話：「槍下留人啦，你們不能殺丁廠長呀，他是我們用罐罐飯餵活的呀！」

丁興模是個孤兒，以廠為家，與廠裏的婆婆大娘關係好得如同母子、兄妹，在困難時期她們省下「罐罐」飯，把得了浮腫病、餓得奄奄一息的廠長救活了。

她們跑到河灘，不容分說，拉出丁興模，將他團團圍住。跟在這群婆婆大娘後面的夏世雄將胡勞拖到一邊，說：「這些婆婆大娘都是『赤衛軍』的擁護者，你要聽聽他們的意見。況且，丁興模還是川大八・二六聯絡員丁雪華的父親。放了他吧！」

胡勞望了望在夏世雄身旁、用美目誠懇地求他的丁雪華，心軟了，點了點頭，說：「好吧！」

丁雪華趕緊去解開綁着父親的繩索，在夏世雄和婆婆大娘們的簇擁下走進味精廠後門，走回宿舍。一進屋，丁興模就抱頭痛哭起來，聲嘶力竭地呼喊着：「我的兒啦！我的兒啦！」

丁雪華的母親聽到兒子被打死的消息，立即昏厥了過去。

5

這一天，夏世雄提了兩瓶茅台和一束鮮紅的月季花正式到夏家來提親。他和丁雪華在戰火中陷入愛河，只是因家庭的派性原因不敢論婚嫁娶。他在夏家住宅門口停住腳，遲疑片刻，敲了門。

武鬥在重慶和下川東地區無休止地打了下去。在東川市的武鬥中，有成千的人喪生。東川地區八縣一市「赤衛軍」攻打「紅旗」堡壘雲陽的大規模武鬥中，死的人就更多了。每年清明節前，祭奠亡魂的哭聲響徹下川東地區。丁雪華也常到亂墳崗去為弟弟上墳。在失去親人的劇痛以後，夏世雄與丁雪華全家都退出了各自的造反組織，成為逍遙派。丁雪華和夏世雄結合的派性障礙消除了。

丁雪華與丁雪華的父親、母親正在屋裏說笑，夏世雄撲通一聲跪到丁興模腳下。夏家人被這個突兀的動作驚呆了，詫異地望着他。丁興模忙拉夏世雄起來，說：「別這樣，別這樣。這是怎麼啦？」

夏世雄站起來，將手中的酒瓶和月季花放到小方桌上，說：「師傅，我向您老賠禮道歉！」

「為了什麼？」丁興模驚詫地問。

「為了兩年前打您的那一拳。」夏世雄臉紅了，囁嚅着說。

那天，夏世雄帶領味精廠「赤衛軍」到廠裏奪權，要丁廠長交出檔案室的鑰匙。味精廠「赤衛軍」的成員多半是那些「檔案」的受害者，但不知「檔案」

中有什麼「玩意兒」，使他們這一輩子屢遭厄運。夏世雄也想知道自己檔案中有什麼「鋼鞭」材料，使自己雖成績優秀而上不了大學。但丁興模堅決不交鑰匙，說：「搶檔案是犯法的！」

夏世雄向丁興模頭部一拳打去，丁興模打了一個趔趄，栽倒在地上，頭部在水泥地面上撞出一個包。丁興模很快站了起來，擋在檔案室的門上，說：「打死我也不會把鑰匙交給你們的。我勸你們也別強求，謹防你們為此坐牢，划不着！」

夏世雄在大義凜然的丁廠長面前，收了手，沒再進一步行動。

丁興模見夏世雄為這事來向他道歉，心中結的一個疙瘩立即解開了。他嘴角露出了一絲微笑，瀟灑地揮揮手，說：「那不算什麼，我早已不放在心上了。」

夏世雄誠懇地說：「我原來也不覺得有什麼錯。革命不是請客吃飯嘛！最近，我才意識到，我們的革命太過頭了。徒弟怎能打師傅呢！一日為師，終身為父，不管怎麼革命，這點理還是變不了的。徒弟打師傅，就同兒子打父親一樣，犯的是大逆不道的罪！師傅，原諒徒弟的無知，接受徒弟真誠的道歉吧！」

丁興模被感動了，他連說了幾聲「好」後，道：「你救過我的命，兩相抵，我還欠你的呢。」

夏世雄過了這一關後，將小桌上的月季花拿起，遞給雪華，說：「玫瑰花沒有賣的，我只好找了幾支月季來代替。雪華，你願意嫁給我嗎？」

丁雪華望了父母一眼，見他們都讚許地點了點頭，便接過月季花，羞澀地笑了笑，說：「我答應你。別再做『過場』了，把你帶來的酒送給爸爸吧！」

夏世雄忙將兩瓶用紅繩繫着的太白酒遞給師傅，丁興模高興地接過酒，對丁雪華的母親嚷道：「娃兒的媽，愣着幹嘛？快把菜端上來，大家一齊來喝酒！」

一張小方桌，四方擺上了竹椅，丁興模坐上首，丁媽媽坐下首，夏世雄和丁雪華左右相陪。桌上擺了一大盤油酥花生米，一大盤鹵豆腐乾，一大盤涼拌白肉，一大碗鹹燒白，還有一大碟泡菜。泡菜有幾種，紅海椒、嫩仔薑、薑豆、黃瓜，是丁興模特別的下酒菜，獨特的奢侈品。

夏世雄拿過酒瓶，撫摸了一下古色古香的陶瓷瓶上的商標，熟練地拔開瓶塞，在每個人的面前倒了一杯，自己帶頭仰着脖子乾了杯，亮了底，命令式地對大家說：「乾！」

幾個人連忙端起酒杯，喝了個底朝天。丁興模從碟子裏抓了一根鮮紅的泡海椒，咬了一大口，津津有味地嚼着。夏世雄對準岳父的這個怪僻有些不解，好奇地問：「師傅，俚語說，泡菜下酒，穿腸爛肚，吃了要得癌症，你不怕？」

丁興模瞪了瞪眼，借題發揮：「胡說八道，什麼癌症？就是得了癌症我也不怕，現在的人不是得癌症，就是害癲症，全瘋了！」

雪華着急地捅了父親的腰杆一下，說：「爸爸，莫亂說，禍從口出！」

丁興模警覺地收了口，沉默了。夏世雄苦笑了一下，說：「怎麼，連我也信不過了？」

雪華歎息一聲，說：「不是信誰不信誰的問題。世雄，難道你沒有看到由於各自堅持不同的派別觀點，不同的階級立場，全家人分裂成幾派，鬧得冤冤不解，兄弟反目，父子不認，夫妻脫離，『大義滅親』嗎？這是一個階級性高於一切，六親不認，絕滅人性的時代，處處小心一點好。」

夏世雄驚詫地望着似乎突然成熟起來的丁雪華，說：「雪華，你變了。」

「是嗎？我哪點變了？」

「變成熟了，成熟得近乎世故了，你從前不是這樣的。」

丁雪華歎息一聲，說：「這是文化大革命教給我的。我們這批人懷着無比虔誠的心情參加文化大革命。可是，革命發展到現在，全變味了。雙方都是造反派，為了一派的私利，紅了眼睛，摒棄了傳統的人性、人道和良知，以殺滅對方為目的，採用了人類歷史罕見的殘酷手段，對付自己的兄弟姊妹，父老鄉親。在我們東川的武鬥中，至少死了一、兩千人；在八縣一市攻雲陽的武鬥中，死的人就更多了。多少冤魂啊！」

夏世雄沉思片刻，說：「這筆賬不能全算在造反派身上。那天我們從專員公署衝下山時，輕工分團的郭月掉隊被『紅旗』抓去活活用亂棍打死，他在臨死前還用殘存的微弱口氣斷斷續續地吐出幾個字：『革命……路線……勝利……』，他念念不忘的是國家大事。『人之將死，其言也善』，你不會懷疑他對革命的忠誠吧！在東川地區八縣一市『赤衛軍』攻打『紅旗』堡壘雲陽的大規模武鬥中，武鬥策劃者胡道生在簽署『武裝解放雲陽』的血腥命令時，心情無比沉重地說道：『為了毛主席的無產階級革命路線，我現在是把一切都豁出去了。如果這個決定對了可以不去提它，如果萬一錯了，坐牢殺頭我一個人去承擔好了。』現在胡道生正在為自己的罪行服刑。他是有罪的，但他犯罪的根子在什麼地方呢？讓這樣一個無私無畏為革命而戰的人承擔全部歷史責任是否太過分了？」

丁雪華說：「那你認為應該由誰來承擔歷史責任呢？」

夏世雄說：「其實道理很簡單，做出結論來也不難，只是大家不敢想，也不敢說。」

丁雪華說：「你的意思是說應該由中央文革和林副統帥來承擔歷史責任？」

夏世雄說：「他們有責任，有重大責任，但不是主犯。」

丁雪華駭然道：「你的意思是說應該由毛老人家來承擔歷史責任？」

夏世雄點了點頭。丁興模制止了這場危險的談話，說：「不能再說了，就憑你們這幾句話，就可以被抓去殺頭的。今天的談話，我們都只能當作沒聽到，沒有說。哪個漏出去我們都死不認帳。」

夏世雄說：「我不怕。為了使全國人民早點覺醒，中國早日結束這場災難，我豁出去了。我們幾個志同道合的人成立了一個馬列主義研究小組，不知你們有興趣參加不？」

丁興模說：「太危險了。誰也不准參加你那個馬列主義小組，我勸你也趕快把那個小組解散。一旦有人知道了，你那個小組就會變成反革命組織，你會被『敲沙罐』！」

6

研究生長征隊準備從貴州遵義出發，重走在毛主席親自率領下走完的長征路，一路播種「造反」的種子。作為長征隊的宣傳部長，黃家寶打前站先到重慶，搞到了到遵義的火車票。黃家寶拿上火車票，想到朝天門碼頭去看一看長江。在碼頭長航局售票處門口，有人一把抓住了黃家寶。朝天門碼頭人山人海，從全國各地來的紅衛兵都想在這裏搞到一張船票，或順着長江去組織「造反」，或渾水摸魚借機去進行免費旅遊。

一個人從後面用雙手蒙住了他的眼睛，說：「猜猜！我是誰？」

黃家寶說：「不用猜，你娃娃化成了灰我也認得，左興國！『鼓眼』！」

手放開了，黃家寶看見了滿臉絡腮鬍子，眼睛鼓鼓的左興國，還看見他的旁邊站着一個人，左興國的姐姐左一曼！黃家寶驚喜地呼道：「你們怎麼都在這兒？」

左興國一直跟父親左斯年一起生活，中學畢業後，考上了川大生物系，成了黃家寶的同學。他比黃家寶低三個年級，是黃家寶的莫逆之交之一。左興國與一曼同級，是在校學生，有權出來「串連」。

左興國雖然成績不算太好，但極善交際，也很講義氣。他對黃家寶這個乾哥哥關懷備至。他家裏有錢，常請黃家寶進館子，不是在川大後門吃一碗醪糟粉子荷包蛋，就是到新南門去飽吃一頓「韓包子」，或在九眼橋北頭的飯館請黃家寶吃一碗熗鍋麵。

左興國不僅請吃請喝，還給黃家寶介紹女朋友，為他與一曼之間穿針引線，甚至安排他畢業後的事。黃家寶有時懷疑他的動機，說：「你別是想當司令，培養我當你的參謀長吧？」

左興國一副老成持重的兄長模樣，教訓黃家寶：「我發覺你讀書雖行，擁有的社會知識卻如同白癡。一個人要在社會上安身立命，幹一番事業，只有一個人是不行的，必須拉幫結派。你看，劉備為了成就大業，搞了個桃園三結義。劉、關、張各有所長，互為補充，互相利用。以後，劉備同關羽、張飛結成死黨，得了三分之一的天下。我們夏家同黃家、左家的父輩也是結義兄弟，幾十年來互相扶助，成為通家之好。」

黃家寶說：「你的思想真可怕。要在反右時期，你不當右派才怪。」

左興國「人與人之間的關係便是互相利用」一說，黃家寶是不能接受的。他受的教育使他相信人與人之間應該建立一種互相幫助的關係，「我為人人，人人為我」。但這並不妨礙他們的友誼。

左興國雖然是學理科的，卻喜歡文學，還能吟詩作賦。黃家寶也鍾情於文學，業餘常寫點文章，投到校刊上。黃家寶後來成了校刊記者組的組長，不時同左興國聯合撰文。也許，這是黃家寶與左興國成為莫逆之交的原因之一吧。

一次，黃家寶和左興國聯合撰文發表在《四川日報》上，得了3元錢稿費。這是他們得到的第一筆稿費，也是他們有生以來靠自己的勞動得到的第一筆報酬。他們決定用這一筆稿費，拉上左一曼一起去吃一頓熗鍋麵。一隻鐵鍋中放上一大勺清油，大火熊熊，燒得冒煙，燒得着了火，一盤肉絲倒下去，嗞嗞地響着，再倒進榨菜絲，倒進水，撲滅了火，一鍋熱氣騰騰的湯滾滾沸騰着，再撈起下好的麵，在鍋裏煲上三兩分鐘，連湯帶水裝進白瓷斗碗中。熗鍋肉絲麵吃在嘴裏，燙在心裏，那滋味，別提了！

他們還到九眼橋相館去合影，照片上書寫了「歲寒三友」幾個字。這張照片黃家寶至今仍珍貴地保存着。也許，他們這也算是「桃園三結義」了吧。

左興國揚了揚手中的幾張票，說：「坐船到武漢去。你娃娃運氣好，我搞到了三張船票，有一個人打退堂鼓了，正好給你！走，順着李白、杜甫的路，過三峽，出夔門，去看看『極目楚天舒』的景象。」

黃家寶動心了。像李白、杜甫一樣，遊遍祖國的名山大川，是黃家寶做了十幾年的夢。想不到實現這個夢來得如此快。而且，有免費票和免費飯，不用花錢。何況，還有兩個「毛根朋友」相隨。這種機會真是千載難逢！但，黃家寶摸了摸胸口中的十幾張火車票，猶豫了，說：「哎呀，可惜我已經參加研究生長征隊，當了宣傳部長。我們準備沿着毛主席走過的路線，到長征路上去播革命的火種！」

左興國白皙的臉上露出嘲諷的笑容，對左一曼說：「你看，『三娃子』好『瓜』。當初我在學校搶麥克風時，他把我拉下來，說情況不明，不要亂說亂動。我聽了他的話，不再鬧了。現在他卻來勁了，要到長征路上去進行革命串連。」

黃家寶分辯道：「那時情況不明嘛。現在毛主席發話了。他在天安門廣場上接見了上千萬的紅衛兵，我也去了。毛主席揮手我前進，不得錯的。」

左興國說：「任何人都有錯的時候，文化革命這件事複雜得很，弄不好頭掉了還不知道是怎麼回事。還是離這場革命遠一點好。一曼，勸勸他。」

左一曼說：「興國說得對。我本來跟着丁雪華鬧得夠歡的。但我爸爸成了走資派，我也從『革幹』出身的『紅五類』（注：文革時出身為工人、貧農、下中農、革命幹部、革命軍人者稱『紅五類』）變成了受人歧視的『黑八類』（注：文革時出身為地主、富農、反革命分子、壞分子、右派、叛徒、特務、走資派者稱『黑八類』），把我趕出了紅衛兵隊伍。真氣人！真沒意思！『三娃子』，把火車票退了，把宣傳部長的職辭了，跟我們走吧。」

上了船，他們才知道這是一隻軍用登陸艇。他們被趕進密不透光的底艙中，走了兩天兩夜，什麼也沒看着，便到武漢了。左興國在船上成天睡覺，不時傳出他的呼嚕聲。黃家寶和左一曼不大睡得着，她便偎依在黃家寶身旁，要黃家寶給她講故事打發時光。黃家寶便將從家裏聽來的《一隻繡花鞋》的故事講給她聽。黃家寶添油加醋，將那個在全國廣為流傳的反特故事講得又恐怖，又生動，又長。有時，講到嚇人處，黃家寶感到一曼緊緊地挽着他的手，全身顫抖。黃家寶不講了。她便催促他，要他再講，她不怕，故事越恐怖、越刺激，越好聽。黃家寶講了又講，有美麗的姑娘在旁聽他的故事，漫漫長夜過得便快些了。黃家寶也從此開始和一曼親近起來。雖然黃家寶忘不了蒲香豆，但他明白，那是絕望的愛。人的本能要求自己要尋求伴侶，「窈窕淑女，君子好逑」，愛不愛有時只好退居其次。

7

他們準備從武漢坐汽車到韶山去，瞻仰毛主席的故居。在汽車站領票時，三天以內的票都領完了。正在一籌莫展之時，他們發現有一輛即將發往韶山去的汽車旁圍着一大堆人，正在鬧哄哄地選旅客代表。左興國擠上去，毛遂自薦，當了旅客代表。他要大家排好隊，自己首先上車維持秩序，由服務員驗票、收票上車。黃家寶和左一曼尾追上去，想混上去。但服務員鐵面無私，沒有票不准上去。左興國在上面擠眉弄眼，作聲不得，他怕自己露了餡被趕下來。車啟動了，左興國才從窗口對黃家寶附耳道：「趕下一個車，就說票在前面旅客代表那裏。」

黃家寶和左一曼如法炮製，擠上了另一輛汽車。車開動了，他們才知這輛車是直開長沙的。經過了一天的顛簸，他們終於到了長沙。下車後，他們擠上一輛公共汽車，到嶽麓山下的湖南大學去。公共汽車很擠，黃家寶拉着一曼拚死擠上公交車。公交車上有個工人模樣的中年人，剛才在擠車時被黃家寶推搡了一下，圓眼怒視着黃家寶，氣憤地說：「擠個麼什？誰叫你們到這兒來的！影響大夥兒上班抓革命、促生產！」

黃家寶被罵「毛」了，拉着那個工人的手臂，怒吼道：「誰叫我們到這裏來的？毛主席！你敢反對毛主席？歷史反革命！你等着，下車找人來同你算帳！」

那工人嚇呆了，不敢再開腔，掙脫了黃家寶的手臂往車廂裏面擠。一曼忙拉了拉黃家寶的衣角，叫他別再鬧了。

下車後，黃家寶餘怒未消，把那工人惡狠狠地看了幾眼。一曼說：「何必狐假虎威呢！」

黃家寶一下子洩了氣。他為自己的這一個行為後悔了一輩子。這是他在「文革」中借「毛老人家」的名義主動幹的一件令他愧疚一生的唯一一件壞事。

他們沿着嶽麓山的盤山道，下山去找湖南大學的接待站。在接待站登了記，各自在男、女生宿舍找到了分配給自己的床，在伙食團吃了一頓晚飯。一罐白生生的米飯，一罐藕燉排骨煲。那藕燉排骨煲味兒真鮮，至今黃家寶還能回味起切成丁狀的湖南蓮藕的清香。

晚飯後沒事，黃家寶同一曼緩步登上嶽麓山。那會兒雖說表面上亂糟糟的，社會秩序卻好得很，用不着擔心在林子中會遇到歹徒的。一曼挽着黃家寶的手，將他引到一條岔道上。岔道上有一大片松樹林子，地上鋪滿松針。有許多杜鵑花叢雜在林子間，開着鮮紅、粉白的花。

他們在林中的一塊鋪着厚厚松針地毯的開闊地上坐下了。天漸漸黑了，萬籟俱寂，只有蟬聲、蛙聲在鳴唱着動人的夏夜之歌。這是一個月黑頭，沒有月亮，但星光特別燦爛。星光從松樹林的縫隙中漏下來，北斗七星隱隱可見。一曼望着北斗星，在黃家寶耳邊唱起了那年頭流行的歌：「抬頭望見北斗星，心中想念毛澤東⋯⋯」

黃家寶動情地握住了一曼的手，輕輕地撫摸着⋯⋯慢慢地，一曼止住了歌聲，她感到一股電流從家寶的手指傳遍了自己的全身，這種感覺在船上與家寶緊緊擠在一起時都沒有過。

一曼感到熱血上湧，心中突然湧出一股強大的渴望，她一把抓住了家寶溫暖的大手，將這隻手緊緊貼在了自己劇烈起伏的胸膛上。青春的欲火被點燃了，他們瘋狂地吻着對方，身體緊緊地摟抱在一起，一股什麼力量也阻擋不住的欲望從兩人的體內湧出，強烈地渴望着合為一體，達到瘋狂的頂峰。他們急促地互相脫光對方的衣服，變成一團雪白的影子在松針地毯上滾來滾去。星星眨巴着眼睛，偷看松樹林中的人間喜劇，見證了他們的結合。

8

回校後，黃家寶既沒參加保皇派，也沒加入「八・二六」造反兵團，他在一個曇花一現的第三勢力「紅色戰鬥團」裏混了幾天，寫了篇誰也不看的反對懷疑一切的大字報，便成了個無依無靠的逍遙派。

一曼的肚子大了起來，這可能是那天他們倆在松針地上滾來滾去結出的果子。眼看就要露餡。露了餡可不得了。去醫院打胎是不可能的，那會兒打胎的手續麻煩得很，說出實話等於「自殺」。學生又不能結婚，辦不到結婚證。就在他們一籌莫展的時候，畢業分配開始了。黃家寶被分到工廠，左一曼被分到梓潼縣中去教書。

臨別前，徵得兩家老人的同意，黃家寶和左一曼去辦了一個「不倫不類」的結婚手續。黃家寶找到留校當了系革委會主任的丁雪華，從她「別在屁股」上的口袋裏拿出公章，在他們的申請書上蓋了一個紅色的大印，算是得到了「組織」的批准。但去街道辦事處開結婚證卻遇到了麻煩。辦事處怎麼也找不着「結婚證」了。據說「結婚證」在破「四舊」時被一起燒掉了。辦事處的人只好在他們蓋了紅印章的「結婚申請書」上再蓋了一個紅印章，就算他們辦過結婚手續了。

春天，他們在左家的小院裏舉辦了一個簡樸的婚禮，在小院大門上貼了一個雙喜字。把東廂房收拾出來，買了床新被單、新被蓋，在紅鍛子被面上放上雙喜紅字剪紙，佈置成新房。小院裏百花盛開。東廂房緊靠木芙蓉的一株玉蘭樹銀花怒放，宛如藍天上一朵朵潔白的雲彩。靠牆的一簇杜鵑開滿了成百上千朵粉紅色的花兒，嬌嫩的花瓣在柔和的春風中微微顫抖。牆角的一株不引人注目的春蘭開了幾朵純白素色的花，悄悄地散發着幽幽的香氣。

黃、左兩家在成都的少數至親好友應邀參加了婚禮。黃家寶的父親黃開泰和母親彭宗俊來了。自黃家寶在藥廠當了車間主任後，藥廠為他分了一間八平方米的小房。他將雙親從重慶接上來小住，自己則常回川大寄居準岳父家。

黃開泰的哮喘病越發嚴重了，走起路來喘個不停，拄着拐杖也要十步一歇，靠吃「麻黃素」和「甲甘草」鎮堂子，五十多歲的人看起來似七、八十歲，目不忍睹。倒是彭宗俊一點不倒威，稍作淡妝便似三、四十歲的風流少婦。她在鄉下很合群，又能跟上時代的潮流，一直很順遂。解放初期，她作為鄉下少有的婦女知識分子，當過觀音橋鄉人民政府的衛生委員，領導鄉民除四害，講衛生；人民公社化運動時，她放棄了城市戶口，成為觀音橋鄉寨子坪大隊幼兒園的園長，范家院子生產隊伙食團的團長。《人民日報》發了社論：「敞開肚皮吃飯，鼓足幹勁生產」，她辦的伙食團一日三餐有魚肉，頓頓菜不重複。可惜，好日子沒過多久，伙食團每餐從十菜一湯，迅速遞減為七菜一湯，四菜三湯，一菜一湯。最後，只有面疙瘩煮湯，牛皮菜煮湯，直至什麼也沒有的三個月。芭蕉頭、觀音土都吃完了，餓死好多人。然後，「三自一包」，有飯吃了，又搞「四清」運動。她熱情地接待由成都大學校長帶隊的四清工作組，清算隊長貪污隊上糧食、吊打社員的罪行……文化大革命來了，她惶惑了，不再當運動積極分子了。

故舊相逢，小院裏十分熱鬧，左斯年高興極了。左斯年坐在玉蘭樹下的桌子旁，一邊同黃開泰聊天，一邊優哉遊哉地靠在竹椅上搖晃。他一手拿一張《人民日報》，一隻手用力地上下揮舞着，打着拍子，嘴裏在哼哼唧唧地唱着什麼歌。黃開泰問：「親家，啥子事這樣高興喲？」

左斯年說：「林彪在溫都爾汗摔死了，活該喲！活該！」

黃開泰笑笑，說：「我早看出來那『龜兒子』不是好東西，一臉奸相……」

左斯年調侃道：「那你為何不早點給毛主席進言，現在才來『事後諸葛亮』！

黃開泰說：「誰敢？諒你也不敢。『閒事少管，走路伸展』啊！」

黃家寶、左一曼和左興國回憶一起去串連的日子，十分開心。當黃家寶談起左興國在武漢把他和左一曼甩了的事，左興國不但不自責，反而誇耀道：「要不是那天我甩了你們，今天怎能喝成喜酒？快謝謝我這個大媒吧！」

左一曼說了聲：「臉厚！」忙用一支喜煙堵住了弟弟的嘴。

9

1976年。天氣陰冷，細雨惱人，低矮的天穹壓得人喘不過氣來。黃家寶穿上棉大衣，將連夜趕製好的黑紗戴在左臂上，跨上自行車，趕到工廠去上班。

上班的人陸陸續續走進大門。大多數人左臂上戴着黑紗，臉色陰鬱，忘了像平時那樣在廠門口互相點頭招呼，心事重重地走向工作崗位。少數沒有戴黑紗的人，有意識地躲藏着不光彩的左臂，急匆匆地鑽進辦公室。

黃家寶走進車間辦公室。辦公室裏圍着一大堆人，車間核算員段紅扯開她那特有的大嗓門，翻動着薄嘴唇，正在眉飛色舞地講着什麼有趣的新聞。她看見黃家寶走進來，對黃家寶嚷道：「黃主任，給你說嘛，今天在公共汽車上，打得好兇喲。一個人沒有戴黑紗，售票員不准他上車，這個人硬要上來，還說了些攻擊周總理的話。大夥兒『毛』了，把這個『蝦子』狠狠地捶了一頓。」

「捶得好！」黃家寶解氣地說。

段紅繼續說：「總理去世，沒有哪一個有良心的人不難過。我們廠裏好怪喲，一點動靜都沒有，靈堂不設一個，牌坊也不紮一個。剛才大家圍着張書記、朱廠長，要求他們組織悼念，他們直搖頭。」

黃家寶沉思了一下，說：「別難為他們了。上面有通知，不准組織悼念活動。這樣吧，官方不組織，我們老百姓自己組織。願意走的，跟我到大門口，把牌坊紮起來。」

人人都願意走。黃家寶將志願者分了工，有的找花，有的找總理像，他同段紅蹬三輪車到川大去砍柏枝。黃家寶蹬着車，段紅坐在三輪車上，從川大後校門進入校園。奇怪的是，偌大的一個川大校園裏竟看不到一個人影，冷清清的。他們在生物園停下三輪車，順利地砍了一車柏枝。他們拉着柏枝，從生物園出發，趕到理科大樓前面。忽然，黃家寶聽到一陣奇怪的聲音，在川大校園上空滾動。黃家寶豎着耳朵聽了一會，發現這是一種嗚咽聲，這不只是一個人、兩個人的嗚咽聲，這是成千人、成萬人的嗚咽聲。嗚咽聲越來越大，像一陣陣低沉的雷鳴，不停地在校園上空滾來滾去。這一陣悽楚的嗚咽聲，強烈地震撼了黃家寶的心靈。黃家寶鼻子發酸，眼睛濕潤。他蹬上三輪車，向嗚咽聲傳來的方向奔去。

大操場上擠滿了成千上萬的教師、學生，黑壓壓一片。主席台上用松枝、柏枝紮成巨大的牌坊，無數的白花點綴在牌坊之上，兩幅巨大的白紙上寫着斗大的字，白髮蒼蒼的老校長左斯年站在麥克風前，回憶在抗大時聆聽總理教誨的情景，泣不成聲，熱淚縱橫。台下的教師、學生三五個人抱成一團，哭得捶胸頓足。黃家寶和段紅停下三輪車，走進人群，融合在悲壯的洪流中。黃家寶噙在眼睛裏的眼淚奪眶而出。黃家寶同周圍的人一樣，放聲痛哭，如喪考妣。廣場上的人，一生中大多沒有這種聲嘶力竭痛哭的場面。他們哭啊哭，哭不是親人勝似親人的總理，哭多災多難的國家；哭苦難深重的中華民族，哭失去了的光明、希望、幸福，直哭得天昏地暗，日月無光。

一個人轟地一聲哭倒在黃家寶的旁邊。他睜大朦朧的淚眼，向聲音傳來的方向看了看，他一眼看見倒在地下的人竟是丁雪華。她嘴裏吐着白沫，雙目緊閉，蜷縮成一團，倒在地上。黃家寶因為同夏世雄家是世交，通過夏世雄，他曾與丁雪華有一面之交。黃家寶收住哭聲，拉了一下哭得淚人兒一般的段紅，一起將丁雪華扶起，把她放在三輪車上的柏枝叢中。黃家寶推着三輪車，段紅扶着她的頭，小心地將她送到川大醫務室。幾個醫生、護士跑出來，同他們一起將她抬進急救室，放在一張病床上。

經過搶救，丁雪華蘇醒過來。她用紅腫的眼睛迷惘地望了望周圍。當她明白了發生的事情後，感激地對黃家寶一笑。黃家寶讓段紅蹬着三輪車走了，自己留下來守護丁雪華。丁雪華掙扎着站起來，在黃家寶的攙扶下，走出醫務室。

大操場上已經沒有人了。參加追悼會的師生，不顧市委的勸阻，在老校長左斯年的帶領下，抬着花圈，邁着沉重的步伐，到街上遊行示威。校園裏空蕩蕩，靜悄悄的。黃家寶和丁雪華在柏油大道上默默地走着。在一個石櫈前，丁雪華停住腳，說：「我走不動了，歇歇吧。」

他們在石櫈上坐下來。丁雪華感慨地說：「家寶，我真羨慕你。」

「我有什麼值得羨慕的？」

「這幾年，你畢竟幹了一番事業，做了些有益的事。」

「我不過在藥廠裏當了幾年苦力罷了，算得上什麼事業，那兒比得上你們幹得轟轟烈烈？」

「那是啥轟轟烈烈呀！我們在對神靈的頂禮膜拜中幹了那麼多現在一想起來就臉紅的蠢事。我們侮辱打倒了中國最不該打倒的人：劉少奇。我們今天打倒這個、明天打倒那個，糊里糊塗地侮辱、打倒那麼多不該侮辱、不該打倒的人。直到他們要我們打倒中國最最不該打倒的人：周總理，我們才醒悟過來。我們在這近十年的時間裏，毫不吝惜地拋擲了最寶貴的青春，做着甘灑熱血寫春秋的迷夢，卻幹了一件瘋人才會幹的大蠢事。這是歷史對我們最殘酷的戲弄，最無情的摧殘。」丁雪華激動地說着，亮閃閃的眼睛裏噴射着悲愴的火焰。

10

星期日，黃家寶騎着自行車，到文化宮、春熙路、英雄口一帶轉了一圈。大字報、小字報，鋪天蓋地，擠滿了大街兩旁每一處可以貼紙的地方。他細細地看着這一些以悼念總理為主的大、小字報。他特別注意看那些藏在大、小字報縫隙中的文章。這些文章真是「反動」極了，把矛頭直端端地指向江青、姚文元、張春橋，更有甚者，竟敢犯上直指紅太陽。路人見到這種觸目驚心的文章，大多像碰到瘟疫一樣趕緊迴避，只有少數膽大包天者不僅要細細觀看，還要在上面急急忙忙的批幾個字。「好！」「痛快！」「勇敢！」在這些文章中，他發現了夏世雄雄渾的筆跡。他恐懼了，他知道，我們的公安機關有破案的非凡本領，特別是這些重大的政治案件。他為朋友擔心萬分。

黃家寶推着自行車走到交際處。交際處前人山人海，堵塞了交通，他問一個踮起腳伸長脖子觀察的老頭：「老大爺，你在看啥？」

「總理遺言！總理遺言！」老頭激動地湊着黃家寶的耳朵咕嚕着。

黃家寶架好自行車，站在自行車後架上，望見了那張轟動全市、全國的《總理遺言》抄件。後面的人叫起來：「前面的，念啦！念啦！」

有人大聲念起來，混亂嘈雜的大街漸漸肅靜下來。黃家寶掏出筆記本，趕緊抄起來。

黃家寶抄起遺言，如獲至寶，撥轉車頭，興沖沖向夏世雄家奔去。夏世雄同丁雪華結了婚，靠丁雪華那些掌權的造反派戰友們的力量，把夏世雄調到成都味精廠，在父親夏澤西的一座小公館裏安了家。黃家寶按了門鈴，夏世雄讓他進去。停好自行車，黃家寶從口袋裏拿出抄件，揮了揮，得意地對夏世雄說：「世雄，我抄來了一份總理遺言！」

夏世雄興致勃勃地看着黃家寶遞給他的日記本，「嘿嘿」地笑着連聲說：「妙！妙！」

「世雄，你看這是不是真的？」

「真的？倒不見得。不過，即便是偽造的，也造得非常巧妙。我這兒也有類似的一份『總理遺言』，是一個老紅軍給我的，據說是總理逝世前幾天接見八大軍區司令員的講話記錄。」

夏世雄拿出一個記滿各種小道消息的筆記簿，翻開一頁，給黃家寶摘要地念起來：「你聽，總理說：『現在我們國家可能出現資產階級野心家和林彪式的人物，想篡奪黨和國家的領導權。他們所用的手段一是『棒』，二是『整』，無非是打着紅旗反紅旗，嘴上高喊馬列主義，背後幹的卻是反革命修正主義，特點是顛倒是非，混淆黑白，無中生有，造謠惑眾，用大帽子壓人，達到他們陷害整倒中央幾個老幹部和革命同志的目的。同志們要特別警惕，不要做政治上的應聲蟲。』」

夏世雄接着說：「注意，總理說，不要做政治上的應聲蟲！他還說：『鄧小平同志參加革命工作以來，成績是主要的。劉鄧大軍為我們祖國打下了半壁江山，創立了半壁家業，出生入死，槍林彈雨，為人民立下了很大功勞。小平重新工作以來，每天只睡二至三小時的覺，一心想把工作做好，總的是對的，用意和目的是無可非議的，我個人是滿意的。你們要支持小平同志的工作，今後要關心他的一切。可是，現在總是有那麼幾個人和小平過不去。他們在報上批我和小平。整倒小平的陰謀早就開始策劃了，專案組去年就成立了，想是等我死後，才能公開發表。古今中外，謀害別人的人，總是沒有好下場的，整別人的人是長不了的。』」

夏世雄繼續說：「總理還說：『你們要忠於我們黨和千百萬烈士用鮮血換來的新中國。你們有保護建國以來的成果和老幹部的重大責任。你們對派性一點也不要支持了。他們鬧派性的目的，是要鬧垮社會主義。他們的後台比你們大多了。希望你們義正辭嚴，不再做政治上的應聲蟲。要為中國的前途，九億人民的命運着想，重任在肩，行動要果斷。』總理又說：『我的死可能導致小平等人政治上的死亡，不要怕，不鬥是不行的，忠於革命的老同志還沒有死絕，中國革命的歷史也是篡改不了的，我斷定他們那樣做是自我暴露。』總理最後說：『我想中國的前途是光輝燦爛的，幾塊烏雲將被雷電擊散，陽光雨露會引來祖國的山河翠綠，迎來百花吐艷，春滿人間。』」

夏世雄頓了一下，說：「總理說得多好。為了迎來百花吐艷、春滿人間的時代，我們每個人都不能再做政治上的應聲蟲，我們要起來鬥爭。我們的人民已經起來了，在保衛周總理的旗幟下，人民在沉默中爆發了，吶喊了，讓那些強姦民意的人發抖吧，人民是不可辱的。」

夏世雄越談越激動，黑黝黝的臉膛上泛起紅暈，漆黑的眸子裏閃着光。丁雪華買菜回來了，同夏世雄寒暄了兩句，眼光落到放在寫字台上的大字報上。丁雪華仔細地看了看大字報，眉頭緊鎖，說：「世雄，你寫這些幹啥？」

夏世雄說：「不該寫麼？就興他們明目張膽地攻擊周總理，不興我們反駁他們幾句麼？」

丁雪華說：「可是，你要求公安機關迅速逮捕攻擊周總理的歷史反革命分子，這不是癡人做夢嗎？誰理你呀！」

夏世雄說：「正因為如此，我要寫。我們的公安機關不抓這樣的壞人，容忍這樣的反革命，很說明問題。這可以清醒一些人的頭腦，喚醒被現代迷信麻醉了頭腦的人們！」

「世雄，」丁雪華擔心地說，「你這樣做是沒有用的，只會徒然招來橫禍，帶來不必要的損失。」

夏世雄說：「怎麼會是徒然的呢？縱觀歷史，每次在中華民族危亡的關鍵時刻，民族的精英便會發出吶喊，以喚醒人民。國家興亡，匹夫有責。要是大家都只顧保自己的身家性命，我們這個民族早完了。民族完了，即便你活着，卑躬屈膝，苟活於世，有什麼意思！」

丁雪華說：「人民？你太天真了。上面一個命令，就會使你的人民乖乖地沉默。黨內的問題，只有靠黨自己來解決。」

夏世雄說：「黨解決問題，也要依靠人民。民心、黨心、軍心，是不容忽視的。靠鎮壓來維繫的政權，不得人心的政權，是不會長命的。」

丁雪華沉默了，夏世雄提筆揮毫，在大字報的後面落下：「公民夏世雄」幾個大字。寫完大字報，夏世雄找來一張白紙，在上面寫了一個大大的「豬」字。黃家寶驚愕地望着「豬」字，茫然不解地望望夏世雄。夏世雄莫測高深地笑了笑，沒有回答。他卷起大字報，拿出糨糊桶，對黃家寶說：「走，家寶，貼大字報去！」

黃家寶提着糨糊桶，夏世雄拿着大字報，出門騎上自行車，向文化宮方向奔去。他們在文化宮前一張攻擊總理的大字報前停下車，夏世雄拿起小掃帚，在這張大字報的旁邊刷上漿糊，黃家寶將夏世雄的大字報貼上去。大字報的標題是：「強烈要求公安機關嚴懲惡毒攻擊周總理的歷史反革命分子！」標題很吸引人，大字報前立即圍滿了人。夏世雄拉了拉黃家寶。他們退出人群，騎車向騾馬市方向奔去。

在騾馬市街口，貼着一幅大標語。標語上寫着：「鄧小平若上台，千百萬人頭就要落地！」標語前冷冷落落的，沒什麼人。夏世雄用小掃帚在那幅標語的「人」字上刷上漿糊，將「豬」字貼上去。黃家寶把大標語看了一遍，恍然大悟，一字之差，大標語的含意魔術般地翻了個個，竟成了：「鄧小平若上台，千百萬豬頭就要落地」。人頭落地是血淋淋的恐怖景象，豬頭落地則是歡宴升平的喜慶圖畫！新穎的改動立即吸引了行人，一會兒功夫，大標語前擠滿了黑壓壓一片人。人們評頭論足，點評這個改動的妙處。有人笑起來。人們受到感染，跟着開懷大笑。「哈哈哈！哈哈哈！」千百人的笑聲匯聚在一起，彌漫在騾馬市上空，使行人止步，汽車停駛，又一處交通被堵塞了。

最大的交通堵塞，發生在英雄口。這一天，重慶來的技術員白智清在英雄口銀行外的圍牆上貼了一張矛頭直指張春橋的大字報，引起了轟動全省的英雄口事件。黃家寶得到消息，正是第二天清晨，他沒有看到頭一天英雄口人山人海的盛況。他騎着自行車，趕到原名鹽市口、「文革」中改名英雄口的鬧市區。天剛濛濛亮，柏油路上昏黃的路燈照耀着寂靜的街道。惟有英雄口人頭攢動，像大白天一樣熱鬧。有人用電筒照着那些大字報，大聲朗誦着。伴隨着朗誦聲，人群中不時傳出一陣叫好的熱浪。後面的人將前面的人的背脊當桌子，記錄着大字報的內容。黃家寶融入叫好的人潮中，同百姓們一起享受吶喊的歡樂。人走了一批又一批，到上午九點多鐘，英雄口又被圍得水洩不通。

「閃開！閃開！」一陣騷動聲從後面傳來，一夥帶着藤帽，提着糨糊桶的小伙子從人群閃開的夾道中橫衝直撞而來。他們在大字報上刷了一層糨糊，沿着銀行圍牆貼上了一幅大標語，覆蓋了大字報。黃家寶定睛一看，大標語上寫着：「把矛頭指向中央首長，絕沒有好下場！」

人群圍上去，制止他們覆蓋白智清的大字報。忽地，這群小伙子「唰」地一聲，齊楚楚地抽出插在腰間的短棒，在人群頭上揮舞起來，挨打的人「哇哇」叫起來。人群混亂了，紛紛四散逃跑。短棒在人群上空飛舞，追逃聲驚天動地。有人大喊一聲：「跟他們拚了！」

抱頭鼠竄的人們清醒過來，紛紛轉身同短棒隊員搏鬥。這時，黃家寶已經退進譚豆花店。幾個短棒隊員衝進來，木棒就要打到他頭上。他急中生智，順手拿起店堂裏的板櫈，同短棒隊員對壘。幾個工人模樣的中年人、青年人，也學他的樣，拿起板櫈同短棒隊員對打起來，店堂裏一片乒乒乓乓的聲音。短棒隊員一見寡不敵眾，好漢不吃眼前虧，轉身就跑。大街上震盪着一片老鼠過街，人人喊打的吼聲。

第五章

1

1978年，一輛黑色的紅旗牌小轎車在人民南路上飛馳，發出「嗞嗞嗞、嗞嗞嗞」輕快的歡叫聲。早過而立之年的夏古傑，西服革履，坐在伯父左斯年的身旁。左斯年的老首長、老戰友陳銳調到四川來當省委書記，要他找一個人幫他上一堂「生物工程」課，他聽過乾侄兒夏古傑給他談生物工程，夏古傑口才很好，講得頭頭是道，生動有趣。他給夏澤西打了個電話，親自到老馬路夏公館去把乾侄兒夏古傑喊來，一方面讓他講課，也好順便把乾侄兒推薦給以愛惜人才著稱的陳書記。

小轎車開進商業街一座幽雅的小院。叔侄二人下車後，沿着花徑走進一座二層青磚小樓房。小樓四周種滿了樹木花草，青藤爬滿了小樓的外牆。陳銳聞聲迎了出來。這是一個矮胖、禿頂、面容慈祥的老者。他親切地握住左斯年的手，拉着左斯年進了一樓的書房。書房內鋪滿了陳銳寫的條幅、橫幅。牆上掛着一對筆力遒勁的條幅，上聯是「無欲則剛」，下聯是「有容乃大」。書桌旁的竹質花架上放着一盆蘭花，從蘭花葉叢中伸出一箭帶兩朵雪白的蘭花的花箭，花色純淨無一絲雜色，一看便知是名貴的品種。夏古傑知道這種蘭花叫銀杆春劍素，以前花朝門養得很多。

主、客落座後，左斯年見陳銳將目光落在夏古傑身上，便介紹道：「這是我的侄兒夏古傑，夏澤西的大公子。」

陳銳同站起來的夏古傑握了握手，說：「坐，坐，我認識你父親，你同你父親很像，將門出虎子啊，你在川大工作，生物系的？」

夏古傑臉紅了，囁嚅着應道：「不，我在九眼橋獸醫聯合診所工作。」

陳銳愣怔了一下，問左斯年：「怎麼？你找一個獸醫來給我講生物工程？」

左斯年歎息一聲，說：「夏古傑自學成才，學術水平很高。他講生物工程，一定不會比生物系的教授差。他一生坎坷，歷盡艱辛，當過志願軍，後來被劃成右派，但早已摘帽了。」

陳銳沉默了。難道又是一個冤假錯案，老戰友要我幫他的侄兒平反昭雪？陳銳迴避了這個話題，他決定先試一試年輕人的才學，看值不值得為之操勞。現在，要他操心的人太多了，不可能每一個人都由他直接管的。他沉吟片刻，問：「小夏，你是搞獸醫工作的，你對於發展我省的畜牧事業，有何高見？」

夏古傑在達官貴人面前並不怯場，一個在他腦子裏糾纏了好幾天的問題脫口而出：「陳書記，現在我們的國家在大幹快上，領導機關、宣傳部門要跟上。當領導的要多學一點科學知識，不要開『黃腔』。」

面似溫和，實則性情急躁，自尊心很強的陳書記惱了，慍怒地問：「你這小伙子，哪個在開『黃腔』？」

「《四川日報》！」夏古傑不慌不忙地說，「《四川日報》在報道全國科學大會的消息時，配上了四川某地用兩年零三個月時間培養出一頭一千三百斤重的大豬的照片和新聞稿。刊登這麼一幅照片，無非是要說明四川的畜牧科研事業很有成就而已。這很有點像『大躍進』時那種吹牛皮的味道。『四化』，要靠腳踏實地的工作，吹牛是吹不上去的！」

這個不知天高地厚的小伙子竟敢妄議朝政、攻擊省委，言論同五七年打成的右派分子如出一轍，脾氣也同那些「二杆子」一模一樣，難怪要把他劃成右派，一點不冤。陳銳來了真氣，他從沙發上撐起身來，聲色俱厲地說：「你怎能這樣說？」

面對着高級幹部的怒斥，夏古傑面不改色心不跳。他手中掌握着真理，布衣可以傲王侯呢。他慢條斯理地給陳書記算起賬來。他算完在兩年零三個月的時間裏餵這麼大一條豬消耗的飼料、資金後，說：「陳書記，我用同樣多的飼料、資金，在同樣長的時間裏，能夠餵出三十頭一百三十斤重的標準收購豬，只要十條就是一千三百斤，剩下的二十頭豬，二千六百斤，是我淨賺的。陳書記，你說說，是去花精力餵一頭嘩眾取寵的大豬划算，還是老老實實地去花工夫餵好三十頭標準豬划算？」

一席談話使陳書記怒氣全消。他坐下來，將信將疑地問：「當真的？」

「你不信我餵給你看。」

「你會餵？」

「會。而且會用現代方法餵，辦養豬場成百上千條地餵。」

「用什麼餵？」

「用配合飼料餵，用米糠餅餵。」夏古傑趁機提出了他曾研究過的用米糠榨油和米糠餅餵豬的方案。

「配合飼料？米糠餅？怎麼回事？」

「傳統飼料是一種營養不平衡的飼料，利用率很低。我省的傳統精飼料是米糠。米糠主要以澱粉、脂肪這一類的碳水化合物為主，蛋白質含量低。用米糠直接餵豬很不划算，應該通過先榨油，用榨油後的米糠餅配合其他飼料和防病藥物餵豬。這就是營養平衡、利用率高、成本低，適於規模化養豬的配合飼料。我想先研究米糠榨油和米糠餅餵豬問題，再研究配合飼料。米糠油浪費了真是可惜。在國外，米糠油有健康油之稱，其市價比大豆油還貴百分之十至百分之二十。我省按國家掌握的二十五億斤米糠計算，可得到米糠油二億五千萬斤。我省稻穀產量佔全國的百分之十，可榨油二千五百萬斤，這是一筆多麼巨大的財富！我國是最早研究米糠綜合利用的國家之一。我國學者在1958年就提出過綜和利用米糠的試驗設計方案。可惜，由於種種原因，這項重要的研究工作被擱置了。世界各國後來居上，走到我們前面，特別是日本發展很快。在日本，幾乎每一個縣都有一個糠油加工廠，米糠油的產量已達全國榨油總產量的百分之九十五。而我省米糠的綜合利用率還在百分之三至百分之五之間徘徊，大量寶貴的資源白白地浪費着。」夏古傑侃侃而談，一氣講了半個小時。

陳銳饒有興趣地聽着，忘了今天的主要目的是聽夏古傑上「生物工程」課。他十分明白，面前這個小伙子講的並不是一件無關痛癢的小事，而是一件在當今中國大得不得了的問題。民以食為天麼。省委已經向四川人民許了願，五年內取消一切票證，讓人民敞開肚皮吃飯、吃肉！每個月每個人只能憑票買一斤豬肉的日子要儘快結束。他去年曾到過一些發達國家訪問、考察，那裏的人民生活真富足呵。想起我們逢年過節，為給大家多發一斤肉票，一兩黃花木耳票、五錢花椒票、幾包香煙票而殫精竭慮，真是羞煞人！左斯年見陳銳聽得津津有味，也不怪侄兒「跑題」，反而高興地撫弄着下巴上的那幾根剛長起來的鬍鬚茬茬，微笑着傾聽侄兒與老戰友的討論。

「我省米糠綜合利用發展不起來的關鍵原因是什麼？」陳銳問。

「原因很多，其中一個重要原因是我國沒有人對米糠綜合利用進行系統的科學研究，沒有強有力的數據為武器來克服群眾中由於習慣勢力帶來的思想障礙，從而引出『得了糠油，丟了豬油』的錯誤結論，反對米糠榨油和進一步的綜合利用。其實，這是一種誤解。米糠餅作飼料比米糠的營養價值還高，是一種更為理想的飼料。」夏古傑進一步闡述了米糠餅作飼料比米糠優越的道理，結束了談話。

陳銳興奮地說：「小伙子，你今天給我談了一個關係國計民生的大問題，上了一堂發展我省畜牧業的大課。這課我不能白聽了。這樣吧，我們給你提供試驗經費，你來做試驗，先作米糠綜合利用試驗，再作配合飼料試驗。怎麼樣？」

夏古傑心花怒放，忙不迭地說了聲四川話：「要得！要得！」

陳銳立即提起毛筆，寫了一張便箋交給夏古傑，說：「你去找省科委韓主任，具體事情由他辦。這件事辦完後，你集中精力研究配合飼料。這可是我國農業實現現代化，興辦大規模養豬場、養雞場、養魚場的關鍵問題之一呀！」

夏古傑為陳書記的遠見卓識所折服，使勁地點了點頭。

陳書記這才言歸正傳，請夏古傑講課。授課採取座談式。夏古傑的一段即席講演引起了陳書記極大的興趣。夏古傑說，今後，可以把人的一些基因移植到豬身上去，讓豬生產人的心臟、腎臟、肺臟等等，成為人體的器官移植源。那時侯，養豬業就不只是解決吃肉問題，還將成為很賺錢的產業，黃金產業。

2

夏古傑講完課，陳銳留他們吃了午飯。他們告辭了陳書記，驅車來到黃家寶的家。黃家寶在廠裏分到了一套位於民主路的宿舍，將父、母親又從四妹黃家露處接到成都來「享福」。夏古傑想託黃家寶帶自己到省科委去落實科研經費。自他回到成都，由於忙於生計，幾年了都沒抽出時間去看黃家的人。黃家寶見到兒提時代的朋友，高興得不得了，同他又摟又抱。他拉着夏古傑對母親介紹道：「媽，你知道他是誰？」

彭宗俊笑笑，說：「他我還能不認識？鼎鼎大名的畜牧專家呀。他還是我的乾兒子呢！」

夏古傑喊了聲：「乾媽！」

彭宗俊激動地站起來，扳着夏古傑的肩頭，看了又看，說：「哎呀，你都快變成中年人了！真是光陰似箭，日月如梭呀。你母親現在還好吧？自家寶結婚時見過一面，好幾年沒見過她了。」

夏古傑說：「我媽媽很好，現仍然住在九眼橋老馬路，隔你們這兒不遠，歡迎你來玩。」

彭宗俊說：「回去告訴你媽媽，我那天抽空去看她，也歡迎你們隨時到我這兒來耍。這麼多年沒見着她了，怪想念的。」

夏古傑說明來意，黃家寶立即帶他去省科委。夏古傑拿着陳書記寫的條子找到省科委韓主任。韓主任二話沒說，便寫了另一張條子叫他去找農醫處的沈處長。沈處長是個四十年代參加革命的老幹部。他同夏古傑接談後，對夏古傑的設想很感興趣，立即給他批了五百元的科研經費，通過省、市管道轉到夏古傑所在的獸醫診所。對於從未得過國家科研經費的夏古傑來說，五百元錢不算少。但是，對於如此重大的科研項目來說，五百元錢卻辦不了多少事，只能開支他試驗期間的工資。要知道，夏古傑是要出診才拿得到工資的集體所有制的臨時工，手中沒有捧鐵飯碗呵。

不過，畢竟這五百元錢可以不再為衣食奔波，有時間潛心做學問了。用五百塊錢買來了用黃金難買的時間，應該是很划算的。可是，用什麼錢去買試驗用的豬隻，必需的設備、儀器，還有那也需花錢買的數量不算小的米糠呢？他想起了谷河心，想起了花朝門，想起了常使他牽腸掛肚的蒲香豆。四清時，他去過一次谷河心，向蒲香豆求婚。那時，蒲香豆的處境不好，謝絕了他的求婚。他就再也沒去過谷河心了。文革十年中，她受到過衝擊嗎？她嫁人了嗎？

大雨滂沱。夏古傑在鄉間小道上艱難地跋涉着。小道兩旁，是一片一望無際的稻海。座座林盤，點綴在稻海之間。茁壯的雜交水稻，驕傲地挺直身體，經受着大雨的沖擊。肥大的稻穗，在雨柱的打擊下，得意地上下點着頭。稻海茫茫無邊。他走了十餘里地後，前面突然開闊起來，一條大河橫亙在稻海之中，擋住了他的去路。這條大河叫岷江。岷江正在發大水。奔騰的江水，在都江堰分洪後，順着外江，順着金馬河，奔騰鼓盪而來。寬闊的水面，濁浪滔天。幾根失散了的漂木，在浪濤中一上一下地翻滾着，掙扎着向遠方奔流。

夏古傑站在岸邊，極目遠眺，在如注的大雨形成的雨幕中，隱約可見一座黑黝黝的小島矗立在江心，洶湧澎湃的江水沖擊到小島上端的護島堤上，發出一陣陣驚心動魄的轟鳴聲。這座小島，就是他今天的目的地——谷河心。他的童年就是在這裏度過的。他想起了他那威嚴而又可憐的爺爺夏文彩。夏文彩靠着當軍長的弟弟夏文輝的勢力，在崇寧金馬鎮買了上千畝的土地，興修水利，辦小學、中學，將金馬鎮一帶建成了模範鎮。夏古傑就是在金馬鎮小學發的蒙。谷河心與金馬鎮隔河相望，風景秀麗，夏文彩在河心島上為自己建了一座莊園，取名花朝門。

夏古傑舉目四望，想找到谷河心生產隊的過河船。大雨傾盆，有誰在這時候行船呢？

「古傑，古傑！」一個熟悉，親切的聲音在呼喚他。夏古傑轉過頭來一看，呀！蒲香豆，夏古傑日夜思念的蒲香豆竟出現在他的面前。他揉了揉眼睛，以為這是夢幻。不，不是夢幻，美麗的蒲香豆千真萬確地站在他的面前。幾年過去了，歲月居然並沒有使她蒼老多少。她的體態依然是那樣輕盈、窈窕，臉蛋依然是那麼俊秀、紅潤，又黑又亮的眼睛依然是那麼沉靜、溫柔、水靈靈。歲月給她的變化，只是使她的身體比以前結實、豐滿，精神比以前開朗、樂觀。她笑眯眯地望着夏古傑，眼睛裏充滿了四清時消失了的夢幻。夏古傑激動地站起來，抓住她的小手，緊緊地握着。

「香豆，你從什麼地方鑽出來的，怎麼我沒看到你們的過河船？」夏古傑驚奇地問。

「我們接到公社的電話通知，說有個專家要到我們這兒來搞科研，說他直接到我們谷河心來了。我真沒想到，這個專家就是你。」蒲香豆興奮地說。

蒲香豆把他讓到小船上落座，然後，用篙杆往岸邊一點，船便離岸在河水中行進起來。蒲香豆熟練、利落地划着船，渾身散發着一種夏古傑以前沒有見過的英姿颯爽的氣概。

說話間，他們已走出棉田，穿進竹林，來到蒲香豆的林盤。蒲香豆說：「進屋裏坐吧。好久你都沒到谷河心來了。」

夏古傑走進蒲香豆的臥室。臥室佈置得典雅古樸，清一色的黑漆家具，床、五斗櫥、書桌、飯桌，靠牆放着一個書架，書架上擺滿了文藝書、農業技術書。蒲香豆招呼夏古傑在一張舊式大木椅上坐下，給夏古傑倒了一杯茶，遞上一隻煙。蒲香豆問：「古傑，幾年不見了，成家了吧？嫂子是誰？有兒女了嗎？」

夏古傑說：「沒找到合適的，我還沒結婚呢。你呢？」

蒲香豆說：「我這一輩子不想嫁人了。」

夏古傑半認真地說：「嫁給我，行不？」

蒲香豆羞澀地笑了，說：「嫁給你？還真是一個好主意，讓我想想……」

3

赤日炎炎似火燒，豬熱得汗流浹背，呼哧呼哧喘着氣，對那些熱騰騰、香噴噴的吃食不感興趣。在這樣的情況下，試驗豬不掉膘就算好的，那兒來的日增重量？夏古傑望着這個每日記錄着赤字的本本，犯愁了。不管是用米糠還是米糠餅餵的豬都只有日減重量，這些試驗數據有什麼用呢？他冥思苦想，吃不下飯，睡不好覺。

一天晚上，古傑照例到金馬河邊散步，走到谷河心頂端，坐在魚嘴護島堤上，聽着大水沖擊到魚嘴上發出的驚濤拍岸聲，沉思着。蒲香豆走過來，站在他旁邊，望着心事重重的古傑，安慰道：「古傑，不要太着急，會有辦法的。」

古傑悶悶不樂地說：「有啥辦法喲，豬兒不吃食，啥辦法也沒用。」

蒲香豆看着日漸消瘦的古傑，說：「你好幾天沒吃東西了，我去給你煮一碗荷包蛋來，趁晚上涼快吃。」

「涼快」！古傑心一動。一陣涼風吹來，他感到肚腹內饑腸轆轆，好久沒有食欲的胃想進食了。他手一擺，說：「不慌，一涼快我就想吃東西了，豬兒是否有同樣的想法？」

聰明的蒲香豆立即明白了夏古傑的意思，手一拍，說：「對呀，古傑，如果改在晚上涼快時給豬兒餵食，豬兒肯定要吃！」

他們站起來，急步向廚房走去。蒲香豆煮好豬食，同夏古傑一起抬着潲桶，來到豬場。豬們經過白日燥熱的折騰，在習習夜風吹拂下已沉沉入睡。他們用響杆打醒豬兒。那些睡眼惺忪的豬兒，聞到香噴噴的吃食，居然來了精神，一反白天懶洋洋進食的常態，大嚼起以米糠餅為主配製的飼料來。

夏古傑望着這一群饕餮之徒，聽着令人愉快的拱食聲，緊皺的眉頭舒展開了。一個新的試驗方案誕生了。他決定改變千百年來豬兒的進食習慣，白天只在清晨餵豬兒一餐，夜晚則餵三餐。奇跡出現了。豬兒們居然在大熱天茁茁地長起膘來。實驗順利地進行下去了。珍貴的數據出來了。試驗證明，糠餅餵豬無論日增重、肉料比、生產成本，都比用中細糠、洗米糠餵豬略勝一籌。米糠綜合利用試驗也取得了顯著效果。各種數據說明，用米糠餅餵豬比用米糠餵豬效益高一倍左右。

4

一大早，整個河心村都忙碌起來。全村的人都在圍着蒲香豆轉。這會兒，蒲香豆正招呼幾個小伙子，在花朝門桂花樹前的大壩上佈置會場。大壩主席台的牌坊上，一幅大紅布上寫着醒目的大字：「米糠綜合利用試驗研究鑒定會」。原來，今兒個，省裏的領導，省市縣三級科委的領導，省城的著名專家，要到河心村來開一個別開生面的鑒定會和現場會。蒲香豆將一撥人分派去準備午飯，要求拿出有農村特色的酒斗碗、豆花飯，在桂花樹下擺宴待客。再將一撥人組成迎賓隊，在渡口敲鑼打鼓迎接貴客。最後，自己帶一撥人在主樓大客廳裏佈置會場，準備茶水。雖忙得不亦樂乎，卻井井有條。

有蒲香豆在操持會場的一切，夏古傑靜靜地坐在花朝門副樓泡菜房改建的實驗室裏，將在大會上作報告的稿紙再看一遍。一陣清涼的晨風吹進來，翻動着書桌上的書籍，翻動着發言稿，發出「沙沙沙」、「沙沙沙」的聲音。一陣「劈劈啪啪」的鞭炮聲把夏古傑從沉思中驚醒過來。客人來了。他走出書房，大步流星向渡口走去。

擺渡船正在靠岸。省委陳書記、專家組長陸仲宇教授、省科委韓主任帶着十多位記者、專家坐在船上，黃家寶站在船頭，向夏古傑打招呼。

黃家寶見到蒲香豆，真是別有一番滋味在心頭。船一靠岸，黃家寶剛下船，一條黑狗穿出棉田，直奔過來。黃家寶一眼就認出來，這是久違的小黑。他喊了一聲：「小黑！」便去摸牠的腦袋，小黑用一雙陌生的眼睛望着黃家寶，汪汪地叫了兩聲。

「這不是你熟悉的那個小黑了。小黑早已死了。這是小黑的女兒。」蒲香豆說。

「小黑怎麼死的？」黃家寶思念着那隻人情味挺濃的黑狗，關切地問。

「被人打死的！」蒲香豆沉靜的眼睛裏射出憤怒的火焰。

「谷非凡？」

蒲香豆點點頭，說：「就是那個雜種。文化革命開始不久，他就當上了武鬥隊長。有一天，他揹了一支槍回來，第一件事就是殺死了小黑。我抱着小黑的屍體哭了一夜。」

「沒有小黑，你受夠了谷非凡的氣吧？」

「他還沒來得及欺負我，就在一次武鬥中被打死了。」

這個結局真解恨，黃家寶輕鬆地吐了一口氣。在向會場去的路上，蒲香豆問：「家寶，十多年不見了，成家了吧？嫂子是誰？有兒女了嗎？」

黃家寶歎息一聲，回答了蒲香豆的這一連串問題，說：「我是68年結的婚，你嫂子就是左一曼，我們已經有了一個兒子。」

蒲香豆勉強笑了笑，說：「祝賀你們！祝福你們！」

黃家寶問：「你呢？過得還好吧？」

蒲香豆說：「我過得不錯，你別為我擔心。前幾天，我已與你的乾哥夏古傑結婚了。」

黃家寶也還了一句：「祝賀你們！祝福你們！」

鑒定會開得很順利。專家們給夏古傑的研究以很高的評價。鑒定會一完，姑娘媳婦們很快將會場變成餐廳，張羅出五席飯菜，蒲香豆有條不紊地將客人安頓到席桌上。四席八仙桌，圍着中間一個大圓桌。大圓桌上鋪了一張雪白的桌布，這是香豆從城裏高級賓館學來的。自然，大圓桌上坐着的是最尊貴的客人。主人席上坐着夏古傑，主賓席上坐着陳書記，鎮長左興國傍着陳書記，左斯年傍着左興國，然後是省科委主任、三個老專家，副主賓席上坐着黃家寶，黃家寶的科研助手李白雪緊挨着坐在黃家寶的旁邊。

酒斗碗很快上齊了。紅得鋥亮的焦皮肘子、南瓜作底的粉蒸肉、豆腐黃辣丁、瓦塊魚、燒三鮮、糯米圓子、鹽水雞、脆皮鴨，全用斗碗盛着，一人面前還有一中碗豆花，一個蘸水碟子。一陣「請請請」之後，主客便吃喝起來。客人們對蒲香豆點的豆花，配的蘸水讚不絕口。那蘸水是用磨得極細的家常豆瓣、蒜泥和斬得細細的芫荽、青椒配成，辣得舒服，香得要命。雪白的豆花蘸上一點紅色鮮亮的蘸水，未入口便引人出涎，入口更覺好吃。豆腐黃辣丁細嫩味美，也令客人們讚歎不已。後來，這兩樣食品都在陳書記的竭力推崇下，成了崇寧縣的雙絕：香辣醬和豆腐黃辣丁。

城裏的客人吃着鄉村風味的菜餚，胃口大開，不多一會各個斗碗裏的菜餚便去了一大半，唯有那一大斗碗焦皮方連無人問津。原來，那焦皮方連全用二刀肉的連皮肥肉做成，無一絲一毫的精肉。肥肉切成了許多小方塊，同起皺的焦皮相連。黃家寶開始還吃得斯文，沒人動的菜絕不先開筷。他最喜歡吃肥肉，早已對那一大斗碗焦皮方連垂涎三尺。他看到人們老不對它開筷，終於忍耐不住，將筷子伸向肥肉，叉了一塊一連四的肥肉，送入嘴中，嚼了幾下，咕嚕一聲吞下去，大叫了一聲：「好安逸！在喉嚨管裏燙乎乎、滑溜溜地，一下子就進去了。這是今天最好的菜，快吃，快吃！」

黃家寶又一筷子向肥肉戳去，李白雪用筷子壓住他的筷子，道：「少吃點肥肉，謹防發體！」

黃家寶縮回筷子，說：「我不會發體的。我是耗能型，吃再多的東西都長不胖。我不像你們這些禁欲者，想吃就吃，想喝就喝，今朝有肉今朝吃，那管明日腰杆粗。這是口福，不可不享。」

這時，站在黃家寶背後負責給他扣「帽兒筒」（**注：四川習慣稱用一碗米飯扣在另一碗米飯上為「帽兒筒」。**）的蒲香豆夾了一方八連的肥肉放進他的碗中，說：「說得對，想吃就吃。」

黃家寶一面說，一面盯着面前的碗，夾起肥肉，往嘴裏塞，還沒嚼爛就往肚裏吞。黃家寶居然被肥肉噎住了。蒲香豆忙給他捶背，大家又哄笑起來。陳書記笑着說：「像黃家寶這樣愛吃肥肉的，畢竟是少數。現在溫飽問題解決了，肥大塊不會再受人歡迎的，我們要儘快培養出瘦肉型豬來。人民生活好起來了，是要挑肥揀瘦的！」

夏古傑說：「陳書記說得對。國外發達地區，瘦肉型豬很普遍。培養瘦肉型豬，一是豬種，二是飼料。飼料要用適合於長瘦肉的配合飼料。你想，我們農村用紅苕，用米糠餵豬，澱粉是主要成分。澱粉容易轉化成脂肪，不容易轉化成蛋白質，豬肉不肥才怪呢！」

黃家寶來了靈感，指了指旁邊的一個白白淨淨的姑娘，說：「搞配合飼料！我們研究所的總工李白雪是這方面的專家，她研究了許多配合飼料的配方，有專門培養瘦肉型豬的豬飼料配方，也有雞飼料、魚飼料配方。」

陳書記拍掌道：「好，搞配合飼料。農業生產兩件大事，一是糧食，二是豬隻，手中有糧有肉，心中就不慌了。我們國家準備大量發展家庭養豬場，搞集約化養豬，培養成千上萬的養豬專業戶，配合飼料是關鍵。我看到一個可行性研究報告，證明配合飼料市場潛力很大，現在搞的人還不多，誰走在前面誰就準發大財！」

黃家寶夾了一塊肥肉在嘴裏，細嚼慢嚥後，對蒲香豆說：「取個名字，就叫『阿爾法』配合飼料！如果能把品牌打出來，我保證谷河心能成為億元村，使鄉親們過上好日子。」

夏古傑插言道：「『阿爾法』，要發，好名字。李老師，家寶，就委託你們幫我們谷河心搞一個建配合飼料廠的設計方案吧！「

蒲香豆戲謔地對黃家寶說：「家寶，要是你的主意實現了，包你天天有肥大塊吃。」

眾人哄笑起來，鎮長左興國說：「配合飼料廠，『阿爾法』配合飼料。好！好主意。我們鎮集中財力、物力，辦一個配合飼料廠，由古傑當廠長，他已經「嫁」到谷河心來了，本身又是研究飼料的，可以把今天鑒定的成果用上，再由黃老師和李老師提供辦廠的成套技術……」

沒等左鎮長說完，蒲香豆帶頭，大家一齊鼓起掌來。

第六章

1

鄧小平上台後，黃家寶當了「車間主任」。1982年，一個女人闖進了黃家寶的生活。

那一天，黃家寶正在工廠單身宿舍外面的小花園裏澆水施肥。這個小花園是他親手從外面拉了幾車沃土和沙子，在原來寸草不生、浸泡了工業鹽酸的地面上建立起來的。他是學植物的，把這些花兒侍弄得很好。這時，白色的喇叭花、黃色的夜嬌嬌、鮮紅的太陽花，迎着夕陽開得好生歡快，使周圍洋溢着一種喜盈盈的氣氛。他沉醉在花草的美色中，一個銀鈴般的聲音把他驚醒：「你是黃主任吧？」

他抬頭一看，只覺眼前一亮。一個漂亮得耀眼的姑娘在他面前亭亭玉立。她大約有二十一二歲年紀，青春使她的鴨蛋形臉熠熠閃光。他注意到，她的眼睛似乎是屬於「鳳眼」那一類，不是很大，但細長，眼角上翹，很有神。他答道：「我是製藥車間的，姓黃，你是？」

姑娘格格笑了，沒正面回答他的問題，說：「哎呀，你這個研究生像工人一樣，好樸實。我聽廠長說，我要找的車間主任是個研究生，我到處找。看到幾個像的，一問，都不是。」

黃家寶看她在仔細打量他，他也把自己上下看了一下。一身工作服，油晃晃的。那會兒，全國的研究生一年才畢業一千來人。在人們心目中，研究生頭上都有一圈光環。而他卻是那麼普通，甚至有點灰撲撲的。他笑笑，自嘲道：「成天在車間裏摸爬滾打，不可能穿得十分整齊的。」

姑娘說：「這樣好。我們知道你是省裏著名的接受工人階級再教育的典型，名不虛傳。如今提倡知識分子與工農相結合，我們要向你學習喲。」

黃家寶問：「說了半天，我還不知道你是誰，找我有什麼事？」

姑娘又格格笑了一陣，從隨身帶的一個黃色帆布挎包中取出一張紙，遞給他，說：「看，我這人真糊塗。這是介紹信。」

黃家寶看了看介紹信，哈，是廠裏給他派的車間技術員，無錫輕工業學院發酵專業的應屆畢業生，「文革」後第一批大學本科畢業生！他說：「好，李白雪，歡迎！歡迎！」

李白雪向黃家寶伸出手，黃家寶那會兒還挺「封建」的，他從小受的教育是「男女授受不親」，不好意思同陌生女人握手。黃家寶畏畏縮縮地把手伸了出去。她一把抓住黃家寶的手，緊緊地捏了捏，還死勁地搖了搖，搖得黃家寶的臉竟不覺紅了。李白雪看了看黃家寶的臉，一伸舌頭，忙把手放了，但又格格笑起來。黃家寶裝着不知道她笑什麼，將她讓進他的小屋去。

黃家寶這間小屋只有8平方米，除了床，一張寫字台，兩把椅子，一個書櫃兼衣櫃、雜物櫃，只剩下一條勉強可以側身而過的通道。這裏是廠區內的單身宿舍，與廠區連在一起，中間連隔牆都沒有。由於他與妻子左一曼兩地分居，他單身一人在成都，除了一曼寒暑假回成都來探親的時間以外，他不願住在岳父家，讓老岳父來照顧他，廠裏又沒有宿舍區，廠領導便在單身宿舍裏為他們幾個成了家的大學畢業生一人分了一間房，享受特殊待遇。

李白雪進了黃家寶的小屋，首先去翻他的書櫃。她一眼看到黃家寶寫的兩本書，一本是1979年四川人民出版社出版的《遺傳工程趣談》，一本是1980年少兒社出版的《物種起源之謎》，驚呼道：「這是你寫的呀？」

黃家寶點了點頭。李白雪讚道：「真不簡單。你怎麼能一面當車間主任，一面還寫書呢？」

黃家寶說：「一個人只要喜歡，是可以做很多事情的。」

李白雪說：「看來你的愛好不少，對很多東西都感興趣。你一定很喜歡工廠？」

黃家寶坦率地說：「不，我不喜歡工廠。」

李白雪奇怪地問：「為什麼？」

黃家寶說：「我在重慶南開中學讀書的時候。有一次，班主任帶我們到重慶市貓兒石的天原化工廠去參觀。工廠完全被鹽酸煙霧籠罩着，烏煙瘴氣，把我們全班同學都嚇壞了。這同我們在教室裏看到的老師演示的奇妙的化學反應完全是兩回事。我從此對工廠產生了一種深深的厭惡之情，並下定決心絕不在工廠工作。我在填寫大學志願時小心地避開了與工廠有關的任何大學和專業。」

李白雪問：「可是，你怎麼還要到工廠裏來呢？」

黃家寶歎了一口氣，說：「這可是沒辦法的事。1968年，我們全國的三千名研究生，被當成『修正主義』苗子處理了，胡亂地塞進了各種單位。川大數學系的一個研究生，被分配到樂山的一個碗廠工作，理由是學數學的能數清每天造了多少個碗！」

李白雪憤憤地說：「真是糟蹋聖賢！」

黃家寶說：「是呀，可是，我們是社會的人，個人在社會面前顯得何等渺小啊！人生有很多無奈的事。我被塞進這個小廠，是因為我是學生物的。而廠領導人想把這個類似於天原化工廠的工廠用生物工程改造，去分辦把我要來。」

李白雪說：「看來，你還算幸運。在這裏畢竟你的專業還有用。」

黃家寶苦笑道：「有什麼用呀？我是分子生物學的研究生，專門研究酶能級躍遷的，純理論性的項目，成功了可以衝擊諾貝爾獎的。可是，在工廠裏是一些很具體的應用項目。我在大學裏連製圖都沒學過，在這裏要搞工藝設計、專用設備設計，只有臨時自學。」

李白雪說：「我看到過一個關於你的先進事蹟的材料，看來你幹得不錯嘛！」

黃家寶說：「我們這批人受的教育，使我們能夠把職業和事業分開來。不管你喜不喜歡，總得把社會安排給你做的事做好，才對得起社會的培養，對得起每月54元的工資。我們已用發酵工程改造了這個沿用了幾十年的化學法生產老工藝的廠。你不知道，當我在原來寸草不生的土地上看到長出來的第一株小草時，我是多麼激動。我不許任何人扯掉這株草。」

李白雪說：「怪不得你把前面這塊空地改造成了這麼漂亮的花園！」

黃家寶說：「這片花園來得真是不容易。土地全是被鹽酸浸透了的，不進行土質改造是長不出花草來的。我是用架架車從外面農田裏『偷』了幾車土，建起花園的。」

吃飯的鐘聲響了，黃家寶同李白雪談得正歡。他倆都有一見如故的感覺。黃家寶留李白雪吃飯。李白雪沒有推辭。黃家寶拿起兩個大洋瓷碗，連菜帶飯打到臥室裏來，請李白雪吃。他指着大洋瓷碗中的一個菜介紹道：「這是冬瓜燒兔。冬瓜是我的花園裏的產品。土地是國家的，我不是種自留地，便把結的一個大冬瓜交給了食堂，兔子也是藥品動物毒性試驗後的副產物。快嘗嘗我的勞動成果。」

李白雪吃了一口冬瓜，連聲說「好吃」，便大口大口扒起飯菜來。

2

黃家寶同李白雪在北京的街上亂竄。在外經貿部，他們沒有找到負責項目的程處長，李白雪東問西問，不知從那裏搞到了程處長的家庭地址。她說，這是項目成功的關鍵。只要找到京官的家，同京官建立起私人感情，一切都好辦了。於是，他們揹着一包從四川帶來的「炸彈」，到程處長家攻堅來了。

他們終於在北京西單附近找到了程處長的家，坐電梯上了十樓，按了1003室的門鈴。

「誰呀？」一個儒雅的聲音在門內響起。

李白雪操起四川口音說了聲：「你的四川老鄉，來看你的。」

門吱的一聲開了。一個戴寬邊玳瑁眼鏡，有一張微笑着的「國字」臉，面目和善的中年人的頭伸了出來，看了他們一眼。也許是李白雪那張漂亮的臉和他手中提的鼓囊囊的「炸彈」包起了作用吧，他沒有多問，便說：「老鄉？好，好，請進！」

落座後，程處長給他們一人倒了一杯茶。黃家寶開門見山地說：「程處長，我們是來爭取意大利政府贈款項目的。」

李白雪說：「這是我們廠的黃廠長。」

黃家寶糾正道：「副廠長，管技術改造的。她是我們技術科的李科長。」

程處長說：「前不久我回四川，碰到你們四川外經貿廳的李廳長，他叫我給他搞一批項目。意大利政府總統與小平說好，要援助中國一批項目，由我們外經貿部承辦。我就想起家鄉了。我打了一個電話給李廳長，想不到你們來得這麼快。」

黃家寶說：「李白雪就是李廳長的千金。」

程處長高興地點了點頭，說：「太好了。想不到李廳長有這麼漂亮一個女兒。小李呀，你可知道，你爸爸同我爸爸還是戰友呢。」

李白雪說：「知道。爸爸同我談過。他說你爸爸和他都是南下幹部，他還特地叫我給你帶了一些家鄉的土特產來呢。」

黃家寶一愣。這明明是他們單位買的禮物，怎麼變成她爸爸的啦？再一想，他原來擔心程處長不好頭次見面就收禮，忐忑不安，不知禮物該不該拿出來。這下不就順理成章了嗎？這李白雪，腦袋瓜子真靈活，一秒鐘內不知能轉多少個圈。他真服了她。他趕緊把大提包中的「炸彈」拿出來。兩瓶五糧液，兩條「大中華」，一聽「蒙頂黃芽」，加上一大包新鮮的豌豆尖。程處長沒有推辭，他抓起一把豌豆尖，說：「這東西好。北京缺新鮮蔬菜，這麼嫩的豌豆尖看都看不到。四川人到北京來辦事，帶點新鮮時令蔬菜好。那天我到川辦去看一個朋友，就見川辦的郭老太在分菜，這是小平的，那是尚昆的，可熱鬧啦。」

程處長將夫人叫出來，讓她把禮物收進去，並吩咐她做菜招待家鄉來的客人。這麼快就變成熟人了，這有點出乎黃家寶的意外。他想不麻煩程處長，正要推辭，李白雪攔住他，說：「程處長與我家是世交，就不用客氣了。我去幫嫂子弄菜。」

李白雪起身，鑽進廚房去了。黃家寶同程處長聊起業務上的事來。

3

這是北京氣候最好的季節，楓葉紅了的時候。黃家寶和李白雪乘出租車來到香山。這一天，陽光燦爛，萬里晴空，秋日融融。李白雪左手提了一個包，包裏裝有野餐用的食品、塑料地毯，黃家寶提着一袋河北鴨梨，選小路往山上爬。

他們攀着楓樹和槭樹的枝幹，順着剛剛被人踏出來的一條隱隱約約的小道向山上爬去。爬了不多一會兒，喧鬧的人聲就被甩到後面。樹林裏涼幽幽、靜悄悄、冷颼颼的。一些不知名的鳥兒在嘰嘰喳喳地唱着金秋的歌。黃家寶彷彿覺得，在樹林裏有濃蔭的地方，籠罩着一團最奇異的鳥聲、蟲聲和寂靜的混合物。他們爬到一個近九十度、一人高的陡坡前。黃家寶一把抱起李白雪，把她聳上陡坡。他們見到了一幅令人耳熱心跳的場面。一對青年戀人緊緊地摟抱在一起，無拘無束，無聲無息地躺在綠茵地毯上。那麼靜謐，那麼甜蜜，那麼幸福。那個面向他的小伙子，明亮的眼睛裏有一種迷蒙的色彩，似乎在做着白日夢。黃家寶輕聲地叫道：「哎呀，對不起。」

小伙子很有風度地說了聲：「沒關係。」

小伙子起身來拉黃家寶，李白雪過來幫忙。李白雪和那個小伙子一人一隻手，把他拖上來。他們向小伙子道謝以後，向密林深處走去。在離那對戀人不遠的地方，他們發現了一塊大約兩米見方，長滿茅草的平地。黃家寶將塑料布攤在草地上，讓李白雪躺下來休息。然後，他用手枕着頭，舒舒氣氣地躺在草地上。他看到了一幅美麗絕倫的圖畫。太陽光照在楓樹林的樹冠上，一片紅光。楓樹葉還沒有完全變紅，樹頂是紅葉，樹頂下形成了一個從深紅色到淺綠色呈梯次的葉區。陽光照在深紅色、絳紫色、淺紅色、綠色、翠綠色、草綠色的葉片上，形成一片五彩繽紛的光環。大自然神秘奇異的色彩，使他感到了世界的美好，他的腦海裏不時浮現出人世間最令他神往的絢麗圖案。那些圖案中最美的是李白雪生動的頭像。

李白雪同黃家寶越靠越近了，黃家寶越來越感覺到她身上散發的強烈的青春氣息。這種氣息的誘惑，幾乎使他不能自禁。他強忍着，正襟危坐。俗語說：「男人與女人之間隔着一座山，男人推不開；女人與男人之間隔着一層紙，女人一捅就破。」要是男人不顧女人的願望，想強行推開這座山，不是犯罪就會落下女人的怨和恨；而女人則可以不管男人愛與不愛，只要敢於捅破這張紙，十有八九都能如願。男人中的「柳下惠」實在太少了！他只覺得李白雪香噴噴的胴體向他懷中滾來。他愣了一會兒，沒有動彈。這是他平生經歷的第一次除妻子以外的女人到了他的懷中。而且，是那麼漂亮，那麼年輕，那麼性感的高層次女郎！他哪兒經得住這種誘惑。他的腦海裏湧出一句詩：「花開堪折直須折，莫待無花空折枝。」他伸出手，開始小心翼翼地撫摸她，撫摸她濃密細軟的黑髮，撫摸她光潔美麗的鴨蛋臉。他把嘴唇小心翼翼地湊上她的嘴唇。李白雪立即咬着他的嘴唇，給了他一個吻。他熱血沸騰，用雙手摟抱着李白雪的頭，將這個吻變成了一個沒有盡頭的吻。李白雪先結束了這個吻，說：「哎呀，你好大力氣，把我的嘴唇都快咬出血了。」

他說：「天啦，我幹了什麼，對不起！對不起！」

李白雪輕聲笑了，說：「有什麼對不起的，我願意。」

他說：「可是，我有妻子呀，這樣做會犯錯誤的。」

李白雪鬆開了摟着黃家寶的手，挪了挪位置，同他劃清了「男女界限」。她說：「你怕，就算了。這件事只當沒發生，只有天知、地知，你知、我知。」

黃家寶尷尬地說：「不是這意思，不是這意思。」

李白雪說：「你別解釋了。剛才也是我一時衝動，我把你當成夢中情人了。

你知道，我對情人的要求是很苛刻的，他必須有豐厚的內涵，閃光點，能為我撐起一片理想的藍天，他愛我要如癡如狂。他瀟灑大方，風趣幽默，有品味，有氣質。他的生活必須以我為中心，我想幹什麼，他就支持我幹什麼，圍繞我轉。這些要求如此之高，世上難尋。你怕這怕那的，和我那夢中情人差得太遠了。」

4

黃家寶同李白雪坐上了到北戴河的火車。火車上很空，他們找到了一個沒有人的卡座坐下，相對着坐在靠窗的位子上。火車有節奏地轟鳴着，北方的景物飛快地從他們的眼前掠過。李白雪顯得很高興，同黃家寶一起回顧那些談判中的精彩細節，誇黃家寶是個談判高手。她興高采烈地說：「你那天同那個意大利專家安娜·費洛露西的談判好精彩喲。她要同資格的營養學家談判，不同你這個工廠主談。你很客氣地把她教訓了一頓。你說中國的廠長不是資本家，不等同於工廠主。你說你也是營養學家，並用你的營養學知識和對四川兒童營養狀態的了解使她折服。我很奇怪，你是學生物的，什麼時候變成營養學家啦？」

黃家寶自豪地說：「向你學的，靈機應變唄。你要知道，生物學是和營養學有關的，我平時書看得雜，很容易觸類旁通。自從我們報了這個兒童營養項目，我看了好多關於營養方面的書啊！不是吹牛的，我這個營養學家快名符其實了。」

李白雪自我表揚道：「這次項目成功，你立了大功，我也立了點小功吧。」

黃家寶說：「豈止是小功，你的功勞比我還大。要不是你會搞關係，怎麼可能把比我們的項目好得多的那麼多項目擠下去，使我們的項目成為四川唯一列入中意兩國政府合作建設的項目，寫進了兩國政府的議定書呢。」

李白雪謙遜地說：「我只是敲敲邊鼓而已。」

黃家寶說：「算了，我們別互相吹捧了。常言道：『天不自言高，地不自言厚』，還是讓別人來評價我們的工作吧。」

李白雪駁道：「時代不同了，那些陳腐的教條不管用了，不是號召要解放思想嘛！你可知道，什麼是三大作風？」

黃家寶說：「這種問題你還要考我？理論聯繫實際、密切聯繫群眾、批評與自我批評相結合唄。」

李白雪格格笑了，說：「你只記得那些『陳穀子爛芝麻』，聽好，三大作風是：理論聯繫實惠、密切聯繫領導、表揚與自我表揚相結合！」

黃家寶不禁哈哈大笑起來，李白雪也跟着一起笑，直到他們笑得滿臉是淚。

他們在北戴河找了一個濱海的飯店下榻，一人開了一間房。黃家寶住的雙人間裏已有了一個東北遊客。他盥洗完畢，便去敲李白雪的門。李白雪讓他進屋坐，她住的雙人間裏只有一個人，但說不準什麼時候會安人進來。他規規矩矩地坐在單人沙發上。李白雪給他沖了一杯茶，將買的河北鴨梨從兜裏取出來，裝了幾個在盤子中，到衛生間去洗了洗，坐在他旁邊的另一個單人沙發上，用小刀為他削梨。他看了李白雪一眼，發現她盥洗後特別有精神，臉上紅撲撲的，有一對時隱時現的小酒窩煞是可愛。他心裏一動。李白雪發現了他的眼光，與他對視了一下，格格笑了，說：「看什麼看，又不是沒看過？」

黃家寶尷尬地笑笑，說：「我發現你今天怎麼會那麼漂亮呢？」

李白雪說：「傻帽。本來人家就漂亮嘛，只是平時你連正眼都不看我一下。」

黃家寶說：「我可不是色鬼，哪敢隨便盯着女孩子瞧！」

李白雪說：「我就隨時在看你。平時總覺得你灰撲撲的，有點『土』，而且太瘦小。誰想這幾天你參加對外談判，理了理髮，西裝革履這麼一打扮，還真帥。」

黃家寶對鏡照了一下自己。確實，由於面對漂亮女孩激發出來的「荷爾蒙」，使他容光煥發，再配上西裝革履，儼然一個外交官的形象。他說：「『人是椿椿，全靠衣裳』，要不是這身洋服，不定你也不會正眼看我呢。」

李白雪說：「不，對外談判使你蘊藏多年的儒雅氣質透了出來，使你的風度有了很大的變化。難怪程處長在我面前誇你，說你們那個黃廠長呀，天生一個外交家的料。」

互相吹捧使黃家寶臉紅起來，便打岔道：「走，吃晚飯去！」

他們找了個小麵館，要了六兩水餃。吃完飯，天已黑下來了。她邀黃家寶去海邊散步。她喜歡海，黃家寶也喜歡海。海深邃而神秘。深秋時節，天有點冷，遊人甚少。遠處海面上停泊着兩艘巨輪，閃着星星點點令人着迷的燈光。

李白雪悄悄地將手插入黃家寶的右手與身體之間，將黃家寶的手挽起來。黃家寶心裏一陣悸動，手有點僵硬。李白雪格格笑了，說：「怎麼，還害怕？」

黃家寶笑笑，肌肉鬆弛了，說：「怕啥？」

他們走到一座僻靜的海灘別墅前。別墅裏黑燈瞎火的，大門鎖着，推了推門，從門縫裏看進去，裏面竟空無一人。

他們在別墅前的台階上坐下。李白雪說：「這恐怕是中央首長的別墅。中央的許多會議都是在北戴河開的，特別是像權力分配一類的重要幕後會議。」

他說：「是呀，在北京正式開會前，什麼都決定了，開會只是個形式而已。」

一陣有點涼意的風吹來，李白雪往黃家寶身邊擠了擠，黃家寶摟住了她的腰。她順勢倒在他的懷裏。他正準備作進一步的撫摸，突然黑暗中有個人影在他們面前一晃。他們急忙反射似的閃開身體，坐正。黃家寶定睛一看，原來是個釣魚的老者，從別墅前的小道走過。

他們整理好衣衫，手挽着手，漫無目的地沿着海灘往前走。李白雪停止了饒舌，默默無語。他們走到海灘邊一個黑黝黝的礁石堆中，找到一處背風的凹處。凹處的四方被礁石遮得嚴嚴實實，中間是一個雙人床般大的平整的細沙灘。他們不約而同地擁抱在一起，狂熱地親吻、愛撫。不知不覺間，他們的衣褲都被自己和對方脫得乾乾淨淨。李白雪雪白的裸體在月亮的照耀下熠熠生輝，他腦子裏閃過《聊齋》中描述過的「野合」情景，撲向她曲線優美、香噴噴的胴體，緊緊地壓在她身上。一隻纖纖素手伸向他的「小兄弟」，為激動的「小兄弟」作「導引」，讓「小兄弟」同她零接觸。他們把地當作床，天當作被，偷吃了禁果。

事畢，他們相擁相抱着回到李白雪的房間。夜已深了，她的房間裏沒有安人，看來今夜是不會有人來了。他想回到自己的房間去，她不放他走，將他摟在懷裏，倒在床上。她說：「我愛你！我愛你！」

黃家寶說：「我也是，我也是！」

在海灘上野合時，黃家寶心中有些虛，沒有放開，瓊漿玉液只出來了一點點，大部分還留在身體裏。他們脫了衣服，躺進同一床被窩裏。黃家寶全身赤裸，李白雪穿了一件粉紅色的上衣，裸着下身。他們赤身摟抱在一起，李白雪沒讓他立即進入身體，而是撈起汗衫，喃喃道：「下面！下面！」

黃家寶知道李白雪是要他吮吸她的乳頭。他解下她的乳罩，像嬰兒一樣認真地吮吸她的左乳。她喃喃道：「那邊，那邊」。

黃家寶又吮吸她的右乳。他一會吮吸左乳，一會吮吸右乳，反覆吮吸她那兩個饅頭般豐滿，白玉般滑膩而溫暖的乳房，並「假打」道：「奶奶出來了！奶奶出來了！好香！」

李白雪激動了，呻吟道：「我要！我要！」

黃家寶立即進入了她的身體，她在他的高壓下不停地扭動、呻吟，並柔聲而急促地呼喚他：「抱緊我！抱緊我！使勁！再使勁！」

於是，黃家寶在李白雪的嬌啼聲中完成了情愛交響曲的最後一唱。交合完畢，大家都有點疲憊。李白雪像小鳥一樣偎依在黃家寶懷中，用手理着黃家寶的頭髮。

李白雪問他：「舒服不？幸福不？」

黃家寶有點憂鬱地說：「舒服，幸福。但以後怎麼辦呢？」

李白雪說：「這還不簡單！我看你和嫂子成天吵架，同她離婚吧。我們合得來，在一起生活，肯定會很幸福。」

黃家寶想起夫人發起脾氣來時不顧一切的模樣，心一下子冷了半截。他覺得問題很嚴重，沒有把握地說：「要是她願意同我離婚就好了。」

李白雪抱着他的脖子，親了他的臉頰一下，安慰他道：「我知道事情沒那麼簡單，你也不用急，我不會逼你的。我只求現在擁有，不求天長地久，你放心吧。」

5

黃家寶和李白雪來到重慶，同飴糖廠簽署一項高麥芽糖生產技術轉讓協議。從成都乘火車到重慶，在蔡元壩火車站下了車，他們「打的」來到重慶新修的揚子江飯店。李白雪去辦手續，一會兒便拿着鑰匙，拎着包，帶着他乘電梯上了18樓，讓服務員開了1808室的門。李白雪把他讓進去，關上門。他詫異地問：「我呢？住哪裏？」

李白雪格格笑了，說：「『瓜娃子』！人家看我們般配，以為我們是夫妻，問也沒問，就開了一間房。好安逸！」

黃家寶心虛地說：「要是單位上查到我們倆住一間房，怎麼得了？」

李白雪不悅地說：「什麼時候了，誰還管這些？新生活，各管各。不過，要是你怕影響你的前程，我就去再開一間房！」

說着，李白雪就要向外走。黃家寶頭腦裏閃過「石榴裙下死，做鬼也風流」這句古話，忙攔着她，說：「只要你願意，我是巴不得的！你都不怕，我怕啥？」

李白雪親了他一下，說：「這還差不多！」

他們漱洗完畢後，來到陽台上，並排坐在面對長江和嘉陵江的大富豪真皮沙發上，欣賞山城的景色。夜幕降臨了。山城的燈火一點點，一片片亮了，天上，是璀璨的星空，腳下，是燈火的海洋。燈海中間有兩條長龍，一條長龍橫跨嘉陵江，直到燈火輝煌的北部新城，一條長龍橫跨長江，燈火蜿蜒延伸到正在興建的南部新區。山城的燈火呵，你陶醉過多少山城的子民，過往的遊人，為無數文人、騷客所讚頌。為山城的壯麗培育出來的山城人，性格直率、豪放。

黃家寶對李白雪說：「夏古傑的生意越來越好，看來，他已不是百萬富翁的問題，要不了幾年就會成千萬富翁、億萬富翁。」

李白雪說：「他是富了，我們可得不到多少。」

黃家寶說：「也不錯了。他把該支付我們的5萬元全部如數按期交給了我們。不然，我們哪敢來住這麼高檔的賓館。」

李白雪說：「我們以後要用技術入股的方式來搞技術諮詢服務，否則，太不划算了。」

黃家寶點點頭。他拿起電話，向餐廳部要了幾樣菜。一會兒，套房裏的豪華小餐室裏便擺好了菜餚。一個漂亮的男服務生請他們入席。松花皮蛋、紅油雞片、鳳爪、油炸泥鰍、蒜泥白肉、涼拌毛肚，雖然菜很普通，但製作精美，色香味俱佳。而且，每一樣菜都裝在一個亮鋥鋥的大銅盤上。銅盤上雕刻着精美的龍紋。俗話說，美食不如美器，真是一點不假。這幾樣家常菜放在豪華的餐具上，立即生出異樣的光輝。李白雪禁不住歎了一聲：「真美！」

男服務生在他們面前的高腳酒杯裏各斟了半杯洋酒——拿破崙XO，關了電燈，點燃置於燭台上的大紅燭，退出去了。紅燭若明若暗。燭光映在李白雪漂亮的臉蛋上，讓他越看越喜歡，越看越愛。

黃家寶問：「你對我們的未來有什麼打算？」

李白雪說：「你這人，什麼打算？你的觀念真陳舊。告訴你，當今世界豐富多彩，我並不打算立即同誰結婚，把自己套上。婚姻是愛情的墳墓。我看了許多。戀愛時寶呀貝呀地捧着，結婚後新鮮不到幾天，便發現對方的缺點『一籮一籮』的，很快厭倦了對方，總覺得野食比家食好吃，野花比家花香。」

黃家寶說：「我可不是這樣的人。我對感情問題一向是很認真的。」

李白雪說：「那你說說，你對嫂子是怎麼回事。」

黃家寶說：「說老實話，我當時只有一個『男大當婚』的概念，應該找一個女友，不懂得什麼是愛。選擇女友是有理性標準的。你嫂子是我大學時低年級的同學，我的乾叔叔的女兒，她長得很漂亮，比我們班的任何一個女同學都要漂亮，高幾個層次，班上好多男生都追她。但她喜歡我，我同初戀時的情人蒲香豆失去聯繫後，我同她在文革中一起外出串連，在一個月夜，松樹林裏……」

李白雪格格笑起來，打斷他的話，說：「我明白了，同我們之間後來的情形差不多。這叫『先姦後娶』……」

黃家寶說：「別說得那麼難聽嘛，雙方都是自願的，只不過結婚後發現，野外苟合主要受生理本能驅使，感情基礎不牢，新鮮勁一過，互相的缺點暴露出來，矛盾便發生了。雙方個性都強，誰也不願讓誰，裂痕不斷擴大，家中的和諧被破壞，剩下的便是爭吵、怨恨和冷戰了。」

李白雪說：「看，我說嘛，你把這麼出色的女孩追到手，就不珍惜了。」

黃家寶說：「哎呀，不是不珍惜。我發現她並不愛我，我試着和她親吻她也避開了。她同我之間沒有激情，只是例行公事而已。」

李白雪說：「『沒有感情的婚姻是不道德的』，你怎麼不把她休了呢！」

黃家寶說：「談何容易。在那個年代，離婚可不是件小事。會影響前程，影響『進步』的。」

李白雪又笑了，說：「什麼是『進步』？」

黃家寶說：「『進步』你都不知道呀！人生三件事，入隊、入團、入黨，當芝麻官，當中層幹部，當大官，一步步『進步』。我雖然已完成了前三件事，後三件事才邁出第一步，還要『進步』嘛！」

李白雪假裝恍然大悟的樣子，說：「啊，要當官，得入黨。我也要進步，我回去後就寫入黨申請書。」

黃家寶說：「你想入黨，我們之間的事就得隱蔽一些。」

李白雪說：「這當然。爸爸常教導我說，人生要把好兩大關，一是經濟關，二是作風關。」

黃家寶說：「是呀，要是犯了經濟錯誤，犯了男女關係錯誤，這輩子就完了。」

李白雪說：「你現在害怕了，是不是？你剛當上廠長了，聽說又快要提拔你當市科委主任了，這就進入中層，完成了第二步，就可以再跨一步，成為我黨高級幹部了。」

黃家寶說：「我們都是凡人，肉身，不是聖人。我跟你在一起，才知道什麼是情和愛，什麼是靈與肉的全方位融合，才嘗到了做男人的味道，我不會放棄的。但我不願意傷害她，只要我們小心些就成了。」

李白雪說：「我也不願意傷害嫂子的。你放心，開票時，我們的發票分別開，做些手腳就行了。」

黃家寶學着一個大人物的樣，嚴肅地說：「你辦事，我放心。」

李白雪摟着他格格笑起來。

6

這時，男服務生端上來一道用一條木船裝着的菜，佔了半邊餐桌，大船上裝滿了生魚片，黃家寶驚呼一聲：「這麼多，怎麼吃得完？」

李白雪夾起一片魚，笑道：「你看，下面全是冰，只有上面切得薄得不得了的一層魚。別看這麼大一船魚，稱一稱，不過幾兩。」

黃家寶說：「我吃不來生魚片。」

李白雪說：「這是玩『格』，你可知道生魚片的來歷？不是什麼魚都可以做生魚片的。生魚片是專門從深海中打來的一種魚做的，稀罕得很，所以價格昂貴，一般的人還吃不起。」

李白雪夾了一片生魚片，沾了一點佐料和芥末，佈在他的小碟裏，說：「生魚片必須沾芥末吃，否則要鬧肚子。」

黃家寶不肯吃，李白雪夾了一塊魚，沾了芥末，示範地塞入口中，嚼了幾嚼，嘖嘖讚道：「『高級』，『高級』，好吃，好吃。”

黃家寶看李白雪吃得津津有味，鼓起勇氣將生魚片塞進口中，嚼了一下，便叫苦不迭地將魚片吐到餐巾紙上，連呼：「上當了，上當了，難吃，難吃。」

李白雪笑起來，黃家寶也笑了。

黃家寶感歎地說：「我活了三十多歲，現在才嘗到了男人女人間有情有義生活的美好滋味，嘗到了豪華生活的味道。」

李白雪說：「難道你白活了那麼多年。」

黃家寶說：「是呀！回想以前的生活，留在我記憶裏的東西全是灰濛濛的。童年，連飯也吃不飽。只是由於母親特愛我，有母親的細心呵護，想起來生活還是很甜蜜的。但就是飯吃不飽，肉沒吃夠。一個月全家才吃一次肉。有一次我曾因低血糖暈倒過。母親偶爾開一次小灶，用濃濃的米湯、豬油熬一碗米湯蛋花。當時我的生活理想便是，要是長大了，一天能喝一碗米湯蛋花，就幸福了。」

李白雪又格格笑了，說：「你對生活的要求就這麼低？」

黃家寶說：「那會兒，想象不出更美好的生活是什麼樣的。加上以後的三年大饑餓，更不敢奢望什麼了。」

李白雪說：「你說的是吃嘛，男女之間的味道應該不受太大影響的，這主要靠感情維繫嘛。」

黃家寶說：「俗話說：『飽暖思淫欲，饑寒起盜心』。人的行為的物質基礎很重要。肚子沒塞飽，身體內荷爾蒙分泌不足，男女之間的事也就顯得平淡，不過是例行公事，順着習俗為生兒育女忙碌而已。」

李白雪說：「那你現在覺得生活有滋味了？」

黃家寶說：「是的。我現在感到這個世界色彩在豐富起來。才多長時間，那些令人頭疼的票證便不見了，隨你吃，隨你撑，好多人都吃得腦滿腸肥的。人們對男女方面的交往也漸漸開放了，寬容了，犯了『男女關係錯誤的人』不再被人當作是十惡不赦的了。」

李白雪說：「這才剛開始呢。據我所知，上面還要進一步開放，社會會有一個很大的變化。我們要為此多作一些準備，不要把全部精力陷在國有企事業上。」

黃家寶說：「我也在想這個問題。程處長說，他把這批中意合作項目幹完，就要辭職下海了。我們也要在幹項目的過程中，利用我們兼職搞民辦研究所的機會，積累一點原始資本，等待更大的機遇。」

李白雪說：「對。我們現在的條件是最好的。我們工作在興辦兩國政府合作的事業單位裏，捧着鐵飯碗，不愁吃穿。」

黃家寶補充道：「我們為了為意大利贈款項目練兵，市科委為了搞科技改革試點，批准了我們建立民辦研究所，由我們組織社會綜合科技力量為工廠、鄉鎮企業服務。」

李白雪說：「這是最高明的一招，我們以兒童營養中心這個實體為依託，以這裏的人馬為基幹，其餘的人馬是按項目需要從各單位抽調而來，幹完分了錢便散。沒有負擔，力量卻無限。」

黃家寶說：「現在，我們的聲響鵲起，門庭若市。特別是《成都晚報》記者周娜那篇文章影響大，她將我們的隊伍冠名為『科技川川游擊隊』。不管是褒是貶，將我們的事蹟宣揚了出去，引來好多客戶。」

李白雪說：「這個周娜，是我們的義務宣傳員，年底發紅包時，可別忘了她。」

黃家寶應道：「當然。我們要充分利用科技改革給我們創造的機會，兼職從科技諮詢服務中合法地積累起原始資本來。」

李白雪說：「這樣的好處是，我們既不必辭掉公職下海去冒險，又不必在岸上乾瞪着眼看別人在海裏掏金。這就叫『捧着鐵飯碗，鑄造金飯碗』。即便金飯碗沒鑄成，鐵飯碗依然在……」

黃家寶與李白雪相視一笑，李白雪伸出手，同他拉鈎。他拉了拉她那嫩蔥似的手指，順勢將她攬進懷中，狂吻起來。

7

1989年初夏。中國的政治風雲突變，天安門廣場上掀起了「六四」狂濤。黃家寶雖然贊成中國應走向民主，但他是不希望動亂的。他們同意大利政府合作的一期工程已建成，但若無二期工程的兒童食品項目為後盾，一期工程建成後的福利事業便很難維繫。受中國政治風雲的影響，業已批准的二期工程在撥款時卡了殼。承接二期工程的意大利企業界朋友很着急，特邀他這個很會搞關係的人來意大利外交部疏通一下。這正是一個比較混亂的時期，有外經貿部和意大利駐華使館的幫助，黃家寶很快獲得了簽證。

飛機在一萬米以上的高空飛行，進行着從中國北京到意大利的遠航。在阿聯酋的迪拜機場加油後，便直飛羅馬。空中小姐送來飲料，黃家寶要了一瓶啤酒，一面喝，一面貼着靠窗的玻璃望着外面的藍天，望着藍天下的雲海。雲海變幻莫測，有時似連綿起伏的喜馬拉雅山，有時似四周環山的成都平原。

下了飛機，黃家寶提着行李走進海關。出關的人在排隊。一隊軍警帶着一批警犬走進海關大廳。突然，警犬被放了出來，在人群中穿梭亂轉。這種坐起比人還高大的黑色英國牧羊犬有一種震懾人的力量，整個大廳立即變得鴉雀無聲。他記起不久前在羅馬機場發生的一起恐怖分子槍擊旅客的事件，這種異常的安全措施也許就是為此而起的吧？一隻警犬將一個牛高馬大的白人牽着褲腿從人群中拉了出來，然後，用嘴叼走他手中的小提包，將小提包摔在地上，撲上去用利爪撕開小提包，一個裝着白粉的大塑料袋露出來。警犬叼着塑料袋，送到警察手上。警察接過塑料袋看了看，示意另一個警察拿出手銬，將塑料袋的主人拷上，帶走了。

警察走了，警犬走了，辦理通關手續繼續進行。黃家寶拿出一盒「萬金油」送給海關官員。那官員收了禮，豎起大拇指，說了聲「謝謝」，便順利地放行了。一出海關大廳，便看見那個同他最要好的馬布公司工頭貝爾多拉索和李白雪在門口迎接他。李白雪是兩年前根據中意兩國政府的協議公派至意大利國立營養研究院來讀碩士研究生的，導師是來過中國的安娜．費洛露西教授。

李白雪穿着紅毛衣，一眼看見黃家寶，疾步走過來，抱着黃家寶就是一陣狂吻，弄得黃家寶臉紅筋漲，黃家寶着急地悄聲說了句：「注意影響」。貝爾多拉索友善地望着黃家寶，並為李白雪的舉動輕輕地鼓起掌來。他在中國工作時是看出了黃家寶同李白雪關係特殊的。

黃家寶掙開李白雪的懷抱，向高大的貝爾多拉索走去。黃家寶伸出手，想同貝爾多拉索握手，貝爾多拉索卻一把將他攬到懷中，激動地擁抱他，嘰哩咕嚕地向他說了一大串話，手上還揮動着一張報紙。李白雪的意大利語已說得相當流利，充當起黃家寶的翻譯來。她說，貝爾多拉索從媒體上看到，成都在動亂中死了一萬多人，為黃家寶擔心死了。黃家寶笑了，說：「沒那麼嚴重吧。據我所知，成都只是燒得厲害，錦江賓館被燒了一下，人民商場被燒光了。人卻沒死什麼，有根有據的只有兩個人，是在動亂中被踩死的、打死的。這同平常成都在車禍中死的人數相比，少多了。成都每個月死於車禍的人都有幾十個呢！受傷的人要多一些，我們單位有一個『顫鈴子』娃娃的腳被打斷了。他是去看熱鬧的，穿了一身類似警察的衣服。警察過來，以為他是鬧事的群眾，頭上挨了一棒。人流湧過來，以為他是警察，打斷了他的腳。他是兩頭挨打，他的家屬天天扭着他要報醫藥費，可憐極了。」

李白雪問：「是什麼人放火燒的房子？」

黃家寶說：「我們中心的辦公室主任段紅到街上去看過，放火搗亂的是一批『半截子幺爸』。警察全換成便裝躲了起來，給了這批搗蛋鬼一個胡鬧的機會。一個城市，一個國家，陷於無政府狀態可不得了！」

貝爾多拉索開着意大利隨處可見的「迷你型」菲亞特車把他們帶到一家華人餐館，為黃家寶接風洗塵。貝爾多拉索遞上菜單，要黃家寶點菜。黃家寶點了一個魚翅羹，一個麻婆豆腐，一個回鍋肉。菜上來，魚翅羹還好喝，麻婆豆腐和回鍋肉便是胡鬧了，沒有川菜的麻辣鮮香，甜甜的，難吃極了。貝爾多拉索說：「這裏的四川館子為迎合當地人的口味，菜完全變味了，沒有你們『白天鵝』的火鍋好吃。」

黃家寶說：「你還記得『白天鵝』呀，你把那個漂亮的服務員攬在懷中，讓她坐在你的腿上胡鬧，你走後還是我幫你付的小費呢！」

貝爾多拉索說：「謝謝！謝謝！我在你們國家吃得太好了。我至今還不明白，你們國家的人吃得那麼好，比我們還吃得好多了，為什麼還需要我們的援助？」

黃家寶說：「這只是你在城市裏看到的。我們國家還有相當一部分貧困地區，生活很苦。下次你再來中國，我帶你到那些地區去看一看，你就明白了。」

意大利外交部的舒拉女士在「王子飯店」等黃家寶。她安排黃家寶住進一個豪華套間。她對黃家寶說，他們的頭為感謝他歷次對他們的人超規格的接待，將他按國家部長級規格招待。這個王子飯店，只有一個中國的正部長住過。黃家寶可以在餐廳自由用餐，想吃什麼都可以，餐後在外交部的戶頭上記帳即可。

朋友們將黃家寶送進房間便離去了，讓他好好休息一下，李白雪約定晚上來陪他吃飯。房間內窗明几淨，從落地窗向外望，是一片草地，草地中有幾個花圃，花圃中黃色的鬱金香、紅色的玫瑰、五彩繽紛的風信子開得正盛，草地邊緣是一片白樺林，草地正中有一個游泳池，幾個金髮碧眼的姑娘正在池中游泳、嬉戲。

黃家寶沖了一個澡，躺在舒適的席夢思床上，陽光從百葉窗中鑽進來，有些刺眼。他用床頭上的百葉窗自動開關將窗簾閉合得嚴密一些。光線暗下來，想睡上一覺。他連續坐了十多個小時的飛機，太疲倦了。但時差卻使他輾轉反側，不能入眠。他想起第一次來意大利考察的情景，不禁啞然失笑。

8

1985年，他們應意大利外交部之邀，到羅馬考察兒童營養合作項目。那會兒，從北京還沒有直達羅馬的航班，必須繞道巴黎。

他們在巴黎下了飛機，叫了一輛出租車，直奔中國駐法大使館。

大使館的官員熱情地接待了他們，臨時給他們做了一大鍋雞蛋麵。黃家寶看見廚師將一筐雞蛋放在灶上，毫不吝嗇地連續打了十多個蛋在油鍋裏，忙說：「別打了，太奢侈了！」

廚師笑了，說：「雞蛋是這裏最便宜的東西，不用心疼。」

他們在大使館住下後，便迫不及待地出去逛街了。他們在巴黎可以待三天。他們是中國門戶開放以後，走出國門觀察世界的第一批人。

他們一行六人，穿着一色國家補貼購置的西裝，來到巴黎著名的香榭麗舍大街、凱旋門。街上人頭攢動，人們穿得花花綠綠，但很少像他們這樣穿一色的西服，披一色的黑呢大衣的。聽說，那會兒西方國家的人稱我們中國大陸出國人員為「黑烏鴉」，一見這種裝束的人就知道是從「中國來的『寶器』」。

他們這個代表團的一切費用是由黃家寶那個單位負擔的，但黃家寶卻不是代表團的團長。團長是醫藥局的明局長，團員中有一個衛生廳的副廳長，一個外經貿廳的官員，另一個是李白雪，還有一個是英語翻譯。他們興致勃勃地鑽了不少商店，在凱旋門照了好些神氣的像後，發現已是下午1點多鐘，肚子已餓得咕咕直叫。他們開始找飯館進餐。翻譯英語很好，卻不懂法文。他看不懂店前的明碼實價，不敢貿然進去，怕進得去出不來。那會兒，在國外的出差補貼很少。看了一家又一家，翻譯都不敢喊他們進去。後來，翻譯乾脆不看了，放棄了職責。到下午兩點多鐘，黃家寶已餓得受不了啦，對明局長憤憤地說了一聲：「叫花子團長！」便帶頭鑽進了一家飯店。

侍者迎上來，將他們安頓到一張大圓桌旁坐下，遞上來菜單。翻譯仍不敢接，黃家寶一把將菜單抓過來。阿拉伯數字總看得懂！他將數字最小的菜名一點，用手勢比劃着要了六份。菜很快就上來了。哈，蛋炒飯！只是太少了點，一份只有雞蛋那麼大一砣。他們狼吞虎嚥，兩、三秒鐘便見了底。黃家寶做了個再要的手勢。又是六份上來，又是兩秒鐘見底！侍者看得呆了，他沒等黃家寶再做手勢，便飛快地跑進廚房，給他們端了一銅盆蛋炒飯進來。他們樂壞了，恢復了紳士風度，李白雪則靈機應變，做着手勢，指點着其他客人吃的普通菜，要了幾份菜上來。

吃完飯，一結算，並不貴，大家鬆了口氣，給了侍者100法郎小費，走出來。大家在街上說起剛才的情景，一陣大笑，惹得街上的行人駐足觀看。他們忙做手勢噤聲。因為他們已發現，這兒的人不喜歡在公眾場合高聲喧嘩，繁華的商店裏、大街上都是靜悄悄的。他們安靜了，卻發現飯館門口鬧起來。再一看，陳廳長沒有出來。看來，他不知因何事在飯店裏「脫不了爪爪」啦。他們趕快折回去，原來，衣帽間的老太太拉着陳廳長不准走，激憤地吵着，嘰裏呱啦說個不停。明團長上去，掏出一個熊貓紀念章送她。她推開了，連聲說：「NO！」陳廳長趕緊拿出一盒萬金油遞給她，她仍不要，「NO」字說得更多更急了。出過國的朋友教我們的兩手社交法寶不靈了。黃家寶忽然悟道，他們雖然給了侍者小費，但還沒給衣帽間老太。這兒的服務是「鐵路警察，各管一段」！黃家寶趕緊掏出100法郎，遞給她，她接過法郎，轉嗔為喜，連聲說：「Thank you！」

小費的尷尬他們還遇到過多次。有一次，他們住進意大利外交部給他們安排的豪華飯店，進去時付了不少小費給幫他們提行李的人。明團長心疼了。在離開這家飯店時，他想省掉這筆小費，便安排他們做好準備，到時一起衝關。

明團長叫他們把行李提在手上，見接他們的車開來了，他一聲令下，他們同時從幾個房間裏衝出來，奔向汽車，將行李放在汽車上。他們的這一驚人壯舉，把諸多準備來給他們搬行李的侍者驚得目瞪口呆，搞不懂世界上為什麼會有住得起豪華飯店，卻捨不得給小費的人。

十多天下來，他們遊了巴黎的羅浮宮、艾菲爾鐵塔、巴黎聖母院，意大利的羅馬鬥獸場、威尼斯水城，梵蒂岡的教堂，明團長站在羅馬街上發呆，說了聲：「這兒什麼都好，就是小費不好！」

黃家寶嘲諷道：「你這『叫花子』團長，把我們中國人的『德』都喪盡了。你節約外匯回去報功，未必憑這點從外國勞動人民口中摳出來的錢能保你升市長！」

9

門開了，李白雪裹着一件絳紫色的大衣出現在黃家寶的面前。黃家寶幫她脫了大衣掛到衣帽鈎上。她說了聲：「吃飯還早，我去洗個澡！」

李白雪洗了澡，披着一件鮮紅色的睡衣向黃家寶走來。一股體香撲鼻而來，使黃家寶幾乎要暈倒。她雙手摟着黃家寶就是一陣狂吻，連聲說：「想死我了！想死我了！」

李白雪的睡衣滑落到地下，雪練似的美妙裸體把黃家寶包裹起來。她把黃家寶抱得更緊了，在黃家寶的眼睛上，鼻子上，臉上，下巴上，嘴唇上狂吻起來，喃喃道：「想死我了，想死我了！」

黃家寶的下身一陣燥熱，將李白雪抱到床上。李白雪輕輕推開黃家寶，說：「別猴急！我教你幾招，讓我們慢慢地享用情愛的香餑餑吧！」

黃家寶說：「你在國外學了什麼新花樣？」

李白雪說：「大姐太古板，把你也變成了個老古董。情愛貴變化，做愛的招式多着呢。今天我教你接吻十八式！」

黃家寶道：「好，願意奉陪！」

李白雪伸出紅紅的小舌頭，用舌舔黃家寶的上下唇，使黃家寶感受到舌部味蕾舔掠的感覺，令人一振。然後，李白雪的小舌頭伸入黃家寶口中，舌在口中慢慢地旋轉着，黃家寶的舌迎了上去，逐漸攪在一起，和諧地共同旋轉。隨後，黃家寶的大舌逐漸佔了上風，將李白雪的小舌包卷於口中，上下左右迴旋翻動，用放肆的旋動來增加快感，雖嫌粗魯但頗具挑戰性。這種螺旋式接吻進行了許久，李白雪終於將舌抽了出來。

李白雪開始移動式的吻，吻他的肩，吻他的手掌，吻他的肩背和脊柱根部，吻他的胸。然後，吻盡他的敏感區。事畢，他們在床上靜躺了一會，回味剛才那些不尋常的吻。他們整理好衣衫，相擁相抱着來到王子飯店的豪華餐廳。李白雪知道這裏是外交部付帳，便不客氣地點起菜來。她要了一瓶香檳。侍者將一瓶用冰塊煲着的香檳送來，用起子打開香檳，只聽得嘭地一聲響，瓶塞衝到天上，李白雪輕輕地拍起手來。她說：「就是這瓶香檳也要值100多美元，要是你讓我們的『叫花子』團長來付錢，不把他嚇出精神病來才怪。」

黃家寶喝了一口香檳，確實味道不錯。黃家寶說：「那是舊皇曆了。如今，明團長早就『開竅』了，吃起來比誰都講排場，千元以下的席他不得吃；耍起小姐來也瘋得很。」

李白雪問：「他還沒升市長？」

黃家寶說：「他那德性，升屁的市長！不久前，他的司機害他，使他在廣都耍小姐時被當場抓獲。他娃娃完了。」

李白雪說：「國內就是這樣。其實，在全國的腐敗浪潮中，有幾個官不『歪』？只曉得抓些『小蝦子』來交帳。」

黃家寶說：「是啊，貪官多得很，抓出來的卻只有『一小撮』，明局長太霉了。唉，不談他了，說說你的事吧。你的碩士論文已經通過，這次跟我一起回去？」

李白雪說：「我不回去了。」

黃家寶大吃一驚，說：「這怎麼行？」

李白雪說：「這有什麼不行的？『六四』後，好多西方國家都對中國的精英敞開了大門。我也向意大利政府申請避難了。」

黃家寶說：「你又沒有參加『六四』，憑什麼申請政治避難？」

李白雪從珍珠魚小皮包中取出幾張外文報紙，遞給他，說：「你看，『六四』期間我在意大利的華人報刊上發了幾篇文章。我回國後會因為這幾篇文章受到迫害的。」

黃家寶接過她遞給他的報紙，翻了一下，見一篇華人小報上有一整版她寫的文章，標題赫然是：《只有資本主義才能救中國》。他笑了，說：「這就是你們這批自詡為精英的人幹的蠢事，像一群明火執仗的強盜一樣，連把自己偽裝一下都不會。中國真正的精英正在不聲不吭地搞資本主義。『有中國特色的社會主義』是什麼？『有計劃的市場經濟』是什麼？都是在搞資本主義嗎！我尊敬這些腳踏實地建設中國的人，討厭那些只知道空喊口號的『精英』。靠這些狗屁精英，中國富強無望，民族復興沒門兒！」

李白雪不高興了，說：「你在罵我？真遺憾。看來，你這個一向標榜思想解放的人已經站在了學生運動的對立面。你要好好想一想，那朝那代鎮壓學生運動的人在歷史上的結論都是不光彩的。清代有600多名舉人進行的『公車上書』運動，民國時期有五四運動，新中國有四五運動……」

黃家寶打斷她，說：「你怎麼不提紅衛兵運動呢？我早就說過，群眾運動是天然合理的說法完全是胡扯淡。不管什麼運動，是好是壞，要看最後產生的結果。還是鄧小平那句老話：『不管白貓黑貓，逮得到耗子才是好貓』。如今，中國正在集中精力搞建設，只有把綜合國力搞上去了，中國才有希望，中華民族才能復興。中國正在復興過程中，建設需要一個和平的環境，亂不得。」

李白雪說：「那麼，中國就不需要民主啦？」

黃家寶說：「綜合國力沒有起來以前，『民主』還是一種可望而不可即的奢侈品。你看台灣，蔣介石執政的時候多麼專制，但它的經濟發展後，民主才開始發展。蔣氏家族已經不能左右台灣的政治了。韓國也是如此。李承晚統治時期，多麼專制，一點民主也不給。經濟發展後，總統競選搞得多鬧熱！」

李白雪說：「我說不過你，我也不想同你探討理論問題了。但我是決心不回去了。」

黃家寶說：「你必須回去。為我你也得回去。你在意大利讀碩士的經費是從哪裏來的？是我向洋人討口討來的。你不回去了，你叛國了，我回去如何向上級交帳？」

李白雪說：「我勸你也別回去了。我代你寫了一封要求政治避難的申請。」

黃家寶再一次大吃一驚，說：「我為什麼要求政治避難？」

李白雪又從口袋裏掏出一張報紙，指着一幅照片，說：「你看，馬布公司住在成都錦江賓館的小伙子，在賓館被燒時拍了幾張照片，寄回意大利來發表了。你就站在那群放火的人中間！」

黃家寶說：「胡說！我是去接意大利人出來住，讓他們脫離險境的。我怎麼會變成縱火犯？國內的人都知道，不會誤會我的。」

李白雪說：「這我清楚。我只不過利用報紙來作為申請你政治避難的理由而已。」

黃家寶說：「我不會留在意大利的。」

李白雪說：「你想過沒有，這是一次千載難逢的機會。你留在意大利，可以同嫂子辦離婚手續，名正言順地同我結婚。憑你我的才能、智商，我們可以幸福地在一起生活一輩子。如果你不留下來，我們可能就要永遠分開了。為了我，你願不願意留下來？」

理由十分強大，黃家寶動搖了，猶豫了，說：「你讓我好好考慮一下。」

這一夜，黃家寶失眠了。

10

黃家寶出生在烽火連天、哀鴻遍地的歲月。那時中國正在進行艱難的抗日戰爭。黃家寶一出世，就差點被洋鬼子殺了，但這個洋鬼子不是東洋人，而是西洋人。那一年，黃家寶家住在重慶，日本飛機在重慶狂轟濫炸，父親找了一份在萬縣的工作，要母親帶着剛出生不久的黃家寶到萬縣去同他會合。媽媽抱着黃家寶，登上一艘英國太古輪船公司的輪船到萬縣去。黃家寶被江風一吹，一下子患了小兒抽風症，昏迷不醒，完全失去了知覺。

想不到這時候英國船長來了，竟不許黃家寶死在他的甲板上，指使水手強要把他從媽媽的懷抱裏奪走，扔進滔滔揚子江。多虧許多中國旅客站起來據理力爭，對那個橫不講理的英國船長說：「這個孩子還沒有嚥氣，不能這樣對待他。」

一位北京的老爺爺把一顆同仁堂的萬應錠切碎，給他吃了一丁點兒，他才哇地一聲哭着醒轉過來。這才塞住英國船長的臭嘴，才有了他後來的生命和一切。幼年的這一段遭遇，加上他讀書識字後知道中國近百多年來因國家衰弱被列強欺凌，在上海外灘公園甚至插有一塊「華人與狗不得入內」的污辱性牌子，使他從小就樹立起「國家興亡，匹夫有責」的觀念，立下了要為中華復興貢獻力量的志向。這是他一生做人的根本。

黃家寶在工作期間，借出差的機會遊遍了祖國的山山水水。他更加覺得祖國無限親切可愛。那不僅是河山的單純美，還因為其中總是包含着深深的民族情感。許多自然風景總是和無數歷史故事、人文景觀緊密結合在一起，無法硬生生分開。那是漢代，那是唐代，那是朝朝代代留下的無數感人的場景，那是今天中國人民戰天鬥地鑄成的豐碩成果。即使在渺無人跡的荒涼戈壁和沙漠裏，也會聯想起「大漠孤煙直」那樣意境宏大悠遠的詩句，怎麼不使人憐，使人愛，使人歡聲高呼？

當前，他的祖國正處於一個民族復興的關鍵歷史時期，正需要中華赤子去為之獻身，他怎能背棄它呢！

11

然而，他要是不留下來，就要失去李白雪了。李白雪那迷人的、溫暖的肉體有一種超乎尋常的吸引力。而且，他們是那麼投緣，那麼和諧，在一起生活每時每刻都感覺到無比愉快。「人生得一知己」足矣，何況是「紅顏知己」！他能夠為了自己的人生理想，一些虛無縹緲的大道理放棄人生難得的享受麼？

然而，他的人生哲學是不願傷害任何人的。他想起和妻子交往的那些甜蜜歲月，想起夫人陪伴自己度過的二十多年生涯，那其間有痛苦，也有歡樂，還有患難與共的日子。

最難忘的是他的兒子出生的那一天。重慶武鬥打得正熱鬧。夫人十月懷胎，他同她在小什字附近他父親黃開泰的住宅裏，等待兒子出世。這天傍晚，夫人發作了，他手足無措。父親叫他趕快把夫人送到重慶市一人民醫院去。

可是，到一院要通過小什字路口。「反到底」在一座高樓上架起機關槍，封鎖了路口。前不久，一個進城挑潲水的農民，被打死在路口，一個多月沒人敢去收屍，化成了一攤泥。現在，膽子再大的人，也不敢去穿越這個死亡「黑十字」。可是，他的兒子要出生，不敢穿越也得穿越。他扶着夫人，「痲」起膽子一步一顫，踏着寬大的石級在小什字露了頭。一束探照燈光落到他們身上，他叫夫人把肚子挺得更明顯一些。果然，四周的槍聲戛然而止。造反派也是有人性的！他扶着夫人，在探照燈的護送下，一步一步，走過「黑十字」。到達醫院後，夫人已痛得叫苦連天，呻吟不止。醫院裏的醫生都鬧「革命」去了，沒有一個人，幸喜有個做清潔的「牛鬼蛇神」，一個很富態的老太太，動了惻隱之心，主動為夫人接了生。事後才知道，這個老太太是婦產科專家。要不是遇上她，夫人這種腳下位難產，母子都有性命之憂的。真是不幸中的萬幸。想起夫人為黃家寶生兒育女的功勞，要他與她一刀兩斷，決心不好下啊！

況且，黃家寶的岳父左斯年是他的世伯，那麼疼他，愛他，為他有這麼一個「乘龍快婿」而驕傲。岳父和他家是通家之好，他和一曼的婚姻連着「黃埔三兄弟」三大家人的友誼。這種關係使婚姻牢不可破，只要一曼不主動離開他，他是不能離開一曼的！

12

天已濛濛亮了。黃家寶開啟百葉窗開關，讓晨曦從落地窗中漏進來。他躺在床上，望着窗外的異國風光，思緒回到了二十世紀五十年代。五十年代是美好的。他和幾個同村的小朋友，天天沿着那條從觀音橋街到大廟的石板路，到大廟小學去讀書。他們把斜揹在身上的算盤當機關槍，搖得「達達」響，邊喊「衝」啊，邊向前跑。下課後，又一路打着泥巴仗，跑回他們借住的姨媽家的花園別墅。

黃家寶的心中時時響起那首郭沫若作詞的中國兒童隊的老隊歌：「我們新中

國的兒童，我們新少年的先鋒，團結起來，繼承我們的父兄，不怕艱難不怕擔子重。為了新中國的建設而奮鬥，勇敢前進、前進……」

戴着紅領巾的兒童隊輔導員謝高順老師，將他引進一座小屋。一張桌子上擺着許多花花綠綠的書。謝老師對他說：「我看你喜歡看書，找校長要了點經費，買了幾百本書，我們成立一個小小圖書館吧，你來當館長。」

黃家寶歡喜得兩眼放光。他一面管理圖書，一面把圖書館中的幾百本書看了個遍。他喜歡看什麼書？什麼書他都喜歡看。除了圖書館中的《卓婭和舒拉的故事》、《安徒生童話》、《鋼鐵是怎樣煉成的》以外，他還喜歡看從同學那裏借來的《水滸傳》、《七俠五義》、《封神演義》等。課間時間看，回家看。他常常坐在尿罐（一種用陶瓷做的坐式便桶）上，借着從亮瓦中射進來的陽光看大部頭書，母親喊他吃飯了也賴在尿罐上不起來。

黃家寶還喜歡看小人書。他常跟母親進城到舅舅家去，城裏唯一能吸引他的是小人書攤。找母親要一角錢，一分錢看一本的小人書，一看就是半天。《三國演義》、《西遊記》裏的故事，大多是從小人書上看到的。看了許許多多的書，覺得書上的世界太精彩了。他暗暗發誓，長大了他要寫上一架書，使五彩繽紛的書世界更精彩。這是他一生中立下的第一個宏願。

如今，黃家寶的這個宏願正在實現之中，從1979年開始，他一年出一部書，已經出了十二部書，得了不少獎，最高獎是中國圖書獎。

黃家寶還有許多寫書的計劃，還簽了不少出版合同。如果他背叛祖國，到意大利這個對他來說陌生而語言不通的國度來，他還有機會繼續寫書、出書嗎？

此時此刻，黃家寶忽然想起四個字：「吾土吾民」。那是多麼可親可愛的四個字啊，它壓在我們的心底多麼有分量啊。想起這四個大字，黃家寶的情感專一起來，沒有什麼力量能把他和祖國分開，包括他深愛着的女人，難以割捨的親人。不能割捨也只有忍痛割愛啊。決心一下，他雜念頓消，安然入眠。

第三卷　清與濁

滄浪之水清兮，
可以濯吾纓；
滄浪之水濁兮，
可以濯吾足。
——《孟子．離婁章句》

高度文明的崩潰，在於我們心中的荒淫。
——五島勉：《大預言》

卷　首

1

凌晨，大地上出現了一線曙光，天濛濛亮了，隱藏在黑暗中的景物開始出現了模糊的輪廓：在一片民居上高聳着的各種高樓、娛樂城，在半夜熄了耀眼的霓虹燈後又露出了能吞蝕「靈魂」的怪模怪樣，崇寧鎮上寂靜異常。左斯年輕輕地推開「老幹局」宿舍的單元門，溜到街上。他早已從任上離休，靠家鄉領導照顧，在「老幹局」分了一套宿舍，同「二婚」的年輕老婆，一個民辦教師，過起了閒適的退休生活。

天色尚黑，街燈昏黃，行人稀疏。左斯年來到離「老幹局宿舍」只有200多米的橋頭茶館。茶館裏已是沸沸揚揚，喊堂的、問早的、茶船茶蓋擺放發出的稀裏嘩啦的聲音渾然一片。茶客們見到左斯年，都要親熱地喊一聲：「左老師！」

左斯年木然地點着頭，走向他那臨河屬於他的固定位置。幺師提着大銅炊壺走過來，熟練地將手上抱的一疊茶具丟下一副銅質的茶船，丟下一副白瓷蓋碗落到茶船中，發出清脆的一響，隨後，大銅炊壺中熱氣騰騰的開水便從長嘴中汩汩地流下來，剛好沖了小半碗，茶蓋往下一甩，落在茶碗上，又是一聲脆響。同時，幺師將一包左斯年喜歡的「天府鹽乾花生」放在桌上，收起左斯年放在桌上的5元錢，說了聲「慢用！」便悄然離去了。

茶發好後，幺師又來續了一道水。左斯年將茶蓋拿起，趕了趕浮葉，端起來呷了一口。青城茅尖的清香撲鼻，這是他喝了一輩子的家鄉茶。這種茶是當地茶農自製的。將茶樹上的老葉在鐵鍋中用細火精心焙製而成，帶着青城山野中的清氣，又濃郁非常。喝了這種茶，再喝那些價錢高得不得了，味道卻淡得很的明前龍井、明前黃芽，就一點意思都沒有了。

左斯年喝了兩盞茶後，撕開包裹着鹹乾花生的塑料袋，取出花生一顆顆地剝着，慢慢地咀嚼。天府花生香氣四溢，滿口鑽。這是他吃了一輩子的花生。吃了這種既香又脆的鹹花生，任什麼花生也沒有味兒了。

左斯年一面呷茶，一面慢慢地剝花生吃，眼睛卻望着窗外。窗外是金馬河，90年前他出生時就這麼靜靜地流淌着，幾十年中，它曾經被「工業文明」污染，清流變成了濁流。如今，隨着環保工程的實施，上游紫坪鋪超大型水庫的建成，金馬河又從濁流變成了清流。

上午10點，夏澤西從省城到崇寧來找左斯年，在家裏沒找着，便肯定老友是到橋頭茶館來了。走進茶館，果然發現左斯年還一動不動地坐在老地方，夏澤西喊了一聲：「斯年，發什麼呆？」

左斯年從沉思中猛醒過來，看見老友，高興起來，灰暗的臉上出現了神采。他招呼夏澤西在茶几對面靠窗的竹椅上落座後，幺師不待吩咐，便來上了茶。平時，左斯年找不到人談話。在家裏，他那些「老古董話」、「牢騷話」不僅女兒、女婿不愛聽，連孫兒、孫女見他有大發議論的可能性，都想方設法「扯把子」（撒謊之意）躲開他。他便在茶館裏來講，他年輕時便善於做下層人士的工作。他在茶館中居然有了一批崇拜他的聽眾。他什麼都講，從城裏的見聞到抨擊時政、貪官污吏，從「9．11」、伊拉克、薩達姆到「薩斯」、「火星探測器」、「神舟5號」。那些下崗工人，返鄉民工都為他不畏權貴的人品，為他的博學所折服。只是他高高在上，不論他說什麼，人們都點頭。沒有人敢同他討論，更不用說爭得臉紅脖子粗了。只有夏澤西等幾個老友能同他擺幾句，同他議論一下人生、社會。夏澤西問：「你在想什麼？」

左斯年說：「也許這世界上只有我還記得，今天是中國共產黨的生日。歷史經過一個反覆又回到了原地。我們為之奮鬥一生的沒有階級、沒有剝削的社會沒有實現。反之，我和我的戰友們用青春、鮮血、生命為代價打下來的江山在不知不覺中變味了，和平演變了，如今，『無產階級專政』不復存在，『工人階級等於零』了，多數農民的生活也很貧苦，新的地主、資產階級誕生了，騎在勞動人民頭上，變本加厲地剝削、壓迫勞苦大眾。貪官污吏比國民黨時期還多，貪婪兇殘的程度也為我們年輕時見到的那些使我們『拍案而起』的『南霸天』、『黃世仁』們有過之而無不及。」

夏澤西笑笑，說：「你還是改不了憂國憂民的秉性。其實，我們這些人都過時了，時代的潮流變了。我們再用過去的思維定式來考慮問題，只有自尋煩惱，甚至走向反面。」

左斯年搖搖頭，說：「過時？孫中山先生倡導的黃埔革命精神總不會過時吧？」

夏澤西緩緩地說：「過時了，過時了。革命和戰爭，是上個世紀上半葉的時代潮流。從上個世紀下半葉起，時代潮流就變了。到本世紀，時代潮流定型了。你知道現在的時代潮流是什麼？」

左斯年想了想，說：「這誰不知道？和平與發展唄！」

夏澤西說：「這就對了。現在已不是『革命與戰爭』的時代，而是『和平與發展』的時代，『發展才是硬道理』。孫中山先生教導我們，要『與時俱進』，順應時代潮流。他說：『時代潮流滾滾向前，順之者昌，逆之者亡』。我想，這才是他老人家倡導的黃埔精神！」

夏澤西的一番宏論打動了左斯年，使他重新陷入沉思中。不過，即便他已過時了，不再管國事，他卻迴避不了家事。家事也讓人煩心啦。使他不能容忍的是，縣上的一個小小的局長一家也欺到他頭上來了。雖然根子出在他那新娶的年輕老婆的身上，但打狗還得看主人嘛！自從他的結髮妻子去世以後，他的一個學生嫁給了他。她嫁給他是有條件的。他滿足了她的條件。但是，自從那年輕的老婆靠着嫁給他得來的便宜，從民辦教師轉為公辦教師，「拖油瓶」帶過來的三個子女都變成城市戶口以後，就不甘寂寞了。她不僅不再做家務事，讓他那麼大把年紀了還上街買菜，回家煮飯燒菜伏侍這個在「上班」的老婆，還一晚一晚不落屋，上街去打麻將，還同那個局長勾搭上了。局長很得意，很快活，卻氣壞了局長夫人和局長的兩個女兒。她們在家裏捉了奸，把左斯年的年輕老婆打得遍體鱗傷，肋骨都被打斷了兩根。這件醜事在全崇寧縣傳開了，弄得左斯年這個「老革命」好沒面子。左斯年告到縣上，告到市上，除了得到一點安慰的話外，什麼問題也沒解決。他專門去了一趟成都女兒家，要女兒左一曼女婿黃家寶為他出氣。女兒女婿都勸他別鬧了，為那麼一個無情無義的女人不值得。他不聽，背着女兒女婿悄悄地去找老戰友陳悅。陳悅義憤填膺，保證要幫他討回公道。他回來了。可是，事情過去了三個月，卻「泥牛入海無消息」。他絕望了。

國事、家事，都使他灰心，使他絕望。他望着窗外的目光呆癡而木然。他不再喝茶，不再嗑花生，不再同老友「擺龍門陣」，他一動不動的身影，就像一尊雕像。

這時，茶館裏鬧鬧嚷嚷，一撥人走進來，吆五喝六。為首的是一位矮胖子，這正是那位給左斯年戴「綠帽子」的局長，帶着一幫從省城來調查他的問題的人到著名的橋頭茶館來喝茶。仇人相見，分外眼紅。剛才還在平靜地談論時政的左斯年「噌」地一下站起來，濃密銀色的眉毛倒豎，眉頭間皺起三道深深的「川」字紋，銀白的頭髮竟然立起來。他呼喚着局長的名字大喝一聲：「胡非！胡非！你胡作非為！」

胡非一驚，一看，糟了，「冤家路窄」，怎會在這種場合碰到「情敵」。他強作鎮定，用蠻橫來掩飾自己內心的空虛。他反唇相譏道：「喂，左老頭，你不要倚老賣老，你也不是什麼好東西，『老牛吃嫩草』，把人家如花似玉的姑娘糟蹋了，還好意思出來鬧！」

左斯年平生哪裏受過這種氣，他抓起裝滿滾燙茶水的茶碗，向胡非擲去。「嘩啦」一聲，茶碗在胡非頭上炸開了，將胡非的頭割了一道口子，血立即滲出來。胡非大怒，正要向左斯年撲去，他突然發現，左斯年的眼神不對。左斯年圓睜的怒目中，瞳孔在迅速散神。左斯年慢慢地跌坐到竹椅上，一隻手硬僵僵地指着胡非的鼻子。胡非驚叫一聲，扭頭就走。

第三天是一個趕場天，橋頭茶館分外熱鬧。搓麻將的、打長牌的打主力，還有些青年人在玩撲克，鬥地主、升級，也有乾坐着吃閒茶的，聊天的，提鳥籠的，十幾桌已是座無虛席。老虎灶上蒸騰着白色的水霧，幺師提着長嘴銅炊壺，夾着一摞茶碗、茶船、茶蓋，在桌子間穿梭。

鎮口上傳來一陣蕩蕩悠悠的哀樂聲，由遠而近。茶舖老闆忙叫幺師：「二娃子，快，快，搬桌子、椅子，夏老師打過招呼的，左老師要來喝茶！」

「啥？死人要來喝茶？」茶館內的人驚詫了，停止了一切活動，湧到茶館門口看熱鬧。方桌、竹椅，擺在了街中央。一百多人的送葬隊伍浩浩蕩蕩地開過來了。端着靈牌子的孝子們面向茶桌、竹椅，齊刷刷地跪到地下。矮矮胖胖的幺師一絲不苟地放茶船、茶碗、摻水、蓋碗。一陣狂風颳來，茶館前的大黃葛樹葉片紛紛飄落下來，天上打下來稀稀落落幾滴雨點。有幾滴特大的雨點打在茶蓋上，發出清晰可辨的聲音。熱鬧的街上一下子寂靜了。不知是誰家懷裏的嬰兒哭了一聲，有一個小孩沒頭沒腦地喊了一聲：「左爺爺在喝茶了！左爺爺在喝茶了！」

2

經過五天急救，第六天，黃家寶的血糖終於下來了：10—15，已經無生命危險了。他又一次起死回生。這一次，他不再如多次病危時那麼「滿不在乎」了。他覺悟了。他懺悔了。然而，他並未「放下屠刀，立地成佛」。他還要幹，但不再蠻幹。他要科學地安排他的下半生。

黃家寶覺得，人應該意識到，死亡是不可抗拒的，既無法選擇，又不可替代，大自然只給予了我們每個人七十至九十年時間，那就是25,550天到32,850天，我們在渾渾噩噩中，也許已經不經意地在無聊、勾心鬥角、爭吵、慪氣、煩心、爾虞我詐中浪費了一千天、一萬天、兩萬天的時間。算一算，你還剩下多少天吧？既然死亡是不可避免的，你也不必怕它，不必在意它，只需珍惜剩下的時光，惜時如金，將每一天用好，恰當地分配創造、享受、休閒的比例，最不能容忍的人生浪費是無聊地消磨時光和爭吵。有人說，他把世界看穿了，他不想活了。你如果想一想，你變一回人何等不易，你便會珍惜人生了。宇宙138億年一個輪回，約40億年前大自然在地球上創造出生命，約700萬年前創造出人類，你又是在父母千百次做愛時偶然造出來的。可以說，你來到人世是億萬載難逢的機會。來之不易，去後又要等億萬年。可以說，你是大自然的寵兒，空前絕後的機緣。你為何要輕生，為何不設法好好活，用倒計時方法用好餘下的每一天？

他黃家寶還剩下多少天？用最樂觀與最悲觀的算命數據（兩次算命的不同結果），他可活到83到91歲，減去已活過的歲月，還剩大約一萬天，也就是說，他還有一萬天的時間可活，把一天當一年過，度日如年，他不就還可萬歲麼！好，開始，倒計時，好好過日子，盡情地享受快樂，創造的快樂，愛的快樂，雅俗五福的快樂。盡量地避免痛苦，脫出勾心鬥角、爾虞我詐的怪圈，淡泊名利；寬厚待人，避免爭吵，特別是親人之間的爭吵；想得開，不為世俗之事煩惱。百年之後，為世界留下精神財富；為家族留下賴以生存發展的物質財富。完成了這些心願，不枉變人走一遭，死亦瞑目矣！

3

黃家寶出院了，但他知道自己並非病癒出院。他的病一輩子都好不了。他疾病纏身了。他的身體最好也就是個亞健康狀態。醫生告訴他，只要聽醫生的話，按科學的辦法防治疾病，還是有希望的。活到八、九十歲也有可能。他不會再蠻幹了。他還準備再活三、四十年。這三、四十年，也許比他的前半生更精彩。他的職業和事業在後半生已合二而一了，再也沒有人，也沒有必要強迫自己去幹不願幹的事。他衣食無虞，不必為餬口而求職了。他在下半生可以集中精力幹自己喜歡幹的事，了卻自己的各種宏願。

他要幹什麼事情？首先要改好《花朝門》，這其間灌輸着他的靈魂。他要在他的這部小說和其他小說中，克隆自己的靈魂。他知道，他來不及享受克隆肉身，移植頭顱，使自己長生不死的高科技成果了，這也許還要許多年後才能實現。但他可以在肉身消滅後，將自己的靈魂傳遞下去。不是象徵意義的靈魂，而是他黃家寶實實在在的靈魂。

靈魂是什麼？人的身體，人的肉身是由DNA中儲存的信息，六聯體密碼子組成的信息構建的；人的靈魂，則是由用一種未知的密碼體系儲存在腦海中的。「人死」，可以是「萬事空」的，也可以留下某種類似於靈魂的東西。這是那個寫《自然辯證法》的大學者恩格斯說的。這個東西是什麼？那便是人類在700萬年發展史上留下的遺傳信息和非遺傳信息，人類通過DNA傳遞遺傳信息，通過「文化」傳遞非遺傳信息。

這是對於群體來說的，對於個人，「靈魂」又如何傳遞下去呢？用小說來傳遞個人的靈魂，也許是一妙法。只要我們讀書，便能時刻感到曹雪芹、巴爾扎克的存在，他們的靈魂從來沒有死過。用小說來克隆人的靈魂，這可是他的一大發現。他黃家寶寫的一部部小說，就浸透了他的靈魂，就是他的靈魂的克隆體，或者，是他生的一個個兒女，思想的兒女；這些浸透了他的靈魂的思想的兒女，如果能成為傳世之作，將比他「肉身」的兒女活得更長，更有滋味。他要快快地把他的這些思想的兒女生下來，讓他們出版，進入生生不息的人類社會。

4

黃家寶依然轟轟烈烈，名氣很大。他出席各種會議，發表演講，接受少先隊員獻的紅領巾，大學女生獻的鮮花。但他卻感到很孤獨。

「別寫了，別寫了！」許多親朋好友如是說。他知道，他們是為了他的健康。他連年住院，病危通知書下過三次。夫人左一曼對他的朋友說：「他的全身器官都壞了，只有一個腦袋瓜是好的。」

是的，腦袋瓜是好的。既然腦袋瓜是好的，他就無法阻止自己的思索。思索成了他的習慣，把思索的東西寫下來，也成了習慣。不吐不快啊！

沒有人能理解他。人人都在忙於享樂。酒吧、水吧、氧吧；大餐廳、小餐館、蒼蠅館子；迪廳、卡拉OK廳、髮廊、農家樂、度假村、洗腳坊；玩「小姐」，包二奶，養小蜜，耍情人，「好耍不過人耍人」；麻將、撲克、四國軍棋；血戰到底、鬥地主、「三個代表」、「四項基本原則」；「看點歪錄像，吃得麻辣燙，打點小麻將」；「退休不打麻將，生活沒有質量」；「下崗不打麻將，生活沒有保障」；「追星一族」，追歌星，追影星，追球星……

這是正常生活。黃家寶過的生活則在正常人之外，成天坐在電腦旁寫啊，寫啊，不享天倫之樂，不到外面去享眼福、口福、耳福、香福、艷福。一天，在南開同學的聚會上，他的一位毛根朋友竟指着他，在同學面前挖苦道：「看，『三娃子』還在寫長篇，十幾年都沒寫完的長篇！」

黃家寶生氣了，「毛」了，怒吼道：「我一貫主張，各有各的活法，我沒有管你怎麼活，你倒管起我來了。我早就想對你說了，你以前是社會的精英，如今卻變成『吃飯拿錢』，等死的一族，社會的垃圾了！你還好意思挖苦我！」

他的另一個毛根朋友解圍道：「他是好意。你已名氣不小了，你也功成名就了，你已列入我們南開中學的知名校友錄，與那些院士、總理、部長、省長平起平坐了，休息得了，別寫了，身體要緊。」

聽了他們的話，黃家寶悶坐了許久。如今，時興以「身體健康為中心」。身體健康固然重要，但拿這個健康的身體來幹什麼呢？他不願意拿一個健康的身體來等死，成為等死的一族，「吃飯拿錢」的一族，只有活着才能拿到退休金的一族。他在「吃飯拿錢」的同時，還要「拿錢吃飯」。他的生命價值還未完全實現。他不能浪費寶貴的生命，一個人只有一次的生命，138億年來才有機會獲得的唯一一次生命。沒有轉世，沒有來世。他要善待生命，善待今生今世，他不相信「二輩子」一類的鬼話。他要寫，寫，寫……寫出他對他所愛的一切人的愛心，寫出他對祖國父老鄉親、對地球村公民的人文關懷。

5

黃家寶孤獨的生活結束了。他找到了知音，一個出版社的女編輯，他62歲，她26歲。他們結成了忘年之交。楊振寧與他的忘年之交、紅顏知己是82歲對28歲。這樣一比較，黃家寶同林麗之間的年齡差距，就可以忽略不計了。

黃家寶將《花朝門》的初稿寄給了這家出版社，責任編輯林麗一下子看中了這部基礎很好的小說。他們先在網上交流，談得很投機。後來，他們覺得在網上談不過癮，便相約到三亞會面，當面交換意見，完成長篇小說的修改。

四月，林麗在海南博鰲完成了國際會議的採訪後，來到三亞灣度假村，同在那裏等候的黃家寶會合。三亞灣度假村裏有一個小型的熱帶植物園。每天一早，他們便相約坐在植物園中的寬大吊椅上討論文稿。

這一天，植物園中百花盛開，三角梅、繁星花火紅的色彩包圍着吊椅。遠處，萬紅叢中一片綠，可可、椰子、胡椒、番木瓜、楊桃、瓢瓜上掛滿了形形色色的果實，枝葉繁茂的椰樹、橄欖樹、竹柏、蒲葵、露兜樹、發財樹使滿園充滿春天特有的色彩。

林麗指指手上的書稿，說：「老實說，我認為你寫的《花朝門》已經寫得很好了，非常大氣，從歷史的角度看問題，站得高，望得遠。《花朝門》較多地借鑒了電影劇本的寫法，採用『蒙太奇』、『鏡頭閃回』、『畫面描述』等等，閱讀起來有『看電影』的感覺，覺得很過癮，並且裏面有很多歷史故事，文字簡潔，非常引人入勝。」

林麗頓了一下，見黃家寶在專注地聽，便繼續說道：「《花朝門》應該說是一部比較成功的作品。只是還需要注意以下幾個問題。一是小說的文學性：我感覺《花朝門》只是在講故事，文字有些隨意和平淡，從文字上看缺乏文學性，如果多加一些詩意的環境描寫和心理活動，相信小說會更好。二是小說的節奏：《花朝門》是由一個一個場景和故事連接而成的，但其中的節奏處理得還不夠好，應該有鬆有弛，有緊張有放鬆，而且一浪緊跟一浪，適當設置一些懸念，切記平鋪直敘，情節羅列。三是小說的結構：從結構上看，《花朝門》主要由革命戰爭年代、建國初期、改革開放年代等幾大板塊構成，但這些結構是不是就一定是由先到後來描述呢？可不可以打亂這些直線來描述呢？可以採用追憶、講述、倒敘等等多種手法來表現，不致使小說結構單一。四是小說的人物：《花朝門》裏的人物很多，其中有不少刻畫得栩栩如生，也有人物太白描化、概念化，所以要在一些細節上體會出人與人的不同，在細節上再多一些刻畫。五是小說的文字：我覺得，小說不應該只是講故事，而應該有一些意境和美感，而且盡量少用一些傳統的、過時的字句，比如『時代弄潮兒』、『風口浪尖上的弄潮兒』、『睡獅猛醒後發出的吶喊』等二十世紀七十年代時期的小說或文章用語，這給人一種陳舊感。小說應該用一些有新意的字句，激發人的靈感和共鳴，有意境。六是小說的主題。最近我讀了一篇文章《凡是可以理解的，就是可以表達的》的文章，裏面談到文學創作應『注重對人性的關注』、『對人的深刻思考』以及『在文學、藝術手段上的創新』，說得非常好。好了，班門弄斧地說了這麼多話，不當之處，還請黃老師見諒。說得不對的地方，黃老師不要見怪。」

黃家寶說：「你不愧是文學博士，句句說到『點子』上。我對你的意見還要慢慢消化。只是畢竟我已老朽了，也許我不可能取得成功了。」

林麗着急地說：「黃老師千萬別這麼說。你雖然生理年齡大一些，但思想卻很新，很年輕，我看好多年輕人都比你思想保守。年齡並不能說明一切問題。中國的健康教育專家洪昭光提出，我們人類的正常壽命應該是120歲。從1歲到60歲，是人生的第一個春天；61歲到120歲，則是人生第二個春天。許多科學家、藝術家、哲學家，都是在第二個春天裏做出更大成就的：西班牙畫家畢加索85歲時，迎來創作的高峰，一年就畫了165張畫；鄧小平提出改革開放偉大理論時，也已經70多歲了；著名數學家華羅庚教授也是在第二個春天創造他人生的輝煌……因此，只要有信心，就一定會成功的！」

第一章

1

1992年5月22日，黃家寶的兩歲生日。前年此時此刻，他的心臟停跳，以後被搶救回來，僥倖活到今天。死去活來的經歷使他對人生的看法有了很大的轉變。他同他的朋友商定就把這天作為他重生後的生日。黃家寶記不起他的前世活了多長時間，只記得他今生今世活的這兩年，賺來的兩年，活得有滋有味。

黃家寶的妻子左一曼既記不得他前世生於何年何月何日，也記不得他今世生於何年何月何日。她迷上了氣功，天天跟着一夥氣功迷到望江公園練功。黃家寶是不信氣功的，但見妻子練功後心情平和得多了，不再像過去那樣動不動就發脾氣，更重要的是不再像過去那樣把自己管得那麼嚴，治好了自己患了很長時間的「妻管炎」，心裏暗自慶幸。

黃家寶以打呼嚕為由，在家裏同妻子分居了，一人住一間房。一套四的大套間裏，黃家寶和妻子佔兩間，兒子一間，保姆一間，大家相敬如賓，日子過得也還滋潤。

妻子既然記不得丈夫的生日，自然不會有給丈夫做生的習慣，倒是兒子黃睿記得黃家寶的生日，在生日的頭天晚上，下廚給他炒了一小碗他最喜歡吃的素椒雜醬「布丁」，給他做了一斗碗香得不得了的雜醬長壽麵。

早上起床以後，黃家寶對着鏡子梳妝起來。他年輕時以懶散聞名，不管是讀小學、中學，還是讀大學，期期學校對他的評語都有「懶散、不愛衛生」這個缺點。但是，人們照樣喜歡他，姑娘們同樣愛他。也許，一個人年輕時，自身的青春魅力不用外包裝就很迷人吧。然而，上了點年紀，如果還想討人喜歡的話，那就非要好好打扮一下不可。黃家寶深諳此道。不知從什麼時候開始，他就十分注意梳妝打扮了，同年輕時判若兩人。昨天，他去理了一下髮，把已經出現銀絲的頭髮染了個漆黑，向後梳成大「拿波」，噴上「髮嘉麗」髮膠，用電動剃刀把鬍子刮得乾乾淨淨，穿上一套銀灰色西裝，配上一條銀灰色「金利來」領帶，哈，要多帥有多帥，活脫脫一個「晃眼」帥哥！加上他始終保持着瘦削的體形，甚至比年輕時還瘦，顴骨凸出，胸部肋骨一根根凸現出來，使他顯得十分精神。他對着鏡子左照右看，對自己很欣賞，得意地吹響口哨，哼起敘利亞民歌《照鏡子》的旋律來：「牆上鏡子請你下來，仔細照照我的模樣，看我長得多麼漂亮，你能說我不漂亮……」

黃家寶正哼得有勁，冷不丁鏡子裏面出現妻子的身影，從他身後發出一陣嘲諷：「越老越『妖精十怪』，打扮給哪個看嘛！」

黃家寶嘿嘿笑了兩聲：「喂，你看我老不老？」

妻子戲謔地說：「不老，不老，江總書記向全國人民介紹胡錦濤時，說他是一個年輕人。你比胡錦濤還小好幾歲，你年輕得很！」

黃家寶笑道：「就是嘛！江總書記介紹胡錦濤那幾句話最中聽，我一聽就來了精神。算命的說我要活九十多歲，還有五、六十年好活，我還真年輕呢。」

妻子說：「年輕，年輕，從背後看，你像小伙子；從前面一看，你也像個『晃眼小伙子』，『操』去吧！」

妻子匆匆忙忙到公園練功去了。黃家寶剛剛梳洗完畢，夏古傑就找上門來了。黃家寶和李白雪幫他搞起來的飼料公司，使他成了全國聞名的億元村的村長。過去，由於夏古傑長期在社會底層裏打滾，雖然牛高馬大的，進入城裏的社交場合總顯得有些土氣。如今，夏古傑財大氣粗，慢慢地也就練出一些派頭來。他穿一身咖啡色的夾克衫，富富態態的，一看就知道是個土老肥。夏古傑一進門，打量了一下穿得「周吳鄭王」的黃家寶，驚呼着他的「歪」名道：「『猴三』，三娃子，你娃娃今天怎麼啦，要去見情人嗦？」

黃家寶說：「哪個妹兒瞧得起我們這種乾人喏？只有你老兄，一看就曉得你是大老闆，人見人愛，走到那裏都會有一大堆女娃兒向你撲攏來。」

夏古傑擺擺手，說：「未見得，未見得，女娃兒喜歡胖子口袋裏的錢，卻瞧不起胖子的床上功夫。你曉得不曉得，如今的女娃子偏愛你這樣的乾人，乾筋筋，瘦殼殼，女娃子找到跑不脫。」

黃家寶聽起了勁，興意盎然地追問：「為啥呢？」

夏古傑腆了腆啤酒肚，說：「你看，我們胖人吃了東西就長肚子，『計生委』老來找我們麻煩。瘦人卻不同，你們吃了東西不長肉，物質變成了精神，性感得很，難怪女娃子喜歡找乾人耍。」

黃家寶將信將疑：「真的？」

夏古傑說：「不信我們馬上去試。今天我來，就是約你一路去尋女娃子耍的。」

黃家寶連連擺手，說：「要不得，要不得。」

夏古傑說：「啥子要不得喲？說實在的，我們前半輩子吃了那麼多苦，後半輩子要補回來。我現在才知道，世界上的好東西太多了，好耍的事太多了。世界上最好的東西便是漂亮而風騷的女人，最好耍的便是『人耍人』！」

黃家寶囁嚅道：「可是，夫人怎麼辦？」

夏古傑說：「你怕夫人怕得那個樣子，太可憐了！夫人嘛，瞞着便行了。」

黃家寶一時語塞。夏古傑看黃家寶有點尷尬，正色道：「算了，不逗你了。縣上、市上，想把我變谷河心為億元村的經驗推廣到金馬鎮，使金馬鎮變成十億元鎮。左興國硬要拖我出來任鎮長。十億元，又不是冥幣，談何容易？不搞一點大動作不行。我同左興國琢磨，想走個新路子，在第三產業上下功夫。現在城裏人的腰包開始鼓起來了，要找地方消腫，要找地方吃喝玩樂。我們要充分利用金馬在幾十年中建立起來的川西幸福村的聲譽，發展旅遊業，以谷河心為中心建立一個旅遊度假開發區。縣上已經把谷河心、金馬鎮鎮邊的河灘地，一共三千畝劃歸開發區管轄。左興國說，要把開發區辦成東方迪斯尼樂園，雄心大着呢。他自任開發區建設指揮部的指揮長，正在物色常務副指揮長兼管委會主任。他聽說你辦了一個三產公司，在這方面有些經驗，腦殼又『爛』，大家又了解，信得過。他要我來請你到金馬看一看，看你對開發區有沒有興趣。」

黃家寶並不謙讓，拍手讚道：「太好了！我們廠與美國企業合併後，我帶出一、二百富餘人員出來辦三產，無奈本小地窄，在城裏施展不開。如果我的三產公司能到金馬發展，我便能在廣闊的天地裏施展拳腳，大展宏圖，實現我用三產來分流國有企業富餘人員的理想了。」

夏古傑高興地說：「老弟好痛快！我本來預備了一籮兜話來說服你，看來不用費口舌了。今天我一來是同你談這事，二來是為你做兩歲生日。乾脆這樣吧，我們一起去考察率先發展休閒度假業的廣都市，順便給你做生，然後回金馬去商量開發區的事。」

黃家寶點了點頭。他早就聽一些朋友繪聲繪色地講過廣都市那些帶色的服務項目如何有滋有味。他心癢癢地好想去見識一下，但礙於自己的身份，弄出事來不得了，不敢貿然下水。今兒個，有了名正言順的理由，又有人掏腰包，何樂而不為？

2

夏古傑駕着他剛買來的寶藍色奔馳豪華轎車，帶黃家寶駛往廣都市。一路上，他不斷賣弄他的新車。他最喜歡轎車，玩的轎車比縣太爺還高級。縣委曾書記常批評他：「你什麼級別？玩這麼高級的轎車！」他振振有詞：「我們農民有什麼級？那麼多外國人到我們村觀光，我要讓外國人對中國農民刮目相看。以前我們村是川西農民幸福村的模式，好多外國人來看，還有總統、首相來，看後那眼神裏的懷疑喲，真讓人難受。那些哄三歲小孩的騙人把戲，『鬼佬』們看不透？不好說得罷了。我讓他們看資格的，讓他們口服心服！」

於是，在冠冕堂皇的理由下，夏古傑的車越坐越高級。如今，他坐起了一百多萬元一部的奔馳560「老板車」，得意得發了昏。

說話間，夏古傑已將車停在廣都市鬧市區西泉浴室的停車場裏。古傑對黃家寶說：「走，洗桑拿去，新開張的，裏頭的按摩女郎相當漂亮，蒸一蒸，按摩按摩，舒服『慘』了！」

停好車，古傑帶着黃家寶大大咧咧地走進西泉浴室內帶點神秘色彩的大廳。一個極舒氣的迎賓小姐將他們帶上樓。樓梯旁的牆壁上，是一個挨着一個，姿態各異，風姿綽約的裸女雕塑。曲徑通幽，未入佳境，黃家寶就已被走廊裏的性感氣氛激起了情欲。在男服務生的幫助下，他們更了衣。黃家寶光溜溜地走進桑拿浴室。面對着浴室中央被撲朔迷離的彩色光霧籠罩起來的浴女雕塑，「小兄弟」竟無恥地勃發起來。他為自己的「小兄弟」害臊，趕緊捧着「小兄弟」跳進沖浪池，想用水流把已經開始燃燒的情火撲滅。誰知，溫暖的水流沿着光滑的皮膚不停地摩擦，像無數少女的手在輕柔地撫摩，使他那「小兄弟」越發堅挺。黃家寶無可奈何地捧着「小兄弟」，趁古傑不注意，走出沖浪池，衝進淋浴間，擰開冷水龍頭，讓冷水衝擊「小兄弟」，屏息靜氣，練了一會「安神功」，才使「小兄弟」軟縮下來。黃家寶保持着安神狀態，進入桑拿間。

桑拿房是一間上下左右前後六面都用進口桃花心木組裝的小木屋。木屋內有一個特製的電爐。電爐內放滿桑拿石。桃花心木地板上放着一個盛滿水的小木桶，一個小木瓢。黃家寶用小木瓢舀了一瓢水，潑到燒得滾燙的桑拿石上，撲地一聲，冒起一股白煙，立即變成乾熱蒸汽，消失在木屋中。木屋正中有一盞防爆燈，將桑拿房內照得如同白晝。桑拿房中看不見，感覺得到的過飽和乾熱蒸汽，立即使他的皮膚上起了汗。開始是細細密密的小圓點，以後，小圓點匯聚成大圓點，從身上往下掉。幾分鐘後，他已汗如雨下。不到十分鐘，他耐不住桑拿房中令人窒息的空氣，打開門出來沖淋浴。沖完淋浴他正準備去穿衣服，古傑放開粗嗓門在桑拿房中喊他：「喂，反覆蒸，反覆沖，蒸透了再上去按摩。」

黃家寶鑽進桑拿房。夏古傑攤開高大魁梧的身體平躺在木床上，口鼻上捂着一塊濕手帕，伸伸展展地在享受沐浴乾熱蒸汽的快樂。夏古傑是常客，對這兒的人和規矩都熟。黃家寶是初次洗桑拿浴，不懂規矩，自然將夏古傑當老師，任他指揮得團團轉。黃家寶在桑拿房中木床的另一頭躺下，與夏古傑腳頂腳。黃家寶說：「想不到這洋玩意兒如此舒服，回家去在浴室裏安一個，天天洗。」

夏古傑笑了，說：「你想得太簡單了。這套桑拿房是全套進口的，包括桑拿石、電爐和木板。」

黃家寶不屑地說：「崇洋媚外！難道中國就找不出這種石頭，造不出這種電爐？」

夏古傑說：「你不要把問題看得那麼簡單。這種特殊的電爐國內能不能造我不知道，但這桑拿石如今卻絕對是要進口的。這是一種特殊的石頭，熱容量很大。你想，燒得這樣燙，突然用冷水一激，一般的石頭肯定要炸，弄不好還會傷人。」

黃家寶不信邪，說：「你同這裏的經理熟，找他要一小塊桑拿石回去，我找地質學院的朋友鑒定一下，看桑拿石是個什麼玩意兒。我就不相信中國找不到這種石頭。」

黃家寶按夏古傑的要求，反覆蒸，反覆沖，直到覺得毛孔完全張開，舒服得不得了以後，才在男服務生的幫助下，穿上條形按摩專用服裝，走進休息廳。

3

休息廳的燈光暗淡柔和，安放着一大排「大富豪」休閒沙發。一個面容姣好的年輕女郎將黃家寶領到一張單人沙發上躺下，給他端來擱腳櫈，讓他把腳伸伸展展地放在上面。然後，女服務生將一床線毯搭到他光溜溜的腿上，遞給他一支

「紅塔山」，一罐「百事可樂」，打燃打火機，點燃煙。一個女修腳工走過來，坐在他的腳前，輕手輕腳地給他修腳趾甲。黃家寶喝一口涼津津的冰鎮飲料，抽一口香徹肺腑的「紅塔山」，感覺着壓迫腳趾神經的趾甲殼去除後的快感，覺得愜意極了。

「先生，請上樓按摩吧。」一個軟軟的聲音喚醒了已經昏昏欲睡的黃家寶。他翻身起來，在女服務生的引導下，更上一層樓，進入一間豪華的按摩室。

按摩室裏有兩間床。床是特製的，頂部有一個圓形的洞。牆裙用寶麗板，牆面用多彩塗料裝飾，白色石膏板拼成飛天仙女圖案貼頂，粉紅色桃心壁燈，深紅色地毯。壁燈開得很暗，眼睛適應了一會兒以後，黃家寶才看見有一個身材窈窕，身高約一米六幾，臉蛋俊美，二十出頭的女孩站在屋內，對他作了一個請進的手勢，笑盈盈地將他迎進屋。他好奇地指着按摩床上奇特的圓孔問：「這個洞洞是幹啥的？」

按摩女郎撲哧一笑，說：「先生你是頭一回來作按摩吧？這個孔是作為出氣用的。」

聲音很甜，很滋潤，一下子吸引住了黃家寶。有人說，女人聲音好聽，模樣兒多半不行；模樣兒漂亮的，聲音多半不中聽。而這個按摩女郎，不僅聲音好聽，模樣兒也挺俊俏。特別是皮膚，白皙得耀眼，細膩得使人忍不住想去撫摩一下。她上身穿一件短袖、高腰喬其紗白上衣，粉紅色的乳罩隱約可見，細嫩的乳溝暴露在外，清晰可辨；下身穿一條白色超短裙，玉腿修長結實，身材雖窈窕卻並非乾柴棒，有血有肉的，很性感；脖頸細長似天鵝，頸上放着一顆逗人喜歡的美人頭，鴨蛋臉，柳葉眉，挺拔的鼻子，櫻桃小口，長睫毛，眼窩深邃，耳朵小巧，五官端正地分佈在頭部恰當的位置上：周身使人感受到一種心蕩神馳的美，使人不由得不讚歎天公造物之神奇。唯一與一般美人不同的是她的眼睛不大，細眯細眯的，單眼皮，眼雖小點，卻很有神。當她注目於你時，你會發現她的眼珠很黑，其中有一個非同尋常的亮點。黃家寶就是被這個亮點裏射出來的光一下子擊中的，就像丘比特的金箭一下射中了有情人的心臟一樣。

女郎讓黃家寶躺在按摩床上，側身坐在他的身邊，伸出纖纖素手拉着他的手，給他扯響指。「啪，啪，啪，啪，啪」，她居然一連把五個指頭扯響了，黃家寶歡呼道：「好！你真行。」

女郎笑了，說：「我同先生有緣。我做了三個多月按摩，還未一下子給客人的五個手指扯響過，一次扯響四個都是奇跡。」

黃家寶對女郎產生了濃厚的興趣，問：「小姐貴姓？」

「免貴姓吳，雙名珠香。」

「呵，多好聽的名字，珠香！」

「老闆貴姓？在哪裏發財？」

「免貴姓黃，雙名家寶，還沒發財，現在是蜀山公司的董事長兼總經理。」

女郎停止了按摩，仔細地打量了一下黃家寶，驚呼道：「哎呀，你是黃總，黃廠長？你不認識我啦，我是吳霞！」

黃家寶仔細打量了吳霞一陣，終於憶起了工廠散夥前在「斑竹園」度假村召開的那一次各分廠廠長的聚會。吳霞是廠辦派來搞會務的。她剛從中專畢業分配來工廠工作沒有幾天，還未同黃家寶打過交道。各分廠廠長輪番向他敬酒，把他灌醉了。廠辦主任和吳霞把他架進一個豪華套間休息。廠辦主任出去料理會務，留下吳霞照顧黃家寶。吳霞坐在黃家寶床邊的沙發上守護。黃家寶一覺醒來後，艱難地睜開惺忪的醉眼，發現有人在身旁，也沒辨認這人是誰，便唐突地拉着吳霞的手，沉痛地說：「我對不起大家。大夥罵得對，我扮演了末代皇帝的角色。我同宣統皇帝差球不多，他葬送了滿清皇帝坐了三百多年的江山，我毀了全廠幾千號人在三十多年中創下的家業。我真不中用！我真該死！」

吳霞抓住黃家寶捶打腦袋的手，勸慰道：「他們亂說，你才不是啥末代皇帝呢！大夥都擁護你將我們廠與美國企業合併。這又不是毀滅，是壯大，是鳳凰涅槃後的再生。」

不管吳霞的勸慰有多少道理，當時都給了黃家寶很大的安慰。吳霞給黃家寶留下了很深的印象。想不到，黃家寶與吳霞會在這種場合中重逢。黃家寶顯得有點尷尬，他從床上撐起來，問：「哎呀，小吳，你怎麼跑到這兒來了？」

吳霞將黃家寶輕輕地按回原位，一面給他作腿部按摩，一面說：「我們這些下崗工人，一個月一百多元生活費，上有老，下有小，不想點其他辦法，只有喝西北風。我們算了一下，我們廠三百多第一批下崗的人，蹬『火三輪』的有十多個，踩『偏斗車』的有三十多個，擺『攤攤』的有四十多個，開小舖子的有十多個，當『小姐』的有十多個。這還算有辦法的，其餘二百來人都在屋頭耍，天天搓麻將，日子過得可艱難啦。」

黃家寶不解地問：「當初你為何不報名跟我幹第三產業？」

吳霞說：「我那個死男人不准嘛！他說像我這種模樣的人搞三產肯定要變壞。」

黃家寶詫異地說：「你先生如此保守，居然支持你來幹這個？」

吳霞說：「我早已同他分手了，他管不了我啦。不過，現在哪個管哪個喲，只要掙得到錢就是大哥。」

黃家寶問：「吳霞，怎麼你剛才說你的名字叫珠香呢？」

吳霞笑了，說：「現在在外面『衝』的女娃兒沒有幾個公開自己的真名的，珠香是我的化名。」

黃家寶問：「那我該怎麼稱呼你？」

吳霞說：「還是喊我化名吧。其實，現在你怎麼喊我都是無所謂的。有的客人女兒、妹妹地亂喊，我們也就乾爹、乾哥的應對。現在我對這些早已不在乎了。」

「只要多給點小費就行？」黃家寶調侃地問。

「是嗒。不是為多掙幾個錢，誰來幹這種活？」吳霞坦然地說。

「憑勞力吃飯嘛，幹這種活也沒有什麼不好。」黃家寶忙掩飾自己的失言。

「可是，社會上的人不理解喲。他們要知道我們成天在男人身上摸來摸去，就會以為我們在賣色相，吃的是青春飯。我從來不敢給家裏人說我在搞按摩。我媽曉得了不把我罵死才怪！他們只曉得我在廣都市當服務員。」

「你家裏有些什麼人？」

「爸爸、媽媽，都是我們藥廠的退休工人，說來你肯定認得的。」

「你爸爸、媽媽叫什麼名字？」

「我爸叫吳先富，其實他至今也沒富起來，一個月一百多塊退休金，窮得丁當響。我媽叫葉素瓊，她常談起你，說你是好人。」

葉素瓊？呵，那個美艷驚人的「潑婦」，難怪她的女兒如此漂亮。黃家寶憶起十多年前他當車間主任時，同當時還年輕的葉素瓊的一段糾葛。黃家寶就任車間主任那一天，召集了一次生產骨幹會議。在會上，葉素瓊不知在黃家寶說的哪一句話上挑到了刺，突然「打燃」了。黃家寶坐在籐椅上，沒有接火，靜靜地聽葉素瓊數落。他想從葉素瓊的數落中聽出點頭緒來，好作應答。聽了半天，他也不明白自己說錯了什麼話，莫名其妙。他終於明白了，葉素瓊使用了「潑婦罵街」的典型戰術。這種戰術的要點是，一與人「打燃火」，便逐漸岔開原題，順着自己的套路罵去，一套接一套，就像農村專業哭死人一樣，讓你沒有插嘴的機會，沒有講理的可能。你要是接火，一定會被罵得狗血淋頭，必敗無疑。破解這種戰術的辦法有二。一是「動手不動口」，改「文鬥」為「武鬥」，黃家寶是知識分子幹部，用這種辦法有失身份。二是不接火，不動氣，「潑婦罵街」未達到自己的目的，戰火自然會熄滅。黃家寶審時度勢，採取了後一種戰術。他坐在籐椅上，撬起二郎腿，點燃一枝煙，微笑着傾聽葉素瓊的數落，像在欣賞歌女的表演。這一招還真靈，葉素瓊罵了一個多小時，黃家寶沒有接嘴，她猶如唐．吉訶德，打一場沒有對手的戰鬥，沒勁。她突然住了嘴，一雙美目盯着黃家寶，不滿地問：「你是不是人啱，罵你罵得那麼『歹毒』，你都不還口？」黃家寶不慌不忙地說：「你的聲音真好聽，像才旦卓瑪一樣。咋不說了吶？快說！快說！」惹了個哄堂大笑，葉素瓊也笑了。第二天，黃家寶問葉素瓊為何不分青紅皂白便罵了他半天，她說，她見到當官的就煩，就想罵。後來，葉素瓊一家與鄰居發生糾紛，鄰居一家用武鬥制文鬥，把葉素瓊一家打傷了。葉素瓊被打得睡在床上，女兒吳霞被打斷胳膊，吊上了夾板。黃家寶住進葉家，用一周時間調解好糾紛。從此，葉素瓊死「貼」黃家寶。誰要敢說黃家寶半個不字，必定會挨葉素瓊一頓臭罵。黃家寶想到這裏，笑了，說：「你就是那個手杆被打來吊起的小姑娘吧？」

吳霞點了點頭，說：「正是。我們一家都很感激你，常念叨你。」

黃家寶問：「好像你們家姊妹還多，現在過得怎麼樣？」

吳霞歎息一聲，說：「我還有一個哥哥一個姐姐一個妹妹，除了妹妹有工作以外，哥哥姐姐都留職停薪下海闖蕩了一陣子，沒闖出名堂來在家耍起了，你看我們這一家人惱火不惱火？」

黃家寶開始理解和同情吳霞的處境了，說：「你乾脆辭了這兒的活跟我幹吧。」

「你要人？你還要我？我能幹什麼？」吳霞高興地問。

黃家寶說：「我們廠的三產公司正準備參與金馬旅遊度假區的建設。你有在休閒度假業工作的實踐經驗，大有你的用武之地。」

「度假區好久開辦？」吳霞感興趣了，認真地問。

「我馬上要去同縣長談判。一旦定下來，我立即專程來接你。」

「真的？你不是拿我開心吧？」

「一言九鼎！一諾千金！在這種問題上我是從來不與人開玩笑的。」

吳霞說：「一言為定！」

談話間，電話鈴響了。吳霞拿起話筒，聽了聽，歪過頭來問：「加不加鐘？一個鐘是45分鐘，加一個鐘收120元。」

黃家寶毫不遲疑地說：「加！」

吳霞對着話筒說了聲：「加鐘！」走過來繼續給黃家寶按摩。吳霞動情地說：「今天我要好好服侍你。躺好，我給你做腹部。一般客人我們是不做腹部的。」

於是，他們不再說話。吳霞將黃家寶的浴衣解開，用手在他光滑的胸腹部輕柔地按摩起來。黃家寶發現吳霞的手細長嬌嫩，按摩起來，腹部感到溫暖舒適。這一隻像玉一般潔白、滑膩的年輕女郎的手，透出一種青春的信息、性的信息，使他的「小兄弟」自然地勃起，將襯褲頂得高高的。他害臊地用雙手蓋住「小兄弟」。吳霞格格笑了，說：「黃老闆看來像個處男，其實不要緊的，天然的生理反應嘛！我們見得多了，見怪不怪，其怪自敗，沒關係的。」

黃家寶放開雙手，吳霞的纖纖素手在禁區周圍反覆揉摩起來，有意無意地偶爾碰一下他的「小兄弟」，使他的「小兄弟」更加堅挺。吳霞說：「哎呀，你的『雀雀』好長好大！」

黃家寶不好意思地應道：「是嗎？」

吳霞將黃家寶的「小兄弟」左右撥弄了幾下，說：「怎麼辦呢？怎麼辦呢？你這『雀雀』不吃肉一定很難受吧！」

黃家寶嗯了一聲，覺得自己快難以自持，眼看就要越過「人生警戒線」，一咬牙，翻身坐起來，說：「哎呀，難受，難受！」

吳霞搖了搖頭，說：「不行，不行，這個地方是不准做愛的。你忍一忍，我以後會給你機會。」

黃家寶趕緊下床，說：「不是這個意思。我不習慣。」

黃家寶記起夏古傑給他交代的規矩，從防盜內褲中抽出三張「四人頭」，給吳霞小費。吳霞抽了一張，說：「我不能多要。一般客人都是給我50元至100元小費。多要，性質就變了。我不願意你誤認為我在賣身。我從不賣身！」

黃家寶感動地抽回錢，告別吳霞，回到大廳，夏古傑坐在沙發上已等了他很久。夏古傑說：「哎呀，你咋個弄那麼久呵，都快三個鐘了。你一定是同88號勾搭上了，是不是？」

「哪個88號？」

「給你做按摩那個小姐就是88號，我專門為你點的，這兒最俏的按摩女郎，有的客人出1000元有時還輪不上。我每回來都找她，她不在我扭頭就走。」夏古傑得意地炫耀道。

聽了夏古傑的話，黃家寶竟覺得醋意十足，周身酸得不得了。他強自鎮定了一下自己，問：「你同88號『那個』不？」

「不『那個』有啥味道，誰願意花那麼多錢？」

黃家寶搖了搖頭，說：「她給我說她從不同客人做愛的。」

夏古傑哈哈笑了，說：「你信她的嘛！每個三陪小姐身上都有一個感人肺腑的故事，但多半都像作家寫小說一樣，胡編亂造的。這些人的話，說100句，就有99句是假的。」

黃家寶說：「那你今天不該給我點88號。」

「為啥呢？」夏古傑不解地問。

「你想嘛，既然你經常來會88號，88號就是我的嫂子。朋友妻，不可欺，這是做人的起碼道德喲。」

夏古傑笑得更兇了，說：「『嫂子』？『卵子』！你那腦殼裏裝的陳腐觀念太多了。告訴你，你說的理不全面，現在流行的新道德經上說：『朋友妻，不可欺；朋友妾，大家騎』。像88號這種人盡可夫的女人，算我的哪門子『妻』喲？」

4

第二天一大早，夏古傑喊醒眼睛有點兒紅腫的黃家寶，驅車到崇寧縣金馬鎮去。「奔馳」駛進金馬鎮，在鎮政府大院裏停下。崇寧縣左縣長迎出來，同黃家寶握手。左縣長就是原來金馬鎮的鎮長左興國。左興國把他打量半天，親切地說：「哎呀，你還是那麼瘦，古傑給你吃了那麼多肥膘膘肉也沒把你催肥。」

黃家寶說：「我早就說過嘛，我是耗能型，再多的肥肉也催不肥！」

左興國說：「你有口福，不像我，『R』越來越大，醫生說，再不戒肥肉，謹防得糖尿病、心臟病，還有好大一串病，嚇死人。」

黃家寶看了看左興國，矮胖的身材，肚子已有點凸，說：「要小心喏，左興國，你到了危險的邊緣！」

左興國從省委組織部分配至金馬鎮當鎮長。在金馬鎮任上，他做出了不小成績，扶植起夏古傑的飼料集團，使金馬鎮成為全省著名的億元鎮，向世界展示中國農民幸福生活的窗口。新上任的市委書記到金馬來視察全國聞名的「阿爾法」集團，發現了這個鎮長辦事幹練、腦子好用、膽子又大，迅速將他提拔到縣級領導崗位。他做事敢於先斬後奏，常常越權操作。他在當三江縣委書記的時候，建了一座規模宏大的海棠公園。照規矩，動用幾百畝土地縣級政府是無權的。他不上報，幹了再說。公園建好後，他把有關部門負責人和省、市領導請來。領導並不知道他未辦相關手續的細節，參觀以後，眾口一詞，讚不絕口。此時，他才趁機提出補辦各種批准手續的要求。首長們除了批評他幾句，叫他以後別先斬後奏以外，怎好不指示有關部門給他儘快補辦手續呢？中央不是提倡膽子再大一點，步子再快一點麼？不是提倡允許犯錯誤，錯了改正了就行了麼？況且，歷史是不譴責勝利者的。

左興國的這個「德性」使他既嘗到甜頭又吃到苦頭。他在三江縣工作期間政績斐然，三江縣一天變一個樣。他使以出「討口子」聞名的三江縣後來居上，經濟發展，人民生活水平超過了以往川西平原最富庶的「溫郫崇新灌」五縣，成為全國百強縣之一。然而，左興國並沒因此升官發財，反而被降了一級，被調到崇寧縣來當縣長，從一把手變成二把手。他降職後，不僅不思悔改，還變本加厲，私自決定動用三千畝河灘地，建旅遊度假區。有人勸他為仕途着想，別這麼幹。他不以為然。他說，只要能幹成幾件事，他情願幹成一件降一級。

左興國向黃家寶介紹了崇寧縣政府辦金馬旅遊區的大致打算後，說：「老黃，你在培植我們縣的『阿爾法』集團上功勳卓著，希望你在我們建設金馬旅遊區時再立新功。我們縣上出台了許多獎勵政策，我們會使你變成百萬富翁的。」

黃家寶說：「要搞旅遊業，得借鑒外國的經驗。國外旅遊業相當開放，像美國拉斯維加斯的大西洋賭城，英國的跑馬場，很受公眾歡迎，百年不衰，可惜並不適合中國的國情。」

左興國說：「不對，我們為啥不可以開賭城，不可以辦跑馬場？小平說，香港回歸後，舞照跳，馬照跑。現在，內地同香港一樣，舞跳得都不愛跳了，未必馬就不能跑？為什麼好東西只准『資本主義』擁有，『資本主義』制度下的民眾享用？」

黃家寶驚異了，說：「你敢搞賭場、跑馬場？」

「有什麼不敢？小平說，改革開放膽子要大些，敢於試驗，不能像小腳女人一樣。看準了的，就大膽地試，大膽地闖。深圳的經驗就是敢闖。沒有一點闖的精神，沒有一點『冒』的精神，沒有一股氣呀，勁呀，就走不出一條好路，走不出一條新路，就幹不出新的事業。」左興國對《小平南巡講話》倒背如流。

黃家寶說：「照你的說法，搞遊樂業沒有什麼禁忌了？」

左興國說：「除了吸毒、公開的娼妓，什麼都可以試一下。」

夏古傑笑了，說：「這麼說，可以搞點暗娼，搞點帶色的遊樂項目？」

黃家寶制止夏古傑繼續發揮，說：「左興國已經說得夠意思的了，有些話何必硬要他挑明？」

左興國說：「挑明也不怕。老實說，遊樂業不帶點色，怎麼可能有大的吸引力。有人向我進言，說，要使崇寧縣繁榮，首先要娼盛。懂麼，繁榮娼盛！」

大夥兒一起哄笑起來。

左興國起身，請黃家寶、夏古傑到開發區沙盤模型旁去。左興國指點着沙盤說：「這是金馬鎮外側的三千畝河灘地。谷河心就在這一片河灘地上。在這裏一畝地一年種莊稼只能有一百元左右的收入。靠種莊稼生活，這裏的老百姓只有一輩子受窮。要是把這一片不毛之地建成旅遊度假區，金馬鎮的老百姓就可能發財，縣上的財政收入也可以大幅度增加了。」

黃家寶仔細地研究起沙盤來。岷江在都江堰分洪後，外江流向崇州、大邑、新津、彭山、眉山、樂山，再匯入岷江。內江則分成走馬河、柏條河、蒲陽河，流向郫縣、成都、雙流、新都、金堂、簡陽，灌溉川西平原及川中的千萬畝沃野。除內、外江之外，還有一條鮮為人知的洩洪道，名叫金馬河，經灌縣、郫縣、溫江，直奔崇寧縣而來。冬、春、秋三季，金馬河水流很小，夏天的水卻大得不得了。金馬河河面寬闊，窄處也有一千多米。如果碰到幾十年一遇的洪水，常常使河堤決口，在金馬河兩側形成許多沙灘。水退後，築好新堤，堤內的田地全變成了沙地。崇寧縣政府看中的這一片沙灘地，是特別集中，特別大的一塊。河心島橫亙在溢洪道的中央。臨金馬鎮政府的一側，則河面比較窄。

一個初步方案迅速在黃家寶的腦子裏形成了。

黃家寶指着沙盤說：「沿着鎮政府一側的外河岸修一條可通行汽車的大堤。再將大堤向上游延伸，與成溫邛公路相連，能形成抵禦千年不遇的洪水襲擊的能力。有了這一點保證，便敢投資建設永久性旅遊設施。大堤上的公路，離成都市中心不到三十公里。交通解決了，旅遊項目選得好，客源就不成問題。」.

左興國擊案叫好，說：「真不愧是行家裏手。走，到現場去看看，把一個個項目當場定下來。」

一行人來到金馬河邊，在金馬河的沙灘上漫步。暮春時節，岷江還沒有發大水，金馬河中的水流很細。乾涸的河床上有一些挖沙石的人群在勞作，還有一隻淘金船的挖掘機在發出刺耳的轟鳴。沙灘地上，稀稀落落地長着大豆和花生苗。

黃家寶說：「可以搞一點水上娛樂項目，建一個水上世界。」

夏古傑說：「在河灘上還可以建一座大型度假村，搞點帶『色』的項目，再建一座賭城。吃喝嫖賭都有了，耍的人就多了。」

左興國做結論道：「就這樣，旅遊度假區建一個度假村，一座幸運娛樂城，一座水上世界，以這三大支柱帶動其他遊樂業的發展。」

黃家寶指着金馬鎮背後的牧羊山，說：「有水還得有山，我看牧羊山上的千畝果園還大有文章可作。」

左興國轉頭凝望了一會鬱鬱蔥蔥的牧羊山，轉身抓住黃家寶的手，兩隻炯炯有神的眼睛直視着他，誠懇地說：「黃兄，你真是一個難得的人才。你的關係多，給我們引點項目來吧。」

黃家寶點了點頭。

5

黃家寶一頭栽到床上，和衣而眠。他太累了。在廣都瘋狂地耍了一天，在金馬鎮東顛西跑了一天，陪左興國喝了兩台酒，回家來已是半夜。妻子還沒回來，聽保姆講她同一批氣功師到青城山去踏勘建「特醫學校」的校址去了。黃家寶疲憊不堪，沒聽完保姆的囉嗦，便沉沉入睡了。

一覺醒來，已是大天白亮。黃家寶發現自己的外衣、外褲不知什麼時候已經被人脫了，只穿了一條內褲躺在毛巾被裏。妻子左一曼正在梳妝枱前對着鏡子塗脂抹粉。黃家寶驚奇了。一曼是最反對化妝打扮這一類「資產階級」玩意兒的。今天，她怎麼啦？黃家寶悄悄爬起床，走到一曼身後，觀察鏡子中的她。她發現了黃家寶，嫣然一笑，說：「你咋怪頭怪腦地看我喲！有啥稀奇的？」

黃家寶說：「愛美之心，人皆有之。梳妝打扮，屬人之常情。特別是女人，更是家常便飯，沒啥稀奇的。奇的只是很傳統的左一曼，居然也化起妝來。這個世界真讓人越來越搞不懂了。」

一曼笑笑，說：「工作需要唄。今天，宴會下來，我的『易功』師父章宏福說，如果我們的『奉麟大師』打扮得漂亮一點，對客人的魅力肯定還要大，談判時就會更佔『起手』了。」

黃家寶好奇地問：「『奉麟大師』是誰？」

一曼指指自己，說：「『鄙人』囉！我是章大師的第八號弟子，剛被任命為『特醫學校』的校長。『奉麟大師』是我的號。」

黃家寶調侃地說：「恭喜，恭喜！你一輩子就想當校長，在職時沒有當成，而今終於如願以償了。可惜……」

一曼不滿地：「可惜啥？『歪』的，是吧？告訴你，我們這『特醫學校』在世界上都是很有名氣的，好多外國人都報名想當我們的學生呢！」

黃家寶來了興趣，問：「真的？你們同青城達成協議沒有？」

一曼說：「還沒呢。怎麼，你對我們學校有興趣？」

黃家寶說：「是呀，我可以給你找一個地方辦學，條件好得很，代價也低。」

一曼說：「真的？說來聽聽。」

黃家寶說：「崇寧縣金馬鎮劃了三千畝地出來，準備建旅遊度假區。」

左一曼說：「金馬那地方不錯，依山傍水，很適合練功。但我們這個項目如何同旅遊度假掛鈎呢？」

黃家寶說：「練功不也是度假休閒的一種方式嘛！在牧羊山上，我叫你弟弟左興國用最優惠的條件劃一片地給你，保你滿意。」

一曼笑了，說：「這個主意不錯。我與章大師商量一下，把項目移到你們那兒去。」

左一曼上班去了。黃家寶心裏樂滋滋的。建旅遊度假區的項目意想不到在夫人那裏找到了「頭牌」。他立的這一個頭功不小，使他在金馬旅遊區有了立錐之地。但是，他若要在金馬站穩腳跟，還得立大功。如何立功？引資，辦成幾個項目，起好示範作用，要一批帶頭羊。特醫學校算一個，還要再找幾隻帶頭羊，這是首先要抓的事。再找誰當帶頭羊？內資有了，要找一個外資才行。旅遊業帶點洋味，特別富有吸引力。誰作外資的帶頭羊？黃家寶想起一個人，立即駕車出門去找他。

6

黃家寶來到位於外東九眼橋的美國「立止」有限公司。他既不通報秘書，也不敲門，直接闖入美方董事長夏世雄的辦公室。夏世雄正在審閱財務部送來的報表，頭也未抬，便說：「師兄，冰箱內有飲料，自己拿。」

黃家寶奇了，說：「你看都不看一眼，怎麼知道來者是誰？」

夏世雄笑了，頭仍然沒抬，說：「除了你黃大將軍，誰敢這樣闖進我的辦公室？」

黃家寶笑笑，沒再說什麼。他從冰箱內取出一罐椰奶，拉開喝起來。他坐在休閒沙發上，觀察夏世雄。夏世雄發福了，微胖的臉變得白白淨淨的，兩眼炯炯有神，透出一股高貴的紳士派頭，誰也想不到，他以前曾是個打打殺殺、叱吒風雲的人物。

文革中，夏世雄受他那幫萬洲「馬克思主義」小組的牽連，在成都被捕後抓回萬洲關押。他本來是被判了死刑的，不知什麼原因沒像「張志新」那樣被處決。「四人幫」下台後兩年，他便被無罪釋放了。他走出監獄，一眼便看見等在外面的雪華。三年了，他日思夜想的，除了那些對「紅太陽」的質疑和對中國命運前途的憂思外，只要生理本能趨使他「打起撐花」來，想得最多的便是雪華。

雪華迎上來，他們拉着手互相深情地注視片刻，雪華拿起他的提包，裏面只有一點隨身物品和一套馬克思選集和一套毛澤東選集。雪華在前，世雄在後，他們尾隨着來到萬洲城。夏世雄餓壞了。他決定去找點吃的。他們進了一家名叫「四季春」的小館，從一個陡峭的木樓梯進了樓上的雅間。雅間裏有兩張桌子，空無一人。他們在臨江的桌子旁坐下來。向窗外望去，是小山城鱗次櫛比的樓房和瓦房，以及滔滔濁浪的長江，聽得見滾滾長江水沖擊到磐石上發出的驚天動地的江濤聲。服務員遞上菜譜，雪華為他點了平時他最愛吃的三個菜：回鍋肉、大蒜肥腸和蹄花湯。還給他要了二兩當地名品「太白酒」和一盤花生米，外加一大盤泡菜。菜陸續上來了。他顧不得說話，一面喝酒，一面吃菜。不到半個時辰，他就將菜和一碗熱氣騰騰的「帽兒筒」吃得一乾二淨。

夏世雄從地獄一下子進入天堂，美食、美酒，寧靜、和平，「桃花源」似的意境使他陶醉。他歎了一口氣，說：「我這一輩子活得好苦，好累，這種沒鹽沒味的生活，什麼時候是頭呢？」

雪華說：「『四人幫』粉碎後這兩年，外面變化可大啦。你看，這小館就是個體戶辦的，農村也包產到戶了。自從鄧小平再一次復出後，外面的色彩在豐富起來，你說的那沒鹽沒味的日子可能就要結束了。」

夏世雄說：「真的？鄧小平是個奇才，我最佩服他，他是有辦法使中華復興的。我在牢中這三年，讀了好多馬克思、恩格斯的書，覺得列寧、毛澤東在發展馬克思學說時，馬克思的許多思想都走樣了。馬克思本身是一個經濟學家，馬克思主義是一種經濟學說，如果他生在現在，會獲得諾貝爾經濟學獎的。馬克思認為，在整個生產過程中，勞動起更大的作用。馬克思也承認資本是種力量，即『死勞動』，馬克思不過是強調了資本與勞動的對立，而其他經濟學家更多地看到的是合作。」

雪華問：「這就是馬克思主義和資本主義的區別？」

夏世雄說：「二者區別很多。在勞動與資本誰起主導作用的問題上，多數經濟學家認為，資本起主要作用，而馬克思主義的回答是，勞動起更大的作用！」

雪華問：「馬克思主義和資本主義之間除了這些區別，還有沒有聯繫？」

夏世雄說：「有呵！我認為，無論是資本與勞動的對立還是合作都是一種聯繫。比如現在北歐一些國家，最盛行的就是社會民主主義。因此，各種經濟學說及其實踐活動，應該百花齊放，並行不悖。它們之間的關係不應該是對立，而應該是互相補充，通過和平的手段展開競爭。只有在實踐中檢驗，看其是否對發展生產力，對提高全民的物質文化生活有利，就應該讓其生存、發展。而列寧、毛澤東將馬克思學說的一部分，無產階級專政和階級鬥爭推向極致，用政治手段強行推行一種經濟理論及其實踐活動，用血腥手段壓制其餘所有的經濟理論和社會實踐活動，才造成了中國和世界幾十年的悲劇。」

思想的河流在夏世雄的頭腦裏奔騰出來，變成「大珠小珠落玉盤」的滔滔連珠妙語，向「紅顏知己」傾訴。雪華專注地聽完了夏世雄的長篇大論，溫柔地勸道：「你的這些思考很有道理，但過於離經叛道，至今仍不能為社會所容。我勸你，出去不要宣傳你的這些思考。首先要學會保存自己，才有機會施展自己的抱負，對不對？」

世雄點點頭，說：「有理。我出來後，不想誇誇其談了，我只想進行一些按我的思路進行的經濟實踐活動。」

雪華問：「你有什麼打算，還回不回味精廠去？臨來時，我去找過你們張書記，他說歡迎你回去，官復原職。」

世雄說：「味精廠的舞台太小了。我想自己幹。幹什麼還沒想好。我想先到重慶考察一下，尋找商機，再回成都來決策。世伯黃開泰一家都搬回重慶她女兒家住了，我們一起去看看他們。好嗎？」

雪華點了點頭。

他們乘船來到重慶。世伯黃開泰的四女兒黃家露從哈軍工畢業後，分到重慶一座兵工廠工作。鄧小平上台後，黃家露當了這家工廠的技術科長，現在已是這家工廠的總工程師了。世伯黃開泰和世嬸彭宗俊不願孤單地呆在觀音橋鄉下的住宅裏，在幾個子女處輪流住，現在住在黃家露在兵工廠的宿舍裏。宿舍區位於重慶江北嘉陵江大橋下的華新街。他和雪華坐船到達重慶時，是一個早晨。他們從朝天門坐公共汽車到牛角沱，來到嘉陵江大橋南橋頭。華新街在橋北，他們緩步向橋上走去。天公不作美，下起濃霧來。濃霧慢慢升騰起來，籠罩了大橋。大橋的引橋上，一字溜兒排着各式各樣的小攤。麻辣小麵、開花饅頭、小籠包子、豆腐腦。夫妻店、母女店、朋友店。在蒸汽籠罩的小店裏傳來各種攬客的吆喝聲：「老師，吃麵，麻辣小麵！」「小籠包子，『熱樂』的！」「油條，現炸的！」「吃饅頭，泡酥酥的！」「鹽茶煮雞蛋，炒米糖開水！」

夏世雄和雪華在一家父女店停下來。一張方桌，三根長板櫈，靠裏放着七、八個裝佐料的白瓷中碗。桌子後面放着一個焦炭爐，爐上放着口徑80公分的一個大銻鍋。鍋裏熱氣騰騰，頭髮斑白的老父親專注地攪着鍋裏的米糊糊。年輕美貌的女兒站在桌子後面，笑盈盈地望着夏世雄，甜蜜蜜地對他們說：「老師，吃油茶呵？饊子才炸的，黃豆才酥的。」

夏世雄和雪華在長板櫈上坐下來。他感慨地對雪華說：「私人經濟就是好。你看這態度有多好，能不吃嗎？」

雪華點頭道：「看慣了國營飲食店那些服務員高傲的冷面孔，這兒真讓人有一種耳目一新的感覺。」

姑娘從父親手裏接過兩碗米糊糊，放上各種調料，遞給他們。他們貪婪地吃起來。好香的油茶！一角錢一碗的油茶裏，放着切得細細的榨菜顆顆、炸得黃爽爽的饊子節節、麻得舌頭打顫的花椒麵麵、辣得使人發出「酥酥」怪聲的熟油辣子，外加上幾顆脆蹦蹦的油酥黃豆、幾絲青蔥蔥的香菜絲絲，拌和着熱熱樂樂的米粉糊糊，每一匙油茶裏都有賞心悅目的美、令人心醉神迷的無窮滋味。夏世雄有十多年沒吃過這樣好、這樣地道的油茶了。一碗油茶剛吃完，那個甜蜜蜜的聲音又在他耳邊響起：「再來一碗，啊？」

夏世雄不自覺地點了點頭。他問雪華：「好吃不？還要不要？」

雪華用從成都學來的話誇讚道：「不擺了！再來一碗！」

夏世雄一連吃了三碗油茶，把肚皮塞得脹鼓鼓的。吃完油茶，他付了錢和糧票，還不想走。他掏出一支雪華從成都給他帶來的「紅芙蓉」牌香煙，慢吞吞地吸着，吐着煙圈。他問姑娘：「老鄉，你們一天能賺多少錢？」

姑娘沉吟片刻，用外交辭令答道：「現在還不是談賺錢的時候，首先要把質量搞好。」

夏世雄讚賞地說：「對，你們做生意的目光遠大，把質量搞好，把招牌打響，不怕今後賺不到錢。」

姑娘說：「是呀，你看，這兒的攤攤好多，大家都在競爭呢。」

夏世雄和雪華起身向橋北走去。夏世雄饒有興味地觀察着兩旁的小攤，對雪華說：「競爭好呵！國營企業為什麼沒有生氣，根本問題是缺乏競爭。生產、銷售、價格，一切按計劃進行，不用你操心。中國的經濟，只有引入競爭機制，才有活力。我不回味精廠工作了。我要在自由競爭的環境中，實踐我的社會主義市場經濟理論。」

走過大橋，來到北岸，夏世雄發現一個奇觀，在華新街的幢幢房屋上，幾乎都看得見一個個大洞。這是武鬥的痕跡。當年，兩派在嘉陵江大橋兩頭對峙，封鎖了大橋。重慶的兵工廠很多，有造槍造炮的，有造坦克的，各自把自己造的兵器拖出來打仗。好在，兵工廠之間有嚴格的分工，武器彈藥的部件製造在不同工廠進行。盤踞南岸的造反派，有大炮，也有炮彈，可沒安引信。於是，一發發炮彈從南岸射向北岸，並不爆炸，只能洞穿牆壁，在宿舍樓上留下了一個個令人費解的大洞。要是炮彈有引信，那麼多炮彈傾瀉過來，爆炸開，華新街的兵工廠宿舍，早成了廢墟。

走進世伯的家，夏世雄發現，除黃開泰外，一家人都起來了，伯娘彭宗俊在忙着做早飯。夏世雄進屋去看了偎在被窩裏，坐在床上的黃開泰。黃開泰的肺氣腫很嚴重，在床上咳個不停，喘個不休。夏世雄將一簍萬洲大紅桔放在伯父床邊，給黃開泰剝了一個，遞給他。黃開泰接過來，放了一瓣在口中，有滋有味地嚼了嚼，吞了下去，喘着粗氣說：「這『泡子橘柑』就是好，重慶的橘柑總是酸溜溜的，哪個弄點萬洲泡子橘柑到重慶來賣，保證發大財！」

談笑中，桌上的一個小鬧鐘叮鈴鈴響起來。這隻小鬧鐘一下子吸引住了夏世雄。好漂亮的小鬧鐘！鬧鐘上有一對小戀人。鬧鐘鈴一響，那對小戀人就會像雞啄米似的吻個不停，還發出「嘻嘻哈哈」的歡聲笑語。看着這個可愛的小鬧鐘，夏世雄知道這是黃家露的傑作，黃家露有一雙巧手，從小就喜歡擺弄機器，常把家中的鐘拆了又裝起，還加一些小裝飾物，使人耳目一新。夏世雄問正在吃早點的黃家露：「這是你們廠生產的，銷路不錯吧？」

黃家露笑道：「什麼不錯？一個還沒賣脫。我們廠本來是生產大炮的，『皇帝的女兒不愁嫁』，一個銷售科才三個人。上面要我們生產民品，我們搞了不少小玩意出來，可是銷售科不知怎麼賣，賣給誰，拿着樣品到各個商場去賣，誰也不要。各個商場都有固定的進貨渠道，國家的一、二、三級批發站一級級批下來的，擠不進去。」

夏世雄樂了，說：「我到處尋商機，『無心插柳柳成陰』，得來全不費功夫。黃姐姐，你的小鬧鐘我包銷，你們開個價，把你們的錢賺夠，怎麼賣，就是我的事，怎樣？」

黃家露大喜過望，說：「我去給廠長談談，讓他給你簽個協議，將鬧鐘的銷售權交給你。」

夏世雄對雪華說：「看，我到哪兒去找商機，在黃姐姐這兒就找到了。雪華，陪我去上海推銷鬧鐘，上海人浪漫，一定喜歡這對小戀人。」

7

雪華在西大教書，走不了，她要妹妹雪芝陪夏世雄到上海去賣鬧鐘。他成功了，發了一筆財，淘到了第一桶金。由於他是著名的「造反派」頭頭，他有自知之明，知道自己仕途暗淡，決定另闢蹊徑，投筆從商。他用賣「鬧鐘」賺的幾十萬元，自辦了一家公司。在經營的過程中，他同一個美國大企業取得聯繫，以他的精明強悍和對中國國情、人情的透徹了解，很快在中國大陸打開了局面，取得這個世界500強之一的董事會的信任，任命他為這個企業的亞洲區總裁。黃家寶用他當廠長的國有工廠的硬件和軟件技術，同這個大企業的招牌相結合，辦起了中美合資的製藥公司，生產一種叫「立止」的感冒藥。夏世雄雖然既未出軟件，又未出硬件，但他擅長「公關術」、精通「適合中國國情」的「經營之道」，他用黃家寶的技術，用黃家寶的工廠的場地，主要用黃家寶的人才，並靠國家貸款，採用先進的營銷手段，白手興家，居然在三年內使這個「假合資」企業年銷售額過了億元，年利潤上了千萬。

夏世雄寫完公文，簽上字，用鑰匙打開左邊抽屜，取出一個大信封，遞給黃家寶。黃家寶接過信封，抽出裏面的東西一看，呀，全是新嶄嶄的，一紮一紮的「四人頭」，少說也有好幾萬元。他驚問：「這是什麼？」

夏世雄眼裏閃過一絲狡黠的笑意，說：「認不到？錢扎手？這是一個季度的董事補貼，你的。怎麼，你不要？」

黃家寶將大信封還給夏世雄，說：「我還真不敢要。最近，中央發布了廉政命令，國有企業領導幹部兼職不能兼薪。」

夏世雄說：「誰給你薪水啦？這是記在我名下的CEO基金。不用你簽字，在任何帳目上都不會留下你的蛛絲馬跡。即便我今後要以此為由『咬』你，也找不出證據。」

黃家寶縮回手，將大信封放進公文包，說：「有這麼安逸的事，何樂而不為？你可別告訴一曼，謹防她查抄我的小金庫。」

夏世雄說：「你放心，我不會告訴尊夫人的。你把這筆錢『窖』起來，準備幹什麼？」

黃家寶調侃道：「錢的用處很多，不愁用不脫的。」

夏世雄哈哈笑了，說：「對，老兄，如今外面花花世界好精彩，等會我帶你到一個地方去玩一轉，便知道錢的用途了。」

黃家寶笑笑，轉了話題，把來找夏世雄的目的說了一遍，並介紹了旅遊區的項目。夏世雄饒有興趣地聽黃家寶說完，沉吟片刻，爽快地說：「我對你那個旅遊度假村的項目有興趣。如今，中國人的腰包鼓起來了，有了消費欲望，要耍，要吃喝玩樂，這其中充滿商機。不過，在下決心以前，我倆先去考察一下，摸清此地遊樂業的現狀，再下手吧！」

8

夏世雄開着一輛加長「林肯」，帶着黃家寶來到三江縣黃甲鎮後街上的一家小餐館前停下來。夏世雄熄了火，鎖上車，對黃家寶說：「走，我帶你去吃『大碗肉』。」

夏世雄帶黃家寶走進廳堂，一個濃妝艷抹的少婦迎上來，笑盈盈地招呼夏世雄：「老公，來啦，吃點啥？」

夏世雄「糾」了少婦的粉臉一把，說：「老婆，照舊。你還不曉得老公想吃啥？一份兩人用大碗肉套餐，吃完後再吃你的肉。」

少婦說了聲「想得安逸」，便一步三搖進廚房安排菜餚去了。黃家寶好奇地問：「她為啥喊你老公？我是不是該喊她嫂子？」

夏世雄笑道：「嫂子？屁！這是廣都出名的案板西施，寡婦，見到熟客就喊老公，套近乎。她這一手還真靈，你看，八張桌子都坐滿了，好多『老公』來照顧她的生意。」

黃家寶歎道：「現在的人思想真解放。」

夏世雄說：「九十年代了嘛，世界變化好大，不到半年功夫，蘇聯不見了，東歐社會主義國家不見了，柏林牆不見了。你娃娃要趕快跟上形勢，抓住百年難遇的機會，快快活活過日子。否則，就太作踐自己，太不划算了。」

大碗肉套餐很快上齊了，一共五大碗加一碗湯。哪五大碗？回鍋肉、紅燒腸頭、冬菜扣肉、軟炸龍眼、大棗蹄膀。一湯：雪豆蹄花湯。碗的直徑盈尺，五菜一湯把一張八仙桌塞得滿滿當當的。黃家寶驚呼一聲「肚子哪得那麼大？」

夏世雄拿起一雙衛生筷，夾起巴掌大的一塊回鍋肉，塞進嘴裏，一面咀嚼一面說：「你看，一片就亮底了。這碗是特製的，有二人、四人、六人、八人四種套型的大碗，由淺及深。這樣，既突出了『大碗肉』的特點，又適應了顧客的實際需要。」

夏世雄夾了一塊回鍋肉到黃家寶碗裏。黃家寶看了看這塊肉，真扎實，少說有一兩重。他夾起來，咬了一個月牙兒，好幾口才吃完。肉熬起了「燈盞窩」，豆瓣、豆豉、蒜苗把肉熬得很香，咀嚼起來口感很好，「粑」而有彈性，肥而不膩。他讚了一聲：「好！」

夏世雄說：「好的還在後頭呢，等大碗酒上來再吃吧。」

一會兒，大碗酒上來了。酒碗也是特製的，直徑有七、八市寸，很淺，看起滿滿當當一碗酒，內容物不過一、二兩。黃家寶嘗了一點，是濃度很低的酒釀。黃家寶學梁山好漢端起大酒碗，一仰脖子一口氣把一大碗酒倒進肚中，輕叫一聲：「好酒！痛快！」

夏世雄見黃家寶豪氣沖天，樂得哈哈大笑，指着滿桌的菜，說：「吃！吃！吃！每樣菜都有特色。你看這道軟炸龍眼，是將甜燒白放在豬油裏面炸出來的，好吃得很。」

黃家寶夾了一塊軟炸龍眼放進嘴裏，又燙，又甜，又香。黃家寶連說：「安逸！安逸！天天到這兒來吃飯，我的乾瘦病就會好了。」

夏世雄腆了腆肚子，說：「我的肥胖症就無藥可救了。」

黃家寶感歎地說：「這個案板西施真不簡單，她不僅靠個人魅力吸引客人，她的館子也辦得很有特色，有吸引力。」

黃家寶補充道：「以後，我們金馬的旅遊區也要辦出特色來。人生在世，吃喝二字。在這兩個字上下下工夫，把旅遊區建成一座好吃城，一定生意興隆。」

夏世雄說：「對，辦出特色。光有吃喝不夠，還要有玩樂，這兩個字中的學問也很深沉。我們要在這上面下工夫。旅遊區內要大上休閒娛樂的項目，讓大夥進來耍個夠。」

黃家寶問：「怎麼個耍法，才能吸引人呢？」

夏世雄說：「好耍不過人耍人，休閒娛樂的項目中加點色就有味道了。」

黃家寶說：「恐怕帶色的項目不好整喲，政府不會允許的，我們畢竟還掛着社會主義的招牌嘛。」

夏世雄說：「注意，我們是搞的有中國特色的社會主義。所謂中國特色就是叫你做什麼事都要掛一張遮羞布，不要太張狂，隱蔽點就沒事。你在歌廳搞伴歌，舞廳搞伴舞，飯廳搞伴吃，總犯不到多大法。至於客人同小姐『勾兌』好了，要開房間睡，我們睜一隻眼閉一隻眼，查到了最多犯個管理不嚴的錯誤，多寫幾張檢討書就行了。」

黃家寶說：「恐怕這樣搞要『糟』呵。」

9

黃家寶和夏世雄把五大碗肉一大碗湯吃得乾乾淨淨的，肚兒撐得圓鼓鼓的，臉兒喝得紅撲撲的，腦殼醉得二麻二麻的，叫案板西施來結了賬，付了20元錢，起身來互相攙扶着，搖晃着走出飯館，鑽進飯館旁一家叫「伊甸園」的卡拉OK廳。

老闆熱情地將他們迎到一個圓形的吧桌前坐下。夏世雄對老闆耳語了一番。老闆點了一下頭，到裏間招呼了一聲，便出來了兩個年青妖艷的女郎，一個挨着一個客人坐下。黃家寶旁邊坐下來個是個稍微有點胖，奶子很大的姑娘。夏世雄旁邊坐下的是小乖小乖的姑娘。瘦人配「楊貴妃」，胖人配「趙飛燕」，反差強烈，搭配得天然合理。

飲料上來了，果盤上來了，音樂響起來了。夏世雄拿起話筒，對小乖小乖的說：「來，我倆合唱一曲『萍聚』，讓他們去跳舞。」

胖姑娘主動牽起黃家寶的手，將他領進大廳旁邊用金絲絨簾子遮掩起的舞池。舞池裏漆黑一團，只有從門簾縫隙中透進一絲光線，伸手不見五指。姑娘將暖烘烘的身體貼到他身上，將粉嫩的臉貼到他的臉上，伴着舞曲緩緩踏起步來。黃家寶從未跳過這種「三貼」舞，覺得好刺激，全身的每一個細胞都激動得打起顫來。他自持不住，將嘴唇湊到姑娘的櫻桃小口上。姑娘並不迴避，反倒主動將舌頭伸出來，鑽進他的口中，與他的舌頭攪在一起。他們忘了是在跳舞，忘情地互相撫摩起來。黃家寶摸到了姑娘圓滾滾的美臀，摸到了姑娘富有彈性的豐乳，「撐花」一下子張開了。姑娘柔聲道：「到包間去，那裏方便些。」

黃家寶用殘存的意志抵抗着誘惑，他還不想加入「嫖娼」的隊伍。他還堅守着「無愛的性」是骯髒的信條，阻止了她，說：「別，別這樣。我今天不舒服，以後吧！」

姑娘噘起了嘴，黃家寶塞了三百元小費給那個姑娘，安慰道：「錢我付，老闆不會責怪你的。你陪我到花園走走，等等我那個朋友吧。」

姑娘收了錢，破涕為笑，她挽着黃家寶的手，走出卡拉OK廳，在花間月下漫步。姑娘像小鳥依人般，偎在黃家寶身上，信賴地向黃家寶講了自己的故事。

10

姑娘姓杜，名雪麗，看起來很稚氣，其實她已年滿十九歲了。她是一個從農村來到城市的弱女子。她來到城市，並非一般打工妹那樣是刻意到城市裏來掙大錢的。她的家鄉在川西北一個漢族和少數民族雜居的地方，父親是漢族，母親是少數民族。她是為逃婚而離家出走的。她父親從小就有病，在她十四歲那年，病情加重，臥床不起。為了給父親治病，她家被迫接受了鄰居張癩子家送來的八百多元聘禮。父親的病沒醫好，死了。張癩子家來要人。她討厭死了強加給她的這個夫婿，一想到這個人將與她同床共枕，就要作嘔。她從後門逃出了家，投奔她在成都打工的爺爺。過了幾個月，她怕家裏人擔心，寫了封信回去。她的那個「夫婿」得知消息，追到成都。情急之中，她跳下三樓。她本來是頭朝下跳下來的，要不是二樓陽台上挑出來的一根杆子擋了一下，讓她腳着地，她早已沒了命。就是這樣，她傷得還是很重。她的右腿三處骨折，髖關節粉碎性骨折，脊椎也斷了。

眼看杜雪麗要成為廢人，「夫婿」不願掏錢為她療傷，拋她而去。這時候，一個男人救了她，將她送到醫院療傷。那時候，她真不想活了。其他的不說了，那個痛呀，真讓人受不了。經歷過這種痛的人，才會明白，在這個節骨眼上，人才會認為死比生好。而有過自殺經歷的人，體會過人生的極致痛苦後，一般不會再輕生。她在病床上，痛苦難耐時，喊的都是那兩句互相矛盾的心裏話：「我悔呀，我悔呀，我不該跳樓呀！行行好呀，行行好呀，讓我快點死呀！」那個男人握着她的手，勸她，安慰她，伴她度過了人生最難熬的歲月。這個男人叫王天慶，是爺爺他們單位的塔吊司機。他在爺爺那兒認識了她，早就對她的美貌垂涎三尺，愛對她動手動腳，她好討厭他。她受傷以後，小王無微不至地照顧她，把她揹上揹下，使她好感動，改變了她對他的看法，對他產生了好感，但骨子裏還是瞧不起他的。

由於杜雪麗年輕，手術又做得好，除了臀部留下了很長很深的手術痕跡，脊椎恢復得不夠好外，竟沒落下任何殘疾。爺爺生病辭工回去了，她出院後無家可歸。王天慶要接她到他家去住，與他同居。雖然她並不愛他，但看在他救命之恩的份上，她接受了。而且，死過一次的人對好多事情都比一般人看得淡些。不過，她很快就後悔了。她吃了虧以後才明白，感激不是愛情，無愛的男女關係會釀出苦酒。她同王天慶同居後不久，就因性格不合而發生矛盾，三天兩頭打架吵嘴。特別是由於小王所在的建築公司生意不好，無活可幹，他下崗在家閒呆着，靠父母吃飯，心裏火氣大得很，一不如意便在她身上出氣，常常對她拳腳相加。

杜雪麗不願在王家吃受氣飯，便出來找工作。她在第一百貨公司碰到一個賣服裝的老闆。老闆娘與她很投緣，她在那裏工作了很長一段時間。要不是她的腰傷復發，疼痛難忍，也許她會繼續在那裏幹下去。腰痛使她放棄了站櫃台的職業，她只好待在王天慶家中治傷。療傷需要幾千元錢，王天慶根本拿不出來。無奈之中，她跟着在「夢之夜」當吧台小姐的姐姐到那兒來求職。伍老闆問她願賺小錢還是大錢？她問伍老闆，小錢怎樣嫌，大錢怎樣賺？伍老闆說，賺小錢一月有幾百元，賺大錢一天就賺幾百上千元。她吃夠了沒錢的苦，做夢都想賺大錢，便說，先試一下賺大錢吧。她就這樣下了水。

客人很喜歡杜雪麗，說她清純，女人味濃，捨得給她小費，確實有時一天就能賺成千的錢。但是，她很不習慣幹這種活，每次上班她都很難受。她缺乏職業「小姐」的天賦：性欲強、臉皮厚、會撒謊、想得開。所以，她賺了一點錢便馬上離開，回家去。可是，回到家，到處都是冷面孔。她那男人好吃懶做，遊手好閒，整天在家呆着不上班。他錢沒得幾個，還歪死人，晚上不管她願意不願意，都要盡情地蹂躪。他還把她找的血淚錢搜刮去，很快花得乾乾淨淨。她就想，那些嫖客雖壞，「假吧意思」還要對她溫柔體貼，也不白佔她的便宜，比你王天慶好得多，強得多。她便又回到「夢之夜」去做生意。沒做幾天不習慣又回去。這樣周而復始，越活越覺得沒有意思。

11

黃家寶聽完故事，雖然有些感動，但想到夏世雄說的，每個三陪小姐都有一段杜撰的故事的話，不知是真是假。但杜雪麗一雙天真無邪的大眼睛和富有磁性的聲音深深迷惑了他，使他相信她說的是真話。他有兒子，沒有女兒，對杜雪麗產生了宛如女兒般的感覺。他決心要幫小杜一把，使她脫離火坑。他從「大哥大」包中抽出1萬元人民幣，遞給小姑娘，說：「你趕快離開這裏吧，想辦法去做一個小生意！」

杜雪麗接過錢，傻了。她撲地一下跪在地上，給黃家寶叩了一個響頭，然後往他的懷裏撞，不再喊他叔叔，改口道：「大哥！你太好了。你要了我吧，我不能白要你的錢！」

黃家寶忙推開她，說：「別，別這樣！」

杜雪麗說：「大哥，記住我的傳呼號：90808，傳21666，你隨時可以找我。我隨喊隨到。」

黃家寶說：「我會找你的，但不為其他，我要看你還當不當『小姐』，做什麼小生意？你能做到嗎？」

杜雪麗說：「大哥，我聽你的。但我怎樣找你呢？」

黃家寶從懷中掏出一張名片，遞給小杜。小杜接過名片，看了看，說：「黃大哥，你要我的手機號嗎？一般人我是不給的。」

黃家寶點了點頭，掏出手機，將杜雪麗告訴他的手機號「13908141180」存進去。說話間，夏世雄來了。兩個小妞一齊來向他們辭行。夏世雄發動了車，慢慢開走了，那兩個小妞還在後面招手，杜雪麗竟嚶嚶哭起來。夏世雄拍了拍坐在助手位置上的黃家寶，說：「佩服，佩服！不大會兒功夫你就迷住了小姑娘，想不到你還有這樣的本事！」

黃家寶連忙申辯，把小姑娘的故事說了一遍。夏世雄聽了故事，笑得「牙都要掉了」，說：「家寶也，啷個把你教不變喏。這些小姐的話你也信嗦？我們打賭，看這個小姑娘拿了你的錢會不會去做小生意？」

黃家寶自信地說：「好，打賭！一個月後我們再去，如果小杜按我說的去做了怎麼說？」

夏世雄說：「你贏了，我給你一部『桑塔拉』。你輸了，請我耍十個『小姐』就是了。」

黃家寶伸出手，與夏世雄握了握，說：「一言為定！」

12

黃家寶回到原位，夏世雄還沒出來。黃家寶慢慢地品着啤酒，回味着剛才那蕩人心魄的一幕。黃家寶想，男人真沒用，只要有年青漂亮的女人勾引，絕大多數都會拜倒在石榴裙下，除非這個男人有陽痿。難怪出了一個坐懷不亂的「柳下惠」，便如此稀奇，成為流芳千古不為女色所動的典範。要是中國的色情業發展起來，是很難收拾的。過去，幹部還有一些不成文的戒律在互相約束。大家信奉，一個人要在社會上立身，必須在政治上、金錢上、男女關係上不犯錯誤。一般人都把這三關把得很緊。他們知道，一旦在任何一方面出問題，便會名譽掃地，在社會上抬不起頭來，成為「不恥於人類的狗屎堆」。自從東歐巨變，蘇聯解體以後，很多人發生「信仰危機」，心中繃緊了的那三根弦一下子鬆弛了，末日情緒，享樂主義迅速蔓延。

黃家寶回顧自己在一天之內的變化，感到好生驚訝。他受了一輩子的思想品德教育，對於「賣淫嫖娼」之類的事是畏首畏尾的。誰知，他也幾乎成了「嫖客」。真是變壞容易變好難。他莫非已經變成壞人啦？

這一天，黃家寶失眠了。他一直擺脫不開自己為什麼一夜之間會變壞這個問題。他一向是品學兼優，堪為人之楷模的。他想起最近看過的一些關於行為科學，關於弗洛伊德學說的書。這些書上說，人的意識有三種層次。一種層次是人的自然屬性，也就是人的動物本能。這種本能主要是性的衝動和死亡的衝動。這兩種衝動構成了生命的原動力。一種層次是人的社會屬性。人生活在群體之中，社會之中，意識必定要受社會規範，包括道德、法律、名譽等等的約束。人的社會屬性和自然屬性搏鬥的結果，便是人的行為。

翻開黃家寶腦海深處從未示人的一面，他發現，自己有時也是很壞的。他暗中羨慕「資產階級的生活方式」，常常夢想有朝一日能出國嘗嘗玩女人的味道，甚至於想只要能耍女人，願意冒叛國投敵的風險。英雄難過美人關麼。現在，國內也暗暗興起了色情業，能夠滿足男人的一些隱秘的願望了，可以使他們安心於家鄉的建設了，也許這並不是壞事吧？黃家寶這麼胡思亂想着，到下半夜才迷迷糊糊地眯了一會兒眼睛。

13

黃家寶摸了摸脹鼓鼓的皮包，決定「打的」去廣都找吳霞，踐約接吳霞去金馬共創大業。雖然黃家寶與吳霞離別才幾天，但黃家寶有一種「一日不見如隔三秋兮」的感覺，心歉歉的。難道黃家寶竟愛上了這個放蕩不羈的女郎？

黃家寶在廣都街上的一個公用電話亭給吳霞打電話，約她在東湖公園茶樓見面。黃家寶先進公園，在茶樓水榭上選了一處面向東湖的茶座等她。東湖在廣都市城邊上，水面有一千來畝，雖不如武漢東湖氣勢恢弘，但也水碧山青，秀色可餐。這正是杜鵑怒放的季節，沿湖上萬株杜鵑，紅艷艷一片。「萬紅」叢中有一點白色在緩緩移動。這是吳霞穿着雪白的西服套裙沿着湖濱大道向茶樓走來。沿途往來的男男女女都情不自禁向這個氣質非凡、貌若天仙的漂亮女郎行注目禮。更有幾個英俊的小伙子，若即若離地隨侍前後左右，直到黃家寶起身來迎接她，那幾個人發現「名花有主」，才悻悻地離去了。

吳霞落座後，黃家寶對前面發生的那一幕感歎萬分，說：「你真美，引來那麼多仰慕者。」

吳霞苦笑道：「美未必是好事。自古紅顏多薄命。我剛出生，就差點被處以死刑。」

黃家寶好奇地問：「真的呀，怎麼回事？」

吳霞說：「我出生那天，正好有個著名的相士在我家做客，爸爸抱着我，要相士給我算一卦。相士仔細地看了我的面相、手相，再打了一卦後，臉色發青，一言不發，轉身就走。父親拖住他，請他務必說個『子曰』。相士無奈，只得說，這個女孩兒是妲己轉世，褒姒再生。長大若嫁給中央首長，必定禍國殃民，即便嫁給平民百姓，誰娶她誰倒霉。相士還說我一生要克死四個男人。父親嚇得手足無措，問相士怎麼辦？相士說了聲我不做殺人犯，頭也不回便走了。父親亂了神，見四周無人，就把我的頭按進洗腳盆裏的水中。幸喜母親發現了，將我救下來。」

黃家寶輕叫道：「真玄！後來呢？」

吳霞說：「我說給你聽，你不要害怕。從我出生到現在，已經有兩個男人的死與我有關了。你想不想聽？」

黃家寶下意識地覺得自己會當第三個「艷鬼」，渾身打了一個寒戰，但仍強作鎮定，硬着頭皮說：「講！講！想聽，想聽。」

吳霞笑了，說：「嚇着了吧？其實，也沒啥，戳穿了的鬼不嚇人。我六歲那年，經常到鄰居家去耍。鄰居家有個大哥哥，最喜歡同我玩。他同我玩馬馬肩、坐飛機。他將我抱起，舉得高高的打旋旋，使我開心得格格地笑。他還經常買香香給我吃，牛皮糖、麻糖杆、魚皮花生……有一天我到他家耍，正巧他全家人都出去了，只有他一個人在家。我們瘋夠了以後，我坐在他的懷中小憩。說實在的，他並沒有騷擾我，都怪我不懂事。我用雙手摟着大哥哥的腰，雙腿緊夾着他的臀部。由於狂笑一下止不住，我還在一面格格地笑，一面全身不停地抖動，雙腿來回抖動的幅度特別大。我忽然感到我的雙腿間出現了一條硬邦邦、熱乎乎的東西。我還沒回過神來，這條東西就隔着我的褲衩來回抽動起來。起初試着試着來，以後越來越快，大哥哥嘴裏還唉唉地叫着。最後，大哥哥狂暴地摟緊我，一頂，把我推開。我驚愕地看見大哥哥滿臉通紅，雙手捧着從褲子中縫裏冒出來的一個東西，指縫裏流出白色漿液。這時，門開了，大哥哥的母親回來看見了這一幕，驚叫了一聲，愣了片刻，便在洗臉架上抓了一塊乾毛巾，衝過來擦乾淨留在我褲襠上的漿液，抱起我將我送出門外。」

吳霞停止了敘述，黃家寶追問道：「後來呢？」

吳霞歎了一口氣，說：「我好久以後才知道這叫性騷擾，我應該恨那個大哥哥的。我恨不起來。自從發生那件事後，大哥哥有三天沒出門。第四天凌晨五點多鐘，大哥哥從五樓上跳下來摔死了。我沒敢去看。聽人說，大哥哥是一絲不掛從樓上跳下來的，左手捏着我嬰兒時的裸照，右手握着『雀雀』。」

黃家寶恨恨地說：「死有餘辜！你可知道，從法律的角度講，即便是隔着褲子對幼女施行性行為，也犯了姦淫幼女罪。有幾個名氣不小的中年人，都是不明白這一點，幹了傻事，受了處分的。」

吳霞不以為然，說：「罪不該死嘛！我常想，要是大哥哥忍得住，等我十來年，長大後我也許會嫁給他的。」

黃家寶說：「你的想法真特別。給我講講你害死的第二個男人的故事吧。」

吳霞糾正道：「啥子我害死的喲！我從來沒想過害人，我只是說與我有關，責任也未必在我這一方。這第二個死人便是我的前夫。他本來是個風流倜儻、英俊瀟灑、聰明能幹的人。大學畢業以後，他下海開了一家電腦公司，賺了幾十萬塊錢，還買了一部『桑塔拉』。他很愛我，我也相當愛他。誰知道，他到中緬邊境金三角地帶去做了一次生意，就成了癮君子。你不要以為癮君子都是報刊電視台裏出現的那種爛王形象，癮君子中也不乏張學良一樣的風流人物。只要煙癮不發，他們仍是謙謙君子。我那老公就是這樣。開初，我並沒發現他吸毒。毒癮發作前，他就悄悄在衛生間打了針，十分小心地保藏着注射器和毒品。他知道我從不翻他隨身帶的『大哥大』包的，那些東西都藏在包裏。最初，他的收入同他的毒癮相匹配，支出一點買毒品的錢還不『顯形』。隨着毒癮越來越大，收入越來越少，入不敷出，便開始露馬腳了。他以生意失敗為藉口，開始變賣家產。他首先變賣與他關係密切的財產，小到金項鍊、翡翠戒指，大到房產、汽車。當時我十分同情他，主動把我的一隻十克拉的鑽戒變賣了支持他在事業上東山再起。沒想到，這一切都是謊言。終於有一天，謊言被戳穿了。他的兩個債主上門逼債，他拿不出錢來。債主當着我的面，拉開了他的提包，抖出了海洛因和注射器。我傻了。債主走了，我還呆坐在沙發裏，蜷縮成一團。我心目中的白馬王子一下子垮了，美麗的肥皂泡破滅了。我的那個可憐蟲跪在我面前，抱着我的雙腿，坦白他墮落的過程，請求我的寬恕。他乖乖地跟着我，進了戒毒所。可是，沒有用，不是人人都有少帥氣質的。他進了許多次戒毒所，出來一次犯一次。越犯對自己越沒有信心，越犯自控能力越弱。我也對他失去了信心，在他把我們結婚時用的家具全部變賣，家徒四壁後，我將他趕出了門，同他斷絕了關係。」

吳霞歇了一口氣，喝了一口蓋碗茶，繼續說：「那個可憐蟲失去我後，便如失去了精神支柱，以爛為爛，蠻幹起來。他加入國際販毒集團，穿梭於緬甸黑猛龍、滇西芒市、德宏、成都、西安之間。他日賭夜嫖，五毒俱全，無惡不作。雖然我拒絕與他發生任何形式的聯繫，但他卻不能忘情於我。四年前春節，他來看我，賴到深夜死活不走。他的求愛遭到我堅決拒絕後，竟兇相畢露。他塞上我的嘴，反捆了我的雙手，扒光了我的衣褲。他盡情地蹂躪了我一番以後，還覺得不夠味，臨走時還慘無人道地給我注射了一針海洛因。」

黃家寶恨恨地罵了一聲：「這個混蛋！他強迫你上了毒癮？」

吳霞搖搖頭，說：「沒有。我中毒輕，很快戒掉了。」

黃家寶問：「他後來再也沒來找過你？」

吳霞黯然神傷，說：「他沒法來找我了。在他強暴我後的第三天，我就在電視上看到他在一場圍剿販毒團夥的戰鬥中被擊斃的消息。我這才知道他竟是臭名遠揚，化名赤髮鬼的毒梟！」

黃家寶問：「你現在還想他？」

吳霞坦然道：「有點。畢竟我深深地愛過他。而且，如果我晚一點放棄他的話，他毀滅得不會這麼快。因此，我得知他的死訊後，思慮再三，還是把那晚他強暴我時留下的孽種生了下來。我還決定不擇手段掙錢，再辛苦也要把這孩子帶大成人。怎麼樣，聽了我的故事，改變主意了吧？你千萬別勉強，把我放在你身邊，謹防成為被我克死的第三個男人。」

黃家寶感動地說：「你對一個如此墮落的男人都那麼記情，遇到好一點的男人自不待言。我對算命這種事，是在信與不信之間，不那麼看重的。我相信，人與人之間是有緣分的。你千萬別誤會，我對你並無『歪』心眼。我把你接去，只是覺得你能幹、有三產經驗，能作我的助手。況且，我對我們原單位的職工是有責任的。」

吳霞感動地說：「黃老闆，你太好了。你這種男人在當今還真少見。」

14

吳霞回桑拿浴室去辭了職，拿上行李，當即便同黃家寶一起「打的」趕往崇寧縣金馬鎮。夏古傑發財後從政府手中買回爺爺的舊園花朝門及全河心村的土地300畝，修起了谷河心大橋，將谷河心與金馬鎮連成一體，並在谷河心以花朝門為核心建立起阿爾法集團公司的總部。

夏古傑兼任旅遊開發區管委會主任，把旅遊開發區的辦公室決定設在谷河心，與他的「阿爾法」集團兩塊牌子一套班子，合署辦公。

新花朝門也是「阿爾法」集團公司的「高幹院」，胡慶生以上幹部每人佔了一棟。主樓作了村辦公樓和「阿爾法」企業集團總公司的總部。夏古傑是金馬鎮的鎮長兼「阿爾法」公司總裁，兩邊辦公，但多數時間在花朝門，畢竟公司才能生財，經濟是一切的基礎嘛！

黃家寶同夏古傑說好，在他的項目未引進之前，把吳霞先安排在古傑的辦公室裏，「借」給他用一段時間。

黃家寶叫車一直開進谷河心前的停車場，下車後黃家寶付了錢，出租車便開走了。停車場用曬穀子的大曬壩改建而成。各式各樣的轎車停了滿滿當當一大壩。吳霞下車來，看見這一壩各種牌號的轎車，驚喜地叫了一聲：「這麼多車！」

吳霞是個汽車迷，車也開得挺棒。她着迷地挨個看起汽車來，嘴裏還念念有詞，呼喊着這些汽車的名號：「呀，公爵王！」「皇冠！」「啊，奔馳560！」「大霸王！」「呀，林肯！」

一個雄渾的男中音把她從汽車王國裏拉出來：「想不到吧，鄉下有這麼多豪華轎車？」

吳霞抬頭一看，呀，糟糕，這是那個常到西泉來洗桑拿，把她纏得最緊的客人。夏古傑也愣了，88號怎麼會被黃家寶拐到這裏來了？他問：「你是88號？」

黃家寶忙解圍道：「你硬是被88號迷了心竅。她是我們原來廠辦的機要秘書，現在是我聘來的項目辦公室主任，叫吳霞，說好了先借給你用的。她與你熟識的那個88號長得是很相像，連我都幾乎搞混淆了。」

黃家寶轉過身去向吳霞解釋，吳霞機敏地圓謊道：「你們說的那個88號是在廣都西泉浴室裏當按摩女郎的吳霞吧？那是我的雙胞胎姐姐，很少有人能把我們分清的。」

夏古傑連說了幾聲對不起，伸出手來握了握吳霞的手，說：「歡迎，歡迎，黃兄給我們開發區帶來個天姿國色的同事，真是榮幸之至。」

黃家寶指着那一壩豪華小轎車對夏古傑說：「你也太奢華了，市府大院裏也沒你那麼多高級轎車。」

夏古傑說：「現在有錢就是大哥。一個土裏土氣的『二哥』，出去辦事誰瞧得起？我坐公爵王可以自由進出省委大院，你開一部『微微』車去闖市委大院肯定都要『遭』趕出來。我們村買的車並不算多。你知道，禹作敏的大邱莊有多少部小轎車？二百多部！江蘇華西村也有五十多部捷達車。我們才十多部，不能說多，我們畢竟是川西第二村麼，我們多幾部車是給我們農民掙面子。」

吳霞道：「夏鎮長，能不能借你的車開一開，過過癮？」

古傑豪爽地說：「當然可以。公爵王，大霸王，我都有鑰匙，你要開那一部？」

吳霞指指子彈頭造型的銀灰色大霸王車，說：「就這部吧，造型別致，又有氣魄。」

古傑將車鑰匙遞給吳霞，吳霞打開車門，坐上寬大的駕駛室，打燃火，一溜煙兒將車開走了。夏古傑目送大霸王轉過彎道，好久才收回視線，轉身對黃家寶說：「老弟艷福不淺，身邊有這麼個絕色的尤物，嫂子不嫉妒？」

黃家寶擺擺手，說：「莫亂說，我們只是工作關係。」

古傑眯縫着眼，把黃家寶打量了一下，說：「真的？謹防我挖你牆角呵。」

黃家寶說：「你這色鬼，少一天東想西想的，起『歹貓心腸』。」

古傑說：「認真的，我對這女娃兒好感興趣，不曉得她有男人沒得？」

黃家寶說：「她離了婚，家裏有一個小孩，現在還沒結婚。不過，我不知道她是否有男朋友、情人。」

古傑拍手道：「只要她還沒結婚，我就能把她追到手，從她的男朋友、情人手上把她奪過來，只要那個男人不是你。」

「你想把蒲香豆甩了？」黃家寶問。

「我怎麼會甩她呢。我是個好男人，曉得『糟糠之妻不可棄』的道理喲。」古傑說。

「你真臉厚，有你這樣的好男人嗎？」黃家寶說。

「你可知道，如今好男人的標準是什麼？」

「是什麼？」黃家寶好奇地問。

「喜新不厭舊。」古傑說。

「你想讓吳霞當你的二奶？」黃家寶問。

「不錯。」夏古傑坦白地說。

「吳霞願意嗎？小心囉，吳霞可不是省油的燈，謹防『耍二奶耍成老公』，『貓抓糍粑——脫不到爪爪』啊！」

兩個男人正談得熱鬧，吳霞駕着車風馳電掣般開進停車場，在他們身邊一個急剎車，使車原地打了個三百六十度的轉，停下來。夏古傑為她打開車門，她下了車，臉紅撲撲地，興奮地說：「好車！要是我有這麼部車開就好了。」

夏古傑笑着說：「吳小姐喜歡這部車，這部車就是你的了。」

吳霞愣住了，不相信自己的福氣有這麼大。她取下車鑰匙，遞給夏古傑：「說來耍的，無功不受祿，怎敢隨便要你的車。」

夏古傑沒接車鑰匙，佯作生氣地說：「君子一言既出，駟馬難追，你把我看成什麼人了？」

吳霞半信半疑地用眼神徵詢黃家寶的意見，黃家寶微笑着說：「拿着吧。他如此富裕，也該共共他的產了。不過，你要警惕『黃鼠狼給雞拜年』，不安好心喲。」

夏古傑在黃家寶背上親昵地拍了一巴掌，說：「你這老弟真是，讓你的朋友佔了便宜還要說人壞話。」

吳霞收了鑰匙，說：「謝了喲。夏哥真慷慨，今後只要有用得着我的地方，打聲招呼就是，小妹願效犬馬之勞！」

黃家寶略帶醋意地說：「好啊，夏古傑，你用一部車就買了一個妹子，你不愧是商場上的大手筆。」

三個人一面說，一面走進沿着用橋連接起來的河心島花朝門。

第二章

1

黃家寶受夏世雄委託，考察沿海旅遊休閒業的狀況，策劃夏世雄投資打造的「幸運娛樂城」。為了得到真實的情況，他微服私訪，來到大海邊的一個小鎮。他包了三樓一套臨海的房間。在華燈初上的時候，黃家寶踱到了街上。這條街熱鬧非凡，餐館一家接着一家，家家門前都擺着大盆大盆鮮活的海鮮：張牙舞爪的海螃蟹，玲瓏剔透的龍蝦，巨大的海蚌，滑溜溜的鰻魚……夜總會、卡拉ＯＫ廳、酒吧遍街皆是，一對對紅男綠女在燈紅酒綠之中鶯歌燕舞，好一派歌舞昇平的景象。

他信步走進一家髮廊，想理一個髮提提精神。髮廊裏很暗，只有兩盞閃着幽光的射燈照着。踏進髮廊，他辨不清東西南北。朦朧中，一個身材修長的女孩子把他引到理髮椅上。他坐下後，說：「我要理髮。」

身材修長的女孩點了點頭，在他頭上倒了一點乾洗劑，亂摩亂揉起來。他驚問：「你在幹啥？」

「按摩！」

「我只要理髮！」

「不忙啵，先按摩頭部、面部、肩膀，再磨臉、理髮，最後給你全身按摩。反正，把你老人家服侍得巴巴實實的，包你滿意就是了。」

家寶慌了，忙問：「我帶的錢不多喲，這一套下來要好多錢？」

「老闆喲，你還愁錢用麼？只要能享福，還管那麼多？」

這是一張多麼甜的嘴啊。他抬頭看了姑娘一眼。這是一張多麼漂亮的臉蛋兒啊。他從頭到腳把她打量了一番。姑娘穿一件鏤花的連衣套裙，雪白的手臂和肩膀裸露在外，兩個細嫩的乳房半裸着，那一雙大半裸着的不肥不瘦性感非凡的玉腿，加上一雙修長的蔥蔥玉手，不由他不怦然心動。他關心起她來，問：「小姐貴姓？」

「免貴姓邱，名紅荷。」姑娘道。

「除了理髮、按摩，你們還能提供特殊服務嗎？」

邱紅荷笑了，說：「你們這種客人的胃口都差不多。其實，你們要的那種特殊服務，不必上這兒來尋的。你看，又要理髮焗油，還要又按又摩，好麻煩。做一場按摩下來，等於進行了一場劇烈運動。我們是搞正規按摩，不提供特殊服務。如果我們靠特殊服務掙錢，何須費這麼大力。不怕你先生笑話，俗話說：『褲兒一鬆，要吃一冬』。那不是我追求的。」

一席話，使黃家寶對邱紅荷肅然起敬。這是一朵「出於污泥而不染」的荷花！

黃家寶坐下來，邱紅荷給他洗髮、理髮，然後到隔壁按摩間，讓他躺在按摩床上，給他按摩、踩背。

黃家寶對邱紅荷說：「你的按摩做得真好。很正宗。不像那些濫竽充數的按摩女，在你身上亂捏亂卡。哪兒是按摩呵，活受罪！你的按摩很有章法，按、摩、捏、揉、推拿、點穴，有板有眼的。特別是揉腹部，點尾閭穴。舒服慘了，簡直是一種高級享受。你從那兒學來的？」

「我是泰國師傅教出來的，他們教的是正宗泰式按摩。我還有證呢！」

「那太好了。我在成都開了一個度假村，有桑拿按摩，你到我那兒去吧。」

「到成都？天遠地遠的，好可怕喲！」

「有啥可怕的，我在那兒，可以保護你的。」黃家寶說。

「你們那兒待遇怎樣？」

「你現在是什麼待遇，拿多少錢一個月？」

「四百塊。」

「按摩提成嗎？」

「沒有。」

「那你們的待遇就太差了。我們那兒除了基本工資外，做一個點有二十多元的提成，加上小費，一個月可以掙三、四千，如果我讓你當領班，兼作按摩師傅，你一個月可以掙一萬元以上！」

「那麼多？」邱紅荷眼裏閃亮了，說：「我跟你走，到成都去苦掙一年，弄個一、二十萬塊錢，回家去開舖子。」

按摩了一、兩個鐘頭，令人賞心悅目的一千零八十式做完了，黃家寶起身，穿好衣服，他決心將邱紅荷挖走，便從「大哥大」包裹抽出一疊鈔票，至少有一千來元，數也未數，便塞到邱紅荷手上，說：「給你，謝謝你啦！」

邱紅荷收下小費，說：「這麼多？你真大方，謝謝啦！」

黃家寶提議道：「邱小姐，你能賞光同我出去共進晚餐嗎？」

邱紅荷點了點頭。黃家寶去總台付了二百四十元費用，邱紅荷送家寶出來。她要他在街角等她，她化一下妝就來。她要他放心，說剛才他付的錢中已包含了她的出台費，她出來不成問題。邱紅荷如約來了，他們走進一家西餐館，找了一個僻靜的卡座相對而坐。他給他們一人要了一份肉排，一份法式油炸土司，一份生菜沙拉，一份牛尾湯。菜很快上來了。他要了一瓶「長城白」，同邱紅荷對飲起來。西餐廳裏的燈光很柔和，但比髮廊裏的燈光要亮一些。黃家寶更清楚地看見了邱紅荷。真是：燈下看美人，越看越好看。這個邱紅荷是個典型的南國美女。一雙深邃的眼窩裏藏着的美目有着特殊的韻味。那雙美目中閃出的一道灼熱的光，一下子擊中了他，使他全身熱血沸騰。他經歷了一生中最強烈的一次情愛的火光的衝擊，幾乎使自己不能自持。他定了定神，一面往邱紅荷的小碟裏布菜，一面同她閒聊。

「你家在什麼地方？」

「五指山下，少清縣。」

「你家有什麼人？」

「爸爸，媽媽，姐姐，兩個妹妹，一個弟弟。」

「我的媽呀，超生囉！」

「超了三個。」

「生活好嗎？」

「生活不好喲，好，誰願意來幹這種活！」

「你願意幹什麼活？」

「我的願望就是想回家去開一個小店，當小老闆，讓一家人跟着我有吃有喝，風風光光的。」邱紅荷用手托着腮，眼睛迷茫起來，黑眸中閃出希望的光。

「就按你的想法，先到我那兒去掙夠了錢，再回家去開一個舖子，當小老闆吧。」

2

旅遊區會議室裏，一場談判進行得異常順利，關於協和集團在旅遊區建「幸運娛樂城」的正式談判正在進行。

夏世雄西裝革履，坐在橢圓形談判桌一邊。旅遊區指揮長左興國縣長、黃家寶及夏古傑坐在另一邊，辦公室主任吳霞在做記錄。黃家寶將夏世雄大吹了一通：「夏總是全球五百強之一的『協和企業集團』中國地區總裁，我們夏鎮長的弟弟，我請他來支持旅遊區的建設，率先投一個項目。」

夏世雄說：「小菜一碟，不足掛齒！請問左縣長，你們縣的稅收政策怎麼樣？」

左興國說：「這是開發區建設的第一個項目，我們將給這個項目特殊政策。縣上的稅收政策是免三減四，我給你七年全免，怎麼樣？」

夏世雄說：「好。左縣長乾脆，我也痛快！我帶來了50萬美元定金，你們先收下！」

大家一愣。誰也沒見過合同未簽，八字還沒一撇就付錢的。夏世雄將座位下的一個精緻的手提保險箱放在桌上，撥動密碼，箱蓋「乓」地一下開了。滿滿的一箱印着華盛頓頭像、黑綠兩色相間的美鈔顯現在大家的面前。在座大多數人除了在電影、電視裏以外，沒見過這麼多美元，眼睛都「綠」了。黃家寶也呆了，望望左興國。左興國平靜地說：「世雄的誠意感人。你們找個人去幫他在銀行裏存起來再說吧。」

黃家寶叫吳霞去辦理。吳霞現在身兼兩職，既是夏古傑旅遊開發區的辦公室主任，又是黃家寶的項目辦主任。吳霞提上保險箱出去了。左興國在縣城最豪華的棠湖賓館訂了一桌席，慶祝旅遊區第一個項目合作建設協議簽字和引資成功。不用說，是夏古傑「雙辦」主任吳霞當公關，把左興國和夏世雄都灌得醉醺醺的。夏世雄說：「黃兄，你真有辦法，走了一個公關大師李白雪，現在又來了一個更厲害的女將。我算服你了。喂，你知道李白雪最近的情況嗎？」

黃家寶帶點惆悵地說：「不知道。你知道她的情況？」

夏世雄說：「我在北京聽一個外經委的朋友講，你那李白雪在意大利不得了，收了一幫洋徒弟，教授氣功，常常在國家電視二台上露面。」

黃家寶說：「她那點氣功，也敢收徒弟？膽子太大了。」

夏世雄說：「你的膽子太小了。這麼愛你的姑娘，你為啥不要？肯定是怕老婆……」

李白雪同黃家寶是「攬家」，外面很少有人知道的。「情人人人有，不露是高手」嘛！他們之間的關係，不是用一句「怕老婆」說得清楚的。

左興國是縣上著名的「炮」協主席，一聽到說有關老婆的話題，便侃開了他的「炮」經，說：「我就不怕老婆『歪』，只要你念熟『炮』經，練好『炮』功，再歪的老婆也要軟下來。」

夏世雄感興趣地問：「快給我說說，我那老婆也難纏，學幾手回去，也許日子就好過了。」

夏古傑搶着說：「我先給你們唱一個『炮』協會歌吧。」

大家拍手叫好。夏古傑用獨特的男中音唱起來：「沒有老婆想老婆，有了老婆怕老婆。想老婆，找老婆，找啊找，樂啊樂，我怕老婆，老婆不怕我。你笑他，他笑我，大家都差球不多。沒老婆，想老婆，有了老婆怕老婆。哎……」

夏古傑一面唱，大家一面笑。平時表情頗為嚴肅的左興國，也忍俊不禁噴了飯，嗆得用手帕按着嘴狂咳，快樂的眼淚花直淌。

左興國說：「其實，加入『炮』協的人是最不怕老婆的。他們把老婆哄得服服帖帖的，任由他們在外面『歪』。」

夏世雄問：「怎麼個哄法，願聞其詳。」

左興國說：「第一：交明不交暗。把所有明拿的工資、獎金如數全部、徹底、乾淨地交給老婆。其餘的灰色收入，比如紅包之類，統統『窖』起來。」

夏世雄問：「老婆能信嗎？」

左興國說：「當然不信，現在沒有幾個幹部是靠死工資生活的。所以有第二條：交少不交多。也就是經常把十元、百元的收入主動上交，博取忠誠老實的聲譽。有了信譽，便能把成千、上萬的灰色收入『窖』起來。次數不能多，『窖』一次算一次。」

夏世雄問：「但是，如果你在外面花天酒地，花那麼多錢，老婆不問你是那兒來的嗎？」

左興國說：「於是，有了第三條，裝窮叫苦。常常乞求老婆給點錢花，要點錢去還債。女人不願意男人在外面沒面子，該『綳』的時候『綳』不起來的。」

左興國一面說，大家一面笑。吳霞笑着說：「嗨！我可曉得你們男人了。要是我有了老公，他就沒這麼容易騙到我了。」

夏古傑趁機賣「乖」道：「我當你老公，保證不騙你！」

吳霞笑道：「想得美！其實，你們這套經早已過時了。那天，縣上的幾個局長夫人到開發區來耍，對我說，當初她們聽到自己的老公在外面『歪』，好幾個人都尋死覓活過，有一個還上過吊。現在想起來才覺得當時好『瓜』啊。為這種老公送命值得嗎？他不仁，我也不義。他養小蜜，我找情夫；他耍小姐，我玩相公……」

大家哈哈大笑起來。夏古傑笑得梭到了桌子下。

3

為了籌備經貿部程處長「下海」後投資辦的「金馬國際射擊俱樂部」的開業大典，黃家寶忙了幾天幾夜，一天只睡幾小時覺。為辦各種各樣繁瑣的手續，請來了省、市、縣三級官員。須知，辦一個可以持有各種輕重武器的射擊場非同小可，不知要疏通多少關係，走多少「門子」。天天陪客，天天喝酒，沒日沒夜地幹活，陪客人日賭夜嫖。

終於，一切都辦妥了。在步槍、機槍的「乒乓」聲中，金馬國際射擊俱樂部開業了。主席台上站滿了大小官員。莊嚴的剪綵儀式在有條不紊地進行。少年鼓手隊吹起了嘹亮的軍號，敲起了振奮人心的洋鼓，美麗的禮儀小姐走上主席台，將一束束鮮花獻給貴賓和有功人士。

黃家寶站在主席台側面，指揮着省級重點開發區第一個項目的剪綵儀式。突然他感覺心口堵得慌，虛汗直冒。黃家寶顧不得禮儀，從口袋中掏出一個小瓶，取了幾顆小丸子，放入口中咀嚼起來。黃家寶曾患過一次病毒性心肌炎，病好後便聽從醫生的囑咐，帶了救心丸備用。好幾個月沒派上用場，關鍵時刻發揮作用了。觀眾席中有人發現了這個動作，詫異地望着黃家寶，竊竊私語起來：「黃老闆怎麼啦，這麼莊嚴的場合還要吃零食？」

黃家寶吃了救心丸，覺得心裏好受了些，不動聲色地繼續領導剪綵活動。剪綵儀式結束後，各級官員、嘉賓開始試玩各種武器。左興國對黃家寶說：「這次活動你辦得好，領導滿意，投資商滿意，連『散煙子』（四川話：平頭百姓之意）都滿意！」

為了這「滿意」，黃家寶付出了沉重的代價。他實在熬不住了。他精疲力竭，他叫來吳霞，要他負責好好招呼客人後，便喊上司機小孫，溜出射擊場，回家一頭扎在床上。

昏睡了一夜，上午10點醒來，黃家寶發現自己心臟如鼓點般亂跳，將「救心丸」吃了一把也不管用。黃家寶打電話叫來吳霞和小孫，在他們陪同下走進縣醫院。在縣醫院吃了一點急救藥，醫生覺得問題嚴重，叫馬上送省醫院。他在吳霞和司機小孫的攙扶下從三樓走下去，準備上車去省醫院。

在樓梯轉角處，黃家寶突然覺得天旋地轉，身子向下墜，「靈魂」一下子向天靈蓋沖去，眼看就要出竅！這時，攙扶着他的吳霞和司機小孫覺得黃家寶無比沉重，用盡全力也不能使他不向下滑。黃家寶「轟」然一聲坐到地下。吳霞摸了摸他的脈。呀！心臟已經停跳。停跳10秒，20秒，30秒……難道已經死了？趕快急救！她喊來醫生，醫生忙卡人中，按摩心臟……黃家寶感到正在出竅的「靈魂」又從天靈蓋向下落。他吐了一口氣，活轉來了。

活是活轉來了，他卻活得很不容易。他住進省醫院監護室，渾身插滿了管子。監護室裏住着八個病人，幾乎每天都要死一個。一天，心內科權威劉主任給實習醫生講課，竟指着黃家寶說：「這個病人表面看來好好的，但說死就死。」

黃家寶聽了這話，心裏嘀咕開了：「既然說死就死，還呆在醫院幹什麼？趕快出去快活快活，最後享受一下人生吧！」

於是，大年初二，趁一個不熟悉黃家寶的醫生要開「後門」收病人的機會，喊吳霞來辦了出院手續，家也沒回，找到夏古傑，玩去了，害得家裏人一陣好找。

夏古傑帶黃家寶去找出名的算命先生蘇瞎子算命。據說，蘇瞎子只有清晨醒來給第一個人算的命準。夏古傑駕車，吳霞陪同，他們一大早便趕到蘇瞎子在牛市口附近的家。有人將他們迎進屋，讓他們站立在蘇瞎子的床前，好讓蘇瞎子醒來後，還未起床便坐在被窩裏給他算命。蘇瞎子睜開眼，一雙無神的眼睛瞪着黃家寶，他問了黃家寶的生庚後，喃喃自語，開始不知所云，最後提高聲調，說：「今年之內有大難，不是捨財便是死人。以後有15年好運。」

蘇瞎子然後給夏古傑算命，說他今年有「桃花運」，把他樂得屁顛屁顛的，當即給了蘇瞎子50元。吳霞呢？真怪。蘇瞎子也說吳霞有「克夫」命，是個「白虎星」，不出五年會克死一個男人。他說吳霞命苦，不收她的算命錢。黃家寶的命中有危險，也有好的兆頭，蘇瞎子不想多收他的錢，只要了20元錢。

從蘇瞎子處出來，黃家寶心裏好笑：「人都死了，哪來15年好運，自相矛盾，胡說八道！」

想不到，蘇瞎子「爆牙齒咬蝨子——蒙對了」，幾個月後，黃家寶再一次病危，住進了幹部療養院。他的渾身上下又插滿了管子。

4

幸運娛樂城拔地而起。寬闊的廣場上，七根長短不齊的不銹鋼幸運柱鋥亮、挺拔。豪華的三層主樓上鋪滿霓虹燈，「棋牌娛樂」、「卡拉OK」、「桑拿浴」、「KTV」，閃爍着紅光、綠光。一盞追燈從地下斜穿夜空，直刺藍天。

「幸運娛樂城」由夏世雄投資，今天正式開業。黃家寶是「幸運娛樂城」董事會的常務董事，佔百分之一的乾股，當總裁，代表夏世雄全權負責「幸運娛樂城」的建設和管理。他任命吳霞當了總經理。

夏古傑帶了一幫客人到「幸運娛樂城」來耍。吳霞領着他們進入大廳側的電子遊戲機室，將他們讓到一排空着的電子遊戲機前就座，叫服務員給他們一人泡了一杯熱茶來。夏古傑喝了幾口茶，問了問情況，叫吳霞陪着其他客人上樓去觀摩各種博彩項目，他對電子遊戲機來了興趣，留下來博一把。吳霞帶人上樓去了，夏古傑要了一台「老虎機」，讓服務員買了一千元籌碼，坐下來賭「運氣」。

夏古傑埋頭玩起「老虎機」來。「老虎機」是一種電子遊戲機，遊戲規則同國際標準賭法「同花順」相似，有一套複雜的規則。

夏古傑好不容易熟悉了這些規則，開始與「老虎機」賭，卻連戰連敗。不到兩個小時，他便被「老虎機」吃進去一萬元錢。

「你這樣賭不行。」一個嬌滴滴的聲音把夏古傑喚醒。夏古傑抬頭一看，這個觀戰的人是吳霞。吳霞同夏古傑打招呼後，在他的旁邊落座，當起他的參謀來。她分析夏古傑失敗的原因是，他越輸，心越虛，賭注越下越小。得高分時，賭注小，贏得少。不得分時，賭注反而大，輸得多。贏虧相抵，當然輸得多了。她要夏古傑反其道而行之。越輸，賭注越下得大。第一次輸十元，第二次押二十元；還輸，第三次押四十元；再輸，第四次押八十元：以此類推，直到贏為止。

只要贏一次，前面輸的就可以撈回來，運氣好，就有賺的。夏古傑依她的話，屢試不爽，告捷的鈴聲不斷地響，夏古傑的歡呼聲越來越大，鼓掌聲越來越響。又用了兩個鐘頭功夫，他不僅把輸的一萬元撈了回來，還贏了兩萬多元。吳霞示意他收手。她將籌碼拿到總服務台兌換成現金後，裝進夏古傑的小皮包。夏古傑拍拍裝得鼓鼓囊囊的小皮包，拉拉吳霞的手，興奮地說：「走，請你吃荷包蛋，兼行拜師禮！」

夏古傑挽着吳霞的手，走出賭城。初戰告捷，他心裏好高興呵！要是按外國人的禮儀，他肯定會撲到吳霞身上去「戳」她幾口。金馬大街上杳無人跡，只有路燈在晚秋的涼風中閃着幽幽的光。夏古傑見四周無人，以迅雷不及掩耳的速度，「嘣」地親了吳霞一下。吳霞愣了片刻，立即斬釘截鐵地說：「夏哥，到此為止！你是知道我對黃哥的感情的，雖然黃哥至今沒要我，我還是把自己當成他的人。你不嫌棄我，願意與我交朋友，我很感激。但朋友就是朋友，『淡淡相交方久長』，希望你能尊重我。」

夏古傑忙說：「對不起，對不起。我實在是太喜歡你了，不能自持。我發誓，今後不了。」

他們仍然手挽着手，走進燈火輝煌的金馬大街。他們揀了街邊的一處專賣夜宵的大排檔落座，要了兩碗荷包蛋。一會兒功夫，荷包蛋上來了。荷包蛋裝在一個白瓷中碗裏，吳霞用白瓷湯匙攪勻白糖，只見沉在下面的是溜圓細滑的糯米小湯圓，浮在上面的是噴着酒香的酒醪，懸在中間的是兩個雙黃荷包蛋，煞是愛人。她輕聲地驚呼一聲：「哎呀，兩個都是雙黃蛋，好『乖』！」

夏古傑用湯匙指了指自己碗中的雞蛋，說：「你看，我的也是兩個雙黃蛋。這家館子的主人是個有心人。她賣的蛋都是雙黃蛋。她用食物這個無聲的語言，表達她祝福客人雙喜臨門、四季發財的心願。」

吳霞讚道：「這些人真會做生意，做到人心坎上了。誰不想雙喜臨門、四季發財？不是四季發財，而是天天發財。不是天天發財，而是時時發財。」

夏古傑說：「對呀，我剛才發了財，吃完荷包蛋還想回去賭，趁着手氣好，再發一筆財。」

吳霞笑了，說：「貪得無厭。賭，最忌貪婪，自己控制不住自己，不能適時收手，這是十賭九輸的根本原因。能不能自控，這是賭徒和職業『殺手』的根本區別。」

夏古傑想了想，說：「一個人要能實現自控，說起容易做起難。這樣要得不？我們聯手，到各個賭場去賭。首先實現互控，我賭時，你控制我，叫我收手我就收手；你賭時，我控制你，我叫你收手你就收手。如何？」

吳霞拍手讚道：「好主意！」

夏古傑補充道：「你與我『狼狽為奸』，保證打遍天下無敵手。」

吳霞笑着打了打他的手，說：「啥狼狽為奸呵，亂用詞！這叫做珠聯璧合。我們聯手，不僅要互控，有的賭法還可以互相配合。比如賭21點，前面的人如果看到後面的人可能大贏，寧願犧牲自己，多偷一塊孬牌脹死，讓後面的人得好牌。這叫做捨車馬保將帥，學問深着呢。」

夏古傑說：「你完全可以當賭博學教授了，我就當你的研究生吧。」

吳霞痛快地應道：「行，我的賭徒成百上千，還沒收過研究生呢，你算第一個，我要把你培養成賭博學博士。不過，不用啃書本，我們還是按毛老人家說的辦：在戰爭中學習戰爭。明天就開始實戰。金馬是我們的窩子，我們不在這裏『啃』。我們到龍泉去，先把龍泉的賭場踩平。然後橫掃溫郫崇新灌，把川西壩子的賭場挨倒挨倒『踩扁』。」

吳霞說話看起有點「衝」，卻是個說到做到的人，當然也不像她吹的那樣神，那樣言過其實。他們聯手踩平川西壩子賭場的計劃進行得十分謹慎。他們在崇寧縣進行了一次規模比較大的試驗。他們先選只有幾萬塊錢本錢的「老虎機」店踩，很快踩平了幾家。有家賭場老闆看着要輸光，趕緊找派出所出面，要他們手下留情，才逃脫了被徹底「踩扁」的霉運。以後，他們將目標瞄準本錢有幾十萬的中型賭場。這類賭場的賭具多半是骰子，用搖四顆骰子來決定賭局的勝負。吳霞教夏古傑從聽莊家搖骰子用力的輕重來判斷結果是大是小，夏古傑屢試不爽。他們連續「踩扁」了幾家中型賭場。他們在中型賭場中遇到過幾次硬手。他們互相提醒，打不贏，三十六計，走為上計，打個平手或小輸，立即設法脫身。

最後，他們在崇寧城關一個大型賭場練兵。這個賭場賭具齊全，賭法應有盡有。從東方的搖骰子，到西方的輪盤賭；從近代的「同花順」到現代的「老虎機」。他們每處都去一試身手，居然攻無不克，戰無不勝。他們在崇寧縣大大小小賭場橫掃千軍如卷席，轟動了崇寧縣。他們的名聲在川西壩子迅速傳揚，越傳越神。人們說，美國拉斯維加斯的一個女賭王單槍匹馬闖澳門，洗白了葡京賭場，被賭場殺手追殺。正在澳門旅遊的夏老闆救了女賭王的命，結成夥伴到川西大顯身手。「人怕出名豬怕壯」，他們的處境艱難起來。他們被當成瘟神，所到之處，大小賭場不是關門閉戶，就是串通警察把他們收拾得閉聲閉氣，「啞巴吃黃連——有苦說不出來」。

5

入夜，金馬鎮上燈紅酒綠，一片繁榮景象。農民拆遷房組成的八條街上最為熱鬧，霓虹燈閃爍，歌聲嘹亮。失地的農民們無以為生，用各自的拆遷房辦起了300多家卡拉OK店。每個卡拉OK店養上兩、三個「三陪」小姐。於是，上千的小姐，上萬的嫖客在街上進出。西裝革履的先生，手臂上吊着用上千元一件的服裝打扮起來的「小姐」，得意洋洋地在街上漫步，在餐館中大吃大喝，吆五喝六。正是：「一千酒吧女，十萬負心郎」，把個金馬鎮搞得烏煙瘴氣，「辛苦革命幾十年，一夜回到解放前」。

縣長左興國駕着一輛赭紅色「桑塔拉」，應縣委辦公室主任小何之邀，到剛開業不久的「天滿屋」來視察。小何先到「幸運娛樂城」去了一趟，將公關大師吳霞拉來作陪。他們在「天滿屋」包了一間豪華卡拉OK廳。他們在包房裏落座後，小何要了一瓶1948年的拿破崙XO，三個人對飲起來。小何是個勸酒的高手，什麼：「感情深，一口吞；感情淺，舔一點。」「能喝八兩喝一斤，這樣的同志可放心；能喝一斤喝八兩，這樣的同志要培養；能喝白酒喝啤酒，這樣的同志要調走；能喝啤酒喝飲料，這樣的同志不能要。」他還唱起了仿《紅高粱電影》插曲：「喝了咱的酒，不想點頭也點頭；喝了咱的酒，不想舉手也舉手；一四七，三六九；九九歸一跟我走。好酒好酒。」

在熱熱鬧鬧、亂亂嚷嚷間，七、八杯酒已經下肚，左興國的臉漲成了豬肝色。拿破崙XO喝完了，又上了一瓶「小糊塗仙」；「小糊塗仙」喝完了，再來一瓶正宗「茅台」。夏世雄已經喝得偏偏倒倒的，不能自持了。吳霞站起來給他解圍，終於將小何丟翻了。「殺人三千，自損八百」，小何丟翻後，左興國與吳霞也被丟翻了，倒在包房裏不省人事。

清晨，左興國首先醒過來，在昏暗的燈光下，他發現有一個雪練式的裸體女人同自己抱在一起；他自己也被剝得像「白砍兔」，一絲不掛。定睛一看，同他擁在一起的女人竟是吳霞。他趕緊將吳霞推醒。吳霞醒來一看，嚇壞了，嚶嚶哭泣起來。他們趕緊穿好衣服，找小何。小何不見了。左興國突然明白了，李書記對他下了套。縣委李書記是堅決反對上金馬旅遊開發區的許多帶色項目的。李書記不僅僅是因為頭腦中還堅守着「社會主義」這一信念，不願撕下在發展「有中國特色的社會主義市場經濟」時的那一塊「社會主義」的遮羞布；更重要的是，他從省委組織部得到可靠消息，左興國即將出任縣委第一書記，他則要退到縣人大去。他不願「自動退出歷史舞台」，還要拚死一博。

小何是李書記的「貼心豆瓣」，他一定拍了不少裸照，也許現在他正拿着這些裸照，在李書記面前邀功請賞呢。他「糟」了！最近有幾個高幹都因被人下套，不僅被撤職查辦，還弄得臭名遠揚。用「女人」來毀政敵的前程，是最簡捷的辦法。他怎麼就不設防呢？父親常教他：「害人之心不可有，防人之心不可無」，他怎麼會在關鍵時刻忘了呢？

左興國氣得發狂，不能自制。他向吳霞道了歉，並向她說明這是中了奸人設的圈套，請她原諒。他走出卡拉OK廳，驅車來到剛建好的跑馬場，要了一匹剽悍的白馬，圍着1200米長的跑道跑了一圈、兩圈，風在他的耳邊呼呼地吹，他還沒有停下來的意思，三圈，四圈，他也不知跑了多少圈，還是沒有停下來，馬場的工作人員和遊客都驚呆了，又比手勢，又呼叫，要他停下來。他置若罔聞。馬場的幾個騎手翻身上馬，跟着他的馬追。一個騎手追上他，與他並轡奔馳，靈巧地將他夾過去，馳到起點，將他交給地面的工作人員。他已口吐白沫，不省人事。幸喜吳霞趕來，及時給他餵了急救藥，才沒有發生更大的事。

6

吳霞很能幹，「幸運娛樂城」不用黃家寶費什麼心。黃家寶便把心思用到左興國代表縣政府獎勵他的25畝土地上，集資建起了一座「夢幻園」度假村，請他大學時的同學胡慶生來當總經理，任命邱紅荷當了桑拿部的經理，她在省衛生廳一幫醫生的幫助下，招了幾十個如花似玉的小姐開始了桑拿按摩的培訓。經過一年多一點時間，一座規模不小的「夢幻園」建成了。

誰知，「夢幻園」剛開業，就遇到了「不可抗力」。建設高潮過去了。旅遊區大片大片被圈起來的土地上長滿荒草。左縣長因「艷照」被停職反省。「蛇無頭而不行」，跑馬場跑了半年便因政策原因停辦了，那幾匹曾經風光一時的名馬因飼料不足，餓得偏偏倒倒的。少數建成完工開業的餐飲娛樂場所，由於不斷的「嚴打」活動，也是門前冷落車馬稀。「幸運娛樂城」被公安踩了幾次，終於被徹底「洗白」了。整個旅遊區三千畝土地上一片蕭條景象。「夢幻園」也不例外，門可羅雀，資金回籠速度比預期的慢得多，資金周轉出現了嚴重困難，借款和拖欠的工程款無法支付。於是，「夢幻園」債主盈門，每天債主多於顧客若干倍。

這一天，黃家寶親自到「夢幻園」來對付債主。到「夢幻園」來索債的這批債主，主要是被拖欠了工程款和工程材料款的個體老闆。他們可不像黃家寶那些在城裏供職的債主朋友那麼好對付。弄不好就會耍「橫」的。那天一大早，「夢幻園」便熱鬧起來。債主們知道黃家寶要來，騎着摩托車、自行車，開着貨車，陸陸續續進入「夢幻園」。一時間，「夢幻園」裏車水馬龍，好不熱鬧。

黃家寶是有備而來的。黃家寶從夏世雄那裏軟纏硬磨，借了50萬元現金來對付債主。開始時秩序井然。債主們在園子裏喝茶，在胡慶生安排下分批到辦公室裏同他談判。黃家寶同債主們磨嘴皮，討價還價。然後，根據負債金額，這個先給三萬，那個先給五萬，並對他們賭咒發誓在另一個約定的時間付清餘款，把債主一個個打發走。

但是，危機出現了。黃家寶的現金付完了，還有三批債主沒有打發。一批債主纏着黃家寶，使他難以脫身。這時，又來了兩批債主。這兩批債主來得最晚，卻最為兇橫，一副不拿到錢就要豁出命來的「陣仗」。他安排胡慶生陪他們吃飯喝酒，自己出去設法籌錢。人到急難時才知朋友太少，黃家寶跑斷了腿，磨破了嘴唇也沒借到一分錢。他不能責怪他的朋友。如今，經濟不景氣，大家都不好過。而且，明明他沒有還債能力，借給他錢等於把錢往水裏扔。誰有多餘的錢亂拋撒呢？怪只能怪他瞎了眼睛，在中國土生土長幾十年，也還是看不清中國的國情。經歷過「大躍進」，吃過「饑餓年代」的苦，依然是好了瘡疤忘了痛，有人一鼓動頭腦就發熱，巴心不得一傢伙就變成百萬富翁、千萬富翁、億萬富翁。欲速則不達。於是，沒變成百萬「富翁」，倒變成了百萬「負翁」，變成了「楊百勞」。

黃家寶垂頭喪氣地往園子裏走。突然，他聽到邱紅荷銀鈴般的呼喚：「黃老闆！」邱紅荷把黃家寶拖到一家茶館坐下，焦急地對他說：「那兩批人吃了酒，借酒裝瘋，在園子裏胡鬧。胡慶生見事不妙，趁上廁所之機，翻牆跑了。債主們聽說他跑了，氣得發瘋。你借到錢沒有？沒有錢你回去不得，他們不把你吃了才怪。」

黃家寶習慣於同「知識分子」打交道，「君子動口不動手」，哪見過這種「陣仗」。他身上的肌肉有點哆嗦了，喃喃道：「怎麼辦呢？怎麼辦呢？」

邱紅荷的那雙烏黑發亮的明眸動情地望着黃家寶，說：「你莫慌，黃老闆，我有辦法。只要你信得過我，讓我全權處理，我可以幫助你把這批『爛龍』擺平。」

黃家寶將信將疑地望了望邱紅荷，無可奈何地點了點頭。黃家寶在邱紅荷的掩護下從側門進了園子，躲進一間辦公室。黃家寶站在窗後，撩開窗簾，透過茶色玻璃觀察園子裏的動靜。園子裏有七、八個人在亂吼亂罵，揮舞着竹竿、木棍、鐵鏟在園子裏橫衝直撞，拿樹木出氣，亂砍亂殺。可憐開得正繁茂的杜鵑花，被一片片掃落在地下；可憐已發出鮮嫩新葉的臘梅樹，殘破的綠葉隨風翻滾。

除了這一批暴徒以外，園子裏空無一人。職工們跑光了，胡慶生都溜了，職工們憑啥要給老闆賣命？邱紅荷出現了。她大喝一聲：「喂，過來！」

她站在停車場的中間，身穿一件白色套裙，亭亭玉立，燦爛的陽光照耀着她，使她猶如一尊東方維納斯雕像，光彩奪目，美色迷人。瘋狂的人全部停止了動作，圍了上來。邱紅荷站到停車場中間的花台上，居高臨下與他們說話。兩撥債主有一撥是小伙子，五大三粗的三個人。邱紅荷用甜甜的聲音呼喚他們：「陳哥，王哥，劉哥，黃老闆委託我來處理你們的事。都是老朋友了，何必那麼『兇』呵！」

一個矮墩墩的壯小伙子答話：「邱姐，你評評理，哪有欠錢的人比債主還『歪』的道理？」

邱紅荷用美眸凝視着小伙子，軟軟地說：「陳哥，剛才是胡慶生不對，不該那麼『歪』。俗話說，還不起錢，還句好話嘛。胡慶生要不得。但胡慶生不是老闆，黃家寶才是老闆。黃老闆人好，夠哥們，又老實，你們是曉得的。他一時手緊，你們不要逼人太甚。他不是欠債不還的人。人都有急難的時候。在急難的時候，放人一馬，幫人一把，那是積德。陳哥，看在我的面上，你們放黃老闆一馬，他會加倍回報你們的，如何？」

一席話消了這撥人的氣，那個被稱為「陳哥」的小伙子想也沒想便說：「可以。黃老闆的回報是他的事，我們給了你面子，你如何回報我們呢？」

邱紅荷嫣然一笑，說：「這好說。以後你們來耍，我親自接待，把你們安排得巴巴實實的就是了。如何？」

小伙子滿足地笑了，說：「有你邱姐這句話，夠了。哥們，走！」

另一撥人更難對付，領頭的人是個四十來歲的潑婦，罵人一套一套的，誰也罵不過她，那連珠炮似的罵聲中，沒有一點兒間隙讓你插嘴講理。她對邱紅荷吼道：「喂，你這女子要搞清楚，老娘沒得那些小伙子那麼好『打整』。我不稀罕你的臉蛋，也不想要，只要錢。今天黃老闆不把欠債還來，休想脫手！」

邱紅荷說：「今天你就是把黃老闆打死，他也沒得錢。」

潑婦把腰一叉，說：「喲，耍橫麼！老娘不吃這個呵。今天老娘不拿點東西回去，不得走。老娘安了心的，不得白跑一趟。」

邱紅荷鎮靜地說：「要東西，好說。你看得起園子裏的那樣，好商量。」

潑婦環顧了一下園子，最後把眼睛盯住邱紅荷的脖子，說：「園子裏的這些花花草草拿來有個屁用。我看你脖子上的這根金項鍊還值幾個錢，捨不捨得給老娘作跑路費？」

邱紅荷毫不猶豫，從脖子上取下金項鍊，往潑婦脖子上一掛，說：「你瞧得起這根金項鍊，送給你老人家就是了，算是我代表黃老闆還你欠債的一部分利息。」

潑婦臉上露出笑容，讓邱紅荷戴上金項鍊。邱紅荷取出一面小鏡子，照着潑婦的胸部，潑婦端詳着鏡子中雪白的胸脯、閃光的項鍊，喜盈盈地說：「好看，好看。黃老闆真好福氣，討了個這麼逗人愛的媳婦。」

邱紅荷忙打斷她，說：「你莫亂說，我只是黃老闆手下的一個兵……」

潑婦歎道：「嘖嘖嘖，黃老闆手下的一個兵都這麼厲害，惹不起，惹不起，走……」

園子裏沒人了，安靜了。黃家寶打開門，將邱紅荷迎進總裁辦公室。黃家寶早已熱淚盈眶，不知用什麼來表達他的感激之情。他按着邱紅荷的雙肩，情不自禁地吻了一下邱紅荷的臉蛋，連聲說：「謝謝！謝謝！」

邱紅荷那漂亮的鴨蛋臉兒一下子變得緋紅。她輕輕地推開黃家寶，柔聲說：「黃老闆，你怎麼用這樣的方式來謝我呵，不對頭，不對頭。你要注意老闆的形象呵……」

7

黃家寶對邱紅荷刮目相看，不僅更加倚重她，他們間的關係也親密起來。後來，又有一件事感動了黃家寶，那是邱紅荷在黃家寶危難時借給他的兩萬元。那筆錢，黃家寶很快就還給了邱紅荷，但邱紅荷的這個行動令黃家寶感動之深，至今難忘。那一天，「夢幻園」經營一個閃失，讓公安局端了窩子，胡慶生被關進了拘留所。通過「勾兌」，公安局答應把胡慶生放出來，但必須交三萬元罰金。黃家寶一時手緊，只湊到一萬元現金。由於黃家寶在親朋間產生了信用危機，怎麼也借不到錢。夏世雄到美國總部述職去了，「遠水救不了近火」。胡慶生在拘留所裏備受折磨，黃家寶心疼得肝膽俱裂。但又有什辦法呢？須知，人不管有多少財產，有時就差那麼一點現錢過不了關，被「一口水」憋死。正當黃家寶不知所措之時，邱紅荷給他打來電話，說她有一點存款，願意借給他救急。

黃家寶大為感動。他知道邱紅荷的錢來得不易，是她的血汗錢。她掙的錢裏拌和着她的淚水。這兩萬元錢比起他那些朋友的二十萬，二百萬還來得不易，還珍貴。在這個隨處都見爾虞我詐，信義不存的年代裏，邱紅荷居然肯將可說是她生命的一部分的錢交給他，對他是多麼大的信賴！

這一天，黃家寶在城東九眼橋辦事，便約邱紅荷到星橋電影院見面。黃家寶提前五分鐘到達星橋電影院。兩點正，邱紅荷騎着一輛鮮紅的跑車，一分不差地來了。她外穿一件淺黃色的皮上衣，內穿一件高領白色毛衣，牛仔褲，黑靴，長髮披肩。鴨蛋臉薄施胭脂，容光煥發。櫻桃小口上塗了一點淡淡的口紅。雪白的脖子上套着黃家寶歸還她的那條金項鍊。好一個面目姣好，身段苗條，曲線優美，渾身散發着強烈青春氣息的少婦！黃家寶的眼睛一亮，彷彿一個頭上罩着光環的仙女飄到他的面前。邱紅荷把一個鼓鼓囊囊的信封交給他，他點也未點，便交給了他的貼身司機小孫，叫他拿錢去領人。他對邱紅荷說：「走，我們去玩玩，犒勞你！」

邱紅荷順從了。她寄放好自行車後，鑽進黃家寶叫來的出租車。他們到了蜀都大廈。五樓的咖啡廳人少，安靜，黃家寶請邱紅荷去吃西點。黃家寶問邱紅荷為什麼要幫助他。邱紅荷說得很簡單樸素。她說，人與人之間應該互助。她覺得黃家寶人好，可信賴，他有難，她應該幫助他。她說，這是小事一樁，不足掛齒，要黃家寶別再提了。怎麼會是小事一樁呢？「人間自有真情在」，以前黃家寶不相信這句話，現在他相信了。他在一個平凡的善良的女人那兒看到了人性美的光輝，他好感動。他對邱紅荷信誓旦旦：邱紅荷在他困難的時候幫了他，他不會忘記的。今後，只要有他吃的，就有邱紅荷吃的。他帶邱紅荷去一樓珠寶店，不顧她的反對，硬買了一條比她幫他抵債用的那串項鍊重一倍的金項鍊，戴到她那雪白的脖子上。他們到安樂宮去跳舞。幾曲下來，邱紅荷好像醉了，在暗淡的燈光中，她倒在了黃家寶的懷裏。她柔聲說：「你知道不知道，你送我項鍊，我接受了項鍊，意味着什麼？」

黃家寶買金項鍊時還沒有自覺的念頭一下子被她提醒了，他說：「項鍊是愛的信物，因為我喜歡你，才買來送你，你接受了，表明你也喜歡我，是麼？」

邱紅荷點了點頭，提示他：「還要做什麼呢？」

黃家寶一下熱血沸騰起來，把他的唇印在了邱紅荷那微微翹起的櫻桃小口上。由於是在公共場所，他們沒有進一步行動，只是依依惜別時相約在「夢幻園」再見。

黃家寶來到「夢幻園」屋頂酒吧。在美麗的夜色掩護下，他們對坐在圈椅上。邱紅荷把一雙潔白的玉腿搭在他的腿上，黃家寶把一雙小腿伸進圈椅兩側，緊緊地夾住邱紅荷豐滿的臀部。他們就這樣耳鬢廝磨着互吐衷腸，進而互相調情，以至相擁相抱着走下屋頂，在黃家寶的臥室裏度過了「新婚」之夜。

8

自從黃家寶同邱紅荷「結婚」以後，他的心情從來沒有像現在這樣浮躁過。越來越多的跡象表明，邱紅荷可能是青樓女。但是，黃家寶之所以看重她，有一條就是他把她看成出於污泥而不染的荷花。在「夢幻園」，年輕的小姐只有邱紅荷和小秦不接客，獲得了黃家寶格外的尊重。

當初，左一曼對黃家寶說，她聽說邱紅荷借當領班之機同一些出高價的大老闆秘密睡覺，黃家寶不太相信。黃家寶將這一流言講給邱紅荷聽，邱紅荷躺在黃家寶的懷中不經意地說，一次她是叫小秦給她開房間進去洗澡，一次是她在房間裏陪客人打麻將，一些人就誤以為她在接客。黃家寶願意相信這是事實，讓她輕而易舉地滑了過去。其實，無風不起浪。很多流言你只要認真地追下去，便會發現流言多半是以事實為基礎的。好心的人往往希望事實不要那麼殘酷，便讓當事人蒙混過關。

邱紅荷的蒙混術很高明。她煞有介事地對黃家寶說，她對桑拿按摩都反感，怎麼會接客？她說，她原來對用手去摩男人的身子，覺得不成體統。後來，學了醫療按摩課後，老師要她把按摩的對象當病人，不管他的性別，她才開始上桑拿按摩。她覺得，比較起來，在娛樂服務業中，桑拿按摩還是比較乾淨的職業。記得有一次，黃家寶到「夢幻園」桑拿部視察，看見邱紅荷正在桑拿按摩間裏給客人踩背。客人要對邱紅荷非禮，邱紅荷尖叫着逃出了按摩房，叫小秦去頂她。誰知，那麼漂亮的小秦上去也被客人趕了下來。小秦說，他們不要她，點名要邱紅荷。邱紅荷只好又上去，一會兒功夫，她便聲嘶力竭地叫起來。

見邱紅荷叫得那麼凄厲，那麼可憐見兒的，黃家寶本想上去揍那兩個無恥的男人一頓，但礙於「總裁」的身份，沒有動。黃家寶叫胡慶生上去看一下，那個胡慶生嘴角閃過一絲狡黠的笑，不上去，說：「那是故意叫給你聽的。平時，她們同客人調情，客人多給小費，她們求之不得。」

黃家寶不相信，正要不顧一切衝進去救邱紅荷，邱紅荷已披頭散髮跑了出來，喘着粗氣，說：「好嚇人！兩個男人挾持我，想強姦我。我咬了一個人一口，才跑出來。」

黃家寶說：「我正打算上來救你。」

邱紅荷嗔怪地說：「為什麼不上來呢？為什麼不上來呢？」

邱紅荷常常對黃家寶說，客人捨得給她小費，一次兩百、三百都有，但她保證沒做啥，連一句黃色的話都沒說。黃家寶問：「你們的經理說，小費超過兩百，不『歪』才怪，你不『歪』，客人憑什麼給你那麼多錢？」

邱紅荷說，有人說她的聲音很迷人。黃家寶相信這一點，他就是被她那甜美的聲音勾去魂魄的。

雖然黃家寶懷疑邱紅荷是青樓女，她的行動也有不少疑點，但黃家寶願意相信邱紅荷不是靠「賣肉」，而是靠誠實的勞作立身社會的。

9

胡慶生似乎察覺到了老同學越陷越深，有意無意地在黃家寶面前「打破鑼」。一天晚上，胡慶生從「夢幻園」回城來度假。黃家寶、左一曼、胡慶生圍坐在一起打麻將，黃家寶將剛從胡慶生那兒得到的消息對左一曼說：「哎呀，世界上可能難找好女孩了，那個老實巴交、對搞『歪』的反感得很的小秦，昨天也居然接客了，好令人震驚！」

胡慶生不緊不慢地拿出「殺手鐧」，向黃家寶打來，說：「邱紅荷也接客，你震驚不震驚？」

黃家寶震驚得目瞪口呆，手上正在打出的牌舉在空中半天也沒放下去。黃家寶為了掩飾他同邱紅荷的特殊關係，強作鎮定地說：「有什麼可震驚的，下了海的人誰不賣身？」並將手中的牌打了下去，大吼了一聲：「三萬！」以洩心中的悶氣。

以後，黃家寶已經沒法專心打麻將了，在迷迷糊糊中順其自然地打了幾盤，居然連連和牌。黃家寶終於忍不住，推牌不打了。

黃家寶尾隨着胡慶生進了他的房間，問：「你剛才說邱紅荷接客的事，我很感興趣，你詳細說給我聽聽。」

胡慶生說，那天深夜，邱紅荷做了桑拿按摩下來，找到他，說，有個客人纏了她好幾次，這次她做了按摩後又要求開房間同她睡，她問胡慶生可以不可以。胡慶生說這樣的事由她自己作決定，自己對自己的行為負責。然後，胡慶生看見小秦給邱紅荷開了房間，看見邱紅荷同客人進房，看到客人同邱紅荷從房子裏出來。這是他親自處理和目睹的，邱紅荷自己還幹過多少同樣的事，他就不知道了。

胡慶生是個從不說謊話的人，他說的事黃家寶深信不疑。黃家寶度過了一個輾轉反側的夜晚。本來，黃家寶理智的決定是立即拋棄邱紅荷，同她一刀兩斷。要買個青樓女，還不容易？只要有錢，遍街都是，一天換一個都行，何必那麼麻煩地同她苦苦相戀？

可是，黃家寶又捨不得她。他極力為她開脫。黃家寶想，他憑什麼要求她出於污泥而不染？既然從事服務行業，現在思想很開化的女孩子有幾個經得起金錢和淫欲的誘惑。黃家寶見過比她文化層次高得多的女孩接客，這其中，有學音樂專業的大學生，有擔任負責幹部的少婦，有從事第二職業的摩登女郎。要是走到街上，誰也不會相信她們是妓女。這種妓女層次比較高，不隨便接客。她們看中了的人，如果既能滿足她們對金錢的追求，又能滿足她們對淫欲的渴望，便會獻出她們美麗的胴體。這是一些高級妓女，心中還存有廉恥。因此，也是比較受男人歡迎的一類。也許，邱紅荷可能屬於這一類吧。況且，邱紅荷還有拚命掙錢的理由。她要努力實現掙點錢回家去開個小舖子，當個小老闆的美夢。她為生活所迫，偶爾接一接客有什麼好責備的呢？

10

黃家寶和邱紅荷在「夢幻園」偷偷摸摸做愛，終於惹火燒身，在園子裏造成大亂。黃家寶的夫人左一曼不知從那裏知道了黃家寶和邱紅荷偷情的事，勃然大怒。她打到「夢幻園」，抖着夫人的威風，發着「母老虎」的淫威，同邱紅荷大幹了一架。那時，黃家寶正好出差在外。邱紅荷受不了左一曼的凌辱，離開了「夢幻園」。

黃家寶回來時，已人去樓空。左一曼用軟鞭子抽黃家寶，根本不提邱紅荷的事。黃家寶哭笑不得。他不可能深問，怕落下「此地無銀三百兩」的嫌疑。幸好黃家寶的朋友老周給他們牽了線，續了他們之間的情緣。那天，黃家寶從電話裏聽到邱紅荷的聲音，欣喜若狂，甩下正在和他談重要生意的朋友，到星橋電影院來見邱紅荷。邱紅荷那天顯得十分憂鬱。他們一面走，一面訴說着離情。邱紅荷說，他出差那麼久，也不給她打一個電話，一點消息都沒有。她以為，天下男人都一樣，無情無義，玩了女人就丟。左一曼和她大鬧以後，更使她心灰意冷，她決心永遠不再理黃家寶。誰知，一聽到黃家寶的電話，一見到黃家寶本人，她什麼氣都消了。

他們買了兩張連座的情侶票，相偎相依着看了一場電影。看完電影，他們到租房服務部去，在聯合小區五幢八號一樓，租了一套房子。然後，又到百貨公司去買了幾卷地板膠，訂了桌椅、沙發、電視機。吃過午飯，在房間裏鋪上地板磚，家具、彩電陸續送來。忙乎了一下午，小屋收拾得差不多了。他們再出去，買了被蓋、雙人長枕頭，邱紅荷還買了些小裝飾品。終於，「新房」佈置好了，愛的小屋建成了。

小屋佈置得猶如天堂。雪白的牆上掛着邱紅荷半裸的大幅照片，梳妝枱上擺着一大束藍黃相間的「勿忘我」花，寬大的席夢思床上鋪着一幅金絲絨豪華床套。他們迫不及待地抱在一起，倒在軟和的席夢思床上，開始了他們事實上的蜜月。

蜜月一完，就出事了。在他們約會到來之前的三天裏，黃家寶向小屋打電話，沒人接。邱紅荷曾在電話裏給黃家寶說過她要到廣林五星啤酒莊去，找那兒的老闆，他們共同的朋友老周介紹她到「王湯圓大飯店」去工作，當晚就回來，保證不在那兒過夜。可是，黃家寶天天向小屋打電話，都沒人接，邱紅荷消失得無影無蹤。

黃家寶心裏好煩躁。他去過五星啤酒莊，知道那兒根本沒有住的地方，女孩天天陪客人住在包間裏。難道她才歇業了幾十天就按捺不住了，重蹈覆轍，到老周那兒當坐堂小姐，每天陪三個、五個客人在包間裏鬼混，然後陪一個客人過夜麼？她這樣是可以掙到大錢的，一晚上就可以撈個千兒八百的。但是，她知道不知道，女孩呀，她的貞操是無價之寶。不管社會如何開放，無論古今中外，妓女都是一種下賤的職業。她走了這一步，就步入了下九流，成了永遠被人瞧不起，被人踩在腳下的賤貨。她為錢付出的代價太大了！要是她的孩子有了孩子，孩子長大了，知道她幹過什麼營生，會如何輕視她呀！她不應該出賣她最寶貴的東西。「無愛的性是令人厭惡的」，她知道這句至理名言嗎？她只應該把她最寶貴的愛獻給愛她的人，只能同愛她的人做愛，同她愛的人做愛。否則，那就是淫蕩，是罪過。她明白這一些淺顯的道理麼？何況，亂交還有性病、愛滋病的困擾。她可知道，他家鄉有個女孩，在深圳「賣肉」賣了幾十萬元，衣錦還鄉時卻發現自己得了愛滋病，服毒自殺了。值不值？

發生了這些事，邱紅荷身上的光環暗淡了。黃家寶給廣林五星啤酒莊的老周打電話，老周說邱紅荷來過，但早已離開了。

11

黃家寶拿着一簍在「夢幻園」採摘的洞庭琵琶，走進了愛的小屋。邱紅荷終於回來了，躺在床上睡覺，知道他進來了，翻了個身，沒起床，美目微睜，懶懶地望着他。黃家寶將一個小雞蛋般大的琵琶剝了皮，送到她嘴邊。她咬了一口，說了聲：「好甜！」

黃家寶問道：「這幾天你到哪裏去了？」

邱紅荷說：「就是你嘛，天天催我找工作，你以為工作那麼好找麼？」

黃家寶道：「我也是為你好嘛！」

邱紅荷說：「知道你為我好。你以為我不想幹事嗎？成天在家打麻將好沒意思。現在要搞成一件事好難呵。我本來想開一個髮廊，但舖面租金好貴喲。幹了半天，可能只是給『劉文彩』——那些房產主幹活，幫他們掙房租。想做股票生意，四川的各種股票『秋』得很，『量具』、『工益』，行情不斷下跌，不知哪裏是盡頭，投進去很可能是『肉包子打狗，有去無回』。」

黃家寶問：「這幾天有眉目了沒有？」

邱紅荷說：「有呀！我碰到了一個老相識，是西安台灣夜總會的老闆，他聘我為夜總會的大堂經理，一千元一個月，還有提成。」

黃家寶傻了，半天沒說出話來。他知道，他犯了一個錯誤。他以為邱紅荷習慣了同他這樣過日子。他忽略了邱紅荷是個有追求的女人，怎麼可能同他鬼混一輩子。他沒有理由反對她去西安，但他心中好不情願啊！他明白，他去西安會落入火坑。邱紅荷說過，西安的姑娘三百元可以玩一次。她還說，西安人喜歡南方姑娘，她的價錢自然更高。她一定會重操舊業。他要趕快救她出「水火」！況且，她如果去了西安，他就會失去她了。他這才強烈地感到她的重要性，他不能失去她！有人說得好，得到了的東西不覺得珍惜，失去時才知道珍貴啊。

黃家寶斬釘截鐵地說：「你不能去，我給你想辦法！」

邱紅荷說：「有啥子辦法喲？我離開了『夢幻園』後，試着去照相館、美容院、飯店求職，希望擺脫過去，過一種比較乾淨的生活。你也曾經給我本錢，叫我去租一個舖面，或者搞服裝，或者開飯館，或者炒股票，我考察後都覺得不是理想的職業，而未接受你的錢。如果我是一個貪財的人，我一定會毫不猶豫地拿上你給的鉅款，管他生意好做不好做。但我不是那樣的人。我要靠自己的奮鬥達到目的，風風光光地衣錦還鄉，過我夢想的那種生活。」

黃家寶以為邱紅荷是說來玩玩，沒再留意這件事。他不再提找工作的事，一切順其自然吧。她太寂寞，便常常打電話要求他在約定時間以外去會面。他順從了。有一次，他患重感冒向她告假，她有點不高興，他便抱病來與她相聚。自從黃家寶發現她接客後，她自慚形穢，每當他忍不住提起那件事，她就要用被子蒙着頭，害羞地說：「你又說！你又說！」黃家寶趕緊收住話頭，保證道：「我不說了，我不說了。」

黃家寶發現，邱紅荷的心緒越來越壞。她常在他面前嘀咕，說她的生活中，除了同他相聚的短暫時刻覺得快樂以外，還有什麼呢？他們相聚時的歡樂在減少，但他們相知卻更深了。

自從黃家寶決定不再管邱紅荷求職的事以後，他心安理得地讓日子一天天滑過去。他自以為過得不錯。他一周抽一至兩天時間同邱紅荷歡聚，讓她在他的懷中躺幾個小時，沒完沒了地卿卿我我。他也察覺到她越來越憂鬱，但他並沒在意。

有一天，邱紅荷突然向黃家寶宣布，西安那個台灣夜總會老闆專程來接她，已為她買好了去西安的飛機票。她已接受了台灣老闆的聘請，馬上就要飛到西安去了。

離別前的那個晚上，他們最後一次在愛的小巢相聚。邱紅荷對黃家寶信誓旦旦，說：「我不會背叛你的。」

黃家寶不信，要邱紅荷發誓。邱紅荷突發奇招，在黃家寶的脖頸和胸脯上用她的紅唇蓋了兩個印。由於她用力很猛，至今黃家寶胸脯上的唇印，不是口紅印的，而是用氣刻的肉痕，還隱約可見。黃家寶相信她的誓言。他相信她不會變心。

可是，從此邱紅荷如石沉大海，音信杳無，黃家寶在經歷了一段痛苦的思念、尋找以後，慢慢將她淡忘了。

12

黃家寶累病了。病癒後住進了療養院。這一天，夏古傑到療養院來看黃家寶。黃家寶已經下床了。他閒不住，正坐在寫字台旁寫科幻小說。最近，他寫的科幻小說《飛天》，在《成都日報》上連載，很轟動呢。

黃家寶住了一套高幹病房，病房內擺滿了鮮花，陽台上擺滿了水果及各種禮品。來看他的人太多了。夏古傑把帶來的一把鮮花、一筒杭州「龍井」遞給黃家寶。黃家寶接過來，說了聲：「謝謝！」便從陽台上拿來一個河北鴨梨，用別人送的一個削梨器削梨。一會兒功夫，梨削好了，黃家寶把梨遞給夏古傑。夏古傑沒有客套，拿過梨便大口啃起來。吃完梨，他進衛生間去洗了手，出來坐在沙發上，一面品茶，一面與黃家寶閒聊。夏古傑問：「嫂子呢？怎麼沒來守你？」

黃家寶說：「她是個事業狂，正在籌辦特醫學校，忙得很，每周只來一次陪我。每次來都是急匆匆的，屁股沒坐熱就走了。」

夏古傑搖搖頭，說：「男人不能找女強人當老婆。我那老婆也是，太好強了。一個村長嘛，好大的官，她當成比天還要大的事來幹，一天都不落屋。你該找個小妹來伺候你。」

黃家寶想起了那個他資助過的小姑娘杜雪麗，說：「我也這麼想。我有一個人選，你幫我找一找，看她願不願來服侍我？」

黃家寶把與他哥哥夏世雄打賭的事說了一遍。夏古傑笑了，說：「你好天真，我願把世雄打的賭接過來，繼續與你賭。」

黃家寶翻出電話本，找到小杜留的手機號，一撥就通了。小杜一聽說黃家寶住了院，沒多說什麼，要了他的地址，說她就在附近，馬上來看他。大約過了二十多分鐘，提着大包小包的杜雪麗就出現在病房門口。黃家寶和夏古傑都覺得眼前一亮。杜雪麗皮膚白晳，三圍標準，身段豐腴身材苗條，臉上帶着一種讓人感到極為舒服的微笑，青春靚麗，漂亮如秦怡，清純如周璇。黃家寶把杜雪麗介紹給夏古傑，夏古傑伸出手，想去握一握這隻蔥白似的小手。杜雪麗像沒看見一樣，轉身關切地問黃家寶：「黃大哥，怎麼啦？你出不得問題喲！」

夏古傑調侃地問：「為啥呢？」

杜雪麗說：「他是我們的精神支柱嘛！」

夏古傑說：「啥精神支柱啊，恐怕是經濟支柱吧！你黃大哥是個老天真、任人剝皮的『鮮兔』喲。」

杜雪麗噘起小嘴，說：「你別這樣說。我們不會靠到黃大哥生活的。」

黃家寶問：「你的小生意做起來沒有？」

杜雪麗說：「我在草堂後門開了個小麵館，剛裝修完，準備今天開業！你能走吧，到我那裏去吃碗麵。」

黃家寶說：「能。今天這碗麵我要吃。夏古傑，同我一起去吧。」

夏古傑說：「當然。我還要買點禮物去送杜小妹呢。」

黃家寶突然想起他和夏古傑打的賭，他贏了，要白得一部『桑塔拉』，哈哈大笑起來。杜雪麗對這突兀的笑聲弄不懂，詫異地望着黃家寶。黃家寶忙解釋了一遍他同夏古傑打賭的事。杜雪麗高興了，拍手道：「好，好，黃大哥賺回來了。夏大哥，別賴喲！」

夏古傑痛快地說：「當然。大丈夫一言既出，駟馬難追。走，馬上去買車！」

13

說實在的，在這個人才濟濟的大都會裏，杜雪麗這個像「嘉莉妹妹」一樣的外來者，首先想到的是找一條謀生之路。有吃有穿有房子住，不愁衣食，不流落街頭。「衣食足而禮儀興」，才會對生活有更高的要求，才有功夫考慮自己的前程。為此，杜雪麗已奮鬥了三年，從十六歲到十九歲，一個女人最美好的青春時光，古代所謂從「二八佳人」到「二九少婦」期間的黃金時段。

在黃家寶的支持下，杜雪麗開了麵館，當上了「老闆」。這個老闆當得窩囊透了。麵館開在杜甫草堂後門，口岸不太好，但也不是完全不能做生意的。杜雪麗忙乎了一、二十天，鋪地磚、打灶、牆上貼瓷磚、買鍋瓢碗盞、購冰箱電扇、辦營業執照、買菜買面拉蜂窩煤，杜雪麗無一不事必躬親。

開業那天，黃家寶為杜雪麗請了一席客，給她助威。夏古傑送來兩個大花籃，增添了喜慶氣氛。開業後生意興隆，熱鬧了好多天。起早貪黑、風風火火經營了一個月，一算賬，不僅沒賺到錢，還虧損了一、兩千！黃家寶幫杜雪麗算細賬，要杜雪麗學習邯鋼經驗，連一碗面應有多少克麵條、幾塊排骨都算得清清楚楚，鼓勵她總結經驗再戰。可是，虧損老是止不住，窟窿越來越大。黃家寶終於失去了耐性，勒令她盤點歇業打出去。黃家寶說，每月白白支付一、兩千元給她玩「麵館遊戲」，不是腦殼頭有包就是瘋子！黃家寶分析她經營失敗的原因有幾條：一是自己不懂行，被請來的廚師當猴耍。二是心不黑手不辣，對幫工胡作非為、吃裏扒外不敢問不敢管。三是當蹺腳老闆，很多時間不在舖子裏，使麵館管理從服務、衛生、質量、成本等諸多方面漏洞百出。黃家寶的結論是，杜雪麗不是塊經商的料。她雖不能算文人，卻有文人的劣根性，便如民諺所云：「文人經商，老本輸光。」

分析歸分析，麵館仍然賺不到錢。看來，關鍵是口岸不行。明的在草堂後門，應該有生意的。但來草堂耍的人，不會在門外耍的。耍了出來，就上街或回家吃飯去了。肯到小麵館來屈就的人太少了。這是一個「假口岸」。加上黃家寶分析的那些因素，麵館辦不下去了，只好停業。

麵館停業後，黃家寶介紹杜雪麗到一家裝潢公司去工作。這家裝潢公司的老闆是個女人，三十多歲，妖精十怪的。杜雪麗每天第一個去上班，中午為辦公室的人買盒飯，打掃清潔，聽從每一個人使喚。杜雪麗聽說聽教，大家都很喜歡她，就是不能博得女老闆的歡心。特別是女老闆看到公司的男人們喜歡圍着杜雪麗轉以後，對杜雪麗更不安逸。她不間斷地找杜雪麗的岔子，把杜雪麗氣走了。

女老闆不安逸杜雪麗的原因，據公司的男人們告訴杜雪麗，女老闆最見不得比她漂亮，比她更受男人歡迎的女人。黃家寶知道這些事後，也很不安逸那個女老闆，同她斷絕了來往，並「吹」了同她做的生意，也沒相信她挑撥離間的閒言碎語。因為黃家寶清楚杜雪麗是怎麼努力去做這一份工作的。在這件事上，黃家寶沒委屈杜雪麗，黃家寶的「胳膊肘」沒向外拐，杜雪麗感激黃家寶！黃家寶只是開玩笑地說，杜雪麗受不得氣，是不適合當打工妹的。

杜雪麗從女老闆那兒出來，不好意思再去找黃家寶，並換了一個手機。黃家寶找不到杜雪麗。杜雪麗便在黃家寶的視線中消失了。但黃家寶卻常常掛念這位美麗非凡的小妹妹。

第三章

1

這一天，黃家寶溜出醫院，來到草堂公園，找他在蘭園工作的重慶南開中學同學袁明清。

黃家寶在草堂大門，說了聲：「找袁明清。」門衛放黃家寶進去，免了門票。時至下午四、五點鐘，草堂內遊人稀少，靜悄悄的。黃家寶沿着右路的楠木林向園子深處走去。一股又一股幽幽的蘭香將黃家寶導引到草堂蘭圃。黃家寶扣了扣蘭圃古老大門上的銅環，狗汪汪地狂吠起來。一會兒，大門上的一個小窗洞開了，露出一隻黑亮黑亮的大眼睛，眼睛有點鼓，像三星堆那個縱目人。這是袁明清的眼睛。黃家寶喊了一聲袁明清的綽號：「黑娃！」於是，大門上的一個小門開了，一聲帶着狂喜的呼叫：「猴子！猴三！」接着，袁明清伸出那隻溫暖的大手，把黃家寶拉了進去。

袁明清皮膚雖然黑，人卻長得很「伸展」。方面大耳，同黃家寶相似的「大拿波」頭，筆挺的咖啡色中山裝，鋥亮的皮鞋。川西壩子著名的「花仙」、「蘭王」，比黃家寶想象的瀟灑多了。他將黃家寶引到擺放在琉璃瓦覆蓋的廳堂屋簷下的太師椅上落座後，為黃家寶泡了一盞蓋碗茶，在黃家寶對面的太師椅上坐下來。黃家寶揭開茶蓋，一股蘭香迎面撲來。這碗茶中，竟飄着一朵蘭花。喝上一口，香味濃烈，黃家寶感歎道：「好香！」

袁明清說：「這是我用『隆昌素』製的花茶，極為珍貴。只有市長以上的幹部到這兒來，才能吃一碗！」

黃家寶笑了，說：「故弄玄虛，擺『玄』龍門陣，一杯茶嗎，啥喲！」

袁明清說：「你不信？你知道『隆昌素』好多錢一苗？兩百多塊！一年開一次花，幾苗才開一朵花。你算算，你這碗茶值多少錢？」

黃家寶說：「蘭花這麼值錢？不論怎麼好，無非是一株草嘛！」

袁明清說：「這你就不懂了。蘭花不僅是一種草，還是一種文化，一種藝術品。由於蘭花姿態優雅，芳香馥郁，歷代文人、騷客將其視為高潔、典雅的象徵。清代著名畫家鄭板橋在他畫的《深山幽蘭圖》中題了一首詠蘭詩，道：『深山絕壁見幽蘭，竹影蕭蕭幾片寒；一頂烏紗須早脫，好自高臥在其間。』看，他官也不想當了，只想遊戲於蘭花仙子之間。以畫蘭著稱的古代著名畫家趙孟堅，首創墨蘭畫，其筆力遒勁而舒展，清爽而秀雅。他在墨蘭長卷上題詞道：『純是君子，絕無小人』，以表達中華民族的魂魄之一：做道德情操高尚的君子，不做猥瑣無恥的小人！」

黃家寶說：「咦，看不出，你將科學與文學相結合，把蘭草研究得如此深透。」

袁明清說：「錯！蘭花不是蘭草。人們常常把蘭草與蘭花混為一談，直至李時珍在《本草綱目》『蘭草』一篇的『正誤』中說：『近世所謂蘭花，非古之蘭草也。蘭有數種，蘭草、澤蘭生水旁，山蘭即蘭草之生水中者。蘭花亦生山中，與山蘭迥別。蘭花生近處者，葉如麥門冬而春花；生福建者，葉如管茅而秋花。』這個謬誤才在專業人士中得到澄清。澤蘭一類的蘭草，賤得很，不值錢。只有名貴的蘭花品種才值錢。」

黃家寶說：「這麼專業的知識我缺乏，但對蘭花還是了解一些的。蘭花以『空谷幽蘭』著稱，高雅的幽香無花可比，被譽為『香祖』、『天下第一香』。古人曰：『蘭之香蓋一國，可稱國香』。蘭花，是『梅、蘭、竹、菊四君子』之一。」

袁明清說：「對。蘭花作為一個文化的符號，為人們欣賞；蘭花，作為一種自然的藝術品，為人收藏，代代相傳，價值不菲，被人們譽為綠色古董。」

黃家寶驚歎了一聲，說：「綠色古董！為什麼叫綠色古董呢？願聞其詳。」

袁明清說：「我給你講一個故事。浙江的春蘭名品綠雲，是清代一個陳姓農民在杭州五雲山中採得的。杭州一個著名的筆莊老闆邵芝岩聞訊趕到這個農民家中。邵老闆為了獲得綠雲，不顧當時婚娶要門當戶對的強大傳統習俗，答應了陳姓農民的條件，將農民的女兒隨蘭一起娶回家。邵氏將綠雲作為筆店招牌，將其畫在筆店牆上招徠客人，並將其視為傳家寶，流傳至今。你看，一百多年歷史了，叫不叫古董？」

黃家寶問：「現在最值錢的綠色古董有哪些？」

袁明清說：「那就多啦！江浙以春蘭名品居多，如宋梅、張荷；四川則以春劍名品見長，最為有名的是『西蜀道光』、『隆昌素』、『銀稈素』、『大紅朱砂』

等。」

黃家寶問：「這些蘭花賣多少錢一苗？」

袁明清說：「以前並不貴。近來由於我的提倡，有一批搞花木的萬元戶開始『炒』蘭花，『西蜀道光』『炒』到3000多元一苗、『隆昌素』『炒』到500多元一苗、『銀稈素』『炒』到200多元一苗、『大紅朱砂』『炒』到幾十元一苗。」

黃家寶來了興趣，說：「『炒』？好，我們來『炒綠色古董』！『炒綠色股票』！」

袁明清驚道：「『綠色股票』！這提法好。你腦殼裏的皺皺多，也許，我們可以合作在這上面做一篇大文章，發一筆大財！」

2

袁明清同黃家寶談得投機，他叫來自己的女徒弟小蘭，要她到草堂的館子裏去端點菜來，同黃家寶共進晚餐，以找出一個「炒」蘭花的方案。

袁明清帶黃家寶到蘭圃去逛了一趟，向黃家寶傳播關於蘭花的專業知識。他說：「蘭花，是蘭科生物的統稱。我國通常說的蘭花，是指蘭科蘭屬生物，多為中國原產，又稱中國蘭。中國蘭，學名Cymbidium spp.，別名幽蘭、芝蘭、山蘭，蘭科蘭屬多年生草本花卉。」

黃家寶看到一盆奇特的蘭花，大葉片，開了一朵很大的花，花酷似一隻拖鞋。上有一標簽，寫有「朱德蘭」三字。黃家寶假充內行地說：「這種蘭花多好！很值錢吧？」

袁明清說：「這種蘭花是朱德從雲南採來送給草堂的，因是名人所送而顯得珍貴。其實，這種蘭花是不值錢的。朱德蘭產於雲南，學名叫美麗兜蘭，國外也產，因其像一隻美麗的拖鞋，取名為『夫人的拖鞋』。這種蘭花，好看，但不香，也不耐細看。這一類蘭花統稱洋蘭，像著名的蝴蝶蘭、卡特蘭等就是洋蘭。」

黃家寶領會其精髓，說：「洋蘭和國蘭有如洋婆子與中國女人之比。洋婆子遠遠看去，美麗非凡，熱情洋溢，性格外向，走近一看，那個毛孔啊，好大好多，不耐看。我們中國女人呢，遠看普普通通，貌不驚人，有點冷冰冰的，性格內向，但走近一看，膚如凝脂，細膩得很，味道也長，越看越耐看。」

袁明清哈哈笑起來，道：「士別三日，當刮目相看。想不到嚴肅的班長，開化得這麼快，對女人的體會這麼深！」

黃家寶說：「怎麼樣？蘭王，我還是有點悟性吧！」

袁明清拍拍黃家寶的肩，說：「不錯。看來，當年我們在學校獲得的生物學和文學知識，都能賣錢。夥計，怎麼樣，我們攜起手來，在蘭花上做一篇大文章吧。」

黃家寶說：「好啊，現在發財的多是膽大包天的『二杆子』、『青鈎子娃娃』，我們這批受過正規教育的人只知道抱怨『腦體倒掛，拿手術刀的不如拿剃頭刀的』。其實，在市場經濟中，是沒有誰把財富送上門來的。要靠知識，要靠膽量。要敢想，敢闖。俗話說：『餓死膽小的，撐死膽大的』，這其中有一定道理。」

菜買回了。幾包鹵菜。小蘭還動手炒了幾個蘭花菜：蘭花肉絲、油炸「銀桿素」……酒過三巡，黃家寶接觸正題，道：「我現在到金馬旅遊區搞了一些項目，射擊場和幸運娛樂城都是我引進的。我可以建一座國際蘭花拍賣場起來，專門『炒蘭花』。」

袁明清想了想，說：「好！這是個好主意。由專門機構來『炒』。台灣的蘭花『炒』到幾萬、幾十萬一苗了，有一種線藝蘭兼矮種『達摩』，還有一種形藝蘭『文山佳龍』，都『炒』到了百萬元一苗。但他們並沒有『炒』蘭花的職業機制。我們建蘭花拍賣場，建『炒』蘭花的專門機構，可是個創舉。我們可以利用這個機制，把川蘭名品『炒』起來，使四川的名品走向世界，讓四川的蘭農發一筆大財。蘭界我的朋友多，四川的不說了，台灣、香港的蘭界朋友都同我有交道。開拍賣會，我一請他們準來。」

黃家寶說：「我家的台灣關係多，我父親是黃埔出生的商人，在國民黨內有很多愛蘭花的朋友。何應欽就是台灣蘭友聯誼會的會長。張學良是著名的蘭迷，聽說張學良被軟禁後，一直靠兩件寶生活，一個是趙四小姐，一個便是蘭花。」

袁明清說：「對，張學良愛蘭成癖，常常為蘭花一擲千金。」

黃家寶說：「好。我們聯合起來『炒』蘭花，說不定可以同你一起圓我這個商人後代的發財夢。」

袁明清說：「說得有理。就這麼定了。你準備場地，我負責同大陸內外蘭界的聯絡。」

黃家寶說：「一言為定。我回去馬上準備場地，找一些朋友來搞策劃。不認真準備，不會有人在拍賣會上舉牌的。」

袁明清說：「對，拍賣是一種藝術，要採取一些特殊手段才行，不然，怎麼叫『炒』呢？我們兩個當莊家，動員我們的朋友做骨幹，制定出一套『炒作』的方案來。成敗的關鍵就在方案上，『不戰而屈人之兵』嘛。」

黃家寶說：「太老實是做不成事的，要組織起『掮客』隊伍才行。隔幾天，我們再仔細地討論一下具體的戰略、戰術吧。」

袁明清說：「我會找一些大戶來共同『炒作』的。具體的『炒作』方法是絕密的。最核心的機密只有你我知道。『炒作』中露了餡，我們將名譽掃地，血本無歸。」

黃家寶說：「我懂。這同股市一樣，蘭市也是由大戶操縱的。」

袁明清說：「你明白就好。老弟，這事『炒作』成功，最大的受益者應是我們。失敗了，最大的受害者也是我們。但你要注意，這是個你我發財的好機會。在拍賣會以前，你要大量屯集川蘭名品，特別是隆昌素、銀稈素、西蜀道光和大紅朱砂。我們重點『炒』這幾樣。一旦『炒作』成功，價格會成倍、成十倍地暴漲。」

3

蘭花大戶們頭天就來了，住進了金馬的招待所。他們每個人都帶來了一盆名貴的蘭花。大戶們精心選擇的拍賣品，盆盆都長得鬱鬱蔥蔥，花開得正當時。

各個房間裏燈火通明，人來人往，但靜悄悄的，沒有通常會議深夜不息的麻將聲。蘭花大戶們是不打麻將的，他們在緊張地進行着與拍賣會有關的「地下工作」。「地下工作」悄然有序地進行着。

黃家寶和袁明清找來大戶們的帶頭人老雷，開了一間誰也找不着的套房進行臨戰前的最後一次策劃。老雷是郫縣公安局的一個科長，業餘研究蘭花，培育出在國際蘭界出名的精品「梁祝」、「中華奇珍」和「翠玉冠」等，這些精品在台灣已賣到一、二十萬元一苗。他身材魁梧，頭有些謝頂，眼睛很小，但很有神，郫縣地方口音很重。他從口袋裏取出兩把一模一樣的拍賣槌，交給黃家寶一把，說：「這是我選最好的檀香木做的拍賣槌，我倆一人一把。這本身就是一個收藏品。你想，要是我們中國，也許還是世界上第一次蘭花拍賣會成功了。蘭花拍賣在全世界鬧起來，這兩把『蘭花天下第一槌』意義有多大！」

黃家寶接過拍賣槌。拍賣槌做得很精緻，上面有一個蘭花標誌，用黑漆漆過，黑中透紅，顯得十分典雅。他不無擔心地問：「明天拍賣會鬧得起來不？有人競拍不？」

老雷笑笑，說：「你放心。每盆花的主人都帶了幾個本來就看好了要買這盆花的競買者來，會有人搶着買他的蘭花的。即便一時找不着買者，也串通了幾個親朋好友來捧場，『假買』，把花價抬起來後就開溜。」

黃家寶問：「如果他抬了價，後面的人不跟了，溜不掉怎麼辦呢？」

老雷說：「萬一溜不掉，他們是準備了現金託『假打者』買下來的。」

黃家寶問：「可是，如果他假買，我們扣了那麼大一筆競拍費，他會蝕本，不會來找我們鬧事麼？」

老雷說：「不會的。第一，我們並沒有要求他們這樣幹。第二，蘭花大戶為了抬高他的蘭花的價位，花點錢也是值的。」

黃家寶問：「是不是所有的大戶都懂得這個竅門呢？」

老雷說：「只能意會，不能言傳。我們在正面講解那樣是犯法行為時，便向他們傳授了這方面的知識。而且，大戶們經常在一起喝茶，傳遞小道消息，早就在下面學『乖』了。」

袁明清說：「老黃提的問題很關鍵，雖然老雷做了很多工作，但疏忽不得，大意不得。拍賣會成功與否，一要看蘭花大戶在會下的交易做得怎樣；二要看進行了『假打』炒作的大戶輸不輸得起。如果在這兩個環節出了問題，都會『砸鍋』。『假打』如果穿幫了，後果更是不堪設想。不但莊家會名譽掃地，『綠色股票』的信譽也會喪失，蘭市就會一蹶不振，後果很難收拾。」

黃家寶說：「是呵，我們在報上打了那麼多廣告，請了那麼多媒體來，中央電視台、亞視都趕到成都來了。要是出了疏漏，媒體在全國、全世界那麼一鬧，負面效應可不小。」

袁明清說：「台灣、香港、韓國的蘭界大亨都來了，我們輸不起呀！」

黃家寶說：「100元錢一張的拍賣會門票已賣了大半，明天會場要擠爆。我們到處去轉一轉，檢察一下，要做到萬無一失才放得下心喲。」

從套間裏出來，有人喊了一聲：「爸！」

黃家寶定睛一看，原來是蒲香豆的弟弟蒲剛。一身質地很好的中山裝裹在他那精瘦似猴兒的身體上，顯示出一副精明商人的氣質，只是留了一撇八字鬍，使人感到很滑稽。蒲剛在姐夫夏古傑手下做事，混得不錯。他把黃家寶拉進他住的房間，指着放在辦公桌上的一盆蘭花說：「黃哥！你看，這盆蘭花值多少錢？」

黃家寶端詳了一下這盆蘭花！這盆蘭花並未開花，只是形狀有點稀奇古怪，葉片寬厚，片片都像麻花一樣捲曲着。黃家寶記起袁明清給他看的台灣「文山佳龍」照片，說：「你這盆蘭花是奇形花，很像台灣的『文山佳龍』。」

蒲剛說：「黃哥，看來，你是個內行。這盆蘭花是我在唐壩收花時從一大擔蘭花中發現的，它的葉形奇，扭劍葉，還是矮種，台灣人最喜歡這一類葉片厚、架子低矮的形藝蘭花。而且，它不僅是形藝品種，還是葉藝品種，你看，這葉片上有花紋，是難得的中透縞藝呢。」

黃家寶仔細地看了看這盆蘭花。在外行人看來，這盆蘭花並沒有驚天動地的「西施容」、「潘安貌」，但經蒲剛這麼一說，這盆蘭花就在黃家寶眼裏閃起光來。那鑲嵌着黃色線條的又矮、又厚、又寬、又圓的扭曲葉片，株形俊美之極！黃家寶歎道：「你這盆蘭花值錢！你報的起拍價是多少？」

蒲剛說：「5萬塊！」

黃家寶假充內行地說：「不算高。明天有一批台灣人來。要是他們看起了這盆花，你就發財了。」

蒲剛說：「我找了幾個哥們同台灣人抬價，但願能拍到10萬以上一苗！」

黃家寶說：「心不要太厚了。注意，你同我們簽有合同，十萬塊要交給我們5000塊錢喲，搞砸了你輸得起不？」

蒲剛堅定地說：「不怕，輸得起。」

4

一大早，崇寧縣國際蘭花拍賣場前和場內花園裏就擺滿了地攤。那些沒有資格進拍賣會會場的人揹着背篼，提着竹籃，從溫江、郫縣、崇州、大邑、灌縣各地乘早車趕來。到處都是翠綠，到處都是蘭香。黃家寶坐着吳霞駕的「大霸王」，開進拍賣場，為繞開那些東一堆、西一坨的蘭花地攤，費了老大的勁。拍賣場的胡慶生左一曼看黃家寶的車來了，跑過來，給他開了車門。夏世雄投資辦了特醫學校，委託黃家寶的夫人左一曼管理。徵得夏世雄的同意，黃家寶叫一曼將特醫學校的主樓和練功場改建成蘭花國際拍賣場。一曼喜歡種植花草，把蘭場管理得井井有條。她興奮地告訴黃家寶：「100元錢一張的票300張都賣完了，好多人要求買站票，賣不賣？」

黃家寶說：「賣，再賣100張，還是100元一張，不降價。」

她又問：「好些台灣人、韓國人、港澳地區的人來了，拿着邀請信要求免票，怎麼辦？」

黃家寶想了想，說：「這些人怎麼這樣小氣？不能免票。不掏錢就在壩壩裏看，聽廣播，過乾癮。掏錢進去坐，在前面加一、兩排貴賓座。」

她繼續問：「新聞記者來得太多了，怎麼辦？」

黃家寶說：「按請柬點數放人，其餘一律買票。」

一曼剛要離開，黃家寶把她喊回來，補充道：「對中央電視台和亞視的記者客氣一些，你酌情辦吧。」

黃家寶下了車，同吳霞先到市場上去逛了一下。他看到幾個台灣人在饒有興致地看一盆蘭花，湊過去。這不是老雷著名的「翠玉冠」嗎？一朵翠玉色的大花開得十分好看，花瓣似梅花，花形似荷花，正是「一梅萬世選，一荷無處求」的蘭花珍品！有個矮矮胖胖的台灣人正在與賣花的青年農民討價還價。這個台灣人說一口標準的普通話。

「多少錢一苗？」

「10萬塊。」

「1000塊可不可以？」

「先生開玩笑。你如果有，這個價你有多少我要多少。」

「真的？」

那台灣人不再講價了，捧起蘭花仔細瞧，湊到蘭花上聞香味，還掏出一個放大鏡來細細觀察花的結構。最後，那台灣人說了聲：「好花！說個賣價！」

「五萬。」

「一萬。」

「三萬。」

「二萬。」

「好吧，成交。」

黃家寶看了看蘭花，壞了！這種蘭花他在老雷那裏看過多次，總覺得有點不對。他在吳霞耳邊悄悄說：「快去叫老雷和警察來！」

台灣人正在掏錢，黃家寶趕忙上前，指着自己的胸牌說：「慢。」

台灣人看了看黃家寶的胸牌，說：「啊！拍賣公司的秘書長？黃先生，有何見教，不准交易嗎？」

黃家寶解釋道：「不是這個意思。你們完全可以交易，照章納稅，辦好出境手續就可以帶走。但這苗草我們還要找人來鑒定一下。這是對先生負責，謹防上當。」

台灣人用嘲諷的口吻說：「我會上當？你可知道，我是台灣下田縣蘭花株式會社的社長，很多蘭花名品的鑒定和命名都是我負責的。」

爭執中，很多人圍上來看熱鬧。老雷和一個警察擠進來。賣花人一見老雷，抱起花就想溜。老雷一把抓住他，說：「好呵，『湯元』，你娃娃好大膽子，在這兒騙老外來啦！」

老雷從「湯元」手中把花奪過來，將土倒在地上，拔起蘭株，指着花的基部，對大家說：「這盆蘭草幾元錢就能買到，翠玉冠花是用膠水粘上的。」

老雷把花輕輕一拔，就同蘭株分離了。人群中傳出驚歎聲。黃家寶對那台灣人說：「怎樣，社長先生，你也有看走眼的時候吧？」

那台灣人憤憤地說了聲：「狡猾狡猾的。」便和同伴擠出人群，悻悻地溜走了。

蘭花騙子被警察帶走了。黃家寶和老雷趕緊進場去，仔細再把拍賣品檢查了一遍。在拍賣會上，可不能出這種丟國格的醜事。

拍賣會會場裏已擠滿了人，電視台的攝像機都找不到地方安了。黃家寶讓專家鑒定委員會的教授、權威們坐上主席台，然後，宣布拍賣會開始。拍賣會由老雷主槌，競標激烈，場面火暴。有一株大紅朱砂，本地的一個富婆和一個台灣蘭界人士競買形成了拍賣的高潮，雙方舉了10多次拍賣牌，從起拍價的200元升到1000多元，那位台灣蘭界人士最後不得不屈膝於志在必得的富婆之下，宣告敗北。還有幾盆起拍價三萬、五萬的矮種珍品，也幾經爭奪，被人用高價買走。

黃家寶託人競買老雷的「順和奇花」，下面說好了價錢的，不論拍賣結果如何，黃家寶都按這個價格同老雷結帳。這是一盆奇花，一般蘭花只有五個花瓣，它則有六瓣，與東方文化的「六六順」相合，而且一色素心，很得買花者的青睞。幾個韓國人、台灣地區的人與黃家寶競價，從三千元一苗抬到一萬元，黃家寶的代理人適時放棄，讓一個台灣蘭商買走了。

蒲剛那盆矮種，被那個台灣人以六萬元競拍成功，但在後台交錢換貨時，那個台灣人卻溜了。黃家寶叫蒲剛去找。蒲剛找遍了金馬的各個角落，也沒找着人。氣得蒲剛大罵了一通台灣鬼子，又跑來找黃家寶扯皮，要黃家寶退還他的三千元手續費。並威脅說，若不退費就要把拍賣會中「貓膩」抖出來。黃家寶為了大局，又念及他是蒲香豆的親弟弟，便下令吳霞把錢退給了他。

蘭花拍賣會空前成功，亞視、中央電視台及各種媒體報道了這次創新的大會。

一時間，川西名蘭價格暴漲，幾元一株的「水白」蘭漲到幾十元一株，幾十元一株的大紅朱砂漲到幾百元一株，一、二百元一株的銀稈素漲到一千多元一株，500多元一株的「隆昌素」漲到3000多元一株。而川蘭極品西蜀道光，則從3000多元一株漲到三萬多元一株。蘭農發了財。當然，在這一場蘭花大炒賣中，黃家寶自己和袁明清是最大的受益者，他們囤積的川蘭名品被一搶而空，發了一筆不小的財。

5

慶功會在蘭場的蘭花餐廳裏舉行。蘭花餐廳是一個獨院。院內種滿了蘭花。地上，擺了成百盆用上釉的陶瓷盆裝的禪蘭。禪蘭的葉片大，開的花也大，但花不太香。在禪蘭之間是大片大片的普通春蘭、夏蕙，珍貴的品種則養在特製的水泥槽中。水泥槽中裝了水，以保持濕度。幾株大黃葛樹的樹陰掩蔽着蘭花。因為蘭花是喜濕喜陰的植物，珍貴品種是很難養的。

餐廳裏，擺放了許多用精緻陶瓷盆養的「水白」蘭。「水白」蘭成百株一盆，開着雪白的花，香味濃郁。餐桌是黑漆八仙桌，桌面中間用大理石鑲嵌。坐椅也是楠木雕花、大理石鑲嵌的太師椅。這芝蘭之園、芝蘭之廳，精美絕倫，雅致無比。

一曼在指揮大廚和服務員，沒有上席陪客。黃家寶陪左興國、老雷、袁明清、夏古傑等貴賓坐在主席上；吳霞坐在左興國和夏古傑之間當酒司令。蘭場的老闆夏世傑則同黃家寶坐在一起。

席上吳霞的酒喝得最多，夏古傑的話最多。

大家都向黃家寶敬酒，說他為開發區立了功。在熱熱鬧鬧、吵吵嚷嚷間，七、八杯酒已經下肚，臉脹成了豬肝色。

夏古傑唱起了仿《紅高粱》電影插曲：「喝了咱的酒，不想點頭也點頭；喝了咱的酒，不想舉手也舉手；一四七，三六九；九九歸一跟我走。好酒好酒。」

古傑喝得二麻二麻的，臉紅筋脹地說：「今天我算開眼界了，什麼東西一『炒』就熱，就來錢。不像我們掙點飼料錢，一分一厘地摳成本，一分一厘地賺錢。喂，『黑娃』，『猴子』，你們兩個『不落教』喲！」

袁明清問：「我們怎麼啦？」

古傑說：「你們發了大財，事前也不給我『噓』一聲。你們兩個買了那麼多銀稈素、隆昌素。我給你們算了一下，按今天拍賣的行情打六折，你們一個少說也賺了幾十萬。」

黃家寶連聲喊：「冤枉，冤枉，我勸過你多少回，要你多買川蘭名品來養，你不聽。」

古傑說：「不對，不對，你只喊我買，不給我說其中的『鉚竅』，我咋敢下決心花大把鈔票去買幾株草啊！」

袁明清說：「這樣秘密的事怎麼可能到處宣揚呢？」

古傑說：「這你們就不對了。你、我、黃家寶，我們是啥關係？」

左興國來興趣了，說：「怎麼，你們三個還有特殊關係？」

古傑說：「當然。現在世界上，關係最親密的是那些人？聽好：一是一起上過學，二是一起下過鄉，三是一起扛過槍，四是集體分過贓，五是共同嫖過娼。」

大家哄笑起來。左興國追問道：「你們三個佔了哪幾樣？」

夏古傑說：「我們沒有一起下鄉當過知青，也沒有一起當過兵，不是戰友，但我們三個一起在重慶南開中學同過學，是同學啥！」

吳霞趁着酒興，冷不丁問：「你們共同分過贓沒有？一同嫖過娼沒有？」

夏古傑連連搖手，說：「沒有，沒有！不敢，不敢！莫亂說！」

吳霞嘲諷地說：「理解，理解！只有『瓜娃子』才在公開場合承認這些事。」

大家又是一陣哄笑。夏古傑說：「因此，我們三個有這層親密的關係，他們兩個不應該向我保密的。共同發財嘛！」

黃家寶說：「不要着急嘛，現在還來得及。我可以分一部分苗子給你，按現行價打七折。而且，蘭花還可發新苗，一苗發兩苗，兩苗發四苗，我們掌握有快速繁殖的技術。你只要捨得花本錢，我保證你像發饅頭一樣發起來。

夏古傑說：「對。但我要搞，就要大搞，規模化地搞。」

左興國對任何「規模」經濟都感興趣，問：「怎麼個規模化地搞？說詳細一點。」

夏古傑進一步發揮道：「現在大家都曉得了，種蘭花可以發大財。我們可以同銀行聯合，搞集資，用30%的年息來吸引資金，集它一個億，搞一個世界上最大的蘭場，壟斷全世界的『中國蘭』市場，一年有幾個億、幾十個億的收入。」

左興國說：「好，這個想法有創意，我支持。我同銀行商量一下，同你們聯合起來搞，把崇寧縣建成全世界最大的蘭花集散地。」

袁明清潑了一瓢冷水，說：「不行，不行。我最近調查了一下國際蘭花市場的情況。蘭價在狂跌。以前炒到100萬元一苗的達摩，現在一萬元一苗也賣不掉了。蘭市同股市一樣，風險很大，波動很大。」

夏古傑說：「有升有降，很正常。既然你們說是『綠色股票』，就有風險。關鍵是看我們會不會『炒作』！」

黃家寶問：「要是蘭市控制不住，下滑了，拿什麼來支付集資者的本息？」

夏古傑胸有成竹，說：「不怕。可以再集資嘛！下一期集資的錢支付上一期的利息。蘭市總不會一直下跌的，說翻就翻起來了。」

老雷也不以為然，說：「你這是『貓蓋屎』的辦法。那一天遮不嚴了，就要出大事。」

夏古傑執拗地說：「不會的，我有把握。左縣長，你放心，只要縣上支持，我不要縣上負責任。出了事我一個人頂着。何況，我們還有飼料集團做後盾呢。」

左興國斬釘截鐵地說：「縣上支持沒問題。只要你說的幾個億、幾十個億實現一半，縣上的經濟都會有一個大飛躍。你們在一周內把集資方案報來，我們馬上批。」

6

吳霞和夏古傑以考察的名義，到澳門去賭一把。他們開始很順利，贏了幾百萬，創下了華人在澳門賭場贏得最多的紀錄。然後，賭場調來精兵強將，與他們決一死戰。幾上幾下以後，情況急轉直下。開始輸了一百多萬，吳霞要夏古傑撒手，輸贏相抵，還能剩幾百萬。夏古傑那裏肯幹，到手的「鴨子」飛了必須抓回來。但飛了的「鴨子」不僅沒抓回來，自己的本錢也開始輸了。吳霞又要他撒手。他不幹，只好讓吳霞上，自己暫時靠邊，換換手氣。開始吳霞贏了幾把，後來有些反覆，但很快又是正數了。他們兩人欣喜若狂。眼看吳霞在輸了，「運氣」快用完了，夏古傑又上來換下吳霞。他們輪番上陣，有輸有贏。強有力的刺激，窮漢和富翁瞬息萬變的巨大震撼力，使兩個人的眼睛都賭紅了，誰也不能遏制誰了。

於是，大轉折出現了，只輸不贏了。越輸籌碼下得越重。籌碼下得越重，輸得越慘。他們的那一套賭博原則全不管用了。帶來的現錢全輸光了。第二天，夏古傑去把「阿爾法」公司在國外的存款提出來。他們瘋狂地賭了三天三夜，輸掉了兩千多萬元人民幣，直至從國外賬戶上再調不出一文錢。

兩個賭得臉紅脖子粗的瘋狂賭徒，沒精打采地回到葡京飯店，一起進了夏古傑那間豪華型套房。夏古傑打電話叫侍者送來幾瓶酒，把瓶蓋全開了，拿出酒杯來，同吳霞對飲。他們開始還喝得文質彬彬，默默地喝着。幾杯酒下肚，他們來了精神，瘋勁上來了。他一會兒唱起自編自譜曲的民謠：「耍情人囉——太累；耍小姐囉——太貴；下崗工人囉——最實惠；開個同學會囉——整垮一對算一對……」他一會兒又大聲地唱起電影《紅高粱》中的插曲來：「妹妹你大膽地向前走啊，不回頭，不回頭……」

吳霞把一瓶威士忌咕咚咕咚灌下去。她喝得醉醺醺的，被夏古傑的歌聲浪語撩撥得燥熱難耐。她鑽進衛生間，脫光衣服，放開熱水淋浴，沖起澡來。溫熱水在身上嘩嘩地流着，她感到十分愜意。不知什麼時候，夏古傑脫光了衣服，赤裸着身子鑽進溫水的瀑布，抱緊了吳霞。吳霞沒有拒絕。「賭場失意，情場得意」。夏古傑好生高興，他終於接近了這個覬覦已久的獵物。他用雙手捧着吳霞的臀部。夏古傑牛高馬大的，比吳霞高半個頭，吳霞的雙乳正好貼在他的胸膛上。豐乳肥臀，女人最迷人的地方，與夏古傑的身子融合在一起，這是一種何等蕩人心魄的感覺呵！他們赤身摟抱在一起，胸貼着乳，腹擦着腹，腿攪着腿，任水的瀑布在他們身上傾瀉。吳霞用噴頭為夏古傑沖洗肩、沖洗背。他發現，吳霞越發成熟了，越發豐滿了。他的下身情不自禁地在吳霞的下身上揉搓、轉動。他們就這樣摟抱在一起，互相欣賞着對方身上流下來的水珠，不時互相親吻一下。夏古傑一面親吳霞的嘴，吻吳霞的舌，一面挪出一隻手，在吳霞那雪白碩大堅實的左乳上揉搓，捏摸吳霞那櫻桃般紅潤的乳頭。

吳霞輕輕地推開夏古傑，說：「我先出去，你洗乾淨了到大廳來。」

夏古傑匆匆地擦乾了身體，披着浴衣走進大廳。他看到了一幅令人勾魂攝魄的艷麗圖畫。寬敞的大廳裏被玫瑰色的壁燈染成暗淡的粉紅色，四周落地玻璃牆使大廳顯得無限寬廣。一束舞台用的追燈直射到大廳中央的一隻乳白色的意大利長沙發上。長髮沙上橫陳着一個美麗無比的女人裸體。一米六幾的個兒，苗條的身段，漂亮的面孔，豐乳肥臀。最令人震懾的，是那紅、白、黑分明的人體艷麗色彩。她將臀部放在沙發一端的寬大扶手上，將兩腿叉開，使宮口高聳於全身之上。於是，那紅紅的陰唇，輔以紅紅的臉蛋、紅紅的牙齦；黑黑的陰毛，輔以黑黑的眼珠、黑黑的披肩長髮；雪白、修長的大腿，輔以雪白的腹皮、雪白的豐乳、雪白的臉蛋、雪白的碎米牙。唉呀，那蕩人心魄、性感異常的美麗人體！

夏古傑在這幅女人肖像前佇立片刻，全身奔騰鼓蕩的血液，將海綿體充斥得硬邦邦的。他扔掉浴衣，將一米八幾的健壯身體壓上去。事畢，兩個摟在一起的噴香裸體鬆開了，平躺在地上，一個成太字，一個成大字，仰望天花板，回味着剛才那蕩人心魄的一幕。然後，他們相抱相擁着進入了夢鄉。

門鈴響了一遍又一遍。夏古傑先醒，穿好衣服，去開了門。一個侍者在門外，銅托盤裏有兩張飛機票。侍者說：「這是葡京給二位送來的。」

夏古傑奇怪地說：「我們沒定票呀！」

侍者禮貌地說：「我們也不知道是怎麼回事。有疑問，請你們打電話問葡京吧。他們留了一張名片。」

夏古傑接過名片，侍者走了。他把機票和名片遞給已醒來裸身坐在床上的吳霞，問：「這是怎麼回事？」

吳霞是個「賭場通」，說：「這是賭場的規矩。豪賭失敗身無一文者，都會得到這樣的免費機票，禮送出境。這是在趕我們走啦！」

夏古傑發愁了，說：「我把公司的國外資產賭光了，回去咋個脫得到『爪爪』呢？」

吳霞說：「你是老闆，誰管得着你？」

夏古傑說：「這你就不知道了。這『阿爾法』集團雖是我一手搞起來的，但至今也說不清楚產權的歸屬。這是鄉鎮企業。其實，鄉鎮也沒出本錢，我也沒出多少本錢，就是買黃家寶、李白雪他們的飼料技術那五萬元是我出的。其餘完全是靠銀行貸款搞起來的。也不能說銀行是老闆，因為我們把銀行本息還完了的。我們現在不欠銀行一分錢。我們的固定資產和上億元的自有資金，都是企業的。」

吳霞說：「這企業當然就是你的了。」

夏古傑說：「我向上級打過報告，要明晰產權歸屬。縣上說，國家正在研究這個問題，政策還沒下來。但可以肯定地說，以你當初起家時出的五萬元科研費，不可能成為『阿爾法』集團的老闆。企業是鄉、鎮集體的，不能亂花錢。我把集團的國外存款花光了，怎麼交賬？」

吳霞想起在討論集資辦蘭花公司時有人說的一句話，來了靈感，說：「我有辦法，『貓蓋屎』，學『貓蓋屎』！」

夏古傑興奮地狠狠地親了吳霞一口，說：「你真是我的好參謀。好主意，『貓蓋屎』！我們趕快回去把集資辦蘭花公司的事搞起來，一切都解決了！」

7

夏古傑和吳霞從澳門回來，他們使盡渾身解數，串通了各方『神仙』，終於使蘭花公司開張了。他們在成都報上天天打廣告，「只贏不輸的是你」，這句莫名其妙的廣告詞很快在成都和四川地區家喻戶曉。夏古傑託黃家寶寫了一大版關於蘭花、綠色古董、綠色股票的文章，整版整版地天天登。銀行和保險公司的擔保，30%的瘋狂年利息率，鋪天蓋地的廣告和媒體的聯合大炒作，使蓉城不少人不顧親朋好友的警告，將大把大把的鈔票用來買夏古傑蘭花公司的債卷。一千萬元的廣告費，換來第一期一億元的集資款。

夏古傑用這筆錢填平了在澳門豪賭時挖出的「窟窿」，剩下的錢在一年後支付了第一期集資款到期的利息還綽綽有餘。

第二期蘭花債券發行了。廣告更瘋狂地打起來，加上第一期30%利息的兌現，蓉城人對蘭花債券趨之若鶩。

大把大把的錢進來，得要有一個忠心能幹的管家。夏古傑讓吳霞在賭城辭了職，進城來當夏古傑蘭花公司成都辦事處的主任。夏古傑在錦繡花園買了一套豪宅，同吳霞在城裏過起了同居生活。他們常常邀黃家寶到這個神秘的小巢中去玩。黃家寶與吳霞的關係本來就曖昧，他見夏古傑把吳霞挖到手，雖有些醋意，但也不好說什麼。他看夏古傑與吳霞攪在一起，越賭越大，越變越壞，暗自慶幸，自己沒有成為必死於吳霞石榴裙下的第三個男人。他也不忍心好友夏古傑落得如此下場，曾婉言相勸，告訴夏古傑吳霞就是珠香。夏古傑已「色迷心竅」，那裏聽得進去。大家當着吳霞的面把事情挑明，以後夏古傑和黃家寶在私下裏就直呼吳霞為珠香了。

一天，黃家寶來到夏古傑的這個小巢。吳霞急忙在三樓寬敞的客廳裏，安麻將桌，準備打三人麻將。麻將桌還沒安好，夏古傑的手機就響了。夏古傑做了一個要大家「別吱聲」的手勢，對着手機大聲說：「我在哪兒？在青城後山，陪幾個客戶玩。你要來？別來，別來，我一會兒就回家來了。」

關了電話，吳霞問：「大姐打來的吧？」

夏古傑硬嘴道：「不是她還有誰？太討打了，把別個盯得那麼緊，煩不煩！」

夏古傑是個喜歡享受的人，跟潮很緊。麻將熱剛興起，他便迷上麻將了。每天不搓幾圈，便不得安生。他那個小巢中的麻將桌很豪華。這是一張特製的桌子，鋥亮的不銹鋼桌架，鍍金邊綠色絨底桌面。桌子的每一方有兩個小抽屜，一個在正中，用於放籌碼或賭金；一個在左角，是活動的，可以翻出來，上面有兩個圓孔，一個用來放煙缸，一個可以放進特製的不銹鋼「老闆杯」。吳霞將麻將倒在床上。麻將天藍色，象牙骨蓋面，月餅般大，又厚又重，擲地有聲，十分豪華。吳霞將麻將搓了一下，歎道：「現在麻將越弄越高級了。」

黃家寶說：「打麻將的人也越來越多了。」

吳霞說：「不打麻將做啥子嘛！電影、電視看膩了，武打片、槍戰片、恐怖片、古裝片，風行一時，很快就不想看了。生活片倒是百看不厭，但好的生活片又逢年逢月才出一部。看色情片，開頭還刺激，老是一套衝來衝去的動作，多看幾次也覺得沒有什麼意思。逛公園，進電影院，上卡拉OK廳唱歌、跳舞，偶爾一次可以，當不得『頓』，更不可能天天去旅遊，只有坐下來打麻將最簡單，一耍就是一天。現在的空閒時間那麼多，啷個耍嗎？」

夏古傑接過話頭，侃開了麻將的功勞：「人說麻將害人，我說麻將有十大功勞。你想，現在一周要耍兩天，在這兩天中要是人們在家中關不住，都跑出來，成都有一千萬人，四川有八千多萬人，全國十多億人，都要或進城，或下鄉，那還得了，不擠死人才怪。一個春運，還不是全國人都出來，交通問題就把上上下下的政府官員弄得焦頭爛額；如果一年四季周周都像春運這樣，誰受得了。有了麻將，問題解決了，大多數人關在家裏，通宵達旦地打，不出門了。交通問題緩解了，官員們可以高枕無憂了。所以說，緩解交通壓力，是麻將的第一大功勞。還有，現在國有企業、集體企業倒閉的，發不出工資的，工作不飽和把人放回來耍的，各級學校畢業生沒找到工作的，一句話，在城裏閒着沒事幹的人多的是。如果不讓他們打麻將，他們出來惹是生非，不把天下搞得亂七八糟才怪。穩定社會秩序，這是麻將的第二大功勞。這，第三大功勞嘛……」

看得出來，說麻將有十大功勞，是夏古傑「順口打哈哈」的，他一時語塞，數不下去了。黃家寶接嘴道：「我來幫你湊幾條吧。麻將和睦家庭，增進友誼，是它的第三功、第四功。麻將可以作為公關工具、行賄工具，這是它的第五功、第六功。」

夏古傑搶着說：「麻將可以增加茶館、度假村的收入，繁榮經濟。麻將打得小，還疏導人們的博彩心理，這是麻將的第七功、第八功。嗯……」

夏古傑又說不下去了，吳霞接着為他打圓場：「麻將可以使人得到精神享受，花不多的錢便能自娛自樂，消磨時光。這是麻將的第九功。麻將還是一種體育鍛煉，挺費腦子的。現在已經像橋牌一樣，正式列入了體育運動項目，統一了競賽規程。應該在全國建立『麻協』，開展全國聯賽，並在世界上普及，爭取列入奧運會項目。體育鍛煉，這是麻將的第十功。」

吳霞這一席話說得他們哈哈大笑起來，黃家寶說：「經你們這麼一說，麻將在我心中的形象一下子就高大起來，使我覺得，似乎麻將是繼指南針、火藥、造紙術、活字印刷術後中國對世界文明的又一大貢獻，應該獲得諾貝爾發明獎。」

大家拍手讚好。正當大家在神侃麻將的好處，對麻將的功勞「無限上綱」時，夏古傑的「大哥大」響了。夏古傑做了一個要大家不吱聲的手勢，才按了收話鍵。黃家寶一看，知道壞了，謊沒扯圓，被夏古傑的大人蒲香豆看出破綻，他的臉都嚇白了。他們屏息靜氣，看夏古傑怎麼圓謊。夏古傑眼皮翻了幾翻，便撒開了謊：「哎呀，情況有變化。剛說要去磚廠，就接到老黃的電話，要我陪一批他的朋友去耍。在哪裏耍呀？青城山外山度假村。你要來？要不得，要不得，我們馬上就要離開了。待會我們住定後再打電話通知你，你再來嘛。哪個躲你喲，光天化日之下做的事，沒啥見不得人的。好，就這樣嘛，等我的電話。」

放下電話，夏古傑立刻趾高氣揚起來，「轉」他的老婆：「要不是我怕她抖我老底的話，我早已把她休了。她龜兒子娃娃把我盯那麼緊幹啥子嘛？再這樣整我總有一天會『毛』的。」

夏古傑坐下來繼續打麻將。由於他心不在焉，連續點了三「炮」，有時一「炮」還要雙響，一會兒功夫就輸了三百多元。吳霞不滿地說：「你錢多了安心要送錢給我們就直接拿，這樣打起好沒味啊，不如不打。」

夏古傑喜歡叫吳霞為二妹，他推牌不打了，說：「二妹，你陪黃哥耍一會，我去應付一下就來，鬧起來不好。」

夏古傑走了，吳霞難過地說：「看嘛，他就這份德性，嘴巴硬行動軟得很。他對我說了一年要同大姐離婚，但一聽到大姐的聲音，全身都『粑』了，像耗子見到貓一樣，不曉得他怕啥子？」

黃家寶替夏古傑解釋道：「男人現在想得到的東西太多，顧慮也就多，包袱也就重。他們一要名譽，二要地位，三要權力。有了這三樣，便揹上了一個大包袱。要保住名譽、地位、權力，就得保住他們苦心孤詣多年建立起來的光輝形象，不能讓婚變、女人之類的東西來破壞這種形象。他們要置家產、賺金錢，不願意受到意外損失。他們要家庭，要兒女，不忍妻離子散。他們要愛情，要女人，多多益善，家花好，野花更香，朵朵想折，不願放棄。殊不知，『月有陰晴圓缺，人有悲歡離合，此事古難全』，顧得這頭，丟了那頭，整天疲於奔命，怎能不累？」

吳霞說：「你們男人活得好累喲，一天都在『喝喝哄哄』中過日子。夏古傑就是這樣，既怕得罪夫人，又怕得罪我。兩頭『哄』，謊又常常扯不圓，結果是『耗子鑽風箱——兩頭受氣』。」

黃家寶問：「你想過沒有，你同夏古傑是個什麼結果？」

吳霞歎了一口氣，說：「不會有什麼結果的。他同大姐的感情深得很。他們是患難之交，在勞改農場認識的。」

黃家寶不解地問：「那你為什麼還要跟他呢？」

吳霞說：「一來我確實喜歡夏古傑這個人，我覺得跟他在一起生活很好耍，很快樂。二來我的生活要靠他。」

黃家寶感歎地說：「我還是搞不懂，既然夏古傑同蒲香豆感情如此之深，又怎麼可能那麼愛你。他對我說，你是他在世界上最寶貴的女人。"

吳霞不屑地說：「你聽他的嘛。他是見一個愛一個的人，對哪個都說他最愛她。他喜歡『扯新鮮』，一個女人玩不到幾天就厭了。他背着大姐，不知玩過多少女人了。」

第四章

1

夏古傑和吳霞開始了秘密的蜜月旅行。

夏古傑和吳霞在東湖，在黃鶴樓，玩得好歡啊！

他們在東湖僱了一條小漁船，漫無目的地蕩了一天。為他們駕船的是一個年過六十的老太太。她鶴髮童顏，身板硬朗。她一面搖槳，一面給他們擺東湖上歷年來發生的形形色色的故事。搖到一個僻靜的港灣，她面對浩渺的湖水，說東湖水是甜的，硬要夏古傑喝一口。夏古傑不忍拂她的意，用雙手捧了一點湖水喝下去，只覺得魚腥味滿口鑽，沒吃出什麼甜味，但嘴裏只得讚道：「好甜！好甜！」

老太太哈哈笑了，說：「當年也有個小伙子，陪個姑娘來東湖玩。我叫他們嘗東湖水，小伙子嘗了，也說水甜。可惜呀……」

老太太賣關子，不說了，吳霞着急地問：「可惜啥，大媽，快講嘛！」

老太太又打了一個「哈哈」，侃開了大山：「那是十年前的事啦。那時，你大媽還年青，東湖也沒這會兒這麼熱鬧。這兒僻靜得很，鬼都沒得一個。我在後面搖船，他們也不避嫌，不怕羞着你大媽，摟着抱着親嘴呵，就像旁邊沒有人一樣，沒完沒了，臊得我把眼睛望着天，盡可能不朝艙裏瞧。船搖到現在這個地方，小伙子叫我停止搖櫓。他從口袋裏掏出筆和日記本，在日記本的封面上寫了幾行字，遞給我，說：『大媽，把這小本撿好，以後有誰找你麻煩，你把這個小本給他看，就沒你的事了。』我還沒有明白他們想幹麼什（注：麼什，湖北話什麼之意），就出事了。他們脫了外衣，身着泳裝，雙雙跳下水向深水處游去。我正讚他們游得好，在藍湛湛的水中像晴空中飛翔的比翼鳥一樣，他們忽然在水中摟抱在一起，像秤砣落水一樣，悄沒聲息地在湖面上消失了。湖面上冒出一串串水泡。最後，連水泡也消失了，湖上只剩下死一般的寂靜。我才明白，大事不好。我一面大喊救命，一面拚命地往出事地搖去。我在出事地點用篙竿四面亂撈，只撈起來一把把水草，那兒水深得很啦，少說也有三、五十公尺深。以後，在周圍打魚的船聞訊趕來，用打大魚的攔湖網才把這一對年輕人撈起來。哎呀，好慘啊！兩個人死死地抱在一起，頭纏着頭，男的一雙手摟着女的腰，兩隻手的十個指頭緊緊地扣在一起，女的雙手摟着男的脖子，十個指頭也扣在一起。腿和腿纏得更緊了。他們的臉色很安詳，甚至還看得出笑意；放在草地上，很像一對交頸而眠的鴛鴦。沒有人能夠把他們分開。公安局的人來了，問我怎麼回事，我把小本交給他們看。他們念給我聽，我至今還記得那幾句話，筆記本殼子上寫着：『我們是從很遠很遠的地方來的。我們在這裏找到了歸宿。我們的死與大媽無關。我們走這條路，實屬萬般無奈。希望你們不要試圖分開我們。在天願為比翼鳥，在地願為連理枝，如果能夠將我們就這樣合葬在一棵樹下，我們變成泥土，變成樹木，便心滿意足了。我們將感恩不盡。如果我們在地下有靈，會保佑一方百姓的。』我們照他們說的辦了。你們看，當年在他們墳旁的一棵水柳，已長成大樹了。」

夏古傑朝大媽指的方向一望，只見湖邊的一座小半島的尖端上，長着一棵兩三人才能合抱的大柳樹。垂柳依依，樹影婆娑，在湖水中形成巨大面積的倒影，隨波搖曳。吳霞興意盎然地問：「大媽，能不能讓船靠靠岸，我們上去看看。」

大媽痛快地答應了。船靠岸後，夏古傑先上岸，然後，夏古傑把吳霞牽上來。夏古傑同吳霞走到柳樹前，由於湖水長年累月沖刷，合葬墓早已蕩然無存。但是，令人驚異的是，這棵大柳樹是由兩棵樹合二為一的。兩棵樹絞得非常緊，天衣無縫，遠遠看去活脫脫像一棵樹。

吳霞無限感慨地說：「他們死得雖然默默無聞，卻也能驚天地、泣鬼神，令日月無光的。人有各式各樣的死法，這也不失為一種，怪淒美的。也許，無奈之中，我也會選擇這種死法。」

夏古傑慷慨陳詞：「只要你願意這樣死，我保證奉陪。『生不能同時，死當願同穴』。」

吳霞說：「沒那麼嚴重吧。你要記住那個青年人的話，他們選擇死是因為無奈。我們的處境不同，還沒到無奈的程度，完全可以通過自身的努力，爭取在人間獲得圓滿和幸福的，這比到虛無縹緲、還不知道是否存在的鬼界或仙界去尋找幸福實在得多。而且，我們要想結婚，並沒有什麼特別的障礙。只要你割捨得下嫂子，嫂子同意離婚就行了。」

夏古傑對夫人的態度沒有把握，推諉道：「我們是出來耍的，回去再談這個有點兒考手藝的問題吧。走！上船去，別讓大媽等久了。你看，大媽在望我們，神情好慌張，她以為我們也要跳湖呢。她手頭沒捏着我們寫的條，心中不踏實啊。」

夏古傑和吳霞在東湖公園告別了大媽，上岸坐索道車觀光後，要了一輛出租車，直奔黃鶴樓。登上黃鶴樓頂，已是傍晚。江城的燈火一點點、一片片亮了。江城的燈火雖無山城的壯觀，但兩條長江大橋的燈火卻比重慶長江大橋更輝煌、更綿長。吳霞禁不住吟誦起毛澤東著名的詩詞《水調歌頭》來：「龜蛇靜，風檣動，起宏圖，一橋飛架南北，天塹變通途。」

夏古傑說：「我更喜歡毛澤東的另一首詩：『鍾山風雨起蒼黃，百萬雄師過大江，虎踞龍盤今勝昔，天翻地覆慨而慷。宜將剩勇追窮寇，不可沽名學霸王。天若有情天亦老，人間正道是滄桑。』」

吳霞「活學活用」，說：「對啦，我們追求幸福生活，也要拿出點『百萬雄師過大江』的氣魄來，鬧他個天翻地覆慨而慷。你敢不敢？」

夏古傑說：「試一試吧，一切要順其自然才行。」

2

一場家庭風暴以後，滿地是摔碎的碗、碟，還有一個成了老古董的收音機被摔得「五馬分屍」。夏古傑同蒲香豆都平靜下來，對坐在沙發上，垂着頭，不敢正視對方。他們本來是患難夫妻，不該搞成這樣子的。他們自己都懷疑，是不是相愛過。一個人的初戀對人生的影響太大了。夏古傑對於黃家虹，蒲香豆對於黃家寶，潛意識中是真正的情侶，阻礙了他們心靈的徹底融合。情侶是排斥異己的，與其他人結成夫妻，也很難移情別戀，即使對方是再好的人，要真正融合在一起有時用幾十年時間都難做到。人真是一種很奇怪的動物。吳霞重新點燃了夏古傑心中的愛火，使他丟掉了心中隱藏很深的對初戀情人的愛，與吳霞水乳交融。這是可遇不可求的。他不能放棄。

夏古傑在思忖了自己同蒲香豆、吳霞的感情史後，下了決心，說：「我們好說好散吧。」

蒲香豆吃驚地問：「你要幹什麼？」

夏古傑平靜地說：「離婚。」

蒲香豆說：「沒那麼簡單，說甩就把人甩了。」

夏古傑說：「最近你的脾氣太壞了，見到我就是吵，我受夠了你！」

蒲香豆說：「這得怪你自己，你不到處拈花惹草，誰會莫名其妙地發脾氣，我又不是瘋子。」

夏古傑說：「我看你就是瘋子，經常犯神經病。」

蒲香豆冷冷地說：「你別說那麼多，你是不是又找到了新人。」

夏古傑坦白地說：「是的。」

蒲香豆問：「誰？」

夏古傑說：「吳霞。」

蒲香豆吃驚了，她說：「這個屄婆娘，偷了我的人還好意思有一茬沒一茬地往我家跑，嫂子長呀嫂子短的喊得好親熱。我們苦了一輩子，家大業大了，兒大女成人了，剛能過點安定日子了，就讓一個莫名其妙的人鬧得散了。我不幹！」

夏古傑說：「我們是結髮夫妻，患難夫妻，我也不想把這個家拆散了。但是，新的更熱烈的愛情找上我了，我們的感情破裂了，『沒有愛情的婚姻是不道德的婚姻』，這是老祖宗說的。我們為什麼還要維持這樣的婚姻呢？」

蒲香豆平靜地說：「你的大道理多，我說不過你。不過，道理似乎只是你一個人的。我愛這個家，我對你也沒變心。我不甘心我們這個家就被那麼一個『爛婆娘』拆散了。你想離婚，休想！」

蒲香豆不再爭吵了，她把家變成了「冷戰」的戰場。他們回家來互不理睬，使夏古傑感到一種令人窒息的氣氛。夏古傑無法忍受這讓人透不過氣來的「家」，找了一個出差的機會到外地去了幾天。

出差回來，他還得回到這個令人恐怖的家。他硬着頭皮，推開家門，正碰到蒲香豆和女兒夏蘭妮在吃飯。兩個人同時看見夏古傑進門，怔住了。蒲香豆埋下頭，繼續吃飯，沒理夏古傑。女兒站起來，說：「爸爸，回來啦，快來吃飯。」

夏古傑「嗯」了一聲，徑直到書房裏去了。夏古傑坐在書房的沙發上，點上一支「紅塔山」，等蒲香豆進來。

蒲香豆一邊扒飯，一面思索着對策。說實在的，她不願意鬧。她和夏古傑不容易，從患難之交到結為夫妻，再一起艱苦創業。如今，家大業大，兒大女成人，夏古傑卻被一個「狐狸精」迷住了，突然變臉，要把她甩了。這個打擊對她來說是太大了，是她沒法承受的。她不甘心這個家就這麼散了，她要奮爭。她問女兒夏蘭妮：「女兒，你說該怎麼辦？」

女兒夏蘭妮雖然才十五歲，卻很懂事，她同情母親，對父親那個情婦十分反感，她理解母親問話的含意，說：「我先去同爸爸談吧。」

女兒放下碗，走進書房，問：「爸，你回來有什麼事？」

夏古傑不屑地說：「這是不是我的家？回家來還一定要有什麼事才行呀！」

女兒說：「來者不善，善者不來，我們知道你回來一定有事的。你能不能先告訴我一聲，我好給媽說一說，她好有個思想準備。媽最近身體不好，受不得刺激了。」

夏古傑問：「醫院做結論沒有，她到底得的是什麼病？」

女兒說：「可能是癔病，還要進一步檢查確認。」

夏古傑認為，癔病，就是歇斯底里症，稍受刺激，便可能發展成精神分裂症。他的心一下子沉下來，他緊張地思考着對策。他不可能因為蒲香豆有病，便放棄深思熟慮的計劃，只要不下猛藥，不鬧出大事來就成。古傑說：「你叫你媽不要那麼緊張，我只是回來同她商量公司的一些業務，聊聊家常。我今天不走了，在家裏住。」

女兒出去了。兩個人咕嚕了一陣以後，從飯廳裏傳來蒲香豆呼叫保姆的聲音：「小蘋，給古傑沏杯『黃芽』！」

蒲香豆接過保姆端來的茶，走進書房，親自把茶遞到夏古傑的手上，說：「這是人家送給我的好茶，開春後茶樹發的頭兩片嫩葉，相當珍貴，聽說以前只有皇帝老兒才吃得到。」

夏古傑接過蒲香豆遞來的茶，玻璃杯裏漂浮着幾片碧綠的青茶，煞是好看，他抿了一口茶，讚道：「好香！」

蒲香豆說：「你一定還沒有吃晚飯吧，我去給你做幾個你喜歡吃的菜來，陪你喝兩杯。」

夏古傑是個服軟不服硬的人，蒲香豆來軟的，夏古傑立即就投降了。遵照蒲香豆的吩咐，小保姆重整杯盤，在餐室裏擺好桌椅、餐具。女兒按蒲香豆的吩咐去街上買了幾樣鹵菜。蒲香豆親自下廚，炒了幾樣熱菜。於是，餐桌上擺了滿滿一席菜。蒲香豆請夏古傑入座，她和女兒一左一右相陪。鹵水烤鴨、鹵豬小肚、肝腰合炒、紅燒鱔魚、白油荷蘭豆、清燉藕湯，全是夏古傑平時愛吃的菜。每個人的面前擺了一個高腳酒杯，杯中裝了半杯橙紅色的四喜酒。這酒是蒲香豆泡的，用桂圓、枸杞、紅棗、核桃、高粱酒製成。蒲香豆說：「這酒已經泡了兩個多月了，今天好好喝幾杯，來個一醉方休。」

俗話說，伸手不打笑面人。蒲香豆、女兒營造出一種樂融融的家庭氣氛，好像這幾天從未發生過什麼事一樣。夏古傑想要繼續商量離婚的話哪兒找得到機會說出口。晚上，夏古傑睡在蒲香豆身邊，舒適的席夢思上，輾轉反側，難以入眠。夏古傑想起蒲香豆陪伴他度過的十多年生涯，那其間有痛苦，也有歡樂，還有患難與共的日子。

3

女兒昨天通知古傑，說他媽今天要到華西醫大去做精神病檢查，要夏古傑無論如何下午到醫院去一趟。夏古傑直奔門診部神經科診斷室。遠遠地夏古傑就聽到蒲香豆的吵鬧聲。

夏古傑推開門一看，只見蒲香豆正在和醫生爭辯。她見夏古傑進來，一把抓住夏古傑的衣領，說：「原來你們串通一氣，要送我進精神病院。今天，我要醫生給你也測試一下，看哪個是瘋子！」

夏古傑微微一笑，說：「不用檢查，我是瘋子，行了吧？女兒好心好意關心你，她的孝心你不覺得可貴嗎？」

蒲香豆安靜了，對醫生說：「檢查就檢查吧。快點！」

醫生取出一隻跑錶，拿在手中，開始作智力測驗。他問：「8888減4567加826乘77等於好多？」

醫生按了按跑錶的按鈕。蒲香豆一默，迅速回答：「8888減4567等於4321加826等於5147乘77等於396319。」

醫生又按一按跑錶的按鈕，對了對另一隻手中拿着的紙上的答案，驚異地說：「三十七秒，好神速！」

蒲香豆得意地笑了，說：「班門弄斧！我學過速算的，居然用這樣的題來考我。」

夏古傑等蒲香豆和女兒出去後，故意拖在後面好向醫生打聽蒲香豆的病情。醫生是夏古傑中學時代的同學，姓馬。馬醫生請夏古傑在沙發上坐下後，主動向夏古傑介紹病情：「蒲香豆得的是癔病，同精神分裂症不同，但也只有一步之遙。」

夏古傑着急地說：「既然還沒有發展成精神分裂症，你千萬不要在診斷書上寫這幾個字。不然，我就慘了。」

馬醫生詫異地問：「怎麼，老兄，你同嫂子的關係有問題？」

夏古傑猶豫片刻，想到他和吳霞的幸福，狠了狠心，決定向老同學抖「包包」，求情道：「不瞞你說，我的問題大着呢。我已同蒲香豆鬧了一年離婚。要是蒲香豆被確診為精神分裂症，我就永遠被套住了。」

馬醫生理解地點了點頭，說：「現在嫂子本來得的就不是精神分裂症，我自然知道在診斷書上寫什麼。不過，我也不打算瞞你，嫂子的病情已發展到失控的邊緣。『星星之火，可以引起世界大戰』。」

夏古傑問：「這麼嚴重？我看她思維敏捷，智商很高嘛，你看她算得好快。」

馬醫生說：「瘋子很多是從神經敏感型的病人逐步發展而來的。他們原本並不笨，腦子有的還很靈活。就是因為腦子太靈活，想得太多，胡思亂想得神經短路，腦子混亂，才成瘋子的。這幾年，社會處於大變革時期，人們的腦子在經歷着大動盪、大分化、大改組，容易出問題。我國的精神病發病率增長很快。目前，全國有精神病患者一千餘萬人，僅成都市就有八、九萬人，其中有危害治安傾向的瘋子約一千多人。」

夏古傑關切地問：「蒲香豆發展下去，會不會有危害治安的傾向？」

馬醫生說：「說不準。但我勸你要嚴密防範，防患於未然。嫂子還沒有發展到那一步，不好強迫她進精神病院，只有靠你自己了。不是嚇你。不出事則已，一出事就十分可怕。今年2月至9月，成都市城區及雙流、新津兩縣連續發生街頭行乞人員被殺死、殺傷的惡性案件，其中，3人被殺死，3人被殺傷。兇手就是一個看起來像正常人的瘋子。今年2月3日凌晨，成都一個看起來正常的男人突然用刀將其妻子砍傷後，又用刀將其9歲的女兒殺死，殘忍地割下女兒的頭，挖出女兒的雙眼。公安人員將其抓獲後，經法醫鑒定，兇手患有精神分裂症，法律不僅奈何他不得，還要費盡心機監護治療，以免他再傷人。」

從醫院出來，夏古傑開車將蒲香豆和女兒送回家，藉口有事，溜了出來。夏古傑同吳霞約好在城裏的「小巢」中見面。

夏古傑驅車趕回「小巢」時，吳霞已到了。夏古傑坐定後，吳霞從溫水瓶裏倒了一杯茶給夏古傑喝。夏古傑一面喝茶，一面向吳霞介紹蒲香豆的病情，感歎道：「現代的男人真難當。要是男人沒追求，成天圍着女人的屁股轉，當『家庭婦男』，女人會說你是窩囊廢，打心眼裏瞧不起你。如果男人有追求，追名逐利，爭權奪利，想成就一番事業，便沒多少時間陪女人，還經常在外交際應酬，當夜貓子，過夜生活，於是，女人便說你心裏沒有她，有外心，在行動上監視你，在經濟上控制你，在政治方向上把握你，在思想上教育你，在交友上限制你。把大家搞得都很累。」

吳霞說：「現代的女人也難當。傳統的女人依靠男人。這種女人雖沒更多的追求卻對男人有要求。她們的攀比心理特別強。人家的男人為女人買了一件上千元的高級衣服，自己只穿幾十元一件的衣衫，就覺得寒磣。比一比那女人，自己的模樣、氣質，哪一樣也比那女人強，怪只怪自己找錯了男人。如果再看到各方面條件比自己差的女人，卻陪着自己的男人住花園別墅，坐豪華轎車，吃山珍海味，遊名山大川，而自己還在為每日的柴米油鹽醬醋茶奔忙，心理便不平衡起來，在家庭內外生出各種事端，把自己搞得很累。有追求，有成就的女人，特別是那些女強人就更難當了。她們自視甚高，對男人的要求也高。對一般的男人她們看不起，她們看得起的男人又不喜歡這種類型的女人。這種女人往往事業有成，卻多數一輩子也得不到理想的男人、婚姻、家庭、愛情。她們中間，離了婚的，打單身的，特別多。很少有人能享受到家庭的天倫之樂。」

夏古傑知道吳霞在影射自己，說：「放心，我會逐步解決自己的問題，使你享受天倫之樂的。」

4

夏古傑同吳霞不再談離婚、結婚之事，在秘密小屋裏繼續享受着偷情的快樂。吳霞將小屋佈置得很溫馨。台灣式的榻榻米，小桌上擺着一對童男童女的活動雕塑，動一動，這對可愛至極的小戀人便像雞啄米似的親吻起來，沒完沒了，就像吳霞養在陽台上的一對鸚鵡一樣。夏古傑隔三差五來這裏同吳霞幽會。他們在這個甜蜜的小屋裏，沒完沒了地親吻，沒完沒了地做愛。這樣的幸福生活過了大約三個月，便出事了。

這天，吳霞在「小屋」等夏古傑，聽到從不銹鋼保險門上傳來驚天動地的敲門聲。她以為是夏古傑回來了，沒有細察這聲音有什麼不對，也沒有打開不銹鋼門上的小窗看一看，便三步並做兩步，急匆匆地走到門邊，貿然開了門。蒲香豆闖進門來，殺氣騰騰，「橫刀立馬」。她的一頭濃密的烏髮散亂地披在肩上，柳眉倒豎，杏眼圓睜，臉被氣憤扭曲得變了形。只有身上穿的一套血青色的西式套裙，脖子上帶的一串華貴的南海珍珠項鍊，分辨得出來者是個貴婦人。她伸出一隻纖細白嫩的手，指着吳霞的鼻尖質問道：「吳霞，這套房子是哪個給你買的？」

吳霞鎮靜地回答道：「你才問得怪呢？我自己出錢買的房子，礙你什麼事啦。你找上門來撒潑可不行。告訴你，現在講法制了，私闖民宅是犯法的。我看你是夏老闆的愛人，不同你計較。請你出去！」

蒲香豆不吃吳霞這一套，從手提包中抽出一張單據，在吳霞眼前晃動着說：「你還嘴硬呢！看，這是什麼？」

吳霞接過來一看，竟是一張購房的支票複印件。支票的備註欄內清清楚楚地寫着：「購錦繡花園A座住宅用。」

鐵證如山，但吳霞仍辯道：「這能說明啥問題？我為古老闆打工，為他集了幾千萬資金，按公司規定獎勵我一套住宅，很正常，有什麼值得大驚小怪的？”

蒲香豆臉色一下子變了，露出猙獰的面目，咬牙切齒地說：「你的嘴還狡呢？我說不過你，也懶得同你說。我這裏自有同你說話的東西。你憑啥把我男人支使得團團轉，無非一張屄臉嘛。我今天把你的臉盤子破了，看你以後還狡不狡得起來？」

蒲香豆說着說着，就從手提包裏掏出一把亮晃晃的不銹鋼長形水果刀，不慌不忙地向吳霞逼來。吳霞開始害怕了，心慌了。吳霞聽夏古傑說過，蒲香豆有癔病，很容易發展成精神分裂症。吳霞一步步退到電話邊，抓起電話便要報警。蒲香豆頭腦很清醒，行動敏捷，一點不像瘋子。她按住了吳霞拿電話的手，用全身的力氣把吳霞壓在牆壁上，用刀開始在吳霞的臉上割了第一刀，吳霞痛得尖叫起來，大喊救命，拚死掙扎。蒲香豆把全身重量都壓在吳霞身上，使吳霞動彈不得。吳霞這才感到瘋人的超人的力量。吳霞變成了任人宰割的羔羊。她割一刀，吳霞尖叫一聲，她的眼中的瘋狂就增加一分。吳霞的臉上不知被割了多少刀，好似古時被凌遲處死的犯人，那種撕心裂肺的痛苦只有當事人知道。終於，夏古傑和聞訊趕來的警察破門而入。警察制服了兇手，帶走了蒲香豆。夏古傑將滿臉傷口，周身沾滿鮮血，神智清醒，痛苦不堪的吳霞送進了醫院。

吳霞醒來時，夏古傑已趕到派出所去救蒲香豆了。吳霞的臉上縫了五十六針，包裹了紗布，只露了一雙眼睛在外面。打了止痛針，吃了止痛藥，臉上除了有點火燒火燎的感覺外，已經不痛了。吳霞的腦子又有了思維能力。她摸摸自己的傷口，感到太冤了。幾年來，她為了實現當「武則天」的夢，當「億萬富婆」的夢，把在當「按摩女郎」時練出來的一套「糊」男人的看家本領都用上了，終於把夏古傑俘虜了，並牢牢地把他攢到自己的手心裏。沒想到，蒲香豆來了這一手，把她的全盤計劃打亂了。她的臉盤子破了像，夏古傑是不會再迷戀她的了。夏古傑呢？吳霞在圍繞着自己的親友中搜索夏古傑。沒有夏古傑的蹤影。她失去夏古傑了。男人真壞喲，他們對女人喜歡的就是一個「臉盤子」！「臉盤子」不好看了，他們立即就甩了，就不要了。吳霞的委屈、憤懣一下子爆發了，號啕大哭起來。沒有節制的大哭牽動了傷口。傷口的劇痛重新發作。醫生趕來打了鎮靜針，吳霞昏昏沉沉地睡過去了。

吳霞再一次醒來，已是黃昏。滿屋的人已被醫生全趕走了。只有夏古傑派去的黃家寶守護在她身邊。黃家寶見吳霞醒來，忙把一串黃角蘭花湊到吳霞鼻子上，說：「這是古老闆送來的。他看你睡得很熟，沒有驚動你。他要我轉告你，他正在辦理將蒲香豆送進瘋人院的手續，辦好後就到醫院來全心全意地照料你。」

吳霞聽了黃家寶轉達夏古傑的一席話，心中一下釋然了。吳霞嗅了嗅黃角蘭花，好濃郁的香味呀！夏古傑常常買黃角蘭花送她，自己也在衣兜裏揣一朵，常使他們的愛巢變得好香好香。夏古傑和吳霞本來約好了去賞花的。唉，誰知發生了這種事。吳霞安心地睡了一覺。

5

夏古傑趕到提籃橋拘留所。蒲香豆在拘留所裏披頭散髮，雙手沾滿鮮血，西服上也血跡斑斑，真是怕人。她的目光散亂，眼中無神。她呆癡癡地望着夏古傑，像不認識夏古傑似的。夏古傑正要和她談話，一個警察把夏古傑請進審訊室。可巧公安局預審處的一個朋友在主持審問。他姓邢，是四處的副處長。他一見夏古傑，便責難道：「龜兒子娃娃你啷個搞的喲，把嫂子折磨成這個樣子？那個吳霞是不是與你有啥子嘛？」

夏古傑平靜地說：「沒啥，我同吳霞是工作關係。當然啦，因為她是我搞蘭花公司的主要助手，關係是要密切一些。蒲香豆醋意太大了。」

邢處長說：「這樣就好。你的私事我不想深究，現在解決蒲香豆的問題要緊。」

夏古傑垂頭喪氣地問：「案子重不重？」

邢處長說：「案子不輕。故意傷人致人重傷，好歹也要判幾年刑的。」

蒲香豆要坐牢？夏古傑的腦袋裏轟地響了一聲，不管怎麼說，夏古傑同她夫妻一場，無論如何他也不願看到她坐牢的。讓她第二次進監獄是會要了她的命的。夏古傑氣急敗壞地問：「有沒有辦法不讓她坐牢？」

邢處長說：「恐怕不行，除非她是瘋子。」

夏古傑像抓到了一根救命的稻草，說：「她就是瘋子呀。前幾天她才去華西醫大作了檢查。她得了癔病，也可能發展成精神分裂症的。這是我的同學馬教授的診斷結論。」

邢處長說：「那好。我們組織法醫與華西醫大的權威醫生一起會診。你把你那個同學的名字留下。我們以公安局的名義請他來。你要注意，要作出蒲香豆作案時患精神分裂症的結論並非易事。因為從現場記錄看，蒲香豆作案動機明確，思維正常。這與瘋子作案動機不明思想離奇相悖。」

告別邢處長出來，夏古傑對在蒲香豆身邊的女兒夏蘭妮耳語道：「只要能證明你媽是瘋子，就沒事了。我到華西醫大去找人幫忙。你好好照料你媽，並找機會暗示她一下，不是瘋子也要裝瘋，要裝像！」

夏古傑找到馬醫生，向他說明情況，請他幫忙。他猶豫良久，才皺着眉對夏古傑說：「你以前忌諱精神分裂症，要我在醫案上刪掉不利的結論，現在又要我將尊夫人向精神分裂症上推，我真難自圓其說。不過，這種事我能理解，我將盡力而為。但你要做好思想準備，一旦作了結論，你不可能再反過來證明蒲香豆不是瘋子，你要準備永不離婚，一輩子照顧瘋子。」

在慌亂中，夏古傑考慮了很多，就是沒考慮這種後果。這是一種多麼殘忍，多麼難以令人接受的結果呵！然而，夏古傑又怎麼可能見死不救，讓她再次去坐牢呢？

夏古傑亂了方寸，不知所措。他夢囈般地喃喃道：「順其自然吧，只要能救蒲香豆的命，我也顧不得這麼多了。」

會診的結果尚差強人意。但是，為了使精神分裂症患者不再危害社會，公安機關作出了強制將蒲香豆送精神病院治療的決定。夏古傑開車，夏古傑的女兒夏蘭妮和一個警察將蒲香豆架在後座中間，送往崇寧縣精神病院。路過「唐肘子」時，夏古傑徵得警察的同意，下車來請蒲香豆吃了一頓飯。夏古傑要了一個包間。夏古傑同蒲香豆坐在一起。女兒和警察兩側相陪。菜上來了，全是蒲香豆平時喜歡吃的菜。青蒿肘子，蒜苗炒臘肉，青椒苞米，涼拌側耳根，紅燒兔，酸菜魚，爛肉泡薑豆，螞蟻上樹，連鍋湯。蒲香豆很安詳，一點沒有精神分裂症患者的那些怪相。她神情木然，看見上了那麼多她平時喜歡吃的菜，眼角抽動了幾下，渾濁的眼睛裏出現了亮點。她看了警察一眼，立即垂下眼瞼，臉上毫無表情。夏古傑不斷地為蒲香豆佈菜。她來者不拒，佈一樣吃一樣，吃得乾乾淨淨。女兒很理解夏古傑的心情，同那個警察猜拳行令，一杯接一杯地乾「唐肘子」自製的「三鞭酒」。很快，警察就喝「麻」了。警察用轉動不靈的舌頭向夏古傑咕嚕道：「古老闆，你同我們處座是朋友，不是外人。你同蒲香豆好好聊一聊，我同你女兒先到車上去等你。有事喊一聲就是。」

夏古傑向警察拱手稱謝。女兒陪警察出去了。夏古傑把小唐老闆請來，要他守住門，不要閒雜人員進來。小唐老闆同夏古傑很熟，滿口答應了。屋子裏只剩下他們夫妻對坐。忽然，蒲香豆臉色突變。她癡呆的臉一下變得生動起來。她清醒白醒地說：「多謝你在危難之際拉了我一把，本來，你是可以趁機置我於死地，遂了你和吳霞結婚的夙願的。你沒有這樣做，還動用各方面的力量使我逃脫了牢獄之災，足見你是一個心地仁厚、善良的人。你的善心使我自慚形穢，對那天的行為深深地懺悔。我做得實在是太過分了。我當時頭腦清醒，並沒有瘋。我得到消息後太氣憤了，控制不住自己。」

夏古傑抓緊時機與蒲香豆商討善後事宜，問：「今後你有什麼打算？」

蒲香豆說：「瘋我還得裝一段時間。否則，騙局揭穿，我馬上就會坐牢的。你我都是嘗過坐牢滋味的人。再要我坐牢，我寧願死。」

夏古傑心疼地說：「真委屈你了，裝瘋夠苦的。」

蒲香豆說：「不要緊的。我們從小就受過這方面的教育。只不過沒想到《紅岩》中華子良的裝瘋術在現代還讓我攤上了用場。當然，我知道，現代科學如此發達，瘋不是那麼好裝的。要不是有朋友幫忙，醫生們睜一隻眼閉一隻眼，會診不會那麼容易過關的。」

夏古傑拍拍胸口，保證道：「你放心，即便傾家蕩產，我也要儘早使你脫離苦海，從精神病院裏把你救出來。『有錢能使鬼推磨』，這話雖然誇張了一些，還是有點道理的。」

蒲香豆信誓旦旦：「只要我出來了，我就立即放你生路，同你離婚。現在想來，鬧一陣實在是沒什麼意思的。你最愛唱『人生能有幾個秋呵，不醉不罷休。』確實，人生苦短，不能浪費。合則在一起，不合則分，何苦強求，何必把世俗的東西看得那麼要緊？人有各式各樣的活法，這種不行換一種就是，不必拘泥於一種模式。我出來後，準備到左一曼的特醫學校去找歸宿。我的後半生也許會活得灑脫一些的。」

6

夏古傑醒來，發現吳霞不見了。他以為她到海灘邊散步去了。他立即起床更衣，卻看到吳霞留在寫字台上的一封長信。

夏哥：

你看到這封信的時候，我已經去了。我的本心是不想去的，但我無可奈何，無可奈何啊！我的心中回旋起那首無可奈何的歌：「其實我不想走，其實我想留。留下來陪你，度過每一個春夏秋冬⋯⋯」

記得，揭開我頭上紗布的那一天，我的心裏充滿了恐懼和希望。你不斷安慰我，說現代美容術很發達，給我動手術的是個世界知名的美容師，手術後可能比手術前還漂亮。你還拿了一部好萊塢的名片《鱷魚血仇》放給我看。那個被丈夫和其情婦丟進鱷魚池而臉被咬得千瘡百孔的妻子，經好心的美容醫生救起後，動手術後變得更加美麗。我當然希望如此。但我以為，電影很多是劇作家想象的產物，現實社會不會這麼美好。我不知道外國如何，在中國我就沒看到過如此美好的實例。果然，紗布一揭，對鏡一照，我大失所望。雖然我的面部不如電影《夜半歌聲》中的男主角宋丹萍被硫酸毀容後那般醜陋，但也夠可怕的。如果只看臉的左半邊，你一定會誇讚美容師的偉大。我的左臉上的十五道傷口，被從我大腿上植來的一張皮膚掩蓋得天衣無縫，又白又嫩油光水滑。再薄施粉黛，確實比以前還美麗動人。可是，一看右半邊臉，就壞了。由於右臉上有三條又寬又深的傷口，整體植皮幾次均未成功，只好隔開傷口植皮，結果在右臉上留下三條可怕的傷痕。

我哭了，哭得很傷心，哭得撕心裂肺。來看我的人全退出去了，只有你一個人留下來，坐在我的床邊，拉着我的手，親吻着我臉上的傷口，輕言細語地撫慰我，說：「我不覺得難看。吳霞，我反覆給你說過，在任何情況下，我都是你永不變心的親人。我這不是說大話，是要實行的。只有『巴心巴肝』愛你的人，才能心甘情願地這樣做。」

我感動得熱淚盈眶，說：「夏哥，你真好，我沒有認錯人。但是，我絕不要你的憐憫，更不要你的施捨。你為我做得夠多的了，我不要你再為我做出犧牲。你的心我領了。你去尋找自己的幸福吧。我了解你們男人，也理解你們男人。那個男人不喜歡年輕漂亮的女人，那個男人願意守着一個醜陋的女人過日子？」

你握緊了我的手，誠懇地說：「我說不來假話，也不願在感情上騙你，騙自己。感情的事，是最勉強不得的。如果我在沒愛上你以前，遇到像現在這樣的你，我會像你說的一般男人那樣，對你不屑一顧的。但是，在我真心實意愛上你以後，不管你發生了什麼變化，我對你的愛都至死不渝。」

我感動地說：「既然你這樣說法，我們就試一試吧，看在我們共同的生活中會遇到什麼問題，你能不能承受我毀容以後給你帶來的各種社會、心理、生理的壓力，再來決定我們今後怎麼辦。」

你為我舉行了一次舞會，讓我和你一起在你的朋友圈子裏露面，看看公眾的反應。結果令人不寒而慄。開頭效果還好。你很體貼地將右臉貼在我的右臉上跳，將我美的部分盡情地顯露給世人，把醜的部分掩蓋。一曲下來，舞場裏響起雷鳴般的掌聲。我們在卡座落座後，你興奮地對我說：「吳霞，你今天真漂亮，你的『魔鬼身材』迷醉了好多人喲。你看，多少人在排隊請你跳舞？」

我一看，確實有不少人圍着卡座躍躍欲試。突然，我發現了一雙熟悉的眼睛。我正在詫異這雙眼睛裏怎麼會露出仇恨的光芒，令人觸目驚心的事便發生了。大燈亮了，把舞廳照得如同白晝。我右邊的醜臉暴露在眾目睽睽之下。全場發出一片驚呼。燈很快熄了，我發現，圍在我的卡座周圍的人像避瘟疫一般迅速逃開了。只有你禮貌地請我跳舞。我們所過之處，轟響着一片竊竊私語聲。我感到了不善的強烈信息。這種信息幾乎要使我窒息。一曲未完，我便甩開你，匆匆地離開了舞場。我前思後想，誰會在關鍵時刻開燈出我的「洋相」？誰會對一個已經毀容的可憐女人有如此大的刻骨仇恨？那雙熟悉的眼睛是誰的？我的腦海中閃過一個身影，我的心立即顫抖了一下，不寒而慄。那雙眼睛是你的女兒夏蘭妮的眼睛。我在你的身邊，你能容我，你的女兒也不能容我啊！我真是一個「白虎星」，我不能再害你了！罷，罷，罷，「會怪怪自己」，我何須怨天尤人，認命吧！我當時就下了離開你的決心。

我直言相告，準備離開你，你左說右勸，千方百計說服我與你一起坐飛機到北海市來散心。北海市是西南五省市經濟協作區在北部灣共同興建的一個港口。你也在這兒買了地，在銀灘邊修了一幢別墅。我們住進別墅後，你讓小保姆打掃好房間，做好晚飯，打發她到朋友家住宿去了。我們兩個人呆在一起，遠離塵世的喧囂，暫時忘記了人間的煩惱。我們交頸而眠，度過了風風雨雨以來最寧靜平和的一個夜晚。

第二天清晨，你早早起了床，為我準備了早點。我起床洗了一個澡，吃了牛奶、麵包和煎得很嫩的兩個荷包蛋。我們手牽着手，打着赤腳，穿着睡衣，走下別墅的台階，進入銀灘，沿着海邊散步。

我回顧這一段沉溺於兒女情長中的生活，幡然醒悟。我們在情感糾葛中耗費的精力多了一些，是走出泥淖的時候了。我理解你對我的感情。但像我這副面目呆在你的身邊，你能接受，我也不能接受。我們會在心理極度不平衡中自己折磨自己，什麼正事也幹不了。我們只有分手，各去幹各的事，才能找到解脫的辦法。你我都不願分離，但長久下去又不是辦法。我在想，我們應該知足才是。《廊橋遺夢》中的男女主人公，過了四天真心相愛的日子，便夠他們一輩子享受，不枉為人了。我們享受了至少有一年傾心相愛的日子，已經不錯了。人生總還要幹點別的事吧？

我心中的這一切，散步時沒有告訴你。我知道同你商量是沒有用的，你無論如何也不會同意的。上午，趁你外出處理業務之機，我與許許多多你認識或不認識的朋友通了電話，拿定了主意。你趕回來同我共進了午餐。我什麼也沒告訴你。

下午，風雲突變，本年度的最後一次颱風在北海登陸了。風在窗外不停地呼嘯。我們睡了一會午覺，睡不着。我突發奇想：「我們去游泳吧，敢不敢？」

你說：「有什麼不敢的？」

我穿了一套三點式泳裝，你穿一條黑色的短褲，手挽着手衝進風暴之中。雨夾着沙迎面撲來，把全身打得生痛。你喊了聲：「臥倒！」我們手牽着手，在沙灘上匍匐前行。我格格笑着，在你有力的胳臂攙扶下，終於撲進了海浪中。我們在風口浪尖上一起一伏，感受着大海博大的氣魄，享受着搏擊風浪的快樂。

風浪太大，我們很快游了回來，在沙灘上平躺在一起，你對着我的耳朵喊道：「你不是瘋了吧，想象東湖裏的那兩個男女一樣淹死？」

我格格笑了，說：「我才不幹呢！那樣死太冤枉。你放心吧，我不會傻到去尋死覓活的。我還沒有活夠！」

晚上，我用最熱烈，最刺激的方式讓你把我享受了個夠。黎明，你終於睡熟了。我起床來收拾好行裝，給你寫信。希望你見信後不要來追我，不要來找我。你也找不到我的。我打算試着做一個獨立的人，一個不依附於任何男人的人。我曾經給你說過，我崇拜劉曉慶，崇拜劉曉慶演的「武則天」。我要把壞事變好事，將這次上蒼給我安排的機會用起來，擺脫我對你的依賴，圓我的「武則天」夢。經濟上你不用擔心，我做了充分的準備。當然，這一切是你給我創造的機會。雖然我不能向你說明我是怎樣獲取財富的，但我要真心地謝謝你，感謝因你的信任而使我獲得的一切。即便你有朝一日知道了真相，我想你也不會怪我的。你就把這一切作為我奉獻給你的愛的回報吧。

別了，古傑大哥，我現在這麼稱呼你，是希望我們能忘掉性別，成為一對異性知己朋友。望你多多保重，我的祝福永遠跟着你。最後一次長長地吻你，把你親個夠。

吳霞

第五章

1

夏古傑丟了吳霞，就像丟了魂一樣，茶飯不思，坐臥不安，寢食不寧。

夏古傑開始了尋找吳霞的艱難歷程。幸喜夏古傑平時十分留意吳霞的關係網絡，偷偷地記下吳霞放在皮包裏的通訊錄。夏古傑挨着給在通訊錄上留下名字的相識或不相識的朋友打電話。哈爾濱、成都、西安、長春、天津、大連、青島、深圳、廣州、上海、廈門、汕頭、寧波，電波在全國各大城市飛來飛去，卻音信全無。夏古傑像一隻無頭蒼蠅，嗡嗡閃動着翅膀四處碰壁。

蒲香豆早已被夏古傑從精神病院接出來了。她見夏古傑日漸憔悴，建議由她陪夏古傑到全國各地去散散心，順便尋找吳霞。蒲香豆從精神病院回到家中，見夏古傑為思念吳霞完全變了一個人。她懷疑他得了抑鬱症。在精神病院中獲得的知識告訴她，一個樂觀的人得了這種病，也有可能不可逆轉地走上死亡之路，突然自殺的。

蒲香豆決心履行自己的諾言，成全夏古傑和吳霞。夏古傑接受了蒲香豆的提議，並對蒲香豆許諾，如果尋得着吳霞，說明他們情緣未了。如果尋不着，說明他們緣分已盡，也就死了心，以後安安心心同蒲香豆過日子。

就這樣，夏古傑和蒲香豆開始了在全國各地的漫遊。1996年元旦，他們來到大連。北風呼號，白雪皚皚。他們兩個絕無僅有的旅遊者，在天寒地凍之中，沿着老虎灘至北大橋的公路上踽踽獨行。路面有冰，很滑。蒲香豆攙扶着夏古傑，夏古傑摟着她的腰，跌跌撞撞地緩緩前行。一路上旅店關門閉戶，誰也預料不到這時還有旅遊者來投宿。轉了幾個彎，他們來到大連北大橋一帶，眼前豁然開朗。沿着海灣，是一條起伏不平的山巒，柏油公路依山傍水蜿延伸向天際。站在山崗上看大海，大海格外開闊，海水碧藍藍地好大一片，在冬日冷冷的夕陽中閃着金燦燦的粼粼波光。這是大連最美麗的一個海灣。他們走進海灣山崗上一座看起來十分豪華的賓館——北大橋賓館。賓館內空蕩蕩的，不見一個人影。蒲香豆把夏古傑安頓到大廳沙發上坐下，鑽進賓館內搜索服務人員。大約等了十多分鐘，蒲香豆居然「抓」出一個睡眼惺忪的女服務員。女服務員望了望夏古傑，認定夏古傑和蒲香豆是兩口子，拿了一把鑰匙給蒲香豆，說：「我們本來是不接客的，因為隔兩天這裏要接待市裏一個會議，才有一些服務人員回來做準備工作。屋裏設施是齊備的，你們一切自便。」

由於賓館是依山傍海修建的，他們從公路進入的大廳，是六樓，七樓是樓頂餐廳，到住宿的房間要下樓。蒲香豆一隻手提行李，一隻手挽着夏古傑的胳膊，從六樓下到四樓，開門進了408房間。

房間裏有暖氣，蒲香豆將空調開得更大一些，一會兒房裏便溫暖如春。這是一間套房，客廳和陽台相通，面對大海。他們脫了外衣，稍事梳洗後，便相向坐在陽台裏的一對高級真皮沙發上，品茗聊天。夜幕降臨了，大海變成黑黝黝的一片，萬籟俱寂，只有透過關得嚴嚴實實的窗戶傳進來的微弱的海濤聲。

蒲香豆說：「我真不明白，吳霞有哪點好，能使你變得神經兮兮的？」

夏古傑說：「不瞞你說，吳霞會瘋，沒人能同她比。」

蒲香豆不悅道：「哎呀，她那一套勾引男人的技術哪個女人不會嘛，只不過我們的臉皮沒有她厚而已。你喜歡，我等會兒奉獻幾招給你。」

夏古傑驚喜地說：「真的？你如果能像吳霞那樣瘋，我又何必苦苦四處去尋她。我們這個國家，這個民族很麻煩。幾千年來，封建禮教使我們變成一個內向的民族，談性色變，畏性如畏虎，連夫妻獨處也害臊，不好意思探討性生活的問題。於是，夫妻結婚不久，很快就厭倦了一成不變的招式，就像天天、頓頓都吃一種飯菜一樣，這種飯菜再好，哪怕是燕窩魚翅也會膩的。這就是人們愛說的『審美疲勞症』。怪不得好多人三、四十歲就陽痿，就性冷淡，甚而至於三年五載同處一室而沒有感覺，不來電，不想做一次愛。須知，性愛是情愛和愛情的基礎。沒有性愛，談何愛情？性封閉是造成許多家庭的悲劇，甚至國家、民族的悲劇的重大潛在因素。快要進入二十一世紀的人還不明白這一點，真正是可悲！」

蒲香豆不以為然道：「照你這麼說來，販黃、製黃，不但無過，反而有功了？」

夏古傑說：「話倒不是這樣說。社會應該有名正言順普及性科學、傳授做愛技巧的科普讀物。你看，美國有個出名的性科學家，是個非常漂亮的女郎，叫莎麗．海特。她在全美婦聯和其他組織的協助下，成功地主持進行了全美規模的性社會學調查，寫了轟動世界的三部書：《海特性學報告・女人卷》、《海特性學報告・男人卷》、《海特性學報告・情愛卷》。她的研究，為人類理解人的性生命活動作出了巨大貢獻。弗洛伊德說過，人有兩種基本的衝動：性的衝動和死亡的衝動。如果人迴避對性和死亡的認識，怎麼可能在科學的基礎上規範人的行為呢？到過美國的人都知道，在美國這樣一個性科學發達的國家裏，社會的倫理道德觀念、家庭的穩定程度和幸福程度，都比我們好得多。改革開放，應該也必須包括性科學和死亡科學的開放，允許文藝作品對性和死亡作社會學和美學探討，不要動輒扣上黃色和誨淫的帽子。」

蒲香豆對夏古傑的鴻篇大論聽得出了神，說：「這樣說來，你認為社會上流傳的『黃』片是有益的，有性交二十四法畫片的撲克牌也是性科學的普及讀物囉？」

夏古傑說：「這很難說。這些東西都是工具，本來無所謂好壞的。壞人用來幹壞事，好人用來幹好事。假若我把你說的這種撲克牌讓一對因性生活不和諧而即將離異的夫妻看，使他們學着畫片上的動作去試一試，從此嘗到了夫妻生活的真正樂趣，而言歸於好，你能說這副撲克牌不是起的好作用？」

蒲香豆點點頭，說：「你說得有理。今晚上我們就來試一試，變着法兒取樂子，反正這兒遠近沒什麼人煙，鬧個『天翻地覆慨而慷』也沒關係。如果這樣能醫好你莫名其妙的相思病，我為你付出什麼代價都願意。」

他們出去找了個小館吃了點東西，回來看了會電視，便到了晚上十點多鐘。夏古傑和蒲香豆相視一笑，心有靈犀一點通，他們不約而同站起身來，迅速剝光各自的衣褲，赤身擁抱在一起。蒲香豆在夏古傑的耳邊輕柔地問：「怎麼弄，我聽你的。」

夏古傑說：「就在客廳裏弄吧。聽說，外國人最喜歡的做愛地點一是浴缸，二是客廳，三才是床上。」

夏古傑抱起蒲香豆，將她面朝下放在長沙發上，他從背後抱着蒲香豆，壓在她背上，用雙手揉搓着蒲香豆的雙乳，想走「後門」。蒲香豆很快便哼唧起來。不料，夏古傑的下身卻沒有反應，「小兄弟」軟軟地「雄不起」。試了幾次，心裏鼓勁又鼓勁，仍不中用。已被挑逗得情火正旺的蒲香豆不肯罷休，轉過頭反身尋找夏古傑的嘴唇，和夏古傑的嘴唇緊緊地粘在一起，還伸出舌頭，鑽進夏古傑的口中亂攪，用手在夏古傑的身上亂摸，想燃起夏古傑的情火，夏古傑卻毫無反應。幾次嘗試失敗後，她厭惡地轉過身去，「唉」地長歎一聲：「人家剛剛覺得有點味道，你就不行了。你還要變着法兒取樂呢！」

夏古傑無言以對。他記得，他同吳霞做愛不是這樣子的。他們一晚上可以反覆做愛十多次。他也有疲軟的時候，但一碰到吳霞的玉體，觸到吳霞的纖纖素手，便會感受到一種強大的刺激，立即會重燃情火。可是，他同蒲香豆卻不來電，除了最初的那一下子本能的衝動外，蒲香豆再怎麼挑逗他，不論是身體的扭動，還是手的觸摸，他都沒有感覺，猶如面對無生命的物體的碰撞。正如民謠所說：「拉着妻子的手，猶如左手拉右手——沒感覺，不來電。」

蒲香豆起身進屋去躺在床上睡了。夏古傑沒進去，從衣櫃裏取出一條薄被，扯來搭到身上，關了燈，仰臥在沙發上，睜大眼，迷茫地望着黑沉沉的夜空。他睡不着。他「淨」在想吳霞，有時是清醒白醒地想，有時是迷迷糊糊地想。

夏古傑看見，吳霞赤裸着身體，坐在他仰臥的裸體上，他雙手抓住吳霞微微搖晃着的玉乳不斷揉搓，那種滑嫩溫柔的感覺真是妙不可言。想着想着，夏古傑的情火又燃燒起來。但是，他卻再也不想碰近在咫尺的蒲香豆。夏古傑想，如果他現在去碰蒲香豆，一定找不到他同吳霞在一起時的美妙感覺，倒了胃口，事後會很不舒服。他忽然明白了，在這個世界上，今生今世，沒有人能代替吳霞。他必須找到吳霞。找不到吳霞，他什麼事也幹不成。

可是，吳霞在哪裏？夏古傑找遍了大江南北、長城內外，也沒見着她的蹤影。他突然想到，有人告訴他，吳霞曾給這個人說過，她決心戒賭，要到一個沒有賭博的國家去生活。哪個國家沒有賭博呢？泰國！一個去泰國旅遊過的朋友告訴他，在泰國，色情業是合法的，但卻禁賭。在大街上玩撲克牌都可能被抓到警察局去。對，到泰國去找吳霞！

2

夏古傑沒有想到現在出國那麼容易。夏古傑和蒲香豆參加了由錦江旅行社組織的一個豪華團，不費吹灰之力便辦好了到泰國去的手續。想一想十多年前好多人為了圓出國夢而費盡心機偷渡出境的往事，真有恍如隔世之感。

經過二小時四十分鐘的飛行，他們便從成都到達泰國首都曼谷。下了飛機，進入機場海關，他們被曼谷機場的豪華、氣派、現代化震懾住了。在國內，除了北京首都機場，國內很少有機場能與之媲美。旅遊團出了海關後，泰國旅行社的一個導遊來接他們。導遊矮矮小小的，很精悍，操一口標準的普通話，看來是個華僑。在導遊的帶領下，他們走出候機廳，來到停車場。機場外熱浪滾滾，讓他們這些從冬天裏走來的遊客感到來到了另一個世界。一輛「沃爾沃」豪華大巴在停車場等着他們。大巴門口，一個披着紅色歡迎佩帶的泰國少女向他們獻花，將一串串鮮艷的泰國國花——卡特蘭編織的花環掛在每個遊客脖子上。一個泰國攝影師為他們攝下這隆重歡迎的場面。少女一邊一個，挽着夏古傑和蒲香豆的手拍過照後，他們迫不及待地鑽進大巴裏「冷氣」營造的清涼世界，選了一個靠近導遊的位子落座。導遊在正式講解以前，先同大家神侃：「你們誰願意猜一猜，我有多大年紀？」

大家亂哄哄地瞎猜起來，有人說二十五歲，有人猜二十二歲，越猜越年輕，最後有一個在北京當副教授的少婦居然肯定地說：「差一個月滿十八歲！」

導遊哈哈笑了，說：「我在你們大陸觀光時，聽過一首歌，是電影《柳堡的故事》插曲，其中有一句歌詞是：『十八歲的哥哥坐在那小河邊』，使人感到青春是如此的美好。我多麼希望自己是那位大姐祝願的十八歲的哥哥喲！可惜我不是，我是……」

蒲香豆打斷他的話，說：「慢，讓我猜猜，你今年二十八，對不對？」

導遊驚訝了，說：「對呀，你怎麼猜到的？」

蒲香豆經過在精神病院的磨煉，性格與以前迥然不同，從沉默寡言的內向型轉為愛說愛鬧的外向型。她得意地說：「我不僅知道你年齡，還知道你姓楊。你父親家財萬貫，是泰國華僑中著名的億萬富翁。你不願坐享其成，在香港大學酒店管理專業畢業以後，自謀生路幹起了旅遊。現在，你尚未成家，但已完成了原始資本的積累，準備自己開一家旅遊公司，就要立業。」

導遊被蒲香豆算命般準確的談話弄得目瞪口呆，伶牙俐齒的他竟口吃起來，嚅囁道：「你，你，認識我？是天神？還是女巫？真神！」

蒲香豆笑笑，揚了揚手中的一張報紙，說：「都不是，我沒你想的那麼神，我是從飛機上的這張報紙上看到的。」

導遊笑了，說：「難怪不得！不過，這位大姐能從一張模糊的照片中將我分辨出來，真是聰慧過人，小弟佩服！佩服！」

車開動了。導遊舉起半導體喇叭，說：「女士們，先生們，你們來到一個充滿陽光的國家，充滿自由的國家。由於陽光過剩，這裏的氣候炎熱，一年四季高溫難耐。現在是冬季，一年最涼爽的時候，你們仍感到猶如大陸的三伏天一樣熱。由於自由過剩，這裏蓋房子不講規劃，城市亂七八糟的。」

蒲香豆抬杠道：「小楊，不對喲，曼谷的街道蠻漂亮的嘛！」

導遊說：「不錯，你們正經過曼谷的市中心，市中心的街道還是很不錯的。你們注意到沒有，街道兩旁的店舖掛的差不多都是中文招牌。在曼谷，華人佔人口總數的百分之十，卻掌握了百分之九十的經濟命脈，當老闆的幾乎百分之百是華人。究其原因有二。一是泰國是一個佛教國家，信奉大乘佛教，崇尚清靜無為，不思進取，喜歡順其自然。他們認為，只要田裏能長稻子，有口飯吃；樹上能結椰子，有口水喝，於願足矣。這就給成天夢想發財致富的華人提供了機會。同時，泰國又是東南亞國家中對華僑最為友好的國家，從來沒有發生過反華排華事件。這是因為在三百年前，泰國被外國佔領，一個姓鄭的華人帶領泰國民眾趕走了侵略者，被民眾擁戴為國王。鄭王將國家治理得國泰民安以後，主動把王位禪讓給泰人。這個受禪讓的泰人就是泰國的一世王，現在泰王的祖先。泰王對鄭王感激涕零，為其修了鄭王廟，享受世代泰王的祭祀，對鄭王的同種同宗也就愛屋及烏了。」

蒲香豆又唱起了反調：「小楊，不對，不對。這條最熱鬧的街上全是泰文招牌，沒一家掛中文招牌的。」

大家往車窗外一望。車正開過一條寬闊繁華的大街，大街中心紮有好多個鮮花鋪滿的牌坊，牌坊正中掛着戴了一副眼鏡的人物肖像。這個戴眼鏡的年輕人就是現任泰王。大街兩旁，店舖一家接一家，裝修豪華，掛的果然全是泰文招牌，沒見一處掛有中文招牌。

導遊從容解釋道：「這是曼谷唯的一一條泰國街。其實，泰國街上的店舖全是華人開的，原來也清一色掛着中文招牌。一次，泰王陪來訪的某國元首坐敞篷車遊覽市容，車開到這條街上，這個元首指着街道兩旁的中文招牌，調侃地問泰王；『這兒是中國的哪座城市？』弄得泰王下不來台，好沒面子。事後，泰王把僑領找來，希望華人給他面子，在外賓來訪必定經過的這條街上不掛中文招牌。」

聽了導遊的一番話，夏古傑心中暗自為吳霞慶幸，慶幸她選擇了這樣一個對於華人來說是得天獨厚的投資環境。他多麼想立即就開始尋找她的行動呵！可是，他人生地不熟，只好跟隨旅遊團集體行動，聽從導遊的擺佈。由於他們到達的時間是中午，吃了午飯後他們便去參觀王宮旁邊的玉佛寺。玉佛寺內有一尊很獨特的觀音狀玉佛雕塑。這個觀音是用一塊超級翡翠雕琢而成，叫翡翠觀音。翡翠觀音是泰國的國寶。據說，當年泰國與緬甸打仗，緬軍搶走了這件國寶，用大象馱往緬甸。在泰緬邊境，大象打死也不走了。緬軍連續打死了幾頭大象，大象們視死如歸，寧死不屈，不肯越雷池一步。緬軍無奈，知道觀音菩薩不願去緬甸，不敢勉強，乖乖地將觀音菩薩送回玉佛寺。

夏古傑在玉佛寺大殿外脫了鞋，放在鞋架上，赤腳隨着人群進入大殿。大殿裏肅穆非常，各國旅遊者，黃種人、白種人、黑種人、棕種人、紅種人，男人、女人，大人、小孩，全都虔誠地跪到地下，有幾個人還五體投地，趴在地下，面向大殿高處祈禱。夏古傑抬頭一看，只見一尊翡翠色玉佛高高在上，玲瓏剔透，光芒四射。他立即被玉佛的美麗、端莊以及全身散發出來的靈氣震攝住了。他往功德箱內塞了一張一百美元面值的美鈔，選了一塊空地跪下來，雙掌合在一起向玉佛作揖，默默地向玉佛祈禱。導遊告訴他們，玉佛是很靈驗的，好多人都是因玉佛成全了他們而一而再、再而三到泰國來給玉佛還願，並許下新的心願的。夏古傑在心裏斟酌再三，向玉佛許下了一個心願。這個心願是，如果玉佛讓他在旅遊期間與吳霞重逢，並使她同意與夏古傑回國結秦晉之好，他立即捐資一萬美元給玉佛作零花錢。許願完畢，夏古傑抬頭望了望玉佛，竟覺得玉佛微啟朱唇，對他耳語，一個莊重悅耳的聲音在他頭腦中轟鳴：「行！行！」

3

夏古傑向玉佛許願後第二天，旅遊團從曼谷出發到泰國著名旅遊區芭堤雅去。路上，參觀了二戰著名遺址——桂河橋。然後，坐船去參觀尼姑水上氣功表演。他們坐在一條大型機動竹筏上，溯桂河而上。河面開闊，河水清澈而平靜，兩岸椰樹偉岸，禾苗青青。夕陽西下，河邊隨處可見嬉水的婦女、兒童，在向船上的外國人揮手致意。特別引人注目的是幾個年輕婦女。她們圍着鮮艷的沙麗走進河水中，從容地一層層剝下纏在身上的布條，旁若無人地洗裸浴。在太陽下，她們雪白的肌膚閃着耀眼的光斑。寧靜的空氣，不時為她們嘻嘻哈哈的笑聲所擾亂。

船行半小時，旅遊船到達一個小島。他們棄船登岸。兩輛中巴將他們拉向腹地。導遊小楊說，島上有個尼姑庵，庵中的尼姑輕功好生了得。只不過一代不如一代了。第一代尼姑可以在水上走路，似蜻蜓點水。第二代尼姑也能坐在水上，似觀音坐蓮台。現在是第三代尼姑，功夫大不如前，但也能在水中做各種表演，可以一動不動地睡在水面上。夏古傑進入表演廳後，果然看到了一個穿白色衣褲的青年尼姑，在一個水深四米多的大水池中進行水上表演。尼姑的表演猶如看水上芭蕾，唯一稀罕的是，尼姑能平躺在水面上，紋絲不動而不下沉，這恐怕是世界上任何水上運動員也辦不到的，也是物理學定律難以解釋的。

尼姑表演完畢，進內室更衣後，出來為旅客用氣功治病。一個人跟在尼姑後面，夏古傑一眼就認出那個人就是吳霞！吳霞穿一件黑色麻紗質連衣長裙，沒戴面紗。看得出來，有高手為吳霞整過容，臉上的疤痕不見了。吳霞的氣色很好，容光煥發，還似以前一樣光彩照人。吳霞一出現，表演廳內的尼姑們竟不約而同肅立一側，雙手合十，向她請安。她溫言細語地吩咐道：「這個旅遊團是我請來的客人，一切免費，你們要用心伺候。」

領頭的尼姑應了一聲：「是！」

吳霞轉向夏古傑，用眼神示意夏古傑跟她走。吳霞在前，夏古傑緊隨其後，走出表演廳。蒲香豆跟在夏古傑後面，夏古傑對她擺了擺手，制止了她。在一顆開滿紅花的木棉樹下，吳霞止步轉過身來，夏古傑想要撲上去和她擁抱親吻，她伸出一隻夏古傑十分熟悉的纖纖素手，堅決地阻止了他，嚴厲地說：「別這樣，別這樣。我買下了這個島，是這兒的主人，要注意形象。你能呆多久？」

夏古傑說：「旅行團馬上要走，今晚在芭堤雅過夜。但不要緊，我去招呼一下，他們先走，我明後天去找他們就行了。」

吳霞點了點頭，夏古傑回身去找到蒲香豆，問明旅行團在芭堤雅下榻的酒店名稱，拜託蒲香豆料理一切，便跟吳霞走了。吳霞將夏古傑帶進一座花園。他立即置身於花海之中。成千上萬盆繁花似錦的西洋杜鵑中夾着成百上千株開着潔白花朵的「愛」之樹。空中懸吊着無數株西洋蘭花，姹紫嫣紅，好生壯觀。花海正中，是一個巨型的盆景假山噴泉。

吳霞將夏古傑引到花園中的一塊天鵝絨草坪上，侍者安好桌椅，端來一竹筐水果，泡上兩杯茶，退了下去。他們相向落座後，吳霞端起蓋碗茶，向夏古傑示意：「喝茶！這是西湖龍井中的極品茶獅峰龍井中的明前茶。你知道西湖龍井的含義嗎？西湖龍井含義有二，一為龍井茶，二為西湖地區產的茶。龍井茶，以『色綠、香濃、味甘、形美』四絕集於一身為其特色。因採摘時間的不同其品質有差別，以清明前採製的明前龍井最為珍貴。明前龍井茶葉極為細嫩，產量很少，十分珍貴。即便普通的龍井，也要求採摘的茶葉要細嫩，分『蓮心』、『旗槍』、『雀舌』等花色品種。西湖地區不同地點產的龍井，品質亦略有差異。歷史上分為獅、龍、雲、虎四個花色品種，現歸納為獅、虎、梅三個花色品種，以獅峰龍井品質最佳。因此，獅峰龍井中的明前茶則為西湖龍井中的極品。」

夏古傑端起蓋碗茶，揭開茶蓋一看，只見茶葉細小玲瓏，每芽只有微微張開的兩片嫩葉，晶瑩可愛，茶水碧綠，呷了一口，清香之氣滿口亂鑽。他說：「真香！比花茶好喝多了！」

吳霞說：「俗人吃花茶，雅士品清茶。喝茶是喝氣。氣有清濁、雅俗之分。俗人喝的是香而濃的俗氣，文人雅士品的是天地日月間的清氣。這種極品黃芽便是在『清明時節雨紛紛』後的早晨，採摘蓄滿了天地之間的清氣而剛吐芽的第一片嫩芽製成，未被濁氣污染，自然會有無與倫比的清香、清氣。」

這一篇關於茶的宏論出自吳霞的口，使夏古傑驚訝萬分，他覺得吳霞已變化了很多，與過去那個逞強好勝的吳霞判若兩人。夏古傑說：「士別三日，當刮目相看。想不到吳霞竟變成了文人雅士。」

吳霞嬌嗔地說；「你不要門縫裏看人，把人看扁了。自從我臉部受傷以後，白天不好出門，便在屋裏看書。中國的儒道釋佛、毛澤東思想、鄧小平理論、曾國藩說法，外國的弗洛伊德、尼采、達爾文、《聖經》、馬克思、黑格爾，什麼都看。書越看得多，頭腦越清楚，也越糊塗。我在想，這兩三年，我們的生活有啥不對頭的地方，為什麼大家都活得那麼累呢？」

夏古傑說：「我曉得你指的啥。你要譴責我是個愛情至上主義者，在情場中陷得太深，荒廢了事業。」

吳霞說：「我並不完全這樣看。我倒是非常欣賞你對愛情的執着。在這個物欲橫流的時代裏，什麼都用錢來買，女人也是隨處可買的東西，很少有人認真地對待『愛』字，更沒人對『愛』字負責任，人們喜歡做露水夫妻，做一次愛結清一次，不欠感情債。在這種時代背景下，社會太需要真情、真愛了。只是，任何事情要有個限度，不能太過。你的溫度太高了，長此下去，既可能燒了自己，也可能燒了我，還可能『城門失火，殃及池魚』。不是發生過多起因愛而殺人放火，而貪贓枉法的事件麼？因此，我怕了你，想同你隔離一段時間，讓溫度降下來。隨知，你放下正事不做，四處尋找我。這雖然令我感動，我卻不能接受。我希望你從此以後打消尋找我的念頭。你不要害我。我在這裏幹得好好的，生活也很平靜、幸福。如果你不能按我的要求去做，我為了躲避你，只得放棄好不容易建立起來的生活、工作基地，另找地方棲身。你也應該打起精神來幹正事了。因此，為我為你，我們都得再分離一段時間。你的溫度降到合適的程度，你和你夫人的問題徹底解決以後，我們也許還會重逢的。」

夏古傑憂鬱地說：「夫人不成問題，她願意成全我們。關鍵是你，我還要等多久呢？你知道的，男人是離不得女人的。」

吳霞歎了一口氣，說：「不要刻意等我了，我是靠不住的。你可以修復同嫂子的關係。『少年夫妻老來伴』嘛，我看她給你做個伴還是合適的。」

夏古傑說：「不行，不行，我試了試，我對她已沒有感覺，不來電。我這個人挑剔得很，很難有人適合我的。」

吳霞聽了，無話可說，心裏開了鍋。她攫取夏古傑財富的全部計劃中途受阻後，思量再三，決定擺脫夏古傑，把這幾年來與賭場串通一氣從夏古傑那兒弄來的錢，還有在經手蘭花公司時從賬上偷偷轉到國外的錢，一共價值五千多萬元人民幣，到國外找一個地方發展，實行自己成為一個不依附於任何男人的「武則天」的夢想。她成功地擺脫了夏古傑，在泰國開闢了一塊天地，成為泰國一方的「僑領」。沒想到夏古傑找來了。她必須要不露聲色地把他打發走。

吳霞打定主意，從鱷魚皮小手提包中取出一根潔白的象牙質項鍊，指着項鍊上一個碩大的白色墜子對夏古傑說：「這是一尊用香粉、花粉和舍利子做成的佛像，很珍貴的。燒香後留下的花粉，供佛後留下的花瓣曬乾後碾成的花粉，並不難得。難得的是舍利子。舍利子是高僧圓寂火化後留下的精髓，再『提勁』的高僧也只能留下幾粒。這尊佛像中有法力無邊的第一代尼姑的舍利子。據說這個尼姑不僅法力高強，而且美貌非凡。有這麼一位菩薩日夜陪伴你，保佑你，我也就放心了。」

吳霞將項鍊掛在夏古傑的脖頸上，夏古傑順勢親了吳霞一口，連聲說：「謝謝！謝謝！」

吳霞臉紅了，輕輕推開夏古傑，說：「別猴急嘛，讓侍者看到不好。我會滿足你的，讓你這兩天享受個夠。就憑你輾轉萬里尋我的這份情，我也不會讓你失望的。我沒有遁入空門。我的七情六欲很正常，也怪想和你痛痛快快玩兩天的。」

夏古傑「嘿嘿」笑了。

4

兩天後，夏古傑戀戀不捨地離開了吳霞，在芭堤雅找到了旅遊團。這一天晚上，夏古傑、蒲香豆、導遊小楊和小楊的父親一起在芭堤雅的海灘邊散步。小楊的父親是一個50多歲的壯年人，有點啤酒肚，派頭不小。蒲香豆挽着老楊的手，把頭搭在他肩上，親熱地耳語着。看來，夏古傑在吳霞花園裏滯留的兩天裏，通過小楊的介紹，蒲香豆已經和老楊「攪」在一起了。夏古傑並無醋意，反而為蒲香豆有了着落感到高興。

芭堤雅的夜很美，與海灘平行的大街小巷中霓虹燈閃爍，酒吧一間連着一間。每間酒吧裏都塞滿了人，讓他們感受到泰國的三多之一：「鬼佬」多。被當地人稱作「鬼佬」的白種洋人又白又高又大，一人挾着一個又黑又瘦又小的泰國女人，個個都是一副志得意滿的神態。強烈的對比度，使人感到十分滑稽可笑。只有海灘上很安靜，無數的帆布躺椅擺在沙灘上，無人問津。據說以前「鬼佬」們最喜在沙灘情侶椅上胡鬧，最近因一個患了愛滋病的「鬼佬」在沙灘上進行復仇行動，用一些怪頭怪腦的辦法企圖將自己的病傳染給其他人，嚇得「鬼佬」們不敢問津沙灘，全部龜縮進酒吧，使酒吧爆滿。

夏古傑他們當然也不願作愛滋病復仇者的犧牲品，揀了一處臨街的酒吧落座。夏古傑要了一罐啤酒，不願用酒吧的杯子，怕傳染愛滋病，拉開封皮，直接喝起來。

蒲香豆、小楊和老楊則不管那麼多，要了三杯拿破崙XO，碰了杯，「吻」着酒杯，仰着脖子喝得乾乾淨淨。蒲香豆和老楊親熱地嘰咕一陣後，轉向夏古傑，說：「老夏，我決定不回國了，跟老楊幹。」

夏古傑並不驚詫，只是說：「那怎麼成呢？你總得回國把出國手續辦好吧？」

蒲香豆說：「老楊的關係多，他會給我辦好手續的。」

夏古傑問：「你同老楊關係發展到哪一步了？」

蒲香豆平靜地說：「我們已經同居了，等你回國辦好我們的離婚手續寄來，我們就結婚。」

夏古傑有點擔心地問：「才兩天，你就看準了？」

蒲香豆說：「說不清。這是我人生的一個機遇，我不能失去了。我挖空心思，想重新得到你的愛。經過在大連的那一夜，我徹底絕望了。老楊很對我的胃口。你記得不？在夢幻園，你、吳霞和我，一起談過各人的人生願望。我說，我想同一個愛我的人漫遊世界，不為經費而發愁。老楊和我一見鍾情，說我是他理想的人生伴侶，能成為他的賢內助，為他管財、管物、管家。這樣的機遇，我能放過嗎？」

5

夏古傑一個人回國來了。所有的人都離開了他，他感到前所未有的孤獨。他便天天到度假村、卡拉OK廳去鬼混。夏古傑來到成都郊外的一個著名的度假村：「夢之夜」。這座度假村內林木蔥籠，一棟棟小洋樓掩映在萬花叢中。

夏古傑的車一到，便有一個中年男子出來迎接他。這個中年男子將他帶進一座小樓。一進大廳，他吃了一驚。滿屋都坐着搔首弄姿的「小姐」，在向他擠眉弄眼。這種公開展示「小姐」的場合他只在泰國見過，國內也敢這麼搞，真令他覺得太意外了。他注意到，滿屋的「小姐」只有一個人低着頭，坐在屋角。他走過去，一看，竟是杜雪麗！他做了個手勢，說了聲：「走！」

杜雪麗乖乖地跟着他走了出來。她到服務台去交了費，那個中年男人又叫他去交費，說：「200元，包小費。」

杜雪麗將夏古傑帶到一棟別墅前，服務人員將他們領進一間豪華套房。夏古傑在雙人沙發上坐下，問：「你怎麼又重操舊業啦？你黃哥哥要知道了，不知會氣成什麼樣？」

杜雪麗說：「我也不願意。有什麼辦法呢？」

夏古傑問：「發生了什麼事？」

杜雪麗說：「我嫁了王天慶後，跟他生了一個女兒。他下崗了，就來『編』我的錢去打麻將。麻將越打越大，贏了夥同他那些麻友去吃喝嫖賭，輸了就來找我要錢，不給就打，有時還用打我們的小孩來要挾我。很快就把我的錢『擠』光了。他還同一個在麻將桌上認識的寡婦勾搭上了。我一氣之下就跑了出來，身無分文，又不好意思去找黃哥，只好……」

杜雪麗哽咽起來，說不下去了。

夏古傑說：「算了，不問了，來！」

杜雪麗迅速脫光了衣服，一個雪白的美人雕塑出現在夏古傑面前。夏古傑脫光衣服，壓上去。杜雪麗婀娜多姿的裸體立即像蛇一樣纏在夏古傑的裸體上。潔白堅實碩大的雙乳貼在夏古傑的胸上，一隻乳房的乳頭緊貼着夏古傑的乳頭，另一隻乳房的乳頭被夏古傑捏在手中玩味，淺紅肉色乳暈令他着迷，乳暈上還有一滴夏古傑吮吸出來的乳汁，潔白，熠熠閃光。她的軟軟暖暖的腹皮使夏古傑心醉神迷。夏古傑的雙手緊緊地箍着她的潔白的肥臀，她的手一隻搭在夏古傑的腰上，一隻手緊握着夏古傑的「小兄弟」。她紅撲撲的漂亮臉蛋上帶着使夏古傑癡迷的微笑，嚶嚶小口貼在夏古傑的嘴上，美麗的鳳眼微閉着。夏古傑完成了「做愛交響曲」的最後一唱，感到周身通泰。他好久沒有過這麼舒服的感覺了。他在床上，擁着杜雪麗，說：「跟我走。我有一棟別墅。」

「你要包我？」

「是呀！做我的小蜜。」

「多少錢？」

「每月3000元，高興了還有賞。怎麼樣？」

「好嘛！」

「把電話留給我，隔幾天我來接你。」

「好。」

6

因為有了杜雪麗，夏古傑以為他已戒掉了吳霞。可是，吳霞從泰國打來一個電話，立即就把他的魂魄勾了過去。吳霞說，她要回國來一趟，同成都各個旅遊公司簽合同，使她桂河上的「快活林」島成為各旅行社的必遊之地。她準備在夏古傑同她「結婚」的三周年紀念日在成都見他一面。她還想邀夏古傑去泰國，共建「快活林」。這真是一個巨大的誘惑。三年以來，夏古傑為了追求同吳霞在一起共同生活，吃了多少苦頭呵！可是，這夢寐以求的一天果然來臨時，夏古傑卻猶豫了。

這是因為夏古傑已擁有了杜雪麗，並且用她成功地戒掉了吳霞！

夏古傑從泰國回來以後，開始無法忘情吳霞。夏古傑天天同吳霞通國際長話。吳霞「毛」了，換了電話號碼，切斷了國際電話。夏古傑再也無法與她取得聯繫。起初他很難受，慢慢地也就習慣了。他這才相信，世界上沒有戒不掉的東西，只要有毅力，並假以時日。夏古傑戒煙的經歷證明了這一點。夏古傑戒過三次煙。戒第一次煙時，一天只有半包的煙量。戒第二次煙時，他一天已有一包的煙量。戒第三次煙時，他的煙量已經達到一天兩包。他想，如果他第三次戒煙失敗，他這一輩子就完了，他的支氣管哮喘越來越嚴重了，可能會步世伯黃開泰的後塵。要活命，要長壽，就得忍受一時之痛苦，堅決把煙戒掉！頭三個月的痛苦確實是常人難以忍受的，做夢都在吃煙，精神萎靡，意志消沉。三個月過後慢慢就好了。現在，他像女人一樣，見不得香煙了，見煙就咳，見煙就煩了。

戒吳霞也是一樣，開頭一個月，一天聽不到吳霞的聲音，心裏就像貓抓一樣難受，以後慢慢就好了，十天半月都不想她了。特別是杜雪麗開始進入了夏古傑的心。夏古傑逐漸不那麼想吳霞以後，開始注意她了。夏古傑這才發現，杜雪麗是那麼的美麗，那麼的清純，那麼的年輕，那麼的楚楚動人，那麼的溫柔體貼，不論在那方面都比吳霞強十倍、百倍。夏古傑不好好與杜雪麗過日子，不好好疼她、愛她，卻成天把心思用在那個無情無義的吳霞身上，真正是貨真價實的「方腦殼」，腦殼頭長包的大傻瓜！就這樣，半年過去了，夏古傑以為他也同戒煙一樣，「戒」掉吳霞了。

誰知，吳霞的一個電話，就引發了夏古傑深埋在心裏的對她的情愛。吳霞與夏古傑約定，晚上與他通話。天一黑，夏古傑就把自己關在屋裏，等候那歷史性的時刻到來。因為，夏古傑答應她今晚對她的建議做出答覆的。可是，過了約定的時間好久，她的電話也沒有來。夏古傑好後悔，因為夏古傑在聽完吳霞要他到泰國去共創大業的建議後，她以為夏古傑會像每次她給他好消息時喊一聲「烏拉」的。夏古傑不僅沒喊，還沉默良久。夏古傑是在想，他去了泰國，他的小妹妹怎麼辦呵，他怎麼捨得丟下他的乖乖呵！吳霞從夏古傑的猶豫中聽出有問題，事情有變。她立即說，他已經有人就算了，她回來時看他一眼就心滿意足了。夏古傑趕緊說他考慮一下，晚上8點通話回答她。她嗯了一聲，未置可否，便掛斷了電話。

夏古傑預感吳霞不會再同他通電話。他感到了一種莫名的惆悵，繼之煩躁、坐立不安。11點了，電話還沒有來。夏古傑躺到床上，輾轉反側，不能入眠。11點半，電話鈴聲悠悠地響起來。夏古傑屏住呼吸，讓長聲多響兩下，以免接得太急斷了線。他手顫抖着拿起話筒，喂了一聲，電話裏竟無應答。良久，忙音響起來。夏古傑以為是長話線路臨時故障，小心地放好話筒，把電話機放在胸前，耐心地等吳霞再次把長話撥通。前幾天，她給夏古傑打電話時說過，夏古傑的電話好難撥，她整整撥了半小時。

夏古傑關掉電視機，關上窗戶，拉上窗簾，排除一切干擾，等待着這場將決定夏古傑後半生生活的談話。夏古傑睜大眼，在萬籟俱寂中等待電話鈴聲再一次響起。半小時過去了，一小時過去了，那期待的鈴聲始終沒有響起來。

夏古傑焦躁起來，對着黑暗開始了吶喊：「吳霞，我的吳霞，你在哪裏？吳霞，吳霞，我的吳霞，你快回來！只要你回來，我可以放棄一切跟你走！」

由於夏古傑怕在屋裏靜靜地伺候他的杜雪麗聽到，是壓着嗓子、憋着氣在喊叫，竟喊得他口鼻出血，猶如杜鵑鳥的哀鳴。這時候，他才明白，他仍然深愛着吳霞。

半夜3點了，電話仍沒來。夏古傑起床沖了一個澡，坐到沙發上，打開電視機消磨時光。電視裏正在演劉曉慶當主角的故事片《武則天》。夏古傑記起吳霞是要當武則天的。夏古傑頭腦清醒了一些。自從夏古傑同杜雪麗相處以來，夏古傑覺得日子過得恬靜、輕鬆、愉快。看來，一個事業上的男強人是應該同杜雪麗這樣溫柔可愛、女人味濃濃的小妹妹結婚，才能過上幸福平靜而事業有成的生活的。一個男強人與一個女強人結伴，是相克的。如果夏古傑重新投入吳霞的懷抱，陷入情愛的泥潭，他這一輩子就完了。他不願意這麼早就結束了人生的奮鬥，成為一個浸泡在溫柔鄉中，聽女人擺佈的孬種。他不願費盡心機「戒」吳霞的行動半途而廢。他要拿出戒煙時的毅力來，過好「美人關」！

看來，要戒掉吳霞，比夏古傑原來想象的難得多。只靠夏古傑的力量，戒毒未必能成功，要進戒毒所才行。戒毒所在那裏？夏古傑從心裏喊道：「雪麗小妹妹呵，你就是我的戒毒所。在我人生困難的時刻，你要幫幫我。只有你百倍地對我好，我又能盡可能不與吳霞見面，聽不到吳霞的聲音，再過一段時間，我就會徹底戒掉吳霞，把對吳霞的那一份真情逐漸轉移到你身上來的。」

7

杜雪麗聽到了夏古傑的吶喊聲，並從夏古傑一天瘋狂的自殘中揣摸出他的心思，這猶如給了她當頭一棒。她這才知道，當初夏古傑接納她，只是為了填補吳霞走後的空虛，並不愛她。夏古傑到現在不僅沒有與吳霞決裂，還很有可能拋棄她同吳霞到泰國去。夏古傑可知曉這些事實對她有多殘酷嗎？

她確實是不願當「小姐」的。「小姐」這碗飯有時也不好吃，遇到有病的男人是最倒霉的了。有一次，一個男人將尖銳濕疣傳給了她，她花光了一個多月掙來的辛苦錢才把病治好。而且，遇到那些滿身酒臭、蒜臭的男人，遇到那些令人噁心的醜八怪，不管你心裏多噁心，也得任由這些男人擺弄。要是遇到性變態狂，更不得了。有一次，一個男人在「前門」將她「操」夠了以後，又要走「後門」，她不幹，那個男人用一塊毛巾塞住了她的嘴，用尼龍繩將她的手、腳捆上，把她翻過來，雞奸了她，把她的肛門撕裂了，流了好多的血，痛慘了。自那以後，她就想找一個可心的人，做他的二奶。她不想再作「萬人坑」、「公共廁所」了！

所幸的是，杜雪麗遇到了夏古傑這個愛惜女人、溫柔似水的男人，成為了他的二奶，她感到心滿意足。

前一段時間黃大哥「拔苗助長」，希望把她培養成一個自食其力的勞動者。她努力過，但實踐證明，杜雪麗既無能力當老闆，又不適合當打工妹，在這個世界上，杜雪麗到底能幹點什麼呢？杜雪麗的思想不由得不回到最陳腐的觀念上去。記得，夏古傑給杜雪麗講過，《聖經》上說，女人是上帝從男人身上取下一塊肋骨造出來的。女人的本性是要依附於男人生活的。違背天性強求自立必然會很艱難。雖然現代社會講究婦女自立、自強，主張婦女解放，但能達到目的的只有極少數女強人。杜雪麗天生一個弱女子，沒有女強人們的雄心壯志。所以，杜雪麗想在依附一個男人的基礎上來設計自己的人生。

夏古傑也許要問杜雪麗，杜雪麗準備依附的男人是誰？其實，這是不言自明的。那就是夏古傑，她的夏哥。當然，依附夏古傑不等於依賴夏古傑。杜雪麗要在夏古傑的「羽翼」下，幹出一番轟轟烈烈的事業。杜雪麗的靈魂和大多數人一樣，是不甘寂寞的。

杜雪麗「對着鏡子」照了照自己，發現自己先天不錯，只要加上後天的努力，保持自己對事物執着追求、刻苦鑽研、肯動腦子，對任何事情都認真的秉性，也許她會有出息，不會辜負夏古傑對她的一片苦心的。

想不到，不管雪麗如何努力，夏古傑對老情人吳霞還是放不下，想她想得「吐血」。雪麗真的想不通，吳霞是用什麼迷住夏古傑的？是吳霞裝着愛夏古傑愛得不得了的假相，還是吳霞在某些事情上有特殊的經驗，抑或是夏古傑吃了吳霞灌的迷魂藥？

如果夏古傑吃了吳霞灌的迷魂藥，他什麼時候才醒得過來？夏古傑可知道，她多麼希望夏古傑早日醒來，同她好好過日子。她至少不會讓夏古傑生氣，氣得夏古傑臉色發黑的。假如夏古傑醒來後真心地愛她，幫助她，她一定會好好待夏古傑，體貼夏古傑，同夏古傑過上平靜、幸福的生活。

8

吳霞的電話仍然沒有來。凌晨4點，絕望的夏古傑終於迷迷糊糊地睡着了。恍惚中，他發現，自己與雪麗坐在竹椅上，欣賞「夢幻園」的美景。成百株素馨臘梅樹吐出了新葉，綠茵茵一片。萬綠叢中一片紅，上千株春鵑怒放，紅花綠葉，園子裏的景色好生賞心悅目，美麗壯觀。一號草亭前還有另一番景色。綠樹杜鵑環繞的一片約20平方米的天鵝絨草坪中央，擺放着那盆黃家寶在《狂人情書》中描述過多次的盆景《生死戀》。那兩株像一對戀人攬在一起的金彈子百年樁頭，樹枝上新葉翠綠，開了成百上千朵草綠色的小花。

夜幕降臨了，園子裏沒有開電燈，卻在道路兩旁點燃了兩排紅燭。燭光搖曳，星星點點，使園子裏罩上了一層神秘的氣氛。車身特長的「凱迪拉克」悄沒聲息地開了進來，只在摩擦瀝青路面時發出輕微的嗞嗞聲。

「凱迪拉克」的車門開了，一個身材修長的女郎走下車來。夏古傑一眼就認得出來，這就是經過整容變得更加漂亮的吳霞。她穿一身黑色輕紗連衣長裙，長裙曳地。她手提長裙，款款碎步，娉娉婷婷，直奔一號草亭而來。她看見草亭裏有人影，止步猶豫片刻，便急步向草亭奔去。夏古傑站起來，迎接客人。他們緊緊地摟抱在一起，一個長吻接着一個長吻。他們緩緩地蹲下身來，倒在綠草坪上。園子被寂靜籠罩着，只聽得見蟲鳴、蛙叫。吳霞說：「想死我了，想死我了。」

「既然這麼想，為什麼不早點回來見我，也不准我到你那裏去？」

「我們說好了的，你戒掉了我，我戒掉了你，我們才能夠再相逢的。」

「你戒掉我沒有？」

「沒有，沒有，晚上一靜下來，想起你，我就如坐針氈，夜不能寢。你戒掉我沒有？」

「沒有，沒有，我的癮比大煙癮還大，戒不掉了，不戒了！」

「我也戒不掉了，不戒了，不戒了。我要，我要。」

他們不再說話，一團雪白的影子在草坪上滾來滾去。影子滾到盆景旁邊，不再動彈了。

夏古傑睜開了眼，發現是「南柯一夢」，吳霞變成了雪麗。雪麗如小鳥依人般被他摟在懷裏，他在夢中居然進入了她的身體。他翻身將雪麗赤裸溫暖的胴體壓在下面，將雪麗弄醒。雪麗睜開惺忪的睡眼，將雙手摟住夏古傑的脖子，把修長的美腿舉起來，夾住他的臀部。他體內感到一陣強烈的戰慄……

9

夏古傑苦苦地等了幾天，沒等到吳霞的電話，卻等來了黃家寶帶來的噩耗。

黃家寶得到消息，夏古傑在澳門賭場的案子犯了，工作組已入住金馬。畢竟同學一場，黃家寶和夏古傑約好在成都紅芙蓉飯店見面，給夏古傑通風報信。夏古傑蒙在鼓中，一點也不知情。在紅芙蓉飯店門前停好車，走進「怡和園」豪華包間。這個包間很大，有飯廳、舞池，還帶化妝間。夏古傑和杜雪麗已等候在那裏，一見黃家寶，便起身迎上來。黃家寶一驚，小杜怎麼同夏古傑「攪」上啦？

杜雪麗伸出粉嫩的小手，握住黃家寶的手，激動地說：「黃大哥，能再見到你太高興了。」

夏古傑笑道：「對不起，我要了你的妹妹，也沒告訴你。我對你這個妹妹是最喜歡的，但她最喜歡的人是你。我怕失去她，不敢告訴你。我知道，我這個妹兒有個脾氣，喜歡男子漢大丈夫，一見有點英雄氣的男人，一粘就上去了，我不得不防。」

雪麗捶打着夏古傑的胸部，說：「亂說！亂說！我只愛你一個人，那些臭男人自己要來糾纏我，不關我的事。」

黃家寶一拍胸口，說：「我同你情同兄弟，同小杜也情同兄妹，哪個敢動小杜一根汗毛，我就幫你把哪個『舅子』擺平！」

客套完畢，夏古傑請黃家寶吃菜喝酒，他挾了一塊帶蟹黃的螃蟹背佈在黃家寶面前的小碟內，說：「今天我專門要了六隻母螃蟹，只只都有蟹黃的，大家快吃。」

雪麗好奇地問：「幹嗎專門吃母的？你們男人真壞，吃『東西』也挑『母母』欺侮。」

黃家寶笑了，夏古傑解釋道：「我原來也不曉得只有母螃蟹才有蟹黃，老是怨廚師把蟹黃『米西』了。有一次為了這個與飯館服務員爭起來，老闆出來解釋，說公的沒蟹黃，也不知是真是假，反正，我從此以後，進飯館就點母螃蟹吃。要是再沒得蟹黃吃，看他用什麼理由來搪塞。」

聽夏古傑這一說，黃家寶挾了一塊螃蟹背來看，果然有蟹黃。夏古傑把自己的這一塊也挾到雪麗的小碟中，說：「你喜歡吃螃蟹，我這一份全歸你。」

雪麗沒有推讓，感動地說了聲：「謝謝！」

本來，黃家寶想把出事的消息告訴夏古傑，但見他如此開心，不忍倒他的胃口。吃完飯，他們移到小舞池落座。服務員按夏古傑的要求上了黑啤酒和黑、白南瓜籽、黑瓜子、果盤，拿來歌單、點歌單，退出去了。黃家寶點了一首《小路》，嬉皮笑臉地說：「夏兄，你唱，我請小杜跳一曲，行不？」

夏古傑大度地點點頭，說：「你有沒有搞錯？請你嫂子跳舞怎麼來找我？」

黃家寶誇張地向雪麗行了大禮，九十度鞠躬，兩手一攤，說了聲：「三嫂請！」

雪麗站起來，笑了笑，陪黃家寶走進舞場。夏古傑接過服務員遞來的話筒，用雄渾的嗓子唱起來。

黃家寶伴雪麗進了舞池，那舞池裏一盞燈也沒開，漆黑一團。舞曲響起來。他摟着雪麗，拉着她的手跳起來。雪麗立即貼到他身上，「清絲嚴縫」的，沒一點間隙。他急忙輕輕地推出一點距離，說：「要不得，要不得，夏古傑是我兄弟。」

雪麗樂了，說：「他才不在乎這個呢。他常慫恿我去勾引他的兄弟夥，檢驗他們是好人還是壞人。」

黃家寶問：「你看我是好人還是壞人？」

雪麗說：「你是他的朋友中最好的一個。你對我不說了，世上少見的君子，我聽夏古傑說你對左姐好鍾情，從不找小蜜，『除卻巫山不是雲』。這樣鍾情的男人，世界上怕難找出第二個了。」

黃家寶問：「難道他對你不鍾情？」

雪麗不滿地說：「鍾情啥喲，他『假』得很。他公開宣稱，他這一輩子要像皇帝一樣，玩三千個女人，娶九十九房姨太太。」

黃家寶歎道：「龜兒子太壞了。不過，他這種玩法，我不欣賞。他的女人越多，他得到的真情越少。我只要得到一個女人的真情，我又愛她，於願足矣。」

雪麗說：「其實，你們不了解他。他在外面胡鬧，完全是假象。他對吳霞姐好鍾情啊！」

黃家寶驚道：「他同吳霞還有聯繫？」

雪麗感歎地說：「豈止有聯繫。最近，聽說吳霞姐要回來，他高興得發狂。可是，不知怎麼搞的，吳霞姐突然變卦了，中斷了同他的聯繫。這幾天他在家裏像瘋子一樣脾氣暴躁得很。我常挨他罵，有時還要動手打人。」

黃家寶幫夏古傑圓場道：「你要理解他。他的工作壓力太大了。蘭花大跌價，他的蘭花公司賠慘了，『貓蓋屎』蓋不走了，拿不到年息的集資者開始造反了。他們開着大鏟車，挖斷了蘭場前的道路。他被集資者包圍了一天一夜，把他圍困在辦公室裏，不准吃飯，不准睡覺，不准屙屎屙尿，害得他把一肚子稀屎屙到褲襠裏。也全靠了他這泡屎放出的沖天臭氣，才把他從辦公室裏解救出來。」

雪麗驚道：「唉呀，他這麼慘啦。那怎麼辦呢？」

黃家寶安慰道：「你放心，『瘦死的駱駝比馬大』，養你他還是有錢的。這段時間夏古傑還要經受不少磨難，他最心疼你，你要幫助他過這一關。」

雪麗點點頭，說：「我會的。」

曲終，黃家寶和杜雪麗回到夏古傑身邊坐下。黃家寶在夏古傑的耳邊說：「我有重要事同你談。你將三妹送回去，我們找個酒吧悄悄擺。」

10

夏古傑同黃家寶在酒吧裏徹夜長談。他喝得醉醺醺的。他再一次被生活擊倒了。他覺得這個世界太不夠意思了。他辛辛苦苦創業，使一方人富了起來，但他們太對不住他了。「阿爾法」公司明晰產權時，只給他百分之五的股份。黃家寶告訴他，他在澳門賭場裏的事發了。他將因貪污公款罪，被起訴坐牢。如果將他揮霍自己公司的財產算作貪污，有兩千多萬，那可是能判重刑的貪污大罪呀。

他們不至於判復興共和國經濟的功臣重罪吧？但是，他聽說，在全國反貪風暴中，「紅塔山」的老總被抓起來了。那個老總為雲南創造了一個名牌，用幾千元錢起家積累起數百億財富，卻因為創業英雄們私分一千多萬下了大獄，搞不好還會被「敲沙罐」。還有，禹作敏、牟其中，紛紛中箭落馬，下大獄。他不願下大獄。他這輩子坐牢坐夠了。如果要他再坐牢，他寧願死。

黃家寶開車把喝得大醉的夏古傑送回家。杜雪麗侍候夏古傑洗了澡，讓他躺到豪華席夢思床上。夏古傑一把抱住杜雪麗，幾下扯光她的衣服，進入了她的身體，狂吻着她的嘴，她的舌。突然，一股強烈的異味鑽進夏古傑的鼻孔，夏古傑嘎然一下停止了動作。杜雪麗一面狂吻夏古傑，一面喊：「快呀！快呀！你怎麼啦？」

夏古傑從杜雪麗的身體裏出來，東嗅嗅，西聞聞。夏古傑突然明白了，他嗅到的是精液的特殊氣味，另一個男人的精液！夏古傑的「小兄弟」一下子軟縮了，他從杜雪麗的身子上翻下來，撩開被子亂聞亂摸，當他摸到床上一灘濕漉漉的跡印時，立即火冒三丈，怒吼道：「你答應了我的，不在我們的床上同其他男人睡，你偏要睡。你知不知道，啥子叫烏龜？提供自己的床叫老婆賣屄的男人就是烏龜。你使我當了烏龜王八蛋，你造了多大的孽？」

杜雪麗站起來，穿上睡衣，坐到沙發上，對夏古傑說：「怎麼啦？怎麼啦？」

夏古傑惡狠狠地說：「你剛才跟哪個男人做了愛，又來同我做，你這個婊子，『狗改不了吃屎』！」

杜雪麗驚呆了。今天她回來後，有一個在「夢之夜」結識的台灣人不知怎麼找到了她的家。這個台灣人在成都市的台商工業區工作。有一天，一個朋友知道台灣人喜歡耍「小姐」，悄悄帶他到「夢之夜」來，認識了杜雪麗。這個台灣人一下就被杜雪麗迷住了，同杜雪麗常來常往，還要去了她的手機號。她本不肯放這個台灣人進來的，但這個台灣人說要正式娶她。她知道夏古傑的處境不妙，快靠不住了，得另外找靠山，便把這個台灣情人放進屋。這個台灣情人見家裏沒人，便要同她睡覺。她知道黃家寶同夏古傑在談重要事情，一時三刻不會回來的，便匆匆忙忙地同這個老情人做了愛。想不到，這麼快就露餡了。她耍賴道：

「你發神經喲，你送我回來到現在，我一步也沒有離開過！」

夏古傑見她賴帳，火冒三丈，指着床上那灘精液痕跡怒罵道：「這是那個狗日的留下來的？」

杜雪麗繼續耍賴，說：「你才怪呢！你自己的東西都不認得啦？」

夏古傑怔了一下，他自己的東西？他嗅了嗅，令人不快的異味又鑽進了鼻孔。男人的敏感使他明白杜雪麗在狡辯，在撒彌天大謊。他臉色陡地變得蒼白，硬撐撐地一屁股坐到沙發上，呆癡癡地望着杜雪麗，翻着白眼。突然，他跳起來，衝到杜雪麗坐的沙發前，雙腳撲地跪到她面前，掄起攥得緊緊的雙拳，如擂鼓一般，在她的兩條大腿上一陣亂捶。杜雪麗的雙腿被鼓點式的拳頭打得發燙，發脹，痛得鑽心。她咬着牙，忍着痛，一聲不吭，任他發洩。他一面打，一面狂叫：「我打死你這個說話不算數的妖精，我揍你這個水性楊花的狐狸精，我捶你這個出爾反爾的白骨精……」

夏古傑突然停止了捶打，跳起來，往後一仰，倒在大床上。他用一隻手撐起上身，一隻手指着杜雪麗，頭硬撐起來，一雙明眸裏閃出火辣辣的光，直視着她，咬牙切齒地說：「我白疼你了！我瞎了眼，把爛貨當寶貝，將婊子認成黃花閨女。你給我滾出去，爬起走，你不配住這麼好的房！」

杜雪麗含着眼淚站起來，面對夏古傑的雷霆之怒不知所措，機械地向房門走去。剛要拉門，她聽到身後撲通一聲響，轉頭一望，哎呀，不好，夏古傑口吐白沫倒在床上。她趕緊轉過身，找到夏古傑的「大哥大」包，翻出治抑鬱症的藥物——血清素，倒了一杯水，用湯匙撬開夏古傑的嘴，把藥灌下去。夏古傑剛睜開眼，發現杜雪麗在面前，抬手就打翻了她端着的茶杯，手指着門，說：「快滾，我不要見到你。」

杜雪麗的淚水滾了出來，不情願地一步一回首，退出門，進了隔壁的另一套房間。她坐在沙發上，心煩意亂，點了一支「女士」牌香煙抽起來。她這才對「愛有多深，恨就有多深」這句話有了一點體會。

11

夏古傑全身疲乏，身、心都很累。他平躺在床上，想睡一會兒，但睡不着。那股男人的異味困擾着他，使他心裏直想嘔。他的心裏翻了鍋。

夏古傑覺得活着沒有意思。他似乎是個成功人士，卻在人生各場中都是失敗者。蘭花公司的虧空，把他多年的積蓄和在「阿爾法」公司分得的利潤吞食得一乾二淨，還欠着集資者上億元錢。他已從「億萬富翁」變成了「億萬負翁」。

最令夏古傑震驚的，是黃家寶在談話中告訴他的一個消息。據國際刑警報告，吳霞同賭場老闆串通一氣，以賭博的名義洗錢。她將「阿爾法」公司在國外的2000多萬存款，除了交賭場一筆可觀的手續費以外，大部分轉移到了瑞士銀行她的賬戶上。也就是說，吳霞把他賣了，捲款而逃！蘭花公司賬冊中哪些不知下落的「黑洞」，也許全是吳霞製造的。吳霞早已背叛了他，把他當「冤大頭」！他似乎看到了《聊齋》中那個披着畫皮的美女，突然撕掉畫皮，變成猙獰的厲鬼，張牙舞爪地向他撲來！但他不相信，打死他也不相信，他深愛着的女人會背叛他，會有一副蛇蠍心腸。他不相信，他不相信，他那可親可愛的嬌娃啊，你快回來，消除「誤會」，澄清「謠言」……

人們說：「賭場失意，情場就能得意」，這全是他媽的胡說八道！他在商業賭博中打了敗仗，在情場中也失意了。一個吳霞捲款而逃，一個杜雪麗又不忠於他。他感到了深深的絕望。他這個從來不服輸的人認輸了，認栽了！他已沒有重新爬起來的勇氣和力量了。他累了，太累了。

夏古傑這麼胡思亂想着，進入了渾沌狀態。在迷迷糊糊中，他感到，吳霞鑽進了他的被窩。夏古傑一把抱住她，狂吻着她，連連說：「吳霞，吳霞，想死我了，想死我了！你怎麼這會兒才來？」

「是我，是我！我是雪麗。」

夏古傑「呵」了一聲，想起自己曾打過她，忙心疼地問：「痛不痛？痛不痛？」

夏古傑溫厚的手愛惜地輕撫着杜雪麗腿上的傷痕。杜雪麗心中的情，心中的愛，同委屈交織在一起，淚水奪眶而出。夏古傑用手抹着她臉上的淚水，越抹，淚水越洶湧。杜雪麗感到，夏古傑的淚水也在狂瀉而下，與她的淚水混在一起。他們在涕淚縱橫中做愛。事畢，他們仍然緊緊地攬在一起，互相舔着臉上的淚痕，哽咽着享受苦澀的愛。

那股異味，另一個男人的異味又鑽進了他的鼻孔，他重新回到暴怒的狀態。他一掌推開杜雪麗，吼道：「滾，快爬，我永遠不要再見你！」

杜雪麗哽咽着走了，夏古傑迷迷糊糊地睡着了。他做了許多亂七八糟的夢。

情節支離破碎，荒誕不經。一會兒，他覺得有隻鴨子睡在他的床上，呷呷直叫。一會兒，鴨子變成了黃家寶，在他的床上又唱又跳。黃家寶同他爭奪着杜雪麗。黃家寶的頭像不斷幻化成男人、女人、老人、小孩的頭像。而出現得最多的，是他和吳霞的頭像。有一陣子，他和吳霞的影子同時出現，他用那又粗又長的「小兄弟」在吳霞的身體內亂攪；他一面吮吸吳霞的乳房，一面伸出他那隻令吳霞喜悅的手插進吳霞的胸膛，毫不費力便挖出了吳霞的心臟。心臟紅彤彤的，還在跳動。他把心臟拿給吳霞看，當着吳霞的面親她的心，舔食心上的血，然後，像平時他吃鹵心舌那樣，一點點，一片片，把吳霞的心吃下去，吃得津津有味，嘖嘖有聲。

古傑在花朝門中穿行。他穿過青杠林，走出後門。他來到「炮彈灣」陰森森的峽谷中。「炮彈灣」是兵工廠的靶場，每年都要誤傷一兩個人。有一次，一發炮彈把一對溜進禁區去偷情的男女炸得大卸八塊，女人光溜溜的下身飛到一顆黃桷樹上，倒掛着惹來一些光棍圍觀。當地人將「炮彈灣」更名為「鬼氹灣」。他發現「鬼氹灣」裏有星星點點忽明忽暗的燈火。他來到一個燭光前，燭光搖曳中映出一個鬼影，竟是餓死的童年時代的小伙伴「桃子」，正在偷吃生產隊的紅苕，啃得滿嘴糊着生紅苕渣。

夏古傑跑進後門，穿過松林、柑橘林，來到花朝門內的桂花樹下。樹下擺了好幾個一人高的大甑子，堆成尖尖的白米飯從甑子裏冒出來。他兒時的奶媽，後來用編造的故事出了名、升了官的曾月英鎮長正在給滿壩的社員念《人民日報》社論：《敞開肚皮吃飯，鼓足幹勁生產》。

金馬小學的操場上，正在開鬥爭爺爺夏文彩的大會。主席台前，一字溜兒排着七個人，人人身上都插有一個標子。最引人注目的是一個年青漂亮的女人，背上的標子上插着「訟棍趙美姬」幾個字。她是爺爺的乾女，省城著名的律師，來鄉下救爺爺命的。誰知，命沒救成，反把自己搭了進去。

奶媽曾月英正在控訴爺爺的罪行。她竟說，爺爺為了給孫兒找個好奶媽，殺了她的親生女兒，把她搶到夏家。她不從，還讓她坐了幾天夏家的水牢，落下了一身婦科病。她聲淚俱下的控訴，引得下面一片嗚嗚的哭聲，一片唱打倒的口號聲。控訴完，農會主席問：「大家說，對夏文彩咋個辦？」下面齊呼：「敲沙罐（**槍決**）！」以後，一個個上台依次控訴其餘六個人的罪行，付諸表決時，台下一律齊聲吼：「敲沙罐！」

最後，農會主席宣布，依照農民協會革命法庭的一致決定，對夏文彩等七人執行槍決！一排民兵將七個判處死刑的押下台，夏文彩四顧環視，像在找什麼人。他發現了古傑，悽楚地對他一笑，還像平時同他逗樂子時那樣，對他眨了眨眼睛。隨後，七個人被強迫着跪到操場邊一塊長滿紅苕藤的地上。沒有口號，沒有掙扎，沒有呼叫。槍響了，七口人一聲不吭，像木樁一樣禿然倒在地下，雪白的腦花四濺。

一個反覆出現的夢境是一片藍湛湛的湖面，艷陽高照，微風輕拂，金波蕩漾。湖面上漂浮着一對青年男女的裸屍，一群白色的鴿子口含橄欖枝在裸屍上盤旋。夏古傑想辨認那一男一女是誰，結果並不簡單。一會是黃家寶和蒲香豆的、一會是黃家寶和杜雪麗的，一會是他和吳霞的，一會是爺爺和那個女律師的。青青的紅苕藤上濺滿了白色的腦漿，美麗的女律師秀髮上蹦開的大洞和濺出來的腦花使人驚心動魄，爺爺微笑着向他眨眼睛，伸出手向他召喚……

夏古傑突然明白了，這是上蒼要他去死。他一生中有過因走投無路而尋死的經歷，他都頂過來了。他相信「天無絕人之路的」這句老話，在絕望時一次次頂過來了，達到了「柳暗花明」的彼岸。但是，這次他能頂過來嗎？不行了。他太累了。那些曾經支撐着他頂過來的「精神支柱」崩潰了。他曾經立志要報效國家，造福桑梓。他為此當過兵，打過仗；搞過科研，創造了龐大的飼料王國。但他發財後，卻誤入歧途，搞非法集資，坑害鄉親。他狂嫖濫賭，把國家和老百姓的錢不當數。他拋棄髮妻，亂搞女人，為了一個不值得愛的女人不顧一切，拋棄一切，將祖宗傳下來的「仁智禮義信」置之腦後。他從社會精英變成了人渣。他還有什麼面目活在世界上啊？他能再從頭來一次嗎？來不及了。年齡不饒人。他已老朽了。前不久，他去檢查了一次身體，高血壓、高血脂、高血糖、冠狀動脈硬化、血管粥樣硬化、中度骨質疏鬆，全身的零件都快爛完了。他已沒有頂過來的體力了。更重要的是，他養成了許多惡習，一日不上賭桌心發慌，三天不嘗「女人味」便不知該怎麼活。

悔之晚矣！改之遲也！如今是生不如死喲！生要繼續危害社會，給親人帶來痛苦。死了乾淨。反正人是要死的，與其痛苦地活着，不如死。他翻身起床，打開衣櫃，摸出那根幾十年前在勞改農場準備上吊用的棕繩，這是他刻意保存下來的紀念品。他把棕繩套在門框上，搭根小板櫈，站在上面，熟練地做好繩套，沒有猶豫，沒有悲傷，把脖子伸進去，用腳一蹬小板櫈，肥大沉重的身軀往下一墜……

第六章

1

2001年6月6日晨，一輛「桑塔納」小轎車開進「夢幻園」。老壽星彭宗俊在大姐黃家虹，四妹黃家露，五妹黃家雨的攙扶下走下汽車。黃家寶迎了上去，拉着母親的手，深情地喊了一聲：「媽！」

彭宗俊雖年齡已有90歲，但身子骨很硬。她面目清癯，沒有發「福」，仍保持着苗條的身段，一眼便能看出，年輕時是個「絕代佳人」。彭宗俊最近十年一直在大女兒、二兒子、四女兒、五女兒家輪流居住，好久沒到成都三兒子家來了。趁為母親做90大壽之機，黃家寶請母親和全家兄弟姊妹到成都他的園子來一聚。一家人能在新世紀裏團聚，真是不容易。她甩開女兒們的攙扶，下車來望了望園子，驚歎道：「『三娃子』，你『窖』得好深，有這麼大一個園子！」

黃家寶說：「媽，這個園子是借債修起來的。嚴格說，現在還不是我們的，不敢在你面前『吹』！」

彭宗俊說：「好！好！你爸爸一輩子都想『翻梢』，恢復黃家祖業，只可惜他沒有機會。要是他不那麼早去世，看到你能重振黃家雄風，一定會誇你的。」

大姐黃家虹在北京兒童電影製片廠當了廠長，紅得很。她對弟弟有這麼大一個花園，也很驚歎。一家人住下，沐浴更衣後，都到一號亭閒聊。一號亭是一個草亭，很寬大，可以坐兩桌人。兩棵大黃葛樹樹冠連在一起，遮陰面積足有一兩畝。樹陰下，有一大片耐陰的夏鵑，花正開得茂盛，紅艷艷一片。

更讓人驚歎的，是樹陰下的上百盆樹樁盆景，金彈子、銀杏、臘梅、紅梅、鐵梗海棠，應有盡有。樹樁盆景做功精緻，風格多樣。黃家寶指着一盆羅漢松盆景給大家看。這盆羅漢松的樹幹盤曲向上，蜿蜒屈曲，主幹下俯，他介紹道：「這是一盆迎客松，不是黃山上那種，是用羅漢松做的。你看，它的主幹下俯，像不像在『笑迎來客』？」

大家看了看，七嘴八舌地說：「像！像！」

只有大姐黃家虹沒有吱聲，陷入了沉思。最近，她的第二任丈夫，著名導演金平去世了。他們的關係一直不好，老吵架，但她知道金平是很愛她的。金平去世前三天，她為了彌補過去的遺憾，一直守在他身邊。金平已經說不出話來了，但三天中他的眼睛一直沒有離開過她。她走東，他的眼睛跟到東；她走西，他的眼睛跟到西。在第三天早晨，當第一縷陽光照進病室時，她發現他看她的目光特別亮。她感動了，坐在他身旁，俯下身去，吻了他。她一輩子沒有主動吻過他。他在她深情的長吻中安詳地閉上了眼睛，溘然長逝。她反省自己同金平不算美滿的婚姻，知道錯在自己。她無法徹底從心中把初戀情人夏古傑趕走。她這次來，多麼想見到夏古傑啊！可惜，古傑已「作古」，只好到陵園去看看他，為他燒上一炷香，送上些冥府的金元寶。

隨後，從中巴車上陸續走出夏家的人，夏澤西、姬二嬸、夏世雄、蒲香豆，以及夏古傑和蒲香豆的女兒夏蘭妮。夏古傑去世後，黃家寶將夏蘭妮收為乾女兒，負起了照顧孤單單留在成都的夏蘭妮的責任。後來，蒲香豆也回國了。蒲香豆婚後才知道，老楊是個性虐待狂。她受不了老楊的凌辱，同他離了婚，回鄉來同夏蘭妮一起繼承夏古傑遺留下的龐大產業。她們委任黃家寶擔任阿爾法集團公司的CEO，黃家寶成了母女倆的保護神。夏澤西已到耄耋之年，白眉、白須，顯得慈眉善目的，一點看不出當年那個殺人如麻的將軍形象。姬二嬸長得很富態，紅頭花色的，看來日子過得不錯。只有左興國更神氣了。他不僅沒有被李書記弄「垮杆」，還憑藉父親左斯年在省委組織部的朋友的力量，改任成都市公安局管治安的副局長，協助市反貪局偵破了李書記的大貪污案，將他送上斷頭台。

左興國的車一到，就不斷有警車進來找他。左斯年不滿地說：「興國，今天是你黃奶奶的90大壽，不要弄些警車進來嚇人。」

左興國解釋道：「爸爸，今天公安部在金馬有大行動。本來我想建議你們慶壽活動改期的，但又怕掃了我們三大家子人的興致，我只好一面執行任務，一面親自來保駕護航。」

在一旁侍候的總經理忙問道：「左叔叔，今天有什麼行動？」

左興國說：「這事我不敢透露，你也不准把信息透露出去。今天的行動縣公安局都不知道。洩密後要追究責任的，弄不好我這剛戴不久的烏紗帽又得丟了。你這裏養『小姐』沒有？趕快秘密處置一下。」

總經理聽後，問：「桑拿按摩小姐有沒有關係？」

左興國說：「都放回去吧，免得誤會。但不要明說，要找個理由掩人耳目。」

總經理說：「我就說為奶奶做生，暫停營業，放一個星期假，怎樣？」

左興國點點頭，總經理急步走開了。不一會，就看到從各個角落裏走出一批批花枝招展的「小姐」，人人挾個小包，出門匆匆而去。

隨後，左斯年一家人也坐了一部「奔馳」趕來了。坐在車上的，有近來落實政策，平反昭雪後的蒲金全。他恢復了黨籍，黨齡從33年算起，享受離休幹部待遇，還當了崇寧縣政協的副主席。黃家寶將岳父的老朋友蒲金全介紹給從未謀面的乾爹夏澤西。兩個人一見如故，找了一個清淨的小亭坐下，拉起家常來。

在黃家寶、左一曼、總經理一家的安排下，客人進入各個亭子，拉的拉家常，打的打麻將，下的下「圍棋」，年輕人則湊在一堆「鬥地主」、玩「四國軍棋」。

最後到達的，是二哥黃家雷。二哥從小離家，後來在一個縣上當上了經委主任，很少與其他兄弟姊妹打交道。黃家雷在黃家寶陪同下圍着花園內走了一遭，說：「老弟，我估計你這園子裏的珍貴花木要值200來萬，那棟三層洋樓要值300來萬，地皮要值500萬以上。你這園子要值1000多萬呢。老實給我說，怎麼來的？我一直奇怪，國內那麼多貪官倒台了，你卻安然無恙，還敢在社會上大搖大擺地顯示自己的財富。」

黃家寶說：「這你就不懂了。我的這些財富是靠智慧獲得的，不是靠貪贓枉法、巧取豪奪來的。心中無冷病，哪怕吃西瓜！而且，局黨委、局紀委都曾對我這園子進行過明察暗訪，卿局長、戴局長在這兒來過幾次。在局領導考核班子的會上，我坦然地講了這個園子。卿局長還在會上表揚了我呢。在園子的揭幕典禮上，你知道來了多少領導？十多個。蘇副市長和魯副市長給我剪的彩。剪彩後，蘇市長看了看我的桑拿房，我問他：『開桑拿沒問題吧？』蘇市長說：『這有什麼問題！我在北京洗過桑拿，按摩女郎穿着白色工作服，進行保健按摩，正常得很。』」

黃家雷說：「你給我講講，你是怎麼靠『智慧』發財的？」

黃家寶說：「好，給你傳點真經。有一次，崇寧縣的縣長左興國對我說，你還有一張欠條在我這裏喲。你劃五畝地出來，我就把欠條給你。我收回欠條後，左興國調侃地說：『我們都沒想通。你當初買我們的土地沒給一分錢現金，如今，二十畝土地都成了你的。這是怎麼回事呢？』」

黃家雷說：「這我懂。土地漲價了唄。問題是，誰有你的本領，憑一張欠條就能把土地使用權買到手？」

黃家寶說：「這就叫『空手套白狼』，白手興家，我們四川話叫『乾纏術』。當然，不是誰都能玩這檔子藝術的。憑什麼崇寧縣只要我的一紙欠條就把土地證給我？因為我為開發區成功地引進了第一個項目。左興國說，我們要獎勵你。這就是變相的獎勵。合理合法的獎勵。所以，現在沒有誰能用我這個花園做文章害我。」

黃家雷說：「你這些房子總不是左縣長送你的吧？用什麼錢修的？」

黃家寶說：「這是我向夏世雄借的，也是對我幫他在旅遊區搞幸運娛樂城的報答。」

黃家雷說：「借款還了沒有？」

黃家寶說：「借了300多萬，已還了200多萬，接現在的經營狀況，再有一、二年就能還清了，我就能從『百萬負翁』變成真正的『百萬富翁』了。」

壽宴準備在晚上進行，中午大家吃了一點壽麵後，便各自休息去了。黃睿把車開出來，硬把父親拉上車，要父親跟他去爺爺的墳上上香、送紙錢。他說，他昨晚夢見爺爺來找他要錢。爺爺很瘦，在陰間沒錢花，到處受人欺負，吃得也很差，瘦得像猴一樣。兒子描述的那個相貌，與他記憶中困難時期的父親一模一樣。兒子很迷信，雖然爺爺死時兒子還很小，卻對爺爺很有孝心。他將父親的骨灰安葬在金馬河邊的天國墓園，依山傍水，風水極好。他和兒子在墓園門口買了幾萬億冥幣，還有一大堆金元寶，一幢比花朝門還氣派的「別墅」，以及香燭鞭炮，來到父親的墓地，同兒子一起燒起了紙燭。

2

一部「凱迪拉克」加長車開進來，李白雪從車上走下來。她身上穿着那身黃家寶送給她的價值一千多元的素色小花連衣裙，裙子被風吹得像鼓起的風帆，動人極了。真是一個意想不到的客人！黃家寶迎上去，高興地說：「真想不到你會來？是那股風把你吹來的？」

李白雪說：「怎麼，不歡迎？」

黃家寶說：「哪兒能呢？請都請不到。多少年了，把人都想死了。」

李白雪說：「你沒有把我忘了，真高興。我在意大利碩士畢業後，又到美國哈佛大學讀博士。畢業後，我受聘擔任了華盛頓大學的副教授。我應邀到成都來參加一個國際學術會議。昨天一到成都，我就到處打聽你，今天就把你找到了。」

黃家寶將李白雪帶到小河邊一個清靜的包間坐下，左一曼迎了上來，她心裏對李白雪是有些成見的，但仍敷衍地笑道：「白雪還是那麼漂亮！」

李白雪整了整自己染成金色的短髮，說：「是嘛？老囉，不過，我愛聽你的寬心話。」

他們跟着左一曼來到四號亭。四號亭也是一個草亭，比一號亭小不了多少。寬敞高大的草亭為一株大桂花樹所掩映，樹下也有一個盆景園。十盆百年老椿頭製成的金彈子盆景掛滿了鮮紅的小果子，銀杏、羅漢松、貼梗海棠盆景圍繞在金彈子周圍。背後一個長滿花草的假山盆景噴着水霧。李白雪一拍手，道：「太美了！」

服務員端來茶，擺上瓜子、花生、桔子和蘋果，知趣地向李白雪打了招呼後離去了。李白雪站着看盆景園，不肯落座。黃家寶指了指一盆金彈子，說：「這就是我在《異國情書》中反覆描述過的『生死戀』。你看，在茂密的森林中，兩個戀人緊緊地抱在一起。抱了100多年，女人的頭都掉了，那男的還抱着不放。」

李白雪仔細地看了看盆景，說：「真像那麼回事。你在小說中把我寫成你的八妹，今天我可要同你算帳。你那九妹、十妹如今在哪裏？特別是那個你願意抱她一百年的九妹，如今安在？」

黃家寶笑笑，說：「小說是虛構的藝術，你可不要對號入座。」

李白雪搖搖頭，說：「我不信。你寫我們在北戴河沙灘上那段經歷，細節好逼真啊。」

黃家寶說：「寫小說就是東抓一鱗、西抓一爪，『榫』起來的嘛！我寫小說大故事一般都是虛構的，細節卻力求是自己和朋友體驗過的，才使人覺得真實。細節千萬不能面壁虛構。這就是為什麼強調作家要深入生活的道理。否則，寫出來的小說一定是胡編亂造之作，引不起讀者興趣的。」

李白雪說：「這大概就是生活的真實與藝術的真實的關係吧？現在我看到的真實是，你這園子很值錢呢！」

午飯已開過，左一曼派人給李白雪送來便餐。一個鹵菜拼盤，三個黃氏家族的傳統菜：五香鹽水雞、粉蒸菜雜肉、珍珠糯米圓子，幾瓶藍劍冰啤。這天天氣特好，夕陽的餘暉斜射進草亭，把三盤兩盞照得亮堂堂的。黃家寶為李白雪斟上啤酒，李白雪正望着桂花樹發神。他順着她的眼光看去，只見幾隻黃鸝在桂花樹上唱着歡快的歌。一群白鷺從亭子前的大池塘中飛起。李白雪歎道：「『兩個黃鸝鳴翠柳，一行白鷺上青天』的美景在你的園子裏重現了，這是一、二十年前不敢奢望的。」

黃家寶給自己斟上啤酒，舉了舉杯，呷了一口，感慨地說：「是啊，這一、二十年中國的變化真大。這正應了毛老人家的一句話：『人間正道是滄桑』。我們這批人是這段歷史的參與者，也是這段歷史的見證人。在這個大變革時期，少數人成功了，更多的人失敗了，付出了沉重的代價。歷史是由成功者和失敗者共同創造的。因此，不管是成功者還是失敗者，他們都是創造了中國這段輝煌歷史的有功之臣，治世時的花朝門。歷史不應忘記他們啊……我正在寫一部反映這段歷史的長篇小說：《花朝門》。」

李白雪拍手讚道：「好！《花朝門》，寫好給我看，先睹為快！」

黃家寶從提包中將最近出版的幾大冊《新世紀少年兒童百科全書》抽出來，遞給李白雪，驕傲地說：「我的科普事業也有了很大的發展。《少兒百科》首發式後，我在西南書城連續簽名售書兩天，把手都簽腫了。現在，這套書一年內已三次重印了，在四川、北京、東北各省賣得最好。」

李白雪接過書，翻了一陣，說：「你真了不起，我們中間出了個對國家、民族貢獻多多的才子，妹妹我臉上有光啊！」

黃家寶並不謙遜，說：「這幾本還是幾碟小菜。最近，我組織了幾十個作家，正在編撰幾部大型百科全書。我企圖通過這幾套大型百科全書，融會中西文化精華，構建中華民族面向二十一世紀的思想體系、道德體系和文化體系。」

李白雪說：「這可是件了不得的大事。成功了，你會成為現代的孔聖人，當代的大儒。」

黃家寶說：「孔聖人不敢當。我只是想，經過二十世紀各種思潮，各種主義的反覆較量，人類在第一次世界大戰、第二次世界大戰和各種國內戰爭、世界局部戰爭、主義試驗中付出了非自然死亡數億人的殘酷代價，仍未找到社會發展的理想模式。特別是二十世紀九十年代初，蘇東巨變，冷戰結束，二十一世紀步入知識經濟時代，和平與發展成了世界的兩大主題，全球經濟一體化使『地球村』概念逐漸深入人心，人類的思想觀念、道德體系、生活方式都在發生深刻的變化。在這個大變化的時代裏，人們往往感到彷徨、苦悶，舊的思想體系、道德體系被前進的時代所粉碎，新的思想體系、道德體系又未建立起來。此時，用各類可讀可查閱的大型百科全書，構建起面向二十一世紀，適合中國國情、融會中外文化精華的思想體系、道德體系，是非常重要的事情。」

李白雪衷心地說：「祝你成功！」

3

夜幕降臨，「夢幻園」紫藤大道上的彩燈亮起來，大道上擺了一個由十來張桌子連起來的大條桌，中間是一個寶塔式的大蛋糕，蛋糕前有一個由90個最大最好的龍泉水蜜桃組成的大「壽」字。黃、夏、左三家世交老少上百口人，圍坐在大條桌旁。黃家寶站起來，發表了慶賀母親90歲壽辰的即席演說，帶頭唱起了《生日歌》。彭宗俊吹了蠟燭，笑得合不攏嘴。她說：「像我這樣活到這大把年齡，兒孫個個孝順的，恐怕世界上也難找。我滿足了。我滿足了。來，來，來，每人吃一塊蛋糕，我給你們添福添壽。」

大家鼓起掌來，爭相向老人家要蛋糕吃。正在人們沉浸於天倫之樂的幸福之中時，外面街上響起了尖銳的警笛聲，似乎有好多輛警車在向「夢幻園」開來。祝壽的人驚愕地站起來，注視着警笛聲傳來的方向。左興國站起來，說：「大家別慌。警車是到『夢幻園』來集合，準備今晚嚴打行動的。大家可以到樓頂酒吧去，看一看熱鬧。」

一大串警車開進「夢幻園」，停在寬闊的車場上。左興國招呼從車上下來的警官，進入總經理安排好的休息室。園子裏安靜下來。黃家寶帶着李白雪，同一夥年輕人一起，上屋頂酒吧去看熱鬧。站在屋頂酒吧上，只見金馬鎮的七條街上，霓虹燈閃爍，燈紅酒綠，一片繁榮景象。旅遊區內外，無數的摩托車開着刺眼的燈，在大街小巷和附近的鄉間田野上穿行。李白雪問：「這些摩托車在忙什麼？」

黃家寶說：「運『小姐』呀！」

李白雪問：「什麼『小姐』？運『小姐』去幹什麼？」

黃家寶笑了，說：「你就不懂了吧？『小姐』就是妓女的代名詞。」

李白雪歎道：「天啦，這麼多妓女。這中國特色的社會主義怎麼比資本主義還資本主義呢？」

黃家寶說：「其實，這麼多『小姐』也是逼出來的。谷河心被開發成旅遊度假區後，失地的農民在鎮上的七條街上一戶分到一套房子。光有房子不能生活呀！於是，一戶農民辦了一個卡拉OK店，每個卡拉OK店養3—5個『小姐』。全鎮300多家卡拉OK店，養了一千多個『小姐』。一個『小姐』至少每年要為100個客人服務。於是，有了『要好耍，到金馬』、『一千酒吧女，十萬負心郎』的民諺。」

李白雪說：「太過分了。政府怎麼不管呢？」

黃家寶說：「前幾年，政府睜一隻眼閉一隻眼，發展經濟嘛！這幾年，開始覺得有點過頭了，隔段時間打一下。但『野火燒不盡，春風吹又生』，越打越兇了。」

李白雪說：「其實，政府要真打，沒有打不盡的。解放初期，舊社會留下那麼多妓女，不是幾年內就消滅得乾乾淨淨的麼！」

黃家寶說：「說得有理。以前是『假打』的多，『假打』的目的，主要是為了罰款，從那些富得流油的嫖客身上搶錢。」

說話間，只聽得樓下花園裏喧鬧起來。警官們從休息室跑出來，荷槍實彈，在停車場排好隊。嚴打前線指揮，市公安局副局長左興國穿着威武的高級警監服，在發布命令，鏗鏘的聲音清晰可聞。他說：「金馬旅遊度假區被中央綜合治安治理委員會列為重點治安整治對象，根據公安部的命令，今天公安部、省公安廳、市公安局採取聯合行動，對金馬七條街的娛樂場所進行清查，徹底剷除黃賭毒醜惡現象。現在，我命令：出發！」

警車一輛輛響着警笛，向金馬街上衝去。一會兒功夫，街上便喧鬧起來，人群從街上擁出來，向四面八方奔去。一群人向「夢幻園」方向奔來，手電筒在原野上亂射。有一群人在一個「小姐」的帶領下，撲到「夢幻園」門口，立即被守衛在門口的警察抓起來。領頭那個「小姐」在警察手中拚命掙扎，狂呼：「黃哥！救我！黃家寶，救我！」

邱紅荷！黃家寶不顧一切，衝下樓，向門口奔去。果然是她。只不過，邱紅荷已失去了往日的美麗，臉腫泡泡的，蠟黃，明眼人一看便知，這是因吸毒過量引起的。左興國走過來，一把拉住黃家寶，把他拖進門房，問：「這女娃兒是你什麼人？」

黃家寶說：「原來在我這兒工作過，是我從廣東請來的桑拿經理。」

左興國說：「這個人你不能再沾。三處的王處長已認出來，她是全國通緝的大毒梟，誰沾誰脫不到手。」

黃家寶垂下了頭。邱紅荷的呼叫聲漸漸弱了。她被推上一輛警車，警車拉響了警笛，呼嘯而去。

黃家寶經過了一段無法抑制的思念與撕心裂肺的傷痛以後，漸漸將邱紅荷淡忘了。他安靜下來了。他早已過了知「天命」之年，決心不再「恍」了，也不應該再「恍」了。

第四卷　白與黑

不管白貓黑貓，抓得住老鼠就是好貓。

——民諺

卷 首

「哈哈哈哈，三十而立……三十而立……我他媽的怎麼是三十而離婚啊……老天，難道我黃睿真的就是廢物一個嗎？想死的心都有了，我還能怎麼樣啊！」

2001年的大年三十，也正是黃睿滿30歲的那天，結婚6年的老婆跟一小老闆跑了，理由很簡單，他沒錢。這女人也做得絕，居然生日都不讓他過了再走，硬是要他在生日前一天跟他離婚，說趕着春節好跟新老公結婚辦酒，媽的，這女人無情起來也真夠可以的。向來軟弱的他也就依了她，不離更難受，名義上是自己的老婆卻天天睡別人床上，暈倒，真的該去死了，男人做這個份上也可以啦……呵呵！

他——黃睿，小時候就是鄰里出名的精靈人兒，打小讀書就厲害，是周圍鄰里教育自家孩子的榜樣。可惜，帥氣十足的他高中開始就走了桃花運，1米83的個子，墩墩漢漢的身材，人稱「黃大漢」。身邊美女如雲，愣是你不挑他不選，找了個最不看好自己的美女追。精誠所至、金石為開，到高中畢業的時候，他還真把那美女追到手了。學習成績嘛，嘿嘿，當然隨着桃花往下飄了哦！連帶那美女一起，從兩個重點大學的不二人選愣是被雙雙扔到了一個偏遠的垃圾大學。父母也算開放，倒沒說什麼，戀愛自由嘛，隨得你們去，他老爸黃家寶經常掛在嘴裏的一句是「兒孫自有兒孫福，老來別操那麼多心了」。

他們兩個到了大學，離開了父母的管束，那真是如魚得水啊，擠出兩個人在當時算較富有的生活費在學校外面租了個每月50元的單間開始正式同居了，在同學們眼裏，那真是羨煞人啊，儼然小夫妻一對嘛！在那個年代，真可以算膽大包天，為所欲為了，誰讓愛情那麼偉大呢！

四年風平浪靜，他們很快又雙雙畢業了，當然頭件大事是結婚了哦。場面到也不大，無非是雙方父母單位的同事和自己關係比較好的幾個同學湊幾桌熱鬧熱鬧，往父母家裏一住就算成家了。

成家立業，當然是先成家後立業啦。他想着自己這麼快就走完了人生的一大步，不由得有點屁顛屁顛地樂，立業嘛，就慢慢來啦。工作已經安排好了，老婆去了城市附近的一個風景區坐辦公室，搞財務，自己呢符合專業對口的條件，分到了市肉聯廠做技術員，一個月兩口子有300左右的收入，不管老不養小的，還有爸媽管吃管喝，倒也逍遙自在。如許過了2、3年，倒也相安無事。直到一天……

那一天，老婆單位突然打了電話到黃睿廠裏，說他老婆出了點事情，叫他去一趟，具體什麼事情也不說。他趕緊請了假，打的到了老婆單位，單位辦公室的老李接待了他，委婉地告訴他，他老婆犯事了，正在單位保衛科被警察傳訊。他的頭轟一下大了，差點沒暈倒，被警察傳訊，天，什麼事情這麼厲害。好歹半天搞清楚了，他老婆涉嫌和單位裏面幾個賣門票的串通製售假門票，那幾個守大門的雜碎去外面私印假門票，串通一氣坑單位的錢。本來這事情跟他老婆沒什麼關係，偏偏他老婆這個財務發現了門票銷售數量和平常相比有點問題，而那幾個雜碎知道後給她塞了1,000塊錢，堵住了她的嘴，她也就睜隻眼閉隻眼，沒有向上面反映。這下好，那幾個雜碎翻船了，把她收了1,000元的事情也抖了出來，她知情不報兼受賄，亂子大了。他趕緊給單位領導賠禮道歉求情，好容易託關係走後門，老婆才沒有被起訴，可是飯碗肯定是保不住了，為這事情，小兩口還欠了幾萬塊錢債，畢竟，不花錢，能這麼容易脫身麼！

老婆回家了，可工作丟了，收入少了一半，日子開始困難了。偏巧「禍不單行」，晴天一個霹靂，他上班的肉聯廠倒閉了，一個私人老闆低價收購了他們廠子，30,000塊錢買斷了他的工齡，他也失業了。小兩口在家鬱悶了半個月，大小吵了十幾場，最後決定響應一個先富起來的同學的號召，他們來到了南方一個開放城市打工賺錢。

靠同學的幫忙和自己的努力，黃睿在南方一呆就是三年，私人小廠的技術員、廠長，皮包公司的業務員、經理，小餐館老闆，夜市攤販，什麼亂七八糟的行業他都做過，甚至他還做過一個國家大機構頭頭在南方的馬仔，幫他經手違法收入的資金運作，很享受了一下老總的滋味，也賺了不少錢。可惜又倒霉了一次，老闆東窗事發了，差點連累他也進局子。好歹脫身出來，可又幾乎身無分文了。

帶着一身的疲乏，他回到了家裏。原想休整一下再出來從頭來過，「禍不單行」又一次應驗了他的威力——老婆跑了。什麼叫衰啊？這就叫衰。於是乎，他「三十而離」了。苦悶的他把自己僅有的積蓄都換成了酒，喝醉了就哭就鬧，好幾次真希望自己就這樣醉死了去，一了百了。自殺的心是有，甚至在高樓上試了一次，可是實在沒有自殺的勇氣，他有時候想起來真的好佩服那些敢於自殺的人，那是需要多麼大的勇氣啊……

第一章

1

夏蘭妮感到下體異樣，濕漉漉的。她用手伸進褲內一摸，將手在眼前一看。血，殷紅的血！夏蘭妮臉色頓時變得煞白。血不僅來得突然，而且十分猛烈，很快便將內褲打濕。她的雙眸帶着莫名的驚恐和無措，雙頰在陽光下潮濕而芬芳。母親蒲香豆推開臥室的門看了她一眼，發現了問題，不動聲色地遞給她一條月經帶，一卷衛生紙。她垂下頭去，不敢看母親。手裏的衛生紙溫柔潔白，她用細長的手指在上面輕輕地撫摸，有一種碧潭一樣的溫柔在心中一層層蕩漾開來。她把衛生紙緊緊貼在灼熱的臉上，心裏感到一種撫慰，還有一點失落，覺得自己是那樣的無助和脆弱。她閉上眼，眼眶微微地顫抖着，胸中有一股股雜亂無章的激流在湧動，一股熱潮從皮膚中穿越而過，帶着一種所向披靡的激情。她的臉熱得發燙，手指卻是冰涼的。母親要幫她穿「馬馬」，她不讓。母親退了出去。她緊閉上門，拉上窗簾，打開燈。她脫下外褲，脫下內褲，血還在流，順着大腿流向下腿。她走進衛生間，脫光了衣服，打開熱水噴頭，待出熱水後再將水沖洗下身。她趕緊擦乾下身，將母親給的月經帶墊上衛生紙，騎上去，縛好。

她並不忙於穿衣束帶，而是站在橢圓形的大穿衣鏡前，把兩個小小的辮子打散。那原來稀疏而枯黃的頭髮，此時卻蓬勃地生長着，變得光澤而豐茂。那原來乾澀的皮膚變得雪白而有光澤，細膩如凝脂。一頭散落在肩頭的烏髮，一對活兔式的小乳房，豐滿起來的肥臀，細腰，修長的美腿。她對鏡中的那個變得嫵媚的女孩陌生起來，伸出蒼白而異樣的手指觸摸了一下爬在肩頭上的發梢，竟像被電擊了一下。她呆呆地望着鏡子中那個陌生的自己，懷疑地在心裏問：「這是我嗎？真的是我嗎？」

鏡中的女孩，一對淡淡的柳葉眉彎彎俏俏，一雙水靈靈的丹鳳眼顧盼生輝，一片紅紅的薄嘴唇閃着如玉的光澤。「這是我嗎？真的是我嗎？」她在心中反覆問自己。

敲門聲響起。她匆匆地穿好衣褲，走出衛生間，不情願地打開了門。母親蒲香豆推門進來，她驚恐而戒備地望着這個「闖入者」。母親溫柔地笑了笑，說：「你已經是個大姑娘了，不要那麼一驚一乍的。」

她低下頭，有一種被看穿的羞澀和憤怒。她既想一個人安安靜靜地呆一會兒，體味孤獨時的優美和高貴，又想撲到母親懷裏大哭一場，讓母親溫和的手掌給她以安寧和慰藉。

吃晚飯的時候，她一改往日裏咋咋呼呼的習慣，安安靜靜地坐在桌旁扒拉着碗裏的飯粒，不想說話。那會兒，父親夏古傑還健在。母親和父親意味深長地對看了一眼，輪替着往女兒的碗裏夾菜，父親還粗着嗓門說：「女娃子在這個時候是最需要營養的。」

她的臉一下子憋得通紅。她想：「爸爸是個粗枝大葉的人，他怎麼會知道我的這檔子事？」

她低下頭去，好像自己做了什麼見不得人的事似的，不敢看雙親。她偷偷地一掀眼皮，發現兩道充滿關切的目光。母親抿嘴一笑，說：「我們的女兒長大了！」

她的頭垂得更低了，內心像打翻了「五味瓶」，充滿了混亂、慌張、羞愧、甜蜜、喜悅等等混亂的感情。她眼睛灼熱、胸口發脹，覺得有什麼東西在全身細小的血管裏流淌，內心有很多小蟲子在呼啦啦呼啦啦地瘋長着，奔湧着，迫不及待地要從身體中迸出來。她繼續在雙親面前頑固地沉默着，儘管她從來沒有像現在這樣愛他們。

回到臥室，她站在窗台邊，推開窗戶，有一股微涼的晚風拂面而過。憑窗觀望，遠眺天邊有絢爛的緋雲朵朵，近看有林立的高樓鱗次櫛比，樓下有幾個灰頭灰腦的小男孩在大聲地叫喊着，喧嚷着。她忽然厭倦起過去自己也十分喜愛的吵吵鬧鬧，心裏渴望生活寧靜而美好。風越來越大了，吹過她潮濕的臉龐，肩上打散的頭髮被吹得飛揚起來，她的心裏湧動着、堵塞着許多莫名的情愫，青春少女的憂傷和惆悵升騰起來。這時，她的心中升騰起「白馬王子」的形象。她多麼希望能有一個沉穩而溫和的人，用他寬大的手握住她冰涼的小手，用寬厚的肩膀支撐着他，用純淨的雙眼深情地注視着她。她同他談着生活中的點點滴滴，談着他們如何肩並肩一起走向未來。她心裏對「他」模糊的渴望氾濫開來，帶着一種要命的溫柔，夾雜着一絲羞愧和罪惡感。天空飛過來一行一行歸來的大雁，夕陽的最後一縷光輝刺痛了她的眼睛，她滾燙的淚落了下來。帶着越來越大的肆無忌憚的哭聲，夏蘭妮走進了她的青春時代。

2

「白馬王子」沒等到，高中畢業那年有一匹「黑馬」登門了。這是夏蘭妮的川大附中初中同學，乾表兄黃睿。黃睿是父親夏古傑的好朋友黃家寶的兒子。初中時黃睿並不顯眼，是個性子很急的小男生，大大咧咧，咋咋唬唬，邋里邋遢的，成績也一般。高中時他卻突然像變了一個人似的，不僅成績好，群眾關係也不錯，當了班長。而且，黃睿既不像他的父親，也不像他的母親，卻很像他爺爺黃開泰，長得很高大。因為身材高大，陽剛氣十足，班裏的同學都叫他「黃大漢」。

夏蘭妮印象最深的是，初中時她同黃睿在聖誕晚會上的一次同台演出。

那一次，夏蘭妮和黃睿聯袂表演霹靂舞和「豬八戒揹媳婦」。自然是黃睿演「豬八戒」，夏蘭妮演「媳婦」囉。

黃睿穿了一條牛仔褲，手提着褲兒，搖搖擺擺上場了。他大大方方地向夏蘭妮鞠了一個躬，同她一起先表演一段他們拿手的霹靂舞。誰知，黃睿頭一仰，腰一扭，褲兒下滑沒法顧及；再手一舉，腳一跺，差點露出大屁股。樂得賓客笑彎了腰，笑得同學滿地滾，氣得蘭妮哭鼻子。她不肯再同黃睿一起表演「豬八戒揹媳婦」，黃睿安慰她道：「別擔心，好媳婦，八戒我有羅漢肚！」

黃睿是個編「兒歌」的天才，他揹起蘭妮，一邊左搖右晃地跳，一邊唱着自編的兒歌：「豬八戒，娶媳婦，穿了一條牛仔褲。黃桶腰，羅漢肚，皮帶短了拴不住。扭着臀，手提褲，搖搖擺擺有風度。飯吃飽，酒喝足，歡迎八戒演節目！」

黃睿的傻笑和一雙十分清澈的明眸給她留下了深刻的印象。她常常夢見他，夢見他傻傻地對她笑。有一次，她竟夢見自己光溜溜地被同樣光溜溜的黃睿壓在身下，黃睿的「雀雀」在她的敏感地區亂戳。她驚叫一聲，猛醒了。心臟在咚咚地亂跳，摸摸下體，潮潮的，似乎還留着那人的餘溫。她的臉又一次臊紅了。她覺得自己太無恥了。直到她在網上查資料時，看到「那個女兒不懷春」、「食色，性也」這些古話，心裏的犯罪感才弱化了。

暑假，黃睿突然出現在夏蘭妮家裏，是黃睿的母親左一曼帶他來的。如今，這個「豬八戒」已出脫成一表人才：方面大耳、濃眉大眼，聲如洪鐘，氣度不凡。只是他皮膚不太好，長得黑黧黧的，但身體很壯，不到十八歲，便有一米八高了，塊頭很大，是個敦實的大漢。唯一不變的是，他仍然是那麼胖乎乎的、傻乎乎的。他一望見她，就定住了，癡癡地。她想起那天晚上同他「夢交」，一下子臉紅了。黃睿驚呼道：「媽媽，媽媽，她臉紅了！」

夏蘭妮臉更紅了，紅得發燙。她恨不得地下有條縫，鑽進去。還是左一曼解了圍，說：「黃睿，傻孩子，女大十八變嗎，蘭妮成大姑娘了，你還像小時候那樣，隨便說話，口無遮攔，要不得！說話要注意分寸！」

夏蘭妮本是個性情十分開朗的姑娘。她意識到自己的失態，鎮定了一下自己，大方地拉着黃睿的手，說：「走，到我的書房去玩。」

黃睿進了夏蘭妮的書房，不待落座，便在她的書架上翻起來。這時候，夏蘭妮的母親蒲香豆帶來另一個客人，她的初中同學左卓舒。左卓舒是夏蘭妮乾表叔左興國的兒子，中國罕見的少年大學生，在中國科技大學兩年便拿了學士學位，被公派到美國華盛頓大學留學。他一年便拿下了碩士學位，現正在比爾·蓋茨的故鄉西雅圖攻「計算機軟件」博士學位。

左卓舒是一個白面書生，身體瘦弱，他穿一身筆挺的西服，戴一副金邊眼鏡，說話細聲細氣的，做事斯斯文文的。他見到兩個初中同學，分外高興，伸出瘦小缺血、青筋暴露的手，文雅地同黃睿握了手，又向夏蘭妮伸出手。夏蘭妮用指尖同他的手碰了碰，覺得這隻手冰涼，立即縮了回去。左卓舒卻癡癡地盯着她，說：「真是女大十八變，小姑娘長得好漂亮！」

黃睿挖苦道：「食色，性也，一點不假。我們不善言辭的書呆子，在美女面前便自然會說話了，會奉承人了。」

夏蘭妮說：「黃睿，別拿他開涮了，卓舒，快坐，給我們談談你在美國的感受。」

左卓舒落座後，品着蘭妮母親送來的咖啡，說：「美國也沒什麼好的，只是，在美國受教育卻很有必要。我們中國留學生一般都比美國學生用功，成績也比美國學生好，但踏上社會，美國學生往往生活能力比我們強。」

夏蘭妮問：「那是為什麼呢？」

左卓舒說：「這是兩個國家奉行不同的教育體制的結果。中國留學生不太適應這種體制。

黃睿問：「你談談，這兩種教育體制的區別是什麼？」

左卓舒說：「我到比爾·蓋茨的母校西雅圖湖邊中學去參觀考察過，為什麼那兒能培育出世界首富、知識富翁比爾·蓋茨？原因是美國的教育體制較活，能自覺地跟蹤世界先進水平。蓋茨就讀的湖邊中學的校長，是一個目光遠大的教育家。1968年，他說服董事局，決定在校內安裝連接附近通用電器公司電腦的終端電傳打字機，租用這間公司的電腦「機器時間」，讓學生搶先領略電腦高科技的神韻。他不顧學校經費拮据，四處化緣，募來3,000美元，支付昂貴的電腦租賃費，開起了電腦課。他的這一高招，連他自己也沒想到，會從他的學生中產生一個世界首富，並對美國和世界的科技與經濟發展作出重要貢獻。蓋茨當時只是一個十三歲的少年，就能接觸到當時很多科技人員夢寐以求而不可得的電腦。電腦是蓋茨出生以前十年才出現在世界上的新事物。美國教育的成功之處之一在於它對新生事物的敏感。它比全世界早一、二十年率先在中學中設置電腦課程。待其他國家的決策者們明白過來電腦的巨大作用時，美國人已嘗夠了電腦在發展科技與經濟中的甜頭。從輪到蓋茨上機的第一天起，他就深深地迷戀上了神奇的電腦。他不像一般學生那樣，在電腦課中學會操作便罷手。他的頭腦飛速地旋轉着，舉一反三，向輔導老師提出一串連珠炮似的問題：『電腦代替人腦處理問題的機理是什麼？電腦各部的組成結構及聯通方式是怎樣的？現有的電腦有些什麼實用價值？電腦的功能能向那些新的方向開拓？』那時，電腦的知識尚不普及，輔導老師對電腦也不甚了了，以其昏昏，使人昭昭，顯然不行，但輔導老師並不迴避這些問題，能解答的便盡力解答，不能解答的便直言告之學生：『你們的明天便是要回答和解決現在還沒有現成答案的問題的。』」

左卓舒的一番話使夏蘭妮聽得入了神，這個身體羸弱的少年大學生在她心目中變得高大起來。她說：「我真想到美國去留學，手續好辦嗎？」

左卓舒熱情地說：「說好辦就好辦，說難辦就難辦。我來幫你，便好辦了。黃睿，去不去。你要去，我幫你們一起辦。」

黃睿搖搖頭，說：「我不去留學。現在國內正在興起建設高潮，機會在國內。而且，我家也拿不出那麼多錢去留學。」

左卓舒說：「可以想辦法申請獎學金呀！」

黃睿說：「沒那麼容易吧。反正，我父親不僅不主張我出國，還不主張我出川，說在四川討口都比在外地強。」

夏蘭妮說：「黃叔叔真是一個極端的家鄉主義者。君不聞，川人只有出川，才能克服狹隘的盆地意識，成大器嗎？李白出川，成了大詩人；巴金出川，有了《家》《春》《秋》，成了大作家；艾蕪出川，有了《南行記》；鄧小平出川，成了大政治家……」

黃睿打斷她，說：「這些我都知道，但你可知道，諸葛亮入川，成了大政治家；司馬相如，在邛崍與文君當爐，成了大文學家；杜甫入川，成為更偉大的詩人。什麼事都是不能一概而論的。」

夏蘭妮說：「對，對，人各有志，不能勉強。我是走定留學的路了。卓舒，你給我說說，我該怎麼辦吧！」

左卓舒說：「你的托福成績是多少？」

夏蘭妮說：「560分。」

左卓舒走到電腦桌旁，打開電腦，熟練地找到「美國新聞在線」，找出美國排名前50名的大學，並敲出了這些大學對托福成績的要求，哈佛、耶魯的要求都在560分以上，被排除了。左卓舒歡叫一聲：「看，我讀過的喬治·華盛頓大學托福要求550分以上，你夠格，那兒離西雅圖不遠，還有獎學金，你發電子郵件去，叫他們給你寄表格來填。填表的時候要注意，你要盡量填寫課外活動中得的獎項，外國大學特別看重留學生的綜合素質。你有沒有在課外活動中得過什麼獎？」

夏蘭妮說：「有啊！我得過四川省創新科技大賽一等獎，還被評為過四川省十大傑出青少年科普作家……」

左卓舒興奮地搓着手，說：「好，好，這兩條是『鋼鞭』，就憑這兩條『鋼鞭』，你就能得到世界名校——喬治·華盛頓大學的獎學金！」

夏蘭妮說：「好，就申請讀喬治·華盛頓大學，我爸爸的一個朋友李白雪還是那裏的教授呢。」

不久，夏蘭妮收到了喬治·華盛頓大學的錄取通知書，同送她去美國的乾爹黃家寶一起登上了越洋飛機。

3

經過18個小時的空中飛行，黃家寶和乾女兒夏蘭妮終於到達了西雅圖市。夏蘭妮走出國際機場，只看得見幾排綠樹掩映的矮房。成串的汽車在高速公路上奔馳着，路邊除了樹，便是一、二層樓的矮房，稀稀拉拉的。這與夏蘭妮想象的高樓林立的美國城市不一樣。她真懷疑這兒會是她心中的偶像：比爾·蓋茨的家鄉。

李白雪在西雅圖機場接到黃家寶和夏蘭妮，夏蘭妮一見李白雪，便說：「你們美國也不怎麼樣。」

李白雪笑笑，說：「丫頭，下車伊始便信口開河，可要不得，多看看，再下結論吧。」

李白雪駕車將她們先帶到西雅圖的海灣邊，在一個綠樹掩映的草坪旁停下來。李白雪讓他們下車後，領着他們沿着一條石板路向前走。轉了一個一百八十度的大灣後，蔚藍色的大海突然出現在她們的面前。海灣的對面，一幢幢高樓鱗次櫛比，聳入雲端。西雅圖的象徵：宇宙針，以其凌雲的氣勢立即抓住了夏蘭妮的心。夏蘭妮不禁高聲喊起來：「這才是美國啊！」

李白雪等父女倆玩夠後，駕車將她們帶回自己的家。這是西雅圖市區內的一個低檔公寓，住着一些老年人和中低等收入者。李白雪住在公寓的一套兩室一廳一廚的住房裏。住房面積雖不大，但裝修豪華、整潔，衛生設施齊全。她讓夏蘭妮同她一起住主臥室，將書房中安放了一張行軍床，作為黃家寶的臨時住所。

盥洗完畢後，李白雪端來兩杯自己熬製的咖啡，放在茶几上。她自己從冰箱內拿出一聽「可樂」，倒在面前的高筒玻璃杯中。黃家寶關切地問：「為什麼不找個伴？」

李白雪歎息一聲，說：「談何容易！你知道，我不是一個願意苟合的人。找不到感覺，不來電，我情願獨身。」

夏蘭妮問：「李阿姨，你這麼好的條件，難道沒人追你？」

李白雪說：「不是吹，追我的人可多啦。大多是金髮碧眼的洋帥哥。今晚，我在公寓裏為你們組織了一個派對，你會看到的。」

果然，公寓公共大廳裏的派對熱鬧非凡，來了三、四十人。李白雪是這天晚上的主持人，她把黃家寶與夏蘭妮介紹給客人。客人們聽話地輪流請黃家寶與夏蘭妮跳舞。邀請李白雪跳舞的人更多，在她面前排起隊來。後來，她甩開客人，拉黃家寶上台去同她對唱。一曲《夫妻雙雙把家還》，把他們兩個人的眼淚都唱出來了。唱完，客人們鼓掌聲經久不息。下台來，黃家寶發現乾女兒不見了。他連忙走出大廳，在公寓中間的花園裏，他發現乾女兒坐在葡萄架下的石櫈上悶悶不樂。他摸了摸乾女兒蘭妮的頭，蘭妮抬起頭來，直率地問：「你們都動了真情，你同李阿姨是否是……」

黃家寶忙堵住蘭妮的嘴，說：「別胡說！我同李阿姨只是好朋友。」

李白雪出來尋父女倆，給黃家寶解了圍。他們在花園裏找了一個石櫈坐下來閒聊。

黃家寶問李白雪：「你跑了那麼多國家，你認為世界上哪個國家的制度最先進？」

李白雪毫不遲疑地說：「美國。」

黃家寶說：「先進在哪裏？」

李白雪說：「我先不給你談理論問題。我只談感受。我在美國感觸最深的是，在美國，我一點也沒有自己是『外國人』的感覺。美國更像一個『聯合國』，各種膚色的人都有，千奇百怪，見怪不怪，誰看誰都是外國人。當然，美國還是白人佔主流，美國報紙正在討論『美國白人對人類文明的貢獻』呢。」

黃家寶說：「這不能說明美國有多先進，只能說明在美國種族歧視的問題解決得好一些而已。在種族問題上，我認為，解決得最好的國家還是中國。在中國，『少數民族』『歪』得很，誰也惹不起。四川有個出版社因一幅畫牽涉到敏感的民族問題，社長被撤了職，總編輯坐了牢。」

李白雪說：「這太過分了。我們提倡的是平等，小欺大也不行。」

黃家寶說：「我們對外國朋友就更好了。」

李白雪笑笑，說：「看來，我們兩個在對美國的問題上觀點有些不同。」

黃家寶說：「是的。最近，一個自稱是『親美派』的新加坡大學副教授在《聯合早報》上發表了一篇關於『親美派』和『仇美派』的文章，引起了華人世界的一場網上大爭論。我既不是『親美派』，也不是『仇美派』，而是一個民族主義者兼世界主義者、宇宙主義者。我認為，一個人立足社會，應該由近及遠，先愛自己的家人，愛自己的親朋好友，愛自己的民族，愛自己的國家，再愛我們人類，我們的自然界，乃至愛我們的地球，愛我們的太陽系、銀河系，我們的宇宙，以及還不知道是否存在的宇宙之外的宇宙……」

李白雪說：「你這道理是對的，但從中華民族的角度來看美國，我認為，美國對中國是功大於過的。在歷史上，美國也對中國犯下過不少罪行，如參加過八國聯軍搶劫中國，強迫清政府訂立過『望廈條約』等不平等條約，提出過瓜分中國市場的『門戶開放』政策，但比較起日本、英國、俄國來，罪行還是較輕的。它沒有罪惡昭著的『大屠殺』劣跡，沒有侵佔過中國的土地。同時，它對中國還是有功的，美國對中國做的第一大好事，是在二十世紀上半葉用返還的『庚子賠款』為中國培養了眾多高素質的人才，這批人才成了新中國建設的中堅，如錢學森、錢偉長、錢三強等；最近一、二十年，美國又接納了中國的大批留學生。這批留學生回國後已成為和將要成為『復興中華』的核心力量，是人們寄予重大期望的『海歸派』的主力。美國對中國做的第二件大好事是幫助中國打敗了『小日本』，收復了『台灣』。」

黃家寶點頭道：「說得對。因此，我們既沒有理由特別『親美』，也沒有理由特別『仇美』，而是要向美國學習，借鑒美國的經驗，接受美國的『幫助』，吸引美國的資金，為復興中華民族服務。更進一步，強大起來的中國，能夠與美國並肩為建立理想的『地球村』共同奮鬥，使『地球村』強大起來，團結一致，然後攜手向宇宙進軍，征服宇宙，使『地球村』和地球人類有一個美好的現在，擁有一個可期待的『樂觀』的未來。」

李白雪說：「我認為，美國經驗中最引人注目的是，在美國社會中，中產階級佔了80%，他們有房，有豪車，有充足的錢去進行旅遊。少數窮人也得到充分社會保障。雖然在美國有少數富翁富得驚人，財產上百億美元，富可敵國。但沒有誰恨他們，沒有人因為嫉妒比爾·蓋茨之富而想去殺他的。」

黃家寶感慨地說：「看來，美國倒真是一個理想社會。」

李白雪問：「人類的理想社會到底應該是個什麼樣子呢？」

黃家寶說：「從兩千多年前柏拉圖的理想國開始，出現了一個一個的烏托邦式理想社會藍圖，中國有老莊『老死不相往來』的理想國，陶淵明的『桃花源』式的理想國；直至十九世紀至二十世紀『共產主義幽靈』在全世界『徘徊』，將世界鬧得『天翻地覆慨而慷』。為了『烏托邦』，為了實現想象中的理想社會，千百萬人的人頭落地，仍前仆後繼，奮鬥不已，先後出現過列寧的『蘇維埃加電氣化』式的共產主義、希特勒的『國家社會主義』、赫魯曉夫的『土豆燒牛肉』

式的共產主義、中國的『樓上樓下，電燈電話』式的共產主義、毛澤東的『大鍋飯』式的共產主義，還有，不是共產主義勝似共產主義的以色列『公社』……」

李白雪說：「其實，人們的理想說起來複雜，說白了也簡單得很。人們的理想社會模式的終極目的都不過是讓大多數人能過上好日子而已。少數人或因懶，或因缺乏智力和勞力，靠社會救濟度日；少數人因勤，因智力超群，因機遇特好，過富翁的生活。這就是兩極分化，『兩頭小，中間大』。只要能達成這樣的社會貧富結構，便能構建起人類的理想社會。」

黃家寶說：「因此，我一貫主張，就別去爭什麼主義最好了。『實踐是檢驗真理的唯一標準』，鑒別好壞事物的標準是『看是否有利於綜合國力的提高，有利於人民生活的改善』，這是典型的『貓論』，是小平理論的精髓。話很直白，卻是真理。」

4

夏蘭妮每個周末都是同左卓舒一起度過的。他們一起去逛海灣，沿着小河溜達，在華盛頓大學的草坪上流連忘返。夏蘭妮讀經濟管理系，左卓舒讀生命科學院。雖然是兩個不同的專業，卻有許多共同的話題。最重要的話題是，如何利用所學的專業知識和海外學歷的優勢，回國創業的問題。祖國正在進行熱火朝天的建設，比在美國發財的機會多得多。美國的人才太多，聰明人太多，發財的每一個機會，都被千百人去搶。成功的機率幾乎同中彩票差不多。美國有幾個比爾·蓋茨？有幾個喬布斯？

夏蘭妮發現，西雅圖的天很藍，絲狀的浮雲輪廓分明；西雅圖的水很清，方圓百里的布吉灣上沒有一塊垃圾；西雅圖的路很乾淨，他們散步一天回來皮鞋上也沒有一點灰。

他們喜歡沿着西爾斯中學附近的郎非羅河漫步。這是一個秋風送爽的下午，他們沿着小河向上游走去。小河兩岸樹木成蔭，他們猶如漫步在森林之中，有時還感覺到一絲絲涼意。左卓舒指着樹林對夏蘭妮說：「這些樹都是自願者種的，已有20多年歷史了。種這些樹，除了綠化的意義外，還有保護大馬哈魚的作用。西雅圖市的大馬哈魚已被列為瀕危物種。大馬哈魚喜歡濕冷的環境，樹林可以降低附近空氣和水的溫度。你看，河中間有一些圓木，也是為保護大馬哈魚用的。」

夏蘭妮向河中心看去，果然，河的中央每隔五、六米便橫着一個圓木。她莫名其妙，問：「這些圓木怎麼保護大馬哈魚呢？」

左卓舒答道：「這是用來減緩水的流速的。大馬哈魚習慣於將卵排在岩石縫裏，如果水流太急，卵就會被沖走、破壞。」

夏蘭妮指着兩岸的兩層柵欄問：「這些柵欄有什麼作用，為什麼要雙層？」

左卓舒說：「郎非羅河兩岸有這兩層柵欄各有各的作用，外層是用塑料做成的，以防止路中的污垢物沖入河中。內層是鐵絲網，沿河岸而立，可以起到防止兩岸植物產生的腐敗物落入河中。」

再往上走，只見有許多樹木光禿禿地在河岸邊站立着，看來這是些死亡已久的樹。

夏蘭妮又問：「這些樹死了，為什麼還要留着它？」

卓舒說：「人們讓死樹留在河邊，是因為它可以變成養料，哺養旁邊的活樹。」

夏蘭妮歎道：「卓舒，你就是一本《十萬個為什麼》，什麼問題也難不倒你。」

夏蘭妮就是在這些散步中，在提出無數個「天問」後，逐漸產生了對左卓舒的崇拜，並進而答應了卓舒的求婚，嫁給他的。其實，在生理上，她更渴望那個強壯的「黃大漢」，雖然她漸漸地淡忘了他，但他卻不時會在她桃色的夢境中出現。一個反覆出現的場景是，她和他赤身摟抱在一起，像在三級片中看到的那樣，吮吸着黃家祖傳的碩大無比的「根」。她對左卓舒並沒有「性」的渴望。她崇拜他，只是因為他了解美國，比她更像一個美國人。

5

夏蘭妮和左卓舒結婚以後，她才對「丈夫」有了深入了解。她感到了深深的失望。這個外表瀟灑，風度翩翩的「美國人」，脫下衣褲，卻是那麼羸弱，瘦骨嶙峋，壓在她身上輕飄飄的，突出的肋骨「粳人」，給人一種很不舒服的感覺。而且，她還沒找到感覺，他那條可憐的小「根」兒就鑽進了她的身體，幾秒鐘就完事了。雖然他們「做愛」時少感覺，卻出了成果。她懷孕了，生下了一個小兒子。他們倆誰也不知道該怎麼帶小孩，如果請保姆來帶，費用是他們無法承受的。他們不知所措，向家裏一報告，兩個人的母親都趕到美國來了，為她們的「小孫孫」保駕護航。

「兩個女人一台戲」。夏蘭妮的母親蒲香豆是個帶點土氣的女企業家，夏古傑自殺後繼承了他的一切債權、債務，個性很強。左卓舒的母親木蘭是在縣委副書記的位子上退休的，年輕時便得了個綽號：「鐵姑娘」，個性也極強，兩個「女強人」很快就發生了摩擦。摩擦是從買菜煮飯開始的，木蘭會開車，會英語，負責買菜，蒲香豆負責做飯。

左卓舒在矽谷當「白領」，收入不錯，年薪4萬美元。他們用分期付款方式買了一幢小樓，買了一輛豪車。平時小兩口生活問題不大，但兩個母親一來，加上孩子出世後也要開支，於是，經濟開始窘迫起來。木蘭每天從超市買來的食物越來越少。蒲香豆是個心腸很好，很克己的人。她為保障夏蘭妮及孩子的營養，使夏蘭妮產後有足夠的母乳餵孩子，總是把最好的東西給夏蘭妮吃，開單份。夏蘭妮吃後，才是女婿、親家母吃，最後自己吃。開始，大家還相安無事。但隨着食物的減少，親家母到廚房來為兒子爭食了。她拿走了蒲香豆給自己留下的本來就不多的食物的一半。她餓得心裏發慌。別墅在郊外原野上，孤零零的，離超市和城鎮很遠，她不可能獨自讓女婿開車將自己送到城鎮去「搓」一頓。臨行前，她打電話問女兒，要帶多少錢在身上。女兒說，一分也不用帶，一切他們包完。老實巴交的她竟聽了女兒的話，只帶了一百美元便出了國。

蒲香豆明顯地變瘦了，豐滿的臉變得顴骨凸出。一天，正當她忙完侍候「各級仙人」的活，已經餓腸轆轆，準備坐下來吃她那份漢堡包時，親家母從背後伸出一隻手，要抓走盤中的紅腸。她終於憤怒了，忍無可忍了，她不能聽任親家母再來奪她的口中食，敏捷地打開那隻胖手，按住盤中的紅腸不讓親家拿走，嚷道：「要多吃，就多買點回來嘛！把錢捏得那麼緊，帶到棺材裏去呀？」

親家母一聽，便「毛」了，把腰一叉，說：「咦！你是罵我吃了你們的伙食錢？老娘給你報個賬，看一天的伙食錢是怎麼用的。他們每天給我20美元買東西，能買個啥？」

蒲香豆說：「20美元，合人民幣近200元。在我們成都，200元錢買的東西可以辦兩桌席。」

親家母冷笑道：「這你就不懂了吧？在這裏，20美元的實際購買力只相當於國內的20元人民幣。你知道豆芽好多錢一斤？1美元250克！牛肉多少錢1斤？7美元。要想吃一次牛肉燒蘿蔔，我都要思想鬥爭老半天。」

夏蘭妮和左卓舒聽到兩個媽媽在吵鬧，忙出來勸架，夏蘭妮說：「兩位媽媽，最近我們的經濟緊張得很。雖說卓舒一個月有三、四千美元收入，但每月要上佔收入三分之一的所得稅，這就是1000多美元，還要扣1000美元買房款，1000美元買汽車款，以及水、電、氣、環保等等費用，每月能用在伙食上的就只拿得出600美元，平均每天最多有20美元菜金。」

蒲香豆轉向女兒，埋怨道：「平時，你給我講美國好得不得了，還講美國老太太與中國老太太的笑話，挖苦我們。看，你們成了別墅和豪車的奴隸了吧？連飯都吃不好。我們在國內有完全屬於自己的房子，有吃不完的雞鴨魚肉。要是拿這兒的菜價與成都比，成都的菜等於白送，不要錢！女兒，孩子滿了月我就回去，我不在這兒活受罪了！」

6

左卓舒突然提出，他要同蘭妮離婚。

蘭妮一方面是幹練的女強人，一方面又是典型的傳統女性，非常戀家，認為家比工作重要，對卓舒也從來是言聽計從。她很想吃海鮮，但因為卓舒不喜歡吃，她就從不吃海鮮，似乎吃一次海鮮就是對卓舒的背叛。結婚後，在卓舒的要求下，無論有什麼工作應酬，她每天晚上都不會遲於10時30分回家。

結婚五周年時，小兩口專門從美國飛到杭州西湖度假，那時候一切看上去是那麼完美。但就在回來的第三個月，卓舒就提出了離婚，無論蘭妮怎麼努力，卓舒都無動於衷，鐵了心要離開蘭妮，而且不講什麼原因。蘭妮偷偷請了一個私家偵探，才發現卓舒有了第三者，而且那個女孩無論在相貌、氣質、家庭背景、收入和持家能力等方方面面都不如她，蘭妮實在想不明白，卓舒為什麼要離開她。

蘭妮認為，愛一個人就要尊重他的選擇，所以很快和卓舒離了婚。但離婚後，蘭妮整個人立即垮了下來，既然10年的感情都可以毀於一旦，既然最親密的人都不可以信任，那麼這個世界還有誰可以信任，還有什麼可以依靠？蘭妮決定自殺，但一次割腕一次上吊都被蒲香豆發現並救了回來。但她從此患上了憂鬱症，自殺的念頭不時閃過心中。

這時，乾媽李阿姨突然去世了，使夏蘭妮下了回國治病並創業的決心。李阿姨是因肝病住院的。美國醫院的醫生勸李阿姨換一個肝，醫院裏正好有副活鮮鮮的肝。李阿姨對美國的科學是絕對信任的。手術是晚上進行的。蒲香豆和夏蘭妮本來守在李阿姨身邊，醫生叫她們回去，保證她們第二天來看到的是一個活蹦亂跳的人。誰知道，她們第二天來看到的是李阿姨的遺體。這是因為過敏反應造成的，這副「洋肝」李白雪無法消受，肝一換上去她就休克了，醫生全力搶救，什麼辦法都使出來了，也沒能搶救過來，當場死在手術台上。年僅56歲！

乾爹黃家寶聞訊趕來，捶胸頓足地哭了一陣，要帶母女倆回國。

李阿姨因迷信美國的醫學而死，破除了她認為國內一切都糟，美國一切都好的癡迷。她下定決心要回國去創業了。在中國，中國人雖多，但華裔美國人卻很少。目前，國內正在進行大規模的經濟建設，引進外資，辦中外合資企業，許多國有企業在轉制，機會可多啦！

夏蘭妮用從父親夏古傑那裏繼承的一筆不大的海外財產，以「華裔美國人」的名義在美國註冊了一個公司，取了個很洋氣的名字：比爾．夢露公司，一個將她心中崇拜的兩個美國明星：比爾．蓋茨和瑪麗蓮．夢露的姓名結合在一起的公司。這是乾爹黃家寶給他出的主意，這個主意是受乾爹的父親黃開泰幾十年前辦假「中法合資公司」的故事啟發出來的。她要用這個美國公司的招牌為資本，在國內找人合辦一個真正的「中美合資企業」，使用祖宗傳下的「乾纏術」，借中國銀行的錢，以最低的代價盤下一個最好的企業，用現代管理技術進行改造，發大財，當億萬富婆，實現實業興國的大夢。她將兒子丟給老人，跟隨黃家寶和蒲香豆，登上了回國的飛機。

第二章

1

「嘀嘀嘀……嘀嘀嘀嘀」，急促的傳呼聲把半醉的黃睿叫醒了。「喂！哪位呼我？」「臭小子，你大爺我啊，你老爸好朋友夏世雄的兒子夏平！」

「哇靠，你他媽的從哪裏冒出來的？好久沒見你了，有五六年了吧？」

「滾你的，我畢業後一直在北京，做藥啊！」

「什麼？做藥，什麼東西。感情市面上的假藥就是你這幫雜碎搞出來的！」

「去你的，什麼話？你哥們兒是幹那事的主嗎！有空嗎？出來坐坐，聽說你心情不好，我陪你解解悶兒！」

「好啊！哪裏？」

「學府茶莊，3點鐘，他等你！」

黃睿嘩啦爬起床，找了身最牛的衣服穿上，好歹面子活要做夠啊，見老同學可不能丟了面子哦。這個夏平，他老爸夏世雄是老爸支持下開的藥廠的老闆，與他在12中是同學，也是最好的兄弟，綽號「眼鏡兒」，畢業後聯繫就少了，也不知道現在混得怎麼樣。呵呵，見面就知道了，這麼久了，難得好心情，輕鬆輕鬆吧！

三點鐘，城裏較好的茶莊——「學府茶莊」，他先到了，大模大樣點了壺新上市的「鐵觀音」，在南方呆幾年，倒是學會了品工夫茶了，雖然價格不菲，品質比南方差遠了，到也可以繃繃面子，表現一下自己的品位。

沒多久，一個西裝筆挺，油光滿面，梳個大拿波老闆頭的傢伙串了出來。「黃大漢」，「眼鏡兒」，熟悉的外號撲面而來，兩個老同學互相呼喚着綽號：「黃大漢」「眼鏡兒」，親切擁抱，好一陣寒暄。

茶道小姐熱情地為他們倒上香茶，滿以為「眼鏡兒」會讚歎他的品位，誰知道這個傢伙聞了一下就說：「小姐，這個去年的老茶葉也拿來蒙我們啊？去，換成我『桂香單叢』，給老闆講，要新鮮的，別拿發霉的蒙我啊！」

女服務員甜笑一下：「先生真是行家，能點『單叢』的茶客可不多，我馬上為您換」。

黃睿瞪大眼睛看着他，說：「好小子，有長進啦，看來生活品位不錯嘛。這極品的單叢我可不敢亂點啊，800多一份啊」。

「眼鏡兒」笑了下：「這個有什麼關係，開張發票報了得啦，你今天就別管啦，兄弟我全包，反正老爸的錢，不用白不用，大不了當招待客戶啦，呵呵。」一陣瞎侃大山，終於言歸正傳了。

「你的事情我都聽說了，女人嘛，要跑就跑啦，有什麼了不起。我保證，那婆娘以後準後悔。因為我要給你指條發財的路子，保證你像發麵一樣發起來，哈哈」。

「哦！願聞其祥。不會是殺人放火，販賣毒品軍火或傳銷什麼的吧！」

「切！廢話。那種事情我會叫你？說真的，跟我一起做藥吧，輕輕鬆鬆一個月搞幾萬塊，還基本不做什麼違法犯罪的事情。我老頭子公司缺一個南方那城市的市場銷售經理，我知道你的事情後給他推薦了你。你以前就常在我家玩，我老頭子熟悉你，只要你願意，就沒問題。」

「去做藥？可我一竅不通啊！」

「那有什麼難的，憑你的本事，絕對比他們強。那時候你在學校就很會賺錢的啊，連學院裏面購買音響設備都被你刮了一層油的，要不你哪有錢在外面過夫妻生活啊！呸，不提這個事情。說真的，我那點經商頭腦還是你啟蒙的哦。看我現在不做得蠻好嗎！」

「呵呵，你這麼抬舉我，我現在倒也是個無業遊民，說說看，這個藥怎麼個做法？」

「其實，做藥好簡單的，就是到醫院做推銷，講講你的藥的特點，有什麼優勢，然後混混關係，把相關的人搞熟，給點好處，讓他們在醫藥公司去購進你們的貨，然後再找醫生，說服他們給病人開你們的藥，當然了，適當地給他們點好處，請他們吃點喝點玩點，開藥出去後給點回扣，哦，他們不叫回扣，多難聽啊，他們叫臨床觀察費，醫生是很辛苦的，收點觀察費也是應該的，呵呵，是吧！」

「靠，回扣就回扣嘛，還什麼臨床觀察費，又當婊子又立牌坊，當代的大知識分子啊，好像都有點這個德行。」

「操，你好像對這個社會很不滿意哦。當然，換我是你也不滿意啦。你做了藥就滿意了，到時候你就怕那些婊子不賣，只要賣，我們就有錢去買他們，呵呵，買他們給老子賺錢啊！哈哈！」

「那倒是，要是都清白了，他們可能只有喝清茶、吃淡飯了，哪有這800多一份的『單叢』給你這個小王八喝啊！」

「哈哈哈哈，你開竅了，老夫沒有白廢工夫，孺子可教也。這樣，說幹就幹，明天我帶你去我老頭子的公司，給你正式辦手續下市場，怎麼說，地區銷售經理也是個中層幹部哦！呵呵！」

跟着「眼鏡兒」混了大半天，又叫了幾個老同學過來，少不了的，又是喝酒吃飯唱歌泡妞，搞了這小子幾千塊去，他牛啊，一張發票，回去找他老頭子報銷就是，美其名曰：招待關係戶，他暈，算哪門子關係戶，想想多少是有點關係，呵呵，也算吧。

第二天一大清早，「眼鏡兒」就把他扒拉起來，拉到了他老頭子面前。老頭子滿意地看看他，喊着他的小名親切地說：「睿睿啊，你可是我的哥們家寶的兒子，從小看着你長大的。我早就叫家寶讓你來我這兒工作，他不幹，要自己的兒子獨立闖天下，不要靠關係。他真死腦筋啊，在中國，哪樣事情不靠關係？我派你到南方去做一個省的地區經理吧，可別給我丟臉啊。做得好，前途無量哦！」

黃睿信誓旦旦：「那當然，夏伯伯這麼照顧我，我還能不卯足了勁給您拿臉，那我還是人嗎！」

在夏世雄的授意下，黃睿很快辦妥了手續，一張南方某區域的地區經理委任書很快下來了，連擔保手續都省了，夏世雄親自給他擔保，當天就從財務借支了2萬塊錢市場開發費用，準備正式上戰場了。

下來後，「眼鏡兒」也特夠哥們兒，花了一下午的時間教他怎麼做藥。乖乖，這做藥的行當還真複雜，怎麼進醫院，怎麼上量，怎麼做商業關係，怎麼回款，怎麼勾兌不同的客戶，他靠，比他上四年大學學的東西都多。一句話：師父領進門，修行在個人。該學的學了，該怎麼去做可就靠自己了，那是誰也幫不了你的。回家收拾行裝，過了兩天，提着兩件貨就正式下市場了。

懷揣着兩萬塊借支的工作費用，帶着兩件貨，滿懷希望地回到了離開幾個月的南方某省會大城市，為了不扯出許多醫院院長、藥房主任、醫生坐「雞圈」，我們姑且就叫它東海市吧，這個省我們就叫南方省吧。很快在幾個過去有點交道的哥們幫助下，租好了房子，收拾收拾，開始正式做藥了。

黃睿以前也沒有留意過這個城市有什麼醫院，按照「眼鏡兒」教導的方法，先買張地圖和該城市的電信黃頁，把所有的上點規模的醫院找出來，並挨個去瀏覽了一下，基本把這些醫院的情況摸個大概，把一些標準數據拿到手，什麼醫院級別啊、門診量啊、重點科室、重點專家、住院床位數、主要科室及醫院負責人名單等等。按照「眼鏡兒」的教導，這一切情況都順利掌握了並按照公司要求上報了詳細的報告。同時，當地有實力的醫藥公司的情況也都進行了調查並確定了合作對象。如此半個月就過去了。

下一步，黃睿開始正式開發醫院了。首先，找到了南方省醫藥公司，簽定了購銷合同，把帶來的兩件貨放進了這個公司倉庫。當然啦，是先銷售後付款了。一個沒有知名度的新品種是不可能享受現款現貨的待遇的，只要當批貨銷售進醫院後能在三個月內把款付給你，就已經是非常優秀的了。可能讀者會問：為什麼銷售出去了還要三個月才付款？這個麼，是醫藥行業的一個不成文的行規了。貨銷售到醫院並不等於真正的銷售掉了，只是從醫藥公司的庫房轉進了醫院的庫房而已，要實際銷售到了病人的手裏才算真正銷售出去。所以，醫藥公司都要留三個月時間，基本確認藥品是真正的銷售出去了，才敢付款給你。否則，款付了，貨再從醫院退回來，那時候就是扯皮打官司的事情了。當然，這是醫藥公司的正當理由，其實就是知道你的貨在醫院賣得很好，他也會壓你三個月的，這裏面還有個資金佔用的問題。因為醫院也要壓他的貨款1—3個月的，醫藥公司不壓廠家的，誰也墊不起啊！所以這是行規，很正常的。

辦理好醫藥公司相關手續後，他開始拜訪醫院藥劑科了。第一個拜訪的目標醫院，他看上了南方省第一人民醫院。當天，他刻意打扮了下自己，按照心目中一個優秀業務員的形象打扮了一下，對着鏡子欣賞了幾分鐘，滿意地出發了。東海市太大了，近千萬的人口，從南到北做公交車足足2個小時，他才來到了南方省第一人民醫院的藥劑科門口。今天是該醫院的藥劑科接待日，這裏真可以說是門庭若市，裏裏外外站了20多個人，不用說，都是做藥的同行。大家自覺地排着隊，等待藥劑科主任召見。有些認識的在那裏相互溝通了解這個醫院的一些情況，看得出，都是新來的，老鬼才不會在這裏跟你們這些菜鳥聊這些東西，只有新人才有那種虛心求教和不恥下問的修養。他還略微有點岔生，只是站在旁邊聽，基本沒有發言，當然，他能有什麼言發嗎？他現在只需要進，沒資格出啊。

好容易等了2個多小時，輪到他了。深吸一口氣，理了下衣服，拿着精心準備的資料走向了藥劑科主任的辦公室。

「趙主任，您好！我是……」

「好啦，就這樣啦，你把資料放這裏吧，我很忙，馬上要出去開會，下次再說啦！」

在黃睿還沒有想到怎麼回答的時候，趙主任已經一陣風式地不見了，留下他微躬着身子站在辦公室門口。

想不通，實在想不通，難不成他的處男拜訪就這樣結束了？想當年他第一次幹那個事情雖然也快，也沒有這次快啊！黃睿鬱悶地在辦公桌上留下了自己的名片和資料，灰溜溜地退了出來。外面剩下的人也是一臉鬱悶，又白等了一上午，下個機會可要等到一星期後了，說不定他還不在呢。幾個月見不到這個主任也是很正常的啊，平時非接見日又不理你，只有和他很熟悉的代表才有機會跟他談事情的。

一群醫藥菜鳥就這樣在主任辦公室外發洩着對這個主任的問候。這時候，一個明顯老成一點的大哥拍了下黃睿的肩膀：「喂？你是四川的？」

「是啊！我是成都市的，你也是那邊的？」

「呵呵。老鄉啊。我也是成都市的，我就聽你的普通話帶點我們那裏的『腔調』。來，認識下，馬文章，成都製藥四廠的，來東海才2個月，以後多個朋友多個照應啊。」

「那是啊，出門在外，還是老鄉親啊。這，我的名片，黃睿，西南華天藥業的，剛到這裏。」

「華天的？我知道你們廠啊，我還去應聘過，差點到你們廠去了，要不是這邊有基本工資，我就去你們那裏了。你們的政策挺好的啊，就是沒有基本保障，全部靠提成，我沒本錢沒辦法去啊！」

「呵呵，各有各的好處啊。我可挺羨慕你們有工資的，再怎麼也能有個生活保障啊！」

「兄弟，今天看來也做不成什麼事情了，我們一起去坐坐？哥哥我先來幾天，給你接個風，介紹幾個同行的老鄉給你認識。」

「好啊！我可巴不得啊！」

中午找了家超低檔的蒼蠅餐館，馬文章邀五喝六地叫來一幫做藥的老鄉，都是20幾歲的年輕人，出道沒有超過半年的，相對來說，馬文章算是他們無形中的大哥了。一幫人熱熱鬧鬧地吃飯喝酒猜拳，很快，黃睿就和他們混得熱火朝天了。了解了下大家都是哪裏的，在得知互相的產品都沒有衝突後，大家都熱心地幫他出起了主意，哪個醫院找誰上報告好啊、哪個醫院誰最管事啊、哪個醫院要花多少錢啊等等等等，凡是知道的統統告訴了黃睿。他那個樂啊，覺得真是遇上了世界上最可愛的一群人。二話沒說，原本馬文章說好請客的，他毅然搶着買了單，表現出他絕對是個夠哥們兒的人。

這頓飯一直吃到晚上，也不知道怎麼回家的，反正再醒來已經是半夜了，忍着酒後的頭痛，他爬起床，清理了一下身上的東西，確認自己確實碰上了好哥們，沒有上當受騙丟任何東西。洗了個冷水臉，清醒了一下，把下午獲得的信息拚命地回憶了出來，把重點記錄下來，才安心地睡覺了，明天……明天怎麼做？明天再說吧。

這一覺睡到了上午10點多，直到馬文章發了5個傳呼才把黃睿從床上拉了起來。

「馬哥啊，媽的，昨天被你們灌翻了，現在還頭疼啊！哦？去四醫院啊，好的，你等我，我馬上就去！」

迅速收拾妥當，用了近1個小時趕到了東海市第四人民醫院。這是個二甲醫院，床位大概300張，一天也有幾百個門診量，在東海算個比較垃圾的醫院了。在門口見到了馬文章，他告訴他，這個醫院比較好搞，只要搞定藥劑陳主任就可以了，今天帶他去拜訪陳主任。呵呵，小醫院就是好，沒有什麼接待日啊、藥事委員會啊什麼的，只要藥劑科主任在，你就可以去找。他的運氣不錯，今天藥劑科陳主任好像比較清閒，正坐在辦公室看報紙喝茶。馬文章先進去了，大概聊了10幾分鐘，出來的時候好像臉色不怎麼好，他也沒多問，跟着就進去開始了他人生的第二次拜訪。

勉強提了下中氣，強做鎮定地走了進去：「陳主任，您好！我是西南華天藥業的黃睿，這是我的名片，請多多指教！「

「嗯，有什麼事？」

「是這樣的，我們公司有個新產品剛上市，叫天仙補腎膠囊，純中藥製劑，補腎護腎療效好，毒副作用小，無明顯不良反應，還是國家獨家中藥保護品種，我看你們醫院的重點專科是腎內科，所以想向貴醫院推薦一下我們的產品，看能否對貴醫院的臨床醫療提供一點幫助。」

已經在頭腦裏面背誦了不下百遍的標準介紹語終於讓黃睿在壓抑了無數次差點飛出身體的心臟後陳訴完畢。

「哦！現在補腎方面的品種很多啊，都說自己是最好的，呵呵，我看也沒什麼大作用。」

「我們這個產品採用了中醫古典宮廷秘方，再結合現代科技進行了深度加工提純，療效非常確切，有國內較多大型醫院都在使用驗證並有相關的論文，改天我給您提供幾份論文，希望您有時間給我們點指導。」

「嗯，那好吧，你先把資料放這裏，有空看看再說吧。」

「好的，謝謝陳主任，您看方便的話能留個電話嗎？」

「就這個辦公室電話啦，3465872，好了，就這樣。」

「謝謝，那我告辭了，改天再來拜訪。」

也沒理會陳主任還有什麼表示，黃睿已經飛一樣地離開了辦公室，終於舒暢地吐出一口長氣，真正的處男作拜訪完成了。

馬文章在外面等着他，看他滿意地出來，趕緊問：「怎麼樣？」

「還行吧，反正沒趕我出來，他說看看再說。估計有戲！」

「靠，別高興太早，他對誰都這個樣。媽的，老子見他八次了，還是說再看看再看看，也不知道看什麼，又不是A片，這麼好看！」

「你送他錢了嗎？」

「送了啊，他怎麼都不收，我送了兩次都被拒絕了。也不知道他要怎麼的？」

「那怎麼辦？不收錢就難搞了啊，或者送點東西什麼的？」

「我也試過了，他一樣不要，一副死正經的樣子，看他那模樣不像正人君子啊！」

「那怎麼辦？只有死纏了啊，再找突破口吧！」

馬文章還有事情先走了，他又把周圍的幾個醫院跑了一遍，見到了部分藥劑的主任。有了第一次後，後面的拜訪就沒那麼緊張了，基本上順利地完成了送資料名片等基礎工作，拜訪了幾個臨床的科主任，也都比較客氣，都表示看看再說。當然啦，誰都不會第一次見你就直接告訴你：「你的藥好，他們馬上進貨」，那樣的話就沒有做藥這行了。

如此一個星期過去了，黃睿基本上大小醫院都跑了一遍，該遞交資料的都完成了。中間又和馬文章一幫老鄉喝了幾次酒，交流了下心得。最後，他用了一晚上的時間，詳細地寫了一份洋洋萬言的市場開發計劃書並傳真回了公司總部，等候公司批示同意他的開發計劃。計劃書一共計劃開發4家三甲醫院、12家二甲醫院，開發周期3—6個月，總計開發經費需要2—3萬，目標銷售量能達到5000盒／月。20幾塊錢一盒，能在市場開發的前期達到5000盒／月，一年也是近百萬的銷售，也算不錯了。想着100萬銷售，自己有近10萬的提成收入，他就忍不住地笑，10萬啊，那是多少錢啊。

帶着就快發財的夢想，黃睿等待着公司的答覆。

2

在等待審批計劃的同時，黃睿加快了藥劑科和臨床科室主任的拜訪頻率，隨着他多次地接觸這些人，他的膽氣也越來越大了，不再有那種心驚膽戰的感覺了，舉手抬足也開始自然了，那些醫院的客戶也開始對他熟悉了，至少不用他反覆遞名片也知道他姓黃了。又經過了半個月的努力，醫院開發的線條開始清晰起來，基本上開發每個目標醫院應該走的最佳路線也摸索出來了。但是，公司的開發費用批復卻遲遲沒有下來。沒有公司的批准，他可是一分錢也不敢砸進去，到時候報銷不了就麻煩了。也打了幾次電話催公司，甚至直接找了夏伯伯，得到的答覆都是再等等，很快就批復了。他隱隱約約感覺到有哪裏不對，但是想到自己的上層關係和自己借了公司這麼多錢出來，應該沒有什麼問題啊。

直到那天公司突然通知馬上回總部開會，黃睿才感覺到一定有什麼問題了。帶着滿肚子的疑惑，他回到了公司，被公司安排到了城郊某個度假村住下。聯繫「眼鏡兒」，他正在回公司的路上，說開會的時候再跟他聊。很快，會議開始了，領導席上坐了一些氣質很高，但是他不認識的人，聽旁邊「眼鏡兒」介紹那些都是新來的幾個老總，是他老頭子的新副手。緊張地開了一天會，他終於搞清楚了事情的眉目：公司被一個大融資集團收購了，換了些領導層的人員，唯一的好消息是「眼鏡兒」的老頭子還是總經理。關鍵是，公司調整了營銷政策，廢除了以前的大包乾佣金制度，改成全面的貨物買斷代理制度。什麼意思？就是現在你沒本錢就不能做公司的藥啦。以前，公司給市場墊貨，醫藥公司要多少就發多少，不要市場人員出錢，等到醫藥公司回款後再按照比例把銷售費用撥付下來，你花掉多少公司不管，剩下的都是你自己的收入，而且，公司還借支和報銷開發費用，這種政策是新入行做藥的人最適合的政策，沒有資金壓力，收入相對拿底薪提成制度的要高，可以說是當時比較完美的政策，但是缺點是公司方的投入非常大。現在，新老闆來了，首先就是要回籠資金，不願意再在銷售方面投入太多，希望全面轉向買斷代理制度，公司只賺底價的利潤，其他的投入一概不管，總之，你買貨公司就賺錢，達不到公司的銷售指標公司就換人，是一種比較霸道的政策，當然，代理商個人的收入比例也要比過去高出許多。

會議是怎麼開完的，黃睿不清楚，只知道抓緊記錄關鍵的信息，一邊記，一邊想自己該怎麼辦？錢，自己最缺的就是它，但是沒有錢現在的政策就無法操作公司的產品。不做吧？好容易跑出了一些感覺，看到了發財的希望，何況借公司的2萬塊錢也花了幾大千了，要是現在不做哪來錢還啊。鬱悶中，他苦思不得其解，找「眼鏡兒」商量吧。那小子也想不出什麼好辦法，反正他不愁啊，老頭子還在那個位置上，家裏底子也厚，這個政策對於他這種又有資金又有市場基礎的人來說最好不過了，等於是給他下調點數，明擺着讓他多賺錢嘛！

思考來思考去，黃睿還是決定做！砸鍋賣鐵也要做下去。

經過反覆思考，他回家毅然向自己父母提出借錢。他也知道家裏不剩下幾個錢了，老爸身體不好，心臟病加糖尿病，隨時都可能進醫院，家裏不多的儲蓄也就是救命的時候用的。但是，為了把握這個機會，他還是開口提出了這個不情之請，甚至建議家裏用房子抵押貸款10萬給他出去賭一把。老爺子經營的「夢幻園」遇到「嚴打」很不景氣，入不敷出，賠光的家裏幾乎所有的積蓄，差點被他的要求氣得心臟病發作，直罵他不孝子想爹媽凍死街頭啊！氣頭中頂撞了老爸幾句，被老媽勸了出去。事後知道這條路行不通了，也就打消了這個念頭，回去老老實實地給老爺子認了錯，老爺子和老媽商量後把家裏的積蓄拿了兩萬塊錢給他，再多可就真沒辦法了。回過頭，他提了點禮品去「眼鏡兒」家拜訪他老頭子，說明了自己的情況，希望夏伯伯能在這個關鍵的時候支持一下自己，要求也不高，能讓公司借自己十件貨就可以了，其他的資金自己去想辦法解決，前期借支公司的錢稍微緩幾個月再還。在「眼鏡兒」的協助下，夏伯伯答應了他的要求，但是也要求他必須半年內做出成效，否則大家都不好交代。

如此一來，沒有了貨款的大頭資金壓力，手上有這3萬多塊錢，應該基本能夠運作了。他到公司把前期相關的一些手續了了後，趕緊回到了市場。

回去後，整理了下頭緒，決定把開發的重點先放在那12家二甲醫院上。理由嘛，很簡單：花費少，見效快，可以快速產生銷售量，哪怕產生的收入不多，至少也能維持自己的業務開支，三甲醫院就慢慢地來，那可是花錢的主，就自己這點實力，可不夠他們開銷。

這天，又來到了東海市第四人民醫院，這個醫院是他經過近兩個月摸索後最有希望的一個目標。先去找到了腎內科的劉主任，劉主任已經熟悉他和他的產品了，見面寒暄了幾句，直接提出請劉主任幫忙上一個新藥採購申請報告。看着劉主任那猶豫的樣子，他把一個包了500大洋的小信封當着劉主任的面塞進了他面前微開着的抽屜裏面。劉主任看了看他，表示可以考慮，叫他明天上午再過來，他去和藥劑科商量下再說，其實他心裏明白，他是要看看子彈是否充足，是否夠力，哈哈。他已經打聽清楚，這種二甲醫院一般上個報告也就2、300大洋就夠了，之所以給500，無非為了保障旗開得勝，給自己一個開門紅的信心而已。500塊！只要藥能進去還不幾天就撈回來。母親的話一直縈繞在他的耳邊：「睿睿啊，記住，在外面闖蕩，一定要捨得，不捨不得，吃小虧才有大便宜佔啊！」真是銷售乃至做人的至理名言。

第二天一早就接到劉主任的傳呼，告訴他報告已經交到藥劑科陳主任那裏了，叫他直接去找陳主任說說。他忙不迭地一陣感謝後，開着自己剛買的二手70本田摩托車，一溜煙跑到了東海市第四人民醫院。氣喘吁吁的爬上藥劑科6樓。稍微鎮定了下，調勻了呼吸，敲響了藥劑科陳主任辦公室的門。

「請進！」

「陳主任，您好啊！在忙呢？」

「哦，小黃啊！怎麼樣？」

「嘿嘿！還不是我那天仙補腎膠囊的事情，還是要麻煩您啊！啊，對了，前段時間送您那幾盒，怎麼樣？」

「呵呵！效果還行。都已經吃完了。」

「那感情好，有效果就堅持吃吧，過幾天我向公司申請點樣品，再給您送幾大盒過來！」

「嗯！劉主任給你上的報告我看見了，先放這裏吧，過段時間我們藥劑科的幾個開會研究下再說，你也知道現在醫院藥這麼多，我們也不能隨便進新藥啊。

好，先就這樣。」

「哦！那到時候還請陳主任多多支持我們啊！這是公司的一點心意，還望陳主任笑納，那您忙，我就先告辭了！」

看着辦公室沒有其他人，他把一個早準備好裝了1000大洋的信封塞進了陳主任口袋，並迅速退了出去，根據馬文章以往失敗的經驗，他完全沒有給陳主任任何推辭的機會，幾乎是跑一樣地離開了藥劑科，邊跑還邊聽見陳主任假意客氣叫他不要這樣的話語等等，原來是個膽小怕事卻也貪錢的主。

他明白，他在這個醫院已經成功了。果然，哪有什麼狗屁藥劑科集體討論，沒過一星期，就在醫藥公司得知他的藥已經進入這個醫院了。

得知此消息，他立馬呼朋喚友，把馬文章一幫老鄉拉來，一陣海吃海喝慶祝自己的首發勝利。一幫老鄉也真誠地為他的小小成功感到高興，畢竟能邁出這關鍵的第一步，對一個做藥的新手有着不同尋常的意味。當然，他成功的經驗也無償地給大家分享了，你不給點真貨出來，別人又怎麼會給你真經呢？

第二天，黃睿興奮地準備了大堆資料，來到了東海第四人民醫院，開始了他第一次臨床促銷工作。

好在他的天仙補腎膠囊產品知識比較簡單，單看名字就知道這東西是幹什麼用的，倒也不需要費太多的口舌去說服醫生，只要說清楚它的特點、優點、適應症、不良反應、口服劑量及療程等基本問題就可以了。用了足足一天的時間，他基本上把該醫院的腎內科、中醫科、老幹科、泌尿科等主要科室的主要醫生都拜訪到了，完成了初步的遞交資料名片及產品講解的工作。下一步就是熟悉醫生及交代臨床觀察費用政策及重點殺手醫生公關的事情了。

滿意地回到家，犒勞了自己兩瓶啤酒，帶着對美好未來的暢想進入了夢鄉。

按照標準拜訪的最佳間隔時間過了兩天，他再次來到了東海第四人民醫院。他興沖沖地走進腎內專家診室向潛在的殺手醫生張主任問好：「張主任！您好！」

「你是？」張主任帶着一種漠然的表情看着他。

「哦！看你貴人多忘事啊！我前天來過啊。這是我的名片。我是做那個天仙補腎膠囊的小黃啊！」

他看那傢伙一副完全忘記自己是誰的模樣，趕緊又遞了張名片並再次簡單地介紹了自己及產品。這些醫生也難怪，一天要見多少醫藥代表啊，見你一次就記得，那才是怪了，除非你的長相特別到了超越恐龍或天仙的地步。他如果不是怕太招搖的話真想回去就剃個光頭，看你們還能記住他不。

「哦！天仙補腎啊。我知道的。我昨天給病人開了2盒，但是藥房說沒有這個藥啊？」

天哪，他太得意忘形了，忘記了一個關鍵的步驟，藥都沒有到門診藥房，他做的醫生工作真是白做了，開了藥也拿不到啊。

「哦！那真是不好意思啊！我馬上去看看藥房，跟他們說說，把藥領上來！」

「嗯，你去看看吧，有藥我會用的。」

一回頭，馬上去藥劑科找到了陳主任，反應了這個情況，陳主任暗示他，這種事情他不好直接叫藥房領藥的，畢竟藥房是根據醫生的需求來領藥的，他強壓下去總有點讓人覺得他得了什麼好處的感覺，那樣就不好了。

黃睿懂得他的意思，這傢伙本來就是個要立牌坊的婊子，有這種想法也是很合理的嘛。從陳主任那裏打聽到這個藥房的主管賴藥師的一點情況後，就直奔門診藥房，並先準備好了100大洋的紅包。順理成章地在使用了那攻堅道具——小紅包後，賴藥師答應馬上到藥庫領回他的藥，同時隱晦地表示藥房是個清水衙門，一天到晚就是發藥，工資獎金都低，希望能長期為兄弟們搞點外快什麼的，也增加點工作的積極性，好更努力地為廣大人民群眾服務嘛！

打蛇隨棍上，黃睿馬上提出請賴藥師召集手下幫他統計各個醫生使用他的藥品的數量，再按照這個數量給相應臨床費到各個醫生手上。那時候不像現在有電腦系統，一敲鍵盤就什麼都出來了，那可是正經的純手工作業，每天下班後或在值夜班的時候，由方便的藥房工作人員把當天病人拿藥的處方彙集在一起，一張張地登記有目標品種的醫生名字及開出藥品的數量，最後按月交到相應的醫藥代表手上，每盒藥提三角給他們藥房。賴藥師高興地互留了電話，接下了這個工作，看得出他在這方面已經是老手了。

解決了藥房上櫃的問題後，黃睿挨個把上次拜訪過的醫生再找了一遍，通知了他們藥已經上櫃，可以向病人推薦了。同時也比較藝術地向他們傳達了相關臨床費用的政策，到月底還有不到半個月了，到下個月初有了第一次兌現後，信用就慢慢建立起來了。之後，他又多找了幾個目標醫生，宣傳了自己的產品，才帶着一身的疲憊和成就感回到了自己的小窩。

在以後的半個月裏面，他按照東海第四人民醫院的模式很快地又開發出四家二甲醫院，可以說，在開發方面，兩個月的新手能有這樣的成就已經非常了不起了。

一整個月的忙碌，收穫了不少的小醫院，當然，大醫院並沒有放棄，只是把攻擊的力量放慢了而已。在這一個月裏面，黃睿一點也沒有忘記繼續進行規劃的四家三甲醫院的工作。畢竟，正常的藥劑科接待日每周只有一次，並花不了多少精力的，而且他現在對這幾個醫院的工作重點也就是混個眼熟，為以後真正的開發打下良好的基礎。但是，就是這個混個眼熟的最低要求也讓他碰上了頭疼的問題。

問題還是出在南方省第一人民醫院那個藥劑科趙主任身上。連續三個星期在接待日的例行拜訪中都沒有見到這位趙大人的影子，他幾乎失去了能找到他的信心。決定不管那個什麼狗屁接待日的規定了，選了個星期一的上午去找他。

運氣不錯，趙主任在辦公室，看見他正在處理事情，就耐心地等着他。在他的辦公室外面足足等了1個多小時，才看見趙主任把手頭的事情告一段落，正起身準備去倒杯開水。他抓緊機會敲了一下半開着的門。

「請進！」

「趙主任，您好！我是西南華天藥業的黃睿，我們公司有個新產品剛上市，叫天仙補腎膠囊，純中藥製劑，補腎護腎療效好，毒副作用小，無明顯不良反應，還是國家獨家中藥保護品種呢！」

「藥廠的？你不認識字嗎？門口寫得很清楚啊？星期三上午才是接待日，平時我們可沒那麼多時間跟你們扯，星期三再來吧，我現在很忙！」沒等他把話說完，趙主任就不客氣地打斷了。

「是的，趙主任，我知道您很忙，但是您能給我兩分鐘介紹下我們的產品嗎？」

「呵！我給你兩分鐘，那誰給我兩分鐘啊！都像你這樣，那我們也不用做事情了。別說了，就這樣吧！」

「嗯，那我留份資料在這裏，您得空的時候看看，好嗎？」

「嗯。」

只好留下份資料，黃睿離開了趙主任的辦公室。在出門轉彎的一瞬間，他看見那個趙主任很是不怎麼的把自己剛放桌面上的產品資料轉手扔到了垃圾筐裏面。看見這一幕，他頓時無名火起：「這也太侮辱人了吧，要扔你也得等我走了再扔啊！」甚至有一絲衝上去揍他一頓的想法。

呆了一下，黃睿毅然走回了趙主任的辦公室，帶着歉意的微笑對趙主任說：「對不起，趙主任，我帶過來的公司產品資料不多，如果您現在不方便的話，我下次再給您，好嗎？」

一邊說黃睿一邊從垃圾筐裏面揀出了自己的資料，並在趙主任驚訝的眼神中告辭離開。出門後，他感覺到一陣輕鬆，不錯，他們是做銷售的，是幹的求人的活兒，但是他們並不下賤，他們也有他們的人格和尊嚴。這時候，他想起「眼鏡兒」跟自己講過的一句話：「做藥記住四個字：不卑不亢。這就是他們醫藥代表應該把握的處事原則！」

3

過了兩天，又是星期三了，黃睿已經很自然地把這個上午的時間安排給了省第一人民醫院的藥劑科接待日。很早他就來到了省第一人民醫院。畢竟已經幾個星期沒有在接待日見到趙主任，所以今天也沒有抱太大的希望，感覺像是一種例行公事，怎麼也得去看看啊，他在的話就去跟他混混面熟，不在也了了自己一個工作任務。

呵呵，才不到8點，藥劑科外面已經有了四、五個人了，很多人因為同樣的長期等待已經相互之間面熟了。大家互相打着招呼聊着天，猜測着今天趙主任是否會給他們機會。無形中大家很自然地圍在一起聊了開去。

這時候，黃睿突然發現人群中不知道什麼時候多出了一張讓他倒吸半口冷氣的絕佳女孩面容：個子不高但是嬌小玲瓏，大眼睛，白皮膚，黑黑的頭髮很自然地垂在肩上，年紀很小，最多20出頭，面帶着一種很自然的天真無邪的微笑，若不是鼻尖圓了點，簡直就活脫脫一個李若彤的模子。哇，超純正啊，也不知是哪個廠家的，有機會應該認識下啊，美女總是不應該錯過的，錯過了那是要後悔滴。在他有意無意的關注下，這個女孩成了他們幾個大男人聊天的核心點，並很自然地大家互相交換了名片。呵呵，又是個老鄉啊。西南第一製藥廠，怎麼他們那裏做藥的滿天飛啊。聊天中得知女孩叫白靈，也是才到這裏，專做眼科系列產品的，看得出是比他們還新的新手，有點害羞，不多說話，只是聽，偶爾說兩句也是很小聲的，讓人產生一種不自覺的憐愛。

還好，趙主任今天沒有辜負他們的等待，在9點不到就來到了辦公室，大家也安靜了許多，自覺地排隊等候他的召見。好容易輪到了他，他走進了趙主任辦公室。

「哦，你姓黃？」乖乖，完了，他居然還記得他，不會是那天的行為讓他刻骨銘心了吧，那可就慘了。不過，怕什麼呢，他也沒做錯什麼啊，他要太小氣，大不了他不做這個醫院就是，少了這裏，他也死不了啊。

「呵呵，是啊，趙主任好記性啊，還記得小弟啊！」

「好吧，說吧，什麼事情？」

他又把那已經非常熟練的說辭再次表演了一遍。

「嗯，這種品種呢我們醫院倒也不多，可以考慮下，你去臨床找科主任了解下他們的看法吧，如果他們覺得可以呢，讓他們上個新藥報告，到開會的時候再看啦。」哈，他好像心情還不錯，並沒有記恨他的意思。

「那好吧，趙主任，我留份資料這裏，您有空的時候再看看，希望得到您的支持啊。」

「呵呵，你還給我留資料啊，不怕我再扔了？」趙主任帶着一種壞笑看着他，好像蠻開心的。

「看，您說笑了，那天小弟有什麼做得不對的，還請您原諒，畢竟我們出來討生活也不容易啊，希望您能理解。」

「嗯，好吧，就這樣吧，還有一個月就開會了，你抓緊吧！」

「好的！謝謝趙主任。不知道您能留個聯繫方式嗎？」

「9034567，不要到處說我的電話，我不輕易留電話給你們的。」

哇！這傢伙居然還有大哥大，而且還給了他號碼，看來他好像有點喜歡他，難不成那天的行為還給他留下了好印象？形勢樂觀啊。黃睿帶着滿心的歡喜告辭出去。

經過一番詳細分析後，黃睿決定重點攻擊這家醫院，畢竟感覺上成功的概率比較大。

抓緊時間，趕緊找省第一人民醫院的腎內科周主任溝通，希望他能為他們上報告。通過事前的幾次拜訪，他已經搞清楚了周主任的情況。他是正主任級專家，在當地很有權威，是南方省中華醫學會泌尿科分會的常任理事，在東海市也是學科的領頭人，能得到他的全力支持，估計開會通過的希望很大。最利好的消息是他本身是學中醫出身的，非常支持民族中藥在他的領域內的應用，憑着對自己產品的信心，他感覺完全能征服他。通過多次拜訪，周主任也很負責地在百忙中仔細研究了他們的產品相關資料，最後在試用了20盒的情況下，確定了他們產品的療效，並在拒絕了他的紅包炸彈的情況下，向藥劑科上了份詳細的新藥申請報告。難得啊，他居然碰上了現在少有的真正注重學術地位的老專家，看來他的運氣要來了哦。

在得知報告已經上去的情況下，黃睿開始思考怎麼最後搞定藥劑科趙主任的問題了。醫院定期開藥事委員會，討論新藥進院的問題，其實無非就是一個醫院高層人士的一次分贓會議。參加的人有該醫院的主管藥品的副院長，藥劑科醫務科的科長，醫院主要臨床科室的主任或特別有地位的專家，偶爾醫院正院長也參加，但他不是主角，基本是一種監督或旁聽的作用。大家坐在一起，對每個候選品種進行討論，最後投票選出新進藥品。

說實話，這個討論什麼的肯定是一種過場。試想下，一個藥事會二十幾個人，每次開會也就通過三四十個品種，難不成大家不每個人分幾個？稍微分析下就知道，難道院長或藥劑科主任發言覺得還可以考慮的品種，其他人會傻到在會上大肆反駁？不敢、也不能啊，這是個人情問題啊，如果你這麼不懂事，估計藥事委員會的名單上也就不會有你了。同樣地，每個臨床主任在會上也總有一二個自己看好的產品，難道這時候院長或藥劑科主任會不懂事地反駁你嗎？只要你好他好大家好，還不是就分配均勻了。這種人情世故，在座的都不是才出學校的愣頭青了，都知道該怎麼辦。所以，只要你的品種在藥事會上有一到二個人表示可以考慮，或你的品種在其中任何一二個人心目中是他的首選品種，你就不用擔心這會過不了了。何況你的產品本身就是專科產品，專科主任和藥劑科主任都覺得沒什麼問題的話，你其他領域的專家又憑什麼說他不好呢？

所以黃睿得出的結論是，在學術上已經征服了臨床周主任的情況下，只要藥劑科趙主任再略微支持，這個會就過定了。最後決定豁出去了，封了一個10,000大洋的紅包，準備在適當的時候砸在趙主任身上，這可是他差不多一半的身家了啊。好在現在醫院系統的人怎麼說都是一些高級知識分子，收了錢就一定會辦事的，不會有其他行業那種拿錢不辦事的普遍現象，要麼在沒把握的情況下不收，要麼收了就一定會有個結果，即使發生意外也不敢吞了你的錢，至少也會退還給你或轉幫你做成其他的事情。所以風險並不大，關鍵是讓他收就有戲了。

4

找了個合適的時間，黃睿給趙主任打了個電話，表示想請他有空出來坐坐，喝喝小酒聊聊天什麼的。實在沒想到事前準備的一大堆說辭居然沒有發揮作用，趙主任爽快地答應了他的請求，並直接做主叫他到東海排得上前幾位的高檔酒吧——天上人間見面，時間就在晚上9點。

黃睿樂滋滋地帶上紅包和1000大洋來到了天上人間，找了個偏僻安靜的座位等着趙主任的到來。9點鐘，趙主任準時來到了天上人間，見他坐在一個角落裏，跟他打了下招呼，就讓他跟他走進了一個超級豪華的小包間。當時他心裏一咯噔，完了，這傢伙要狠斬他了，他過去做貿易的時候來過這裏，進這種包間沒有三五千的消費可是出不來的，一看趙主任那熟門熟路的樣子，想着包裏可憐的1000大洋怎麼夠付帳的問題，他差點緊張得暈了過去。就在他還沒有回過神的時候，隱約聽見趙主任已經毫不客氣地點了一瓶法國干邑——路易十三。聽見這個名字他已經當場差點背過氣去，天哪，干邑之王啊，在這種場合不要8000也要5000啊。他可憐的銀子且不說以後的工作生活怎麼辦，現在的問題是怎麼買單啊！他已經搞不清楚趙主任還點了些什麼，只是看見他連酒水單都不用看，一個勁只管叫小姐上這樣上那樣，他趕緊找個上洗手間的理由出了包廂。在洗手間冷靜了一下，決定不管什麼刀山火海，他今晚上都跳了，來都來了就要堅持到底，總不能現在跑單吧。飛快地跑出酒吧，在銀行櫃員機取了5000大洋，又打了個電話給馬文章，簡單說了情況，請他務必再給他送幾千塊錢過來，馬文章夠朋友，二話沒說就答應了，問明地址，飛快去取錢，等下給他送來。處理好一切後，他調整了下心情，趕緊回包廂陪趙主任。

跟趙主任寒暄了一陣，黃睿適時地把紅包遞到趙主任手上，表達了他希望他支持的想法。他又帶着那種壞笑看着他，足足幾十秒沒有說話，他緊張得在心裏直罵他全家，怎麼這樣看他，什麼意思啊，多少表示下態度啊。終於，熬過了那比一年還長的幾十秒，趙主任說話了：「小黃啊，你覺得我今天過來就是找你要錢的？」

「嘿嘿嘿嘿，不是這個意思，我只是想表示一下一點心意嘛。錢也不多，只是心意而已，嘿嘿……」黃睿都緊張得快不知道說什麼了。

「一點心意啊！呵呵！好像有一萬吧，這個心意可不小哦！」

「是是，一點心意一點心意。」靠，平時的伶牙利齒都跑哪裏去了，現在快變成結巴了。

猛見趙主任把錢扔回黃睿手上，說：「小黃啊！我可不是衝你這錢來跟你喝酒的。你這個人不錯，我見過太多醫藥代表了，你這種還是第一次見。那天你在我辦公室把資料拿回去，我就覺得你這個小伙子有點意思，其實那時候我就打定主意，只要你的產品好，我會幫你的。我也知道你們出來做藥很不容易，特別像你這種新手更難了。但是直覺告訴我你的為人是不錯的，以後應該很有作為啊。所以我只是想交了你這個小朋友，其他的你就不必費心了。一萬塊錢說實話對我也沒有太大意思的。」

「嗯！那趙主任太看得起我了！但是這錢也是公司的政策允許的，還是請趙主任不要推辭啊！」黃睿終於緩過氣來，頭腦清醒了點。

「呵呵，我已經說過了，別讓我不高興啊！今天你陪我喝好酒我就滿意了，好嗎？你公司的政策我不管，錢你就留着吧，剛出道，多點錢總是好的。現在也別說什麼感謝不感謝的，等你以後賺了錢，有空跟我喝點小酒就算是感謝我了！對了，也別叫我什麼趙主任了，不在醫院的時候就叫我老趙或趙哥得啦，要不聽着生分。來喝酒啊！」

「呵呵！趙……趙……趙哥，那小弟就不堅持了，希望大哥用得着小弟的地方儘管開口，小弟刀山火海也跟着你下！」一陣江湖式的客套後，黃睿心裏也輕鬆了，打定了主意這一萬塊錢今晚上就是全跟他喝了也不能有熊樣。

就這樣，他們天南海北地聊天喝酒，互相了解了很多，儼然一對忘年交的老朋友。在乾完了二瓶路易十三後，他們兩個都有點微醉了。看時候差不多了，他打開門高聲叫到：「小姐！」

「請問先生有什麼需要吩咐的嗎？」

「買……買……買單」

「買單？」

「廢話，當然是買單啦，難道這裏喝酒不用買單嗎？」

「呵呵！小老弟啊，這裏真的不用買單哦。」趙主任也從包廂裏面走了出來，一臉壞笑地對他說。

「嗯？」黃睿一陣茫然。

「先生，您不知道嗎？這位趙先生是我們董事長啊！你們喝酒當然不用買單哦！」

這下黃睿徹底地暈了，這都是什麼事情啊，不明白不明白，他真的醉完了啊？

不久，好消息傳來，南方省第一人民醫院的藥事會終於召開了，黃睿的品種在臨床主任和藥劑主任的共同關照下順利通過了藥事會考核，正式進入該院使用了。

5

「砰砰砰……砰砰砰……」一陣敲門聲把他從睡夢中敲醒。開門一看，他愣了，是醫藥公司的王總。黃睿上午才去醫藥公司找過他，希望他在資金上支持一下，幫助他過關，否則，他的資金鏈一斷，後果不堪設想。但是，當着在場的許多人的面，王總不置可否。想不到，大經理居然屈膝下訪，找到他的蝸居裏來了，黃睿都不知道說什麼了，他怎麼找得到他的地址？

「呵呵！小黃啊。還沒吃飯吧，我帶了點菜過來，一起喝兩杯？」王總搖搖手裏的酒菜。

「呵呵！那怎麼好意思，還要您破費，應該我請您啊！來來！請進請進！您怎麼知道我的地址啊？」

「哈哈！你在我們公司留的資料不是有嗎？這裏離我家不遠，想着就順便過來了。看你這裏，真正是個狗窩哦！」

「哎！單身男人就這樣啦！來，喝茶！」

也不知道王總有什麼事情，反正有酒有菜，肯定不會是壞事啦。和王總天南海北一陣瞎砍，不一會兒，一瓶白酒就搞完了，黃睿半醉着說要出去再買一瓶喝個痛快，王總卻不讓了，說喝到位就行了，倒是有點事情要跟他講。原來，王總跟省第一人民醫院的藥劑科趙主任是同學兼好朋友，一次偶然在聊天中聊到了他，兩個人都挺認可他的，都覺得可以幫他一下。

「我說小黃啊，大哥呢，在你這個事情上單位確實沒有其他辦法，這裏有兩萬塊錢，是我私人的，我信得過你，你先拿着用，先頂過這陣再說。」王總邊說邊把一個信封放在桌子上。

「那怎麼行！王總，這麼多錢我怎麼敢借您的，您的心意我領了，錢我可不能要。」黃睿堅決推辭不要王總的錢。

「小黃，你就別不好意思了，我和趙主任都看好你哦！這點錢對我也不算什麼，支持下你，你以後肯定不是簡單人物，到時候老哥混不下去要去討飯了，你記得我就可以了！」

「不不不，我不能這樣借您的錢，放心，我會想辦法的，這個難關我一定挺得過去，不說別的，就衝您和趙哥看得起我，我怎麼也得給你們拿臉啊！」

「好了，小老弟，別說這麼多了，你要實在不好意思的話，我一個月收200塊利息好啦，你什麼時候還都可以，呵呵，算是高利貸了，怎麼樣？這樣總可以了吧！」

「那好！到時候您可要收我的利息哦！」

「好的，一定！對了，我還幫你出個主意，如果你能讓你們公司跟我們公司簽定一個本市的獨家經銷協議，並發一批貨過來，我可以馬上給你回這批貨一半的款，剩下的三個月後付給你。那樣你的資金就應該可以周轉了！」

「啊！真的嗎？！那太好了，獨家經銷沒有問題的，你們本來就是這裏市場覆蓋、商業信用最好的公司。我發三十件貨過來，您能幫我先回十五件貨款就基本上把買貨的資金解決了，現在手上這兩三萬塊錢支撐這個月的費用也足夠了，下三個月再回六千，合款就基本上能對付過去了。這樣的話，剛好頂過三個月就進入正常的回款期了，呵呵！這下大問題全解決了！」

黃睿的問題一下就搞定了，高興之下他無論如何不理會王總的推辭，跑出去又買了瓶酒，跟王總喝了個痛快。

第二天，黃睿打電話跟「眼鏡兒」的老頭子匯報了這邊的情況，說明了他現在的困難，請他幫助再給個小小的支持，先發三十件貨給這邊的醫藥公司，保證貨到就能回十五件的款，基本上能把這三十件貨的底價沖銷掉了還有一點點節餘的，正好用來開展工作。

「眼鏡兒」的老頭子看黃睿這邊的工作進展確實不錯，也了解他的情況，而且這邊的醫藥公司也是國有的大型公司，不會出現被騙貨的情況，就答應了他的要求，但是必須保證貨款按時回到公司。

黃睿答應後馬上到醫藥公司跟王總簽定了獨家經銷的合同，並傳真給了公司。很快，三十件貨在五天後到達了這邊醫藥公司的倉庫，而王總也安排財務用最快的速度把他的款轉到了公司帳上。資金問題終於暫時解決了，如果順利的話，幾個月後他就可以真正的有不菲的收入了。當然，有個前提條件是，現在醫院的用量只能保持而不能再增加太快了，否則將像這次一樣再出現資金缺口，那時候可就沒有辦法了，只有一個後果——崩盤！做藥怎麼是這個樣子啊？賣得不好不行，賣得太好也不行，暈哦！

6

這天，同往日一樣，他一早來到了南方省第一人民醫院做臨床工作。跟幾個熟悉的醫生打了下招呼，送了點報紙早點什麼的之後，醫生們就開始忙碌起來。確實不愧為這個省最大的醫院之一，整個門診大樓裏面哪裏都堆滿了人，掛號處、收費處、藥房窗口、醫生診室、注射室，就連廁所都是排隊。這醫院大生意就是不一樣，想想那些小醫院裏面，醫生比病人還多，真為他們的生存擔憂啊。

黃睿在醫院外面隨便找了個乾淨清爽的茶座坐了下來，反正沒事情做，眼睛就到處亂逛，看看有什麼美女之類養眼的東西沒有。嘿，還真看到一個，而且還很眼熟，一個清純得彷彿不食人間煙火的漂亮MM出現在他的眼前，只見她在眼科診室門前左晃晃右逛逛，一副欲進還止的樣子。呵呵，白靈，就是她，那個上次在這個醫院藥劑科見過的菜鳥MM。他一掃工作半天的疲乏，輕輕走到她身邊：「白靈！」

「你是？」暈哦，看來他長得確實不能讓人有深刻印象啊。

「呵呵，不認識我啦，黃睿啊。西南華天藥業的老鄉啊！上次在藥劑科見過啊！」

「哦！我記起來了，都好久沒有見了，不好意思啊，都沒認出來。」

「在這裏幹嘛？做臨床工作？」

「是啊！我們公司的藥也進這個醫院了，但是量一直上不去。門診這幾個醫生一直不怎麼用，想找他們溝通下又不好插進去，病人太多了。」

「呵呵！剛開始是這樣的啦。你看現在是上午10點多，是病人最多的時候，你現在找他們肯定不合適，他們根本沒有精神跟你談產品的事情。」

「那怎麼辦啊！要再不上量，我的工作就難保了啊。我們經理已經給我警告了，說這個月底還不上量就要換人了。」天啊，什麼叫楚楚可憐？！看眼淚都快奪眶而出了。不行，這麼可愛的MM怎麼也得幫她一下啊！

「那這樣吧，這裏不好說話，我們到外面茶座去坐坐，你跟我講講情況，看我能幫你出點什麼主意？」

「嗯！好的！」多單純的MM啊，絲毫不懷疑他有任何不良動機哦！呵呵！他確實也沒有啊，就算有也只是一點點而已啦。

白靈把他們產品的情況大致介紹了一下。原來她做的產品是一種新的抗生素滴眼劑，療效非常好，而且是獨家的，市場競爭品種也不多，但是名氣比她的大，優勢還是不錯的，就是有個致命的缺點，太便宜。可能有讀者問：怎麼便宜還是缺點啊？是的，在這種三甲大醫院，便宜就是缺點，原因很簡單，價格便宜直接意味着你在臨床上給的費用就很少，而大醫院的醫生用貴藥，拿高額的臨床費用已經成為習慣了，要他們開這種10塊錢不到的藥，一隻拿0.80元錢的臨床費用，他們可以鄙視的覺得自己處方都難得寫，寫處方也是要花工夫的哦，寫一大堆才得到8毛錢，確實有點不划算，所以不上量也是很正常的。他的一番分析讓白靈茅塞頓開，她一直認為她的產品這麼便宜應該是很好開的藥，怎麼大家都不願意開呢！她的其他同事做小醫院的都上量了，連一個縣醫院也比她的多好幾倍的銷量，難怪他們經理要發火了。這也怪他們經理，肯定沒有認真調查和分析市場，這種藥進這種大醫院本來就不可取的嘛。

「那你說怎麼辦啊！現在藥已經進了，我們經理當初也是照顧我才把這個醫院分給我的。沒想到照你的說法卻是害了我啊！」

「那倒也不是，只是你要改變工作的方法。不能讓醫生看在你臨床費用的面子上幫你用藥，必須從其他方面去突破醫生。」

於是，在美女面前，黃睿毫不保留地把他那一套做臨床的經驗傳授給了她，還給她出了個題目：讓她去想辦法了解眼科醫生的用藥習慣，最好能想辦法搞幾張眼科一般的處方回來研究下，爭取幫醫生設計一個合理的處方把她的產品加進去，目的一個，在加了她的產品後讓處方的總價值不偏差太多而且保證療效增強，醫生應得臨床費用增加。她答應一定想辦法得到這些資料並主動跟他互換了聯繫電話。

不知不覺中跟她聊天到了中午，白靈看來對他是佩服得五體投地，堅決要求請他吃午飯，在他假意推脫下，他接受了她的邀請，當然，為了顧全男子漢的面子，最後還是他搶着買了單。下午就分頭行動，各自工作了。

沒過兩天，白靈美女來電話找黃睿了，約他到上次醫院外面的茶座見面。呵呵，不知道這個算不算約會啊！

白靈一見到黃睿，就忙不疊地感謝他，說他真幫她找到了問題的關鍵，連他們經理聽了她把他的分析的複述，也連連點頭覺得很有道理，還一個勁誇她有進步了，懂得用頭腦去做業務了。呵呵，按他的想法，這也不知道是誇還是罵啊。換個角度聽豈不是在罵她以前的工作都是胸大無腦嗎？不用頭腦怎麼做藥啊？這個行當可不是什麼體力活，好歹也算白領啊。這美女MM也單純得可愛。

現在問題找到了，怎麼解決呢？白靈還算機靈，真還照黃睿的吩咐搞了幾張不同醫生平時針對一般病人開的處方的複印件出來。看他們在滴眼液方面的用藥，基本上就是抗生素類加抗病毒藥物再加激素類的組合，外帶一些特別的比如促結膜生長的，抗白內障的，抗青光眼的藥水等等。這些用藥基本上都算是普藥了，價格都很便宜，沒有什麼油水可撈的，真有好處的東西主要集中在手術器材方面和口服注射藥物方面。由此他給白靈推斷，他們科室的醫生在滴眼液方面沒有太大的臨床費期望，基本在這一塊都用幾毛錢的便宜貨，為其他有好處的藥物在處方總價值上面讓路，其實真正治病的恰恰正是這些幾毛錢的藥品。所以，她現在有兩個好消息：第一、她的產品雖然近10元的單價，但是在處方總藥物價值中也不佔太大的份額；第二、她的藥品基本上沒有同類競爭的困難，只要能轉變醫生固有的用藥習慣就OK了。

根據這些情報及分析，黃睿娓娓道來：「那麼，現在怎麼樣才能讓醫生願意在這塊他們以前看不起的藥品裏面找到感覺，並嘗到甜頭呢？那就要從兩方面去入手了：第一、按照我以前教你的方法去加強和醫生的感情聯絡，要讓他們熟悉你和你的產品，增加拜訪的頻率，適當的時候可以訴訴苦，談談你們做藥、特別是新手做藥的難處，最好讓你的楚楚可憐深深地打動他們，目標就一個，只要他們願意用你的藥替代當前他們常用的那幾個幾毛錢一隻的抗生素眼藥水就可以了。相信以你的美麗動人和天生的楚楚可憐，做到這一點絕對不難的。第二，學習醫生寫處方的形式，迫不得已面對特別懶惰的醫生，可以提出從他們那裏拿一疊空白處方回去，幫他們把你自己的產品的使用處方填寫好，讓醫生只需要在處方上添加其他產品就可以了，這樣，再懶的醫生也不會有意見了吧。」

白靈聽着他的分析，頭都快點斷了，一個勁的表示怎麼早沒有想到這些方法啊。唉，真是一個不用大腦的MM啊。聽完他的分析，她立馬開始行動，全天泡在醫院裏面，軟磨硬泡，愣是讓那些醫生服了她的信心和耐心，畢竟做藥這行，女孩子特別是漂亮的女孩子還是很有先天優勢的。這個先天優勢在後來的一次家訪中表現得淋漓盡致。那是白靈在沒有能完全溝通該眼科主任的情況下，他建議她去做個家訪，盡量多訴苦，但是不要太誇張就可以了。於是，白靈找了個機會帶了點水果跑到眼科主任阿姨家去做了個家訪。白靈從產品的特點優勢一直談到公司、自己，特別強調現在她作為一個剛進公司的新人的難處，甚至在說到動情處居然還真在別人家裏哇哇痛哭了一場，弄得那主任阿姨一個勁一邊勸她不要傷心一邊數落旁邊自己快20歲的女兒：「你看看別人，也比你大不了幾歲，已經在外面闖蕩天下，自力更生了，你還像個不懂事的小娃娃，一天到晚到處惹事生非，不好好學習，你要有這個姐姐十分之一的懂事，我就感謝菩薩了哦！小白啊，你也別哭了，你的處境我也明白的，沒關係，阿姨會幫你的，回頭我在科室開例會的時候說說，讓大家用你的藥就是了，反正都要用這類藥的，而且你們的產品我也用過了，效果還是不錯的。回頭我再抽空做個你們藥的細菌敏感實驗，如果數據好的話，我再幫你推薦下，這裏其他幾個醫院的眼科主任跟我關係都很好的，到時候你去找找他們，就說是我侄女，那些主任好幾個還是我學生呢，不會不給你面子的。」

一番承諾搞得白靈破啼為笑，如果不是看別人已經有個可愛的女兒了，她幾乎都要認主任阿姨做乾媽了。不過，後來，這個主任還真喜歡上這個丫頭了，周末還經常叫她到家裏吃飯，儼然認她做了女兒，而不久後，在半玩笑半當真的情況下，白靈還真認了她做乾媽，那就是後話不提了。

回過頭在乾媽的關照下，白靈的業務在短短兩個月裏面突飛猛進，迅速成了他們公司在這個片區的銷售冠軍，市內其他醫院也在她乾媽的幫助下很快打開了局面，單月的銷售總量居然連他也比不過她了。可惜的是，他們公司實行的是底薪加提成的制度，就算她做得如此優秀，收入也是不多的，比他嘛，呵呵，差得遠了哦！

當然，在這兩個月裏面，黃睿一方面加強自己的業務，另一方面因為資金的原因還不敢大踏步前進，就用自己剩餘的精力幫白靈出謀劃策兼職客戶招待職業擋酒員了，呵呵，倒是認識了不少和他業務暫時沒有什麼關係的眼科醫生。和白靈的關係嘛，自從確認她沒有男朋友後，他更是不遺餘力地在業務上幫助她，只要能經常跟她在一起，白幫忙他也是很樂意的了。

7

很快，三個月過去了，黃睿的業務基本上進入了一個正常循環的軌道了，但是一直沒有再開發新醫院，主要是資金不足，不敢加大工作力度了，未開發的醫院都保持了正常的拜訪接觸，但是沒有進行實質性的工作，只要資金缺口的問題解決了，隨時可以上馬開發。醫院的總銷量也按照他的預想達到了每月五千盒，也因為資金原因不敢再加強工作上量了，現在每月的回款還算正常，收入相對還是穩定，只是基本上是個「月光族」，月月進錢，月月花光。再熬過2、3個月就可以進入收入的良性循環了，那時候才是他真正大展拳腳的時候。現在嘛，白靈的業務進展也很好，在他這個超級狗頭軍師的指導下，她繼續開發了四個二甲醫院，總銷售量已經突破了一萬隻，也不由得他們不互相佩服，惺惺相惜啊！呵呵，怎麼感覺他們有點像星爺電影裏面的唐伯虎和「對穿腸」啊。

這日，黃睿看着外面風和日麗，不由得有點春心蕩漾。想着這段時間跟白靈在工作上親密無間的同時，好像私人感情也構建了一個不錯的基礎了，是時候該深入一步了。說來他也夠君子的，他們電影也看了N多場了，飯也吃了無數回了，還在為她擋酒的時候半醉半醒了好幾次，他都沒有找機會跟她表達點什麼，甚至連她那可愛的小手也沒有拉過一下，最多也就在酒醉的時候乘着被她扶回家的機會靠在她身上YY了小小幾下，可惜胃裏面是翻江倒海，實在沒有體會到什麼美妙的感覺。每次都在第二天酒醒後才後悔自己怎麼就沒有借酒裝瘋做出點什麼不合時宜的事情，唉，誰叫他打小就這麼單純呢？

今天，黃睿苦思冥想了N個理由，終於決定請她一同去東海著名的旅遊景點——白雲山郊遊，希望她給面子哦！在平息了狂跳到200次／分鐘的心跳，列舉了300個他們需要一起出去走走的理由，還想通了400個她拒絕的藉口的反駁方法後，他掛通了她的電話。暈啊！看來是郎有情、妾有意啊，什麼理由都不用發揮，她就答應了，難道她……呵呵，乾柴遇到了烈火？

着裝整齊齊，頭髮梳光光，臉手洗白白，牙齒刷香香，天哪，絕對比見國家主席還要認真，久違的戀愛的感覺回來了。一路小跑着來到白靈住的地方，卻見她比約定時間早了一點在樓下等他了。一條白色暗花連衣裙，長長的黑髮自然飄於身後，一條天藍色發帶繫在頭上，薄施粉黛，手提坤包，什麼叫清純？這就是了。儼然一飄逸出俗的世外仙子。廢話，她本來就是他的仙子啊！

一路無語，的士歡快地奔向白雲山。他和白靈靜靜地坐在後排，好像都不知道該聊些什麼，只是盼望目的地趕快到，好解除這種莫名的尷尬。還好，白雲山離市區不遠，在靜靜的等待中很快就到了。買過門票，他們一起上山了。也許是由於剛才多了個司機的緣故，現在的他們沒有什麼電燈泡在場了，氣氛變得和諧多了。他們一邊聊天一邊慢慢地向山上爬。他那80公斤的體重可讓他吃夠了爬山的苦頭，別人三個小時能走完的路程，硬是讓他在消耗光5瓶價值5元／瓶的礦泉水後，花了五個小時才在白靈半拉半拖半笑半鼓勵的狀態中走到了山頂。山頂上有個小道觀，他本來不是很信道佛的人，也在白靈這個虔誠的有神主義者的帶動下不是很虔誠地燒了幾柱香、磕了幾個頭。

從道觀出來，白靈帶着他在山頂上閒逛，來到了一個岩邊石櫈坐了下來。他們開始閒聊，什麼都講，講工作講生活，講自己理想的未來，偏偏就是不講他們兩個。最後在黃睿艱難的引導下終於轉向了探討他們的個人世界的話題。

黃睿帶着一種憂傷的表情在白靈默默的聆聽中把他前30年的故事講給了她聽，特別着重講了他過去創業及三十而離的前妻的故事。聽得白靈眼裏含着淚水，幾乎就快奪眶而出了。她感歎他人生的多姿多彩，氣憤他前妻的世俗無情，更感動他表白內心世界的坦坦蕩蕩。無形中他和她的心靈溝通又進了一步。當然啦，如果她知道這都是他故意而為，是他思考很久採取的攻勢的一部分，恐怕就沒有他和她將來的故事了，他覺得向她表白他真實的過去是一個正確的舉動，隱瞞自己的過去才是愚蠢。與其等到她自己知道某些事情而有了上當的感覺，還不如老老實實告訴她一切，給她一種坦蕩君子的感覺更好。離過婚又怎樣？告訴她反而能讓她體會到他的用情專一，用情深刻，他能對過去的人怎樣就更能對將來的人更好。事實證明這一招確實有效。

在黃睿的帶動下，白靈也講起了她的過去。她從小到大都是一個乖乖學生，是家裏的聽話寶寶。一直到大學，都保持着「家——學校——家」的三點一線的生活規律。她家裏父母單位效益都不錯，雖然不是什麼當官的有錢的，但靠着她父母不錯的單位，日子也一直過得很小康。小時候的她，相貌並不出眾，是那種典型的帶着一副小眼鏡的好學生形象，直到讀大學都沒有過什麼早戀、談朋友等等故事發生，在當時，這些東西對她來說好像都是一些與她無關的東西，好像永遠都不會與她產生任何聯繫。直到讀大學後，通過最古老的RK（放射狀角膜切開術）手術摘掉眼鏡的她，才開始在同學中脫穎而出。由於就讀於本城的一所中醫藥大學的藥學專業，班上大把的漂亮女孩也開始影響到她的審美觀和人生觀，她也開始注重穿着打扮了。但是由於是走讀的緣故沒有住在學校裏面，每星期要回家接受家裏保守的父母給她灌輸的保守的意識，讓大多數希望親近她的男孩都難以找到下手的機會。直到快畢業的那年，她才有了一個出身名門的意中人，也享受過那種初戀的甜蜜，而且屬於絕對的才子佳人型，很是讓周圍的小姐妹們感到羡慕。然而，和絕大多數校園鴛鴦的結局一樣，她在畢業的時候因為工作原因和男友勞燕分飛。再加上家裏為她找了一個超級不理想的偏遠中學的教書工作，令她更感覺到生活的無奈和希望的渺茫。最後，她在瞞着父母的情況下來到人才交流市場，為了改變自己的命運進了做藥這行。沒有任何原因起心來做藥，只是因為就這一家公司願意聘用她，她就無所謂地按照公司的分配來到了這個城市。這就是緣分，他們兩個本來毫無理由認識的人就在老天的安排下這樣認識了，難道你還不相信緣分？

不知不覺中，天色已經黑了下來，一頓傾心的交談竟然談了三個多小時，加上他爬山的這種功底，他們兩個都沒有信心再下山回家了。他只好在忍住內心的狂喜的同時，滿臉真誠的無奈地表示只能在山上住一晚上了。白靈倒也沒有任何意見，相信她通過和他的相處和交談後對他這個人的人品還是信任的了，他至少不是那種乘人之危的不義小人吧。他們就在山頂的賓館開了兩個房間，住一晚上再下山了，當然，買單的肯定是他了哦。

晚飯過後沒有什麼事情，黃睿和白靈就在山頂的小路上散步，不知不覺中，他的手在一陣摸索和試探後拉住了白靈軟滑的小手，她沒有任何拒絕的表示。他們就這樣拉着手，漫漫地沿着小路無目的地閒逛。誰也不說話，只是走。走啊走，走了很久，終於有點累的感覺了，他提議找個地方坐下來休息一下，白靈默默地點點頭答應了。

在路邊找了個椅子坐下。周圍很安靜，偶爾有兩三個保安之類的巡夜人走過，山頂晚上留宿的客人不多，今天晚上在這裏的客人絕大部分都是某個單位在這裏開會的，也都大多到他們組織的舞會歡樂去了。他們本來也想混水摸魚去跳跳舞，無奈臉皮太薄，有點不好意思，怕被別人趕出來，只好在這荒郊野外促膝談心了。

黃睿和白靈雙雙感覺漸入佳境，心裏憋屈了多年的話，都一股腦兒掏給了對方，都毫不懷疑自己找到了自己的知己。不知不覺中，在白靈聊到傷心處時，他大膽地把自己的手臂伸到了白靈的身後，輕輕地摟住了她嬌小的腰姿。她彷彿很配合似的把她的頭靠向了他的脖子。

天啊，黃睿清楚地感覺到，她竟然在他的脖子上狠狠地咬了一口。這一口無疑是　個他發起衝鋒的號角，他毫不猶豫地把自己送到了她的面前，輕輕地貼上了她溫濕的嘴唇，一陣翻江倒海，舌戰群雄。也不知道過了多久，他們的雙唇才分開，帶着歡愉後的激動，白靈不好意思地假裝打了他一下，他不但不躲，反而把她抱得更緊，好像生怕一個人參娃娃就此從他的懷中跑掉。就這樣，靜靜地，輕輕地，悄悄地，他們相擁相吻，直到附近的保安實在耐不住性子來提醒他們已經很晚了，希望他們能回去休息了，他們才戀戀不捨地回到了各自的房間。

足夠了，今天的進度已經足夠了，不能再進一步了，那會破壞他們相互的形象的，而且他估計白靈也還沒有做好那樣的心裏準備。其實呢，男人和女人之間在談朋友的時候最難突破的那一張紙就是接吻，只要這個關口突破了，其他的一切事情只是遲早的問題。而他在多年泡妞方面一直堅持一個原則，就是務必慢慢來，感情是逐步加溫的，溫度加得越慢就涼得越慢，一下子就走到了極點的話，後面就不定是福是禍了，只要工夫夠了，總有一天會水到渠自成的。當然，這個經驗只對誠心找老婆有效，如果逢場作戲也要這麼辛苦的話，那算啦，那也不叫逢場作戲了哦。

第二天早上，很沒面子地被白靈用電話叫醒，畢竟昨天晚上比較興奮，想了很多，難得地失眠了，早上四五點鐘才迷迷糊糊睡了一下子。有了昨天晚上的突破後，白靈和他之間的感覺已經迥然不同了，嚴肅地講是：他們已經確定了戀愛關係了；不嚴肅地講，他和白靈正式開始拍拖了。一路挽着白靈，嘻嘻哈哈，打打笑笑回到了市裏，在車上也不再有那種莫名的尷尬了，他們兩個已經儼然一對熱戀中的情侶了。

8

黃睿正沉浸於事業愛情雙豐收的快樂中的時候，他接到了一個讓他目瞪口呆的電話。電話是醫藥公司採購部的小方來的，她說他的產品缺貨了，而且各個醫院突然瘋了一樣一下來了總計10件貨的計劃，叫他趕緊在5天內發貨過去，要不醫院就要斷貨了。他苦苦支撐了3個多月的平衡局面還是在他的擔憂中爆發了。

黃睿趕緊打電話到各個醫院的採購那裏了解情況，為什麼他的產品會突然上量，毫無跡象地超出了他原來的銷售計劃，打亂了他資本積累的步伐？各個醫院反饋回來的情況差不多，原因是他公司產品的一個同類競爭品種突然由於質量原因被國家醫藥局叫停了，好像是被查出其中的某種成分有嚴重的致癌作用的緣故。結果所有醫院都停止了該產品的銷售，醫生沒有別的藥用了，無一例外地用他的產品替代了那個產品的市場份額，銷量猛增了一倍多。

所謂人算不如天算啊，黃睿精心策劃的創業旅程一下就被攪亂了，好比一部正在逐步提速的汽車猛地從40碼衝到了180碼，那台還沒有預熱適度的發動機承受不了這麼大的壓力啊。如果因為他資金的緣故導致醫院斷貨的話，不僅會錯過大步前進、超越競爭者的機會，還可能嚴重破壞好不容易建立起來的和醫院各個階層客戶的關係，甚至引起他們對他個人及公司的信任危機，那他前面幾個月的努力將付之東流，一個創業發財的美好肥皂泡將無情地在他面前破裂。

都怪自己啊。最近一直忙着搞定白靈的事情，也沒有用心跟自己的客戶交流，連普遍出現這樣大規模的上量現象都沒有發現。如果發現得早，還可以跟一些KD打打招呼，找個理由讓他們悠着點兒，但是現在知道已經晚了，各個醫院的藥庫庫存基本上都沒有了，只有藥房裏面還有點剩餘的貨在苟延殘踹，最多也就只能支撐三五天了。一場全面斷貨崩盤的風暴無情地向他衝來。

「怎麼辦」三個字又一次久違地敲打着他的腦袋。這次他可是真的完了，現在正好是月底，這個月醫藥公司的貨款剛剛回去，提成過來的現金也只夠兑現這個月的醫生臨床費，必須要等到下個月底，他在醫藥公司最後的一批大筆貨款回去後，他才能正常周轉開。而且即使那樣理想，他也只能支撐每月5,000盒的銷售規模，要玩轉每月10,000盒的規模，至少還要兩個月的積累才有這個能力。錢哪，他感覺自己已經是很能賺錢了，也賺了不少錢了，怎麼他缺的還是錢哪！

現在，醫藥公司王總也不可能再借他錢了，上次的20,000塊都還沒有還啊，而且他也不可能違反公司的政策再給他開後門了，就是可以，「眼鏡兒」的老頭子也不可能再為他先發貨後回款特批條子了。畢竟公司不是他的，上面還有大投資股東的人在監管着他。上次他給他批了30件貨的事情後來也受到了很多人的質疑，好在他的貨款及時回到公司才讓他沒有被董事會責難。他不可能再給別人添麻煩了，畢竟他只是賞識他而已，沒必要把他自己的前程也押到他的身上啊，何況他除了得了他的人情外實在也沒有別的什麼好處！

現在他計算了一下，至少要購進20件貨，需要5萬塊錢才能解決他的燃眉之急，而且還必須保證現在的銷量不能繼續攀升，否則他就準備結束這個品種在這個地區的銷售，也結束他短暫的做藥生涯，老老實實等着收回自己墊在市場上的幾萬塊錢利潤回家吧！現在就算公司把剛回的貨款提成馬上打給他，他手裏最多也只有30,000塊錢左右，即使全部拿去買貨也不夠啊！怎麼辦？這個問題實在讓他徹夜難眠啊！這次他相信自己不會再有那麼好的狗屎運氣，還會有貴人相助了吧！難啊……做藥難啊……藥做好了也難啊……

一整天，黃睿都陷入發呆中。他一直在想，「天道酬勤……天道酬勤……」他一直相信這句話，他也一直用自己的勤勞在耐心地等待上天的酬勞，難道現在的局面就是老天對他半年不眠不休的努力工作的酬勞嗎？難道這個社會真的就沒有辦法實現一份勞動一份收穫嗎？為什麼他堅信的只要自己努力付出，就一定會有好的結局的信念，就這樣被無情地否定呢？為什麼啊？誰能告訴他？

發呆，發呆，黃睿就這樣抽了兩包煙，發了一天的呆。實在無法接受這樣的現實，他感覺自己一貫的自信徹底地被顛覆了，這種打擊是深入心扉的，是內心的傷害，是難以治癒的傷害，是一種充滿了對現實、對社會、對老天爺憤懣的傷害。他除了發呆還能做什麼？

晚上，天已經快黑了，在接到了白靈的電話後他才知道自己已經一天沒有吃東西了，無精打采地接受了她叫他出去吃飯的邀請，他來到了她的樓下。

「嗯？睿睿，你怎麼了？生病了嗎？要不要去醫院看看？」白靈用昵稱問他。

「嗯……沒……沒什麼，我沒事，走吧，去哪裏吃飯？」黃睿強打着精神說，畢竟大老爺們兒，天大的事情也不能在自己心儀的女孩面前表露出自己的軟弱無能啊！

「去那邊川菜館吧，我想吃火鍋了，今天剛領了工資，走，我請客，撮一頓！」

「好啊！不過還是我請吧，怎麼能讓女孩子出錢呢？」

「切！大男子主義。女孩子又怎麼啦？我們女孩子也能掙錢，今天我偏要請你，殺殺你的不良思想。走，你敢買單看我不砍得你滿街找零件，哈哈！」

說完，也不管黃睿是否分辨，白靈挽着他的手臂就衝進了對面的川菜館。好久沒有吃麻辣火鍋了，雖然味道不算正宗，但也有那麼點模樣。腸胃似乎已經被這邊酸酸甜甜的清淡口味調歪了，竟然沒吃多少就有點感覺受不了。倒是白靈，一改平日小家碧玉、溫柔賢淑、不食人間煙火的仙子形象，挽袖結髮，大吃特吃起來，80幾斤的小女人足足吃下了2倍於他的毛肚、黃喉、鴨腸、牛肉，直讓他這個80公斤的大個子看得汗顏。暈哦，她怎麼就能吃了不長肥肉啊？他天天兩餐盒飯度日，體重還是止不住地與日俱增，靠，又是一個沒有天理啊！他看着她快樂地吃喝，點上一隻煙坐在桌邊欣賞着這一副絕妙的美人虎咽圖，不知不覺中又陷入了發呆中！

「嘿！嘿！你在幹嘛呢？怎麼不吃啊？」

「呵呵！沒什麼，我吃飽了，正在欣賞你的吃相啊！」

「好哇！你敢笑我，看我不打扁你，把你也扔進去燙着吃了！」

「可別啊！我幾天沒洗澡了，會髒了這鍋湯的。」

「呸！臭美！看你那身賊肉，燙進去也不好吃！」

「那是那是，哪有我的白靈妹妹一身細皮嫩肉好吃啊！」

「打你貧嘴！對了，我今天覺得你怎麼不對勁啊！一副別人欠了你的穀子還了你的糠的樣子，到底怎麼了？有什麼事情不能跟我講嗎？」

「也沒什麼大不了的，只是業務上出了點問題，還沒找到辦法去解決啊！」

「哦！老江湖也有遇到新問題的時候？說給我聽聽，說不定當局者迷、旁觀者清呢？」

於是他把他的情況跟她講了，倒還真期望她能幫他出點什麼主意，他的腦袋都想糊塗了，已經有點不知所措的感覺了。

「暈啊！你的業務做好了做大了，還成了你的問題啊？倒也是，我如果不是公司的政策不同，有公司全程的費用支持，可能早就玩完了。這倒是個問題啊！要是就這麼把市場弄崩盤了，那可真可惜了。你說吧，業務做不好被淘汰了還想得通，業務做好了也要被淘汰，這、這、這是什麼道理啊！不通不通！」

「世界上沒道理的事情多了啊！我已經對這個世界失去信心了，這次要是跌倒了，就不知道還有沒有爬起來的機會了哦！」

「等等，先別灰心，你現在買貨還需要多少錢？」

「至少還要5托啊！就算不給醫生兌現這個月的費用也還差2托！」

「嗯？不兌現…不兌現？哈！我有了！」

「你有辦法？」黃睿眼睛一亮，莫非這小妮子還真想出什麼辦法？

「不告訴你！好啦，我吃飽啦，走，陪我去逛街買衣服，你今天要是把本小姐伺候高興了，我就告訴你怎麼辦，肯定能把你的問題解決！走啦，別愁眉苦臉拉，我說有辦法就是有辦法啦！」

「那你能不能先漏點風給我，讓我心裏有點底啊？」

「不！偏不！就是要整整你，誰叫你那天…那樣呢！」

暈、倒、賣關子還撒嬌呢！

假裝帶着滿臉的無奈，陪着白靈來到了東海市最大的商業步行街。以前陪前任老婆長年鍛煉的陪街能力再一次發揮了他的作用。在男人中間，他絕對是個少有的陪街高手，不僅有耐心、有體力、有陪護安全感，而且最重要的是他是一個非常專業的形象參謀。只要他看一眼商店裏面模特穿的樣裝，他就可以馬上和身邊女孩的身材、膚色、氣質、特點聯繫起來，並迅速把這件衣服用想象力穿在她的身上，還可以在他的YY中轉幾個漂亮的圈，一件衣服的合適與否已經得出了結論。所以，最後在白靈多次的驚訝中驗證了他的能力後，她買下了一件他認為最合適她的連衣裙。這場持續近三個小時的逛街大戰終於有了完美的結局。

送白靈到了她家的樓下，黃睿半開玩笑地提出他已經圓滿完成了任務，她是否應該告訴他她幫他想的主意了？誰知道這小妮子還要繼續賣關子，堅決聲稱天機不可洩露，要他明天上午十點鐘到她家找她。

忍着一夜的不解和期望，第二天他準時來到了白靈樓下，她還沒有下來。這時候收到她的傳呼，叫他上去找她。他還從來沒有到她家裏去過，呵呵，畢竟孤男寡女，有些不方便嘛。他一路小跑衝上了樓，敲響了她家的門。門開了，白靈穿着昨天新買的連衣裙把他讓進了屋。他情不自禁地抱着她來了個深情的長吻，直到她憋不過氣把他推開才想起今天的正事。

「好啦，別賣關子了，快說是什麼辦法？再不說我快急瘋了啊！」

「好啦！不逗你啦。這個給你，是兩萬塊錢的卡，密碼6個6。」

「什麼？兩萬塊錢！你哪來的這麼多錢？」

「廢話！你以為就你能賺錢啊。這是我這幾個月的提成款加上出來時從家裏帶的一點錢，反正放身上也沒什麼用，就先借給你解決困難啦！」呵呵，還是個小富婆哦！

「那怎麼行！我可不能要你的錢啊！你這2萬來的也不容易，何況就是有你這2萬也解決不了問題啊！」

「切，你又來了。大男子主義，是不是覺得用女人的錢沒面子啊？少來這些吧。嘻嘻！」

「不、不，不是這個意思！」

「好啦，好啦，逗你啦！我跟你講，你昨天不是說有5萬塊錢就夠進貨了嗎？」

「嗯！」他點點頭。

「那你把這2萬加上你的3萬一起拿回公司去買貨！」

「那這個月的兌現臨床費怎麼辦？」

「笨蛋，你不知道找個理由延遲一個月再兌現嗎？等下個月你的貨款回了再一起補兌啊！理由嘛，簡單啦，你就說公司緊急通知你回去開會和業務培訓，要耽誤半個月，給那些醫生說等到下個月再一起兌現。個別醫生有疑問的就給他停用藥啊，正好把銷售量拉點下來，重點醫生多打幾個電話穩住就可以了，反正你現在又不愁銷量上不去。等下個月你一起把費用補上他們就什麼疑問都沒有了，不是問題就解決了？這叫瞞天過海，懂不懂！」

「但是，即使這樣總銷售量這麼大，到時候也還是要露餡的啊！」

「這個沒關係，你這個月就什麼都不做了，在家玩或幫我當免費苦力。我和你都節約點，把錢盡量籌起來，到時候以醫院量太大怕出問題的理由讓醫生悠着點開，把總體銷售量控制一下，應該可以對付過去了。」

「可是，這樣的話，豈不是害得你也跟我一起受苦了！」

「我們還說什麼呢？我有困難的時候你幫了我，現在是我回報的時候了啊！再說，我們倆……」

黃睿心裏一陣感動加激動，抱着白靈又是一翻猛吻，手還不老實地向某些敏感部位進攻。正想乘此良機和她圈圈叉叉，人財兼得的時候，她卻冷靜地推開了他，紅着臉佯裝生氣道：「好啦，不要得寸進尺哦！快去把購貨的正事辦了吧！」

「遵命，老婆！等我晚上回來請你吃火鍋！」一個立正，黃睿在她額頭輕吻了一下，飛快地去處理這些事情了。

好不容易在銀行排隊處理了轉款的事情後，跟公司通了電話，辦理了發貨的手續後，趕緊又找了個公用電話跟所有的醫生傳達他善意的謊言。還好，那時候還沒有來電顯示，要不還真不好撒謊說他是臨時緊急返回了公司，沒來得及兌現臨床費。大部分醫生都表示沒有關係，畢竟大家也合作這麼久了，他的一貫表現也讓他們有了比較強的信任感。少數有點疑惑的醫生也不管這麼多啦，反正到時候他把費用補上後就什麼事情都沒有了。

忙完這一切，回去跟白靈一起溫存了一番，可惜還是沒有能夠突破她的最後防線，在她骨子裏面還是有那麼些保守的貞潔思想。不過這可並不是壞事，畢竟這是找老婆，不是找小姐，還是保守點的好，呵呵慢慢來吧，煮熟的鴨子是飛不了的。

這段時間他都不敢到醫院裏面露面，甚至上街都比較少，偶爾裝着在公司培訓的樣子給一些比較熟悉的醫生通通電話，大家都沒有什麼懷疑，倒也過得輕鬆愜意，沒想到白靈這隻菜鳥想出來的主意還真不錯。這段時間他每天到白靈那裏報到，幫她的工作出出主意、提提建議，其他時候幾乎純粹一個家庭婦男了。天生的好吃嘴加上從小鍛煉造就的一身好廚藝，讓白靈一日兩正餐都如神仙般享受，直誇「老公，我愛死你了！」

呵呵，準確地說是愛死黃睿的美味佳餚了吧！不知道是哪個偉人說的：「一手做菜的好手藝是拴住老婆的胃乃至她的心的至上法寶！」。至理名言啊，不過好像是就是他說的哦，呵呵。

9

這天黃睿接到馬文章的電話，約他晚上一起聚聚，也有好久沒有跟他們一起聚會了，他立馬答應，並表示要帶個美女過去。晚上一見面，發現馬文章旁邊也坐了個PLMM，身高那叫高啊，起碼1米75，加上高跟鞋，和他們中間最高大威猛的馬文章都差不多了。經過一番介紹，得知美女叫李晴，是東北滿族人，而且是人都看得出她和馬文章明顯有一腿，挨得那個近啊，基本上就二位一體了。呵呵，看不出馬文章這頭老牛還搞個小蜜來泡上了。一夜喝酒聊天侃大山，直到基本都趴下才各自回家。

後來才從馬文章和周圍朋友那裏了解到，這個李晴是東北一個藥廠派過來的，剛來東海市做市場，人生地不熟，碰巧在醫院認識了馬文章。也不知道怎麼回事，兩個就勾搭上了。看得出這個女人不簡單，勾搭馬文章是完全有目的的，而且也實現了這個目的。

馬文章這個老傻瓜拚着自己的產品不進醫院，也用好不容易建立的醫院關係，幫李晴迅速開發了東海市幾個大的醫院，還沒要李晴出一分錢，弄得自己跟公司交不了差，一天愁眉苦臉的想辦法逃脫公司的處罰。哎，男人為什麼為那下面二兩肉的爽快就變成白癡了呢？結果，藥一進醫院，銷售一上量，李晴就把她男朋友從老家叫了過來，順理成章地把馬文章甩掉了。而且據說李晴的男朋友以前是混黑社會的，人高馬大，好像還是在老家犯了事跑出來的，搞得馬文章一頓狂「操」，連跟李晴有點曖昧的事情都不敢提，結果是啞巴吃黃連，有苦說不出啊。就為了享受那算得出數的幾次歡愉，他的損失卻是數以萬計的，就是到五星級酒店去玩頂級美女也花不了那麼多錢啊！還不用搞什麼一天送999朵玫瑰這種老土事情。

更好玩的事情還在後面，那是一次大家一起聚餐喝酒，在馬文章和李晴的男朋友都喝高了的時候，馬文章居然大着舌頭說：「兄弟，我們兩個沒得說的，老婆都用一個了，還說那些，來，乾一杯。」

一句話嚇得他們在場的知情人目瞪口呆，李晴更是臉色青白地看着自己男朋友，生怕他一怒之下砸破馬文章的腦袋。還好，她男朋友也真喝醉了，也不知道聽清楚馬文章說的什麼沒有，只是一個勁說：「好兄弟，喝酒，乾杯！」

結果，那天在場的人全喝了個爛醉。黃睿被白靈不知道用什麼辦法弄回了家，第二天醒來才知道出事了。

第二天黃睿還沒有睡醒，就被一個老鄉不停轟炸的傳呼吵醒。原來昨天晚上李晴的老公出事了。

李晴的老公也不知道被馬文章灌了多少酒，吃完飯後一個勁吼着要去買西瓜。好不容易在李晴的攙扶下來到了西瓜攤前，他上前抱起一個大西瓜，拍了拍，說：「沒熟！」，「叭！」扔地上摔個稀爛，轉身又抱起一個，又扔地上。

來來回回扔了七八個西瓜，周圍的人勸也勸不住，拉也拉不動，李晴一個人在旁邊急得沒有辦法。正着急間，只見她男朋友一個漂亮的旋轉，倒在了地上，頭「砰」的一聲撞在水泥地面卻渾然不知。

李晴趕緊跑上去，卻見她男朋友已經暈睡過去，怎麼叫也叫不醒，沒辦法只好打「120」叫救護車，醫生來後一看就發現有酒精中毒跡象，趕緊給他打了6隻「納諾酮」，掛上生理鹽水迅速送醫院急救，好在還搶救及時沒有出大問題，否則怎麼死掉的都不知道。

唉！黃睿聽後歎息一聲。他做藥的朋友中間因為陪客戶吃飯喝酒，喝到酒精中毒和胃出血的人大把的多。幹他們這行啊，「三陪」都不止，陪酒、陪吃、陪賭、陪嫖、陪旅遊、陪休閒、陪什麼的都有，就是陪上床也是很正常的事情，你說該算「幾陪」了？

李晴的男朋友還算出的小事情，那邊馬文章的樂子就大了。馬文章開着他的破摩托車，帶着一個沒喝酒的小兄弟，在城裏一陣狂飆，闖紅燈，走單行線，速度還快得嚇人。後面的小兄弟嚇得臉色都變了，一個勁勸他開慢點，他絲毫不聽，反而越開越快，中途幾個交通警察想抓他的方向盤，把他拉下來也沒有成功，弄得背後一片警車跟着他追。

眼看一個轉彎就快到他家了，馬文章卻在家門口瀉了最後一口真氣，連人帶車摔倒在路邊，再也無力爬起來了。警察迅速圍了上來，察覺他是酒後駕車，要求他出示證件，他卻把包裏的打火機當證件給警察；要求他驗酒精，他卻堅決聲稱自己沒有喝酒。總之跟警察一頓胡攪蠻纏，最後終於磨光了交通警察的所有耐性，要強行把他帶去醫院做酒精濃度化驗。馬文章在完全酒醉狀態下，本能地對着上來拉他的警察就是一腳踹去，當場踹在那倒霉的警察的小腿上，翻倒在地，趕緊送醫院搶救。最後終於在110的到來後才強行把馬文章拷到了派出所裏面去。

第二天，馬文章醒來的時候發現自己莫名其妙地被關在了一個樓梯拐角的黑屋子裏面。他一臉茫然，不知道自己在哪裏，更不知道發生了什麼事情。昨天晚上喝醉後發生的一切他都沒有印象，只有幾個自己跟警察衝突的模糊片段，還有自己向一個滿面笑容的警察哭訴其他警察打他的精彩場面，其他的就一概不知道了。直到他的一幫老鄉早上來看他，他才知道自己闖大禍了。最後，在幾個當地有點勢力的老鄉斡旋之下，馬文章才僅以酒後駕車的罪名被治安拘留了15天，而那個受傷的警察則讓馬文章賠償了18,000多元的醫療和營養補償費用後，才了結了這件事情。

十五天後，馬文章順利地出來了。好在有老鄉們的關照，幫他疏通了拘留所裏面的一些關係，安排了一個不鎖門、相對自由、帶雜務工作性質的房間看守，除了吃得差點，住得差點，沒什麼事情做外，倒也沒有受多少皮肉之苦，更沒有享受到同室犯人的性騷擾之類的特殊待遇。但是出來後的馬文章明顯憔悴了，精神也不好了，業務也大步下滑。沒有過幾個月就被公司辭退回家了。一個本來很有希望在藥界出人頭地的馬文章就這樣從他們的生活中消失了，再也沒有他的任何消息。他們也只有偶爾碰見李晴或他男朋友的時候才會不自然地想到馬文章這個人。大家心裏都清楚，其實這一切都是那個女人——李晴害的，所以說，紅顏禍水啊……

10

在吃飯、睡覺、做家務事情、陪白靈卿卿我我的休閒生活中很快就度過了一個月，醫藥公司的回款也順利到賬了，到了月初趕緊把這兩個月的臨床兌現費一起補發給了醫生，大家都沒有什麼疑惑，也都接受了他要大家不要上太大量的謊言請求。一切都相安無事，就這樣平穩地度過了他做藥的第一年。中途也間或在資金寬鬆的時候又開發了兩家二甲醫院和一家三甲醫院，市場的總銷售額也已經達到了每月8000盒的穩定銷量。良好的商業環境和白靈的無私支持，讓他在小小發展的同時，也還清了公司和醫藥公司王總的欠款。倒是白靈支持他的近兩萬塊錢怎麼也不要他還，說等他徹底擺脫貧困後再還她，還揚言要收他的利息。呵呵，人生有如此紅顏知己，還有什麼不滿足的理由嗎？

說來，大家一定不相信，在白靈借黃睿錢的一個月後，他就退掉了自己租的房子，搬到白靈那裏和她「同居」了，而且這還是她主動提出來的，說是為了省錢還可以天天奴役他給她做飯，不過他的待遇只能當廳長、睡客廳。然而，讓白靈沒有想到的是，在黃睿住了兩天的客廳後，就堅決地死纏爛磨地乘着他倆的激情時刻爬上了她的大床，但是不管他們怎麼激動，怎麼親熱，那最後的防線她還是不讓他突破，說是要留到結婚的那天給她最後確定的真正的老公。

天哪，現在還有這樣的貞潔處女？好幾次弄得他血脈膨脹，只好自己解決了事，呵呵！

這時，已經到了年底了，一般做藥的人平時怎麼忙都可以，但是年底還是要回家與家人團聚的，他們兩個也不例外。搞完必要的工作，把醫生的臨床費兌現了，給重點客戶拜個早早年，關鍵的人物還要送上一份價值不菲的新年禮物，之後就趕在春運前提前點回家了。

回到家後，例行地拜訪了周圍的老朋友，老同事，給大家分了點他帶回去的南方特產，當然，最少不了的是去看望了「眼鏡兒」的老頭子，還特地帶了幾隻東海市特產的鮮活大海蟹給他，弄得他老頭子好不高興，愣是開了瓶近10年的陳年「茅台」和他喝了個高興，還一個勁表揚他做得不錯，明年要加油、更上一層樓等等。

一頓忙碌後就到了參加公司年終總結會的時候了。看來公司今年的發展不錯，賺了不少錢，連這個銷售年終會都選在了他們那裏最好的一個四星級度假酒店召開。有「眼鏡兒」老頭子的暗中關照，他的任務全年只有15萬盒，按照現在的進度稍微努力點，應該能夠完成，至少不會享受被罰款的待遇了，這個人情可價值十幾萬哦，看來明年可不能只給「眼鏡兒」的老頭子帶點土特產什麼了，是時候該重重回報了，畢竟他還是懂得滴水之恩當湧泉相報的道理的！

一切閒雜事務搞完就過年了，在家裏和老頭子老媽高高興興地過了大年三十後，一個電話把白靈叫到了家裏。兩個老人為他能找到這麼漂亮能幹的準媳婦高興得嘴都合不來了。老爸還少有地親自下廚做了頓豐盛的傳家大菜招待未來的兒媳婦，把個天生的好吃鬼MM吃得大呼上癮，一改剛來時候的淑女形象，拿出她真實的吃相大吃特吃起來，直樂得他老爸誇她是個耿直的小姑娘，切！有這樣誇小姑娘的嗎？不過想來他老爸也想不出更合適更文雅的詞彙了。

由於白靈的家不在他們這個城市，晚上老媽就安排她住他的房間，他則被趕到了陽台上改裝出來的預備今後保姆住的小房間。當然啦，等老爸老媽睡了之後，他還是忍不住悄悄溜到了白靈的床上。這一晚，可能是看到他全家都把她看做了自家人的份上，再加上晚上灌了她一點小酒的緣故吧，他們終於做了真正的夫妻，具體細節嘛，呵呵，各位就別指望我在這裏做詳細的描述了，畢竟這個故事可不是什麼HS小說啊，大家自己去YY吧！幸福啊，原來她真的還是處女哦，黃睿暗下決心，今生一定不能辜負她的愛，要像呵護自己的生命，不，比生命還珍貴的東西一樣去呵護她，愛她，陪伴她，直到時間的終點。

第二天，精明的老媽發現了他們兩個的超同志友誼，笑罵他要注意影響啊，弄得他一個勁直說：「知道了，知道了，我們的好政委！」把旁邊的白靈羞得臉都紅到了胸口。後面幾天，就是老爸老媽帶着他們兩個去走親戚、串人戶，把他們兩個累得半死，還不敢有任何不滿的表現。好在最後老頭子發了善心，才放了他們幾天假，到他們那裏最著名的道教勝地去旅遊了幾天，算是他們兩個去度蜜月了。

一路上陪着白靈見廟就進，見神就拜，不知不覺在白靈的影響下，黃睿開始對道教文化產生了強烈的興趣，一路買了很多道教的經書研究，世界上最後一個無神論者就這樣犧牲了，易經八卦竟然成了他和白靈的一項共同愛好。她甚至還帶他到她學「道」的師父——李大師家裏，讓他請教自己不明白的問題，她師父居然和他很投緣，覺得他有學「易」的慧根，半開玩笑中收了他做弟子。哈哈，白靈成了他師妹了，怎麼看着看着有點玄幻的感覺了，不會他們兩個要轉行去修真或看風水了吧，還是逍遙派的那種合籍雙修哦，呵呵。

很快，假期就在這種舒適祥和的感覺中過去了，他陪白靈到她家裏見了未來的老丈人和丈母娘，跟老丈人好好地喝了幾天酒，陪丈母娘好好地打了幾天小麻將、鬥地主，更關鍵的是解開了他們心中長久不解的疙瘩，令他們改變了陳舊的就業觀點，放心地讓自己的寶貝女兒隨他一起在外面闖蕩。

一路無語，他們回到了闊別一月的東海市！

第三章

1

2008年5月12日14點20分，黃睿、白靈雙雙走進北川三中大會議室，白靈去招呼學員，他則走上講壇，放下包，準備給醫藥代表培訓班的學員上課。黃睿已升任華發藥業的常務副總經理，白靈也調到華發來，作總部營運總監。他們將醫藥代表們帶到這個風景秀麗的羌族小縣來，進行年度總結與培訓，並借了三中大會議室作會場。不一會兒，三中大樓便開始了晃動，樓道上的人呼喊着跑動起來。雖說是突出其來，但黃睿立即反映出「地震」發生了。這時是14時28分。

大樓在劇烈地搖動着，眨眼工夫牆面便大幅撕裂，直立的門、框扭曲地向一旁彎去，櫃上、桌上器物橫飛……如此強烈的樓基搖動讓他意識到：大樓在跨了，求生的唯一的辦法只能是站在門下。

於是，黃睿大聲喊道：「樓要跨了，快，站在門下……」一語未了，一陣地浪將黃睿衝翻在地，只聽見「轟隆隆」的一陣巨響，他便失去了知覺。

這時，在北川城裏，整個大地都在抖動，上下抖，左右搖，篩糠般地扭，屋外的大樓像活人一樣，倒過去，扭過來，不斷塌陷，更可怕的是，大地裂了口，又合攏來，將一條街上的人生吞進地獄。僅僅用了兩分鐘，北川縣城就變成了一片廢墟，上萬人當即死亡。

不僅在北川，整個龍門山都在劇烈震動。龍門山，一座鮮為人知的山，震驚世界的5.12汶川8級特大地震就發生在四川境內龍門山的中段和北段上，重災區囊括了坐落在這條山脈上的所有城市：汶川、北川、茂縣、理縣、都江堰、平武、彭州、什邡、江油、綿竹、青川、安縣、崇州。

這座闖下大禍的龍門山，雖然不如峨眉山、青城山有名，但其美麗的程度絕不亞於世界上的任何名山。

龍門山不僅風景絕佳，而且歷史文化積澱厚重。龍門山中段的茶坪山古時稱為湔山，又名龍山，其山前的江稱湔江。中華民族最早的一位治水英雄——大禹就誕生在湔山。為紀念大禹「鑿龍門，鑄九鼎，治水患」的偉大功績，該山因此命名為龍門山。

龍門山脈不僅是大禹的誕生地，還是古蜀國蠶叢、柏灌、魚凫王朝的轄區，大禹的先祖夏后氏家族，古蜀國先民氐羌人，曾在龍門山上下上演繹過許多蕩人心魄的歷史大戲。

可是，龍門山脈中卻有一條不祥的斷層。這個斷層叫龍門山斷裂帶。這個斷裂帶貫穿龍門山全山。

龍門山斷裂帶是一條特別要命的裂縫，寬達70公里，規模巨大，沿着四川盆地西北緣底部切過，位置十分特殊，地殼厚度在此陡然變化，在其以西為60～70km，以東則在50km以下。它的東部僅100公里外就是人口密集、工業發達的成都平原地區和大城市群。

此前，人們並沒有特別關注這個斷裂帶。因為它靜靜地躺在那裏，已經300多年了。300多年前，它曾經動彈過一下。1657年4月21日，龍門山爆發過有記錄以來最大的6.2級地震。但據地震學者考證，此後300多年間，這條斷裂帶再未發生過超過6級的強震。

然而，它不幸怒吼了。下午2點28分，在汶川映秀鎮地下20千米處，突然發生了龍門山斷裂帶的大斷裂，龍門山千年來積聚的板塊運動的應力，在中段和部分北段，即三川：汶川、北川、青川突然釋放出來，第一個震中「汶川」首先爆炸了「一顆原子彈」，這顆「原子彈」又引爆了三顆「氫彈」，形成了第二個極震區「北川」、第三個極震區彭州——綿竹和第四極震區「青川」，爆炸的方向是北東，而在南方只傳遞了很短距離，在寶興附近便停了下來。

90秒鐘的上下左右搖動，山崩地裂，8級巨大地震的能量向東北方向傳遞，遇山山崩，遇水水嘯，大地開裂，龍門山上下，特別是龍門山中段、北段的城鎮、鄉村，一切景區，立即被夷為平地，八萬七千多人，頃刻喪生，上千萬人，流離失所，給四川、甘肅、陝西等省市人民帶來了巨大的災難。

2

不知過了多久，黃睿蘇醒過來。眼前漆黑一片，搖搖身，還能動彈，挪挪手腳，還有知覺，但就是呼吸困難，想咳嗽。他吃力地用能動的右手，連咳帶嘔地清理出塞滿口腔、鼻腔的灰土。透過微弱的光線，他發現垮塌的樓頂壓在桌下，向他傾斜的桌子正好被倒在樓板上的椅子腳撐住，他的左手被壓在倒塌的木門下，腿腳被文件櫃和沙發壓住，動彈不得，臉距樓頂僅一尺左右，整個人在會議室裏倒掛着，真是命懸一繫啊！

黃睿的神志慢慢清醒過來，他想到的第一件事，便是白靈，他以嘶啞的聲音一個勁地喊：「白靈，你砸着沒有？」

「我在這裏，」想不到，白靈近在咫尺，她就在他的身上，弓着腰，盡全力護着他。要不是白靈護着他，他早已被壓在白靈頭上的一塊水泥碎塊砸死了。

四周一片漆黑，空氣裏全是塵土，什麼都看不見。黃睿發覺白靈和他卡在縫隙中，完全動不了。

黃睿耽心地問：「白靈，你看哪裏受傷沒有？」

白靈難過地說：「我好想發吐！」

黃睿發現白靈的語調不對，摸了摸白靈，一驚，白靈的背是濕的，熱嚕嚕的，是血！白靈弓着背，用她那羸弱的身體一直保護着他。

再往上摸，白靈的腦殼上也有血，橫樑伸出的一根鋼筋正好刺進她的頭頂。白靈說：「我要死了。」

黃睿兇巴巴地吼他：「你要死了？亂說！我們有那麼多大事要做，離不開你，你不能死！」

白靈有氣無力地說：「真的，我要死了。」

黃睿按住白靈發燙的嘴唇，說：「別說了，別說了，出去再說，保命要緊！」

白靈說：「沒機會出去了，我要死了，只求你一件事，把我們的女兒找到，把她帶大，培養成才。」

為了照顧女兒，他們把帶來的5歲的女兒佳佳寄放在北川三小的一個老師家。

白靈不斷地重複「只求你一件事，把我們的女兒找到，把她帶大」這幾句話，聲音越來越小，黃睿發覺白靈再也不說話了，他又哭又吼：「喊你莫睡莫睡你硬是要睡，你不能走呀，走了我一個人怎麼辦啦，我一個人怎麼把佳佳帶大呀……」

白靈的身體慢慢涼起來，黃睿絕望了。黃睿想，他要出去，就不能睡死了，一定要撐住，為了白靈的囑託，要撐住，為了佳佳要撐住，他不能死，他一定要活着出去，找到佳佳，把她帶大。他用三合板做了個四方形的「管子」，換了個洞洞，把「管子」當成話筒伸出去，大聲喊，盡量把聲音傳出去。

餘震不斷，小石頭和灰土不斷掉下來。來救援的人終於聽到了黃睿的呼救聲。他們在他頭上挖了一個小洞，黃睿能看到一張人臉了，他想，他一定能出去了！

出來之前，黃睿把落在白靈身上的石頭清乾淨，幫她揉搓被碎石壓壞了的腿，說：「對不起，白靈，我按你的吩咐出去找我們的女兒去了，石頭把你的腿壓着了，我給你揉好了，你也該上路了。」

黃睿一點一點地挪，一寸一寸地移，黃睿居然把左手扯了出來，顧不得疼痛，又花了很長時間，慢慢地、使勁地把腳也扯了出來，然後用盡全身力氣順着牆角方向有光亮的小洞處爬去，爬啊爬，終於爬到光亮處，來救援的公司的駕駛員高顯斌把他拖了出來。

3

黃睿拖着傷腿，拚命向北川三小跑去。他發現，北川三小的三層主樓已塌陷下去，三樓變成了一樓，屋頂與地面平行了。北川三小正在三樓教室中上課的學生，還有埋在地下的一、二樓的學生，大多已當場斃命，只有抃在天花板空隙中的少數僥倖者還在苟延殘喘。

黃睿顧不上血痕累累的左手臂和無法走動的右腿，咬緊牙關，靠左腿拖着右腿，掙扎着爬到了主樓歪斜的頂部，對着小洞喊：「佳佳！佳佳！佳佳！」

連喊三聲，黃睿聽到了佳佳的聲音：「爸爸，我在這裏！」

黃睿欣喜若狂，問：「你還好吧？」

佳佳這時雖已受重傷，雙腿被卡住，卻忍住疼痛，安慰黃睿道：「沒事！我的腳被抃住了。」

黃睿說：「別着急，我救你來了！」

這時，只見地下一片人聲，他們聽說有人來了，從地面的縫隙中傳來一片被住的學生淒慘的哭喊聲：「叔叔救我！」「叔叔救我！」

喊得黃睿一陣心酸，他哽咽着對地縫下的孩子說：「解放軍叔叔來了！他們來救你們了！」

於是，一片喊聲再一次傳出：「解放軍叔叔，救救我！」

一陣接着一陣的哭喊聲，從倒塌的教學樓廢墟裏傳出，讓人肝腸寸斷。

黃睿熱淚盈框，他趴到小洞上向裏一看，天啦，怎麼救人？橫樑裏面，他發現有一大塊斷裂的水泥板壓在被困學員的正上方。透過水泥板的縫隙，他可以看到幾名學員的身影，但他們都動彈不得。在水泥板下方，密密麻麻地由人、人的殘肢斷臂、心肝五臟與磚石、破碎的預製板疊壓在一起，像沙丁魚罐頭一樣，一層層地互相卡住。佳佳在中層，她的上面，有兩個活着的學員，再上面，有兩個學員翻到水泥板上面，不知死活。

黃睿不顧一切，在橫樑上倒掛金鈎，拱進室內。他首先去救兩個翻在水泥板上的女學生。這兩個小學生很漂亮，比佳佳大一點，七八歲。他的手觸到了第一個小姑娘的臉，冷冰冰的。他伸出手，喊她，搖她，沒有一點反應。他探了探這個小姑娘的鼻息，沒有一絲兒出氣。他再探了探另外一個小姑娘的鼻息，同樣沒有聲息了。這兩個小姑娘沒經受住大地震的第一波，早已氣絕身亡。他想把她們的遺體拉出來，可是，她們被水泥塊卡住了，動彈不得。

怎麼辦？救活人要緊。兩個已逝去的小姑娘下面的兩個小姑娘活着，她們不停地呼喚「叔叔救我！」

黃睿說聲對不住了，他將最上層的兩個小姑娘的身體往兩邊擠，擠出一條通往活着的兩個小姑娘的通道來，他拚命地用手挖開通道上的爛磚碎石，終於觸到了一個活着的小姑娘的手，將她拉了出來。他揹着這個小姑娘，小心翼翼地走到操場上，交給接應的人。他又返身回去，救出了第二個小姑娘。

黃睿再一次返身回去，該救佳佳了，也可以救佳佳了。

由於人是一排排橫陳的，雖然佳佳在第三層，其實離屋頂不遠。她終於拉到了佳佳的手，一拉，佳佳四周就一片「唉呀」的尖叫聲。原來，佳佳四周都牽掛着受傷的人，一動佳佳，牽掛着人的傷口便會發出劇痛。試了幾次，不行。他無奈地放棄了。這時，天已黑淨，黃睿也精疲力竭了。他對佳佳及其他期盼他援救的人說：「佳佳，小朋友們，我已盡力了，等着解放軍來救你們吧！解放軍已出動了！解放軍快來了！」

其實，黃睿並不知道，解放軍是不是會馬上趕來。這時中央和四川的最高指揮部把目光集中到汶川上，還不清楚北川災情有多嚴重。此時，北川縣委連續派出了五批向綿陽市最高首長譚力報信的人馬，雖然綿陽近在咫尺，但大地震已過去了兩個多小時，卻一點回音都沒有。

5月12日下午4時40分許，北川縣的領導急了，北川縣委書記宋明對經大忠縣長、王理效組織部長等在場幹部說：「此前我已經派出5批人到綿陽報信，但這些人都不太了解縣城情況，也不知道信送到沒有……」

「我們必須派熟悉情況的縣領導到市上報信，請求緊急救援！報信派誰合適？」

大家沉默了10秒左右，縣長經大忠率先表態：「外邊路不通，情況不明，可能很危險。那我去吧……」

經大忠又說，「我和理效跑遍了全城查看，情況也只有我們兩個最熟……」

宋明書記緊握着王理效的手叮囑道：「那……我的意見，老經留下，理效去比較合適。路上無論遇到什麼困難，都必須把準確信息儘快送到市上……」

王理效受命於危難。16時45分許，王理效叫上一個民警以及擂鼓小學的一名男老師，三人出北川中學大門，朝着綿陽方向，一路小跑……

據傳，王部長找到綿陽的一號首長譚力，痛哭流涕，跪地面呈災情，說「北川完了！北川完了！」這時，譚力才相信北川事態的嚴重性，喃喃道：「完了！完了！真的完了！」

5.12下午6時許，大地震發生後三小時，北川災情才開始從綿陽層層上報。救災的24小時黃金時間，耽誤了兩三小時，綿陽市的幹部群眾，談及此無不唏噓……

這時，聚集在北川三小的群眾，壓在地下黑暗中的小朋友，都在「等待解放軍」，他們心中的救星。家長們也利用這一點，鼓勵壓在地下的小朋友活下去，等待救援。他們輪班上廢墟去，告訴壓在地下的人「解放軍叔叔快來了！堅持！千萬別睡過去！」

可是，這一招慢慢不靈了。開始，還有不少人應答，後來，應答的人越來越少。最後，剩下了一片死寂。

這一夜，是黃睿一生中最難忘的一夜。

天亮了，解放軍仍沒有來，北川縣委常委、宣傳部部長帶着縣公安倖存的幾個消防特警、武警來了。由於縣公安局大樓在大地震中倒塌，幹警大部分犧牲了。他們看到，被困人員所處位置的屋頂上還橫着一根懸空的橫樑，隨時會墜落，危及救援人員的生命，消防特警先找來一根大木撐住橫樑，隨即小心翼翼地下到廢墟裏救人。為了做攀援工具救人，武警找來油鋸，將旗杆鋸得吱吱地響，然而，旗杆太堅固了，沒鋸斷。

縣委宣傳部韓部長想用籃球架搭梯救人。他帶頭猛力地拖移籃球架，準備用作救人工具。她們終於從屋頂救下了一個胖女孩。她們還救出了左腿膝蓋以下全被砸斷的一個女孩，用一條廣告橫幅布包着，由很多人抬着四角將她吊下來，她發出了一陣陣悽楚的尖叫聲。這個可憐的女孩子。由於當時沒有醫生和藥品，5月13日，她因失血過多死亡。

早上9時，解放軍終於來了。20來個解放軍來到縣政府大樓。黃睿趕緊跑到解放軍負責人那裏，說明情況，請求派人去救佳佳。一聲令下，四個生龍活虎的小伙子跟着黃睿，敏捷地走上屋頂。觀察了一下情況後，他要求黃睿離開，怕他因心腸太軟影響救援工作。

解放軍三下五除二，不管其他人的尖叫，一下就把佳佳扯了出來。黃睿不知哪來的力氣，完全忘記了自己的傷痛，揹着佳佳向救助點飛奔。一路上，解放軍救人的情景讓他震撼萬分。

解放軍就是解放軍，在關鍵時刻，露出了人民子弟兵的本色。

現場的情況太慘烈了。解放軍救人救「紅」了眼。黃睿一路上看到了許多解放軍救人的動人情景。人民子弟兵用自己的血肉之軀築起生命通道。他們用雙手扒開廢墟中的亂石，用雙肩扛起擔架上一個個虛弱的生命，用雙腿踏過一條條崎嶇險阻的道路，當他們從死神手中救出一個個倖存者時，最溫暖堅實的懷抱成了重生的搖籃，鐵漢柔情的一幕幕，讓人們一次次深深感動，有一種懷抱，很溫暖，有一種溫暖，叫感動！

一個四川軍人，戰友不讓他進一座廢墟中搶救傷員，因為他患病的妻子需要他。這位軍人大怒，指着他身上的迷彩服操着四川話大罵：「你龜兒子記住！一個兵，穿上軍裝的時候，就不再是你老子的兒子！你老婆的男人！你龜兒子便是老百姓的兒子！國家的男人！國家的軍人！我今天就對不起她了！」然後向妻子所在的城市方向敬禮：「寶貝！我愛你！別恨我！我是軍人！」衝進廢墟。進入廢墟後，餘震使廢墟二次坍塌，他把傷員壓在身下，自己受了傷……7小時後，他醒了過來，拔下針頭再次衝進了救援的隊伍……

「你們讓我再去救一個，求求你們讓我再去救一個！我還能再救一個！」一個剛從廢墟中帶出了一個孩子的戰士跪了下來大哭，對拖着他的人說。所有人都哭了，然而所有人都無計可施，只能眼睜睜地看着廢墟第二次坍塌。幾個小孩子還是被救出來了，但只有一個活着。當那些年輕的戰士抱着那個倖存的小女孩在雨中大叫着跑向救援隊所在的帳篷時，上天也泣不成聲了。

黃睿揹着佳佳，下到操場，四個軍人將女兒放到擔架上，向位於北川大酒店的救助點飛奔。黃睿一面跟着擔架跑，一面觀察佳佳傷情，只見佳佳兩個小腿青紫，腫得同大腿一樣粗。摸一摸，沒一點熱氣，冰冷。他知道，糟了，可能女兒的腿保不住，得趕快找醫生救護。

抬到「三倒拐」處，軍人將佳佳放下，交給黃睿，返回學校救人去了。這時，指揮部傳來轉移命令，北川大酒店、縣政府、「三中心」三個集結點的人，向任家坪北川中學轉移。

這時，部隊在「三倒拐」集結了，準備護送群眾轉移，但遲遲不開拔。原來，有兩個兵找不着了。等了好久，兩個兵終於出現了，首長將兩個兵罵了一通，聲言要槍斃他們。可是，當首長看到一個兵手捧着一個嬰兒時，怒容消了，和顏悅色地叫兩個兵將嬰兒送到北川大酒店旁的救護站去。

有兩三萬人的縣城剩下的兩千多倖存者組成的災民隊伍，開始向位於任家坪的北川中學艱難轉移。黃睿揹着佳佳，在小高的扶助下，走到了任家坪。再從任家坪，乘公司一輛寄放在北川中學的一輛依衛科車，到了綿陽中醫院。在錦陽中醫院，醫生來了幾撥，一致的意見是截肢。黃睿的回答一律是拒絕。醫生一個又一個來勸他，說不及時截肢，紅腫部分會向上發展，危及生命。但黃睿咬定牙關，只有四個字：絕不截肢。

黃睿在病房裏，把佳佳的雙腳抱在他的懷裏，暖了幾個小時。他發現，佳佳的小腿逐漸有了一點熱氣。他將佳佳的腿抽出來，用衣服蓋上，上了一趟衛生間。回來一摸，完了，腳又恢復了原狀，冷冰冰的。他有些絕望了，但仍不打算放棄。他抱着佳佳的腿，熬過了第二個不眠之夜。

天亮了，黃睿把佳佳安頓好，趕快去綿陽城裏找一個朋友幫忙，找他借了1000多元錢，託人買了最好的頭孢四代消炎藥，回中醫院請求醫生給女兒輸液。功夫不負有心人，佳佳輸了幾天藥，腫漸漸消了，有了熱氣，笑容也開始回到了女兒的臉上。

黃睿陪着佳佳，在川醫接受治療。經過這兩個醫院的醫護人員精心治療，護理，佳佳的腿奇跡般地痊癒了。除了左腳指因動手術留下小小的遺憾外，佳佳能夠行走自如，自由活動了。

4

黃睿是在川醫碰到夏蘭妮的。

這一天，他推着坐在輪椅上的佳佳，在住院部花園裏散步。一個白衣白裙仙女般的少婦從他身邊擦肩而過，他突然覺得這個少婦好熟悉。他立即反映過來，這是他的初中同學、乾妹妹夏蘭妮。他大呼一聲：「蘭妮！」

蘭妮回首一望，也認出了他，驚喜地叫了一聲：「黃大漢！黃哥哥！」

他們站在花園裏聊了一會天，互相留下手機號，相約晚上到蜀都大廈旋轉餐廳一敘別情。

夏蘭妮坐觀光電梯到了蜀都大廈29樓，從「六本木」夜總會旁邊上到30層，進旋轉餐廳找了個座位等黃睿。從旋轉餐廳的窗戶向下望，看得見綠樹環繞的錦江。成都一天一變，變得夏蘭妮認不出來了。錦江從「腐爛河」變成獲得聯合國人居獎的「府南河」，「舊貌換新顏」。錦江裏碧波蕩漾，大地碧草如茵，百花爭艷，沒有喧囂和煩躁，一切都顯得清新而有序。

不一會兒，將佳佳託付給母親左一曼後，黃睿就一個人來了。他高大英武，有一種成熟男人的美，魅力不減當年。夏蘭妮站起來迎接他。他張開雙臂，欲用西方禮節同她行見面禮。她「怦」然心動，遲疑片刻，用眼掃視了一下周圍，沒有人。她便迎上去，投入他的懷中。他親了親她的額頭，緩緩地推開她，注視着她緋紅的面孔，說：「蘭妮，你真漂亮！」

夏蘭妮已控制住自己的感情，說：「大漢，名副其實的大漢，你真成帥哥了！」

夜幕降臨了。鱗次櫛比的高樓小院裏，燈火一點點，一片片亮了。兩個「青梅竹馬」時代的朋友，很快敞開了自己的心扉。

黃睿問：「你為什麼在川醫住院？得了什麼病？」

蘭妮將自己的經歷敘述了一遍，說：「我患上了憂鬱症，一天就想自殺。」

黃睿問：「活着太痛苦了，所以你決定去死？」

蘭妮點了點頭。

黃睿沉思片刻，說：「你選擇自殺是正確的，生不如死，當然死更痛快了。」

蘭妮大吃一驚，人人都在勸自己別去死，只有黃哥哥贊成自己自殺，她感到找到了知己，急切地說：「願聞其詳。」

黃睿將自己「三十而離」的那段經歷講了一遍，說：「當年，我就是到這座蜀都大廈來跳樓的。」

蘭妮問：「那你為什麼沒有跳下去呢？」

黃睿說：「當我站在高樓邊緣向下看，雖是一望無際的盛景，但身處高處，地面物體太小，使我產生了一種恐懼感。伴隨着恐高而出現的，則是眩暈的感覺。這讓我在高樓邊緣的人停止腳步。我從一本書上看到的高樓自殺未遂者的回憶錄襲上心頭，那個人說，理論上，跳樓應該死得最痛快，但實際上，人不會那麼快喪失意識，必須確保是頭部撞地才可以保證死亡。否則，就算內臟衝擊受傷，因為神經殘留現象，起碼要承受二至三分鐘的痛苦。萬一摔在玻璃渣、仙人掌、鐵絲網等特殊緩衝物上，你會痛不欲生。而且死狀不雅，還可能傷及無辜。於是，我從高樓邊緣退了回來。」

黃睿說：「我後來接受了一個心理醫生的治療，他告訴我，人雖然因痛不欲生而選擇自殺，但自殺者卻沒想到過，你選擇的死亡方式仍然很痛苦。你自殺過兩次，應該有同感吧？」

黃睿接着說：「先說割腕自殺吧。心理醫生告訴我，割的時候會比較痛，心裏壓力大，而且90%的人不知道正確位置和深度，白白留下傷痕。想自己身上劃足夠深的傷口，是一件容易半途而廢的事情，需要很大的耐心和毅力，還要有專業知識。由於血有自凝能力，大部分的傷口都容易出現自我結痂而止血，需要在原來傷口上再割一次。在本來很疼的傷口上，讓自己再疼一次，你下得了手嗎？此外，大多數割腕的下場是由於失血過多出現昏迷，血在昏迷後出現結痂，死沒死成，大腦由於缺血成了植物人。你割腕自殺過，是這樣嗎？」

蘭妮點了點頭，說：「我正是因為割腕後止了血，對着疼痛的傷口無法再割一刀，才被媽媽發現救過來的。」

蘭妮卷起衣袖，讓黃睿看左手腕上的傷口，黃睿心疼地撫摸着這個猙獰的傷口，說：「可憐的妹妹！」

黃睿說：「上吊也如此。很多自殺者都喜歡這個簡單的辦法。但是繩子的牢固是個問題，香港1991年曾有記錄上吊未遂而摔成癱瘓的例子。而且上吊被救下來的比率是最高的。另外說一句，上吊而死的人會本能的出現劇烈掙扎，而導致褲子掉下來情況並不少見。由於人死後血液流向下方，多數男性屍體會出現勃起現象，而女性因掙扎掉落褲子幾率更大。你看這雅不雅！你那次上吊有什麼感覺？」

蘭妮回憶起那次上吊，她拚命掙扎，昏迷過去，被媽媽救過來後，下身赤裸，觀的人都背過臉去，她躁得滿臉通紅。

黃睿望着蘭妮的狼狽相，沒有追問，只是又歎息一聲：「可憐的妹妹！」

黃睿動情的歎息說得蘭妮眼淚泡泡的。她問：「有沒有痛苦少一點的自殺方法呢？比如吃安眠藥。」

黃睿說：「很多人認為吃安眠藥物最少痛苦，事實上吃安眠藥卻最難受。藥物會在進入半睡眠狀態下出現胃部刺激而引發嘔吐，因為神經被麻痺，人不能動，嘔吐液體會進入肺部和鼻腔，引起巨大的呼吸痛苦和肺部灼燒感，人不能動，卻要受煎熬15分鐘上下。」

「吃毒藥呢？」蘭妮又問。

黃睿說：「吃毒藥最大的難題是劑量問題，少了死不了，多了有副作用。」

「有什麼副作用？」蘭妮問。

黃睿說：「抽搐，痙攣，嘔吐，大小便失禁，便血，說胡話等。中國傳統的砒霜是4個小時左右死亡，並且在最後兩個小時有極其劇烈的痙攣和腹瀉、膚色變青。」

「服氰化鉀不是死得很快麼？氰化鉀是柯南．道爾的偵探小說裏面最常見的殺人滅口必備良藥，一滴即致死，立馬見效，效果好。聽說味道與喝的杏仁露差不多，不難喝。」蘭妮問。

黃睿說：「對呀，很多人以為這東西不錯。事實上，這個東西只要一點點，就會引起舌部燒傷和氣管收縮。由於氣管收縮，人會產生巨大的痛苦，口眼歪斜，流涎，然後會發出極其慘烈的尖叫聲。此外，致死率也不是傳說的那麼高，2007年，出現過有人吞服三瓶子還被搶救回來的例子。」

「投河呢？傑克．倫敦在《馬丁．伊登》這部小說描寫過主人公投河自殺的情節，挺浪漫的，後來，傑克．倫敦也是按他生前描繪過的方法自殺的。」蘭妮問。

黃睿說：「我想，傑克．倫敦自殺時一定很難受，反悔過，可來不及了。自殺未遂者的經歷表明，投河後窒息的過程很長，維持意識達5分鐘以上，途中伴有掙扎，慘叫。而且，死後形象會很差，人會被腫得面目全非，腐臭不堪。想想你死後的情景，最好不要選擇這種方法自殺。」

「用槍自殺總痛快吧？」蘭妮問。

黃睿說：「槍殺？理論上，槍殺最直接，但是大部分槍殺都是因為傷口流血而死，在流血的過程中，頭腦是清醒的，會感受到莫大的痛苦。而且，用槍自殺還不一定會成功。1945年，美國在日本的佔領軍走進戰犯東條英機的元帥府去逮捕他時，東條英機做好的用槍自殺的周密安排。他叫夫人在自己的胸前劃了一個圓圈，標出心臟的位置，當軍隊走進前門時，他便用0.32口徑的槍開槍。但是，事與願違，他雖然受傷嚴重，但卻未打中心臟，沒有死，並活下來作為戰犯進行審判，三年後被處以絞刑。沒死的話，還有一個缺點，傷口往往會留下很大的疤痕。」

「開煤氣自殺呢？」蘭妮問。

黃睿說：「說實話，用煤氣自殺比較棘手，因為比較難死。川端康成80多歲了，在獲得諾貝爾文學獎四年之後，是把煤氣管直接塞進了自己的喉嚨才死成的。現在，城市裏面的天然氣大都經過處理，毒性降低太多了。一般情況下，就算你關一晚上，你也最多就昏迷，失禁，甚至變成植物人。」

「刎頸自殺？」蘭妮問。

黃睿說：「切對了位置，血會噴到2米高，切錯了位置，你就成鴨脖子了。別相信電視裏那套，自刎需要的武器，一般劍啊刀啊是無法砍動脖子旁肌肉的。需要用小刀，準確插入然後橫向逐步鋸開。一般人沒有這個能耐。而且，刎頸必須同時隔斷動脈和靜脈，單獨一根可以讓你受長達半小時的折磨。」

「切腹自殺呢？」蘭妮問。

黃睿說：「這是日本人專利，中國人別學了。刀子插入時候會引起腹膜劇痛而休克，無法繼續，腸子還會流出來，大概流出一桶吧，痛苦要持續許久，反正不切斷全部腸子前你死不了。」

「自焚呢？」蘭妮問。

黃睿說：「活生生地燒死，痛苦程度可想而知。」

「絕食呢？」蘭妮問。

黃睿說：「很少見過絕食而死的！反而有絕食後獲得好結果的，著名文人李叔同在虎跑寺進行過21天禁食，結束後自己感覺神清氣爽、脫胎換骨，並直接導致了後來他的出家。還有許多自殺的方法，沒有一樣不是痛苦萬分，比活着還痛苦的。」

蘭妮聽得毛骨聳然，捂住黃睿的口，連呼：「別說了，別說了。」

黃睿沉默良久，說：「我們不僅要知道死的痛苦，還要體會到生的快活，知道還是活着好。」

蘭妮問：「怎麼才能知道生的快樂呢？」

黃睿說：「死是很容易做的選擇，但在再次自殺之前，你心中有沒有一些最簡單的遺憾？把它們完成了再去死，不留遺憾地去死。」

蘭妮想了想，說：「第一，從來沒有去吃過海鮮；第二，每天晚上都是10時30分之前回家，從沒破過例。」

黃睿說：「既然這樣，那我們今天晚上就彌補這兩個遺憾吧。現在就上海鮮，你請客，我們大吃一頓，反正你快死了，留着錢也沒用。」

一會兒，菜上來了。一隻2斤重的龍蝦，幾隻清蒸的蒜蓉扇貝，還有200多元一客的鮑魚羹，滿滿當當擺了一桌子。蘭妮給黃睿要了黑啤酒，說黑啤酒是紳士喝的。她誇他今天穿上淺色的高檔西裝，很漂亮，很有紳士風度。

蜀都的夜景十分美麗。入夜，府南河上的彩燈開了，像一條「星帶」散在燈紅酒綠的鬧市區裏，新近落成的「安順廊橋」橫跨江上，燈光璀璨，映亮了半邊天。良辰美景陪伴着他們，激動着他們，他們喝了一杯又一杯。

一面喝酒，黃睿要蘭妮列還有多少個可以實現的願望，卻因為種種原因一直沒有去做？蘭妮想出了好多個，最大的一個願望便是有一個知已的朋友陪她走遍天下。黃睿望了望蘭妮。蘭妮已三十出頭，雖然「徐娘半老」，但由於她擅長美容，風韻豈止猶存。在燈光下晃眼一看，不過二十五、六，風流倜儻的少婦一個。黃睿怦然心動，說：「我當這個知已朋友吧，你出錢，我陪你走遍天下。」

蘭妮凝視了黃睿片刻，她重新審視了一下這個「毛根朋友」，黃睿談笑風聲的語言魅力，舉止優雅的儒像魅力，才華橫溢的學識魅力，深深地吸引了作為當代女性的蘭妮。蘭妮認真地說：「此話當真？」

黃睿使勁點了點頭。

5

西歐時間比成都晚6小時，5月11日晨當地時間6時，黃睿和蘭妮都被「叫早」電話鬧醒。他們參加了一個「歐洲十國」的旅行團，主要遊覽歐盟成員國。這一次，他們不僅是相約出來散心，還準備為合作創業選擇項目。

旅行團僱了一輛中巴車，車中的乘客除司機兼導遊小楊以外，只有12人。

早上7點鐘，他們登上中巴，趕到阿姆斯特丹最負盛名的鬱金香公園觀光。這個公園僅在3月至5月開放，他們來得巧，正趕上它鮮花盛開的季節。這時，全世界的人都跑來看「花園之國」的鬱金香。他們的導遊楊曼是四川大學外文系的畢業生，到歐洲從事導遊工作已有十年。她導遊的第一個特點是趕早不趕晚，每天早上6點叫早，最遲7點出發。如此，一路行來，她處處走在前面，避過堵車，第一個到達景點，最大限度地減少垃圾時間，使我們在15天10國遊中，看到了比不少團多得多的景點，在重要景點呆的時間也比很多團多得多。

黃睿和蘭妮是團中的年青人，自覺地坐在中巴的後座上。在中巴車上固定的鄰居是一對老年夫婦，男的是一個教授，姓羅，已76歲高齡，激光專家，某國防研究院的技術權威。他退休後，利用他的一項發明，辦了一個生產激光量具的企業，發了財。他的老伴姓郭，與他同級、同歲的一個高工，為了使羅教授安度晚年，從沒日沒夜的操勞中解脫出來，她強行將羅教授的企業「打給」了別人，夫妻相伴着出來旅遊。他們已走了許多國家。羅教授知道黃睿是科普作家後對黃睿很敬重，一路上喋喋不休向他們普及激光知識。他還向他們「兜售」他的一個偉大的設想，他說，如果按照他的一個全新思路去研究一種激光材料，我國的激光武器便會上一個台階，在世界上獨樹一幟。黃睿願聞其詳，羅教授卻賣「關子」不說了。他說，這屬於國家機密，不能再說了。真是「老驥伏櫪，壯心不已」呵！

與他們緊鄰的也是一對中年夫妻，企業家，大約不到50歲。這是一對純樸的人，一路上都在幫助別人。男的姓陳，對他們很關照，有了難題，諸如調不好空調、打不開電視之類，蘭妮總愛找他。他一來，「手到病除」，比叫服務員方便多了。女的也是一個熱心人，她給患感冒的蘭妮刮痧，結果把自己也染上了。其實，這對夫妻是全團最富有的人，買起東西來，甩一、二萬元眼睛都不眨一下。黃睿不知道他有多少財富。只知道，他最近在溫江的一處企業被拆遷，政府就賠了他們2000多萬元。他們已將企業託付給了後代，一心出來逛世界，享受人生。他們的新舊出國護照最多，光女的就有五、六本。

除了這兩對夫妻外，還有兩對夫妻。他們吃飯時與黃睿同桌，一對夫妻是太鋼的鋼材代理商，孩子在國外，沒有拖累，職業較自由，他們喜歡旅遊，常常相伴出遊，走了許多地方。還有一對年青夫妻，男的是一家外國公司的塗料代理商，女的是搞房地產中介的，男的叫她九妹。九妹是一個十分活潑清純的女孩子，人見人愛，年齡相差較大的九哥對她呵護備至。這一對可愛的新婚夫妻恩恩愛愛，叫人羨煞！

還有兩個拼房住一起的兩個男人，一個是87級四川石油學院的畢業生，畢業後分到石油部工作，後到過許多油田工作。他發明了一種石油勘探的專利設備，便辭職下海辦了一個公司，生意不錯。現在德陽一個新發現的特大型油氣田推廣他的設備。

還有一個不到三十歲的年青人比教授更神秘。小楊一直把他當成「嚴防外逃」的對象，對他十分關注。黃睿同他熟識之後，他告訴黃睿，他是川大經濟系畢業的，現在是成都一個大學的MBA講師。他的父親去世後，將一個大企業留給他和母親。母親佔95%的股份，他佔5%的股份，但母親不理事，將企業的事全交給了他。他不願失去大學的職位，便將企業當「私活」悄悄地幹。很多情況他沒告訴旅行社，惹得他們對他進行防範，讓他額外交了20萬元保證金。

綜上所述，他們的旅伴是一批富有的人，大多是靠做生意、搞第三產業發財的，只有一個是靠科技致富的。他們不是億萬富翁，很知足。賺了錢就去消費、去耍，去享受；花得差不多了，又去賺。他們的生活過得富足、瀟灑，是一批真正懂得生活的人。

這是中國正在着力打造的中產階層的先行者。他們有着先進的消費理念，「有錢不用等於沒錢」、「人生最大的悲哀是死時錢沒花玩」、「兒孫自有兒孫福，不與兒孫作馬牛」、「創造的目的是享受，不再作工作狂、事業狂」等等，這些與中國傳統觀念相左的理念正在中產階層中蔓延，福兮？禍兮？

中產階層是社會的中堅，促消費、擴內需的主體，是承載現代文明的主角。社會學家認為，一個社會應當有60%—70%的人口屬於中產階層，這樣的「橄欖型」社會才會穩定、健康。

小楊一路上都在對這批「中產者」進行智力測驗，大家爭先恐後回答小楊的問題。團員們都是一些智商很高的人，但以黃睿的表現最突出。

「你們誰知道荷蘭的五寶是什麼？」

旅客們面面相覷，黃睿見大家都答不出來，忍不住露了一手，說：「第一是鬱金香。」

小楊說：「對，得分。鬱金香是一類屬於百合科鬱金香屬的具球莖草本植物，原產地中海南北沿岸及中亞細亞和伊朗、土爾其，東至中國的東北地區等地，確切起源已難於考證，但現在多認為起源於錫蘭及地中海偏西南方向。1593年，博物學家克魯齊修斯將這一具有異國情調的花種引進到荷蘭。鬱金香的經濟價值和觀賞價值同樣重要，那個著名的故事：3根鬱金香根球可以買一棟房子就發生在荷蘭霍恩。目前，荷蘭每年的鬱金香產量達到90億株以上，其中三分之二用於出口，全部花卉的出口額也佔世界花卉出口總量的三分之二。這不僅使荷蘭成為一個『世界花園』，還為荷蘭人帶來巨大的經濟效益。我們將帶你們去參觀阿姆斯特丹的庫肯霍夫鬱金香公園，在那兒你們可盡情享受鬱金香。」

小楊問：「第二寶呢？」

黃睿說：「風車。」

小楊說：「對，得分。荷蘭的第二寶是風車，阿姆斯特丹是用3000架巨型風車抽乾圍海造田堤壩內的積水建成的水下城市，低於海平面1—5米。荷蘭被稱為風車之國，但由於現代技術的發展，風車已逐步退出歷史舞台，只剩下不到200台了。荷蘭為保護歷史文化遺產，在海堤一側保留了一個風車村。我們也會帶你們去風車村看看。」

小楊問：「第三寶呢？」

黃睿說：「木屐。」

蘭妮說：「不對喲，木屐，不是小日本愛穿的嗎？怎麼變成荷蘭之寶了？」

小楊說：「這位先生說對了，荷蘭的第三寶是木屐，得分。用木頭作鞋，是荷蘭人的一大發明，荷蘭海盜穿着它走遍天下，也到了日本。善於偷竊別人專利的日本人撿了起來，一穿幾百年。」

小楊問：「第四寶呢？」

黃睿說：「奶酪。」

小楊問：「這位先生又答對了，在風車村有一個奶酪博物館。荷蘭人有各種各樣的奶酪，多得可以讓你無法想象。奶酪也像紅酒一樣分等級，最貴的會讓你瞠目結舌。你可以接受這種食品的話，不妨去買上一些，購買時還可以先品嘗一下，微微的酸與甜完美的結合在一起，味道很醇正。」

小楊問：「第五寶呢？」

黃睿說：「鑽石。」

「這位先生又答對了，真了不起。正確。得分。」

蘭妮不服道：「荷蘭又不產鑽石，最出名的鑽石產地是南非喲。」

黃睿驕傲地代小楊答道：「你只知其一，不知其二喲。鑽石雖是南非的特產，但是，不產鑽石原料的荷蘭，卻用從它以前的殖民地——南非搶來的鑽石，在本土經過精細加工成鑽戒，成為名滿世界的品牌，賺了大把的鈔票。你可知道，荷蘭的鑽石是世界名牌，荷蘭的考斯特鑽石廠是世界上最著名的鑽石廠，維多利亞女王王冠上的鑽石便是在這裏切割打磨出來的。」

小楊見正題難不倒這位先生，開始出偏題了。她問：「這位先生，看來你知識蠻豐富的。你可知道阿姆斯特丹有三絕？」

黃睿說：「知道呀，第一絕是妓女廚窗當街賣。第二絕是咖啡館裏賣青菜。阿姆斯特丹的第三絕是自行車城中隨便擺。」

小楊驚愕了，讚道：「連這些你也知道？服了，我要建議公司授予你『十萬個為什麼難不倒先生』稱號！你是怎麼知道這些的。」

黃睿的科幻思維起了作用，賣關子道：「這些答案我那兒知道，我只是有思維傳感能力，我能從你的腦子裏挖出答案。你想什麼，我全知道。」

小楊張大嘴巴，「哇　」一聲，歎道：「今後我可要小心您啦，不敢在您面前胡思亂想了。」

黃睿淵博的知識使蘭妮也佩服得五體投地，對着他的耳朵悄悄問：「你真有特異功能？」

黃睿對蘭妮耳語道：「逗她玩的，我哪有什麼特異功能。只不過，我在出來前，做足了功課，從網上搜了出遊國家的所有導遊詞來看了一遍，強記博聞而已。」

蘭妮道：「這也很不簡單，看了一遍就能記得如此清楚。」

黃睿誇耀道：「你別忘了，我有一個當科普作家的老爸。我是看他編的百科全書長大的。」

他們跟着小楊進了阿姆斯特丹著名的鬱金香公園——庫肯霍夫，仍然給人美的巨大震撼，原裝就是原裝，這同在電視上看節目與在現場看節目感覺很不一樣是一個道理。

佔地420畝的庫肯霍夫鬱金香公園培育的鬱金香有1000多個品種，既有我們熟知的鬱金香品種，又有一些見所未見，聞所未聞的奇特品種，非常罕見。公園中，除鬱金香外，品種繁多的風信子，水仙和百合也很迷人。走進公園，會強烈地感受到一種「美」的震撼，絢麗多彩的鬱金香，如織錦般鋪在林間、草地上、小湖旁，朵朵如酒杯狀的鬱金香花朵，大而且艷，金黃、粉紅、深藍、銀白……人間所有的好顏色都被它佔盡了。

更重要的是，這1000餘種，上千萬株奇花異草，並非孤零零地集中展示，而是分佈在成百的小區中，同高大的樹木，風車、噴泉、天鵝、野鴨組成的森林湖泊，還有田野，藍天白雲，融為一體，十分壯美而幽靜，雅致，令人陶醉，流連忘返，讓他們這對最守紀錄的人違約，晚5分鐘回到車上，是最後回到車上的兩個人，他們倆連連向全團拱手致歉，因為他們浪費了全團40人200分鐘時間。再也不敢了。

在車上，蘭妮對黃睿說：「看了庫肯霍夫鬱金香公園，我想起了花朝門。」

黃睿說：「我有同感，我的童年是在花朝門度過的，那裏也有一個玫瑰園，不過，沒這兒的面積大，品種多。」

蘭妮若有所思，說：「我記得，花朝門除了玫瑰園，還有桂花園、蘭園、竹園、月季園……」

蘭妮的話勾起了黃睿的記憶，補充說：「記得還有一個杜鵑園，每天開春鵑和夏鵑的時候，紅艷艷一片，超好看。」

他們的記憶繼續延伸，又想起了牡丹園、芍藥園、山茶園、梅園、菊園、紫薇園、丁香園、玉蘭園、海棠園、石榴園、百合園、柑橘園、蘋果園、梨園、桃園、枇杷園、盆景園等二十八座小花園。

蘭妮說：「不過，這些小花園，每個面積只有3～5畝。如果每一個小花園，都擴展成如庫肯霍夫鬱金香公園那麼大，一個幾百畝，上千的品種，那是一個什麼景象？」

黃睿說：「我們可以花朝門為中心，將金馬河兩岸的沙灘地利用起來，建成一個個花卉主題公園，那就壯觀了！」

蘭妮補充道：「再將原來在金馬河築堤建一個萬頃金馬湖的方案實施，那就更不得了啦。」

黃睿說：「這個想法很好，我們沿着這個思路深入地想下去，在今後的旅途中多看看發達國家的二、三產業，籌劃建一個二三產業結合的企業集團。」

蘭妮興奮地捏了捏黃睿的手，使勁地點了點頭。黃睿的手掌感受到蘭妮白皙細膩纖纖素手的力度，怦然心動。

走出公園，中巴車行進在荷蘭的大地上，黃睿他們從窗中向外望，仍處處可見鬱金香及其他花卉。鬱金香花田把到處都變成了花海，公園。紅黃藍綠紫，如同田埂間的彩虹般絢爛。真的是好一個「美」字了得！

6

5月12日下午，他們來到這個風車村。這個風車村叫奇跡小鎮沃倫丹。他們從圍海造田留下的海堤走向沃倫丹鎮建在海堤上的一條街。從海堤向外望，是一望無涯的大西洋北海，向內望，是低於海平面的沃倫丹鎮。

海堤上的街道清一色的歐洲別墅式小樓，有許多商店，他們在其中的一個西餐館吃了飛魚套餐。荷蘭特產燒烤飛魚很嫩，很香，很好吃，再配上烤馬鈴薯、荷蘭豆、色拉，別有風味。這是黃睿在國外多次旅行第一次介紹一道西菜，並攝了影。

吃完飯，他們來到風車村。此時風正急，五六架風車吹得咕漉漉轉。黃睿買票進入了一家風車博物館。團友，包括蘭妮都對此不感興趣，只有許多白人同黃睿作伴，並以極大的好奇心探索風車的秘密。

人們常把荷蘭稱為「風車之國」，它的真正國名叫「尼德蘭」。「尼德」是低的意思，「蘭」是土地，合起來稱為「低窪之國」。荷蘭全國三分之一的面積只高出北海海面1米，近四分之一低於海平面，真是名符其實的「尼德蘭」。

荷蘭坐落在地球的盛行西風帶，一年四季盛吹西風。同時它瀕臨大西洋，又是典型的海洋性氣候國家，海陸風長年不息。這就給缺乏水力、動力資源的荷蘭，提供了利用風力的優厚補償。

荷蘭的風車，最早從德國引進。開始時，風車僅用於磨粉之類。到了十六、七世紀，風車對荷蘭的經濟有着特別重大的意義，應用到 海造田中，為荷蘭人爭得了不少生存空間，被譽為「風車之國」。荷蘭向來以風車聞名，而保存風車較多的地方，則是「小孩堤坊」。荷蘭流傳着這樣一個故事，一個小男孩眼見堤坊上出現裂縫，海水滲入，他擔心村子將被海水淹沒，便用手指頭塞住堤坊，救了全村人。

在風車博物館裏，他們順着陡峭的木樓梯爬上頂端，觀察風車的結構，風車全用極好的木材製成，大型，耐用，力大無比，為荷蘭人民爭得了如此多的生存空間。人類的創造力，是值得讚揚，並發揚光大的。

他們在奇跡小鎮沃倫丹，參觀了木屐，奶酪博物館及鑽石店，見識了荷蘭的另三寶：木屐、奶酪和鑽石。

他們在阿姆斯特丹，見識了那三絕。

小楊將他們帶到阿姆斯特丹的紅燈區——花街。這裏有一條500米長的主街，主街兩旁有許多條小巷。他們從一條小巷穿進去，開始並沒有覺得有什麼異樣。突然，有人喊，開了！沿街小樓一樓上的門簾一點點，一片片開了。天啦，各色各樣的美女，除了三點象徵性地掛着一點不能遮羞的巾巾吊吊外，全身赤裸，將女性的人體美盡情地展示在男人，女人們的面前。

蘭妮調侃黃睿道：「在我們女人眼裏，都覺得美，在你們男人眼裏，更不用說了。」

黃睿笑嘻嘻地說：「是啊，看得人熱血沸騰，分泌了好多荷爾蒙，要不是你和我在一起，真不知道會發生什麼事。」

蘭妮大度地說：「我能理解，男人嘛，我不在乎的。想上就上嘛！」

黃睿說：「我不想變成畜牲，我信奉，沒有愛情的苟合是不道德的。」

蘭妮對他豎了豎拇指，說：「雖然你竄改了老祖宗的話，我還是佩服你這種不亂交的男人的。」

他們還在阿姆斯特丹的咖啡館裏見識了「賣青菜」。

青菜者，毒品大麻也。在紅燈區，色情業和大麻毒品販賣者是合法的。它們有自己的行業協會，保護其合法權益。妓女在這裏不受岐視，同嫖客們人格平等，同所有人人格平等，她們要付出許多，只是職業不同而已。她們是國家的重要納稅人，對國家貢獻很多，理應受到社會的尊重。

由此看來，荷蘭是一個對人性惡行最寬容的國家。2001年4月1日，荷蘭成為世界上第一個法律認可同性婚姻的國家。2002年4月1日，荷蘭認可安樂死合法。另外，荷蘭全境吸毒合法化，但是這裏所說的毒品僅限於大麻，致命的毒品（如海洛因）是不合法的。

他們也看到了第三絕——自行車城中隨便擺。荷蘭人愛騎自行車，以老人，小孩尤盛。騎着自行車大街小巷亂竄，走到那裏隨意一丟，不擇地點，不上鎖，誰想騎走都行。荷蘭全國有超過1800萬輛自行車，比國民數目還要多，是全球人均擁有自行車最多的國家。

7

黃睿和蘭妮平時是一人住一個房間，以耍朋友為名在團友中公開他們的關係，但實際上他們涇渭分明，始終保持着純潔的兄妹關係，雙方都沒想越雷池一步。改變是在狐狸沙費這個瑞士小鎮中開始的。

他們是5月17日從一個法德邊境的小鎮出發，向瑞士最大的夏季避暑勝地之一，湖光山色相互映襯的美麗城市——琉森進發的。

瑞士美景名聞遐邇，高山、原野、湖泊襯着藍天白雲背景、歐風建築小木屋、頸掛鈴鐺叮噹響的可愛乳牛，宛如風景明信片的湖光山色美景總令人着迷。

然而，在他們欣賞了一天瑞士的美景後，載着他們們40人的大巴在阿爾卑斯山上繞來繞去，最終來到偏僻山間的住宿點狐狸沙費時，極致的美麗仍令人眼前一亮，全車的人不約而同地驚呼：好美呀！

這裏四面環山，有極為豐富，富有層次感的景觀。以他們居住的豪華酒店為核心，環顧四周，山坡上有一片片開滿野花的草甸，猶如無數個彩色的高爾夫球場。此為第一景觀組合體。由於水深200至300米，在山崗上望見的琉森湖湖水湛藍，尤如大海的色彩。此為第二景觀組合體。遠眺環繞村莊的阿爾卑斯山，藍天白雲之下皚皚白雪，成塊狀條狀，覆蓋在陡峭的山坡上。此為第三景觀組合體。在十分開闊的視線範圍內，漂亮的歐式民居，各具個性色彩的鄉村酒店，有哥特式屋頂的教堂分佈在花山上，湖泊旁，甚至還有現在極少見的農家裊裊炊煙。此為第四景觀組合體。草甸旁的大森林，深谷中的溪流，成為第五大景觀組合體。

黃睿和蘭妮放下行李，手牽着手走出旅店，圍着旅店走了一圈。在360度的旋轉中，五大景觀通過不同組合，構成千百幅景色各異的美麗油畫。難怪，導遊說，她曾帶一批美院學生來寫生，學生們說，從各個角度看這裏的景色，處處成景，加上春夏秋冬四季變幻，陰天雨天晴天交替，早中晚時光不同，一輩子也畫不完。

對於他們這些旅行者來說，現場還有用視覺無法感知的景觀，如，清新無比，富氧粒子豐富的潔淨空氣，森林中的鳥語，草甸上青草和鮮花的芬芳，教堂悠揚的鐘聲，乳牛身上掛着的鈴鐺迎風傳出的清脆鈴聲，深不見底的深澗中的潺潺流水聲。

唉呀，這立體的景色，全方位的五官刺激，一切人間的煩惱都丟到爪哇國去了。這兒就是一座世外桃源，人間天堂！

在這裏，上天造就的自然美與人工修飾的建築美和諧地融為一體，世間恐怕再也找不到第二處如此美的地方了。

他們順着山脊進入河谷。從小山頂部有一條向下的小路穿進森林。森林中的白樺樹、松樹、柏樹高大挺拔，枝葉茂密。森林中有棧道，可從棧道中下到一個小山溝裏。小山溝中有一條小溪，流水淙淙。森林中一個人影也沒有，除了蟲鳴聲，小溪流水聲，周圍安靜極了。他們情不自禁地躺在松針上，仰望從樹葉縫隙中透出的一縷縷陽光，做一個自然人，把雙腳浸泡在涼爽的小溪裏，讓清清的溪水漫過他們的小腿。呀，這脫離了凡塵的林中，做個不受任何束縛的自然人，感覺真妙！

他們兩個孤男寡女偎依着坐在小溪邊，男人與女人中間的一層紙突然被捅開了，不約而同地摟抱在一起，互相親吻着，互相撕開了對方的衣衫，完成了狂暴的交合。他們都翻過了失去愛人和遭遇婚姻巨變的那一頁。不管發生了什麼事，生活還得繼續呵！

事畢，他們赤身摟在一起，仰望森林中露出了一縷縷陽光。夏蘭妮憋在心中已久的一個問題突然脫口而出：「老實告訴我，你耍過多少小姐？」

黃睿愣了一下，連連擺手，說「沒有，沒有，一個也沒有。」

夏蘭妮說：「鬼才相信，你當了這麼久的『藥川川』，陪那麼多的醫生去過『卡拉OK廳』，沒耍過小姐？『常在河邊轉，哪能不濕鞋』！你們男人只要荷包裏有點錢，又有機會，沒有不耍小姐的。我不強迫你承認，以前的就算了，『偶爾荒唐亦無妨』嘛，只要你今後『放下屠刀，立地成佛』，我便不再計較。」

黃睿說：「其實，很多男人並不安於耍小姐，豪華套房的衛生間與『公共廁所』裏的『萬人坑』，是無法相比的。」

夏蘭妮「格格」笑了，說：「『公共廁所』、『萬人坑』，好歹毒的形容！

你們男人既要拿這種女人來取樂，又鄙視她們。這些可憐的人。你還把天下女子也罵了，難道她們就是你們男人的衛生間？」

黃睿忙認錯，說：「錯了！錯了！『衛生間』的比喻不得當，該打，該打。其實，我是想說，我們大多數男人很想得到完全屬於自己的女人，從她的心到她的身。如果一個男人全身心地愛上了一個女人，他就不僅追求獲得她的百分之百的心，也追求獲得她的百分之百的身，絕不可能安心於與人共享的。如果容得兩個人共享，也就容得與許多人共享。兩個人使用的廁所和萬多人使用的廁所都是公共廁所麼。那麼，這個男人一定並不那麼愛這個女人。從本質上來說，他還是把這個女人當小姐耍的，沒有什麼真摯的感情可言。說老實話，耍小姐那玩意同看黃色錄像帶一樣，多了，也就膩了，沒什麼意思，我對那種野獸似的發洩不感興趣。結婚，同耍小姐是本質上不同的兩碼子事。」

夏蘭妮說：「你對我，會不會膩呢？有一種理論說，再熱烈的愛情，也不可能維持一生的。愛情是有周期的。在愛情的世界裏，一般都要經歷初識、互相喜歡、熱戀、歸於平淡、習慣和親情這五個階段。時下也流行着『七年之癢』的說法，甚至『三年之癢』。而今，科學研究表明：真正的愛情發生時，與人體的荷爾蒙分泌有關，據美國精神學專家的研究，『愛情物質』有多巴胺、異丙腎上腺素、苯乙胺、內咖啡肽等。其中苯乙胺最為突出，它是神經系統中的興奮物質，一旦遇到所愛慕的人時，體內此種特質就會起作用，一個動人的微笑便呈現於臉上，一種暈眩感便突如其來。正如歐洲哲人薄伽丘所說：『真正的愛情能鼓舞人，喚醒內心沉睡的力量和潛能。』苯乙胺的神奇作用，由此可見一斑。」

黃睿說：「一些研究表明，愛情的周期是18～30個月。這無疑給相信愛情天長地久，海枯石爛的人們當頭一擊。那麼，那些能夠『執子之手，與子偕老』的人們，最終就沒有愛情了嗎？非也！愛情最終是應該轉化為一種親情和對家庭的責任，那是一種習慣，正如渴了就想到了喝水，餓了就想到了吃飯，而下班了就想到她或他又在做什麼好吃的一樣。就是如此簡單，但又是那麼的幸福。可是，如何使兩個人一生都處於美好的戀愛之中呢？」

夏蘭妮說：「你知道Love的含義嗎？」

黃睿說：「不知道。說來聽聽。」

夏蘭妮說：「『L』代表Listen，愛就是要無條件無偏見地傾聽對方的想法和要求，並且給予理解和協助。『O』代表Obligate，愛就是要感恩對方的給予和奉獻，並付出更多的愛予以感謝和回報，共同灌溉愛苗。『V』代表Valued，愛就是表現你的尊重，表達你的體貼和鼓勵，並給以對方悅耳的讚美。『E』代表Excuse，愛就是仁慈與寬容，寬恕對方的缺點與錯誤，包容對方的一切不足，發揚優點和長處。」

黃睿說：「好啊。這個方子好啊，我會盡力按這個方法去做，使我們的愛情直至『地老天荒』的。」

夏蘭妮歎口氣，說：「有時，人是很難與自然規律抗衡的。愛情周期一過，人體便會在基因的作用下，對在人體中的情愛物質產生抗體，令情愛物質的分泌減少，使情愛物質失效，男女之間再也難以產生激情。」

黃睿說：「激情雖然不再有，但人體將繼續產生『五羥色胺』一類較溫和的情愛物質，維持5～7年平靜的婚姻生活，以生兒育女，成家立業，養家活口。但這期間，如有『第三者』激起夫妻中的一方啟動情愛基因，便會使這一方陷入新的感情陷阱。」

夏蘭妮說：「但要知道，新的感情糾葛仍然逃不出愛情周期律，18～30個月以後，又會出現感情危機。」

黃睿說：「既然這麼麻煩，不如預防性地處理好感情危機，使婚姻危機平安度過，也許能獲得一輩子平靜地『長相守』的幸福生活。你願意同我『長相守』嗎？」

夏蘭妮說：「當然。只怕你同我過膩了，會熬不住，不肯忍受『愛的寂寞』。」

黃睿說：「不會的。『少年夫妻老來伴』，婚姻的內涵很豐富，不是只靠男女間的那回事來維持的。如果只靠男女間的那回事維持，肯定長久不了。男女間就那麼回事麼。多了，就麻木了。習以為常了，就膩了。這同動物兩性之間的關係沒什麼兩樣。」

夏蘭妮說：「這叫性愛，是男女間關係中最低級的階段。男女間靠性愛是不可能維持長久關係的。」

黃睿說：「可是，靠愛情維繫的男女關係也難長久。愛情是一把過於熾熱的烈火。愛情是盲目的，非理性的，激情所至如癡如醉，甚至瘋狂。愛情是不可思議的，至今也無人對之做過符合科學的理性的闡釋。愛情很少功利主義目的，來無影，去無蹤，不以人的意願為轉移。愛情一生可遇不可求，遇上了切勿輕易放過，也不可沉溺其中太久。愛情是美酒，任何美味佳餚也難與之相比。靈與肉的高度融合，感官的極度刺激和享受，令人銷魂，令人難以忘懷。愛情是毒藥，沉溺其中太深太久，會毀了自己，毀了別人，危害社會。極樂後的極度痛苦，『一日不見三秋兮』的刻骨銘心的思念，害怕情人變心的莫名其妙的猜疑、暴怒與嫉妒，欲愛不能欲罷不可的焦慮與煩惱，情人移情他人後的憤怒和瘋狂，都會使人在極樂之後產生極度痛苦。一個人一生中遇到一次短暫的愛情是幸福的。一個人一生中長久被愛情纏繞，深陷情網不能自拔，是不幸的。」

夏蘭妮問：「那該怎麼辦呢？」

黃睿說：「還是那句老話：『淡淡相交方久長』。『淡淡相交』不是主張過沒有感情的生活，而是選擇一種介於『性愛』和『情愛』之間的男女關係。男女之間相互吸引，相互需要，是一件最自然不過的事情。然而，在男女關係上，人之所以區別於動物，那就是人有感情，將感情和性攪合在一起。於是，人除了性欲本能衝動引發的性愛外，還有人類獨特的情愛和愛情。男女兩性在生理上相悅相合，產生性愛；兩性兩情在生理和心理相悅相合，產生情愛；男女兩性兩情相悅相合相親相愛生死相隨，生理、心理因素，特別是非理性因素產生的激情，發生愛情。人在性愛活動中，滿足性欲要求是主要的。人在情愛活動中，性欲要求和愛欲要求的滿足並重，水乳交融，難解難分。人處於愛情中，愛欲的要求是主要的，可以因愛而放棄性，甚至放棄生命。」

夏蘭妮說：「這我知道，男女之間由性愛而生情愛，由情愛而生愛情，由愛情而結婚生子，這是人類家庭婚姻的理想模式。沒有愛情的婚姻，是不道德的婚姻。這似乎成了一種公理。但事實上，人類社會中性愛、情愛、愛情、婚姻相分離，甚至背離的情況，還普遍存在。他們該怎麼辦呢？」

黃睿說：「遇到非份的情感糾葛，應用人類獨有的智慧來處理，那就是『發乎於情，止之於理』。對處於情愛中的男女來說，只要互相間寬容一些，肚量大一點，這種感情危機就容易度過，獲得一輩子長相廝守的快樂。」

夏蘭妮思索了一會，一字一頓地說：「聽着，我不可能如你要求的那般『寬容』，那麼有『肚量』。我不僅不允許你耍小姐，而且不准你養『小蜜』，玩情人。如果有一天，你遇到新的愛情，我是可以理解的。但是，到那時，你必須做出抉擇，是要我還是要她。」

黃睿說：「知道啦。現在在男性中流行着一種情愛生活的理想模式。」

夏蘭妮問：「什麼模式？」

黃睿「賣關子」道：「我不能再把我們男性的秘密告訴你們，把你們教乖啦。」

夏蘭妮追問道：「快說，『坦白交待』！」

黃睿調侃地說：「好，我說，這個理想模式便是：『屋頭有做飯的，外頭有睡覺的，遠方有想念的』。」

夏蘭妮捶打着黃睿，說：「你敢！」

黃睿笑道：「我不會追求那種『理想』生活的。我不僅將『三千寵愛集一身』，還將三種功能合三為一，我不會屙尿擤鼻子……」

夏蘭妮用手堵住他的嘴，說：「別說啦，『煩躁躁』的。」

第四章

1

清晨，薄霧在夢幻園中飄移。天剛濛濛亮，左一曼便起床盥洗，出門向夢幻園深處走去。她找了一棵大黃葛樹，練她的獨門絕技——莊功。她面對黃葛樹，橫切、豎砍、對拉，將自己身上的「濁氣」通過手掌上的勞宮穴、商陽穴、中沖穴排給黃葛樹作營養；再將黃葛樹中的「清氣」吸出，滋養自己。導引功做完，她開始背對大樹作站樁功。她手掌微微伸開，五指相對，呈蓮花掌，用蓮花掌抱虛球，置於小腹前，雙腿微曲，用意念將大樹移到眼前，將兩棵一實一虛的黃葛樹把自己夾在中間，同時，兩手輕輕地來回對拉。

不一會兒，「感覺」來了，伴隨着微風吹過樹林響起的沙沙聲、鳥雀的鳴叫聲，左一曼的身體開始輕輕地搖擺，逐漸進入恍恍惚惚、杳杳冥冥、如醉如癡的境界。她臆想太陽從口中進入體內，進入心中，照在心頭；再臆想陽光和心頭會合而交相輝映，心中頓覺暖融融的。她開始意守天目，意想兩眼和天目成一「品」字，將全身的精、氣、神往上送，聚於天目穴。突然，她覺得兩目中間一亮，天目頓開。她彷彿看到了自己的心臟，紅彤彤的；她彷彿看到了自己的肺臟，一開一合；她彷彿看見了自己的胃、脾、腎和骨骼；看到了自己周身的血液在沸騰。她用百日築基練就的小丹，從腹部丹田中調出。她真切地感到，這顆如米粒般大小的金黃色的小丹穿過任、督二脈的隧道，經過會陰、尾閭、腰脊、挾脊、玉枕、百會、神庭、人中、齦交、天突、璇璣、華蓋、紫官、腹中、中脘、神闕、氣海等穴位，迅速地沿着小周天旋轉奔騰。起初，她的腦海裏翻滾奔騰，雜念叢生，一會兒是師傅跪在刑場上，有人喃喃有詞，念道：「臉朝河對門，二世變好人」，接着便是「怦」地一聲槍響，雪白的腦花四濺；一會兒是自己站在嘉陵江邊，河水漫上來，她拚命向高處跑，頭上有一雙紅色的繡花鞋。繡花鞋來到她和黃家寶幽會的松林下，他們赤身擁抱在一起，在松針地上打滾……她越來越小，回到了童年，回到了母腹之中。她感到了腹水如海水般打在子宮上，她睡在子宮中輕輕地搖晃。她的雜念全消，腦海裏一片寂靜，只有海浪拍擊海岸的有節奏的濤聲在耳邊輕輕地響……

好久，好久，左一曼停了過來，感覺到了林間清新的空氣。她開始做收功，停止了搖晃。她兩手平伸，不斷地反覆做向懷中攬的動作，將採集到的「清氣」送入丹田，在丹田中存放。最後，她做了一個收勢，站立起來，神清氣定。她開了眼，發現一大群特醫學校的學員站在她周圍，有人帶頭鼓掌，熱烈的掌聲響起來。

左一曼微笑着招呼學員各自佔領一棵老樹，教他們莊功。莊功是師傅傳授她的獨門絕技。她自從在「莊功」培訓班上認識師傅後，師傅對這個高學歷、悟性極強的徒弟喜愛有加，在兩年內，將她提拔進核心圈，法號奉麟大師，負責「莊功」的養生產業開發。她不負師傅所託，在三年時間內，不僅依託黃家寶在花朝門的企業「夢幻園」辦起了特醫學校，收徒傳授「莊功」、氣功推拿按摩等技藝，還在全國各地開辦了許多養生企業，以及傳播「莊功」的圖書印刷廠。特醫學校、養生產品、圖書，成了「莊功」的三大支柱產業，成為各地的納稅大戶，受到各地政府的歡迎。「莊功」的信徒也迅速增長，達千萬人以上。

正在她教練「莊功」之際，一個工作人員找到她，對她說，她的弟弟左興國來找她，要她馬上去見他。她猶豫片刻，她在特醫學校立下規矩，在她上課時，有天大的事也不允許來干擾。但工作人員說，左局長說有十萬火急的事，刻不容緩。她決定破例，叫來「莊功」班班長，要她暫時代理學員練功。

左一曼來到辦公室，只見弟弟左興國焦急地在房子裏踱來踱去。左興國沒有穿須臾不離的公安服，換了一身休閒服，顯得年輕了許多。左興國見到左一曼，二話不說，便焦急地說：「姐，快跑！」

左一曼笑了，說：「往哪兒跑？為什麼要跑？坐下來慢慢說，天塌不下來。」

左興國急了，說：「你還笑得出來？天就是要塌下來了。今天我接到公安部一個朋友的電話，說馬上要對莊功骨幹分子採取行動，正在列抓捕名單。你們師傅是頭號，你也跑不了。你們師傅已經跑到美國去了。我想他也會派人來聯繫你的。」

左一曼聽到這個消息，驚訝得說不出話來，隔了一會兒，她才囁嚅着問：「為什麼要抓我們？我們犯了哪條罪？」

左興國說：「全是法輪功害的，受法輪功牽連，國家要對影響大的氣功組織展開行動。」

左一曼不解地說：「我們不過教大家氣功，養身健體，從不干涉政治。我們的養生企業，全部進行了嚴格的工商行政登記，照章納稅。」

左一曼指着牆上的一片紅旗，說：「你看，模範企業、守法大戶，國家給了我們多少榮譽，怎麼說翻臉就翻臉呢？」

左興國說：「你難道不明白，你們的信徒上了千萬，對國家的安全形成了威脅。而且，你對你們師傅了解嗎？他同國外的反華勢力有沒有聯繫？」

左一曼說：「肯定沒有，我是他的左膀右臂，對他的情況相當了解。」

左興國說：「知人知面不知心，你可知道，你們師傅已把大筆資金轉移到了美國？」

左一曼不管財務，不知道，她搖了搖頭。這時，工作人員進來，遞給左一曼一封厚厚的信。她接過來一看，信封上有師傅熟悉的筆跡。她拆開一看，裏面有一張簽好證去越南的護照，貼了她的照片，但名字卻是陳燕。還有一系列機票，從成都至昆明，從昆明至西貢，從西貢至暹粒……

左一曼將信遞給左興國。左興國說：「去給姐夫交待一下，簡單收拾一下行李就走吧。我為你保駕護航。」

2

左一曼到了西貢（胡志明市）。她住進了一家弄堂內不起眼的小酒店，按照師傅信上寫的，給莊功西貢基地打了一個電話，等基地派人來接她。

自從逃出了國，左一曼忐忑不安的心舒展開來，她相信師傅的力量。

早上起來，她獨自一人漫步西貢街頭，雖酒店有早餐，仍點了一大碗西貢米粉來嘗鮮。桌上擺滿了許多不明菜餚，讓人不敢入口，野生新食物源是一種比轉基因食品更讓人不放心的東西。管它的，神農尚且嘗百草，一日數毒，我怕什麼？噫，這九層塔有股霍香味，可以吃。辣椒，我的媽喲，比四川的七星椒還辣，一口下去，就合不攏嘴了，痛哭流涕……

她在西貢街頭漫無目的的蹓躂。西貢是個好地方，法式風情街很漂亮。她坐在西貢1818年建的第一座酒店外的酒吧外，買了一杯咖啡坐下。聖瑪麗大教堂，歌劇院，老郵局，環繞其中，有滋有味。

她一面一口口慢慢品香氣四溢的咖啡，一面觀察街上。西貢城內，最大特色是摩托車成片，讓人想起中國的八十年代，她得出推論，越南相當於中國八十年代的水平。看來，走改革開放之路，不失為共產黨國家的一條出路。

傳呼機響了。按傳呼機上的號碼，聯繫上基地來接她的小許。小許很快坐了一輛「你先死」來到咖啡館。所謂「你先死」是西貢一種機動三輪車的綽號，客人坐在前面，遇到車禍必然是客人先死，所以才有了這個雅號。

小許是個很精神的帥小伙，左一曼的徒弟。他落座後，很着急地對左一曼說：「左姐，我們基地被警察盯上了。國內來的警察與越南的警察都有。你們不能去基地了。你是我們莊功的第三號人物，國際刑警組織已應中國政府的要求，發了紅色通緝令，正在對你進行全球通緝。」

小許的一席話，使左一曼緊張了起來，她問：「小許，我們的人出來了好多？」

小許歎了一聲，說：「除了接第一批通知出來了幾個人以外，其餘中層以上的幹部被抓了幾十個。」

左一曼歎道：「完了！完了！」

小許說：「好在師傅消息靈，做了一些準備，把資產轉移了一部分到美國。師傅要我轉告你，先到柬埔寨去，再轉到南美幾個國內警察還未注意到的國家去避一避，他到聯合國難民署找關係，辦好你的難民手續後再通知你去美國，並要我全程保護你。」

左一曼問：「什麼時候去柬埔寨？」

小許說：「這你就別管了，一切我來安排。不過，你不能回旅館了，我們發現那兒有警察抄了你住的房間。我先送你到美奈去住兩天，然後去柬埔寨。」

左一曼點了點頭。小許從挎包中取出一個大信封遞給她，說：「這是師傅給你的一萬美元路費，並要我轉告你，斷絕與國內外的一切聯繫，只通過我與師傅保持單線聯繫。」

3

從西貢坐大巴，在南越富饒的原野上以每小時60公里的速度搖搖擺擺走了五小時，來到離西貢200公里，近幾年才開發出來的海邊度假勝地——美奈。這裏原是一個小漁村，如今，迅速發展成有酒店成百上千的大型國際度假區，越南除下龍灣以外最負盛名的風景名勝。美奈的海灘綿延20多公里，分西，中，東區。

左一曼住在中區與東區附近的一個海景酒店裏，設施不錯，但外面的沙灘較窄，且有點髒亂差，給人印象不太好。在等待安排去柬埔寨旅程的時候，小許怕她無聊，包了一輛吉普車，帶她遊覽了西，中部，以及四大景點，她才對美奈的印象好起來。中，西區，沙灘開闊，海水湛藍，乾淨衛生，酒店豪華上檔次，不亞於世界許多一流的海灘度假勝地。而且，這裏沒有冬天，氣候適宜，不冷不熱，海風溫柔，是避寒的最佳選擇之一。

美奈給左一曼印象最深的是瀕海的紅沙丘，從海邊一步步登上紅沙丘頂觀日落，沙子細軟，紅沙子在夕陽的映射下，滿目一片紅，讓人讚歎不已。

第二天下午，小許拿來了去柬埔寨暹粒的機票，同她一起到了西貢機場。

在西貢過關時，左一曼聽到一個年輕的官員不斷在向她小聲嘀咕什麼，她聽不清，湊近那個官員，終於聽到他在用於純熟的普通話反覆說，小費！小費！左一曼連連搖頭，說，NO！NO！那個官員換了一個詞，人民幣！人民幣！她看了一下他那討口子一樣的可憐模樣，準備從包裹取出一張十元的人民幣給他。小許拉了她一把，她趕緊縮回手，裝聾作啞。另一個鬍子巴渣的中年官員走過來解 ，他先舉起拇指，說，中國好，然後，雙手合什，說，恭喜發財！最後，才是那兩句在越南海關官員中最普及的漢語對她反覆說：小費！小費！人民幣！人民幣！

左一曼看到他搖尾乞憐的賤相，又動了側隱之心，不顧小許阻止，給了他十元人民幣。他高興極了，連聲道謝，並在她的護照上狠狠地戳了一個海關的章。等左一曼離去了好一會兒，還在追着她連聲說謝謝！

左一曼在心裏哀歎：可悲的越南海關官員們喲，穿着戴有國徽的漂亮制服，為了討得十元人民幣，怎麼連國格，人格都不要了呢？真是，人不要臉，百事可為。

抵暹粒的第二天一大早，小許為了給悶悶不樂的左一曼散心，買了旅行團的票，去吳哥看日出。車抵吳哥，伸手不見五指。於是，來觀光的人們亮起了手電光。從小吳哥大門，至內外護城河大橋，吳哥塔前的荷花池，一條手電光形成的長龍在游動，長龍止於睡蓮池，成千上萬的亞洲人，歐美人在吳哥窟尋找觀日出和攝影的最佳位置。

漆黑的夜晚，滿天星斗。隨着晨曦出現，天上只剩下啟明星，吳哥窟九座塔的倩影慢慢浮現出來。啟明星暗淡了，天上沒有星星了，地面卻出現了滿園星光，那是由眾多手機熒屏建構的。

吳哥窟美麗的建築群越來越清晰，攝影機的長槍短炮有了用武之地，隨着亮度的變化而變化的美景，讓遊客不停地掀動按鈕，頻率最稀的都有一分鐘一次。

朝霞出現了，吳哥窟染上了一層玫瑰色。拍照的頻率提速了，10秒一次。

太陽出來了。吳哥窟，太陽及它們在荷花池裏的倒影，傘蓋般的巨型綠樹，滿池盛開的紅睡蓮，天上人間最美的景色交織在一齊，交相輝映。

美哉！吳哥日出。壯哉！吳哥日出！

因禍得福啊！左一曼是個想得開的人。遇都遇到了，隨遇而安吧。不是出這檔子事，那有機會出來周遊列國。

4

況且，有師傅這個長漢子頂天立地，為她擋着，她沒有過多的事可擔心的。她是絕對信任師傅的人品與人格的。

國內的報道中說了師傅的兩條罪狀，一是斂財，二是姦淫女信徒。第一條她信，她幫師傅經營了那麼多養生企業。合法企業嫌錢，在商言商，何罪之有？第二條她不信，她是師傅的左膀右臂，姿色堪比劉曉慶，但師傅從未打過她的主意。師傅是有女人，他的二把手杜雪莉，給他管錢的，是他的情人，雪莉心甘情願的，她也沒其他男人，談不上奸淫。

左一曼想起與師傅的第一次見面。那時，她55歲，從教師的崗位上退休了。習慣了年年保高三的緊張生活，以及文化宮中掛着她的大照片的榮耀，一下子無所事事，心裏空撈撈的。很多學校的領導都來反聘她去教書。她這個得過全市「女能人」崇高榮譽的特級數學教師吃香得很呢。但她堅決拒絕了。為保高三，她年年吃盡苦頭。為解那些奧數難題，她絞盡腦汁，頭髮一綹綹地掉，白髮不斷增多，天天拔也沒用。她太累了，她發誓，退休後不再做數學題了。她把所有的數學書燒了，教案燒了。

而且，左一曼還有一個心病，她年輕時忙於事業，忽視了孩子的教育，忽視了老公黃家寶。她不僅沒當過一天賢妻良母，還三天兩頭回家來拿孩子出氣，拿黃家寶出氣。她把在學校、社會上受的委屈，受的氣，一古腦兒發在孩子身上，發在黃家寶身上。孩子做不起作業，被發跪、煽耳光是常事。同黃家寶，更是三天一小吵，一周一大吵。拿孩子和黃家寶當出氣筒，成了常態。母親看不過去，經常站在女婿一邊，數落女兒，甚至代女兒向女婿陪罪，怨自己沒教育好女兒。

左一曼那時對自己的所作所為並無悔恨之意。她一切都是為了工作！她受的教育就是「公而忘私」。她獲得成都市女能人稱號後，成都晚報為她寫了一整版長篇通訊，報道她的先進事蹟，將「耙耳朵」黃家寶描述為她的賢內助，頌揚她「忘我忘家」的革命精神。

現在，她開始後悔了。她覺得自己不值，她在外面逞強鬥狠，成了女漢子，女能人，卻沒像女人那樣活過一天。連家寶心臟停止跳動搶救回來以後，她也只請了一天假，陪了他一晚上，就又去為她的那些學生拚命了。她空出的位置，自然會有那麼多熱愛家寶的女孩子去填補。有個女孩子，甚至用她文弱的身體，將家寶在醫院裏揹上揹下，檢查身體。換了一個人，不把一曼甩了才怪。好在，家寶很有定力，且傳統，信奉「從一而終」的傳統，沒有拋棄她。

現在，該一曼補補課了，在家相夫教子了，盡盡婦道了。

可是，孩子大了，讀大學了，不要她照顧了。家寶習慣了自己照顧自己，對她過多的關心很不以為然，還常為此重燃戰火。

左一曼正為此苦惱，一個閨蜜來找她去聽氣功大師的演講，她正閒得發慌，便去了。

在省體育館的運動場上，站立着成千上萬的人。一個紅光滿面、長得很帥，行止孺雅的中年人在主席台上做帶功報告。他聲若洪鐘，精氣神極旺。幾千人屏息靜氣，聽他神說，整個廣場靜得掉一顆針都能聽到。忽然，左一曼發現她左右的人開始左右晃動，她覺得在這個幾千人形成的氣場裏有了感覺，她也開始左右晃動起來。

師傅突然在台上大喝一聲：「坐在輪椅上的人，起來走啊！」

只見坐在前排輪椅上的人，竟有兩個人搖搖晃晃地站了起來，有一個人走了幾步就摔倒了，另一個人走了十來吧，撲地一聲跪倒地上，對着師傅叩起頭來，隨後，嚎啕大哭，聲嘶力竭地呼喊着：「我能走路了！我能走路了！」

左一曼震撼了。師傅正要鑽進小轎車，她擠到師傅身邊，求道：「師傅，收我做徒弟吧！」

師傅端詳了她一眼，一眼認出左一曼是他的同學，說：「怎麼是你，曼曼？」

左一曼愣住了，說：「你認識我？」

師傅說：「忘了？在南開中學，你是舞蹈隊長，我是話劇團長，我們還一起編過舞劇！」

左一曼想起了中學時代那個風流倜儻的話劇團長，如今成了氣功大師的校友，也喊出了他的綽號：「濤濤！是你？」

小許示意讓她上車。從此，左一曼走上了氣功的道路，開拓出風風火火的第二人生，又把孩子和老公忘到九宵雲外去了。

5

小許佈了一個迷魂陣，讓國際刑警們摸不着頭腦。他帶左一曼從吳哥乘出租車到了金邊，再從金邊乘飛機去香港。

在香港，小許陪她飛到土耳其的首都伊斯坦布爾，送上從伊斯坦布爾到巴西的大城市聖保羅的飛機，便與她告別了。小許再交給了她一套辦好巴西、秘魯、阿根廷三國簽證的護照及2萬美元現金給她，她的名字也改成了徐曼，還留下了一個「大哥大」和一個尋呼機。他說：「師傅說了，你已擺脫了國際刑警的跟蹤，到南美去避一避，徹底地同外界割斷聯繫。他委任你為莊功南美站站長，在南美尋找建立新的基地。他要我繼續與你單線聯繫，但為了安全，不到不得已不要找我。」

飛機飛上了藍天。她坐在一等艙靠窗的位置上，臉貼着玻璃窗，漫無目的地注視着窗外。

她的思緒很亂。她明白，從此以後，自己就是孤零零的一個人了。世界上知道她存在的只有兩個人，師傅和小許，他們不僅遠在天邊，鞭長莫及，也在流亡中，自身難保。

她突然思念起被她忽略了好久的老公黃家寶和兒子黃睿來，一陣負疚之感湧上心頭。

說實在的，她談不上愛黃家寶。嫁給他時似乎是愛的，但自從生兒子以後，發生了一件事，她對黃家寶的愛就越來越淡了。

黃睿是在文革動亂中在花朝門出生的。那會兒，黃家寶的二姐家露也在花朝門生產。黃家寶的母親彭宗俊負責照顧她們。這一次，彭宗俊在兒媳與女兒中未擺平。天生的母性使她在感情上偏向親生女兒。兒媳畢竟與她隔一層，又不是親自養大的，缺乏真感情。雖然她竭力將一碗水端平，但在具體行動中卻露了「馬腳」。

左一曼的父母在花朝門來看左一曼時，帶來了不少雞蛋和紅糖。那會兒，這些都是稀缺物質，要憑票供應的。由於左斯年是高幹，有特供，才拿得出這麼多產婦最需要的特供品來保證女兒「坐月子」的營養。

可是，左一曼發現，她的雞蛋和紅糖在迅速減少。二姐吃了她的雞蛋和紅糖。更可氣的是，二姐比她還吃得多。

她把自己的發現告訴了黃家寶。黃家寶不僅沒站在她一邊，為她說話，還把她罵了一頓。他說他想不到她如此「小市民」，一家人，還分家裏的東西那是你的，那是我的。他強壓她不准聲張。他說，母親對他恩重如山，在他心目中，母親是第一位的，她是第二位的。如果她同母親鬧起來，他立即與她離婚，讓她滾蛋。

這一席話，把左一曼罵得目瞪口呆，眼淚汪汪的。她暗中捂着被子哭了好多場。她才發現，外表溫文爾雅的丈夫，有時心腸很硬。她還在坐月子喲，就不管不顧地把她罵得那麼慘，還為她種下神經性胃痛的病根。

從此，她和黃家寶間的關係變得緊張起來，一觸及到黃家寶的母親，就會吵架。她從小驕生慣養，父母將她當成掌上明珠，天生一副小姐脾氣，那兒受得了這份氣。她的小姐脾氣被激發出來，加上在單位上爭強好勝，常常與領導，與妒忌她的同事爭吵，逐漸變成一個「潑婦」。她同黃家寶之間，不僅遇到與婆婆有關的事情吵，不論大事小事一言不合便吵。三天一小吵，一周一大吵。她同黃家寶吵架成了「常態」。

現在想來，自己確實有些過分了。她想起每次大吵後，黃家寶都要捶胸頓足，吼叫着：我不要吵架，我要和平呀！心裏開始隱隱作痛。

是呀，為什麼要吵呢？為什麼有話不能好好說呢？想想，黃家寶對她還是不錯的。

當左一曼獲得成都市女能人稱譽時，黃家寶由衷地為她高興，以她為榮，見到人就吹他這個了不得的老婆。他還在《成都晚報》記者來採訪她時，敲邊鼓，自誇是「賢內助」，每天晚上都煮好飯，抱着她喜歡的貓在門口等她、盼她歸來。這位記者還真把黃家寶的自吹自擂寫進文章，堂而皇之地登在頭版，引來無數熟人對她有一個好丈夫的艷羡。

而且，黃家寶不記仇，每一次天翻地覆地吵過架後，「床頭吵架床尾和」，第二天就天晴了，當什麼事都沒發生過一樣，也不耽誤第三天又接着吵。

唉！我們為什麼要沒完沒了的吵呢？不過，在這孤獨的日子裏，有一個人來與你吵架也好啊。

還有兒子黃睿，正當而立之年，一個人在外面闖蕩，也沒闖出個啥名堂出來。而且，那兒媳婦，比她當年還歪，還惡，一看，就知道不是善良之輩。黃睿有得受的。

想想她對黃睿的教育，很少表達出愛，可說使用的是「法西斯」的教育方式，她信奉「黃金棍下出好人」的信條，不是打就是罵，有一次，黃睿企圖反抗，還連挨了她幾個耳光。黃睿至今還不原諒她煽的耳光，一次閒聊時提起來，還恨得牙癢癢的。還是黃家寶教育兒子，說天下哪有兒女恨父母教育自己的？打是親熱罵是愛喲，才讓兒子釋然，放下了心中記了十多年的仇怨。其實，黃睿像他爹，是個孝子。不管她對他怎麼樣，他都是孝順她的。記得，他七歲那年，看見她臥病在床沒人管，主動煮了碗紅糖荷包蛋給她吃。看到他長着凍皰的小手雙手擎在她面前的荷包蛋，融化了她冰冷的心，忍不住把兒子拉進懷中，在他紅彤彤的臉蛋兩邊狠狠地親了兒子好幾口。

6

想到這裏，左一曼忍不住笑了。突然，耳邊響起了一個聲音：「大姐，什麼事這麼高興？吃飯了！」

左一曼轉過頭來，發現一個中年男人雙手舉着一個托盤，遞給她。

一個大盤子裏有一份西式烤大蝦、一份三文魚，還有一瓶波爾多葡萄酒。

一等艙就是一等艙，它不僅供應與經濟艙不一樣的美食，座位還特別寬鬆，特別舒適。這對於長途飛行來說，很珍貴。

左一曼接過盤子，說了聲：「謝謝！」

那個人問：「你是四川人。」

「對呀？你也是四川人？」

「差不多，重慶人。本來，重慶就是四川的。重慶人就是四川人。」

「那還是有區別的。你們重慶男人，耿直，容易打交道。成都男人卻是反的，彎彎繞，說得很好聽，具體不來。」

「是嗎？你喜歡重慶男人還是成都男人。」

「重慶男人，可惜，我偏偏遇到一個成都男人。你喜歡重慶女人，還是成都女人？」

「成都女人，溫柔，吵架都像唱歌一樣。重慶的女娃子太火辣了，太歪了，哪個受得了！」

左一曼同他談得投機，認真地將他打量了一下，他穿着軍便服，坐飛機腰板也挺得筆直，說話一板一眼的，一看就是當過兵的。「軍人？」

「當過兵，在越南打過仗。」

「出差？」

他苦笑了一下，說：「出什麼差喲！我現在是巴西人了，失去了做中國人的資格。」

她停止了追問，輪到他問話了，他問：「你到聖保羅去出差？」

她想起了自己的處境，但又不忍不回答老鄉的問題，想起了上飛機以前獲得的一個新身份，說：「我是一家公司剛任命的駐南美辦事處主任，來南美開拓業務的。」

他問：「你們公司是經營什麼業務的？」

她說：「養生產品、綠色食品一類的東西。」

他說：「你算來對地方了。巴西這地方，土地肥沃，氣候溫暖，你撒下一把種子，只需除除草，不需施肥，就能豐收。」

左一曼驚呼：「有這麼好的事？你能幫幫我麼？」

他說：「能呀，在南美，我還沒碰到過四川老鄉。老鄉見老鄉，兩眼淚汪汪啊！」

左一曼猶如他鄉遇故知，有說不出來的高興。那個老山軍人，對這位熱情開朗見人熟的大姐，也有一種親切的感覺。他們很快成了朋友，那老山軍人向她敞開了心扉。

這老山軍人姓莊，名嚴。他本是四川外貿局的一個處級幹部，但卻因犯超生錯誤，被處分了。本來，按政策應該「雙開」的，即開除黨藉，開除公職。由於他二十世紀八十年代，在老山打過仗，是個立過戰功的功臣，因此，受到了寬大處理，只開除了黨籍，未開除公職。趁派他到巴西執行公務的機會，逃之夭夭。又趁着巴西大赦的機會，從難民變成巴西的公民。

住在成都的兒女與老婆沒跟他出來。他跑到了巴西亞馬孫雨林旁的瑪瑙斯，是來瑪瑙斯發展的第二個華人。開始，他給第一個來那裏的華人打工，後來自己開了一個雜貨舖，生意很好做，嫌了很多錢。他在這裏與一個巴西女人同居了，又生了一個孩子。在這兒，只要你養得起，是沒有管你同多少女人同居，生多少孩子的。但是，同居半年以上就屬事實婚姻，拋棄她就得分給她一半財產。不少人就是這樣把自己從富翁分成窮光蛋的。如今，他仍在瑪瑙斯開有三個店，同時，又當導遊，兼做珠寶生意賺錢。

他對巴西人十分不恭，說他們不僅是懶漢，還是無賴，常常告老板，告的事由荒唐之極，往往卻被司法獨立之法官判贏，因為法官可以從中收取巨額回扣。他一年要被他手下的巴西員工告好多次。最近一次告他的工作餐吃壞了肚子，向他索取巨額賠款。這頓飯是在兩個月前吃的，又根本沒有任何證據，法官仍判他賠償。

他說，巴西人的性子慢，一個工程沒有一二十年是完不了的。他認為，巴西貪官之多，遠遠高於中國大陸。可說，無官不貪，貪了還不做事，不似中國，貪官不做事，便沒錢可貪。他在巴西這幾年，沒見他住的地方起任何變化，沒修一條路，沒架一座橋。他們的民主便是靠公開的賄選上台，上台後便只顧拚命地撈油水，收回成本並大賺一筆錢。

7

在聖保羅下飛機的時候，左一曼與莊嚴已結拜為姐弟。莊嚴說，反正他也沒什麼急事，便陪姐到秘魯、阿根廷、巴西各地去走一走，最後，到他落戶的瑪瑙斯去，看能否在瑪瑙斯建立他們公司的南美養生基地。

他們在聖保羅住進市區的一家小旅館，各自開了一個房間。左一曼住的房間街對面是一個「同志」俱樂部，同性男子，同性女子，在這裏聚會，一對對同志相擁親吻，音樂聲震耳欲聾。莊嚴告訴她，巴西很開化，很自由，「同志」們可以自由相戀登記結婚。

左一曼對有違人倫的這些東西很反胃，她將雙層窗戶關嚴，屋裏驟然安靜下來。經過了十幾小時的折騰，加上怕被國際刑警發現的焦慮，讓她心神不定，疲憊不堪。但是，自從她踏上巴西的國土，她緊張的心一下放鬆馳了。中國警察追逃犯，對東南亞、歐洲，還有一些南太平洋上的小島國，最多還有美國、加拿大，比較關注，很少有人注意到南半球這些國家。

為什麼逃犯們不到美麗富饒的南美來呢？左一曼很快找到了答案。

左一曼睡了一個質量很高的覺，早上醒得很早。清晨起來，左一曼按在國內的習慣，起來晨練。

她出門沿街一直向前走，各色人等，猶如國內一樣，忙着在路邊咖啡館吃點東西，便急匆匆去趕公共汽車，或走路，或自駕車，去上班。對面的「同志」俱樂部，已變成咖啡館，迎來並非「同志」的一批批人喝咖啡，吃早點。

左一曼信步從繁華的富人區，走進低矮破舊的貧民區，感到巴西貧富之懸殊，巴西一半以上是窮人，月收入在幾百元比索，其實際購買力與幾百元人民幣差不多。她突然意識到，她已不自覺地進入了危險區域。

街上人並不多，說時遲，那時快，左一曼忽然被人從背後抱住，有兩支手分別插入她長褲中的左右褲兜，掏了一把，馬上將她一推，她不敢反身觀看，過了好久，她猛跳的心臟才緩過來，轉身去看來路，卻不見人影。摸了摸兩邊褲兜，空空如也，好在，放在裏面的只有幾十美元零錢。

回來同莊嚴談起，他自然先抱怨她不聽話，然後說，她的遭遇稀鬆平常。他也親歷過類似搶劫，都是從背後抱人，把兜裏的現錢強行摸走完事，不會幹國內小偷那種技術活的，不過，只要你不反抗，是沒有性命之憂的。舍財免災嘛！

他們決定在去瑪瑙斯以前，跟旅行團，這樣省錢又方便。莊嚴是老導遊，在南美各地的導遊朋友很多。

第二天，他們就踏上旅行社的中巴，遊覽聖保羅城。

聖保羅的標誌性景點是獨立廣場和聖保羅大教堂。

他們先看了當年葡萄牙國王在聖保羅修的行宮。這是一座仿法國凡爾賽宮的建築，左一曼去過凡爾賽，對比之下，從行宮外貌到後花園，都有些類似，不過，總感到有些東施效顰的味兒，不值得誇讚，倒是後花園中的三種植物，很引人關注。一種是世界馳名的巴西紅木，長了八百年，才小酒杯般粗。這種質地異常堅硬的巴西紅木雕塑品，成了著名的巴西旅遊產品。還有一種植物是巴西特有的大蒜樹，樹皮上有十分好聞的大蒜味，團友們都去聞了聞，人人稱奇。在這裏，還有在成都望江公園常見韻琴絲竹，不過這裏的琴絲竹長得特別大，莊嚴說這種竹是從中國引進的。

他們從王宮往下走，就看到了氣勢恢宏的獨立廣場。莊嚴給左一曼講了這個廣場的故事。在廣場前的叢林中，有一排不醒目的小平屋，那是巴西國寶級的文物，巴西開國國王登基前住的地方。這位叫佩羅得的開國國王，本是葡萄牙國的王子，巴西的攝政王。他向老爸申請巴西獨立，老爸不允。就在接到他老爸調其回國的命令時，他從小屋中走出來，召集部眾，喊着「不獨立，吾寧死」的口號，宣布獨立。老爸拿他無可奈何，也沒派兵征討他，默認了。這是沒經戰爭，就和平建國的罕見的歷史先例。

他們在王宮和獨立廣場漫步，感受和平的氣氛，旅行團的每個人都用擁有的長槍短炮，各自優哉遊哉地請導遊幫忙照了張集體像。

他們去參觀聖保羅大教堂時，就沒有那麼多閒情逸致了。廣場上佈滿了流浪者，吸毒的人排排坐，一字溜兒坐在一顆大樹下的花園沿上，美滋滋地吸着大麻。

他們這個旅行團的導遊姓張，是個台灣人。他說：這兒有市政府的救濟金發放點，又有教會的人一日三餐來發牛奶麵包，盒飯套餐，巴西氣候又很溫和，吃住不愁，一生何求？

張導說，按規定，為保證安全，只能坐在車上圍着聖保羅教堂轉一圈，問他們敢不敢下去，照張像？大多數人說，敢！於是，他們在一個路口下了車，結隊下去。司機同導遊咕嚕了什麼，司機說，有一夥人關注到你們了，小心！不怕賊，只怕賊惦記着。他們抱團經過流浪漢的堆兒，看見一雙雙賊亮亮的眼睛，還有人發出尖叫聲，歡呼聲。導遊教我們趕緊鑽進教堂，進了教堂就安全了，流浪漢是不敢進教堂的，教堂神聖的氣氛能震攝這群人渣，使之不敢涉足。

在導遊老鷹護小雞般的庇護下，他們終於鑽回了中巴，心中還在戰慄不已。

張導對他們說，巴西本是個很美麗富庶的國家，人口2億，有氣候溫潤，良田眾多的800多萬平方公里的土地。巴西人只要隨便動一動，就不愁吃的。那麼多肥沃的土地，隨便撒幾顆種子，不用施肥管理，便能收穫木薯，哪兒能餓着！

他在此生活了29年，這兒沒有種族歧視，華人大部分人是老闆，因其勤勞，很受人尊重。在聖保羅，華人已有25萬，日本人更多，有50萬，但在這裏，中國人比日本人更受人尊重，因為日本人沒有中國人會做生意。特別是中國人會做仿製品，什麼世界名牌都會做，比名牌便宜幾倍到幾十倍，質量比名牌一點不差，深受既愛穿名牌又不想多花錢的巴西人歡迎。日本人鬥不過華人，只有破產賣店賣房的路可走。張導後來帶我們去參觀了日本人聚居的東方城，又稱日本城，其中的百分之七十的店舖已易幟，換成中國老闆。可以說，在聖保羅的日本城已被華人佔領。這對我這個恨透了日本人的華人十分解氣。華人首先要把日本人在經濟領域內徹底擊潰，讓這些狗東西沒有了狂傲的物質基礎！

張導說，聖保羅一切均好，只有一點不好，那就是治安。因為華人差不多是老闆，很有錢，而且喜歡把現金放在家中，就成了搶劫犯們的主要對象。有一段時間，連續有50個華人老闆家中被搶劫一空，華人們憤怒了，在駐華使館的支持下，向政府請願。原來愛理不理的聖保羅警察才動了手，抓住了一個9人搶劫團夥，搜出了計劃搶劫的100多位華人老闆名單。嚇壞了的華人老闆現在都不敢住自己的豪華別墅了，差不多都搬進了公寓，因為公寓有嚴密的保安系統。

張導說，巴西的匪徒膽大得不得了，敢公然在銀行自助取款機上實施爆炸，將取款櫃連根拔起，用汽車運回去慢慢分割取出財物。

他們問，巴西的歹徒為何敢大膽妄為？張導說，其實，上世紀巴西治安是良好的，自1998年成立三權分立的民主國家治安才變壞的。因為不可更動的憲法規定，沒有死刑，即便服刑的犯人也很受寬待，在牢裏過了20%的刑期後就要放放假，假釋出來過一段自由生活。但一些無惡不作的狂人便趁機逃之夭夭，繼續作案。張導說，這種無惡不作被假釋出來在巴西各地流竄作案的大盜就有一千多個。

張導說，巴西其實是個好地方，讓人捨不得離去。這裏氣候溫和，環境優美，空氣超好，百餘年來從無戰爭，沒有種族歧視，來自歐亞非拉的人民友好相處，只要你願意幹活，就能像樣的活下去，如果你願意吃苦，你就能發小財，華人就有此得天獨厚的優點，如你再有一點小聰明，就能發大財。華人的聰明，只有猶太人可以比肩，所以，華人可以在巴西，也可以在世界各地生存和發展得很好。

張導祖籍廣東，台灣人，老婆是香港人，育有二子。他們從張導家經過，看見他家有一棟兩層小樓，他離開時，一個很可愛的男孩，他的孫兒，在向他招手。他的兩個兒子都畢業於聖保羅大學，是兩個能拿萬元月薪的金領。他本應享受天倫之樂，為何還要出來做很辛苦的導遊工作？曰，他很喜歡同華人交流，喜歡交同胞朋友，以慰晚年的寂寞。

客觀地說，就是在聖保羅，也不是所有地區社會治安都不好，在市中心金融街，流浪漢不准進入，警察林立，每個路口都有一輛警車，秩序井然，在那裏漫步，根本不存在安全問題。他們還去了聖保羅的富人區，那裏的富人們都僱有保鏢，並幾家人聯合起來僱主街道巡警，治安也不成問題。治安問題嚴重的除聖保羅廣場，還有貧民區，抱團慎入就行了。在金融街和富人別墅區，我們看到了這座有2千萬人口的南美第一，世界第二大城市的繁華。不過，由於其歷史的短促，沒有什麼值得讓世界遊客動心的地方可以遊覽。

8

這一天，旅行團半夜一點半出發，上午9時30分到達巴西第二大城市里約熱內盧，其實，這個城市本名就叫里約，很簡單，但我們的中文譯者認為這夏季高溫，又濕潤，二月常有40度以上高溫天，本名應加一注釋，形容城市猶如熱得在火爐內，即熱內盧，才有了中文譯名里約熱內盧。

里約是個女導遊，姓廖，廣東順德人，叫廖愛玲。她說，17年前，她旅遊到此，覺得這兒不錯，便留下來不走了。後來，成了巴西人。在里約，有華人2至3萬人，她也覺得巴西不錯，就是治安太差，這兒沒有小偷小摸，只有青天白日之下的公開搶劫。她曾數次經歷過這樣的搶劫。她被人從後面抱住，她拚命反抗，劫匪跑了。她想起來後怕，告誡他們千萬別反抗，華人因反抗而被劫匪拔槍打死不是個案。此地人人有槍，殺人還不償命，是沒有死刑的。

華人雖有錢，大多不買房，租公寓住。基督山是當地白人捐錢建起來的，是里約的制高點。

第二天，他們去遊覽基督山。雖然基督山海拔僅700多米，但從海平面突兀而起，山路十分險峻，彎度及坡度都很大。他們換了兩次車，才上到山頂。山頂的耶穌像高大傳神，高30米，寬7米，重200噸，用鋼筋混凝土澆灌內胎，用精美的面石鑲嵌表面。山頂上人山人海，人人都以與耶穌基督合影為榮。

從市區上基督山的路上，全是一個個匪巢，旅行者不敢下車，讓人生畏，朝拜基督山成為一種結果難以預知的生死之旅。

廖導說，里約50%以上是貧民，居住在里約周圍的一個個小山頭上，每個小山頭都有一個匪首，盡幹些搶劫販毒的勾當，不受政府約束，經常同警察發生槍戰。

令人感慨的是，從山頂看里約南區，豪華的高樓鱗次櫛比，鑲嵌在大海和內海之間，猶如一塊由祖母綠，藍寶石，紫晶玉，黃玉和紅寶石識成的繽紛多彩的珠毯。

更令人稱奇的是，美麗富饒豪華氣派的富人區與貧窮破敗盜匪橫行的北部貧民區如此相近，反差如此大，對比度如此鮮明。

9

在聖地亞哥上飛機前，他們就得到消息，阿根廷正在發生反華排華騷亂。上面有阿根廷人公開號召，布隆萬歲，行動起來，均貧富，過一年快樂的聖誕節！他們除已開始公開搶劫華人辦的商店外，還號召，參加12月20日的全國大搶劫活動。

全團彌漫着一片恐怖，然而又無可奈何的氣氛。

然而，左一曼卻並不害怕。左一曼是個喜歡看熱鬧的人，如能親歷一次騷亂，那該多美！即便受傷，犧牲性命，也無所謂，人生不能過得太平淡，九死蠻荒她不悔！

下飛機後，王導接到他們，就對他們說，這幾天警察罷工，無法無天了，大家要小心。就在今天上午，鬧市區，離你們住的地點不遠，一個大陸去南極旅遊的團被搶了。事情來得很突然。全團人在喜來登酒店附近的一個公園散步。突然，一個團員被一個匪徒按在地下，手腕上的一隻金表被搶走了。另一個團員被一個匪徒從後面抱住，手腕上的金表也被搶走了。然後，兩個匪徒分別跳上兩輛已有另兩個匪徒駕車的摩托車，飛奔而去。整個過程不到十分鐘，全團人還沒反應過來，連匪徒的臉都沒看清，就結束了。

王導說，匪徒專搶看起金光閃閃的表，以為金表值錢，其他不閃金光的表，即便值錢，他們也不搶。看，匪徒就這個素質！

不過，王導說，國內報道有誤，匪徒並非專搶華人，什麼人都搶，主要搶超市。一個個超市，接二連三被搶。速度很快，一個超市，一群匪徒衝進去，最多半小時，就會被搶劫一空，就像蝗蟲飛過，莊稼全被吃光一樣。由於布宜的超市幾乎全部是華人開的，所以，似乎匪徒的行動是針對華人的。

左一曼問導遊：「為什麼警察會罷工？為什麼匪徒會如此猖獗？」

王導說，這裏的白領一般收入可達每月一萬多阿根廷比索，一比索相當於人民幣一元，生活水平很高，但公務員收入只有這些人的一半，每月六七千元。於是，警察罷工，盜匪橫行。治安搞不好，佔布宜人口大多數的中產階級安全得不到保障，便開始拒絕納稅，有80%的納稅人都不繳稅了，阿根廷開始出現了混亂的局面。

對阿根廷社會治安的耽心，被另一個令全團足球迷激動萬分的信息沖淡了。原來，他們來的這天，是南美足球俱樂部的解放者杯決賽的日子，參加決賽的兩個隊一個是巴西的，一個是阿根廷的。這天，上萬的巴西球迷趕到里約，而里約則沉浸在節日般狂歡的氣氛中，因為進入決賽的阿根廷隊，是里約土生土長的南路隊。這個隊厲害得很，打遍南美無敵手，多次得過洲際冠軍。

於是，全團的球迷，以莊嚴為首，為哥們「紮起」的左一曼這個偽球迷為輔，鼓搗導遊去搞球票，不要放過他們一生難得一遇的機會，在現場看兩個頂尖級足球大國一流球隊的冠亞軍決賽。

領隊高強堅決不同意組織去看球賽，估計在治安如此嚴竣的情況下，會有一場大混亂。鐵了心的球迷軟磨硬纏，八個人簽了生死狀，請導遊王強搞票。

票早已售罄，好在王導是個老布宜，在此30年了，黑白兩道均熟。他們一人出了200美元，由王導運作，終於搞到8張票，並由黑幫派保鏢，保護他們進場和在場內的安全。

下午4點，他們就開始向位於里約南部貧民區的體育場進發。成千上萬輛車都在向同一目標前進。巴西球迷的車隊同他們相遇，見他們的車掛的是阿根廷牌照，一個個巴西球迷伸出中指向我們挑釁。

司機路熟，決定繞道前行。我們在阿根廷南部貧民區內穿行。貧民區萬人空巷，都扛着阿根廷南路隊的隊旗，向足球場進發。所有的商店都關門閉戶，防止搶劫事件的發生。

一個五大三粗的保鏢上了車，給了他們球票。他說，我們被安排在阿根廷球迷集中的五區，要他們要偽裝成南路隊的球迷，對巴西要說NO，對南路進球要歡呼。他還陸續為我們一人買了一頂阿根廷球迷的帽子，戴在頭上，阿根廷球迷就會被他們當自己人，保你無事。

在球場附近，他們下了車，領隊叫他們把一切貴重物品，包括照相機，留在車上，只帶手機，已防不測。

這頂帽子很管用，球場的許多球迷都與他們握手。現場氣氛之熱烈，猶如看了五小時的六萬人大合唱。阿根廷居然以2比0贏了巴西。每進一球，球迷狂歡，互相擁抱，親吻，他們也常被阿根廷人攬入懷中。球賽結束，左一曼被人攔腰從背後抱住，她以為遇到劫匪，驚出一身冷汗。轉身一看，是阿根廷人要求與她合影。退場中，他們被阿根廷人的手都快握斷了。

10

不等阿根廷暴亂發生，他們便從阿根廷返回聖保羅，坐了4小時的飛機，從聖保羅來到巴西中部的大城市瑪瑙斯，住進一家五星級酒店。

莊嚴帶了一個團，親自當這段行程的導遊。

他們首先遊覽了瑪瑙斯附近的黑河。黑河雖是亞馬孫河的支流，卻相當寬闊，可與長江下游比美，有極目楚天舒的味兒。黑河的水清沏，但水卻是黑黝黝的。據說，這是因地質原因造成的，周圍和河底富含鐵等金屬。不知何種因素，飲黑河水的聖保羅人和亞馬孫人，生女兒者多，生男兒者寡，造成了性別的極不平衡。

船行約半小時，他們來到黑河的盡頭。在這裏，黑河與亞馬孫河的主幹道黃河交匯，形成了長長的黑白相間河道奇觀，直到黑河水全部被黃河水吞噬，消化。

他們在這浩淼的黑白相間河道上航行，聽莊嚴講了一個關於瑪瑙斯名字來源的有趣故事。

他說，瑪瑙斯的名字其實與瑪瑙毫無關係，名字來源於當年西班牙國王一句罵娘的話。西班牙殖民者從亞馬孫的源頭探秘亞馬孫，到瑪瑙斯這個地方，受到一個女兒國的頑強阻擊。這個女兒國婦女十分剽悍，為行動方便，從小割去了一隻乳房，此風在亞馬孫地區流行了許久，就如我國清朝時婦女裹小腳的殘酷陋習一樣。女兒國只有女人，她們到外部落自尋男人懷孕後，回來如生男嬰則棄之河中淹死，生女則留下。她們一次次打敗了西班牙強盜，一次除一個信使外，將侵略者全部殺死。信使回國後報告國王，國王罵了一句瑪瑙斯，西班牙語中的瑪瑙斯，就是一句齷齪的罵人話，大約就是瘋婆子一類的意思，導遊則將其譯為現代語言中的讚詞，女戰士。莊嚴說，瑪瑙斯的意思就是女戰士，不知是他信口開河，還是真的？

莊嚴說，他們的運氣不錯，雨季提前來了一個多月，使他們可以深入亞馬孫支流的支流，到亞馬遜叢林中去漫步，進入魔鬼谷，到印第安人的部落裏去食金龍魚，釣食人魚，與鱷魚親吻。

他們乘快艇在亞馬孫河流域中穿行，河邊是肥沃的土地，栽什麼出什麼，絕不需要施化肥。叢林中野生橡膠樹成片成林，只要肯去割膠就有大收益。不過，在這裏不用幹這些，絕對餓不死人。隨時都有吃不完的野果，一千多種魚隨你吃。

河流兩旁，星星點點佈有一些印第安人的小村莊，因此地雨季會被洪水淹沒，房屋全會浮動，在用一排大樹紮成的木排上，架起房屋，屋內幾乎什麼都沒有，只有吊床供睡覺。他們看到村莊裏有學校，教室也是用浮動船做成。

他們在傍河的水上餐廳裏吃了一餐印第安人後裔開的叢林宴，吃的就是雨林中的各種果子，木薯粉調製的各種主食，以及多種烤或炸的魚。其中，國內已賣到上萬元1斤，幾十萬元一條的金龍魚，卻可以在這裏大塊大塊地吃。

吃完魚宴，上岸，從特辟的棧道深入熱帶雨林。雨林中悶熱異常，左一曼的全身均被汗水濕透。莊導帶領他們脫離棧道，順一條小道進去看一棵巨大無比的消息樹，左一曼咬緊牙關走到了目的地。

左一曼坐到一根腐朽的木樁上想歇一下氣，莊嚴忙將她拉起來，說，謹防蚊蟲叮咬。這裏的蚊蟲是很厲害的。好在，雨季剛來，蚊蟲還不多，否則很危險。

旅行團的人開始圍觀這顆樹。這是一棵約有600年樹齡的巨樹，幾個人才能合抱，最特別的是，樹的下部全由狼牙般的板根組成。據莊導說，這一帶是美洲豹出沒之地，當地土人遇到美洲豹以後，絕招便是藏在板根的夾縫中，不知為何，美洲豹十分懼怕這種板根，不敢進攻板根中的人。人們便能逃過一劫。

莊嚴說，這種板根樹當地人叫消息樹。印第安人在叢林中遇險，會用木棍敲擊這種可以發出特殊響聲的樹，把信息傳到很遠的地方。人們聞訊就會從四面八方匯聚攏來。

他們在熱帶雨林中還看到一顆奇特的樹，樹的中間是空的，外面高大的喬木像一個籠子，緊緊抱住一個也是樹形的虛空。莊嚴說：這種中空狀的植物是南美熱帶雨林中的一種絞殺植物，這種植物在四川很常見，叫黃葛樹。但是，四川的黃葛樹由於在溫帶生長，相對長得慢，無法像在熱帶雨林中那樣，迅速用附生根纏死一顆大樹，自己再長成一顆中空狀的大樹。

這株十多米高的黃葛樹是絞殺了一株也高達十多米的海棗樹的結果。黃葛樹用其發達的氣根緊緊纏繞包裹着海棗樹，與其爭奪陽光、水分和養料，最終使之缺乏營養而死亡、腐爛，最後留下一個虛空，黃葛樹則長成一顆喬木，留下當年它絞殺海棗樹的猙獰形象，向我們昭示生物界無處不在的生存競爭的殘酷。

他們從支路上來走回棧道，盡頭是一片沼澤地，他們的腳下有成百上千條鱷魚待在裏面，它們晝伏夜出，他們無緣得見。但後來，我們乘獨木舟似的小船進魔鬼谷探險時，卻看到了一個土著小孩抱着的一條小鱷魚，我們爭着與小鱷魚合影，仗着鱷魚的嘴被小孩套着，與之親吻。

在鱷魚出沒的湖面上，有許多剛長出的帝王蓮。帝王蓮會長得很大，直徑超過一米，上面可以坐一個40公斤重以下的小孩，開的蓮花也十分美麗，有紅色，粉紅，白色等多種顏色。

在叢林中，他們看到許多可愛的袖珍猴嬉戲樹間，十分可愛。這種猴叫長尾猴。他們在叢林中還聽到一陣陣令人毛骨悚然的動物吼聲。

莊嚴說，這是一種大黑猴發出的叫聲，夜深人靜的時候，這種吼聲很恐怖。

11

在南美兩國的考察結束了，師傅還沒有信來。她應邀決定去義兄莊嚴的家住一段時間，一面寫建立莊功南美基地的計劃，一面等待師傅的指令。

沒過多久，一個驚人的消息在報上傳開了。師傅在美國遇車禍身亡！

她一下成為了孤人，成為了世界的棄兒。總部沒有給她聯繫，只有小許給她發了短信，說師傅死後，群龍無首，杜雪麗勾結當地的黑社會，霸佔了師傅的絕大部分財產，經他力爭，為她爭得十萬美元遺產。這筆遺產，很快到了她的銀行賬戶上。從此，總部給她斷絕了一切聯繫，小許也再沒有聯繫她。她唯一與總部聯繫的尋呼機，也因被功能日益強大手機代替，成了廢物。

左一曼陷入絕望之中。這天，她獨自一人坐在莊嚴給她暫時居住的五樓套房陽台上。陽台對着一片熱帶雨林。雨林中的植物長得鬱鬱蔥蔥，陽光也很燦爛，但這照不亮左一曼陰暗的心房。怎麼辦？怎麼辦？

回國去投案自首？畢竟自己並沒做過任何違法之事，她是受師傅牽連。如今，師傅已經死了，莊功成鳥獸散，再也不會形成對國家安全的威脅，回去能把她怎麼地？不過，政治是殘酷的，不講理的。師傅出事前，小許曾經給她通過一次長途，警告她千萬別麻痺大意，幾個逃出國的莊功中層，不信邪，冒險回國去，一入國境就被抓了，送進了拘留所，一個也沒能倖免。她不想坐牢，她不想丟臉。她是個很好強的人，在南開同學中，她是出類拔萃的，成績名列前茅，活動力也很強。班上成績不如她的同學，有的成了全國聞名的「南極英雄」，有的成了全國知名作家，有的成了廳局級幹部，有的當了「將軍」，她如果回去坐牢，臉丟大了。她要重新創業，開闢海外事業。待她打出一塊天下，莊功風波過去，再擇機回國露臉。

一個50多歲的女人還能創業？為什麼不能？齊白石50歲學畫，成了大畫家。鄧小平73歲在政治上才真正起步，開拓了中國改革開放的輝煌事業，成為了世人敬仰的大政治家。

創什麼業？她在南美走了一圈，發現，巴西有很好的創業機會。巴西在亞馬孫洲首府瑪瑙斯，開闢了一個自由貿易區，邁出了這個原本閉關鎖國的落後國家改革開放的第一步，因為自由貿易區極為優惠的稅收政策，日韓美的企業家蜂湧而至，中國人還沒有注意這個遠離世界中心的偏僻角落。在瑪瑙斯，她是到這裏來的第三個中國人。她同前面來的那兩個中國人已建立了良好的關係，並成為瑪瑙斯的第二個中國人莊嚴的義姐。她可以發揮她的領袖天才，把這三個中國人擰在一起，她當瑪瑙斯的僑領，開闢中華民族的海外事業。就像當年《水滸》英雄李俊一樣，當梁山好漢成鳥獸散時，他遠走他鄉，當了暹羅國的國王。

天無絕人之路，幹！她起身下樓，找到莊嚴，要他陪她去50公里以外的瑪瑙斯自由貿易區農牧區去盤下一個農場。她在那個農場考察過，很符合她建立綜合性養生產業的理想。那個農場老闆說過，他的家人想去美國過現代化生活，準備把農場賣出去。可是，沒買主。他準備賤賣了，誰給他20萬美元，農場就歸誰。左一曼手握十萬美元，有點底氣，再砍砍價，也許就能買下來。

說走就走，莊嚴開出他的一輛客貨兩用「拖板鞋」，直奔農牧區而去。

12

「拖板鞋」在熱帶雨林中穿行。不久，他們穿出密林，來到一個小湖旁。在茂密森林的包圍下，小湖澄淨得像一顆明珠，超凡脫俗。

沿着小湖前行，大約有10公里的路程，路邊全部是綠色的草場，接連不斷的家家戶戶的地盤彼此用鐵絲網隔開，所見之處除了草地，就是是牛羊，還有馬，牠們在這裏吃草，慢悠悠地遊蕩。這裏沒有老虎，也沒有狼，只有狗。美景令人目不暇接。他們在一座十九世紀初期那種西班牙式的連排別墅前停下。這就是左一曼今天要去盤下來的農場總部。別墅邊，有一部早年的四座彩色馬車，還帶有幾匹馬，有一群碩大的斑色奶牛在草場上悠閒地吃草。

巴西的奶牛個頭很大，大到完全不怕狼，看起來比中國的奶牛大一半，巴西有近兩億頭牛，平均一人一頭。

那群奶牛一面吃草，一面自動排成長串的，依次到自動擠奶器旁去擠奶。鋁製的牛奶儲存罐閃閃發亮，一台大型冷氣車正在每家每戶都有經過微波消毒的鋁製牛奶儲存罐前裝奶，運送出山，經過牛奶工廠再處理，分離成為各檔乳製品，銷往世界各地。

別墅中有不少來自世界各地的遊客。他們是來休閒度假的。這是一群在喧囂的塵世中疲倦至極的人。他們在商場、官場、情場鬥得天翻地覆，身心極度疲憊，需要暫時逃離現代社會，脫離紅塵，找一個距離天堂近一點的地方獨處，能自言自語和上帝說話，能夜晚躺在草地上仰望星空，能坐在湖邊一面呷一口現磨的咖啡，玄想，或什麼都不想，發呆，發神，或進森林中去瞎逛，狂呼亂叫，做野性的發洩，慢慢找回自己心理的健康，加上身體的健康，再返回塵世去撕殺。

左一曼就是看中了農場的這一功能，決心買下來發展莊功事業的。現在，莊功已灰飛煙滅。但是，她有絕活本事在身。天乾餓不死手藝人。她要把在莊功中練就的兩種本領發揮出來，在南美建一個像模像樣的養生基地和綠色食品基地。

老闆來了，將左一曼與莊嚴迎進客廳。老闆是個葡萄牙人，莊嚴的葡萄牙語說得不錯，充當翻譯。在巴西，葡萄牙語是官方語言，不會葡萄牙語寸步難行。

坐在客廳裏，左一曼感覺似乎回到十八世紀，客廳裏的那台老式冰箱，竟然是燒媒的，完全不用電；房間的門全部是用巴西的上等紫檀雕刻的，子彈都穿不透。實木門上雕刻着花卉和宗教人物避邪的頭像。那些頭像眼睛和嘴巴都很誇張，主人把手伸進嘴巴，拉了一下舌頭，鈴聲響了。一個菲傭應聲用托盤送來三杯熱氣騰騰的咖啡。

左一曼呷了一口咖啡，連聲讚好香好香，並說：「你這拉鈴真有趣，家具古色古香，猶如回到歐洲文藝復興時代。」

莊嚴將這番活譯給主人聽，主人苦笑了一聲，說：「你還誇呢！這古色古香害苦了我，夫人帶我的寶貝女兒回了一趟葡萄牙，恨死了我的這些老古董，逼我要賣掉莊園，回葡萄牙去過現代生活呢！」

趁機，左一曼直奔主題，要用十萬美元買下這個莊園。通過一番激烈的討價還價，以十五萬美元成交。莊嚴出了五萬入股。這可是一筆令人難以置信的交易。土地一千畝，作價十萬美元，相當於一千元人民幣一畝，另五萬美元，買下了那麼大一幢別墅及全部設施。千值萬值啊！

第五章

1

「快遞！加拿大來的快遞！」

蘭妮舉着一封藍色面皮的快遞，衝進黃睿的辦公室。黃睿問：「加拿大？誰在加拿大有熟人？」

蘭妮將信遞給黃睿，說：「信封上寫的花朝門黃睿收啊，花朝門除了你，還有第二個黃睿？」

黃睿接過信，信封上全是英文，收件人也是黃睿的英文名。他拆開信，暈！一看就是母親的筆跡。天，失蹤了十年的母親還在人世。他們用各種方法找了母親十年，杳無音訊啊！

黃睿的心猛烈地跳動起來。他看了看落款，是一個叫陳燕的女士寫的。但筆跡卻是母親左一曼的，仿顏體，氣勢磅礴，不像女人的筆跡。這就是母親的風格，一個女漢子獨特的筆跡，只有他和爸爸才認識的筆跡。信很簡短，沒有抬頭和落款，只有加拿大溫哥華附近一個農莊的地址，這個農莊有一個他熟悉的名字：花朝門養生公司加拿大分公司。

黃睿明白了母親的苦心，十年來，不時會有國家安全局的人來找他和爸爸，打聽母親的下落。看來，雖然莊功的事過去了很久，母親作為通緝犯的案底還沒消。母親的謹慎是有道理的。

黃睿給蘭妮看了信，說了他的看法，便一齊去找黃家寶，商量怎麼辦。

還有什麼好商量的？找去唄。黃家寶決定，他出資，黃睿與蘭妮去找，也算了卻以前許諾過，但一直沒實現的願望：助他們國外旅行結婚。

從網絡上查資料，路線很快確定，有一條美國阿拉斯加至加拿大的旅遊路線，很適合他們。從上海坐飛機至美國洛杉磯，然後從洛杉磯飛至阿拉斯加首府安格雷奇，在安格雷奇上郵輪，順着阿拉斯加海灣開到加拿大溫哥華，然後隨旅行團至分公司所在地千島湖。

說走就走，現在出國辦護照、簽證手續越來越簡化，全世界都看中了中國人口袋裏的錢，連發達國家美國加拿大也不例外。

說時遲，那時快。黃睿和蘭妮已踏上了美國洛杉磯的國土。他們跟隨旅行團去洛杉磯效外著名的購物城去買「相因」，據說，那兒的奢侈品、保健品，與國內相比，等於不要錢。

早上9時出發，坐大巴去離洛杉磯170公里的奧克萊斯購物，那裏是美國西部最大的購物中心。

奧克萊斯建於莫查弗沙漠的一座沙漠山中。導遊頭天告訴我們，由於奧克萊斯被沙漠所包圍，夏季氣溫很高，明天氣溫36—44度攝氏度。

黃睿大吃一驚，雖然他是在火爐重慶出身的人，但是，他並未在家鄉煉成耐溫將軍，而是對家鄉的氣候深惡痛絕，從18歲離開重慶後，就再也沒在酷暑天回去。同時，夏季氣候溫和的成都慣壞了他，使他沒有任何準備去吃酷暑之苦的準備。而且，重慶最高氣溫就是40攝氏度多一點，現在是要經受44攝氏度的高溫，40攝氏度就讓人難以忍受，44度攝氏的滋味不知不好受到何種程度。而且，到奧克萊斯去是為了購物，忍受從上午十時到下午5時的酷暑，買一點價廉的名牌波羅牌的休閒衫，何苦來？

黃睿調侃地對導遊說，他有心臟病，還有一點神經病，去那麼熱的地方受罪，熱死了划不來，能不能不去，在旅館裏等他們回來，行不行？

導遊的回答很乾脆：不行！沒有一點商量的餘地。原因很簡單，明天不回旅館了，去奧克萊斯購物後，不走回頭路，直接去洛杉磯機場，飛安克雷奇。

黃睿無可奈何，只有去。不過，蘭妮卻對去購物特別熱心，她是一個購物狂。在商場購物，總像過節一樣，每次都要買一大堆「垃圾」回來，並向黃睿炫耀買這些東西有多划算，為他節省了多少錢。

車行百餘公里，在奧克萊斯一下車，黃睿便感到一股熱浪迎面撲來。好在莫查弗沙漠是一種戈壁型的沙漠，沒有沙塵暴，降雨量很少，空氣乾燥而潔淨，暫時還能忍受。他跟着蘭妮鑽進商店去看她購物。

奧克萊斯不像中國內地的大型購物城，所有的商店都在冷氣包裹的封閉式冷氣城內。這兒是幾百家獨立的小店，一家接一家，暴露在沙漠中。小商店裏也有冷氣，很涼快，但你總不能賴在一個店裏不出去，熱情的服務員會來向你推薦各種商品，噓寒問暖，讓你無法久呆。

商店分成三個有公路隔斷的三大商業圈層。他們從第一個商業圈——西奧特萊斯進去，走進一個連着一個的名牌商店。蘭妮先進了她心儀的波羅店，為8歲的兒子黃開泰買了一套衣服。然後，他們從這家店進，那家店出，穿過一條小公路，進入奧克萊斯的核心圈。核心圈又分內圈和外圈，他們繞着內圈走了一周，繞到外圈奧克萊斯。

外圈對面是商場的第三圈層——東奧克萊斯。

這時，氣溫越來越高，逐漸達到四十四五攝氏度，早已超過了黃睿能忍受的極限。加上不斷地從冷氣充足的店內走到熱浪滾滾的室外，反覆經受氣溫相差三十度的冷熱兩重天，他的身體感到巨大的不適，直發乾嘔。

黃睿決定不去三圈層了，一頭鑽進二圈層的第二家波羅店去，任蘭妮選她心儀的商品。他則躲進一間更衣室，當蘭妮的模特兒，試穿她給他選的衣服，看合不合身。

從波羅店出來，黃睿決定不再逛街，直奔他來時看到的一家有空調的快餐店，邊吃飯邊避暑。飯吃完了，餐廳裏的人越來越多，還有人站在你的背後等你吃完，好接班。可是，這時才中午12時過，離集合時間下午5時還有近5個小時，如果這5個小時泡在桑拿天裏，他一定會中暑，被熱死。怎麼辦？他看了奧克萊斯的地圖，這裏只有兩個同樣規格的快餐店，沒有另外的咖啡館一類的地方藏身。為了生存，只有耐在餐廳裏不斷吃喝，寧可被脹死，也不能被熱死呵！

於是，黃睿在快餐店不斷喝特大號飲料杯裝的可口可樂冰水，直至把膀胱脹破，賴在那裏不出去。蘭妮則把快餐店當大本營，出去給家裏的親人買禮品。

這是蘭妮最快活的一天，先是給兒子，然後給公公黃家寶，給媽媽蒲香豆，給弟弟夏世雄，買好了禮品。繼而，又想起，回去後要舉行一次全家的聚會，七大姑八大姨都會來，還得買一點東西表示意思，如果參加聚會的人哪一個得不到「雜包」——禮品，多尷尬！最後，她還為黃睿和她自己買了幾件心儀的名牌衣服，全家都想到了，自然不能虧待了老公，也不能虐待自己。

在太太反覆進大本營亮相戰利品，評介這裏的產品質量如何好，價格如果便宜，給哪些人買了東西時，黃睿不樂意了。蘭妮什麼人都想到了，就是沒想到他媽：左一曼！

他沒責備蘭妮，他媽畢竟不是她媽，他們一結婚他媽就失聯了，蘭妮與他媽很少接觸，沒有建立感情。況且，他們此次出來尋母，還不知道找不找得着。他沒有理由怪她。

黃睿悶悶不樂地大口大口喝冰鎮可口可樂，把蘭妮的嘮叨當耳邊風，左耳進，右耳出。他的思緒在他與母親過往的交往中糾結。

「恨鐵不成鋼」，「黃金棍下出好人」的那些不堪回首的往事，在十年對母親的思念中慢慢淡化，一些溫馨的記憶浮出腦海。

當年，文化大革命的炮聲中出生的黃睿，兒童時代是同母親一起在崇寧縣度過的。母親在崇寧中學教書，他在崇寧小學讀書，他們在崇寧中學的校內有一間20平方米的宿舍。父親只有周六、周日回來，平時就是他們母子倆相依為命。那會兒，他們窮得「傷心」，父母親每月工資加起來不過百元，雙方都要寄一部分錢回老家去養婆婆爺爺及各自的弟弟妹妹，留給自己的生活費少得可憐。黃睿記得，那會兒他和媽媽每月只能吃到三到四個雞蛋，肉憑票供應，一月一人半斤。

每次吃雞蛋，母親都將雞蛋沖成米湯蛋花，米湯熬得濃的，加上一勺外公特供所得的豬油，將蛋液慢慢倒進滾開的米湯中，加點味精，蔥花，那個鮮呀，那個香啊，那個饞人呀！他幾口就喝完了分給自己一半的米湯蛋花，眼巴巴地望着母親一小口一小口地品味。這時，母親會毫不猶豫地把自己還沒喝完的一半米湯蛋花倒給他喝。他至死也不會忘記母親的米湯蛋花，並發誓，長大了一定要掙錢買好多好多雞蛋，讓母親和自己能天天吃上一個雞蛋，喝上一碗米湯蛋花。如今，豐衣足食了，吃點雞蛋簡直不是問題，小菜一碟。但他還是保持了一個習慣，進館子，哪怕是高級餐館，要他點菜，他什麼都可以不點，但必須點一個與蛋有關的菜：野菜炒蛋、西紅柿雞蛋湯、芙蓉蒸蛋，可惜沒有那家賣米湯蛋花的。但是，只要可能，他就要與餐館老闆說好，在餐館廚房做一大盆米湯蛋花供大家喝。如今，他家的米湯蛋花手藝，已傳遍五湖四海。

想到這裏，黃睿坐不住了，他要買點貴重的東西送母親，作為見面禮。

黃睿看看表，還剩十多分鐘到集合時間，他讓蘭妮守着位子，一個人冒着44度的高溫，走進一家高檔女裝店，一眼看中了一件貂皮大衣，一萬多元一件。他知道加拿大冬天很冷，母親肯定需要，沒有討價還價，眼睛都不眨一下就買了下來。當離集合時間還有幾分鐘時，他拉着蘭妮衝進了開着冷氣的空調車。團友們陸續回來了，一個買得比一個多，有兩個團友，新買了特大號的箱子，裝新買的東西。導遊說：現在，全世界的人都知道，中國人最有錢。見到你們這些中國土豪，洋人們的臉都要笑爛了。

2

從機場下來，大巴行走在安克雷奇大地上。安克雷奇是阿拉斯加州的一個內陸市。進入安克雷奇後，黃睿看到的是一連串的湖泊，還在行駛的老式火車，連綿不斷的森林，雪山。他從前以為阿拉斯加是一片常年冰雪覆蓋荒野，原來，這兒也有生機勃勃的世界。

下午3時，他們在安克雷奇碼頭上了至尊公主號遊輪，開始阿拉斯加冰川遊。

十萬噸級的至尊公主號巨輪載着2600名乘客，1000多名船員和服務生，開始了冰川之旅。巨輪任憑風浪起，四平八穩，在船上行走如履平地。

黃睿在船艙內放好行李，便迫不及待地拉上蘭妮上17樓甲板上去，眺望太平洋美景。遊輪沿阿拉斯加內灣航行，群島紛呈，風光無限。但北太平洋吹來的寒風凜冽，使穿着羽絨衣的黃睿還覺得冷。他見蘭妮抱着雙手冷得直跳腳，便同蘭妮回船艙去，取出給母親買的貂皮大衣，讓她暫時穿上。蘭妮穿在身上，活脫脫變成一個貴婦人。她立刻就被貂皮大衣迷住了。

從下午5時開始，學院灣的冰川群就出現在他們面前，一條接一條。學院灣的每一條冰川都以一所世界著名大學的校名命名。

下午5時半，船長宴會開始了。這天是至尊公主號遊輪的50周年慶，宴會特別豐富，除了享用自己點的美式大菜外，船長還特別贈送了帝王蟹和龍蝦，還有各種菜餚雕刻的小工藝品，精美絕倫。宴會上旅客會享受到英美高級宴會上紳士才能享有的服務。侍者個個不是俊男，便是靚女，而且，彩色斑斕，白、黑、黃、褐，各種皮膚的人都有。

他們正在高興地進餐之間，忽然，廣播響了，黃睿向窗外一看，一座令人驚歎的冰川出現在窗前。黃睿拉着蘭妮起身飛跑出餐廳，坐電梯上17樓，在船頂觀看奇景。

一座無以倫比的冰川出現在他們面前。這座冰川叫哈佛冰川。只見5條冰川，從高高的雪山上流淌下來，在海邊匯聚，形成了一座寬達七八百米的冰瀑，此時，夕陽鑽出雲層，發出萬丈光芒。陽光照射到冰峰上，形成一片聖潔的光環，光芒四射，猶如天上的神仙下凡，觀音菩薩和她的蓮座再現。

陽光照射到懸掛在海邊的冰瀑上，剛坍塌的冰凌上，閃着寶石般晶瑩的異彩。正如著名的博物學家約翰·繆爾對阿拉斯加冰川的讚語中所說：冰川像一幅覆蓋着無邊無際的冰的畫，畫中的冰，有股難以言喻的純淨和美麗。

黃睿站在船頭，迎着凜冽的寒風，隨着郵輪的轉動，從不同的角度欣賞哈佛大冰川，怎麼看也看不夠。

看完冰川，天黑下來，他們在容納1200人的大劇院看了一場艷麗的歌舞，使黃睿想起了年青時候看的電影《紅菱艷》。他們去晚了，劇院塞滿了人，但奇怪的是，頭二排沒人坐。黃睿叫蘭妮去前面，她不敢去，認為沒人坐總是有原因的。黃睿不信邪，找了個一排的絕佳位置坐下。待表演開始，他就明白為什麼人們不去坐一二排了。西方的歌舞演出喜歡互動，一二排的人容易被主持人拉上去共同表演。演出中，坐在他左右的人都上了台，他嚇得夠嗆。他是不喜於在這種場合上台的，把他叫上台去他手腳都不知往哪兒擱，一定會出洋相，丟中國人的臉。後來，他發現這種耽心是多餘的，上台的都是事先安排好的「媒子」，你想上台都不行。他的心安下來，專心地看表演，並錄了好些精彩的畫面。在郵輪上，是不限制拍照錄像的，這是坐郵輪旅行的又一個優點。

郵輪上的節目都是專業著名劇團巡演，水平很高。他們在一個碼頭上船，演出後，在下一個碼頭下船。因此，郵輪上的節目總是新的，每天晚上看高水平的文藝演出，是郵輪吸引遊客的重要手段。很多人為此多次乘郵輪出遊，樂此不疲。

下午8時半，郵輪離開了哈佛冰川，沿着阿拉斯加灣，往加拿大方向駛去。

黃睿和蘭妮回到臥室，在陽台上繼續享受沿途的風景。也許是接近北極地區的緣故吧，晚上9時天還沒黑，但外面很冷，黃睿進房間去加衣服，剛把大衣披上，蘭妮突然在陽台上大叫起來：「着火了！」

黃睿忙跑到陽台上去看，心中暗笑：這那兒是着火，而是太陽照射到雪峰的山頂上，發出金光，成為一座金山，旁邊還有雪白的冰山，山腰有翠綠的森林，山腳有藍色的海水，水中有火燒山一樣的倒影相映成趣，好一幅天上絕無，人間少見的天然油畫，妙不可言！

第二天，郵輪沿着阿拉斯加海岸，向南，向南，向阿拉斯加灣沿海的小城史凱威駛去。上午9時，郵輪闖進了舉世聞名的阿拉斯加冰河灣，一條條直達海水的冰川呈現在我們的面前，這是大自然最偉大的奇景。在這座冰河灣國家公園包括了12條冰川。這是過去的大太平洋冰河，它曾經佔據了整個阿拉斯加海灣。今天，它以1794年探險家溫哥華船長所觀察到的位置為準，220年間，它已後退了80公里。這使他們得以近距離地目睹這一奇景，讚歎大自然造物之偉大。

最激動人心的時刻出現在中午，遊輪開到一座冰雕式的冰川前，黃睿立刻被這見所未見的壯麗景色所震懾。冰川從高高的冰原上蜿蜒而至海邊，形成近乎垂直的冰瀑，不時傳來冰瀑坍塌至海水中形成的轟鳴聲。此時，雨過天晴，陽光照射到冰凌上，發出藍寶石般艷麗的色彩。他們在這裏短短停泊的一個多小時裏，黃睿就目睹了兩次冰瀑的坍塌，聽到兩次驚心動魄的轟鳴聲。他對蘭妮說：「要不了五年十年，這冰川就要後退到海岸線上很遠的地方，動人的冰川坍塌至海中的情景就無人能見了。

3

郵輪已到阿拉斯加東南部的城市史凱威。這是傑克·倫敦小說中描寫過的地方。他平生熱愛傑克·倫敦的小說，特別是《馬丁·伊登》和《荒野的呼喚》。那種原始的野性和為生存發展進行的殊死奮爭，英雄與敗類，強盜與警察，好人與壞人之間的搏鬥和轉換，著名的黑幫老大傑弗遜·藍道夫與英雄法蘭克·列特在淘金潮墓地上的生死決鬥，強烈地震撼過他的心靈。

黃睿和蘭妮下船來，乘公交車進入史凱威城，木質的小屋，木質的棧道。他們手牽着手，沿着街邊的棧道，在商舖林立的小城中穿行。商舖的櫥窗中有許多文物，展示當年淘金者的生存狀況，如帳蓬，鐵楸，斧頭。整個城就像一個十九世紀淘金者的博物館，城市中心廣場上有兩個揹着行囊的淘金者的塑像。一條支馬路上他還看到一個美麗的貴婦人的塑像，旁邊有她的事蹟的解說詞，可惜他看不懂。

在史凱威的支街上，靠山有一片森林，黑黝黝，陰森森，一般遊客離這裏很遠就卻步了。黃睿是一個生性喜好探險的人，不顧蘭妮的反對，強行拉着她的手，離開人群走進森林。黃睿驚異地發現，森林中有一條寬二三米的小溪，只有半米深，清澈見底，流水潺潺，泉水叮咚，靜靜地流淌着。習慣了森林中的黑暗之後，黃睿定睛一看。媽呀！好多條半米長的鮭魚在溪水中游弋，近在咫尺，觸手可及。他趕緊拿出相機拍照。受了他的驚擾，鮭魚游開了。他追逐着鮭魚拍照，前追後堵，擾得鮭魚四處逃竄。他忽然明白，他不該騷擾鮭魚。他不追逼了。他找了一個枯樹樁坐了下來。過了一會兒，鮭魚習慣了他，向他游過來了，在他面前無拘無束地嬉戲，互相追逐遊戲，翻滾打鬧。他悄悄地用手機把這一幕喜劇錄了下來。他們與鮭魚群一起靜靜地呆了一個多小時，享受着靜謐的生命之歌。他時時打開那段錄像看鮭魚在森林中的生活，自由自在，靜得嬉戲發出的拍水聲都清晰可聞。

蘭妮也看得出神，歎了一聲：「生命真美好！」

在這裏，他們看到的是生命的歡歌。幾天後，他們在凱契根看到的，卻是生命落幕時的悲壯場景。

這天早上6時半，郵輪停泊在阿拉斯加最南面的港口——凱契根。這是阿拉斯加的第三大港都。

1893年至1901年，美國人在凱契根發現了豐富的金礦，還有銀和銅，淘金者蜂擁而至。於是，在一條小溪兩岸，形成了熱鬧非常的紅燈區。如今，隨着金礦採盡，小溪街人去樓空，變成了座座木屋商舖。木屋的倒影在小溪中與河中游弋的鮭魚相映成趣。

黃睿和蘭妮來到從公路走進小鎮石橋上，他們發現，有許多人趴在木橋的欄杆上，觀察橋下。他也好奇地趴上木橋攔杆，開始只見溪水在緩緩地流淌，水中除了卵石，什麼也看不見。突然，他聽到周圍的人一片哄鬧，向河心指指點點。他順着人們的手勢望去，只見一條半米多長的鮭魚正向橋邊游來，後面還緊跟着一兩條鮭魚。讓人震驚的是，在這幾條鮭魚周圍，卻有許多已經死去的鮭魚。環視小河兩岸，岸上躺着許多死去的鮭魚，清澈的河底中，隨處可見死魚，真是屍橫遍河啊！

由於天冷，這些死魚並未腐敗，空氣清新，沒有魚腥味。本來，如果沒有人類活動，這些死魚是會由森林中的食肉動物清理乾淨的。

黃睿突然明白，為何這兒會被稱為世界鮭魚之都。每年，鮭魚都要從深海中回游至牠們的出生地，流向大海的河流小溪。牠們在回游過程中成長長大，並至成年。性成熟後的雌魚在牠們的出生地產卵，雄魚排精。精卵結合孵化出新的生命。完成了繁衍後代使命的成年鮭魚隨即死去。受精卵孵化成小鮭魚後，隨水流流向深海，第二年又開始回游，周而復始。

鮭魚，其實就是他們常說的三文魚。三文魚其英語詞義為「鮭科魚」。鮭科分為鮭屬與鱒屬，所以，三文魚有許多不同的品種。在不同國家的消費市場三文魚涵蓋不同的種類，挪威三文魚主要為大西洋鮭，芬蘭三文魚主要是養殖的大規格紅肉虹鱒，美國的三文魚主要是阿拉斯加鮭魚。中國東北產大馬哈魚和駝背大馬哈魚，是鮭科太平洋鮭屬的魚類，也是三文魚。

三文魚現多為人工養殖，中國大量養殖三文魚中的虹鱒。而他們看到阿拉斯加鮭魚，是最珍貴、最資格的三文魚。不管什麼三文魚，都需要在低水溫的環境中生長發育，所以又稱冷水魚。阿拉斯加臨近北極圈，其毗鄰的太平洋及陸地上的溪流，有得天獨厚的冷水條件。因此，野生三文魚僅產於大西洋和太平洋的北部，主產區是美國的阿拉斯加和加拿大，俄羅斯和日本也有少量的野生三文魚。

每年的7月—10月間，會有成千萬條三文魚從太平洋回游到阿拉斯加的溪流中繁衍後代。

這是一次艱苦的長征，牠們從太平洋逆流而上。牠們用同鯉魚躍龍門的方式，躍過層層「台階」，在這些台階上面，會有許許多多熊在等待着牠們。這些熊會叼住因跳起而露出水面的魚兒吞食，許許多多的魚死於熊逐漸肥大起來的肚子裏。

只有經歷過層層難關後，三文魚才可以抵達最上游的一個平靜的溪流中排精產卵，結婚育子，然後產下受精卵。產卵後，鮭魚父母雙亡，結束牠們的一生。牠們的屍體會供許多陸生動物和鳥類食用。食用後，陸地動物則會將剩下的殘骸留在那裏。隨着時間的流逝，殘骸慢慢腐爛在地裏，成為大樹的養分，幫助森林成長得更加茂盛。

孵出的小魚苗將會在溪流中生長，隨水漂向深海，待數年成熟後，牠們以不可思議的準確性，又會沿着長輩走過的路成群洄游，重複同樣的悲壯。

他趴在木欄杆上，沐浴在霏霏細雨中，觀看一條條活的鮭魚最後的奮爭。由於水流湍急，為生兒育女耗盡了全身養份的一條條成年鮭魚，經過垂死掙扎，逃不過葬身河底的命運。

蘭妮說：「我不喜歡看死亡，還是在史凱威看到的活蹦亂跳的鮭魚來勁！」

黃睿歎道：「生命是那麼頑強，又是那麼的脆弱。然而，生命是宇宙的奇跡，無與倫比的美。我們要不辜負大自然賜給自己的生命，好好活，活得像模像樣的。」

蘭妮說：「這兒是鮭魚的墳場，生命的終結之地，真慘！」黃睿充滿期盼地說：「但願吧。」

黃睿不以為然，說：「這兒不僅是鮭魚的葬身之地，鮭魚的墳場，也是鮭魚的誕生之地。鮭魚是世界上有獨特生殖方式的動物之一。鮭魚一生中沒有見過父母，一出生就是孤兒。鮭魚父母一生中也未見過自己的受精卵孵化出的兒女。牠們完成了生兒育女的使命後便默默離去，不要兒女贍養，不與兒女爭食，不成為兒女的負擔。鮭魚一生也得不到父母的關愛，無老可啃，只有靠自己的獨立奮鬥，才能立足於生存競爭激烈的自然界。」

蘭妮說：「看來，我們還是幸福的，有老人可啃。我爸給我媽留下了一大筆遺產，可以找我媽要點錢來創業。」

黃睿說：「我就沒你那麼幸運了，有你爸創建的那麼大一個飼料王國作你的後盾。我爸是個老實的讀書人，除了可憐的2000多元退休金，只有靠筆稈子掙點外水，那能掙幾個錢！」

蘭妮說：「還有你媽呢，也許她在國外成了大富翁，才召喚你去的。」

黃睿充滿期盼地說：「但願吧。」

4

黃睿和蘭妮隨旅行團，先坐汽車，後坐火車，沿着十九世紀末一場舉世矚目的克郎岱淘金潮遺址走了一圈，重溫了淘金者的歷史，領略了傑克．倫敦描述過的情景。這裏，已建立起一座方圓幾十平方公里的98號懷特通道淘金者博物館，成為一處被保護起來的歷史文化遺產。夏季，每天都有成千上萬的人乘郵輪到這裏來觀光。同他們乘坐的至尊公主號遊輪，同時停泊在史凱威港口的，還有3艘10萬噸級郵輪，4艘船中有上萬餘名遊客，使史凱威小城熱鬧非凡，也使淘金者足跡遊十分火爆。他們沒買到上午的票，只好下午出遊。

史凱威是尋蹤之旅的起點，它是在1898年克郎岱淘金熱潮中掘起的一座城市。這一年，幾個淘金者在加拿大育空山區克郎岱發現金礦的消息傳遍世界。這時，正值世界經濟大蕭條時期，有點小錢的中產者從這條消息中有如撈到了救命的稻草，紛紛擁向這一地區。由於史凱威是進入育空山區的門戶，淘金者首先乘船從海上來到這裏。可是，育空山區沒路可去，在離史凱威400英里，海拔高達3000多英尺的山上。於是，淘金者在史凱威安營紮寨，小鎮人口從幾百人暴增至幾萬人。傑克·倫敦小說中描寫過的狡猾的史密斯在這裏開商店、銀行、妓院，買賣馬匹、糧食、工具，忽悠淘金者購買馬匹、一年的糧食，穿越險惡的山口去克郎岱淘金。於是，一場空前絕後的淘金長征開始了。

他們的汽車順着淘金大軍的足跡開上山。聚集了3萬人的隊伍是順着一條山溝向目的地進發的。淘金者沒想到一路上是如此艱辛，400英里的長征竟持續了9個多月。他們一路上披荊斬棘，一步一個腳印。3萬人牽着數千匹馬在陡峭崎嶇的山路上艱難地行進，最先倒下的是馬。馬由於不堪重負過度疲勞，不肯再前行。暴怒的淘金者集體槍殺了三千多匹馬，吃了馬肉，剝了皮，硝製成皮貨賣了錢又買馬。傑克·倫敦在他的小說裏描述了這一暴行。他說：人們朝馬匹直接開槍，慘不忍睹。

淘金者十分艱難地穿越了懷特山口，3萬人的旅隊在班奈特湖旁度過了1898年至1899年零下五六十攝氏度的極寒冬天，他們自製木伐和小船橫渡班奈特湖，至育空地區採金地。

淘金熱繼續發酵。為了方便淘金者，有人花鉅資修了一條盤旋上山的窄軌鐵路。在當時的技術條件下，修這條鐵路亦艱難萬分，他們在火車上看到了修路者的墳場。

淘金熱只持續了兩年，便因金盡而人去樓空，但留下了一個至今繁榮的史凱威城，留下了獨特的盤山窄軌鐵路，留下了一座只存在了18個月的廢城及淘金者沿路留下的人類活動遺跡及淘金者墳墓，供旅遊者憑弔，感歎嘘唏。

結束了淘金潮足跡遊，在回輪船的路上，黃睿問蘭妮：「有什麼感想？」

蘭妮說：「好不划算喲，付出了那麼大的代價，到達目的地後等待他們的卻是竹籃打水——一場空。最後，什麼也沒留下。」

黃睿說：「不，這兒留下的最重要的是人類的探險精神，不論探險的結果是成功或是失敗，這種探險精神，都是人類得以生存和發展，生生不息的不二法寶！」

5

他們從溫哥華上岸，立即被旅行團用大巴車接去溫哥華國際機場，飛往多倫多，再坐大巴前往尼亞加拉大瀑布觀光。尼亞加拉瀑布是同南美巴西阿根廷交界的伊瓜蘇大瀑布和南非兩國交界的維多利亞瀑布一起，並稱世界三大瀑布。旅行團由一個姓萬的華人當導遊。。

萬導告訴他們，美加邊境有相連的五個大湖，儲存着豐富淡水。即使全世界其他地區的人都渴死完了，這兒也有水喝。尼亞加拉瀑布在美國紐約州水牛城與加拿大安大略省之間的尼亞加拉河上，五大湖中的第四個湖伊利湖瀉出的尼亞加拉河，攜前四大湖之威，以雷霆萬鈞之力，傾瀉到落差185英尺的安大略湖中，形成了大瀑布壯麗的景色。

他們來到大瀑布加拿大一側，先從陸上鳥瞰三個瀑布，兩個瀑布在美國，一個叫美利堅瀑布，一個叫新娘面紗瀑布，一個瀑布叫馬蹄瀑布，在加拿大。事實上，加拿大一側看瀑布，才能從正面看到全景。在美國，只有從側面看瀑布，效果差多了。萬導說，他們是幸運者，11年中國才同加拿大簽訂了將尼亞加拉大瀑布作為旅遊目的地的協議，使他們普通人也能從加拿大一側目睹三個瀑布的壯闊景色。他說，這得感謝賴昌星，因為加拿大政府同意了在10年將其引渡回中國，才有這個協議的簽訂。他們在多倫多，看到了賴昌星和逃到加拿大的中國貪官常去的賭場，紅色通緝令中，大約有四分之一的貪官都藏身多倫多。這也成為了一個景點，真是有意思。

萬導說，安大略是藍色的意思，湖水很藍，尼亞加拉河水亦然。這種淡水似海水般的藍，是大自然不可思議的奇跡。尼亞加拉，是雷神在怒吼的意思。站在瀑布對面，看怒吼的河水卷起萬重浪，直瀉千丈的情景，感受到的震撼，令人目瞪口呆。有人知道他去過依瓜蘇瀑布後，問兩者有何差別。他說，依瓜蘇瀑布是一種陰柔之美，若河東獅吼，不讓人生恐懼之感，但尼亞加拉瀑布，卻是一頭暴怒的雄獅，誰也不敢親近它。歷史上曾有一女孩，坐在啤酒桶中滾下瀑布，僥倖存活。以後以此經歷炫耀謀生。有人問她願不願意再試一次，她連連擺手，說，她情願坐在炮彈上，讓炮彈把她轟上天，也不願意再坐啤酒桶從瀑布上滾下來。

他們坐船去接近雄獅，先到美利堅瀑布和新娘面紗瀑布，兩個瀑布都在美國境內，中間隔一座月亮島。新婚面紗瀑布以拿破崙的弟弟攜新娘來此舉行婚禮聞名，後來者以在此舉行婚禮為時尚。在美國瀑布面前感受不到大瀑布與中國的黃果樹瀑布有何不同之處，但在加拿大馬蹄瀑布前，他們卻感到從未有過的震撼。馬蹄瀑布由山羊島同美國的兩個瀑布隔開，但卻瀉出大瀑布94%的水量，寬幾百米，恢弘氣勢無法言表。他們從加拿大乘船的人全穿紅雨衣，全船赤化，滿船皆紅，從美國乘船的人全穿黃衣，是為皇軍。還有美國方向的藍軍。三軍在加美邊境相遇，會發生什麼事呢？什麼事都沒有，互相揮手致意，合諧社會。

6

旅行團來到千島湖畔，他們到達了此行的目的地，脫離了旅行團，住進了千島湖畔的一家豪華酒店。在這裏，他們通過萬導找到了左一曼信中提到的花朝門養生公司的電話。黃睿打通了電話。電話那頭接電話的是一個中年男人的聲音。黃睿用英文說他要找左一曼。那個男人竟用重慶話問了一聲：「你是哪個？姓甚名誰？」

黃睿自報了家門，那個男人高興地說：「啊，你來了，你住在什麼地方，我來接你！」

一小時以後，有人敲開了門。一個陌生男人出現在黃睿面前。他身材魁梧，腰板直挺，一看就知道是軍人出身。他問清了蘭妮的身份，才自我介紹道：「我叫莊嚴，你媽媽左一曼是我的義姊，不過，她現在不叫左一曼，叫陳娟，是巴西人了。你們今後在任何場合都不要提左一曼三個字。左一曼已在人間蒸發了。」

黃睿急切地問：「我媽媽呢？她在加拿大嗎？」

莊嚴說：「她在巴西，為保密，她專門讓我到加拿大分公司來接你們的。好了，別再問了，我帶你們去分公司，在那裏休息安排一下，就安排你們去巴西，讓你們母子團聚！」

莊嚴幫他們結了酒店的賬，坐酒店的車上了莊嚴來接他們的遊艇。莊嚴掌舵，將遊艇開進了千島湖。他一面開船，一面向他們介紹千島湖。此千島湖非浙江的千島湖，那不過是一個水庫而已。這千島湖是加拿大三大自然奇境之一，天然的湖泊。它與五大湖相連，是安大略湖的尾巴。從安大略湖流出的水形成聖勞倫斯河，在聖勞倫斯河的河灣形成一個群島區，然後流瀉上千公里，匯入大西洋。

千島湖其實是加拿大母親河聖勞倫斯河的一部分，所以，又稱千島湖為聖勞倫斯群島國家公園。湖中心的分界線將千島湖一分為二，南面屬美國紐約州，北面屬加拿大安大略省。三之二的水域和島嶼屬加拿大，不過，美國的島嶼數量雖只佔三分之一，但卻有很多大島。

船漸行漸遠，湖水碧藍、深邃，廣闊，寧靜。美景迎面撲來。首先引起黃睿興趣的是那些彈丸小島。只見座座稍大一點的小島都被建成一個個小花園，小花園中有一棟棟別墅，小花園的水面上至少有一艘遊艇，或一艘快艇。有不少遊船在湖水中遊弋。或全家老小袒胸露腿，躺在遊船上曬太陽，或獨自駕着快艇在藍色的湖水中沖浪，百舸爭流，水上遊樂的人同別墅中的人互相打着招呼，歡聲笑語一片，好一幅天上人間的美麗圖畫。

而且，無論島子有多麼小，即便只有幾十平米，也會有一棟歐式別墅，並有綠樹環繞。這裏的小島，大多是私產。如何認定是一個島，可以買賣建設，當地政府規定，有三個條件，一是至少有一平方米的地，二是一年365天，這一平方米的土地都不能被淹沒，露出水面，三是至少長有1棵以上的樹。按此標準，千島湖有天然島嶼1865個，人工島1個。

為什麼在美加邊境會形成這麼一片由如此多散碎的小島構成的群島，人們編織了一個美麗的神話。神話說，由於這個地區一二百年前是美國加拿大激烈交戰的地區，天神空降了一個美麗的花園在兩國之間，讓交戰雙方不忍心破壞這人間罕見的美景。果然，因為有了這個大花園，兩國間的戰爭停止了。

但是，不久戰火又起，天神發怒了，決定收回這個花園。他把花園裝進一個大口袋裏，帶回天國。幸運的是，他在空中摔了一跤，口袋漏了，口袋中裝的花園砸向地面，成了碎塊，形成了小島星羅棋佈的千島湖美景。

千島湖上有一個大島，引起了黃睿注目。莊嚴告訴他，這叫波爾特島。注目的是波爾特城堡。波爾特是一個大富豪，他發財後不忘髮妻扶助他取得成功之恩。他在千島湖上買下一個較大的島，大興土木，決心要建一座世界上最美的花園送給妻子。遺憾的是，他的妻子在花園快完工時突發疾病去世。波爾特悲痛欲絕，再也無心將花園修完，工程戛然而止。許多年後，千島湖管理部門用一加元從波爾特手中買下了這座島，並投入鉅資，將其打造成一個中世紀城堡式的豪華酒店，供遊人觀賞和入住，感受人間的真愛，享受人與人之間的脈脈溫情。

遊艇終於到達了坐落在加美邊境的目的地。靠好船，公司的職員將黃睿他們接上岸，住進一棟臨湖的別墅。莊嚴把他們交給一個管家，說這個管家是一個菲律賓人，全世界最好的傭人。莊嚴解釋道：「我們莊周養生基地實行管家式服務，使每一個來基地療養的人獲得紳士式的享受。我去給你們辦巴西的入境手續，現在，一切由管家安排。明天上午我們再見面。」

黃睿若有所思，對蘭妮說：「這個方法好啊，以後可用到我們在花朝門建設的養生療養基地上。」

蘭妮連連點，說：「對，大開眼界喲，此行不虛。」

黃睿審視了一下這個管家。在黃睿的印象中，菲傭都是一些又黑又粗個子矮小的人，但這個菲傭卻是個美人兒，氣質高雅，有如公主，30多歲年紀。她溫和地微笑着對他們說：「我叫瑪麗．貝爾，是你們的管家，24小時為你們服務，只要需要，按一下這個筆的筆帽，我便會在第一時間出現在你們面前。」

黃睿和蘭妮盥洗好後，按了一下筆帽，那個瑪麗．貝爾就出現在他們面前。黃睿說：「帶我們去公司轉一下吧。」

黃睿發現，公司座落在一座橋連接起來的兩座島嶼上，他們站在橋上，瑪麗．貝爾對他們說：「我們公司在加拿大、美國交界處買了兩座島子，現在我們在加拿大境內，過了橋，就是美國境內了。我們是一個跨國公司呢！加拿大這邊，是分公司的總部與後勤中心，美國那邊，就是我們的養生基地，有幾十棟別墅，幾百個床位。」

黃睿向四周環視一下，發現，這座島上，掛着三面國旗，一邊是美國國旗，一邊是加拿大國旗，中間則掛一面中華人民共和國的國旗。

蘭妮好奇地問：「怎麼還會有中國國旗呢？」

瑪麗．貝爾說：「我們老闆是從中國大陸來的，她可愛國啦！」

回到臥室，瑪麗．貝爾用金光閃閃的托盤送來了晚餐。香噴噴的龍蝦、烤得黃酥酥的帝王蟹，還有野生岩魚、油煎土司、果蔬色拉，裝在精明、造型別致的青花瓷盤中，顯得十分高雅。

在靜得只聽得見蟲鳴的夜晚，呼吸着負氧離子濃烈的清新空氣，黃睿他們睡了一個好覺。上午，他們在面湖的寬大陽台上，同莊嚴叔叔聊起了他最關心的母親的現狀。

莊嚴簡捷地說：「我已辦好了簽證，買好了去巴西的飛機票，你們母子很快就要見面了，所有的問題你們當面問她吧。一句話，她現在是將近七十的人了，越來越想親人，想回國，但她現在仍在紅色通緝令的名單中，回去不得，還不敢吭聲。所以，她用這種方法把你找來，見你一面，傳一部分家業給你。」

蘭妮在一旁聽得高興，拍掌道：「太好了。叫媽媽把加拿大分公司傳給你吧。我太喜歡這兒了。移民加拿大，我也願意。」

莊嚴說：「移民加拿大，現在沒那麼容易了。加拿大在歷史上有五次移民潮。前四次是白人的事，從二十世紀七十年代後，加拿大出現的第五次移民潮，前期以印巴移民為主，後期則以華人移民為主。有人預測，到2025年，加拿大的多倫多將成為以印巴移民為主的城市，溫哥華則會成為華人為主導的城市，只有蒙特利爾還能保持以白人為主。由此，加拿大政府開始調整移民政策，特別是限制華人移民。20多年前，只要你投資5萬加元就可成為投資移民，10多年前，數量提升到50萬元，但技術移民則放得很寬，有個大專以上學歷，並經過一定的英語培訓，就很容易移民加拿大。但是，現在，投資移民門檻提到1000萬人民幣，技術移民的外語要求很高，幾乎用母語國的外語水平為標準來要求移民，這幾乎是常人難以辦到的。不過，加拿大並非不歡迎中國人。他們對華人的政策作了調整，不歡迎你移民，但歡迎你來旅遊和居住。父母是加拿大國籍的，歡迎你每年來同父母一起居住半年；相反亦然。更歡迎你來旅遊，一次簽證可管十年。反正，只要是你花錢，就歡迎，要我花錢負擔移民福利，就不幹。多麼精明，只進不出！如果你們的母親願意把加拿大分公司交給你們，你們辦個旅遊簽證就可以。就這麼簡單！」

7

母子終於在左一曼的莊周養生堂中見了面。沒有激動人心的場面。左一曼在別墅三樓的陽台上擁抱了兒子，也擁抱了一下兒媳婦夏蘭妮，淡淡的鄉情，淡淡的親情。黃睿將一箱禮品送給了母親，全是老家的土特產：有資格的郫縣豆瓣，夾江的豆腐乳，潼川的豆豉，蒲江的米花糖，她知道這一定是黃家寶買的，只有他知道她喜歡吃這些。特別是蒲江米花糖，是她的最愛，除了黃家寶，是沒人會想到的。她心裏蕩漾出一點暖意，不僅思念起這位說甩就甩，也並未辦離婚手續的丈夫來。所以，她第一句問話是：「你爸爸過得怎樣？」

黃睿說：「啊，他過得很快活啊，他把『夢幻園』變成了一個作家俱樂部，成天呼朋喚友，搞派對，熱鬧得很。」

左一曼說：「這就好。看來，沒有我，他還活得快樂一些。」

黃睿說：「不是這樣的，爸爸常念你的好。這次來前對我說，你見到你媽媽，叫她回花朝門，他會更疼你的。」

左一曼說：「可能沒機會了，我是國安局掛了號的人，回去就會被抓起來的。」

左一曼叫來莊嚴，要他帶兒子和兒媳去安排好的套房休息，她去準備晚宴，晚宴上好好敘談，並讓他們見兩個住在別墅裏的熟人。黃睿問見誰？左一曼諱莫如深，只說，你很熟的人，見到你就知道了。

黃睿他們在豪華套間安頓好，盥洗完畢後，坐在窗台下，用望遠鏡眺望莊園。方圓幾十里都沒有人，全部是農場連接農場。用望遠鏡，只能看到成群的牛和馬。

近處，只見一駕馬車緩緩地行走在林蔭道上，一個八歲的男孩騎頭馬，拉着馬車在農莊裏面轉悠，在上坐着幾個遊客。農場裏，稀稀落落地有幾個遊客，或在抓魚，或在採花。當馬車從淺水湖中經過，只見魚兒紛紛逃之夭夭，經過樹林，鳥兒驚翅，成群衝天而去。

還有人在刨地薯，摘果子。這裏，地下是數不清的地薯，盤根錯節，果樹林立。隨便摘取，地薯是巴西特產，只要挖出，經過水泡，這是上好的巴西主食，其味道很像中國的地瓜。

這座別墅是左一曼建的一個在世界上很有點名氣的養心基地。別墅中有不少來自世界各地的遊客。他們是來休閒度假的。這是一群在喧囂的塵世中疲倦至極的人。他們在商場、官場、情場鬥得天翻地覆，身心極度疲憊，需要暫時逃離現代社會，脫離紅塵，找一個距離天堂近一點的地方獨處，能自言自語和上帝說話，能夜晚躺在草地上仰望星空，能坐在湖邊一面呷一口現磨的咖啡，玄想，或什麼都不想，發呆，發神，或進森林中去瞎逛，狂呼亂叫，做野性的發洩，慢慢找回自己心理的健康，加上左一曼使用的絕技——氣功按摩，恢復身體的健康，再返回塵世去廝殺。

夜暮降臨了，萬籟俱靜，從窗口向外望去，唯有夜空的星星在眨眼。雞不叫，狗不咬，連地下昆蟲的鳴叫也沒有，但也或偶有一陣急翅，林中驚鳥全數而飛。那幾匹馬則在外面草場默默的休息。

莊嚴來帶他們去餐廳吃飯。他們走進一座豪華包間，黃睿一眼就看見左一曼的四叔左興國坐在窗邊，他驚喜地叫了一聲「四叔！」撲進左興國寬大的懷抱，擁抱起來。除四叔讓黃睿驚喜萬分外，他還多了個驚喜，他的三叔夏世雄也在座。

落座後，黃睿好奇地問：「四叔，你怎麼會在這兒？怎麼找到我媽的？」

左興國笑笑，說：「我是幹什麼吃的，你不知道？告訴你，你媽出國都是因為我通風報信，才逃過一劫的。我是追貪官，追到你媽的園子來的。你媽的莊園裏，窩藏着不少貪官呵！」

左一曼糾正道：「什麼我窩藏？我這兒是個公共休閒場所，只要拿錢，有合法手續，就可以在這兒住。我哪裏知道他們是不是貪官？」

左興國60開外，胖胖圓圓的臉開始禿頂，但精神還是那麼好，說起話來聲若洪鐘，中氣十足：「格老子，本來我已退休了，貪官太多，人手不夠，又把我拉出來當紀檢組長。李春城這個案子，就是我負責的，牽涉的人太多了，成都市的常務副市長、副市長、市長助理都抓完了。有幾個漏網之魚，在國外四處奔逃，最後，居然跑到這個椒椒角角來了。說老實話，要是沒有一曼點水，這幾個人還真難抓住。」

黃睿為李春城鳴不平道：「其實，李春城是個大能人，為成都是立了功的。他在任這十幾年，成都發生了天翻地覆的變化。」

左興國說：「不錯，許多大貪官都是立了大功的，人也很能幹。但是，注意，是時勢造英雄。不是改革開放的大環境，英雄也無用武之地。可惜，他們動機不純，在巨大的成績的耀眼光環下，人性中的惡釋放出來，在社會缺少強有力的監督機制的條件下，最後失身，前功盡棄，淪為千古罪人。這樣的人是不值得同情的。」

黃睿側過頭來問夏世雄：「你怎麼也會在這裏？」

夏世雄也滿頭白髮了，身體肥胖擁腫，說話有點上氣不接下氣：「你們媽開的這個養心院很有名啊，南北美洲的富豪們都知道。我氣喘病越來越嚴重，朋友介紹我到這裏來療養，沒想到這裏的老闆是你們媽，為我免了十萬美金的療養費呢！哈哈……」

開始上菜了。每道菜，一人一份，金碧輝煌的大盤子中間，很精美的一點點菜。有的是用花朝門傳統的黃家私房菜改造的，私房鹽焗鴨，最肥最嫩的一小塊，配上京醬，用番茄醬澆成仿齊白石的國畫；私房糯米圓子，金燦燦的一大個，配上炒黃豆沙，用玫瑰花鑲嵌，私房紅糖粉蒸肉，用花卷鑲嵌；有的是海鮮大菜：南非鮑魚、皇帝大蟹、紅燒遼參、油煎龍蝦。

一面吃豪華大餐，一面商討一曼的歸宿。

一曼對黃睿說：「兒子，媽年紀大了，搬來巴西同老媽一起生活吧。媽在南北美洲都創造了那麼大的家業，我都傳給你，由你繼承。媽辛苦了一輩子，也該享清福了。」

黃睿說：「媽，其實，我們最期盼的是，你把這兒的財產賣了，回國去一家團聚。」

一曼歎了一口氣，說：「我何嘗不想回家鄉去，落葉歸根啊！可是，我愛祖國，祖國不要我啊，我回不去了。」

左興國說：「現在，形勢不同了，當年處理氣功的問題，已沒有多少人關注了。當然，你的案底還在，你也還是國安部門關注的人物。不過，你這次為追逃國外貪官立了大功，我會向有關部門匯報，爭取取消對你回國探親的限制。」

一曼拱手道：「拜託老弟了！」

一直不太搭話的蘭妮突然開口了，說：「其實，媽媽不必把國外的產業賣掉的。現在，中國的各大企業都在向世界進軍。我覺得，媽媽開創的養生產業前途無量。我們在花朝門有一個養生公司，規模不小。我們能不能以這個公司與媽媽的莊周養生堂為核心，與國際資本相結合，大量收購全球優質養生企業，建立一個世界第一的跨國養生企業集團，進入世界500強！」

大家都誇讚蘭妮這個高屋建瓴的意見，你一言我一語，七嘴八舌，提出了許多建議，最後，全球著名的投資大鱷夏世雄一錘定音：「資金，我解決，要多少有多少！」

第六章

1

高血糖、心悸動，在渾渾噩噩中過了十多天，腦子裏一片糨糊，突然，血糖儀跳出了「7.2」「6.4」「5.8」幾個可愛至極的小妖精，黃家寶一下清爽了。

他這個老病號已將近有兩年多沒住院了，近一年來，雖然老是犯心臟病，但經過在省醫院的治療，心悸基本停止了。偶爾查一查血糖，指標也很優秀。對鏡看看自己，紅頭花色的，氣色不錯。他的林麗妹妹，看到他發出的「依妹兒」上的照片，竟函告曰：「黃大哥好帥！」還有的姐妹，當面誇他帥。他得意了，開始放鬆了頭腦中那根緊繃的「階級鬥爭」的弦，對與糖尿病人不共戴天的「階級敵人」：三高食品、酒、糖等放鬆了警惕。

於是，「階級敵人」開始了猖狂的進攻。在北京開會期間，一隻又一隻烤鴨被吞下肚。回蓉後，由於正值成都市科普文藝會演前的評審階段，成都市科協及各區縣請他去當評委，指導節目的修改，完事後，自然要吃一頓「喜喜沙」（川話：喜宴之意）。那些色香味俱佳的東坡肘子、粉蒸肉、晾稈白肉，自然是首選對象，一塊不過癮，再來第二塊。

還有，戒了好久的酒，也開始悄悄地溜進嘴裏。最初，是在防治心臟病需要喝點小酒的藉口下，在家裏每餐喝一點點。後來，餐桌上的酒也不知不覺地喝起來。豐穀酒，又醇又香，真好喝。瀘州老窖、水井坊、五糧液、茅台，更好喝，不喝白不喝！

餐後的水果真好吃，香蕉、美國提子，不吃白不吃！還有，成都的水蜜桃，比王母娘娘的蟠桃不知好吃多少倍，進到嘴裏，比蜂糖還好，讓人不能止於只吃一個，管他媽的，再來一個！

終於，「東窗事發」了。那天，他在市科協開科普文藝匯演節目評審會，吃了一餐科協食堂的「喜喜沙」，酒足飯飽後，他同老友，評委之一的袁明清出來，本欲「打的」回去，但明清非要請客不可，請他坐公共汽車。盛情難卻，他被明清拉上35路公交車，由明清幫他刷卡，代付了八毛錢一次的公交車費，欠下明清「八毛錢」的情。

那天，天氣很熱，家寶坐的位子有太陽直射。35路車從西門到他在東門的家，要穿通城，歷時近一小時。他那塞滿酒肉的「酒囊飯袋」，經過高溫發酵，放出毒氣，當晚便將他薰倒了。

晚上，家寶坐在沙發上看電視，渾身如針扎一樣，不得勁，不舒服，口渴難耐。這種口渴，絕非一般口渴，是全身細胞滲透壓高引起的，十分特別，十分難受，他這個老糖尿病號一下就感覺到了。糟糕！糖尿病暴發了。同時，心臟也亂跳起來，氣緊心慌。他忙叫黃睿來測血糖，第一次：16，第二次：19。快，送醫院！

夜十一點多，家寶住進醫院，輸液、取血化驗。一直忙到第二天。可是，醫生說，他的血樣中，浮了一層油，無法化驗。上午再取了一次血，仍然被油珠「蒙蔽」，無法化驗。他的主管醫生劉渝生博士告訴他，這樣的情況很罕見，一年都難遇到一次。幸喜家寶平時吃了足量的阿司匹靈，否則，他的血液很容易在各部位形成血栓，把他封殺。劉醫生還將她的纖纖素手做成剪刀狀，嘴中念念有詞：「嚓嚓嚓！」把他嚇得不行。

劉醫生說，家寶的病並非單純的糖尿病、心臟病，而是嚴重的代謝紊亂綜合症，只是以糖尿病、心臟病的形式表現出來而已。他偷偷看了他的病歷，上面下的結論真夠驚心動魄的：「二級極危重，糖尿病、冠心病、高血壓症、主動脈硬化、頸動脈硬化、高血脂症」，等等。

2

媽呀！這麼多病，怎麼活得出來？

黃家寶的家人與許多親朋好友說，他的病是累出來的，今後「別拚命」了。只要不做「拚命三郎」，就能活出來？是的，這段時間他很累。四川教育出版社與他們四川省科普作家協會簽署了關於編撰《現代農民科學素質教育叢書》的合同，要趕在四川新聞出版署「農家書屋」招標前搶出來，除了他自己承擔的編撰任務外，由於他是主編，還得把三十部書每一部的「關」。由於作者水平參差不齊，有一小部分書的質量很令人頭疼，為了將每一部書均做成精品，他不得不直接介入了十部書的創作，並組織科普高手共同攻關。還有，他們協會向國慶60華誕的獻禮書：《成都依然美麗——全域成都科考紀事》，也令人操心，一周幾次考察，跑了許多地方，直累得天昏地暗，日夜無光。過度勞累，不能不說是老病復發的一個因素。

但他卻不認為，今後無所事事，便能活出來。因為，他的主管醫生分析病情時，曾對他說，代謝綜合症的爆發一個重要因素是心情鬱悶，但她看他精神很好，他的病突然暴發肯定不是精神因素。須知，人總是要有一點精神的。他從48歲起犯心臟病，從心臟停跳後搶救過來，省醫院劉主任當着許多實習生的面，說他處於「說死就死」的狀態，他咬咬牙，決心「說死偏不死」，保持昂揚的精神狀態，挺過來了，風風火火地又活了二十年，靠的就是「精神」的力量。要是他的精神垮了，肯定活不長。

自然，得了重病，只靠精神的力量還不行，還要靠科學的力量。他自2001年爆發糖尿病以來，堅持按現代科學對糖尿病的認識，通過控制飲食、堅持對症服藥、適量鍛煉，將血糖控制在正常水平，延緩糖尿病200多種可怕的併發症的發生。除了最近的三個月，以及2007年春節前到三亞考察時發病以外，血糖均是控制得很好的，隨機抽查，餐前未超過7，餐後未超過8，因此，他一直沒有併發症發作的顯著跡象。

他的一個同窗病友也是在2001年發的糖尿病，病齡相同，比他年輕得多，現在只有40多歲，但已有嚴重併發症的跡象，出現了肝腹水，正在向肝硬化發展。據他的愛人講，他就是管不好自己的嘴，特別是「酒」，朋友三四一勸，明明知道喝不得，還是要喝。

因此，他還有救，「亡羊補牢，未為晚也」。人類有上百年與糖尿病鬥爭的歷史，總結出與糖尿病魔鬥爭的五條經驗：控制飲食、藥物終身治療、適量運動、保持樂觀心態、戒煙戒酒。

驚喜！體重從82公斤降到76公斤，黃家寶一月中降了8公斤，將軍肚幾乎見不到了，有了「腰俏」，真成了家寶的那些姐們、妹們稱頌的「帥爺」。

更想不到的是，10月11日早上起來，血糖值忽然從可怕的高值20下降到3.9、3.6，快到危險的低血糖邊緣。這正是丟掉胰島素注射，不再「破腹自殺」，一日兩次往自己肚皮上扎針的好時機。馬上行動：高舉「散步」「控制飲食」「堅持服藥」三大法寶，同「三高病」展開決戰。

他歡呼！昨天，2009年11月10日，他的病終於基本痊癒了，血糖值連續檢測均為優良，不再狂咳，不再頭暈目眩了。

他神清氣爽。他在同心臟病抗爭一年多，同糖尿病急性發作博鬥兩個月後，他心不亂跳，口不焦渴，同正常人並無二致了。他可以轉入過平靜的正常生活軌道了。對於正常人，這根本不值一提。但對於一個「三高病人」來說，這是何等幸福，何等一日難求的事啊！

他的主管醫生劉謹渝很高興，建議他在測定幾天的血糖值後，可試着將晚餐前服用的二甲雙胍去掉，以減輕藥物的副作用。

為了鞏固用鮮血（每天取四次血樣測血糖，鮮血流了不少）和生命為代價取得的養生經驗，他必須綜合執行保健養生治療方案。

他要天天過「樂天日」，精精神神、快快樂樂、健健康康地再活幾十年！

3

黃家寶身體逐漸康復了，但母親彭宗俊身體卻不妙。本來，從老母80歲起，他每年都要帶相應數目的水蜜桃回重慶當壽桃為她做生，今年5月是她的100歲大壽，他要帶了最新品種一個就有半斤重的泡泡柑回去，讓她嘗嘗。這同當年父親誇讚的萬洲泡子桔子一模一樣。

這天，家寶兩次接四妹家露的電話，稱老媽快不行了，清晨6時，他喊上秘書兼司機麗萍，開車狂奔四小時，終於見到臥床的老母，兩天沒說話的她，居然應了家寶三聲，並吃了他餵的合川桃片。他有了信心，一定要設法使她頂過這一關，至少活過一百歲。

不過，家寶沒能留住老母，她還是走了，他坐在老母床頭，握住老母冰涼枯瘦的手，想起老母一生中為他做的一切，失聲痛哭，淚飛頓作傾盆雨……

辦完喪事，回到成都，就遇到一件喜事。兒子黃睿從美洲回來，告訴黃家寶失蹤十年的妻子左一曼找到了。他立即給妻子通了電話。妻子要他到巴西來見一面，她將陪他周遊世界，費用她全部負擔。他一口答應了，約定在美國紐約碰頭，然後，遊一次美國，費用全部由左一曼負責。

2015年5月22日，這是黃家寶的法定生日身份證上的73歲生日。據黃睿考證，他的生日是農曆壬午年4月27日寅時，肖馬，也就是1942年6月9日凌晨3時至5時。

在大學時，他只知自己的農曆生日，填表要用陽曆，他去圖書館查萬年曆，竟稀裏糊塗地換算成1942年5月22日，一直沿用至今。

在黃家寶法定生日這一天上午十時，他進入候機室，開始赴美旅行。

中午12時，黃家寶上了國航從成都直飛華盛頓的1406航班，開始了他的團圓之旅。

藍藍的天上白雲飄，白雲下面山河跑，初夏的風光無限好。

2015年5月22日下午8時30分，飛機降落在華盛頓機場，他們踏上了美利堅合眾國的土地。噫？你有沒有搞錯，在北京出發時間，就是5月22時下午8時過，他們跑了一萬餘公里，居然只花了半小時！這當然是時差造成的。紐約時間同北京時間，相差12小時，他們的飛機，也正好飛了12小時，表都不用調。

飛行路線也有點出乎黃家寶的意料，從二維地圖看，應穿過太平洋，向東直飛華盛頓。但飛機卻向北，飛往北極方向，這是怎麼回事呢？

原來，從三維地球儀上看，從北極方向到華盛頓要近上千公里。因為走太平洋，緯線要長得多。

飛機向北經俄羅斯境內的西伯利亞地區，穿越長條形的貝加爾湖，在北極圈內飛行，再穿越加拿大，在美國東北部五大湖地區進入美國，直抵華盛頓。這條航線是2007年才開闢的，以前，由北京至華盛頓要由日本東京等城市轉機，空中飛行時間節省了5—8個小時。

他終於踏上了美國國土：華盛頓機場。在美國進關很麻煩，那美國老頭認真得令人生厭。他是跟一個旅行團來的，以旅行為目的辦簽證比較簡單。那美國老頭把他們這一批中國來的散客中的兩對夫婦扣在那裏，徹查全身。他心想：這美國佬忒自大，以為還是八國聯軍時代，你現在窮得連政府關門了，我們給你送錢來，還妖精十怪的，真他娘的！

等了一個多小時，那兩對隔離審查的夫妻終於出來了，一問，一對夫妻是因手掌缺乏油脂不能驗明正身，一對夫妻是搜身檢查其所帶美元數對不對？少於一千美元不行，多於三千美元也不行。他們每人正好各帶了三千美元，才過了關。他們全團18人在機場折磨了三個多小時，才得以在12點過乘旅行社的中巴車到酒店。他問美國接地導遊為什麼？

導遊說，自美國對中國開放旅遊市場後，對國人入境檢查越來越嚴。這是因為中國人愛帶好吃的東西到美國來，上海人千方百計把活的大閘蟹帶到美國，一些大閘蟹跑進了美國的江河湖海，由於沒天敵，氾濫成災，政府動用大批船隻打撈，將其打成粉肥田。中國人看了好可惜，申請負責打撈，但有一條件，要允許出口。美國佬居然不幹，你說「瓜不瓜」（川話：傻的意思）？

4

左一曼見到黃家寶，眼淚汪汪的，給了他一個熱烈的擁抱。說實在的，黃家寶與左一曼結婚近50年了，還沒有行過一次擁抱禮。

左一曼將黃家寶上下打量了一番，說：「你瘦了！」

黃家寶說：「這話我愛聽，我一天到晚都在減肥，不瘦一點，那不是白下功夫了。」

左一曼問：「我呢？」

黃家寶說：「你好富態！」

左一曼不高興了，說：「有你這麼誇人的麼？」

黃家寶笑笑，說：「你聽我把話說完麼。女人富態一點好，瘦得像白骨精，多難看！白白胖胖的，顯得好年輕，比你十年前倉惶出逃時還年輕！」

左一曼笑笑，不再說什麼，趕緊把旁邊看着他們癡癡地笑着的莊嚴介紹給黃家寶，說：「這是我的乾兄弟莊嚴，在國外這十多年全靠他。」

戴一頂巴拿馬帽、穿一身牛仔服的莊嚴伸出手，與家寶的手握了握，親熱地叫了一聲：「黃哥！」

左一曼說：「小莊開了一輛吉普車來，我們自駕旅遊，你願去哪兒都行。」

晚上，他們入住美國華盛頓安德魯空軍基地對面的酒店中，只與基地隔一條小街。莊嚴告訴他們，住在這兒有兩條紀律，一不准在房間內吸煙，否則要罰款250美元。這一條黃家寶無異議，因為從早就戒煙，不吸煙了，整整30年沒吸過一支香煙。

第二條是不准在酒店外拍照，因為這兒與軍事基地只有一街之隔。在這個基地裏停放着美國總統的專機空軍一號，如今，基地組織天天叫囂要發動恐怖襲擊為拉丹報仇，美國的神經繃得很緊。如果你在安德魯空軍基地附近拍照，有遭拘捕的可能。

莊嚴給黃家寶與左一曼安排了一間豪華套房。雖然分別十年，老夫老妻住在一起十分自然。但是，他們多年不做愛了，再行男女之事有點尷尬。一曼沒有要求什麼，但她也不避家寶，在大床旁脫光了衣褲，赤裸裸地走進衛生間。衛生間裏有一個很大的圓形沖浪浴缸，頂棚上有多個彩色的追燈在搖曳，使浴室裏撒上了五顏六色的光。一曼由於天天練功，雖然臉上無法避免老年人的印記，但身體卻因略胖而顯得飽滿，皮膚白皙而光滑，一對大奶子居然並未下垂，硬挺挺的。家寶忍不住誘惑，脫光衣服走進浴缸。一曼沒有拒絕，家寶在浴缸裏座擁着她，輪流揉捏她豐滿的奶子，吸吮她發紅的奶頭。揉得一曼哼哼起來，柔聲說：「上床去吧。」

家寶起身，擦乾身體，在寬大柔軟的大床上等一曼。頂棚上有面鏡子，照着他的裸體。他看看自己，除了臉不忍卒睹外，下半身還可以，而且，那具陽器豎立起來，仍然很長很粗很堅挺。一曼來了，她拿起床頭櫃上的潤滑油，抹在家寶的小兄弟上 。家寶心旌搖動，控制不住自己，把一曼壓到床上，在一曼的纖纖素手和潤滑劑的幫助下，小兄弟嗖地一下進入一曼的身體。兩人天翻地覆地在大床上滾來滾去，用各種姿勢反覆做愛，持續了將近一小時，家寶才將自己的瓊漿玉液射進一曼的身體。

他們相擁着平躺在床上，望着天棚鏡子上的自己，一曼首先說話：「唉呀！你真兇，比年輕時還厲害。」

家寶感歎道：「我也有這個感覺，這是我們兩個這輩子做愛最痛快的兩次之一。」

一曼問：「另一次是？」

家寶說：「在松林月光下那次野合喲！」

5

第二天吃過早餐，他們開始了在美國首都華盛頓的遊覽。

首先，他們驅車來到舉世聞名的總統官邸——白宮和國會大廈。同黃家寶的印象相反，美國的國會大廈宏偉壯觀，在大廈旁邊有許多棟國會議員住的電梯公寓；白宮則是一棟很不起眼的小型白色建築。由於害怕恐怖分子襲擊，以前向公眾開放的白宮南草坪已被封閉起來，外面到處站着身材高大魁梧的「大內高手」。

莊嚴說，美國的國會比總統大，總統官邸內設施極為簡單，總統的辦公室比不上國內一些鎮長的辦公室，中國人早就從奧巴馬在辦公室主持擊斃拉登之戰的會議上看出了這一點。

莊嚴給他們講了多年前發生在白宮南草坪還對外開放時的一個真實故事。他說，奧巴馬剛上台，我們大陸有個縣太爺就來白宮參觀，內急之後，一時找不到衛生間，便跑到南草坪邊的一株樹下解決問題。只聽驚天動地一聲響，那個縣太爺從草窩旁伸出一隻手，有力地一揮，向不遠處的同伴大吼了一聲：「全出來了！」「大內高手」們感到異樣，聞聲從四面八方向縣太爺衝來，但在十步之外便都被縣太爺的化學武器鎮住了，捂住了鼻子，裹足不前。縣太爺飛快地提着褲子衝了出來，在同伴的幫助下，上出租車逃離了現場。

莊嚴調侃道，縣太爺的這一手足足把奧巴馬「霉」了三年，使美國經濟經歷了危機，至今也沒緩過氣來。

莊嚴由於是從大陸出逃到西方來的，對中國大陸的許多事持強烈的批判態度，常常同持欣賞態度的家寶爭執，乃至翻臉，寃寃不解，還要靠一曼居間調節。

當然，家寶並不反對莊嚴的一切言論，特別是他在參觀白宮時，面對白宮外的華盛頓塑像前的一番議論。

在白宮前面，他們能遠遠看到離國會大廈不遠處矗立的華盛頓紀念碑，紀念碑高169米，高聳入雲，全部用白色大理石砌成，十分華麗。

莊嚴說：「華盛頓最偉大之處並非他是美國的國父。華盛頓的能力一般，也不會打仗。要不是關鍵時刻法國幫了一把，這美國立國之事可能至今還一點門也沒有。他的最偉大之處是不迷戀權利，也不准後來的總統迷戀權利，這也是他給人類留下的最大遺產。」

家寶說：「迷戀權利，是人類共有的一大弱點，死穴。人類的多少悲劇，都是某些掌握了某種最高權利的人因迷戀權利造成的。喬治·華盛頓是美國獨立戰爭時英國13個殖民地大陸軍的總司令，1789年，他當選為美國第一任總統，1793年連任，在1797年兩屆任期結束後，根據憲法，他仍被選舉為總統，但他自願放棄權力不再續任，隱退於弗農山莊園。他創造了美國總統不得連任兩屆以上的模式，這個模式對於防止獨裁者出現具有決定性意義。」

莊嚴說：「華盛頓因為不迷戀權利，成為了世界偉人。在中國，稱得上世界偉人的人有幾個？在過去的二十世紀中，經過了超過50年歷史的檢驗，不迷戀權利的中國國父孫中山可以算一個。他為了迫使清廷退位，自願解甲歸田，把總統寶座讓給袁世凱。」

家寶說：「中國出了一個鄧小平喲，他打破了領導人終身制，自動放棄權利，開了打破獨裁統治的先河，也應該是個世界偉人。」

莊嚴說：「鄧小平這一招是很厲害，但中國雖然沒有了個人終生制，卻有一黨獨裁，集體終生制啊！」

家寶說：「我是贊成小平的貓論的。一個國家的政治制度，要符合一個國家的國情。這個制度好與不好，要靠實踐來檢驗。在我國現有制度的保證下，中國已成為世界第二大經濟體，13億人解決了溫飽問題，也解決了住行問題，民族復興踏上了堅實的步伐。這是事實吧？」

莊嚴問：「貪官呢？貧富懸殊呢？」

家寶說：「這都不是中國大陸這種制度的特產。在西方政體中，你所在的巴西、歐洲的意大利，貪官不多麼？印度貧富懸殊不大麼？」

莊嚴說：「兩黨制、一人一票選總統，這是民主政體久經考驗的體制。中國不走這一步，是沒前途的。」

家寶說：「民主得一步步來，現在，中國已沒有了一人終身任最高領導人這種專制獨裁的制度基礎。再能幹的人，到時不退，人民也是不會答應的。一人一票選舉制，也得逐步來。台灣的兩黨制，民進黨上台，老百姓得到什麼好處？一個陳水扁，巨貪總統，使台灣十多年來經濟衰退，發展落在了大陸的後面，一個蔡英文，一意孤行搞台獨，必定最後會毀了台灣。」

莊嚴說：「我們要向先進學習嘛！你只舉那些落後的例子，你怎麼不說美國呢？美國的制度沒有孳生貪官的土壤，它全面的監督制度，特別是獨立檢查官制度太厲害了，使你不敢貪，無法貪。美國不是沒有貪官，沒有腐敗，但很少，很小。前不久，一個國會議員就因受賂幾萬美元而丟了飯碗。」

莊嚴繼續說：「在美國，政敵很難抓到對方貪污方面的證據，便只有在男女關係上做文章，使美國總統以及高官們的性醜聞層出不窮。一個萊溫斯基，便將克靈頓搞下了台，這不是政敵的陰謀才怪！試問，粘上了克靈頓那玩意兒的一條裙子，過了就洗了，誰會把它經年累月保存着？」

莊嚴說：「美國的廉政，也是有制度保證的。你要公費大吃大喝，一點門也沒有，因為政府開支裏沒有招待費這一說。不少官員認為適當的招待費還是應該有的，不斷向國會打報告，但國會就是不批。這弄得許多在中國受到過超規格熱情接待的美國官員十分尷尬。當中國官員回訪時，有的美國官員實在不好意思，便自掏腰包請客。他們請你吃什麼？說來你不會相信，回報中國山珍海味的是麥當勞快餐店的漢堡包！」

家寶說：「這些我認可，中國現在不是在學美國麼！我們正在建立和實施使官員不敢貪、不能貪、不願貪的體制，最近兩年成果顯著，有目共睹。」

在這一點上兩人初步達成共識，但在越戰與韓戰紀念碑前論是非，卻各不相讓，誰也說服不了誰。

他們從華盛頓的白宮參觀出來，在伍導的帶領下，步行不遠，便來到了一個意想不到的場所：越戰紀念碑。在這裏看不到通常意義的碑，而是一些牆體，不如說是紀念牆更貼切一些。

莊嚴告訴家寶：「美國的所有城市都在5月的最後一個周的周一舉行儀式，向為國捐軀的男人和女人們致敬，是一個向老戰士致敬的紀念日，即國殤節，也叫老戰士紀念日，全國放假一天。紀念日不僅限於向軍隊中為國捐軀的美國人致敬，它也是一個思念的節日。家庭和個人懷念他們已經逝去的親愛的人。他們去教堂禱告，拜訪墓園，獻花，甚至哀悼，使這一天顯得莊嚴肅穆。這是追思的一天。但是現今的很多美國人把這一天當作夏天的開始，在海灘上，山上或者在家休閒度過他們的三天周末。這很有點像中國的清明節。」

這天在紀念碑前就已經來了許多獻花的美國人，男男女女，老老少少都有。

家寶問：「這些都是越戰陣亡者的家屬嗎？」

莊嚴說：「有家屬，但不全是。美國人扶老攜幼來此，也是為向後代進行愛國主義教育，當然，是接受他們的愛美國的教育。美國人認為，人的自由和生命是最重要的。這些士兵，犧牲了自由和生命，為美國的利益而戰，是最值得尊敬的人。有個叫麥卡的大兵，在越戰中當了俘虜，在酷刑下什麼都認了，不知寫了多少認罪書，悔過書。但美國人認為這些沒什麼，麥卡從俘虜營回來後被捧為英雄，還選他當了議員，差點當了總統。」

他們沿着越戰紀念碑向下走。

越戰紀念碑從黑暗的地下泥土中割裂出來，順着140塊由閃閃生輝的黑色大理石構成的V字型碑體，向上延伸，長500英尺，直至與大地、藍天融合在一起。碑體上依美國大兵戰死的日期為序，鐫刻着57,000多名1959年至1975年間在越南陣亡的美國男女軍人的名字。

他們看見，沿牆板擺放着鮮花，名字前站立着死者的親人，這實現了設計者林瓔讓「活人和死人將在陽光普照的世界和黑暗寂靜的世界之間再次會面」的理念。人們無不被紀念碑別具一格的設計思想和表現手法所吸引。

莊嚴說：「這個紀念碑是由耶魯大學21歲的建築專業華裔學生林瓔設計的。這件設計作品是美國從全國徵集的1,400份設計方案中脫穎而出的。開始，一些越戰老兵認為她的這份色調灰暗且樸實無華的設計方案是對老兵們的侮辱，不像阿靈頓國家公墓裏硫磺島升旗雕塑那樣反映傳統軍隊形象。但是，大多數對此方案持否定態度的人最後終於被說服，並認為林瓔的這個設計方案象徵着活着的人和死去的人將再次會面。越戰紀念碑1982年建成，曾獲美國建築師協會「美國二十世紀最受歡迎的十大建築」第7名，美國建築師學會2007年度25年獎。」

家寶問：「你也是越戰老兵，對敵人建的這個越戰紀念碑有何想法？」

莊嚴說：「我參加的越戰與這個越戰不一樣，我們進行的是對越自衛反擊戰。」

家寶說：「從這一點上看，兩次越戰都是以外國侵略者的身份在他國的土地上作戰，你對戰爭的正義性怎麼看？」

莊嚴說：「人們不去管那些由當權者決定的戰爭的是與非，只知道這些戰士是響應國家召喚去赴湯蹈火的。他們的犧牲精神，應該得到這個國家人民的尊重，獲得永遠的懷念。當然，我不是說所有奉國家之令出征他國的軍人都該受到尊敬，那些在出征後犯了反人類罪的軍人應該除外，比如屠殺了上千萬無辜猶太平民的德國法西斯軍隊和製造了南京大屠殺的日本天皇的士兵。他們應受到人類世世代代永久的詛咒。」

他們對越戰紀念碑的看法趨向一致，但對隨後看到的韓戰紀念碑的看法卻產生了尖銳的對立。

他們來到1955年落成的韓戰紀念碑。

這個紀念碑，準確地說，是一個小小的紀念園區，它由三部分組成。

最引人注目的一部分是19個與真人尺度相仿的美國軍人雕塑群。這些不銹鋼雕塑是寫實的。這些雕塑被拉成散兵線，撒開在一片長滿青草的開闊地上，搜索前進。他們頭戴鋼盔，持槍驅前，表情複雜：無奈？緊張？恐怖？警惕？戰地的殘酷氣氛彌漫在整個園區。

這是一群普通士兵，是朝鮮戰場上無數美國大兵的縮影。他們的腳，此刻就結結實實地踏在這片開闊地上，可以想象，當烈日炎炎，當狂風掃過，當暴雨傾注，當皚皚冬雪覆蓋在這片開闊地和士兵們的身上，人們對戰場的嚴酷和士兵危在旦夕的生命，會產生怎麼樣的聯想！

黑色的花崗岩紀念碑是整個園區的核心。在這座不如說是紀念牆的牆上，隱現着淺淺蝕刻的許多士兵的臉部，這些形象不僅是寫實的，甚至可以說是真實的。因為所有這些臉部，都是根據朝鮮戰爭新聞照片中美軍各個兵種的無名士兵的真實記錄，臨摹鐫刻的。紀念碑的花崗岩是磨光的，開闊地的塑像群因此而映射在牆上。隨着人們的腳步移動，兩組形象便流動地，互為背景地融合在一起。讓人們彷彿置身戰場，再次領略到戰爭的殘酷。這座牆的盡頭，是整個紀念園的點睛之筆，上書「freedom is not free」，中文譯為：「自由總是要付出代價的」。

同越戰紀念碑一樣，它強調的仍然是「代價」，是戰爭對於「生命的奪取」。聯合國軍死亡及失蹤人數：628,833（包括美軍）；被俘美軍7,140，聯合國軍92,970；受傷美軍103,284，聯合國軍1,064,453。

他們來到園區的另一部分，這是一組置於地面的小方座，上面刻有方字。其中一塊置於雕塑群的正前方，上面用英文寫着一段碑文，中文意為：「我們的國家以它的兒女為榮，他們響應召喚，去保衛一個他們從未見過的國家，去保衛他們素不相識的人民。」

家寶歎道：「這些可憐的美國大兵，他們為什麼到朝鮮去流血犧牲，去保衛一個他們從未見過的國家，去保衛他們素不相識的人民呢？那個國家，那裏的人民，除了朝鮮獨裁者李承晚，誰需要你們去保衛呢？」

莊嚴說：「他們是接受聯合國的指令，代表全世界去維持秩序，保衛和平的喲。我們現在不是也參加維和部隊，去保衛那些我們從未見過的國家，去保衛我們素不相識的人民麼？」

莊嚴說：「你看，美國人很透明，把自己的被俘人數也如實寫上。在美國，當俘虜並不可恥。美國實行人道主義，准許士兵在一定條件下投降。美軍有一個師在我軍四面包圍下，得到上司允許自便的結論，歡呼雀躍着從戰壕中跑出來，舉着雙手走向我軍陣地。我軍對這一群投降的美軍歡天喜地的表情困惑不解，這些俘虜告訴他們，上級批准他們投降了，他們的投降合法了，將來作為俘虜交換回去，他們將會受到英雄般的接待。而中國軍隊不講人道，訓練出來的軍人不准投降。」

家寶說：「這就不像一個越戰英雄說的話了。我軍不怕死，勇於犧牲的精神，正是弱旅對付強敵克敵致勝的法寶。失去了這一法寶，像美軍那樣以投降為榮，絕對不會取得朝鮮戰爭的勝利。」

莊嚴說：「我們付出了那麼大的犧牲，得到了什麼呢？我們扶植起來的金日成、金正一政權，把朝鮮變成了一個飯都吃不飽的封建獨裁國家，而美國保住的南朝鮮政權，則成了亞洲的四小龍之一，民富國強。我們幫金日成打贏這場戰爭，保住了金日成這個封建家族，很不值，很冤。」

家寶辯道：「當初打朝鮮戰爭的時候，我們誰也預測不到南北朝鮮目前的態勢，而且，南北朝鮮發展得怎樣了並不重要，重要的是，建國後我們打了四個局部戰爭，朝鮮戰爭打掉了美國的囂張氣焰，中印邊境自衛反擊戰打出了我軍的威風，珍寶島之戰警告了老大哥別欺負小兄弟，中越邊境自衛反擊戰狠狠地教訓了忘恩負義的「同志加兄弟」。通過這四仗，大國、鄰國誰也不敢小視我國，輕舉妄動。這保障我們過了60餘年和平安定的生活。我們應該感謝那些為了中國國家利益和中國全國人民和平幸福生活的烈士，也包括夏哥哥和你，他們永遠是我們心中最可愛的人，他們將世世代代受到中國人民的懷念。我們不能因為甚囂塵上的各種反華、反共思潮，趕時髦，人云亦云，去質疑我們這些為國捐軀的烈士，而應該向美國學習，建立各次戰役的紀念碑，並在清明節前後設立烈士紀念日，使烈士們如我們過世的家人一樣享用一年一度的祭奠。」

對於戰爭輸贏的評判，家寶和莊嚴取得了惟一的一致。他們認為，以各自的國家利益為標準，對於北朝鮮來說，朝鮮戰爭起於三八線止於三八線，是失敗者。對於中國來說，抗美援朝起於鴨綠江、止於三八線，是勝利者。對於美國來說，起於大田、大邱、釜山、仁川，最後保住了三八線，也不算失敗。

6

他們來到夏威夷。在忙忙碌碌中過去了漫遊美國十來天，這兩天終於可以歇一歇了。晚餐後七時左右，家寶一頭扎到床上，想躺一會兒後便去海灘漫步，誰知，就睡了過去。一覺睡到自然醒時已是午夜12時。

沖了一個熱水澡，再也睡不着，便從冰箱內取出一瓶零度無糖可口可樂，坐在陽台上，頂着滿天星光，聽着大海的喧囂聲，喝一口可樂，寫一段日記。至於什麼時候再上床睡覺，順其自然吧。想睡就睡，睡到自然醒，想寫就寫，那怕寫個一天一夜。

倦了，又去睡，醒來，他才發現，他們住在夏威夷首府火奴魯魯（中國人稱檀香山）威基基海灘旁的一個酒店的海景房裏，抬頭就可以看到大海和海灘。

他們在海景房的陽台上安置桌椅，擺上從超市購來的漢堡包，水果盤，倒上牛奶，面對蔚藍色的大海吃早餐。同時，他和一曼用麵包屑引來鳥雀，開始是一隻，很快飛走了，但一會兒便帶來另兩隻。

不久，這幾隻呼朋喚友，引來了五個品種，好幾十隻鳥雀，走進陽台，或站在陽台的護攔上。牠們吃飽了麵包，便開起派對起來。這些鳥兒顏色艷麗，有的很浪漫，捉對不停地親吻。鳥兒們的派對使熱愛動物的太太很開心，不停地歡呼，手舞足蹈，漢堡包自己吃一口，給鳥兒吃一口，在與鳥兒共進早餐時感受着人與自然和諧相處之美，生活之美。

早餐後，家寶和一曼在莊嚴的陪同下，步出酒店，來到威基基海灘。威基基海灘大概是世界上最出名的海灘，也是多數遊人心目中最典型的夏威夷海灘。海灘區東起鑽石山下的卡皮歐尼拉公園，西至阿拉威遊艇和潛艇碼頭。

海灘區的精華部分是從麗晶飯店到亞斯頓威基基海濱飯店之間的一段，這裏有細緻潔白的沙灘、搖曳多姿的椰子樹以及林立的高樓大廈，總長度約三四百米。這一段海水寧靜開闊，是一家老小假日休閒的理想地點。喜歡熱鬧的，可以到位於喜來登阿那沖浪者飯店和威基基飯店之間的沙灘區，划船、沖浪，夕陽西下之時，還可以沿着沙灘散步，慢慢欣賞落日的壯觀景象。

家寶、一曼和莊嚴着浴衣，來到檀香山最大的威基基浴場。家寶換上泳裝，獨自進入大海的懷抱。夏威夷海邊風急浪高，潮汐洶湧。為了老弱婦孺的安全，在浴場外修築了防浪堤，並從澳大利亞黃金海岸運來優質細砂，建成這座高檔浴場。家寶走進這座浴場，讓水漫過腰部，虛擬蛙泳、自由泳、蝶泳、狗泳，讓坐在浴場高台上的太太給他照了幾張像。然後，他泡在海水中，面向太平洋，遙望太平洋彼岸的故鄉，浮想翩躚。

中午，他們在這個廣義的「威基基」地區找到一家香港小廚吃飯，這座小餐廳位於威基基商場裏面。因在自由活動的兩天裏，自理餐飲，他們在超市買了漢堡包、牛奶，在家裏吃了兩餐，一下就吃膩了，特別是看到中間夾的生菜就煩。

他們在香港小廚點了幾個菜，宮保蝦、蒜茸空心菜、烤鴨，味道很好，價格也不貴，花了不到30美元。

家寶說：「好貴，30美元相當於大約200元人民幣吧。前不久，我們一家八口在溫江『胖妹私房菜』吃了八個大菜，沒吃完還打了包，才用了160多元人民幣，而在這兒，我們兩人吃了三個菜就花了同樣多的錢。」

一曼說：「在國外消費，你千萬不要用人民幣來與外幣換算來比較物價，你一換算就覺得划不來了。這是我在美國、澳大利亞、北歐等幾十個國家旅遊、生活的經驗，一元人民幣同一元美元，或歐元，或澳幣，或紐幣，日常生活用品的購買力是差不多的。比如可口可樂，在國內2元多人民幣能買一瓶，在國外則2元多美元或歐元，或澳幣，或紐幣才能買一瓶。歐美牛奶比水便宜，礦泉水2元一瓶，同樣份額的牛奶則只要1個多美元。」

家寶說：「收入也是如此，我國城市一般人月收入在1000元人民幣至4000元人民幣之間，與西方發達國家一般人的月收入在1000美元至4000美元，或歐元，或澳幣，或紐幣，其生活水準基本是一樣的。有的「吃美國」的中國人將美國每月施捨的最低生活費幾百美元折算成人民幣，呵喲，他的那點乞丐費（每月500美元）比我這個教授級高級工程師拿的退休金（每月3000多元人民幣）差不多，美國多好啊！其實，這點乞丐費在美國連租一套像樣點的房子也不夠。我這點退休金則可以在中國過體面的生活。」

在「香港小廚」吃飯的時候，女老闆向我們大倒苦水，說生意越來越難做，華人在這裏做生意慘得很。原來，她僱有五六個人，現在，剩下她一個人加廚師了。以前，來夏威夷消費的主要是日本人，日本地震後，經濟蕭條，沒錢了，不來了。她把希望寄託在中國大陸消費者身上，說，香港、台灣，在經濟蕭條時期，都是大陸遊客救了他們的命。現在，中國大陸遊客取代了日本遊客，成為夏威夷的主導遊客。

7

晚餐後，他們又出來沿着海灘散步，卻被另一種不合諧的景色驚呆了。

他們看到，一群群的流浪漢出現在海灘邊，每個人都拖着一個小車，上面有他們四處遊蕩的基本生活工具：睡袋，有的還有小帳蓬，他們迅速佔領了海灘邊的各個椰林，有的支起了帳蓬。海灘上各個供遊客休息的亭子裏，也大多被流浪漢佔領。一群身強力壯的年輕流浪漢，聚集在一起談笑風生。

家寶問：「他們完全可以去找工作嗎，為何要成為無所事事的寄生蟲？」

莊嚴說：「流浪漢是美國人的發明。初期的流浪漢，是為闖出一番事業而出來打天下的。如今的美國流浪漢，卻是無家可歸者的代名詞。其中一部分，是遊手好閒者，懶漢，以流浪為其生活方式，另一部分流浪漢卻是為生活所迫。」

真正為生活所迫成為流浪漢或流浪女的，家寶見過，十分可憐。他曾在紐約的十五大街上拍到了一張流浪女的照片，她睡在人行道上，本來年輕而美麗的臉因生活折磨變得十分憔悴，她背靠着牆，頭向下，一隻狗依偎着她拉伸睡在地上。他在大街上來回走了兩個小時，她還是以同樣的姿式坐在那裏。

一曼說：「有一個在美國流傳甚廣的故事。流浪女莉茲父母都是吸毒者，因此，她無人照管，直到16歲還是個流浪女，雖然生活極其貧苦，但莉茲並不想步母親的後塵，決心用知識改變命運。莉茲17歲時在夜校念了兩年，完成高中學業，2000年獲得《紐約時報》頒發的全額獎學金，進入哈佛大學。2006年，莉茲的父親也因為染上愛滋病去世。莉茲於2009年畢業後繼續攻讀研究生。現在能夠取得這樣的成就實在難得，她寫了一本自傳，通過這本自傳她的感人故事立刻傳遍美國。」

莊嚴說：「但是，大部分流浪漢或流浪女是遊手好閒者，懶漢，以流浪為其生活方式。這批流浪漢或單身，或三五成群，隨手拖着一個行李包，有的還牽着一隻狗，在美國到處流浪，不少都是身強力壯的中青年人。美國流浪漢保持着良好的狀態，以健康的方式旅行。他們可以躲到墓地裏，在墓地的小樹林間喝酒、小便，在厚紙板上睡覺，在墓碑上摔碎酒瓶，不在乎也不害怕死人，而是在避開警察的夜晚成為嚴肅的、幽默的甚至是愉快的一群人，然後把野餐的雜物丟在有灰斑的石頭之間，詛咒着他們所認為的真實的白天。」

一曼說：「流浪漢或流浪女也喜歡美國的大城市，不時進城閒逛。在美國的各大城市，有不太固定的流浪漢聚居點。那些都是城市最糟糕的地段，比如，紐約的鮑威利街、波士頓的斯考利廣場、巴爾的摩的尾部街、芝加哥的麥迪遜街、康薩斯的第十二街、丹佛的拉瑞摩街、洛山磯的南大街，聖弗朗西斯科（舊金山）商業中心第三大道，西雅圖的剎車路。」

莊嚴說：「實事求是地說，流浪漢和流浪女在美國得到了各地政府和民眾的照料。導遊說，一些社區教會都會有流浪漢庇護所。下午3、4點鐘，有專車去市中心把在市中心流浪的他們接到庇護所，5、6點鐘開始晚餐。餐後，可以就近活動，也可以到會議室收看電視節目，或者大家一起學習《聖經》。流浪漢一般兩至六人一間寢室。如果人員過多，就在會議室搭通鋪。早晨，起床後，大致在7—8點早餐。然後，願意留下來學習《聖經》的，可以留下來。不高興學習的，專車把他們送回市中心去流浪。因為流浪的權利，是不可剝奪的，因此，任何群體和個人不能剝奪他們的個人權利。早餐有麵包、牛奶、蛋糕、飲料等；上午的《聖經》學習班在10左右有休息時間，可以自選各種麵包、蛋糕卷、牛奶和飲料等。午餐一般有肉燴蔬菜、涼拌菜、美式米飯、玉米蛋糕等等。晚餐有皮薩、漢堡、美式米飯、肉燴蔬菜、蛋糕之類。食品全部來自個人或者組織的捐贈。超市裏見到的普通食品，在倉庫裏都能夠見到。」

莊嚴說：「而且，各州政府還會為流浪者發放定額補助，每月有300—500美元之鉅，我們在舊金山市政廳和夏威夷市政廳都見到發放定額補助的機構。吃喝有保證，住宿有露天，進城有庇護所，還可省下現錢慢慢花。於是，不少美國懶漢選擇了流浪為自己的生活方式，流浪漢越來越多。更由於加州出現財政危機，削減福利，於是，大量流浪漢擁進夏威夷，便夏威夷束手無策，不堪重負。夏威夷州政府感到這也有礙旅遊勝地的觀瞻，決定為流浪漢修一個小區，將他們集中起來，不准他們在四處丟美國人的臉。這個小區，本打算修在華人居住區旁，華人以種族歧視之名堅決反對，州政府只好擇了另一個偏僻的角落修建。」

一曼說：「美國的流浪漢是高福利社會的副產物之一。美國人開始意識到，這並不是好事。這些流浪者大多是年輕力壯之人，應該鼓勵他們自立。」

家寶說：「流浪漢是美國懶人中的一種，過度的福利制度造就了美國多種懶人。其中一種懶人是生兒專業戶。只要在美國出生的嬰兒，一出娘胎便是美國公民。我們在機場上遇到一家人，父母都是中國公民，只有兒子是在美國出生的，是美國公民。父母為了兒子的福利，在中美間來回奔波。」

莊嚴說：「這就是做美國人的好處。只要你是美國人，您從一出生便得到了過優裕生活的保障。除了足夠您從出生到讀大學的經費外，您如果生在年收入4萬美元以下的低收入家庭，隨時可申請各種補助，需要購買一台電腦，可以申請，需要出去旅遊，也可以申請。事無巨細，只要申請，就可以給您。不少華裔美國人腦殼打得滑，千方百計把自己弄成低收入階層。他們找工作，首先要問老闆把工資打在銀行卡上或是發現錢，發現錢才幹，美國人做事講證據，如果您的銀行個人賬戶上年收入是4萬美元以下，就可享受低收入家庭的各種福利。若是您老老實實地申報個人收入，成為中等收入以上者，對不起，高稅收立即就會光顧您。」

家寶說：「看來，美國的高福利制度是製造懶漢的溫床。在這樣的高福利社會裏，一生下來吃喝玩樂不用愁，何必千辛萬苦地奮鬥呢？盡情地享受生活、享受人生就行了。」

一曼證實道：「是的，美國的孩子大多數都不會好好讀書的。」

家寶調侃道：「是啊，做美國人真讓人羨慕，難怪出了那麼多洋奴，那麼多不要祖國而認美國為爹媽的人。」

一曼說：「你說的這些我基本認同。在我看來，除了紐約比成都繁華熱鬧一點以外，其餘全不如成都。我在國外越呆得久，越想回成都去過吃點麻辣燙，打點小麻將的悠閒生活。」

家寶真誠地說：「你回來喲，我和興國給你辦好手續，我們在花朝門等你！」

尾　聲

坐上夏世雄親自來接黃家寶夫妻的大奔，直接開往臨近三亞的陵水清水灣，那裏有夏世雄濱海的一棟豪華別墅。

夏世雄做八十大壽，他將黃埔三兄弟的子子孫孫召喚到夏世雄的別墅中來了。一次世紀大團聚！

「物以類聚，人以群分」，黃、左、夏三大世交家族，「志同道合」者各佔據了一個小庭園，打的打麻將，吹的吹牛。

三大家族的第一代人，黃開泰、彭宗俊，左斯年，夏澤西，等等，均已作古，未留下一人。

三大家族的第二代人，除了夏古傑外，主要人物幾乎全在，百頭偕老者，以黃家寶、左一曼為楷模，還有夏世雄與丁雪華，左興國與木蘭，等等，幾乎都在一起生活了50年以上，雖其中也有不少坎坎坷坷，但很少有離棄再婚者。

三大家族的第三代人，從一而終的人就少了。黃睿換了兩次「轎」，夏蘭妮也換了一次，左卓舒換了三次，其他人至少都換了一次，才穩定下來。

三大家族的第四代人，都是00後。其中，以黃睿與地震中遇難的前妻白靈所生的女兒佳佳最為出色，成了第四代人的領頭羊。這會兒，其他小孩都在花園裏瘋玩，只有剛從武漢抗疫前線歸來的佳佳，在月季園亭子間的沙發上蜷縮成一團，全神貫注地啃着一本書。黃家寶悄悄地走近她，奪過她的書，一看，竟是最近震撼中國，劉慈欣寫的科幻小說《三體》。佳佳抬頭看了看，親熱地喊了一聲：「爺爺！」

家寶驚訝地問：「你喜歡《三體》？」

佳佳說：「《三體》是我最喜歡的文學書了，我通讀了三遍，越看越有味道，每看一遍都會有新的感悟。」

家寶問：「這次看出點什麼明堂了？」

佳佳說：「我在想，地球人類面對的災難，最急迫的不是外星人，而是我們地球上的現實災難。人類如何團結一致，戰勝瘟疫，才是最重要的。」

黃家寶說：「通過這次世界大瘟疫對人性，對世界各種制度的考驗，你們青年人有什麼看法？」

佳佳說：「我們年輕人比你們愛國。我在馳援武漢的抗擊疫情中，看到了中國的力量。只有中國，才能在遇到大災大難時，舉國一致，政府與民眾同心，戰勝災難。我最討厭那個所謂代表民意的作家了，不顧民族大義，用抗疫中的一些不盡如人意的東西去取悅外人，無恥地譯成外文在西方發表，成為中華民族敵人詆毀我們的工具。我的那些老噴子爺爺婆婆阿伯阿姨們，成天傳謠言，噴政府，凡是對國家不利的事情，他們就津津樂道，越噴越起勁。特別是那個從美國回來的婆婆，一頭吃美國的救濟糧，領教堂施捨的麵包，一頭領着中國的退休金，一面吹美國的福利如何好，說得眉飛色舞，我最看不慣了！」

黃家寶說：「今天聚會的人，來自五湖四海，左中右派都有，你各處都去聽聽，會長見識的。」

兩人攞談之間，夏世雄已站在他們中間，說：「中國在百年前，經過了新文化運動的啟蒙，一代覺醒過來的精英，尋找救國的道路。經過百年奮鬥，對什麼樣的社會是理想社會，仍不甚了了。我們正處在一個新的啟蒙時代。」

黃家寶說：「經過百年曲折，我們可以下一個結論了。改革開放，使中國人過上了小康生活。中國處於歷史上最好的時期之一。白貓黑貓，抓得住老鼠的才是好貓。我們現在的政治制度和經濟體制，是適合中國國情最好的選擇。」

夏世雄說：「你這個話說得有點絕對了。歷史是不斷前進的。其實，中國已過了白貓黑貓的階段，正在向一個追求精神文明的新時代邁進。」

黃家寶說：「說得對。我們相信，中國會變得越來越好，世界會變得越來越好。」

2021年4月8日完稿於

四川成都溫江金河谷空中花園

後　記

長篇小說《白貓黑貓》的寫作過程，在「前言」中有一個簡短的介紹。現在，《白貓黑貓》出版了。在與本書特邀責編蒙憲先生完成「對紅」的過程中，筆者又把經過24年斷斷續續寫作的全稿通讀了一遍，思緒萬千。

《白貓黑貓》的前三卷，曾以《花朝門》之名在《長篇小說》雜誌公開發表過，後來，《花朝門》又被「喜馬拉雅」、「懶人聽書（懶人暢聽）」兩個大型有聲書平台改編成百集廣播劇播出。全書四卷完稿後，內地一家著名出版社以很高的版稅與我草簽了出版合同。但是，在送審的過程中，出現了對本書的種種質疑，使本書在內地遲遲未能出版。

對這些質疑，說實在的，筆者一時也難以作出回答，因為，筆者的宗旨是，以真實的人物和故事為基礎，用一個人，一個故事，一段歷史的手法，真實紀錄普通人在中華民族復興史中的所為所思。從這些普通人的故事中，折射出怎樣的社會意義，不是小說作者的任務；也許，作者本身也未能体察其中的涵義。這是評論家的事。

看完了自己也覺得很奇怪的作品後，筆者開始以一個評論家的眼光來審視自己寫的小說，因為，這不僅僅是小說，還是人物與時代的真實記錄。通過這些以真實紀錄為原型寫作的小說，作者想表達什麼理念？

筆者捋了一下在小說前三卷傳播過程中收到的回饋意見，以及全書四卷送審過程中遇到的質疑，試圖作一個回答。

質疑之一是，「你的作品《清與濁》一卷中，只見濁，不見清，你的作品的正能量在哪裏，導向是正能量，還是負能量？」

以前，我們這一代人，習慣了看小說中高大全的正面形象，或者是「頭頂上長瘡，腳底上流濃」的徹底的壞蛋的形象。但是，文學是人學，世界上沒有十全十美的好人，壞人也不是一點優點也沒有的。而且，好人與壞人還可以轉化，視覺不同，好人壞人的標準也不同。文學的任務是要揭示人性的多面，以及人性在不同的社會背景與自我修養下的轉變、扭曲、回歸。

所以，本書中的人物是複雜的。第一主人公夏古傑經歷了中華民族苦難的歲月，建立了為中華民族復興而奮鬥的世界觀，參加了抗美援朝戰爭，為中華民族站起來立下功勳，成為民族英雄。但是，他回國後被打成右派，成為共和國的階級敵人，坐牢，在勞改農場幾乎被餓死。他開始對他以前堅信不疑的一些理念產生了懷疑。以後，改革開放，他重新樹立了復興中華民族的自信心，努力奮鬥，建立起了一個龐大的飼料王國，為中華民族的經濟崛起立了大功。可是，他卻在一部分人先富起來之後，在全民腐敗的時代潮中迷失了自己，陷入享樂主義的泥淖不能自拔，在豪賭中傾家蕩產，以自殺結束了可悲的生命。

夏古傑的一生，是那一個時代，許多先富起來的人和貪官污吏人生大起大落的真實寫照。我當年結交的那些實業界和官場的朋友，個個都是精英，人中龍鳳；如今，那些書中的原型，從高官到土豪，死的死，坐牢的坐牢，讓人唏噓不已。當然，這些朋友中，經過迷茫與反思，將扭曲的人生再反轉過來，堅持信念與初心，善始善終者也不少。

這樣的自然如實的描寫，是正能量還是負能量？我也說不清楚，仁者見仁，智者見智，留給後人去評說吧。

質疑之二是，「你的作品想表達一個什麼樣的主題？」

其實，標題就是我寫這部書的主旨。人類社會的理想模式是什麼？怎樣才算是實現了中華民族的復興？從柏拉圖的《理想國》，到湯瑪斯．莫爾的《烏托邦》，到馬恩列斯毛的主義，再到西方世界的普世價值觀，筆者以為，歷代仁人志士為之奮鬥的理想社會，無外乎是想人類的大多數過上中產階層的幸福生活，還有少數人發大財，少數人相對貧困，形成兩頭小、中間大的橄欖形社會。不管你用什麼方式，用什麼方法，能達此目的，便是我們要的理想社會。真理其實很簡單，這就是「貓」論的道理，樸實無華，實實在在！

因此，我在書中，如實描述了從孫中山、蔣介石，到毛譯東、鄧小平，為達此目的，他們進行的政治、經濟實驗的效果，普通人在這些實驗中的感受。還讓作品中的主人公去全世界走走，看各國政治、經濟實驗的效果，同中國的實驗相比較，看什麼樣的上層建築能夠給大多數普通人帶來幸福。

也許你會問，你有結論了嗎？有。但是，並不一定正確。歷史往往要經過成百上千年的沉澱，才能有比較客觀的結論。不過，這不是小說家的任務。本書只要能提醒讀者，不忘歷史，不要重蹈覆轍，就足夠了。

最後，我要申明，雖然本書查閱了大量歷史資料，包括《中國文史資料》100集和幾十集《四川文史資料》，以及親友的親身經歷和個人回憶錄，本書是在這些真實人物和事件的基礎上創作的，力求大的史實和生活細節的真實。但是，小說畢竟是虛構的藝術，書中的人物和故事都是作者虛構的，請勿對號入座。

此外，我要特別感謝那些撰寫回憶錄的歷史記錄者，如1933年岳池縣委副書記、岳武起義參與者、前岳池政協副主席、岳父劉福善，表舅爺、原強華輪船公司總經理黃緍雲，以及重慶南開中學黃懷昭、劉興詩等諸多校友。

我還要特別感謝幫助本書出版的香港《明報月刊》總編輯潘耀明先生、青年作家吟光女士，以及香港大山文化出版社版權室主任黎綺雯女士，本書特邀責任編輯蒙憲先生，並特別感謝吾摯友、著名漢學家、書法家張昌余教授為我題寫書名《白貓黑貓》。還要感謝復旦大學中文系嚴鋒教授，在這個國慶長假裏為拙作賜序。

董仁威

2021年10月9日

白貓黑貓

作　　者：董仁威
書名題簽：張昌余
特　　邀
責任編輯：蒙　憲
封面設計：Yousa Li（李尤飒）
出　　版：（香港）大山文化出版社有限公司
版　　次：二〇二一年十一月第一版
I S B N：978-988-74033-2-6
承　　印：Asia One Printing Limited